FONDATION EN PÉRIL

Gregory Benford

FONDATION EN PÉRIL

Roman

Titre original : *Foundation's Fear*
Traduit par Dominique Haas

ISBN 2-258-04813-3

AVANT-PROPOS DE L'ÉDITEUR

Le grand Isaac Asimov a disparu.
Mais la Fondation n'est pas morte !

La trilogie de la Fondation, cette histoire monumentale d'un Empire galactique en déclin et d'une société secrète de savants qui cherchent à réduire grâce à une science nouvelle, la psychohistoire, la durée de l'inéluctable âge des ténèbres, est l'une des œuvres majeures de la science-fiction. Fondation a ouvert la voie à bien des thèmes familiers de la science-fiction moderne. Les célèbres robots d'Asimov, ses visions profondément humanistes, ses aperçus psychologiques pénétrants, l'ampleur enfin de son « histoire future » ont façonné nombre des auteurs qui lui ont succédé. Avec sa mort, en 1993, il paraissait tragiquement certain que sa grande histoire inachevée ne trouverait jamais une conclusion digne de son immensse dessein.

Jusqu'à ce jour.

Avec l'autorisation — et la bénédiction — de la succession Asimov, trois des plus grands auteurs américains de science-fiction, Gregory Benford, Greg Bear et David Brin, ont conspiré (comme dans la Fondation originale!) pour donner une suite à la saga épique que le Maître bien-aimé avait laissée inachevée. Seuls trois maîtres de la « hard SF », et qui étaient tous des amis personnels d'Asimov, pouvaient oser entreprendre une telle tâche ; seuls trois auteurs aussi accomplis pouvaient la mener à bien.

À Greg Bear et David Brin,
compagnons de voyage sur d'étranges océans

RENDEZ-VOUS

R. Daneel Olivaw ne ressemblait pas à Eto Demerzel. Il avait déjà changé de personnage.

Dors Venabili était un peu troublée. Elle s'y attendait, pourtant. Elle savait qu'il avait revêtu un nombre incalculable de peaux et de rôles, au fil des millénaires.

Elle l'observa. Elle était arrivée par un chemin détourné à cette pièce exiguë, un peu miteuse, située à deux secteurs de l'Université de Streeling et protégée par des mesures de sécurité hyper-perfectionnées et parfois redondantes. Les robots étaient hors la loi. Ils vivaient depuis des milliers d'années dans les sombres profondeurs du tabou. Quoiqu'Olivaw soit son guide et son mentor, elle le voyait rarement.

Bien que robot humanoïde, elle n'en éprouvait pas moins un frémissement de crainte et de respect devant la forme archaïque, en partie métallique, qui se dressait devant elle. Il avait près de vingt mille ans. Il pouvait paraître humain, mais il n'avait pas vraiment envie de l'être. Il était tellement au-dessus de ça, depuis le temps...

Dors, quant à elle, menait depuis bien des années une existence de pseudo-personne qui la comblait. Le souvenir de celle et de *ce* qu'elle était rampa, comme des doigts glacés, le long de sa colonne vertébrale.

— Avec toute l'attention qui se focalise depuis peu sur Hari...

— En effet. Vous craignez qu'on vous repère.

— Les nouvelles mesures de sécurité sont tellement invasives !

— Votre inquiétude est justifiée, acquiesça-t-il avec un hochement de tête.

— J'ai besoin d'aide pour protéger Hari.

— L'ajout de l'un des nôtres au cercle de ses intimes doublerait le risque de détection.

— Je sais, je sais. Mais...

Olivaw lui effleura la main. Elle cilla, ravala ses larmes et scruta son visage. Les petits détails comme le mouvement de la pomme d'Adam accompagnant la déglutition avaient été mis au point depuis longtemps. Pour être plus à l'aise lors de leur rencontre, il avait supprimé ces mouvements infimes et les computations qu'ils impliquaient. Il appréciait manifestement d'être libéré, si brièvement que ce soit, de ces contraintes.

— Je vis constamment dans la peur, convint-elle.

— C'est normal. Il est très menacé. Mais vous avez été ainsi conçue que votre efficacité s'accroît proportionnellement avec votre appréhension.

— Je connais mes spécifications, merci. Mais votre dernière manœuvre, cette idée de l'impliquer au plus haut niveau de la politique impériale, complique sérieusement ma tâche.

— C'était une manœuvre nécessaire.

— Elle risque de le distraire de son travail, de la psychohistoire.

Olivaw secoua lentement la tête.

— J'en doute. C'est un humain d'une espèce particulière. De ceux qui ont le feu sacré. Comme il m'a dit une fois, « le génie fait ce qu'il doit, le talent fait ce qu'il peut ». Il pensait n'avoir que du talent.

— Mais c'est un génie, fit-elle avec un sourire attristé.

— Et comme tous les génies, il est unique. Les humains sont capables de ces grandes, de ces rares envolées au-dessus de la médiocrité. L'évolution les a sélectionnés pour ça, même s'ils ne s'en rendent apparemment pas compte.

— Et nous ?

— L'évolution ne peut agir sur des êtres éternels. En tout

cas, elle n'en a pas eu le temps. Mais nous pouvons nous développer, et nous le faisons.

— Les humains sont aussi capables de tuer.

— Ils sont nombreux, et nous sommes bien peu. Ils ont des instincts animaux profonds, et nous avons beau faire, nous n'arrivons pas à les sonder, jamais.

— Je m'en fais d'abord pour Hari.

— Et l'Empire vient loin derrière ? avança-t-il avec un sourire imperceptible. Je ne m'en fais pour l'Empire que dans la mesure où il préserve l'humanité.

— De quoi ?

— D'elle-même. Souvenez-vous, Dors : c'est l'Ère du Retournement que nous avons nous-mêmes prévue il y a si longtemps. La période la plus critique de l'histoire.

— Je connais le terme, mais que recouvre-t-il ? Avons-nous une théorie de l'histoire ?

Pour la première fois, une expression s'inscrivit sur le visage de Daneel Olivaw : une moue mélancolique.

— Nous ne réussissons pas à élaborer une théorie profonde. Il faudrait pour cela que nous comprenions beaucoup mieux les humains.

— Nous avons bien quelque chose... ?

— Une façon différente d'appréhender l'humanité, aujourd'hui gravement éprouvée. Elle nous a amenés à façonner la plus grande création de l'humanité, l'Empire.

— Je ne connais pas cette...

— Il n'est pas nécessaire que vous la connaissiez. Nous avons maintenant besoin d'une vision bien plus profonde. C'est pourquoi Hari revêt une telle importance.

Dors fronça les sourcils, troublée pour des raisons qu'elle ne pouvait tout à fait exprimer.

— Et... notre théorie plus simple, primitive, vous dit que l'humanité devrait maintenant disposer de la psychohistoire ?

— Exactement. Nous le déduisons de notre théorie rudimentaire. Mais c'est tout.

— Et pour le reste, nous devons nous en remettre à Hari ?

— Hélas ! oui.

PREMIÈRE PARTIE

MINISTRE MATHÉMATICIEN

SELDON, HARI […] si elle fait encore à ce jour autorité sur certains détails de son existence, la biographie de Seldon par Gaal Dornick ne peut être prise au pied de la lettre pour la période concernant son accession au pouvoir. Dornick était tout jeune lorsqu'il rencontra Seldon, deux ans avant sa mort. À l'époque, déjà, la vie du grand mathématicien — et surtout la partie obscure au cours de laquelle il exerça une autorité à peu près sans limite au sein de l'Empire déclinant — était entourée de rumeurs et même de légendes.

Les chercheurs se demandent encore comment Seldon devint le seul mathématicien de toute l'histoire galactique qui ait jamais accédé au pouvoir politique. Il semblait n'avoir d'autre ambition que l'élaboration d'une science de « l'histoire » visant non seulement à appréhender le passé mais également à prédire l'avenir. (Ainsi qu'il le dit lui-même à Dornick, il souhaita très tôt « parer à certaines sortes de futur ».)

Il est certain que la disparition mystérieuse d'Eto Demerzel, alors Premier ministre, fut le premier acte initiateur d'une pièce de très grande envergure. Le fait que Cléon Ier ait aussitôt fait appel à Seldon permet de penser que Demerzel avait lui-même désigné son successeur. Mais pourquoi Seldon ? Les historiens sont divisés sur les motivations des acteurs principaux de ce moment crucial de l'histoire. L'Empire entrait dans une période de dislocation essentiellement originaire de certains « mondes chaos », pour reprendre le terme de Seldon. L'habileté avec laquelle il manœuvra contre ses puissants adversaires, bien qu'il n'ait eu aucune expérience connue dans l'arène politique, reste un sujet de recherche actif et frustrant...

Encyclopaedia Galactica [1]

1. Toutes les citations de l'*Encyclopaedia Galactica* reproduites ici sont extraites de la 116e édition, publiée en 1020 E. F. par *la Société d'Édition de l'Encyclopaedia Galactica*, Terminus, avec l'aimable autorisation des éditeurs.

1

Il s'était fait assez d'ennemis pour être affublé d'un surnom, songea Hari Seldon. Et pas assez d'amis pour savoir lequel.

C'était prouvé par les murmures résolus montant de la foule alors qu'il traversait lentement la vaste place de l'Université de Streeling qui séparait son appartement de son bureau.

— Ils ne m'aiment pas, dit-il, mal à l'aise.

Dors Venabili, qui avait aisément adopté son allure, étudia les visages assemblés.

— Je ne perçois aucun danger.

— Tu peux ôter de ta jolie tête toute idée d'attentat. Pour le moment, du moins.

— Dis donc, tu es de bonne humeur, aujourd'hui.

— Je déteste ce bouclier de sécurité. Qui ne le détesterait?

Les Gardes impériaux avaient déployé autour de Hari et de Dors ce que leur capitaine avait appelé un «périmètre d'engagement». Certains étaient armés de fulgurécrans, des projecteurs de boucliers capables de détourner un missile antichar. Les autres paraissaient tout aussi redoutables à mains nues.

Leurs uniformes voyants, écarlate et bleu, soulignaient les endroits où les gens empiétaient sur le périmètre de sécurité mobile entourant Hari. Ils bousculaient carrément la foule aux endroits où elle était le plus dense. Ce spectacle lui était on ne peut plus désagréable. Les Gardes n'étaient pas réputés pour leur diplomatie et, dans le fond, le campus était un lieu paisible, consacré à l'étude. Ou, du moins, il l'avait été.

Dors lui serra la main dans un geste qu'elle voulait rassurant.

— Un Premier ministre ne peut pas se promener sans...

— Je ne suis pas Premier ministre !

— L'Empereur t'a désigné, et ça suffit à ces gens.

— La Chambre Haute n'a rien entériné. Et tant que...

— Pour tes amis, c'est acquis, dit-elle doucement.

— Ça, mes amis ? fit Hari en lorgnant la foule d'un œil soupçonneux.

— Regarde comme ils sourient.

Pour ça, oui. Un homme hurla : « Vive le prof ministre ! » et d'autres éclatèrent de rire.

— C'est comme ça qu'on m'appelle, maintenant ?

— Bah, ce n'est pas méchant.

— Pourquoi me collent-ils de cette façon ?

— Les gens sont attirés par le pouvoir.

— Je ne suis qu'un professeur !

Pour désamorcer sa nervosité, Dors eut un petit rire, un réflexe d'épouse.

— Il y a un vieux dicton qui dit : « Voilà revenu le temps qui met l'âme des hommes en ébullition. »

— Tu as une parole historique pour toutes les circonstances ?

— C'est un tic d'historienne.

— Hé, le ministre matheux ! hurla quelqu'un.

— Ce n'est guère mieux, commenta Hari.

— Tu as intérêt à t'y faire. On risque de te donner des noms bien moins agréables.

Ils passèrent devant la fontaine monumentale de Streeling, et Hari puisa un instant de réconfort dans la contemplation des paraboles aquatiques. Les gerbes d'eau, en retombant, masquaient la foule, et il arrivait presque à se croire revenu à sa vie simple et heureuse d'autrefois, où ses seuls sujets de préoccupation étaient la psychohistoire et les luttes intestines à l'Université de Streeling. Ce petit monde douillet avait disparu, pour toujours peut-être, à l'instant où Cléon avait décidé de faire de lui un des personnages de premier plan de la politique impériale.

La fontaine était magnifique, et en même temps elle lui rappelait l'immensité dissimulée derrière sa simplicité. Là, l'eau turbulente était libre, mais son essor n'était que momentané. Les eaux de Trantor circulaient dans de sinistres tuyaux noirs, dans des passages obscurs forés par d'antiques ingénieurs. Un réseau labyrinthique d'artères d'eau fraîche, de veines charriant les eaux d'égout s'entrecroisaient dans des boyaux éternels. Ces fluides corporels de la planète avaient passé au travers d'innombrables milliards de reins et de gosiers, ils avaient lavé des péchés, abreuvé des mariages et des naissances, nettoyé le sang des meurtres et les vomissures des agonisants. Ils coulaient dans leur nuit éternelle, sans jamais connaître la joie pure, vaporeuse, du temps affranchi, jamais affranchis de la main de l'homme.

Ils étaient piégés. Comme lui.

Lorsque le petit groupe arriva au Département de Mathématiques, Dors suivit Hari dans le tube antigrav, une petite brise aimable flattant ses cheveux. Les Gardes adoptèrent une posture vigilante, rigide, au-dehors.

Hari décida de tenter à nouveau sa chance auprès du capitaine, comme la semaine passée.

— Écoutez, vous n'êtes pas obligé de poster une douzaine d'hommes ici...

— Si ça ne vous fait rien, monsieur l'Académicien, vous me permettrez d'en juger.

Hari était outré par ce gâchis. Il remarqua un jeune Garde qui déshabillait Dors du regard. Il faut dire que sa combi moulante révélait son corps tout autant qu'elle le couvrait. Il n'aurait su dire ce qui lui fit lancer :

— Eh bien, capitaine, je vous serais reconnaissant de demander à vos hommes de regarder ailleurs !

Le capitaine parut étonné. Il foudroya l'homme du regard et fonça sur lui pour l'engueuler. Hari éprouva une pointe de satisfaction. En arrivant à la porte de son bureau, Dors eut ce commentaire :

— Je vais essayer de porter des tenues plus strictes.

— Non, non, c'est moi qui suis stupide. Je ne devrais pas me laisser troubler par ce genre de détails.

Elle eut un joli sourire.

— À vrai dire, je trouve ça plutôt bien.

— Quoi donc ? Ma stupidité ?

— Non, ton attitude protectrice.

Il y avait des années que Dors avait été chargée, par Eto Demerzel, de veiller sur lui. Hari songea qu'il était habitué à la voir jouer ce rôle et ne remarquait même plus qu'il entrait en conflit, d'une façon profonde, non dite, avec le fait qu'elle était aussi une femme. Dors était parfaitement fiable, mais certaines de ses qualités étaient parfois difficiles à concilier avec son devoir. Le fait qu'elle soit sa femme, par exemple.

— Il faudra que je fasse ça plus souvent, dit-il avec légèreté.

Il éprouvait tout de même une vague culpabilité à l'idée d'avoir attiré des ennuis au Garde. Si ces hommes étaient là, ce n'était sans doute pas de leur plein gré mais sur ordre de Cléon. Ils auraient sûrement préféré se trouver ailleurs, très loin de là, à sauver l'Empire avec leur sueur et leur bravoure.

Ils traversèrent le foyer du Département de Mathématiques sous sa haute voûte gothique, Hari saluant le personnel d'un mouvement de tête. Dors disparut dans son bureau tandis qu'il se précipitait dans le sien un peu comme un animal se réfugiant dans sa tanière. Il se laissa tomber dans son modlingchair, ignorant le voyant indiquant l'arrivée d'un message urgent qui planait à un mètre de sa tête.

Une vague l'effaça alors que Yugo Amaryl franchissait le sas à électrofiltre de son bureau. Le portillon massif, envahissant, était encore un effet des mesures de sécurité ordonnées par Cléon. Les Gardes avaient installé ces champs neutralisateurs d'armes un peu partout. Ils conféraient à l'air une odeur d'ozone étrange, picotante. Encore une intrusion de la Réalité, sous le masque du Politique.

— J'ai obtenu de nouveaux résultats, annonça Yugo, un sourire fendant sa large face.

— Allez, montre-moi quelque chose de magnifique qui me remontera le moral.

Yugo s'assit sur le vaste bureau vide d'Hari, une jambe se balançant dans le vide.

— Les bonnes mathématiques sont toujours vraies et belles.

— Certes. Mais elles n'ont pas besoin d'être vraies au sens où les gens ordinaires l'entendent. Elles n'ont pas leur mot à dire sur le monde.

— J'ai l'impression, à vous entendre, de n'être qu'un sale ingénieur.

— C'est ce que tu étais jadis, tu te souviens ? répondit Hari avec un sourire.

— Comme si je pouvais l'oublier !

— Tu préférerais peut-être suer sang et eau dans les puits thermiques ?

Hari avait découvert Yugo par hasard, huit ans plus tôt, juste après son arrivée sur Trantor, quand ils fuyaient, Dors et lui, les agents de l'Empire. Il avait compris, au bout d'une heure de conversation, que Yugo était un génie autodidacte de l'analyse transreprésentationnelle. Yugo avait un don, un toucher d'une délicatesse inconsciente. Leur collaboration datait de ce jour et ne s'était jamais interrompue. Hari pensait honnêtement avoir plus appris de Yugo que le contraire.

— Ha ! fit Yugo en tapant par trois fois dans ses grosses mains, exprimant son hilarité à la façon dahlite. On peut toujours ronchonner qu'on fait le sale boulot dans le monde réel, tant que ce sera dans un beau bureau confortable, moi, je serai au paradis.

— Il va falloir que je te refile le plus gros de mon travail, fit Hari en mettant délibérément ses pieds sur son bureau.

Autant paraître détendu, même s'il était loin de l'être. Il enviait l'aisance de Yugo avec sa grande carcasse.

— Le truc de Premier ministre ?

— C'est de pire en pire. Je dois retourner voir l'Empereur.

— Décidément, ce type ne veut pas vous lâcher. Ça doit être votre profil accidenté.

— C'est aussi ce que crois Dors. Je crois plutôt que c'est mon sourire charmeur. De toute façon, il ne peut pas m'avoir.

— Il finira bien par y arriver.

— S'il m'oblige à accepter le poste de Premier ministre, je ferai un si mauvais boulot qu'il sera obligé de me virer.

— Mauvais plan, objecta Yugo en secouant la tête. Les Premiers ministres qui échouent sont généralement jugés et exécutés.

— Je vois que tu as encore parlé avec Dors.

— Elle est historienne, tout de même.

— C'est ça. Et nous, nous sommes psychohistoriens. Des

chercheurs de prévisibilité. Pourquoi ça ne compte pour rien ? geignit Hari en levant les bras au ciel d'un air exaspéré.

— Parce que personne, dans les citadelles du pouvoir, ne l'a vue marcher.

— Et ils ne sont pas près de la voir. À partir du moment où les gens nous croiront capables de prévoir l'avenir, nous ne pourrons plus jamais nous libérer du politique.

— Comme si vous étiez libre en ce moment, fit Yugo d'un ton posé.

— Je trouve, mon ami, que tu as un gros défaut : cette façon de m'asséner des vérités d'une voix calme.

— Ça me dispense d'essayer de vous mettre du plomb dans la cervelle. Ce qui serait plus long.

— Si seulement les muscles pouvaient aider à résoudre les problèmes mathématiques, soupira Hari.

Yugo écarta cette idée d'un geste évasif.

— Vous êtes la clé ; c'est vous qui avez les idées.

— Eh bien, cette source d'idées n'en a pas la queue d'une.

— Ça viendra.

— Je n'ai plus jamais l'occasion de travailler sur la psychohistoire !

— Et comme Premier ministre…

— Ce sera encore pire. La psychohistoire ira…

— Nulle part, sans vous.

— Elle fera des progrès, Yugo. Je ne suis pas assez orgueilleux pour penser que tout repose sur moi.

— Mais si. Et pourtant…

— C'est stupide ! Tu es toujours là, ainsi que les Compagnons Impériaux et toute l'équipe.

— Nous avons besoin d'un chef. D'une tête pensante.

— Enfin, je devrais pouvoir continuer à travailler ici à temps partiel…

Hari parcourut son vaste bureau du regard et éprouva un pincement au cœur à l'idée de ne plus y passer toutes ses journées, environné par ses instruments, ses documents et ses amis. En tant que Premier ministre, il aurait un petit palais, mais pour lui ce serait une simple extravagance vide de sens.

— Le poste de Premier ministre est généralement considéré comme un emploi à temps complet, lança Yugo d'un ton moqueur.

— Je sais, je sais. Mais il y aurait peut-être moyen de…

L'holo du bureau se déploya à un mètre de sa tête. Il était codé pour ne laisser passer que les messages prioritaires. Hari flanqua une claque à un bouton sur son bureau et l'image carrée s'encadra d'un liséré rouge — le signal indiquant que son filtre facial était activé.

— Oui ?

L'assistante particulière de Cléon apparut dans sa tunique rouge sur un fond bleu.

— Vous êtes convoqué, dit-elle laconiquement.

— Euh… très honoré. Quand ?

La femme entra dans les détails et Hari bénit intérieurement le filtre facial. La fille lui en imposait, et il se réjouit de ne pas avoir l'air de ce qu'il était, un professeur distrait. Son filtre facial disposait d'un menu protocolaire modulable en fonction des circonstances. Il avait automatiquement coché un ensemble d'attitudes et d'expressions composant un langage corporel conçu pour masquer ses véritables sentiments.

— Très bien. Dans deux heures. J'y serai, conclut-il avec une petite courbette.

Le filtre rendrait le même mouvement, revu et corrigé en fonction de l'étiquette de la haute administration impériale.

— Et merde ! s'exclama-t-il en flanquant sur son bureau une claque qui provoqua la dissolution de l'hologramme. Ma journée est fichue !

— Qu'est-ce que ça veut dire ?

— Des ennuis. Chaque fois que je vois Cléon, ce sont des ennuis en perspective.

— Je ne sais pas, c'est peut-être une chance de régler…

— Tout ce que je demande, c'est qu'on me fiche la paix !

— Le poste de Premier ministre…

— Vas-y, toi ! Je vais prendre un job de spécialiste en informatique, changer de nom… Pff, ça ne marcherait pas non plus, fit Hari avec un petit rire cynique.

— Écoutez, vous avez besoin de vous changer les idées. Pas question que vous alliez voir l'Empereur avec cette tête-là.

— Hum. J'imagine que non. Eh bien, vas-y, remonte-moi le moral. De quelle bonne nouvelle parlais-tu ?

— J'ai déniché de vieilles constellations de personnalités.

— Vraiment ? Je pensais qu'elles étaient illégales.

— Elles le sont. Mais les lois ne sont pas toujours appliquées, ajouta-t-il avec un sourire.

— Vraiment anciennes ? J'en aurais besoin pour le calibrage des valences psychohistoriques. Il faudrait qu'elles soient du début de l'Empire.

Le sourire de Yugo s'élargit.

— Elles sont d'avant l'Empire.

— D'avant ? Impossible !

— Je les ai. Intactes.

— De qui s'agit-il ?

— De gens célèbres. Sais pas ce qu'ils ont fait.

— Quel statut avaient-ils, pour être enregistrés ?

Yugo haussa les épaules.

— Pas d'archives historiques parallèles non plus.

— Ce sont des enregistrements authentiques ?

— Possible. Difficile à dire. Ils sont dans un langage machine archaïque, un truc vraiment primitif.

— Alors... ça pourrait être des simus ?

— On dirait bien. Il se pourrait qu'ils soient construits sur une base enregistrée, et simulés pour la rondeur.

— Tu pourrais en tirer quelque chose ?

— Ouais, mais ce sera du boulot. Va falloir que je rapproche les syntaxes. Vous savez que c'est... euh...

— Illégal. Une violation du Code des Espèces Pensantes.

— Exact. Les gars de qui je tiens ça sont sur ce monde, Sark, la Nouvelle Renaissance. Il paraît que ce vieux Code n'y est plus en vigueur.

— Il était temps qu'on tombe sur certains de ces anciens cubes.

— Oui, m'sieur, fit Yugo avec un grand sourire. Ces constellations sont les plus vieilles qu'on ait retrouvées à ce jour.

— Comment sais-tu que... ?

Hari laissa sa question en suspens. Yugo avait des tas de relations obscures, liées à ses origines dahlites.

— Disons que j'ai... comment dire ? Procédé à certaines *lubrifications*.

— Je vois. Il vaut peut-être mieux que j'ignore les détails.

— Sûrement. Le Premier ministre ne peut se permettre de se salir les mains.

— Ne m'appelle pas comme ça !
— Mais non, mais non. Vous n'êtes qu'un petit professeur. Et qui va être en retard à son rendez-vous avec l'Empereur s'il ne se dépêche pas.

2

En traversant les Jardins impériaux, Hari regretta que Dors ne soit pas avec lui. Il se souvenait de sa méfiance lorsque Cléon s'était de nouveau intéressé à lui.

— Ils sont souvent dingues, avait-elle dit sans passion. Les nobles sont excentriques, ce qui permet aux empereurs d'être bizarres.

— Tu exagères, s'était-il écrié.

— Dadrian le Frugal pissait dans les Jardins impériaux, avait-elle répondu. Il quittait les réunions officielles pour se soulager et prétendait qu'il permettait à ses sujets d'économiser un arrosage superflu.

Hari réprima son hilarité. Il était sûr que les fonctionnaires du palais l'observaient. Il reprit une attitude compassée et admira ostensiblement les arbres monumentaux, sculptés dans le style spindlerien d'il y avait trois mille ans. Il avait vécu des années enfoui à Trantor et pourtant il se sentait attiré par cette beauté naturelle, par la splendeur luxuriante qui s'élevait, comme des bras tendus, vers le soleil flamboyant. C'était le seul endroit à ciel ouvert de la planète, et ça lui rappelait Hélicon, son monde d'origine.

Il était né dans un secteur ouvrier d'Hélicon. Il était plutôt rêveur, étant petit, mais le travail dans les champs et les usines était assez élémentaire pour qu'il puisse s'abandonner, tout en l'effectuant, à ses songes évanescents, abstraits. Avant que les examens du service civil ne changent sa vie, il avait résolu quelques théorèmes simples de la théorie des nombres. Il avait été consterné, par la suite, de découvrir qu'il n'avait rien inventé. La nuit, dans son lit, il pensait à des plans et à des vecteurs, il imaginait des dimensions au-delà des trois connues pendant que, dans le lointain, des dragons cracheurs de vapeur trompetaient en descendant les flancs des montagnes, à la recherche d'une proie. C'étaient des animaux vénérés, conçus par le génie génétique dans un but archaïque, probablement pour la chasse. Il y avait bien des années qu'il n'en avait pas vu...

Hélicon la sauvage, voilà de quoi il avait besoin. Mais sa destinée semblait coulée dans l'acier de Trantor.

Hari jeta un coup d'œil en arrière, et ses Gardes, pensant qu'il avait besoin d'eux, s'approchèrent au petit trot.

— Non, non, dit-il, les mains repoussant le vide devant lui.

Un geste qu'il faisait sans arrêt, ces temps-ci, songea-t-il. Même dans les Jardins impériaux, ils se comportaient comme si chaque jardinier était un assassin en puissance.

Il avait pris ce chemin, au lieu de sortir directement dans le palais par l'ascenseur antigrav, parce qu'il avait une passion pour les jardins. Dans la brume, au loin, se dressait une rangée d'arbres tirés vers le haut par le génie génétique au point de masquer les remparts de Trantor. C'était le seul endroit de la planète où on pouvait avoir l'impression de se trouver à l'extérieur.

Quelle arrogance ! se dit-il. Définir toute la création par le fait qu'elle se trouvait hors des murs de l'humanité.

Il quitta les allées abritées et ses chaussures habillées écrasèrent le gravier de la pente majestueuse montant vers le palais. Au-delà des arbres s'élevait un panache de fumée noire. Il ralentit, estima la distance. Peut-être dix klicks. Un incident majeur, assurément.

Il s'engagea d'un pas déterminé entre les énormes colonnes néopanthéoniques, et sentit un poids s'appesantir sur lui. Des assesseurs se précipitèrent à sa rencontre, ses Gardes se rapprochèrent de lui et ils formèrent une petite procession qui parcourut les interminables corridors menant à la Salle d'Audience. Les chefs-d'œuvre accumulés au fil des millénaires semblaient se disputer l'espace mural, comme s'ils cherchaient une justification dans le présent pour prendre vie.

La main de l'Empire pesait lourdement sur l'art officiel. L'Empire, qui existait surtout par son passé, sa solidité, témoignait d'une certaine prédilection pour la joliesse. Les Empereurs privilégiaient les lignes droites et nettes des dalles en pente ascendante, les paraboles irréprochables des fontaines d'eau pourpre, les colonnes, les arcs-boutants et les arches classiques. La sculpture héroïque abondait. De nobles fronts scrutaient des perspectives infinies. Des batailles colossales étaient figées au moment fatidique, immortalisées dans la pierre luisante et le cristal holoïde.

Tout cela était parfaitement correct et dépourvu de provocation. Pas de défis artistiques embarrassants chez nous, merci. Même dans les endroits publics de Trantor, où l'Empereur était susceptible de se rendre, rien de dérangeant n'était autorisé. En exportant à la périphérie les miasmes et autres manifestations déplaisantes de la vie humaine, l'Empire parvenait à son stade final, le vide ultime.

Et pourtant, pour Hari, la réaction contre le vide était pire. Parmi les vingt-cinq millions de planètes habitées de la galaxie des variations infinies se faisaient jour, mais au-delà de la couverture impériale frémissait un style basé uniquement sur le rejet.

Une avant-garde imbue d'elle-même s'efforçait, surtout dans ce qu'Hari appelait les « mondes chaos », d'atteindre au sublime en substituant à la beauté le goût de la terreur, du choc ou d'un grotesque malsain, tout cela en employant des échelles énormes, la disproportion aiguë, la scatologie et la discorde, voire la disjonction irrationnelle.

Les deux approches étaient également fastidieuses et dépourvues de gaieté aérienne.

Un mur s'éclipsa en crépitant, et ils entrèrent dans la Salle d'Audience. Les assesseurs puis ses Gardes disparurent. Hari se retrouva soudain seul. Il s'avança sur le sol élastique. Un excès baroque le lorgnait du haut des corniches, des ornements en saillie, des lambris tarabiscotés.

Silence. L'Empereur n'attendait jamais personne, évidemment. Aucun bruit n'était perceptible dans la salle crépusculaire, comme si les murs absorbaient tous les sons.

C'était probablement le cas, d'ailleurs. Nul doute que les conversations impériales tombaient dans des quantités d'oreilles. Elles étaient peut-être écoutées à l'autre bout de la Galaxie.

Une lumière mouvante. Une colonne antigrav crépitante. Cléon descendait vers lui.

— Hari ! Je suis tellement heureux que vous ayez pu venir.

Hari réprima un sourire torve. Il était de notoriété publique que décliner une convocation de l'Empereur était généralement puni de mort.

— C'est un honneur de vous servir, Sire.

— Venez, asseyez-vous. Nous avons beaucoup de choses à nous dire.

Cléon se mit en branle avec lourdeur. D'après la rumeur, son appétit, déjà légendaire, avait commencé à surpasser les talents de ses cuisiniers et de ses médecins.

L'Empereur était accompagné par un halo lumineux destiné à mettre subtilement sa présence en valeur et qui offrait un doux contraste avec la pénombre environnante. La salle était truffée d'intelligence artificielle. Les puces suivaient son regard et augmentaient, avec délicatesse et raffinement, la luminosité aux endroits où il se posait. Le contact soyeux de ses yeux conférait à toute chose une clarté que les visiteurs remarquaient à peine, mais qui agissait sur leur subconscient, accroissant leur vénération. Hari, qui le savait, constata que ça marchait quand même. Cléon en imposait. Il était en tout point impérial.

— Je crains que nous ne soyons tombés sur un bec, dit-il.

— Rien d'irrémédiable pour vous, Sire, j'en suis sûr.

Cléon secoua la tête avec lassitude.

— Vous n'allez pas, vous aussi, gloser sur mes pouvoirs prodigieux. Certains… éléments, fit-il en lâchant ce mot avec une grimace méprisante, s'opposent à votre nomination.

— Je vois, fit Hari, le visage atone mais le cœur battant la chamade.

— Ne faites pas cette tête-là ! Je vous veux pour Premier ministre.

— Oui, Sire.

— Mais je ne suis pas — contrairement à ce qu'on s'imagine généralement — tout à fait libre de mes mouvements.

— J'imagine que beaucoup d'autres seraient plus qualifiés…

— À leurs propres yeux, c'est certain.

— … mieux préparés et…

— Et ils n'y connaîtraient rien en psychohistoire.

— Demerzel a exagéré l'utilité de la psychohistoire.

— Ridicule ! C'est lui qui a avancé votre nom.

— Vous savez aussi bien que moi qu'il était épuisé, pas au mieux de...

— Il a fait preuve, pendant des décennies, d'un jugement irréprochable, rétorqua Cléon en le regardant attentivement. Pour un peu, on dirait que vous tentez de vous défiler.

— Non, Sire, mais...

— Des hommes — et des femmes, d'ailleurs — ont tué pour beaucoup moins que ça.

— Et se sont fait tuer, une fois en poste.

Cléon eut un petit rire.

— Ce n'est pas faux. Il arrive que des Premiers ministres imbus de leur importance se mettent à comploter contre leur Empereur... Mais ne nous étendons pas sur les failles de notre système.

Hari se rappelait avoir entendu Demerzel dire : « Les crises se succèdent à un rythme tel que le seul fait de penser aux Trois Lois de la Robotique me paralyse. » Demerzel s'était trouvé dans l'incapacité de faire des choix parce qu'il n'y avait plus de bonnes solutions. Tout mouvement risquait de nuire gravement à quelqu'un. C'est ainsi que Demerzel, intelligence suprême et robot humanoïde clandestin, avait soudain quitté le devant de la scène. Quelle chance Hari avait-il ?

— J'accepterai le poste, bien sûr, répondit-il doucement. S'il le faut.

— Oh, il le faudra. Vous devriez plutôt dire « si c'est possible ». Certaines factions de la Chambre Haute vous sont opposées. Elles exigent une discussion approfondie.

— Je serai obligé d'en débattre ? demanda Hari en cillant, alarmé.

— Et il y aura un vote.

— Je n'avais pas idée que la Chambre avait son mot à dire.

— Relisez le Code. Elle en a le pouvoir. Elle s'abstient de l'utiliser, préférant s'incliner devant la sagesse supérieure de l'Empereur. Sauf cette fois, fit-il avec un petit rire sec.

— Si ça peut vous faciliter les choses, je pourrais m'abstraire du débat...

— Stupide ! Je veux vous utiliser pour les contrer.

— Je n'ai pas la moindre idée de la façon de...

— J'explorerai les pistes ; vous me conseillerez les réponses. La division du travail, rien ne saurait être plus simple.

« Mouais. S'il croit que vous avez la réponse psychohistorique, il vous suivra avec empressement », avait dit Demerzel d'un ton rassurant. « Et ça fera de vous un bon Premier ministre. » Mais là, dans cet auguste environnement, ça paraissait très peu probable.

— Il faudra que nous esquivions ces adversaires, que nous les manœuvrions.

— Je n'ai pas idée de la façon de m'y prendre.

— Bien sûr que non ! Mais moi, si. Vous voyez l'Empire et son histoire comme un parchemin déroulé, comprenez-vous. Vous avez la théorie.

Cléon adorait le pouvoir. Hari en avait une horreur viscérale. S'il était nommé Premier ministre, un mot de lui risquait d'engager le sort de millions d'individus. Ce qui avait embarrassé Demerzel lui-même.

« Il y a toujours la Loi Zéro », avait-il dit juste avant qu'ils ne se quittent pour la dernière fois. La Loi Zéro plaçait le bien de l'humanité dans son ensemble au-dessus du bien de l'individu isolé. Du coup, la Première Loi devenait : *Un robot ne peut nuire à un être humain ni laisser sans assistance un être humain en danger à moins que cela n'entre en conflit avec la Loi Zéro*. C'était bien joli, mais comment Hari allait-il venir à bout d'une tâche que même Demerzel n'avait pu mener à bien ? Il se rendit compte qu'il était resté silencieux trop longtemps et que Cléon attendait. Que pouvait-il dire ?

— Et... qui s'oppose à ma nomination ?

— Plusieurs factions unies derrière Betan Lamurk.

— Que me reproche-t-on ?

À sa grande surprise, l'Empereur éclata de rire.

— De ne pas être Betan Lamurk.

— Et vous ne pourriez pas tout simplement...

— Braver la Chambre ? Proposer un marché à Lamurk ? Lui graisser la patte ?

— Loin de moi, Sire, l'idée que vous pourriez vous abaisser à...

— Et comment que je m'abaisserais, comme vous dites ! Le problème, c'est Lamurk lui-même. Son prix, pour renoncer au poste de Premier ministre, serait trop élevé.

— Un poste enviable ?

— Exact. Plus des propriétés, peut-être une zone entière.

Remettre une zone entière de la Galaxie entre les mains d'un seul homme...

— Les enchères sont élevées.

— Nous ne sommes plus si riche, ces temps-ci, soupira Cléon. Sous le règne de Fletch le Furieux, on bradait des zones entières pour un simple siège au Conseil.

— Ceux qui vous soutiennent, les royalistes, ne pourraient-ils manœuvrer Lamurk ?

— Vous devriez vraiment vous intéresser davantage à la politique contemporaine, Seldon. Mais peut-être êtes-vous tellement enraciné dans l'histoire que tout ça vous paraît un peu trivial.

En réalité, se dit Hari, il était enraciné dans les maths. Quand il avait besoin d'histoire, il s'adressait à Dors, ou à Yugo.

— J'essaierai. Alors, les royalistes...

— ... ont perdu les Dahlites, et ne peuvent réunir une coalition majoritaire.

— Les Dahlites sont donc si puissants ?

— Leur discours est populaire auprès d'un vaste public et d'une population gigantesque.

— Je ne savais pas qu'ils étaient si influents. Mon propre bras droit, Yugo...

— Un Dahlite, je sais. Tenez-le à l'œil.

Hari encaissa le coup.

— Yugo est très dahlite, c'est vrai. Mais c'est un mathématicien loyal, intuitif, extrêmement précieux. Et comment... ?

— Vérification de routine, répondit Cléon avec un geste évasif de la main. Il faut toujours se renseigner sur son Premier ministre.

L'idée de se trouver sous un microscope impérial lui déplaisait fortement, mais Hari resta parfaitement impassible.

— Yugo m'est tout dévoué.

— Je connais son histoire, je sais comment vous l'avez arraché à un travail pénible en court-circuitant les filtres du service civil. C'était très noble de votre part. Mais je ne puis oublier le fait que les Dahlites ont un public attentif à leurs débordements frénétiques. Ils menacent de modifier la représentation des secteurs à la Chambre Haute, et même à la

Chambre Basse. Alors, tenez-le à l'œil, répéta Cléon, le doigt tendu.

— Oui, Sire.

Cléon s'en faisait pour rien, en ce qui concernait Yugo, mais il ne voyait pas l'intérêt de discuter.

— Vous devez être aussi irréprochable que la femme de l'Empereur pendant cette... hum, cette période de transition.

Un vieux dicton disait que la femme (ou les femmes, selon l'époque) de l'Empereur devait veiller à ce que ses jupes soient toujours impeccables, même quand elle pataugeait dans la boue. L'Empereur pouvait se révéler homosexuel, ou le trône échoir à une femme, la métaphore était toujours en vigueur.

— Oui, Sire. Euh... « de transition » ?

Cléon regarda d'un œil distrait les formes artistiques, énormes et ténébreuses, qui planaient au-dessus d'eux. Hari comprit qu'il allait en arriver au problème pour lequel il l'avait convoqué.

— Votre nomination risque de prendre un moment si la Chambre Haute continue à tergiverser. Je requerrai donc votre avis...

— Sans me donner le pouvoir.

— Eh bien... oui.

Hari n'en éprouva aucune déception.

— Je pourrai donc rester dans mon bureau à Streeling ?

— J'imagine que ça paraîtrait un peu évident si vous veniez ici.

— Parfait. Maintenant, à propos de ces Gardes...

— Ils doivent rester avec vous. Trantor comporte des dangers dont un professeur n'a pas idée.

Hari poussa un soupir.

— Oui, Sire.

Cléon s'allongea, son modling-chair se refermant sur lui comme les pétales d'une fleur exotique.

— Maintenant, je voudrais votre avis au sujet du Renegatum.

— Le Renegatum ?

Pour la première fois, Hari vit Cléon trahir de la surprise.

— Vous n'avez pas suivi l'affaire ? On ne parle que de ça !

— Je suis un peu en dehors du coup, Sire.

— Le Renegatum, la Société des Renégats. Des tueurs et des destructeurs.

— Pourquoi font-ils ça ?

— Pour le plaisir ! fit Cléon, furieux, en flanquant une claque sur l'accoudoir de son fauteuil qui réagit en le massant, ce qui constituait apparemment une réponse standard. Leur dernière « démonstration de mépris envers la société » a été perpétrée par une femme appelée Kutonine. Elle s'est introduite dans les Galeries impériales, a fait fondre au chalumeau des objets d'art vieux de plusieurs millénaires, tué deux gardes et s'est rendue sans résistance aux forces de l'ordre.

— Vous allez la faire exécuter ?

— Évidemment. La cour l'a tout de suite reconnue coupable. Elle a avoué.

— Tout de suite ?

— Immédiatement.

La subtilité avec laquelle les agents impériaux suscitaient la confession était légendaire. Il était assez facile de rompre la chair ; les agents impériaux brisaient aussi la psyché du suspect.

— Comme il s'agit d'un crime capital contre l'Empire, il vous revient donc de fixer la sentence.

— Oh oui, cette vieille loi sur le vandalisme rebelle.

— Elle autorise le recours à la peine de mort et à toutes les tortures spéciales.

— Mais la mort n'est pas un châtiment suffisant ! Pas pour les crimes du Renegatum. Alors je me tourne vers mon psychohistorien...

— Vous voudriez que je...

— Donnez-moi une idée. Ces individus prétendent faire ça pour ébranler l'ordre existant et tout ce qui s'ensuit, évidemment. Mais ils ont une audience immense, à l'échelle planétaire, ils se taillent une réputation de destructeurs de l'art officiel. Ils se font un nom avant de mourir. Tous les psykos disent que c'est leur véritable motivation. Je pourrais les faire exécuter, mais ça ne leur ferait ni chaud ni froid, au point où ils en sont !

— Mouais, fit Hari, mal à l'aise.

Il savait qu'il ne comprendrait jamais ces gens.

— Alors donnez-moi une idée. Quelque chose de psychohistorique.

Hari était intrigué par le problème, mais rien ne lui venait à l'esprit. Il avait appris depuis longtemps à ne pas se polariser sur les questions qui lui résistaient afin de permettre à son subconscient de s'y attaquer avant. Pour gagner du temps il demanda :

— Sire, vous avez vu la fumée de l'autre côté des Jardins ?

— Hein ? Non.

Cléon fit un discret signe de main à des yeux invisibles, et un bourgeon de lumière naquit sur le mur du fond. Un holo grandeur nature des Jardins emplit la vaste salle. Le panache de fumée noire, huileuse, avait encore grandi. Il déroulait ses volutes comme un serpent dans le ciel gris.

Une voix douce, neutre, s'éleva dans le vide.

— Une panne, suivie d'une insurrection des mécas, a provoqué une perturbation malencontreuse de l'ordre public.

— Une émeute de tictacs ?

Hari avait entendu parler de ça.

Cléon se leva et s'approcha de l'holo.

— Eh oui. Encore une énigme, et particulièrement rebelle. Pour on ne sait quelle raison, les mécas se mettent à débloquer. Regardez-moi ça ! Combien de niveaux sont en flammes ?

— Douze, répondit l'autovox. L'Analyse impériale estime le nombre de victimes à quatre cent trente-sept, à quatre-vingt-quatre près.

— Coût pour l'Empire ? demanda Cléon.

— Mineur. Certains membres des forces régulières ont été blessés en maîtrisant les mécas.

— Ah. Rien de sérieux, donc.

Sous les yeux de Cléon, un plan rapproché s'inscrivit sur le mur. Le cadre plongea vers le fond d'un puits en flammes. Latéralement, tel un gâteau constitué de plusieurs couches flamboyantes, des strates entières se convulsèrent sous l'effet de la chaleur. Des étoiles fusèrent entre des relais électriques. Des tuyaux explosèrent, arrosant les flammes, sans grand effet.

Puis un plan général, comme pris par un télescope en orbite. Le programme en mettait plein la vue, à croire qu'il s'efforçait de démontrer son potentiel à l'Empereur. Hari devina qu'il n'en avait pas souvent l'occasion. Cléon le Calme, tel était le surnom qu'on lui avait donné par dérision, car il semblait ennuyé par la plupart des sujets qui affectaient les hommes.

De l'espace, la seule touche de vert était les Jardins impériaux, minuscule émeraude parmi les gris et les bruns des toits et des cultures coiffant les bâtiments. L'acier brossé voisinait avec le noir de carbone des capteurs solaires. Les calottes glaciaires avaient depuis longtemps disparu, et les mers clapotaient dans des citernes souterraines.

Trantor entretenait quarante milliards d'individus dans une seul cité qui recouvrait le monde entier, sur un demi-kilomètre d'épaisseur, rarement moins. Ainsi scellées, protégées, ses multitudes étaient depuis longtemps habituées à l'air recyclé, au manque de perspective, et avaient le vertige dans un ascenseur.

L'image replongea dans le puits de fumée. Hari voyait des silhouettes minuscules bondissant vers la mort pour échapper aux flammes. *Des centaines de morts...* Hari sentit son estomac se révulser. Dans les entassements humains, les accidents prenaient des proportions terrifiantes.

Et pourtant, calcula Hari, sur la planète, la densité moyenne de population n'était que d'une centaine d'individus au kilomètre carré. Les gens se massaient dans les secteurs les plus populaires par goût, non par obligation. Les mers étaient pompées dans les profondeurs, laissant amplement la place aux usines automatisées, aux mines insondables, et aux immenses cavernes hydroponiques d'où les denrées alimentaires émergeaient sans guère d'intervention humaine directe. Les tâches fastidieuses étaient effectuées par les tictacs. Et voilà qu'ils apportaient le chaos dans la complexité qu'était Trantor, et Cléon fulminait en regardant croître le désastre dont les dents farouches dévoraient des strates énormes.

D'autres silhouettes grouillaient dans les flammes orangées. C'étaient des gens, pas des statistiques, se rappela-t-il. Un flot de bile lui remonta dans l'arrière-gorge. Être un chef impliquait parfois de détourner les yeux de la douleur. En serait-il capable ?

— Encore une énigme, mon bon Seldon, reprit abruptement Cléon. Pourquoi les tictacs sont-ils sujets à ces « désordres » à grande échelle dont mes conseillers me rebattent les oreilles ? Hein ?

— Je ne sais pas...

— Il doit bien y avoir une explication psychohistorique !

— Il se peut que ces petits phénomènes échappent à...

— Eh bien, cherchez ! Et trouvez !

— Euh… oui, Sire.

Hari s'abstint sagement de tout commentaire tandis que Cléon arpentait la salle sans but, en regardant, le sourcil froncé, les lèvres pincées, les scènes de carnage qui couvraient le mur jusqu'au plafond. Peut-être, se dit Hari, l'empereur devait-il son calme au fait qu'il avait déjà vu tant de calamités. Même les nouvelles horribles finissent par s'affadir. C'était une idée apaisante ; la même chose arriverait-elle au naïf Hari Seldon ?

Il faut croire que Cléon avait une façon de s'accommoder du désastre, car il esquissa bientôt un geste de la main, faisant disparaître les images. La salle s'emplit d'une musique guillerette et la lumière remonta. Des serviteurs s'empressèrent avec des bols et des plateaux chargés d'amuse-gueule. Hari refusa le stim qu'on lui proposait. Il était déjà assez grisé par le soudain changement d'ambiance. La chose avait pourtant l'air banale à la cour impériale.

Une idée le titillait depuis plusieurs minutes maintenant, et ce moment de calme lui avait enfin permis d'y prêter attention. Comme Cléon prenait un stim, il dit en hésitant :

— Sire, je… ?

— Oui ? Vous en voulez un ?

— Non, Sire, je… j'ai une idée à propos du Renegatum et de cette Kutonine.

— Oh, Seigneur ! Je n'ai pas envie de penser….

— Et si vous effaciez son identité ?

Cléon se figea, la main tenant un stim à mi-chemin de son nez.

— Hein ?

— À partir du moment où ils ont attiré l'attention, ils sont prêts à mourir. Ils doivent se dire qu'étant célèbres ils connaîtront une forme d'éternité. Ôtez-leur cette illusion. Interdisez la publication de leurs vrais noms. Faites-leur donner un pseudonyme insultant sur les documents officiels et dans les médias.

— Un autre nom ? avança Cléon en fronçant les sourcils.

— Appelez cette Kutonine Crétine Un, le prochain Crétin Deux. Interdisez, par décret impérial, de leur donner leur vrai nom. Ils disparaîtront de l'histoire en tant qu'individus. Ils ne connaîtront jamais la célébrité.

Cléon s'illumina.

— Ça, c'est une idée ! Je vais essayer. Je ne les priverai pas seulement de la vie mais aussi de leur ego.

Hari afficha un faible sourire tandis que Cléon parlait à un assesseur, donnant des instructions pour un nouveau Décret impérial tout neuf. Hari espérait que ça marcherait, mais, en tout cas, il s'était tiré une belle épine du pied. Cléon ne sembla pas remarquer que l'idée n'avait rien à voir avec la psychohistoire.

Tout content, il goûta un amuse-gueule. Il était étonnamment bon.

Cléon lui fit signe.

— Venez, Premier ministre, j'ai des gens à vous faire rencontrer. Ils pourraient se révéler utiles, même pour un mathématicien.

— Vous m'en voyez très honoré, répondit-il, puis, Dors lui ayant fait apprendre quelques banalités à sortir quand il n'avait rien à dire, il en lança une. Tout ce qui peut être utile pour le bien du peuple...

— Ah oui, les gens, fit Cléon d'une voix traînante. J'en entends si souvent parler.

Hari se rendit compte que Cléon avait passé sa vie à écouter des discours plats, prévisibles.

— Pardon, Sire, je...

— Ça me rappelle un résultat d'élection, computé par mes spécialistes trantoriens, fit Cléon en prenant un amuse-gueule que lui offrait une femme moitié moins grande que lui. La question était : « À quoi attribuez-vous l'ignorance et l'apathie des masses trantoriennes ? » La réponse qui revenait le plus souvent était : « Sais pas, et m'en fous. »

Cléon s'esclaffa et Hari réalisa seulement à ce moment-là que c'était une blague.

3

Hari se réveilla, la tête bourdonnante d'idées.

Il avait appris à rester immobile, à plat ventre, dans le réseau arachnéen de l'électrochamp qui lui maintenait la tête et le cou dans l'alignement optimum avec sa colonne vertébrale… à dériver… et à laisser les idées papillonnantes, fugitives, s'entrechoquer, fusionner, se fragmenter.

Il avait appris ce truc en travaillant sur sa thèse. La nuit, son subconscient effectuait tout un travail pour lui. Il n'avait qu'à en écouter les résultats le matin. Mais c'étaient des papillons délicats, qu'il valait mieux emprisonner dans la trame délicate du demi-sommeil.

Il s'assit brusquement et prit trois notes rapides sur le terminal de sa table de nuit. Les graffitis seraient envoyés à l'ordinateur de son bureau, où il pourrait les rappeler ultérieurement.

— Graoorr, fit Dors en s'étirant. L'intellect est déjà branché ?

— Hon-hon, fit-il en regardant dans le vide.

— Allez, avant le petit déjeuner, c'est l'heure du corps.

— Dis-moi d'abord ce que tu penses de l'idée que je viens d'avoir. Imagine que…

— Professeur Seldon, je ne suis pas d'humeur à discuter.

Hari sortit de sa transe. Dors repoussa les couvertures et il admira ses longues jambes fuselées. Elle avait été sculptée pour la force et la vitesse, mais ces qualités convergeaient en un agréable concert de surfaces élastiques au toucher, à la fois souples et fermes. Il se sentit comme arraché d'une secousse à sa rêverie et projeté…

— Le temps du corps, tu as raison. Tu es d'humeur à autre chose.

— On peut compter sur un prof pour donner leur vrai sens aux mots.

Dans la mêlée chaude, étourdissante, qui s'ensuivit, il y eut des rires, de la passion subite et, surtout, pas le temps de penser. Il savait que c'était tout ce qu'il lui fallait, après les tensions de la veille. Et Dors le savait mieux encore.

Il émergea du vaporium dans l'odeur de kawa du petit déjeuner servi par l'automni. Les nouvelles planaient vers eux depuis le mur opposé, et il réussit à en ignorer la plupart. Dors sortit du vaporium en se tapotant les cheveux et observa le mur avec avidité.

— On dirait que ça n'avance pas beaucoup à la Chambre, dit-elle. Ils ont remis à plus tard les sempiternels problèmes budgétaires pour passer au débat sur la souveraineté sectorielle. Si les Dahlites...

— Attends que j'aie absorbé quelques calories.

— Mais c'est exactement le genre de chose dont tu dois être informé !

— Pas tant que je n'y serai pas obligé.

— Tu sais que je ne te laisserai jamais rien faire de dangereux mais, pour le moment, ne pas s'y intéresser, c'est de la stupidité.

— Les manœuvres, qui est le plus fort, qui est dominé — épargne-moi ça. Au moins, les faits, on peut les affronter.

— Tu aimes les faits, hein ?

— Évidemment.

— Ils peuvent être brutaux.

— Ils sont parfois tout ce qui nous reste. Les faits, et l'amour, ajouta-t-il après réflexion en lui prenant la main.

— L'amour est un fait, aussi.

— Le mien, oui. La popularité jamais démentie des histoires d'amour suggère que pour la plupart des gens, ce n'est pas un fait, mais un but.

— Une hypothèse, comme dirait un mathématicien de ton espèce.

— Je te l'accorde. Une conjecture, pour être plus précis.

— Préserve-nous de la précision.

Il la serra soudain contre lui, passa ses mains sous ses fesses et, au prix d'un effort qu'il dissimula à grand-peine, la souleva.

— Mais ça, c'est un fait.

— Mmm, fit-elle en l'embrassant farouchement. L'homme n'est pas qu'esprit.

Il succomba aux nouvelles séduisantes, multisensorielles, tout en mangeant. Il avait grandi dans une ferme et il aimait les petits déjeuners substantiels. Dors mangeait du bout des dents ; ses religions jumelles, disait-elle, étaient l'exercice physique et Hari Seldon — le premier servant à entretenir ses forces pour le second. Il réduisit sa moitié du mur aux mouvements infinitésimaux des marchés, y trouvant une meilleure indication de la façon dont Trantor s'en sortait que dans les éclats tonitruants de la Chambre Haute.

En tant que mathématicien, il avait le goût des détails. Mais au bout de cinq minutes, il tapa de frustration sur la table.

— Les gens ont perdu leur bon sens. Aucun Premier ministre ne peut les protéger de leur propre innocence.

— Mon souci est de te protéger d'eux.

Hari éteignit son holo et regarda le sien, un tridi imagé sur les diverses factions de la Chambre Haute. Des lignes rouges les reliaient à leurs alliées de la Chambre Basse, en faisant une fosse à serpents incompréhensible.

— Tu ne penses pas que ce truc de Premier ministre va marcher, hein ?

— Ça pourrait.

— Ils ont raison. Je ne suis pas qualifié pour le poste.

— Et Cléon ?

— Eh bien, il a été élevé dans cette perspective.

— Tu éludes la question.

— Exactement.

Hari finit son steak et entama son soufflé aux œufs de quhili. Il avait laissé l'électrostim branché toute la nuit pour améliorer son tonus musculaire et ça lui avait ouvert l'appétit. Enfin, ça et le fait délicieux que Dors considérait le sexe comme une épreuve d'athlétisme.

— J'imagine que ta stratégie actuelle est la meilleure, fit pensivement Dors. Reste le mathématicien qui plane au-dessus des préoccupations du commun des mortels.

— Exact. Personne n'assassine un type qui n'a aucun pouvoir.

— Mais on « efface » ceux qui pourraient se trouver sur le chemin du pouvoir.

Hari détestait penser à ce genre de chose si tôt. Il plongea dans son soufflé. Il était facile d'oublier, parmi les saveurs spécialement conçues en fonction de ses désirs soigneusement étalonnés, que les agrocentres fabriquaient les aliments à partir des eaux d'épandage. Les œufs n'avaient jamais connu le ventre de l'oiseau. La viande se présentait sans peau, sans os, sans graisse et sans nerfs. Les carottes n'avaient pas de fanes. Les usines agro-alimentaires étaient minutieusement programmées pour reproduire les goûts. Il ne leur manquait que la faculté de créer des carottes vivantes. La question de savoir si son soufflé avait le goût de l'authentique devenait vraiment mineure au regard du fait qu'il était à son goût à lui, le seul public qui comptait.

Il se rendit compte que Dors parlait depuis un moment des manœuvres de la Chambre Haute et qu'il n'avait pas entendu un mot de ce qu'elle disait. Des conseils sur la façon de manier les gens des médias, de recevoir les visiteurs, sur tout. Tout le monde avait des conseils à lui donner, ces temps-ci...

Hari reprit un peu de kawa et se sentit prêt à affronter la journée en mathématicien et non en ministre.

— Ça me rappelle une chose que ma mère me disait toujours. Tu sais comment faire rire Dieu ?

Dors le regarda d'un œil vide, arrachée à ses pensées.

— Comment... Ah, c'est de l'humour ?

— Tu lui parles de tes projets.

Elle eut un rire complice.

En quittant leur appartement, ils retrouvèrent leurs Gardes. Hari trouvait leur présence superflue. Dors lui suffisait. Mais il ne pouvait guère le dire aux fonctionnaires impériaux. Il y avait d'autres Gardes à l'étage du dessus et du dessous, tout un écran défensif en vraie grandeur. Hari fit signe à des amis en traversant le campus de Streeling, mais ses Gardes les maintenaient à une trop grande distance pour qu'il puisse leur parler.

Il avait beaucoup de travail pour le Département de Mathématiques, toutefois il suivit son inspiration et fit passer ses calculs en premier. Il retrouva sans mal le fil des idées qu'il avait notées en se réveillant et les contempla pendant plus d'une heure en griffonnant distraitement, touillant les symboles comme un chaudron de soupe.

Quand il était adolescent, les contraintes rigides de l'école lui avaient fait penser que les mathématiques n'étaient qu'un bonheur caractérisé par une espèce de minutie particulière, *savoir les choses*, une sorte de collection de pièces de monnaie haut de gamme. On apprenait des relations, des théorèmes, et on les rapprochait.

Il n'avait pris que lentement conscience des structures qui s'élevaient au-dessus de chaque discipline. De grandes envolées joignaient les visions de la topologie aux complexités infinitésimales du calcul différentiel, ou les styles patauds de la théorie des nombres et les sables mouvants de l'analyse de groupe. Alors seulement il avait vu les mathématiques comme un paysage, un territoire de l'esprit à arpenter et à explorer.

Pour parcourir cet espace, il travaillait dans le temps de l'esprit — de vastes étendues de courant ininterrompu où il pouvait se concentrer complètement sur les problèmes, les fixer comme des mouches prisonnières d'une coulée d'ambre intemporel, les retourner dans tous les sens à la lumière de son inspection, jusqu'à ce qu'elles lui livrent leurs secrets.

Les communications téléphoniques, les gens, la politique, tout ça transpirait dans le temps réel, grignotant son train de pensée, tuant le temps de l'esprit. Alors il laissait Yugo, Dors et les autres pourfendre le monde jusqu'à la fin de la matinée.

Ce jour-là, c'est Yugo lui-même qui rompit sa concentration.

— Juste un instant, dit-il en s'insinuant dans le champ de force crépitant de la porte. Je voudrais savoir ce que vous pensez de ce papier.

Ils avaient mis au point, tous les deux, une couverture plausible pour leur projet de psychohistoire. Ils publiaient régulièrement des travaux sur l'analyse non linéaire des « nœuds et noyaux sociaux », un sous-champ doté d'une histoire honorable et ennuyeuse. Leurs analyses s'appliquaient aux sous-groupes et aux factions de Trantor, parfois à d'autres mondes.

La recherche était en fait utile à la psychohistoire, car elle servait de substrat à ce que Yugo mettait un point d'honneur à appeler les « équations de Seldon ». Hari avait renoncé à s'en énerver. Il aurait pourtant préféré garder ses distances par rapport à la théorie.

Bien qu'il restât rarement éveillé plus d'une heure sans penser à la psychohistoire, il ne voulait pas que ce soit un temple pour sa propre vision du monde. Aucune théorie enracinée dans une personnalité donnée ne pouvait espérer décrire la horde de saints et de canailles que révélait l'histoire humaine. Il fallait prendre le plus de recul possible.

— Regardez, fit Yugo en faisant apparaître des lignes de caractères et de symboles sur l'holo d'Hari, j'ai toute l'analyse de la crise dahlite. On ne pourrait pas rêver plus net, hein ?

— Euh... qu'est-ce que la crise dahlite ?

— Nous ne sommes pas représentés ! répondit Yugo, sincèrement surpris.

— Tu vis à Streeling.

— Quand on est né Dahlite, on l'est pour toujours. C'est comme vous, qui venez d'Hélical.

— Hélicon. Je vois. Vous n'avez pas assez de délégués à la Chambre Basse.

— À la Chambre Haute non plus !

— Le Code vous autorise...

— Il est caduc.

— Les Dahlites ont une proportion...

— Et nos voisins, les Ratannanahs et les Quippons, complotent contre nous.

— Comment ça ?

— Il y a des Dahlites dans des tas d'autres secteurs. Ils ne sont pas représentés.

— Les représentants de Streeling parlent pour...

— Écoutez, Hari, vous êtes héliconien. Vous ne pouvez pas comprendre. Des tas de secteurs ne sont qu'un coin où dormir. Les Dahlites sont un peuple.

— Le Code édicte des règles pour l'accueil des sous-cultures spécifiques, des ethnies...

— Ça ne marche pas.

Hari vit à la mâchoire saillante de Yugo que le sujet ne se prêtait pas à un débat paisible. Il en connaissait un rayon sur les crises constitutionnelles à combustion lente. Le Code parvenait à maintenir un équilibre des forces depuis des millénaires grâce à une adaptation innovante. Il n'y en avait pas beaucoup de disponibles en ce moment.

— Là-dessus, nous sommes d'accord. Alors, comment nos travaux s'appliquent-ils à Dahl ?

— Regardez, j'ai pris l'analyse des facteurs sociaux, et...

Yugo avait une perception intuitive des équations non linéaires. C'était un plaisir de voir ses grandes mains trancher l'air, réunir des points, réduire les objections à néant. Et ses calculs étaient justes, bien qu'un peu simplistes.

Les recherches sur les nœuds et les noyaux passaient relativement inaperçues. Ce qui en avait amené pas mal, dans le monde des mathématiques, à l'évacuer comme un jeune homme prometteur qui n'avait jamais atteint son potentiel. Cet état de chose convenait parfaitement à Hari. Certains mathématiciens devinaient que le cœur de ses vraies recherches n'était pas publié ; ceux-là, il les traitait gentiment, mais il se gardait bien de confirmer leur intuition.

— ... On assiste donc à la constitution d'un noyau de pression à Dahl, finit Yugo.

— Tu parles. On s'en aperçoit rien qu'en jetant un coup d'œil aux holos d'information.

— Ouais. Ouais, mais j'ai prouvé que c'était justifié.

Hari resta impassible. Yugo était vraiment remonté.

— Tu as mis l'un des facteurs en évidence. Mais il y en a d'autres dans les équations nodales.

— C'est certain, mais tout le monde sait que...

— Ce que tout le monde sait ne prouve pas grand-chose. À moins, évidemment, que ce ne soit faux.

Le visage de Yugo trahit un soudain sursaut d'émotions : un mélange de surprise, de colère, d'inquiétude, de douleur et d'étonnement.

— Comment, Hari ? Vous ne soutenez pas Dahl ?

— Bien sûr que si, Yugo. (En réalité, il s'en fichait. Mais c'était une affirmation trop abrupte pour Yugo qui semblait vraiment prendre la chose à cœur.) Écoute, c'est un bon papier. Publie-le.

— Les trois équations nodales de base sont à vous.

— Tu n'as pas besoin de les appeler comme ça.

— Non. Mais je tiens à ce que votre nom figure sur le papier.

Quelque chose titilla l'esprit de Hari, mais il comprit que la seule bonne réponse pour le moment était de rassurer Yugo.

— Si tu veux.

Yugo passa aux détails de la publication, et Hari laissa son regard dériver sur les équations, les termes représentant les modèles de démocratie trantorienne, les abaques de valeur de pression sociale et tout le toutim. Un peu bourratif. Mais rassurant pour ceux qui le soupçonnaient de dissimuler ses résultats essentiels. Ce qu'il faisait, d'ailleurs. Évidemment.

Hari poussa un soupir. Dahl était une plaie politique infectée. Les Dahlites de Trantor reproduisaient la culture de la zone galactique de Dahl. Chaque zone importante avait son propre secteur sur Trantor, pour le trafic d'influence et le lobbying en général.

Mais Dahl ne pesait pas lourd à l'échelle de ses recherches, simples, et même triviales. Les équations nodales qui décrivaient la représentation à la Chambre Haute étaient des formes tronquées de l'énigme infiniment plus redoutable de Trantor.

De Trantor dans son intégralité. Un monde affolant, déboussolant rien que par sa taille, ses liens complexes, ses coïncidences dépourvues de sens, ses juxtapositions de hasard, ses dépendances sensibles. Ses équations étaient encore terriblement inadaptées à la coquille qui hébergeait quarante milliards d'âmes trépidantes.

Et c'était encore bien plus terrible à l'échelle de l'Empire !

Les gens qui se trouvaient confrontés à une complexité trop grande pour eux avaient tendance à trouver leur niveau de saturation. Ils maîtrisaient les connexions primitives, les liens locaux, les méthodes empiriques. Ils les poussaient jusqu'à ce qu'ils se heurtent à un mur de difficulté trop épais, trop haut et trop difficile à empoigner et à escalader.

Ils en restaient là. À bavarder, à consulter, à s'agiter. Et enfin à parier.

L'Empire de vingt-cinq millions de mondes constituait un problème encore plus vaste que la compréhension du reste de l'univers. Au moins, les galaxies situées au-delà n'étaient-elles pas habitées par des humains. Les notions vagues, aveugles, d'étoiles et de gaz étaient un jeu d'enfant par comparaison avec les trajectoires complexes des individus.

Quelque part, c'était usant. Le problème de Trantor était déjà assez compliqué. Huit cents secteurs avec quarante milliards d'individus. Et quid de l'Empire, avec ses vingt-cinq millions de planètes peuplées de quatre milliards d'âmes en moyenne ? Cent millions de milliards d'êtres humains !

Les mondes entraient en interaction les uns avec les autres à travers les goulots d'étranglement des trous de ver. Ça avait au moins l'avantage de simplifier certains problèmes économiques. Mais la culture voyageait à la vitesse de la lumière à travers ces trous de ver, information dépourvue de masse, qui se ruait à travers la Galaxie en ondes déstabilisantes. Un fermier d'Oskatoon savait qu'un duché était tombé à l'autre bout du disque galactique, quelques heures à peine après que le sang répandu sur les dalles du palais eut commencé à sécher.

Comment mettre ça en équations ?

Il était clair que l'Empire s'étendait au-delà de l'horizon de complexité de n'importe quel individu ou de n'importe quel ordinateur. Seuls des jeux d'équations qui ne tenteraient pas de retenir tous les détails pouvaient fonctionner.

Ce qui signifiait qu'un individu ne valait pas la peine d'être étudié au regard de l'échelle des événements. Même un million d'individus faisaient à peu près autant de différence qu'une goutte d'eau dans la mer.

Hari se réjouit soudain d'avoir gardé le secret sur la psychohistoire. Comment les gens réagiraient-ils s'ils apprenaient qu'ils comptaient pour du beurre ?

— Hari ? Hari ?

Il était reparti dans ses rêves. Yugo était encore là.

— Oh, pardon ! Je rêvassais.

— La réunion du Département.

— Quoi ?

— Vous l'avez fixée à aujourd'hui.

— Oh non ! On ne peut pas la remettre... ?

— Et décommander le Département ? Tout le monde attend.

Hari suivit docilement Yugo dans la salle de réunion. Les trois niveaux traditionnels étaient combles. Le patronage de Cléon avait rempli un Département déjà plein de cerveaux au point d'en faire probablement — mais comment pouvait-on mesurer ce genre de chose ? — le meilleur de Trantor. Il comportait des spécialistes dans des myriades de disciplines, parfois dans des domaines dont Hari n'avait qu'une vague idée.

Hari prit sa place au moyeu du niveau le plus élevé, au centre exact de la salle. Les mathématiciens aimaient les géométries censées refléter la réalité. C'est ainsi que tous les professeurs étaient assis sur une plate-forme surélevée, circulaire, dans des modling-chairs aux amples accoudoirs.

Les professeurs associés, qui avaient un poste fixe mais étaient encore à un niveau intermédiaire dans leur carrière, formaient un large anneau autour d'eux, quelques marches plus bas. Ils occupaient des fauteuils confortables, néanmoins dépourvus des fonctions informatiques et holo.

Les professeurs sans poste étaient assis sur des sièges rudimentaires placés encore plus bas, dans une sorte de fossé. Le doyen siégeait près du centre de la salle. Les rangées extérieures, garnies de simples bancs dépourvus de fonctions informatiques, étaient réservées aux instructeurs et aux assistants. Yugo était assis sur l'un de ces bancs, les sourcils froncés, l'air de se demander ce qu'il faisait là.

Hari avait toujours trouvé exaspérant ou risible, selon son humeur, que Yugo, l'un des membres les plus productifs du Département, jouisse d'un aussi piètre statut. C'était le prix à payer pour que la psychohistoire reste secrète. Il s'efforçait de compenser en donnant à Yugo un bon bureau et autres menus avantages. Yugo semblait peu soucieux de son statut, car il était déjà monté très haut. Sans les examens du service civil, au demeurant.

Ce jour-là, Hari décida de faire une petite farce.

— Je vous remercie, mes chers confrères, de votre présence. Nous avons beaucoup de problèmes administratifs à aborder. Yugo ?

Un frémissement parcourut l'assistance. Yugo ouvrit de grands yeux, se leva rapidement et grimpa sur l'estrade de l'orateur.

Hari demandait toujours à quelqu'un de présider les réunions, alors même qu'en tant que président il les avait lui-même provoquées et en avait fixé l'heure et l'ordre du jour. Il savait qu'on le considérait souvent comme une forte personnalité, pour la seule raison qu'il connaissait le programme de recherches sur le bout des ongles.

On commettait souvent l'erreur de confondre la connaissance et l'autorité. Il s'était rendu compte que, lorsqu'il présidait, peu de gens osaient exprimer un avis différent du sien. Pour obtenir une discussion ouverte, il devait prendre un peu de recul, écouter en prenant des notes, n'intervenant qu'aux moments clés.

Des années auparavant, Yugo lui avait demandé pourquoi il agissait ainsi, et Hari avait écarté la question.

— Je ne suis pas un meneur d'hommes, avait-il répondu.

Yugo l'avait regardé d'un drôle d'air, comme pour dire : De qui vous moquez-vous ?

Hari sourit intérieurement. Certains professeurs en titre, autour de lui, marmonnaient, échangeaient des regards. Yugo énonça l'ordre du jour en parlant vite, d'une voix forte, claire.

Hari se cala dans son fauteuil et regarda l'irritation s'emparer de ses estimés confrères. Le fort accent de Yugo lui valut des froncements de nez. L'un d'eux articula en silence à l'adresse d'un autre : Un Dahlite ! Et il obtint la réponse : Arriviste !

Il était temps qu'ils tâtent de « la pointe de la botte », comme disait jadis son père. Et que Yugo ait un avant-goût de la direction du Département.

Après tout, cette histoire de Premier ministre risquait de s'aggraver. Il pourrait avoir besoin de se trouver un remplaçant.

4

— Nous devrions y aller, dit Hari en griffonnant sur son bloc.

Dors étendit soigneusement sa robe et l'observa d'un œil critique.

— Pourquoi ? La réception ne commencera pas avant des heures.

— Je voudrais me promener un peu en chemin.

— La réception est dans le secteur de Dahviti.

— Fais-moi plaisir.

Elle s'insinua, au prix de moult contorsions, dans son fourreau, une chose voyante, bleu et or.

— J'aurais préféré un style différent.

— Eh bien, mets autre chose.

— C'est ta première apparition à une réception impériale. Il faut que tu sois à ton avantage.

— Traduction : que tu sois à *ton* avantage, et plantée à côté de moi.

— Toi et ta toge de prof d'université !

— C'est la tenue adaptée aux circonstances. Je tiens à ce qu'on voie bien que je suis un simple professeur.

— Tu sais qu'il y a des maris qui seraient contents de voir leur femme faire ça ? dit-elle en tiraillant sur sa robe.

Il la regarda ajuster son fourreau en se tortillant.

— Tu ne voudrais quand même pas que je m'excite et que je passe la soirée dans cet état ?

— Si, exactement, confirma-t-elle avec un sourire impudent.

Il s'appuya au dossier de son modling-chair et poussa un soupir théâtral.

— Les mathématiques sont une muse plus agréable. Moins exigeante.

Elle lui lança une chaussure, le ratant d'un centimètre exactement.

— Attention, ou les Gardes vont voler à mon secours, répliqua Hari avec un grand sourire.

Dors mit les dernières touches à sa tenue et le regarda d'un air intrigué.

— Tu es encore plus lointain que d'habitude.

— Comme toujours, je case mes recherches dans les coins et recoins de la vie.

— Le problème habituel ? Ce qui est vraiment important dans l'histoire ?

— Je préférerais savoir ce qui ne l'est pas.

— Je reconnais que l'approche traditionnelle, méga-historique, économique, politique et tout ce qui s'ensuit, ne suffit pas.

Hari leva les yeux de son bloc.

— Pour certains historiens, si on veut comprendre les grandes lois qui font marcher la société, il faut prendre en compte les petites règles.

— Je connais ces travaux, répondit Dors avec une moue dubitative. Les petites règles et les grandes lois. Et si on simplifiait un peu ? Peut-être les lois ne sont-elles que l'ensemble des règles ajoutées les unes aux autres ?

— Sûrement pas.

— Un exemple, insista-t-elle.

Il aurait voulu réfléchir, mais elle refusait d'en rester là. Elle lui enfonça son doigt dans les côtes.

— Allez, un exemple !

— Très bien. Voilà une règle : quand on tombe sur une chose qu'on aime, il faut en acheter suffisamment pour tenir jusqu'à la fin de ses jours, parce qu'on peut être sûr qu'ils vont en arrêter la fabrication.

— C'est ridicule. Tu te fiches de moi.

— Pas du tout. C'est très sérieux.

— Bon, et toi, tu la suis, cette règle ?

— Évidemment.

— Comment ?

— Tu te rappelles la première fois que tu as regardé dans mon dressing ?

Elle cilla, marquant le coup. Il eut un sourire en y repensant. En fouinant discrètement, elle avait écarté la large porte légère comme une plume. Les vêtements étaient rangés par modèle et par couleur dans des alvéoles rectangulaires.

— Six costumes bleus, avait-elle dit, estomaquée. Une bonne douzaine de chaussures, toutes noires ! Et des chemises ! Blanc cassé, vert olive, quelques rouges. Une cinquantaine, au moins ! Tant de chemises, toutes pareilles !

— Exactement à mon goût, avait-il dit. Et puis ça règle un problème : le matin, je ne me demande pas ce que je vais mettre, je prends au hasard.

— Je pensais que tu remettais tous les jours la même chose.

Il haussa les sourcils, interloqué.

— Les vêtements de la veille, tu veux dire ?

— Eh bien, comme je ne te voyais pas en changer...

— Je me change tous les jours ! Si je m'habille toujours de la même façon, ajouta-t-il avec un petit rire rétrospectif, c'est parce que j'aime ça. Et tu ne trouveras plus ces modèles dans aucun magasin.

— Ça, j'imagine, dit-elle en tâtant le tissu de ses chemises. Il y a au moins quatre ans que ça ne se fait plus.

— Tu vois ? Ma règle marche.

— Pour moi, une semaine, c'est vingt et une occasions de changer de tenue. Pour toi, c'est une corvée.

— Tu ignores la règle.

— Depuis quand t'habilles-tu comme ça ?

— Depuis que j'ai remarqué combien de temps je mettais à décider ce que j'allais mettre. Et que ce que j'aimais vraiment porter n'était pas souvent dans les boutiques. J'ai systématisé une solution aux deux problèmes.

— Tu es stupéfiant.

— Systématique, c'est tout.

— Obsessionnel.

— C'est un jugement, pas un diagnostic.

— Tu es un amour. Cinglé, mais un amour quand même. Peut-être que ça va de pair.

— C'est une règle aussi ?

Elle l'embrassa.

— Oui, professeur.

L'inévitable bouclier de Gardes se forma autour d'eux à l'instant où ils quittèrent leur appartement. Ils avaient quand même obtenu, à l'usure, qu'ils leur accordent l'intimité d'un même godet dans le tube antigrav.

Les ascenseurs gravifiques n'étaient pas un miracle de la physique gravitationnelle mais plutôt le résultat des dernières recherches sur les champs électromagnétiques. À chaque micro-seconde, des milliers de champs électrostatiques infinitésimaux subtilement équilibrés se reconfiguraient, soutenant leur masse. Il les sentait jouer dans ses cheveux et tirailler sa peau alors qu'ils se le repassaient de l'un à l'autre, l'accompagnant dans sa descente.

En quittant le godet, treize étages plus bas, Dors passa un peigne à charge programmée dans ses cheveux coiffés à la dernière mode. Ils crépitèrent et reprirent docilement leur place.

Ils s'engagèrent dans une large galerie bordée de boutiques. Hari aimait les endroits qui offraient une perspective d'une bonne centaine de mètres.

Ils avançaient vite, parce qu'il n'y avait pas de circulation transversale pour les ralentir. Un trottoir roulant circulait au centre. Il allait dans leur direction, mais ils longèrent les magasins afin de faire un peu de lèche-vitrines.

Pour se déplacer latéralement, il suffisait de monter ou de descendre d'un niveau grâce à un tube ou un escalator, puis de prendre un tapis roulant ou une nacelle. Dans les galeries, les trottoirs roulants des deux côtés allaient chacun dans un sens. Comme il n'y avait pas de virages à droite ou à gauche, les accidents de circulation étaient rares. La plupart des gens allaient à pied quand c'était possible, pour faire un peu d'exercice, et pour le plaisir indéfinissable de profiter de Trantor. Les gens qui venaient ici appréciaient la stimulation constante de l'humanité, des idées, des cultures se frottant les unes aux autres selon un brassage productif. Hari n'était pas blasé, bien que l'excès fît perdre un peu de sa saveur à la sensation.

Sur les places et les squares hexagonaux se déplaçaient des gens vêtus à la mode de vingt-cinq millions de mondes. Il repéra des « cuirs » automoulants provenant d'animaux qui ne pouvaient pas, c'était impossible, ressembler aux chevaux légendaires. Un homme passa en flânant, ses leggings fendus sur les hanches dévoilant les rayures bleues de sa peau qui faisait des vagues et s'aplanissait, telle une mer toujours recommencée. Une femme anguleuse arborait un corselet orné de visages qui tétaient des seins aux mamelons d'ivoire. Il dut y regarder à deux fois pour se convaincre qu'ils n'étaient pas réels. Des filles en tenue de soirée outrageusement décolletée paradaient bruyamment. Un enfant — à moins que ce ne soit un habitant adulte d'un monde à forte gravité — effleurait les cordes laser d'un photocithare.

Les Gardes se déployèrent et leur capitaine s'approcha au petit trot.

— Il nous est difficile d'assurer votre protection ici, monsieur l'Académicien.

— Ce sont des gens ordinaires, pas des assassins. Personne ne pouvait prévoir que j'allais passer par ici.

— L'Empereur nous a dit de vous protéger, nous vous protégeons.

— Je m'occupe de sa protection rapprochée, répondit aussitôt Dors. J'en suis capable, je vous assure.

Le capitaine esquissa une grimace, mais il prit le temps de répondre.

— Oui, j'ai entendu parler de ça. Mais quand même...

— Dites à vos hommes d'utiliser leurs détecteurs de proximité dans le plan vertical. Une charge mimétique placée sur les niveaux supérieur et inférieur pourrait nous atteindre.

— Euh... oui, madame, fit-il en repartant coudes au corps.

Ils passèrent devant le mur du Quadrant de Farhahal, un curieux puzzle architectural dû à l'obsession d'un vieillard fortuné. Tant que son domaine ne serait pas terminé, se disait-il, sa vie ne le serait pas non plus, c'est-à-dire qu'il ne mourrait pas. Chaque fois que des travaux s'achevaient, il en commandait d'autres. Le labyrinthe de pièces, de couloirs, de caves, de ponts et de jardins en était arrivé à former un patchwork incohérent qui occupait le moindre recoin du plan original, assez simple. Lorsque sa vie prit fin, laissant une tour inachevée, les chamailleries de ses héritiers et les ponctions effectuées dans le domaine par les hommes de loi afin de se payer avaient fait plonger le quartier. C'était maintenant une garenne nauséabonde où ne se risquaient plus que les prédateurs et les naïfs.

Les Gardes se refermèrent sur eux et le capitaine les pressa de prendre un transpo. Hari grimpa dans une nacelle en rechignant. Dors avait cet air concentré, inquiet, qu'il connaissait bien. Ils filèrent en silence dans des tunnels obscurs. Il y avait deux arrêts et, dans les stations vivement illuminées, tandis que la nacelle s'arrêtait en douceur, Hari vit des rats détaler pour se mettre à l'abri. Il les montra du doigt à Dors.

— Brr, fit-elle. C'est quand même insensé qu'on n'arrive pas à éliminer la vermine au cœur de l'Empire, non ?

— Pas ces temps-ci, répliqua Hari.

Il soupçonnait les rats d'avoir réussi à s'insinuer au sommet de l'Empire. Les rongeurs se fichaient pas mal de la grandeur.

— Les rats auront été les éternels compagnons de l'homme, nota Dors d'un ton sombre. Aucun monde n'est à l'abri de ces sales bêtes.

— Dans ces galeries, les nacelles à longue portée volent si vite que les rats sont parfois aspirés dans les turbines.

— Tu imagines, si ça endommageait les moteurs et que les nacelles s'écrasent ? reprit Dors, mal à l'aise.

— Je n'aimerais pas être à la place du rat, surtout.

Ils traversèrent un secteur dont les habitants avaient la phobie de la lumière et fuyaient même les maigres flaques formées par les lampes radiantes qui plongeaient à travers les strates. À l'origine, lui dit Dors, ils redoutaient les rayons ultraviolets du soleil, mais la névrose semblait plus profonde et dépassait le simple problème de santé.

Leur nacelle ralentit et gravit un long viaduc surplombant des cavernes grouillantes. La lumière naturelle n'y plongeait jamais. Elles n'étaient éclairées que par des lumignons artificiels au phosphore. Le nom officiel du secteur était Kalanstromonia, mais tout le monde appelait ses habitants les Ectoplasmes. Ils voyageaient peu, et leurs faces pâles tranchaient sur les autres dans la foule. En les regardant de ce point de vue élevé, Hari eut l'impression de voir des asticots pullulants, qui se repaissaient d'ordures ombreuses.

L'Empereur recevait les représentants des zones sous une coupole, dans le secteur de Julieen. Leur escorte les fit entrer et laissa place à cinq hommes et femmes vêtus d'uniformes passe-partout. Ils saluèrent Hari d'un mouvement de tête puis firent mine de se désintéresser de lui pour suivre une large rampe en bavardant entre eux.

Une femme, à la grande porte, fit tout un fromage de son arrivée. Un nuage de bruit vaguement musical s'abattit sur lui, mélange de l'hymne de Streeling subtilement arrangé pour se fondre avec la symphonie d'Hélicon. Ce qui attira l'attention des foules en dessous — exactement ce qu'il redoutait. Une équipe d'attachés protocolaires prit en douceur le relais des assesseurs de la porte, les escortant, Dors et lui, à un balcon. Il se réjouit de l'occasion qui lui était ainsi donnée de contempler le spectacle.

Du haut de la coupole, le panorama était stupéfiant. Des spirales descendaient vers des plateaux si lointains qu'il y distinguait tout juste une forêt et des sentiers. Les remparts et les jardins avaient attiré des myriades de spectateurs, y compris, lui dit un guide, 999 987 suicidés, soigneusement enregistrés au fil des siècles.

Comme ils approchaient du million, poursuivit le guide avec volupté, il y avait des tentatives presque toutes les heures. On avait retenu, le jour même, un homme portant une tenue holo voyante programmée pour projeter le message lumineux suivant : « Je suis le millionième » lorsqu'il s'écraserait au sol.

— Ils semblent si avides, conclut le guide avec ce que Hari prit pour une sorte de fierté.

— Enfin, remarqua Hari en essayant de se débarrasser de lui, le suicide est la forme la plus sincère d'autocritique.

Le guide hocha la tête d'un air entendu et ajouta :

— Et puis, comme ça, ils ont l'impression de contribuer à quelque chose. Ça doit être une consolation.

Les attachés du protocole avaient programmé son orbite dans l'immense salle de réception. Rencontrer X, saluer Y, s'incliner devant Z.

— Ne parlez pas des émeutes de la zone de Judena, insista une assistante.

Ça, il n'aurait pas de mal ; il n'en avait jamais entendu parler.

Les exhausteurs d'appétit étaient excellents, et la nourriture qui suivit encore meilleure (telle fut, du moins, son impression, ce qui était la raison d'être des exhausteurs), et il prit un stim proposé par une femme époustouflante.

— On pourrait passer la soirée comme ça, à sourire et à opiner du chef en disant aux gens qu'on est d'accord, fit Dors au bout d'une demi-heure.

— Ce serait tentant, murmura Hari en suivant son cicérone vers un groupe de personnalités de la zone.

L'air, dans le vaste dôme embrumé, bourdonnait de tractations en cours et d'affaires conclues.

L'Empereur arriva en grande pompe. Il resterait l'heure rituelle, puis, selon l'antique coutume, il partirait avant que les autres aient le droit de s'éclipser. Hari se demanda si l'Empereur n'avait jamais envie de prolonger une conversation intéressante. Mais Cléon était coulé dans le moule de sa fonction, et le cas ne se présenterait probablement jamais. Il salua Hari avec effusion, baisa la main de Dors et sembla perdre tout intérêt pour eux en l'espace de deux minutes, après quoi il se déplaça, avec sa suite, vers un autre cercle de visages pleins d'espoir.

Le groupe qui attendait Hari ensuite était différent. Ce n'était pas le mélange habituel de diplomates, d'aristocrates et d'assistants nerveux, tout de brun vêtus. Son cicérone lui annonça que c'étaient des personnages vraiment importants.

— De gros calibres, murmura-t-il.

Un grand gaillard musclé se tenait au centre d'un cercle, une douzaine d'hommes buvant la moindre de ses paroles. Son cornac s'apprêtait à passer son chemin, mais Hari l'arrêta.

— C'est...

— Betan Lamurk, monsieur.

— Il sait tenir son auditoire.

— Ça, c'est vrai. Vous voulez que je vous présente ?

— Non, je voudrais l'écouter.

Il était toujours bon de prendre la mesure de son adversaire quand il ne se savait pas observé. C'est ce que son père lui avait appris, juste avant sa première compétition de mathélétiques. Ça n'avait pas suffi à sauver la vie du paternel, mais ça pouvait marcher dans l'environnement académique, moins violent.

Ses cheveux noirs lui prenaient les tempes en étau, deux pointes rejoignant presque le coin de ses yeux. Des yeux de braise, très écartés, aux paupières lourdes, émergeant d'un éventail de rides d'expression. Un nez fin semblait pointer vers le trait le plus fier du visage, une bouche qui paraissait assemblée à partir de pièces disparates. La lèvre inférieure, pulpeuse, s'incurvait en une moue impudente. La lèvre supérieure, mince et musclée, s'arquait vers le bas en une sorte de rictus. Un observateur attentif remarquait bientôt que la lèvre supérieure pouvait à tout moment dominer l'autre, exprimant un changement d'humeur aussi soudain que troublant. Il l'aurait fait exprès que ça n'aurait pas été plus réussi.

Hari comprit très vite, bien sûr, que Lamurk l'avait fait exprès.

Lamurk parlait du commerce interzonal dans le bras spiralé d'Orion, un sujet brûlant qui agitait alors la Chambre Haute. Hari, qui se fichait complètement du commerce, hormis comme variable dans des équations stochastiques, se contenta d'observer la gestuelle de l'homme.

Pour souligner un argument, Lamurk levait ses mains audessus de sa tête, les doigts écartés, haussant le ton. Puis, ayant fait valoir son point de vue, il baissait la voix, laissait retomber ses mains côte à côte devant sa poitrine. Ses accents bien modulés devenaient plus graves, plus songeurs, il écartait largement les bras. Alors, enflant à nouveau la voix, il remontait les mains au niveau du visage, en faisait tourner une autour de l'autre, comme si, le sujet devenant complexe, l'auditeur était prié de redoubler d'attention.

Il maintenait un contact visuel étroit avec son public, balayant l'assistance d'un regard perçant. Un dernier argument, une dernière boutade, une pointe d'humour, un sourire éclatant, plein d'assurance, une pause comme s'il attendait une question.

— ... Et pour certains d'entre nous, la « Pax Imperium » ressemble plutôt à une « Tax Imperium », pas vrai ? acheva-t-il, puis il vit Hari, fronça rapidement les sourcils. Académicien Seldon ! Bienvenue ! Je me demandais quand j'aurais l'occasion de faire votre connaissance.

— Je ne voudrais pas interrompre votre... euh, conférence, répondit Hari, ce qui lui valut quelques gloussements, et il en déduisit qu'accuser un membre de la Chambre Haute de pontifier était une pique sociale modérée. C'est vraiment passionnant.

— Des propos bien ternes à côté de vos mathématiques, j'en ai peur, fit cordialement Lamurk.

— Je crains que mes mathématiques ne soient encore plus arides que le commerce entre les zones.

D'autres gloussements saluèrent cette réplique, Hari se demanda bien pourquoi.

— Je m'efforce simplement de séparer les facteurs, répondit Lamurk, jovial. Les gens considèrent l'argent comme une religion.

Ce qui lui valut des rires approbateurs.

— Par bonheur, il n'y a pas de sectes en géométrie.

— Nous nous efforçons simplement d'agir au mieux pour l'Empire, Académicien.

— On dit que le mieux est l'ennemi du bien.

— Dois-je en déduire que vous appliquerez une logique mathématique aux problèmes de la Chambre ? fit Lamurk d'un ton encore aimable, mais le regard voilé. À supposer que vous obteniez un ministère.

— Hélas, tant que les mathématiques seront sûres et certaines, elles ne représenteront pas la réalité. Dans la mesure où elles se réfèrent à la réalité, elles ne sont pas certaines.

Lamurk jeta un coup d'œil à la foule, qui avait considérablement augmenté. Dors serra la main de Hari et il comprit qu'il se passait quelque chose d'important. Il ne voyait pas quoi, mais ce n'était pas le moment de prendre la mesure de la situation.

— Cette histoire de psychohistoire dont j'ai entendu parler n'aurait donc aucune utilité ? avança Lamurk.

— Pas pour vous, en tout cas, répliqua Hari.

Lamurk plissa les paupières, mais son sourire demeura affable.

— Ce serait trop compliqué pour nous ?

— Pas utilisable, hélas. Je n'en ai pas encore cerné la logique.

Lamurk eut un petit ricanement, regarda d'un air radieux la foule qui croissait toujours, et dit d'un ton jovial :

— Un penseur logique ! Quel contraste rafraîchissant avec le monde réel !

Rire général. Hari essaya d'imaginer une riposte. Il vit un de ses gardes du corps arrêter un homme, tout près de lui, inspecter son costume et le laisser repartir.

— Vous voyez, Académicien, à la Chambre Haute, nous ne pouvons perdre notre temps avec des théories, reprit Lamurk en parlant lentement, pour ménager son effet, comme s'il faisait un discours électoral. Nous devons être justes... Et il arrive, les gars, que nous soyons obligés d'être durs.

Hari haussa un sourcil.

— Comme disait mon père, « Est dur celui qui se contente d'être juste, et bien triste celui qui se borne à la sagesse ».

Il comprit aux *oooh* de la foule qu'il avait tapé dans le mille, ce que lui confirmèrent les yeux de Lamurk.

— Enfin, nous faisons de notre mieux, à la Chambre, nous faisons de notre mieux. Nul doute que nous aurons bien besoin de l'aide des secteurs les plus cultivés de l'Empire. Il faudra que je lise un de vos livres, Académicien. À condition que j'y arrive, ajouta-t-il en regardant la foule, le sourcil arqué.

— Je vous enverrai ma monographie sur le calcul géométrique transfini, proposa Hari avec un haussement d'épaules.

— C'est un titre impressionnant, fit Lamurk en regardant le public d'un air complice.

— Les livres, c'est comme les hommes : seul un très petit nombre joue un rôle majeur ; le reste se noie dans la multitude.

— Et où vous situez-vous ? répliqua Lamurk.

— Dans la multitude. Au moins, je ne serai pas obligé d'assister à toutes ces réceptions.

Ce qui lui valut de gros rires, à son vif étonnement.

— Oui, eh bien, je doute que l'Empereur vous impose beaucoup de ces fastidieuses réunions. Mais vous risquez d'être invité partout, Académicien. Vous avez la langue acérée.

— Mon père avait un autre dicton : « L'esprit est un rasoir. Et on risque d'autant plus de se couper avec qu'il a perdu son tranchant. »

Son père disait aussi que, dans les escarmouches verbales,

le premier qui s'énervait avait perdu la partie. Il y avait longtemps qu'il n'y avait pas repensé. Il songea trop tard que les saillies de Lamurk, à la Chambre Haute, étaient réputées. Il avait sûrement des nègres. Il n'avait guère fait preuve d'humour en cette occasion.

La crispation des joues s'étendit rapidement à la ligne blanche de ses lèvres exsangues. Les traits de Lamurk se convulsèrent en une expression de dégoût — ils n'avaient pas beaucoup de chemin à faire — et il eut un vilain petit rire gargouillant.

Autour de lui, tout le monde se taisait. Il s'était passé quelque chose.

— Allons, beaucoup de gens voudraient rencontrer l'Académicien, fit son cicérone, rompant habilement le silence pesant.

Hari serra des mains, murmura des banalités et se laissa entraîner.

5

Il prit un autre stim pour se détendre. Il n'aurait su dire pourquoi il était plus énervé maintenant, après la prise de bec, que pendant. Ils avaient rompu l'engagement sur un regard glacial, furieux, de Lamurk.

— Je le tiens à l'œil, fit Dors. Profite de ta célébrité.

Pour Hari, c'était une impossibilité absolue, mais il essaya. On avait rarement l'occasion de voir une faune aussi variée, et il se calma en revêtant un rôle inhabituel : celui de l'observateur poli. Dans le fond, le bavardage social exigeait peu de concentration. Un sourire chaleureux, et le tour serait joué.

La soirée était un microcosme de la société trantorienne. Hari profita des moments de creux pour observer l'interaction des ordres sociaux.

Le grand-père de Cléon avait rétabli bon nombre de traditions ruelliennes. L'une d'elles exigeait que des membres des cinq classes soient présents à toutes les manifestations impériales d'une certaine importance. Cléon semblait particulièrement goûter cette coutume, comme s'il en escomptait un regain de popularité auprès du peuple. Hari se gardait bien d'exprimer ses doutes.

Les premiers et les plus voyants étaient les nobles, les membres de l'aristocratie héréditaire. Cléon occupait le sommet de la pyramide impériale qui partait des ducs de Quadrants et des princes des Bras Spiralés, passait par les Pairs à vie et descendait, tout en bas, jusqu'aux petits barons locaux comme Hari en avait vu sur Hélicon.

Ils passaient fièrement au-dessus de sa tête quand il travaillait dans les champs. Ils gouvernaient des domaines d'une taille assez restreinte pour qu'on puisse les traverser dans la journée, en alère. L'activité principale de la noblesse était le Méta Jeu, un combat incessant pour accroître la fortune de sa maison et embellir le statut de sa nombreuse progéniture grâce à des alliances politiques, ou des alliances tout court.

Hari eut un reniflement dédaigneux qu'il masqua en reprenant un stim. Il avait étudié les rapports anthropologiques émanant d'un millier de « mondes déchus » — ceux qui avaient dégénéré, sombré dans l'isolement et dans des modes de vie plus primitifs. Il savait que cette organisation pyramidale était l'un des schémas sociaux humains parmi les plus naturels et les plus résistants. Même quand une planète en était réduite à une agriculture rudimentaire et à des métaux forgés à la main, cette structure triangulaire subsistait. Les gens aimaient le rang et l'ordre.

L'éternelle compétition des familles nobles avait été le premier et le plus simple des systèmes psychohistorologiques jamais modélisé par Hari. Il avait commencé par combiner la théorie basique du Jeu et la sélection de l'espèce. Puis, obéissant à une inspiration subite, il avait intégré les données dans les équations qui décrivaient les mouvements des grains de sable dévalant le flanc d'une dune. Après tout, les glissements sociaux étaient un parfait exemple de transition subite.

La même chose valait pour l'ascension et la chute des familles nobles. De longues périodes de calme suivies de ruptures abruptes.

Il tenta de repérer dans la foule des représentants de la seconde aristocratie, censée être sur le même plan que la première : la méritocratie.

En tant que responsable de département d'une des principales universités impériales, Hari était lui-même un seigneur de cette hiérarchie basée sur le talent plutôt que la naissance. Les obsessions des méritocrates n'avaient rien à voir avec les sempiternelles chamailleries dynastiques de la gentry. En fait, rares étaient, dans la classe à laquelle il appartenait, ceux qui prenaient la peine de se reproduire, tellement ils étaient absorbés par leur domaine d'élection. La petite noblesse jouait des coudes pour les postes les plus élevés du gouvernement impérial, pendant que les méritocrates du second rang exerçaient le pouvoir réel.

Si seulement Cléon avait un rôle comme ça à me confier, se dit-il. Un poste de vice-ministre, ou de conseiller. Il aurait pu le tenir avec succès pendant un moment, ou se planter et se faire éjecter. D'une façon ou d'une autre, en un ou deux ans il aurait réintégré la sécurité de Streeling. On n'exécutait pas les vice-ministres. Pas pour incompétence, en tout cas.

Et les vice-ministres ignoraient le plus grand inconvénient du pouvoir : endosser la responsabilité de quatre millions de milliards d'êtres humains.

Dors le vit se perdre dans ses pensées. Sous sa douce insistance, il goûta de savoureux amuse-gueule en parlant de la pluie et du beau temps.

Les membres de la petite noblesse se distinguaient par leurs toilettes voyantes, dernier cri, alors que les économistes, les généraux et autres méritocrates arboraient de préférence la tenue plus ou moins officielle de leur emploi.

Il faisait donc une déclaration politique, au fond, se dit Hari. En portant sa toge de professeur d'université, il proclamait que, pour la première fois depuis quarante ans, le prochain Premier ministre pourrait ne pas être issu de la petite noblesse.

Sauf qu'il aurait bien voulu le faire exprès, mais il ne se souciait guère de faire profession de foi.

Malgré le credo ruellien officiel, les trois autres classes sociales étaient presque invisibles dans la foule en liesse.

Les factotums portaient des tenues sombres, brunes ou grises, et arboraient l'expression qui allait avec. Ils parlaient rarement en leur propre nom. Ils planaient d'ordinaire au coude d'un aristo reconnaissable à sa mise tapageuse, lui fournissant des chiffres et des données qu'il replaçait dans la conversation. Les aristos étaient généralement incapables de faire une simple addition. C'était pour les machines.

Hari se rendit compte qu'il devait chercher pour repérer la quatrième classe, les Hommes En Gris, dans la foule. Il les regarda se déplacer comme des pinsons parmi des paons.

Ils constituaient pourtant plus du sixième de la population de Trantor. Recrutés sur toutes les planètes de l'Empire par les tests du service civil, à qui rien n'échappait, ils venaient sur la « planète capitale », effectuaient leur temps comme moines bacheliers et repartaient occuper un poste dans les mondes extérieurs. On pensait rarement aux Hommes En Gris qui circulaient dans tout Trantor comme l'eau dans les conduites ténébreuses, aussi honnêtes, quelconques et ternes que les parois de métal.

Il réalisa que ç'aurait pu être sa vie. Ça avait permis à bien des enfants les plus brillants qu'il avait connus à Hélicon de quitter les champs. Sauf que Hari avait été sélectionné directement par la bureaucratie à l'âge de dix ans, et expédié à l'Académie le temps de résoudre un simple tenseur de défoliation d'ordre huit.

Pour le Ruellianisme, la classe des « citoyens » était la plus élevée de toutes. En théorie, même l'Empereur partageait la souveraineté avec les hommes et les femmes du peuple.

Mais dans une soirée comme celle-ci, le groupe galactique le plus représentatif était celui des serviteurs qui portaient les plateaux dans la salle, plus invisibles encore que les mornes bureaucrates. La plupart des habitants de Trantor, les travailleurs manuels, mécaniciens et boutiquiers — les citoyens des huit cents secteurs — n'avaient pas leur place dans ce genre de réunion. Ils étaient hors des limites de l'épure.

La dernière, mais aussi la plus petite et la plus flamboyante des castes sociales, celle des artistes, n'était pas destinée à l'invisibilité. Des musiciens et des jongleurs se promenaient parmi l'assistance. Le plus impressionnant était un sculpteur de nuages que Dors lui indiqua, à l'autre bout de la vaste salle. Hari avait entendu parler de la dernière trouvaille artistique à la mode. Les « sculptures » étaient faites de fumée colorée que l'artiste exhalait par rapides bouffées. Des formes fantomatiques, d'une complexité inquiétante, flottaient parmi les invités admiratifs. Certaines des caricatures boursouflées tournaient manifestement en ridicule la petite noblesse de cour, ses accoutrements ostentatoires et ses postures.

Hari contempla les silhouettes de fumée avec fascination... jusqu'à ce qu'elles commencent à dériver et partent en lambeaux, imprévisibles et impalpables.

— C'est la dernière mode, dit l'un des spectateurs. Il paraît que l'artiste vient de Sark !

— Le monde de la Renaissance ? releva un autre en ouvrant de grands yeux. Ça relève de la provocation, non ? Qui l'a invité ?

— L'Empereur lui-même, à ce qu'on dit.

Hari fronça les sourcils. Ces caricatures vaporeuses venaient donc de Sark. « Le monde de la Renaissance », murmura-t-il, agacé, conscient, à présent, de ce qu'il détestait dans ces nuages de fumée condamnés à se dissoudre dans le chaos : leur évanescence.

Sous ses yeux, le sculpteur d'air fit naître un tableau satirique. Il ne reconnut la première silhouette, formée de fumée écarlate, que lorsque Dors le poussa du coude en disant :

— C'est toi !

Il ferma la bouche, serra les dents, indécis sur la façon de négocier le problème des nuances sociales. Un second nuage de panaches bleus, spiralés, esquissa un portrait distinct de Lamurk, les sourcils froncés par la colère. Les silhouettes brumeuses planaient en une sorte de feint affrontement, Hari souriant, Lamurk renfrogné.

Et Lamurk regardait l'imbécile, les yeux exorbités, les lèvres pincées.

— C'est le moment de faire une sortie gracieuse, murmura le cornac d'Hari, qui s'empressa d'accepter, trop heureux.

En arrivant chez eux, il était parvenu à la conclusion qu'il y avait quelque chose dans le stim qu'on lui avait donné, une chose qui lui déliait la langue. Ce n'était sûrement pas le Seldon au parler lent, réfléchi, qui avait croisé le fer avec Lamurk. Il devrait faire attention.

Dors se contenta de secouer la tête.

— C'était bien toi. Mais une part qui ne s'exprime pas souvent.

6

— Les soirées sont faites pour que les gens s'amusent, dit Yugo en posant une tasse de kawa sur le dessus d'acajou poli du bureau d'Hari.

— Pas celle-là, objecta Hari.

— Tout ce beau linge, ces gens puissants, ces femmes séduisantes, ces répliques spirituelles... Moi, je n'aurais pas eu de mal à rester éveillé.

— C'est ce qui me déprime, quand j'y repense. Tout ce pouvoir ! Et personne ne semble se préoccuper de notre déclin.

— Il y a un vieux proverbe qui parle de...

— Jouer du violon pendant que Rome brûle. Dors le connaît, tu penses. Elle dit qu'il date d'avant l'Empire, d'une zone avec des prétentions de grandeur. Il y en a un autre : « Tous les trous de ver mènent à Rome. »

— Rome ? Jamais entendu parler.

— Moi non plus, mais du faste naquit l'éternité. Ça paraît comique, rétrospectivement.

Yugo arpentait nerveusement le bureau de Hari.

— Alors, ils s'en foutent ?

— Ce n'est qu'un contretemps dans leurs jeux de pouvoir.

Un peu partout dans l'Empire, des mondes, des zones et même des arcs entiers de bras spiralés avaient déjà sombré dans la déchéance. Pire encore, d'une certaine façon, on s'adonnait de plus en plus souvent à des distractions de mauvais goût, voire carrément vulgaires. Les médias en faisaient leurs choux gras. Les nouveaux styles « Renaissance » de mondes comme Sark connaissaient une grande popularité.

Pour Hari, ce que l'Empire avait de meilleur résidait dans sa tendance aux manières réservées, subtiles et discrètes, à la finesse et au charme, à l'intelligence, au talent et même à la séduction. Hélicon était un monde primitif, rural, mais on y connaissait la différence entre la soie et la soue.

— Que dit-on en haut lieu ? demanda Yugo.

Il s'assit sur une fesse sur le bureau d'Hari, en prenant garde à éviter les boutons de commande logés sous un panneau. Sous prétexte d'apporter une tasse de kawa à Hari, il était en fait venu à la pêche aux ragots sur les grands de ce monde. Hari sourit intérieurement. Les gens raffolaient de certains aspects de la hiérarchie, même s'ils râlaient après.

— On espère que certains mouvements de « renaissance morale » — du genre Ruellianisme revisité, disons — vont prendre. Pour rendre du tonus aux zones, comme je l'ai entendu dire.

— Hmm. Et vous pensez que ça va marcher ?

— Pas longtemps.

L'idéologie était un ciment incertain. Même la ferveur religieuse ne pouvait souder longtemps un empire. Une force ou une autre pouvait inciter à sa formation ; elles ne pouvaient résister contre les marées plus puissantes et plus régulières, économiques, surtout.

— Et la guerre dans la zone d'Orion ?

— Personne n'en a parlé.

— Vous pensez que nous avons bien paramétré la guerre dans les équations ?

Yugo avait le chic pour mettre le doigt sur ce qui turlupinait Hari.

— Non. La guerre est un élément surévalué de l'histoire.

Il est certain qu'elle avait souvent la vedette. Qui aurait continué à lire un beau poème quand un poing surgissait dans son champ de vision ? Mais on ne pouvait pas se bagarrer éternellement. Et les guerres déstabilisaient ceux qui essayaient de gagner leur vie. Pour les ingénieurs et les commerçants, ce n'était pas une bonne affaire. Dans ce cas, pourquoi y en avait-il toujours, alors que tout le poids économique de l'Empire s'y opposait ?

— Les guerres sont simples. Mais il y a quelque chose de fondamental qui nous échappe. Je le sens.

— Nous avons basé les matrices sur toutes les données historiques que Dors a pu déterrer, fit Yugo, sur la défensive. C'est solide.

— Je n'en doute pas. Et pourtant...

— Écoutez, nous avons plus de douze mille ans de données brutes. J'ai bâti le modèle là-dessus.

— J'ai l'impression que ce qui nous échappe n'est pas subtil.

La plupart des effondrements n'étaient pas dus à des causes abstruses. Dans les premiers temps de la consolidation de l'Empire, de petites souverainetés locales avaient vu le jour et disparu. Il y avait des thèmes récurrents dans leur histoire.

Maintes et maintes fois, des royaumes englobant plusieurs étoiles s'étaient effondrés sous le surcroît de taxes, qu'elles servent à entretenir des armées mercenaires afin de se défendre contre les voisins, ou simplement à maintenir l'ordre civil contre les forces centrifuges. Quelle qu'en soit la cause manifeste, assez vite les gens fuyaient les collecteurs d'impôts, cherchant la « paix rurale », et les grandes cités se dépeuplaient.

Mais pourquoi cela arrivait-il spontanément ?

— Le peuple, fit soudain Hari. Voilà ce qui nous échappe.

— Hein ? Mais vous avez déjà répondu à ça, rappelez-vous : le théorème réductionniste selon lequel les gens ne comptent pas.

— Les individus, non, mais le peuple, oui. Nos équations couplées les décrivent en masse mais nous ne connaissons pas les moteurs critiques.

— Tout cela est inclus dans les données.

— Peut-être pas. Et si, au lieu d'être des primates, nous étions de grosses araignées ? La psychohistoire aurait-elle la même allure ?

Yugo fronça les sourcils.

— Eh bien... si les données étaient les mêmes...

— Les données sur le commerce, les guerres, la population ? Ce serait pareil, que nous comptions des araignées ou des gens ?

Yugo secoua la tête et se renfrogna. Il n'était pas disposé à concéder un point qui pouvait anéantir des années de travail.

— Tout ça doit être dedans.

— Le fait que tu sois venu ici pour savoir comment les gens riches et célèbres font la fête... où est-ce que ça figure dans les équations ?

— Ce genre de chose n'a pas d'importance, rétorqua Yugo avec une moue agacée.

— Ah bon ? D'après qui ?

— Eh bien, l'histoire...

— ... est écrite par les vainqueurs, c'est vrai. Mais comment les grands généraux réussissent-ils à faire marcher les hommes et les femmes dans la boue gelée ? Et s'ils ne marchent pas, pourquoi refusent-ils ?

— Personne ne le sait.

— Nous devons le savoir. Ou plutôt, il faut que les équations le sachent.

— Comment ?

— Je ne sais pas.

— Et si on s'adressait à des historiens ?

Hari éclata de rire. Il partageait le mépris de Dors pour la majeure partie de ses collègues. La vogue actuelle de l'étude du passé était une question de goût, pas d'informations.

Il avait jadis pensé que l'histoire consistait simplement à aller à la pêche dans des cyberfichiers moisis. Maintenant, si Dors voulait lui montrer comment traquer les données, qu'elles soient encodées dans d'antiques tores de ferrite, des blocs de polymère ou des fils de cuivre, ça lui procurerait une base solide pour ses mathématiques. Dors et ses confrères ne se contentaient-ils pas d'ajouter une brique de connaissance à un monument en perpétuelle croissance ?

D'un autre côté, la mode était plutôt à recuisiner le passé selon son goût. Les factions se battaient sur l'antiquité, pour « leur » histoire contre « celle des autres ». C'était l'âge d'or des courants marginaux. Les adeptes du « centre de la spirale » prétendaient que les forces historiques se déployaient suivant les bras spiralés, alors que pour les théoriciens du « moyeu » le Centre galactique était le véritable agent médiateur de toutes les causes, tendances, mouvements et évolutions. Les technocrates se battaient contre les Naturels, pour qui les changements étaient initiés par les qualités innées des êtres humains.

Parmi des myriades de faits et de notes en bas de page, les spécialistes voyaient la politique présente dans le miroir du passé. Alors que le présent se fracturait et se transfigurait, il semblait n'y avoir aucun point de référence hors de l'histoire proprement dite — une plate-forme peu fiable en vérité, surtout quand on mesurait le nombre de failles mystérieuses que comportaient les archives. Tout cela pour Hari tenait plus de la mode que de la fondation. Il n'y avait pas de passé incontesté.

Les forces centrifuges du relativisme — « C'est mon point de vue, mais vous pouvez avoir le vôtre » — étaient contenues dans une arène de large consensus. Pour la plupart des gens, l'Empire était globalement bon, même si la longue période de stase avait été la meilleure des époques, car le changement avait toujours un prix. Par-delà les masses en lutte et les factions qui se jetaient mutuellement à la figure ce qui était pour l'essentiel des histoires de famille, ça valait le coup d'essayer de comprendre par où l'humanité était passée, ce qu'elle avait fait.

Mais le consensus s'arrêtait là. Rares étaient ceux qui semblaient s'inquiéter de savoir où allait l'humanité, et même l'Empire. Il en était arrivé à soupçonner que le sujet était ignoré, au profit du « votre histoire contre la mienne », parce que la plupart des historiens redoutaient inconsciemment le futur. Ils sentaient le déclin au tréfonds de leur âme et savaient que ce qui les attendait au-delà de l'horizon n'était pas un nouveau mouvement mais l'effondrement.

— Alors, qu'est-ce qu'on fait ?

Hari se rendit compte que ça faisait deux fois que Yugo répétait sa question. Il était perdu dans ses pensées.

— Je… je n'en sais rien.

— On ajoute un paramètre pour les instincts de base ?

Hari secoua la tête.

— Les gens ne courent pas par instinct. Ils se comportent comme des gens. Comme des primates, j'imagine.

— Bon, on creuse un peu la question ?

— J'avoue que… j'ai l'impression que ce développement logique mène quelque part, mais je ne vois pas où, fit Hari en levant les bras au ciel.

— Le fruit tombera quand il sera mûr, répondit Yugo, souriant.

— Merci. Je ne suis pas le plus agréable des collaborateurs, je sais. Je suis trop maussade.

— Bah, ça ne fait rien. Il y a des moments où il faut savoir penser à haute voix, c'est tout.

— Il y a des moments où je ne suis même pas sûr de penser.

— Vous voulez que je vous montre les dernières nouveautés ?

Yugo aimait faire admirer ses travaux. Hari se laissa aller

contre le dossier de son fauteuil pendant que Yugo commandait l'holo de son bureau. Des diagrammes en trois dimensions apparurent dans le vide. Des équations planèrent dans l'espace, chaque terme obéissant à un code de couleur.

Il y en avait tellement ! Elles rappelaient à Hari des oiseaux, des nuées d'oiseaux volant en bandes.

Au fond, la psychohistoire était un immense ensemble d'équations liées les unes aux autres, suivant les variables de l'histoire. Il était impossible d'en changer une sans faire bouger les autres. Modifiez la population et les échanges commerciaux changeaient, et avec eux les loisirs, les mœurs sexuelles et cent autres facteurs.

Certains étaient sans doute négligeables. Mais lesquels ? L'histoire était une carrière insondable d'où on extrayait des factoïdes qui n'avaient aucun sens si on ne réussissait pas à trier l'essentiel et les détails. C'était la première et la principale tâche de toute théorie de l'histoire : trouver les variables profondes.

— Les taux de post-diction, presto ! fit Yugo en tapotant sur son bloc-poignet, faisant naître dans le vide des courbes en trois dimensions, articulées avec élégance. Indices économiques, familiaux et données sur l'emploi.

— Quelles ères ? demanda Hari.

— Du troisième au septième millénaire, E.G.

Les surfaces multidimensionnelles représentant les variables économiques ressemblaient à des bouteilles déformées pleines de fluides qui clapotaient lorsque Yugo les faisait avancer étape par étape. Les liquides jaune, ambré et rouge vif tournoyaient et se heurtaient selon une danse lente, visqueuse. Hari était toujours stupéfait de voir comment la beauté naissait bizarrement des mathématiques. Yugo avait computé des quantités économétriques abstruses, et pourtant, dans le tourbillon gravide des siècles, elles formaient des arabesques délicates.

— L'accord est étonnamment bon, reconnut Hari. Et ça couvre quatre millénaires ? Pas d'infinis ?

Les surfaces jaunes des données historiques se fondaient harmonieusement avec les autres peaux colorées, formant de molles collines.

— Ce nouveau processus de renormalisation les a masqués.

— Excellent ! L'Ère galactique centrale est aussi la plus compacte, exact ?

— Ouaip. Les politiciens entrent en scène après le septième millénaire. Dors m'aide à éliminer les scories.

Hari admira la fusion gracieuse des couleurs, antique nectar dans des bouteilles transfinies.

Les ratios psychohistoriques étaient fortement corrélés les uns aux autres. L'histoire n'avait rien à voir avec un édifice d'acier massif enjambant le temps avec rigidité. On aurait plutôt dit un pont de corde qui gémissait et s'incurvait à chaque pas. Cette « forte dynamique d'assemblage » entraînait des résonances dans les équations, des fluctuations farouches, même des infinités. Et pourtant rien n'était jamais réellement infini dans la réalité, alors il fallait bien fixer les équations. Hari et Yugo avaient passé des années à éliminer de vilains infinis. Peut-être voyaient-ils la fin de leurs efforts.

— Qu'est-ce que ça donne quand tu essaies d'extrapoler les équations au-delà du septième millénaire ? demanda Hari.

— Il se forme des oscillations, admit Yugo.

Les boucles rétroactives n'étaient pas une nouveauté. Hari connaissait le théorème général, qui remontait à l'antiquité : si toutes les variables d'un système étaient étroitement couplées, et si l'on pouvait n'en changer qu'une, de façon significative, alors on pouvait toutes les contrôler indirectement. Le système pouvait être guidé jusqu'à une issue précise à travers ses myriades de boucles rétroactives internes. Spontanément, le système s'ordonnait — et obéissait.

L'histoire n'obéissait à personne, évidemment. Mais pour des ères comme celle qui allait du quatrième au septième millénaire, les équations exprimaient plus ou moins la réalité. La psychohistoire arrivait à « post-dire » l'histoire.

Comment les ajustements s'effectuaient-ils dans les systèmes véritablement complexes, cela passait l'horizon de la connaissance humaine, et surtout, ça ne valait pas la peine de chercher à le savoir.

Mais si le système se détraquait, il fallait bien que quelqu'un plonge dans ses entrailles pour chercher l'origine du problème.

— Des idées ? Des indices ?

— Regardez ça, fit Yugo avec un mouvement de menton.

Les fluides léchaient les parois des bouteilles. Des formes

contournées apparurent, s'emplirent de données liquides multicolores. Hari regarda les marées parcourir l'espace variable orangé, poussant des vagues de réponse dans les couches violettes voisines. Bientôt, sur tout l'holo apparurent des perturbations animées de mouvements furieux.

— Les équations ne marchent donc pas, commenta Hari.

— Si, si, attendez. Les grands cycles durent près de cent vingt-cinq ans. Mais en lissant les événements de moins de quatre-vingts ans on obtient un schéma régulier. Vous allez voir.

Hari observa les turbulences pareilles à un cyclone broyant un océan multicolore.

— Ça élimine la dispersion due aux « styles générationnels », comme dit Dors, reprit Yugo. Bref, j'ai sélectionné les zones qui avaient consciemment accru la durée de vie humaine, et j'ai fait avancer les équations étape par étape. C'était bien, mais je manquais de données. Alors qu'est-ce que j'ai fait ? J'ai fouillé un peu dans l'histoire, et j'ai découvert que ces sociétés n'avaient pas duré longtemps.

Hari secoua la tête.

— Tu es sûr ? J'aurais plutôt pensé que l'accroissement de la durée de vie aurait apporté un peu de sagesse dans le tableau.

— Eh bien, pas du tout. En creusant le truc, je me suis aperçu que quand la durée de vie atteignait le cycle solaire, c'est-à-dire près de cent dix années standard, c'était une source d'instabilité. Des guerres ravageaient des planètes entières, il y avait des dépressions, des maladies sociales généralisées.

— C'est un effet connu ? demanda Hari, le sourcil froncé.

— Je ne crois pas.

— Ce serait pour ça que l'allongement de la vie humaine aurait atteint sa limite ? La société s'effondrerait, mettant fin au progrès ?

— Ouais, confirma Hari avec un petit sourire contraint, et Hari comprit qu'il était assez fier de son résultat.

— Des irrégularités provoquant... le chaos.

C'était le gros problème qu'ils n'avaient pas maîtrisé.

— Et merde !

Hari avait un dégoût viscéral de l'imprévisible.

Yugo jeta à Hari un sourire torve.

— Là-dessus, chef, je n'ai rien de neuf.

— Ne t'en fais pas, fit Hari avec une jovialité qu'il était loin d'éprouver. Tu as vraiment bien avancé. Souviens-toi du dicton : l'Empire n'a pas été construit en un jour.

— Non, mais j'ai l'impression qu'il tombe en ruine à toute vitesse.

Ils faisaient rarement allusion à la motivation profonde de la psychohistoire : l'idée angoissante, insidieuse, selon laquelle l'Empire déclinait pour des raisons que personne ne connaissait. Il y avait pléthore de théories, mais aucune n'avait de pouvoir prédictionnel. Hari espérait en fournir une, mais les progrès étaient d'une lenteur affolante.

Yugo avait l'air morose. Hari se leva, fit le tour de son grand bureau et flanqua à Yugo une claque amicale dans le dos.

— Allez, tu ne vas pas te laisser abattre ! Publie ces résultats.

— Vous croyez que je peux ? Ça ne risque pas d'attirer l'attention sur la psychohistoire ?

— Collationne juste les données et envoie-les à une publication spécialisée dans l'analyse historique. Demande à Dors de choisir le support.

Yugo s'illumina.

— Je vais écrire le papier. Je vous le montrerai.

— Non, laisse-moi en dehors de ça. C'est ton travail.

— Mais c'est vous qui m'avez montré le processus d'analyse d'où...

— C'est à toi. Publie-le.

— Eh bien...

Hari s'abstint de lui dire que, dorénavant, tout article publié sous son nom serait regardé à la loupe. Il ne manquerait plus que quelqu'un soupçonne la théorie infiniment plus vaste qui se profilait derrière le simple effet de résonance de la durée de vie. Mieux valait la jouer profil bas.

Quand Yugo fut retourné à son travail, Hari resta un moment assis à observer les tornades ravager les données fluides qui continuaient à évoluer dans le vide, au-dessus de son bureau. Puis il regarda sa citation favorite, que Dors lui avait fait graver sur une élégante plaque de céramo :

Une force minimale, appliquée au moment crucial au point d'appui historique, ouvre la voie à une vision distante. Ne poursuis que les buts immédiats qui servent les perspectives à plus long terme.

Empereur Kamble, 9ᵉ oracle, verset 17

— Mouais... Et si on ne peut s'offrir le luxe de prendre du recul ? marmonna-t-il en se remettant au travail.

7

Le lendemain, il prit une leçon de réalpolitik impériale.

— Vous ne saviez pas que l'objectif tridi était braqué sur vous ? fit Yugo.

Hari regardait une redif de sa discussion avec Lamurk sur l'holo de son bureau. Il avait filé à l'Université quand ses Gardes s'étaient plaints d'être débordés par les médias. Ils avaient appelé des renforts après avoir pincé un commando en train de placer un micro clandestin dans l'appartement situé trois niveaux au-dessus du leur. Hari et Dors étaient sortis, sous bonne escorte, par le tube antigrav réservé aux équipes d'entretien.

— Non, je ne savais pas. Il se passait beaucoup de choses.

Il se souvint que ses gardes du corps avaient accosté quelqu'un, vérifié son identité et laissé tomber. La caméra tridi et le micro-puce étaient tellement miniaturisés qu'un représentant des médias pouvait les dissimuler dans une tenue de soirée. Les assassins utilisaient les mêmes procédés, mais les gardes du corps savaient faire la différence.

— Vous avez intérêt à vous méfier, remarqua Yugo avec son bon sens dahlite. Vous allez jouer dans cette catégorie-là, à partir de maintenant.

— J'apprécie le souci que tu prends de moi, rétorqua sèchement Hari.

Dors se tapota la lèvre du bout du doigt.

— Moi, je trouve que tu t'en es plutôt bien sorti.

— Je ne voulais pas donner l'impression d'éreinter délibérément un leader de la majorité à la Chambre Haute ! s'exclama Hari avec emportement.

— C'est pourtant ce que vous avez fait, répliqua Yugo.

— J'en conviens, mais sur le coup, ça ressemblait à... un match amical, finit-il lamentablement.

Le montage réalisé pour la tridi était un ping-pong verbal rapide, où les balles auraient été remplacées par des poignards affûtés comme des rasoirs.

— Tu as eu le dessus à chaque échange, observa Dors.

— Je ne le déteste même pas ! Il a fait de bonnes choses pour l'Empire. Mais c'était... amusant, conclut-il après réflexion.

— Peut-être es-tu doué pour ce genre de chose, avança-t-elle.

— J'aimerais autant pas.

— Je doute que vous ayez le choix, reprit Yugo. Vous êtes en train de devenir célèbre.

— La célébrité est une accumulation de malentendus autour d'un nom connu, rétorqua Dors.

— C'est bien dit, nota Hari avec un sourire.

— C'est d'Eldonien l'Ancien, le doyen des empereurs. Le seul de son clan qui soit mort de vieillesse.

— Ça dit bien ce que ça veut dire, commenta Yugo. Il faut nous attendre à des histoires, des ragots, des bourdes.

Hari secoua la tête avec fureur.

— Non ! Écoutez, nous ne pouvons nous laisser distraire par ces problèmes annexes. Alors, Yugo, et ces constellations de personnalités pirates que tu t'es « procurées » ?

— Je les ai.

— Tu les as fait traduire ? On peut les lire ?

— Ouais, mais elles prennent une place mémoire et un volume d'exploitation monstrueux. J'ai compacté certains fichiers, seulement je ne dispose pas de la configuration de traitement en parallèle nécessaire.

— Je n'aime pas ça, protesta Dors, le sourcil froncé. Ce ne sont pas de simples constellations, ce sont des simus.

— Nous faisons de la recherche, ici, acquiesça Hari. Nous n'essayons pas de produire une race supérieure.

Dors se leva et se mit à faire les cent pas.

— Les simus sont tabous depuis la nuit des temps, dit-elle

avec force. Même les constellations de personnalités obéissent à des lois strictes !

— Évidemment, mais c'est de l'histoire ancienne...

— De l'antéhistoire, rectifia-t-elle, les narines frémissantes. Les interdits remontent si loin qu'on n'a pas d'archives sur leur origine. Ils datent sûrement d'expériences désastreuses effectuées bien avant l'Ère des Ombres.

— Qu'est-ce que c'est que ça ? demanda Yugo.

— La longue période — nous n'avons pas idée de sa durée, mais elle s'est bien étendue sur plusieurs millénaires — qui a précédé le moment où l'Empire est devenu cohérent.

— C'était sur Terre, alors ? reprit Yugo, sceptique.

— La Terre est plus une légende qu'une réalité. Mais il se pourrait, en effet, que le tabou remonte jusque-là.

— Ces simus sont formidablement limités, continua Yugo. Ils ignorent tout de notre époque. L'un est un fanatique d'une religion dont je n'ai jamais entendu parler, l'autre un auteur pédant. Aucun danger pour personne, sauf pour eux-mêmes peut-être.

Dors regarda Yugo d'un air suspicieux.

— S'ils sont tellement limités, à quoi peuvent-ils bien être utiles ?

— À étalonner des indices psychohistoriques. Nous avons modélisé des équations qui reposent sur des perceptions humaines de base. Le fait de disposer d'un esprit antéhistorique, même simulé, nous permettra d'étalonner les constantes manquantes dans les équations de taux.

Dors eut un reniflement dubitatif.

— Les calculs me passent au-dessus de la tête, mais je sais que les simus sont dangereux.

— Écoutez, aucun individu un peu sensé ne croit plus à ces sornettes, objecta Yugo. Les mathématiciens utilisent des pseudo-simus depuis des siècles. Les tictacs...

— Ce sont des personnalités incomplètes, non ? répliqua sévèrement Dors.

— Eh bien... oui, mais...

— Nous pourrions nous attirer de très gros ennuis si ces simus étaient plus perfectionnés, plus versatiles.

Yugo écarta son argument d'un geste de ses grosses pattes.

— Ne vous en faites pas, reprit-il avec un sourire languissant. Je les contrôle strictement. De toute façon, j'ai déjà une solution à notre problème de fichier d'exploitation et de temps machine. Et j'ai une couverture pour nous.

— Ah bon ? Et laquelle ? s'enquit Hari, le sourcil arqué.

— J'ai un client pour les simus. Quelqu'un qui en assurera le traitement, couvrira toutes les dépenses et paiera même pour ce privilège. Il veut les utiliser à des fins commerciales.

— Qui ça ? demandèrent en même temps Hari et Dors.

— Artifice Associates, répondit Yugo d'un ton triomphant.

Hari ne réagit pas. Dors donna l'impression de fouiller dans sa mémoire et dit enfin :

— Une société de conseil en architecture de systèmes informatiques.

— Exactement. Et l'une des meilleures. Ils ont un marché pour les vieux simus utilisés dans les activités de loisirs.

— Jamais entendu parler, fit Hari.

Yugo secoua la tête, étonné.

— Vous ne vous tenez pas au courant, Hari.

— Je n'essaie même pas. Moi, je m'efforce d'avoir toujours une longueur d'avance.

— Je n'aime pas l'idée de faire appel à des tiers, objecta Dors. Et qu'est-ce que c'est que cette histoire de paiement ?

— Ils achètent les droits d'exploitation, répondit Yugo, radieux. J'ai tout négocié.

— Nous n'aurons aucun contrôle sur l'utilisation qu'ils feront des simus ? releva Dors, l'air soudain en éveil.

— Inutile, répliqua Yugo, sur la défensive. Ils les utiliseront sûrement pour des publicités ou des choses dans ce goût-là. Que peut-on bien faire d'un simu que personne ne comprendra probablement ?

— Ça ne me plaît pas. En dehors des aspects commerciaux, je trouve risqué de faire revivre des simus, même anciens. L'accusation d'outrage public...

— C'est le passé. Ce n'est pas l'image qu'ont les tictacs, et pourtant ils deviennent assez futés.

Les tictacs étaient des machines aux capacités mentales restreintes, rigoureusement maintenues au-dessous du niveau d'intelligence par des Lois d'Encodage remontant à l'antiquité. Hari avait toujours soupçonné les vrais robots du temps jadis d'avoir promulgué ces lois afin que le royaume de l'intelligence artificielle n'englobe pas les modèles plus spécialisés et imprévisibles.

Les vrais robots, comme R. Daneel Olivaw, restaient hautains, froids, et avaient une vision à long terme. Mais avec les angoisses qui s'accumulaient dans l'Empire entier, les protocoles cybernétiques traditionnels s'effondraient. Comme tout le reste.

— Je suis contre, décréta Dors. Il faut arrêter ça tout de suite.

Yugo se leva, surpris.

— C'est vous qui m'avez aidé à trouver les simus. Et voilà que...

— Je ne voulais pas ça, fit-elle, le visage dur.

Hari s'étonna de sa virulence. Il y avait un autre enjeu, mais lequel ?

— Je ne vois pas pourquoi nous refuserions de faire un peu de profit avec les à-côtés de nos recherches, dit-il doucement. Et nous avons besoin d'augmenter la capacité de nos ordinateurs.

Dors remuait les lèvres avec agacement, mais elle n'ajouta rien. Hari se demanda pourquoi elle était tellement opposée à ce projet.

— D'habitude, tu te fiches pas mal des conventions sociales.

— D'habitude, tu n'es pas candidat au poste de Premier ministre, répliqua-t-elle aigrement.

— Je ne laisserai pas de telles considérations nuire à nos recherches, dit-il fermement. Compris ?

Elle opina du chef, sans répondre. Il eut aussitôt l'impression d'être un insupportable tyran. Il y avait toujours un risque de conflit potentiel entre les amants qui travaillaient ensemble. D'habitude, ils se jouaient des problèmes. Pourquoi s'était-elle braquée sur cette question ?

Ils travaillèrent encore un peu sur la psychohistoire, et Dors lui parla de son prochain rendez-vous.

— C'est une collègue du Département d'Histoire. Je lui ai demandé de jeter un coup d'œil aux schémas de tendance trantoriens des dix derniers millénaires.

— Ah, très bien ! Merci. Tu peux la faire entrer, s'il te plaît ?

Sylvin Thoranax était une créature stupéfiante, qui leur apportait une boîte de vieilles pyramides de données.

— Je les ai trouvées dans une bibliothèque, à l'autre bout du monde, expliqua-t-elle.

Hari en prit une.

— Je n'ai jamais vu ça, fit-il. Elles sont pleines de poussière !

— Certaines n'ont même pas d'index bibliographique. J'en ai décodé quelques-unes, et elles sont encore lisibles avec une matrice de traduction.

— Hon-hon, fit Hari, qui aimait l'odeur de moisi des technologies du bon vieux temps où tout était plus simple. On peut les lire comme ça ?

— Je sais comment fonctionnent les Équations de Seldon simplifiées, acquiesça-t-elle. Vous devriez pouvoir procéder à une comparaison de matrices et trouver les coefficients dont vous avez besoin.

— Ce ne sont pas mes équations, protesta Hari en faisant la grimace. Elles font partie d'un corpus de recherches effectuées par un grand nombre de...

— Allons, allons, Académicien. Tout le monde sait que c'est vous qui avez établi les procédures, la méthode d'approche.

Hari se renfrogna, agacé, mais la femme en revint à l'utilisation des pyramides. Yugo se joignit à elle avec enthousiasme et il laissa passer. Elle partit travailler avec Yugo et il reprit ses tâches habituelles.

Son emploi du temps de la journée planait sur l'holo :

Trouver des intervenants pour le symposium. Caresser les récalcitrants dans le sens du poil.

Rédiger les nominations pour les Compagnons de l'Empire.

Soumettre thèse étudiant au programme de pinaillage et la lire.

Il y passa la journée. Il ne se souvint qu'en voyant entrer le Chancelier dans son bureau qu'il lui avait promis de faire un discours. Le Chancelier le regarda avec un petit sourire ironique et pinça les lèvres. La moue typique du savant.

— Votre... tenue ? demanda-t-il d'un ton de reproche.

Hari extirpa de son placard la toge à manches ballon et ceinture large et alla se changer dans la pièce voisine. Sa secrétaire lui tendit son visio-cube multi-usage et ils quittèrent rapidement le bureau. Ils traversèrent la place, encadrés par une discrète escorte de Gardes. Une meute d'hommes et de femmes bien habillés braquèrent des caméras tridi sur eux. L'un d'eux faisait des panos verticaux pour tirer le meilleur effet possible des bandes spiralées bleues et jaunes de Streeling.

— Vous avez eu des nouvelles de Lamurk ?

— Et les Dahlites ?

— Vous aimez la nouvelle Principale du secteur ? Que pensez-vous du fait qu'elle soit trisexuelle ?

— Et les nouveaux rapports sur la santé ? L'Empereur ne devrait-il pas imposer l'exercice obligatoire sur Trantor ?

— Ne faites pas attention à eux, lui conseilla Hari.

Le Chancelier fit signe aux caméras avec un sourire.

— Ils font leur métier, c'est tout.

— Qu'est-ce que c'est que cette histoire d'exercice ? demanda Hari.

— On a découvert que l'électrostim pendant le sommeil ne développait pas les muscles autant que les exercices d'autrefois.

— Ça n'a rien d'étonnant.

Il avait travaillé dans les champs quand il était gamin, et il n'avait jamais aimé l'idée d'exercer ses muscles en dormant, grâce à une stimulation artificielle.

Un groupe de reporters se rapprochèrent en hurlant des questions.

— Que pense l'Empereur de ce que vous avez dit à Lamurk ?

— Est-il vrai que votre femme ne veut pas que vous soyez Premier ministre ?

— Et Demerzel ? Où est-il ?

— Et les émeutes dans les zones ? L'Empire peut-il faire un compromis ?

Une femme se précipita vers eux.

— Est-ce que vous prenez de l'exercice ?

— Non, je prends sur moi, répondit Hari sardoniquement, mais sa saillie échappa à la femme qui le regarda d'un air ahuri.

Au moment d'entrer dans la salle, Hari pensa à remettre son visio-cube à l'appariteur. Quelques holos faisaient toujours passer plus facilement un discours.

— Quelle foule, remarqua-t-il en suivant le Chancelier vers le balcon des intervenants, au-dessus de l'arène des sièges.

— La présence est obligatoire. Les membres de toutes les classes sont là, répondit le Chancelier en regardant l'assistance avec un sourire radieux. Je tenais à ce que nous fassions bonne impression aux journalistes, dehors.

La bouche de Hari se tordit.

— Comment le contrôle est-il effectué ?

— Les sièges sont codés. Quand les gens s'asseyent, si leur ID intégrée correspond à l'index du siège, ils sont comptabilisés.

— Tout ça pour obliger des gens à se déplacer ?

— Il le faut ! C'est pour leur bien. Et pour le nôtre.

— Ils sont adultes, sinon pourquoi les laisserions-nous faire des études spécialisées ? À eux de décider ce qui est bon pour eux.

Les lèvres du Chancelier se réduisirent à une fine ligne. Il se leva et présenta Hari. Celui-ci se leva à son tour et dit :

— Maintenant que votre présence a été dûment enregistrée, je vous remercie de m'avoir invité, et je vous annonce que c'est la fin de ma communication officielle.

Un mouvement de surprise parcourut l'assistance. Hari balaya la salle du regard et attendit que le silence revienne.

— Je déteste parler à des gens qui ne sont pas venus m'écouter de leur plein gré, dit-il doucement. Maintenant je vais me rasseoir. Ceux qui le souhaitent peuvent s'en aller.

Il s'assit. L'auditorium entra en effervescence. Quelques étudiants se levèrent et partirent sous les huées des autres. Quand il reprit la parole, il fut acclamé à tout rompre.

Il n'avait jamais eu un public aussi ouvertement acquis à sa cause. Il en profita pour le gratifier d'une conférence mémorable sur l'avenir des... mathématiques. Pas de l'Empire mortel, mais des mathématiques, belles et durables.

8

L'envoyée du ministère des Cultures solidaires le toisa et dit :

— Mais bien sûr que votre groupe doit participer.

Hari secoua la tête, incrédule.

— Une... senso?

Elle rajusta sa tenue officielle en se tortillant dans son fauteuil.

— C'est un programme avancé. Tous les mathématiciens doivent soumettre des Demandes de Bourse.

— Nous ne sommes absolument pas qualifiés pour composer...

— Je m'explique votre hésitation. Mais au ministère, nous pensons que ces senso-symphonies sont l'idéal pour, disons, redynamiser une forme d'art qui fait peu de progrès.

— Je ne comprends pas.

Elle lui dédia un sourire en biais, aussi peu convaincant que possible.

— Dans notre optique, le nouveau média que constitue la senso-symphonie devrait permettre aux artistes — c'est-à-dire les mathématiciens — de métamorphoser les structures de base de la pensée, comme les édifices conceptuels euclidiens, ou de transfigurer des procédés de théorisation figés. Elles seront traduites par un amplificateur d'art...

— C'est-à-dire?

— Un filtre informatique qui répartit les schémas conceptuels selon une vaste gamme de voies sensorielles.

— Je vois, soupira Hari, accablé.

Cette femme avait un certain pouvoir, et il devait l'écouter. Le financement de la psychohistoire était assuré, grâce aux largesses privées de l'Empereur. Mais le Département de Streeling ne pouvait ignorer le Bureau Impérial des Bourses et ses laquais, comme la femme qui se trouvait devant lui. C'est ce qu'on appelait le boursicotage.

Loin d'être un lieu de méditation, un havre de calme et de paix, les Universités de recherches étaient un parcours du combattant où l'on était constamment sous pression. Les méritocrates — les chercheurs comme les savants — faisaient des journées interminables, avaient des problèmes de santé liés au stress, peu d'enfants, et leur taux de divorce battait tous les records. Ils débitaient leurs travaux en bouchées consommables et passaient leur temps à courir après la Dernière Bribe Publiable afin d'optimiser leurs listes de publications.

Pour obtenir une subvention du Bureau Impérial, le travail

de base consistait à Remplir Des Questionnaires. Hari connaissait bien le labyrinthe stupéfiant de questions redondantes : « Inventoriez et analysez le type et la “structure” du financement. » « Procédez à l’estimation des bénéfices marginaux. » « Décrivez le type de laboratoire et le matériel informatique requis (les ressources existantes peuvent-elles être adaptées aux besoins ?) » « Développez la portée philosophique des travaux envisagés. »

La pyramide du pouvoir était telle que les chercheurs les plus expérimentés faisaient peu de recherche. À la place, ils géraient et se livraient aux joies du boursicotage. Les Hommes En Gris veillaient scrupuleusement à ce que toutes les cases soient cochées. Dix pour cent environ des demandes de subvention étaient satisfaites, au bout de deux ans environ, et pour la moitié à peu près des sommes nécessaires.

Le pire, c’est que comme le délai d’attribution était interminable, il fallait absolument enfoncer le clou à chaque occasion. Si on voulait être sûr de mener une étude à bien, il valait mieux l’entreprendre avant de procéder à l’appel de fonds. Comme ça, il n’y avait pas de « trous » dans la demande, pas de détours inattendus dans les travaux.

Autant dire que les recherches et les études étaient devenues à peu près sans surprise. Personne ne semblait remarquer que ça privait les chercheurs de leur plus grande joie : l’excitation de la découverte.

— Je... parlerai à mon Département.

Il aurait été plus honnête de dire *Je leur ordonnerai de le faire*. Mais il fallait bien essayer de sauver les apparences.

Lorsqu’elle fut partie, Dors et Yugo firent aussitôt irruption dans son bureau.

— Je refuse de travailler avec ça ! décréta-t-elle, les yeux lançant des éclairs.

Hari examinait deux gros cubes qui semblaient taillés dans la pierre. Mais ça ne pouvait pas être ça, parce que Yugo en tenait un dans chaque main comme s’ils ne pesaient rien.

— Les simus ? avança-t-il.

— Des tores de ferrite, confirma fièrement Yugo. Trouvés dans un trou à rat, sur une planète appelée Sark.

— Le monde sur lequel est né ce mouvement de Nouvelle Renaissance ?

— Ouais. C'est plutôt dingue de bosser avec eux. Mais j'ai les simus. Ils viennent d'arriver par Ver Express. La responsable locale, une certaine Buta Fyrnix, voudrait vous parler.

— J'ai dit que je ne voulais pas être dans le coup.

— Une partie de l'accord, c'est qu'elle veut un face-à-face avec vous.

Hari cligna des yeux, alarmé.

— Elle viendrait jusqu'ici ?

— Noon. Ils lui paient un faisceau. Elle attend. Je l'ai aiguillée. Vous n'avez qu'à appuyer pour établir la liaison.

Hari eut l'impression distincte qu'on l'obligeait à faire quelque chose de risqué, hors des limites de sécurité habituelles. Le temps de transmission par faisceau était cher, parce que le réseau de trous de ver impérial était embouteillé depuis des millénaires. Il trouvait décadent de l'utiliser pour un face-à-face. Si cette Fyrnix était prête à fiche autant d'argent en l'air pour le plaisir de bavarder avec un mathématicien...

Préservez-moi des enthousiastes, songea Hari.

— Ça va, je la prends.

L'image de Buta Fyrnix, une grande femme aux yeux de braise et au sourire éclatant, apparut dans le bureau.

— Professeur Seldon ! Je suis tellement heureuse que vos services s'intéressent à notre Nouvelle Renaissance.

— En fait, je suppose que c'est à cause de ces simulations.

Pour une fois, il apprécia le délai de transmission de deux secondes. La bouche du plus grand trou de ver se trouvait à une seconde-lumière de Trantor, et à la même distance, apparemment, de Sark.

— Mais bien sûr ! Nous sommes tombés sur des archives vraiment anciennes. Notre mouvement progressiste est en train de faire tomber les vieilles barrières, vous allez voir.

— J'espère que les recherches se révéleront intéressantes, répondit Hari sans se mouiller.

Comment Yugo avait-il pu l'embarquer là-dedans ?

— Nous faisons des découvertes qui vous ouvriront les yeux, docteur Seldon, fit-elle en se retournant, et elle esquissa un geste englobant l'immense garenne bourrée d'antiques classeurs à céramos. Nous comptons bien élucider l'énigme des origines du pré-Empire, la légende de la Terre, les travaux !

— Je... euh, je serai très heureux d'examiner les résultats.

— Vous devriez venir voir par vous-même. Un mathématicien comme vous sera impressionné. Notre Renaissance est juste le genre d'entreprise tournée vers l'avenir dont les jeunes planètes dynamiques ont besoin. Dites que vous viendrez nous voir — en visite officielle, j'espère.

Apparemment, la femme était désireuse d'investir dans un futur Premier ministre. Il mit encore quelques insupportables minutes à s'en débarrasser. Quand enfin son image se dissipa, il regarda Yugo d'un œil noir.

— Hé, le marché était intéressant pour nous. Elle voulait juste vous vendre un peu sa salade, fit Yugo en écartant les mains devant lui.

— En échange d'un dessous-de-table considérable, j'espère ? lança Hari en se levant.

Il posa la main sur un cube, avec circonspection, et le trouva d'une fraîcheur surprenante. Dans les profondeurs ténébreuses, il distinguait des réseaux labyrinthiques, des rubans tortueux de lumière réfractée. On aurait dit de minuscules autoroutes dans une ville obscure.

— Un peu, fit Yugo, comme si de rien n'était. J'ai fait appel à des Dahlites pour, euh… faciliter l'accouchement.

Hari eut un petit rire.

— Je ne suis pas sûr que je devrais être au courant de ça.

— Ça, comme Premier ministre, tu ne devrais pas, confirma Dors.

— Je ne suis pas Premier ministre.

— Tu pourrais bientôt l'être. Cette histoire de simulations est trop risquée. Et tu as même parlé à leur source sur Sark ! Je ne veux rien avoir à faire avec eux.

— Personne ne vous le demande, fit Yugo d'un ton indifférent.

Hari caressa la surface froide, lisse, d'un bloc de ferrite, le souleva — il était assez léger —, prit le second des mains de Yugo et les posa tous les deux sur son bureau.

— Ils sont vieux ?

— Ils disent qu'ils ne savent pas, sur Sark, répondit Yugo, mais ils doivent avoir au moins…

Dors agit très vite. Elle prit les blocs, un dans chaque main, se tourna vers le mur le plus proche et les fracassa en les frappant l'un contre l'autre. La déflagration fut assourdissante.

Des fragments de ferrite, des scories criblèrent le mur et le visage de Hari. La rupture des réseaux avait libéré l'énergie emmagasinée à l'intérieur.

Dans le silence soudain, Dors resta parfaitement immobile, couverte de poussière grumeleuse. Elle avait les mains ensanglantées et une entaille à la joue gauche. Elle le regarda bien en face.

— Je suis chargée de ta sécurité.

— Drôle de façon de veiller sur lui, fit Yugo de sa voix traînante.

— Je devais te protéger d'un danger potentiel...

— En détruisant un ancien artefact? releva Hari.

— J'ai absorbé la majeure partie de l'explosion, réduisant le risque au minimum pour toi. Mais je considère cette implication avec Sark comme...

— Je sais, je sais, fit Hari, les mains levées, paumes tournées vers elle.

Il songea que, la veille au soir, en rentrant chez eux après son discours (qui avait été assez bien reçu au demeurant), il avait trouvé Dors songeuse et renfermée. Leur lit avait été un champ de bataille assez glacial, et elle n'avait pas voulu lui dire ce qui n'allait pas. La victoire dans la fuite, comme il l'avait dit une fois. Il n'avait pas idée qu'elle avait si mal pris les choses. *Le mariage est un voyage d'exploration qui n'en finit jamais*, songea-t-il mélancoliquement.

— C'est moi qui prends les décisions concernant le risque, lui dit-il en regardant les gravats répandus dans son bureau. Tu voudras bien t'y conformer, à moins d'un danger physique évident. Compris?

— Je suis également capable de juger si...

— Non! Le travail sur ces simulations sarkiennes pourrait nous apprendre des choses sur un passé ténébreux. La psychohistoire pourrait en être affectée.

Il se demanda si elle exécutait un ordre d'Olivaw. Pourquoi les robots prenaient-ils leur tâche tellement à cœur?

— Quand tu mets ostensiblement en péril...

— Tu dois me laisser la programmation — et la psychohistoire!

Elle battit rapidement des paupières, esquissa une moue

boudeuse, ouvrit la bouche... et ne dit rien. Elle finit par hocher la tête. Hari laissa échapper un soupir.

Puis sa secrétaire fit irruption dans le bureau, suivie par les Gardes, et la scène laissa place à un chaos d'explications. Il regarda le capitaine des Gardes droit dans les yeux et lui dit que les noyaux de ferrite étaient tombés l'un sur l'autre et qu'un point de rupture avait été apparemment heurté.

C'étaient, improvisa-t-il avec un aplomb tout professoral qu'il maîtrisait depuis longtemps, des structures fragiles qui renfermaient d'énormes réserves d'informations microscopiques et stabilisées grâce à une énorme tension.

À son grand soulagement, le capitaine se contenta de tordre le nez et dit en contemplant le désastre :

— Je n'aurais jamais dû laisser de vieilles technologies comme ça entrer ici.

— Ce n'est pas votre faute, lui assura Hari. C'est entièrement la mienne.

Il y aurait d'autres histoires à raconter, mais plus tard. Pour le moment, son holo lui signalait l'arrivée d'une transmission. Il eut une vision fugitive de l'assistante personnelle de Cléon, mais avant qu'elle ait eu le temps de parler, l'image se dissipa. D'une tape, il enclencha la commande de filtre facial alors que Cléon émergeait d'un brouillard cotonneux et se condensait dans le vide, devant lui.

— J'ai de mauvaises nouvelles, fit l'Empereur sans prendre la peine de le saluer.

— Désolé de l'apprendre, fit Hari, assez minable.

Hors du champ de vision de Cléon, il lança le programme de filtrage en espérant qu'il masquerait la poussière de ferrite collée à sa tunique. Le cadre rouge entourant l'holo lui confirma qu'un visage d'une dignité satisfaisante en émanerait, agrémenté d'une gamme d'expressions corporelles synchronisées avec les mouvements de ses lèvres.

— La Chambre Haute est coincée avec ce problème de représentation, fit Cléon en se mordillant la lèvre avec irritation. Tant qu'ils ne l'auront pas résolu, la nomination du Premier ministre devra attendre.

— Je vois. Mais... quel problème de représentation... ?

Cléon accusa le coup.

— Vous n'avez pas suivi l'affaire ? fit-il, surpris.

— Je suis débordé, ici, à Streeling.

— Évidemment, vous préparez votre départ, fit Cléon avec un geste désinvolte de la main. Enfin, il ne se passera rien pour le moment, alors vous pouvez souffler un peu. Les Dahlites bloquent le débat à la Chambre Basse galactique. Ils exigent d'être mieux représentés, non seulement à Trantor mais dans l'ensemble de cette satanée spirale ! Ce Lamurk a pris parti contre eux à la Chambre Haute. Personne ne bouge.

— Je vois.

— Nous devons donc attendre que la situation soit débloquée à la Chambre Haute. Le problème de représentation prend le pas sur la nomination des ministres.

— Évidemment.

— Maudit Code ! enragea Cléon. Je devrais pouvoir choisir qui je veux.

— Je suis bien d'accord.

À condition que ce ne soit pas moi, ajouta Hari, *in petto*.

— Enfin, j'ai pensé que vous préféreriez l'apprendre par moi.

— J'apprécie beaucoup, Sire.

— J'ai certaines choses à voir avec vous, au sujet de cette psychohistoire, surtout. Je suis occupé, là, tout de suite, mais bientôt...

— Très bien, Sire.

Cléon disparut sans un au revoir.

Hari poussa un soupir de soulagement.

— Je suis libre ! exulta-t-il en levant les bras au ciel.

Les Gardes le regardèrent d'un drôle d'air. Hari remarqua alors à nouveau son bureau, les dossiers, les murs. Tout était saupoudré de poussière grise, granuleuse. Et malgré tout, son bureau avait encore des airs de paradis pour lui, à côté de la nasse grouillante du palais.

9

— Rien que pour sortir de Streeling, ça vaut le coup, fit Yugo.

Ils entrèrent dans la station antigrav, leurs éternels Gardes essayant de les suivre comme si de rien n'était. Hari les trouvait aussi discrets que des araignées sur une assiette plate.

— C'est bien vrai, acquiesça Hari.

À Streeling, les membres de la Chambre Haute pouvaient le solliciter à tout moment, les groupes de pression pouvaient s'introduire dans la fragile intimité du Département de Mathématiques, et bien sûr l'Empereur pouvait jaillir dans le vide à n'importe quel moment. En déplacement, il était tranquille.

— Il y a une bonne correspondance dans deux virgule six minutes, annonça Yugo après avoir consulté son mémo rétinien en louchant vers l'extrême-gauche.

Hari n'avait jamais aimé ce dispositif, mais c'était un moyen commode de lire — dans ce cas précis, l'horaire antigrav — tout en gardant les mains libres. Yugo portait deux sacs. Hari lui avait proposé de l'aider, mais Yugo avait dit que c'étaient des « bijoux de famille », très précieux.

Sans ralentir l'allure, ils passèrent devant un lecteur optique qui consulta la liste des sièges disponibles, débita leur compte et informa l'autoprogramme de l'augmentation de la masse totale. Hari, qui était un peu distrait par des notions mathématiques fugitives qui lui passaient par la tête, fut surpris par la soudaine sensation de chute.

— Oups ! fit-il en se cramponnant à ses accoudoirs.

C'était peut-être la seule chose susceptible d'interrompre ses méditations. Il se demanda à quand remontait ce signal d'alarme et prêta l'oreille à Yugo, qui décrivait avec enthousiasme la communauté dahlite où ils avaient prévu de déjeuner.

— Cette histoire politique vous intrigue toujours ?

— Le problème de représentation ? Je me fiche des querelles, des factions et du reste. Même si, mathématiquement, ils constituent une énigme.

— Pour moi, c'est assez clair, fit Yugo d'un ton un peu tranchant quoique respectueux. Il y a trop longtemps que les Dahlites sont les dindons de la farce.

— Parce qu'ils ne font entendre leur voix que dans un secteur ?

— Exact. Nous sommes quatre cents millions rien que sur Dahl.

— Et beaucoup plus ailleurs.

— Absolument. Sur Trantor, un Dahlite n'a que soixante-huit pour cent de la représentation moyenne des autres.

— Et dans toute la Galaxie...

— C'est la même chose ! Nous avons notre putain de zone, c'est sûr, mais en dehors de la Chambre Basse galactique, nous sommes pieds et poings liés.

Yugo n'était plus l'ami qui se baguenaudait en bavardant gaiement ; il avait la mine sombre et renfrognée. Hari ne voulait pas que la balade tourne à la bagarre.

— Il faut prendre les statistiques avec prudence, Yugo. Tu te souviens de la vieille histoire des trois statisticiens à la chasse au colvert ?

— Non. Qu'est-ce que c'est ?

— Un oiseau sauvage qu'on trouve sur certains mondes. Le premier statisticien tire un mètre trop loin, le deuxième un mètre trop près, et le troisième s'écrie : « En moyenne, on l'a eu ! »

Yugo eut un rire un peu contraint. Hari s'efforçait de suivre le conseil de Dors sur la façon de manier les gens en utilisant davantage son humour et moins la logique. D'après l'Empereur, l'incident avec Lamurk avait joué en faveur d'Hari dans les médias, et même à la Chambre Haute.

Mais Dors elle-même semblait singulièrement immunisée contre le rire et la logique. L'incident avec les tores de ferrite avait eu des répercussions sur leur relation, qui s'était tendue. Hari réalisa que ça faisait aussi partie des raisons pour lesquelles il avait accueilli favorablement la suggestion de Yugo de passer la journée hors de Streeling. Dors, qui donnait deux cours, ne pouvait pas les accompagner. Elle avait grommelé, mais elle avait convenu que les Gardes devraient arriver à assurer sa protection. Tant qu'il ne faisait pas de bêtises.

Yugo insista.

— D'accord, mais nous sommes également sous-représentés dans les cours.

— Dahl est le plus vaste secteur, maintenant. Vous aurez des magistratures, avec le temps.

— Mais nous n'avons pas le temps. Partout, les blocs nous coupent l'herbe sous le pied.

Hari détestait profondément la logique circulaire propre aux empoignades politiques, et il essaya d'en appeler au mathématicien qu'était Yugo.

— Tous les organes de la magistrature sont vulnérables au contrôle des blocs, mon ami. Prends une cour de onze juges ; tout groupe cohérent de six personnes l'emporterait à chaque fois. Ces six personnes pourraient se rencontrer secrètement, se mettre d'accord entre elles, et voter en bloc au sein des onze.

— La Haute Cour compte onze membres, répliqua Yugo avec irritation, les lèvres pincées. C'est ce que vous voulez dire, hein ?

— C'est un principe général. Le même stratagème pourrait marcher aussi en plus petit. Imagine que quatre membres de la Cour conviennent en secret de voter solidairement. Ils formeraient un bloc parmi la cabale originale de six, et ce groupe de quatre déterminerait le vote des onze.

— Et merde. C'est pire que je ne pensais, fit Yugo.

— Ce que je veux dire, c'est que toute représentation finie peut être corrompue. C'est un théorème général.

Yugo hocha la tête et, au désespoir d'Hari, se lança dans le récit des malheurs et des humiliations infligés aux Dahlites par les majorités agissantes au Tribunal, aux deux Chambres, au Directoire des diktats...

L'éternel affairisme du pouvoir. Quelle barbe !

Hari se rendit compte que son style de pensée était bien éloigné des calculs fiévreux de Yugo, et plus encore des finasseries d'un Lamurk. Comment pouvait-il espérer survivre au poste de Premier ministre ? Pourquoi l'Empereur ne s'en rendait-il pas compte ?

Il hocha la tête et, tout en faisant mine de l'écouter attentivement, se laissa absorber par les motifs qui décoraient la paroi tandis que la capsule poursuivait sa plongée le long de la courbe cycloïde du descenseur antigrav.

Le nom était bien trouvé. Sur Trantor, la plupart des trajets à longue distance s'effectuaient sous la surface, dans des tubes incurvés. Les capsules circulaient, mues par la seule gravité, maintenues par des champs magnétiques, à un doigt à peine des parois du tube. Comme il n'y avait rien à voir dans le noir, elles n'étaient pas vitrées mais ornées de motifs censés apaiser l'angoisse de la chute.

C'était une technologie évoluée, silencieuse, discrète, simple, sans histoire, d'un classicisme sinueux, presque amicale, alors que son utilisation demeurait aussi évidente qu'un coup de marteau, ses effets faciles comme un holo. Son utilisateur et elle s'étaient mutuellement éduqués.

Une forêt glissa autour d'eux. Beaucoup de gens, sur Trantor, vivaient au milieu des arbres, des pierres et des nuages, comme les humains d'autrefois. L'illusion était tout sauf réaliste, mais elle n'avait pas besoin de l'être. *C'est nous les sauvages, maintenant*, se dit Hari. Les humains aménageaient les labyrinthes de Trantor afin d'assouvir leurs besoins profonds, de donner à leur œil intérieur l'impression de planer dans un parc. La technologie n'apparaissait que lorsqu'on la suscitait, comme les esprits magiques.

— Dites, ça vous ennuie si je change ?

La question de Yugo le tira de sa rêverie.

— Les arbres ?

— Ouais. L'air libre, vous voyez ce que je veux dire.

Hari hocha la tête. Yugo appuya sur un bouton, s'arrêta sur une vue d'un centre commercial aux perspectives courtes. Bien des Trantoriens étaient mal à l'aise dans les espaces dégagés et fuyaient même les représentations de paysages à ciel ouvert.

Le sol, qui était redevenu plan, se remit bientôt à monter. Hari fut collé au dossier de son siège, qui équilibra rapidement la pression. Ils se déplaçaient à grande vitesse, il le savait, mais rien ne l'indiquait. De légères pulsations du boyau magnétique incrémentaient la vitesse lorsqu'ils montaient, compensant les légères pertes. À part ça, le voyage s'effectuait sans consommation d'énergie, la gravité restituant ce qu'elle prenait.

Lorsqu'ils émergèrent dans le secteur de Carmondian, leurs Gardes se rapprochèrent. Ce n'était pas le décor de l'Université de l'élite. Peu de bâtiments ici pouvaient être considérés comme extérieurs, de sorte que la décoration se concentrait sur le spectacle intérieur : des courbes hardies, des transepts aériens, des mâts audacieux, de métal et de fibre musculaire ouvragés. Mais parmi cette architecture sereine, un grouillement de population jouait des coudes et s'agitait, bondissant comme une marée farouche.

Sur une piste cyclable, au-dessus de leur tête, un flot incessant de cyclistes tiraient des voiturettes par les vitres desquelles on distinguait des appareils massifs, des quartiers de viande luisants, des boîtes, des marchandises informes, autant de livraisons destinées au voisinage. Les restaurants n'étaient que des fourneaux entourés de petites tables et de chaises, le tout coincé le long des trottoirs roulants. Des barbiers faisaient leur métier au milieu de la circulation, s'affairant à un bout de leurs clients pendant que, à l'autre, des mendiants leurs massaient les pieds pour une piécette.

— C'est... actif, par ici, fit diplomatiquement Hari, les narines chatouillées par l'odeur astringente de la cuisine dahlite.

— Ouais. Z'aimez pas ça ?

— Je croyais que le dernier Empereur avait interdit les mendiants et les camelots.

— C'est vrai, fit-il avec un grand sourire. Mais ça marche pas avec les Dahlites. Des tas de gens sont venus s'installer dans ce secteur. Allez, on va déjeuner.

Il était tôt, mais ils mangèrent debout, au comptoir d'un restaurant où ils avaient été attirés par les odeurs. Hari goûta un « bombardier », qui se tortilla dans sa bouche, puis explosa en une saveur noire, fumeuse, non répertoriée par ses papilles, et lui laissa un arrière-goût doux-amer. Ses Gardes n'avaient pas l'air à l'aise. Ils étaient habitués à des environnements plus prestigieux. Ils s'efforçaient de résister dans la marée humaine qui s'agitait autour d'eux, prise de frénésie.

— C'est le grand boum, ici, observa Yugo, la bouche pleine, retrouvant ses manières du temps où il s'échinait dans le secteur.

— Les Dahlites ont toujours fait bon ménage avec la croissance, répondit diplomatiquement Hari.

Leur taux de natalité élevé les poussait vers d'autres secteurs, où leurs relations avec Dahl suscitaient de nouveaux investissements. Hari aimait leur énergie bouillonnante. Ça lui rappelait les rares villes d'Hélicon.

Il avait modélisé tout Trantor dans l'espoir de l'utiliser comme une version réduite de l'Empire. La majeure partie de ses progrès, il les avait faits en désapprenant la sagesse conventionnelle. La plupart des économistes voyaient dans l'argent un simple bien — une relation de pouvoir basique, linéaire. Mais c'était un fluide, pensait Hari, glissant et fuyant, flottant sans cesse d'une main à l'autre et lubrifiant l'instant du changement. Les analystes impériaux avaient confondu flux variable et compteur statique.

Sitôt la dernière bouchée avalée, Yugo le poussa vers une nacelle. Ils suivirent un chemin compliqué, plein de bruit, d'odeurs, de vigueur. Là, le trafic ordonné se désintégrait. Au lieu d'aller toutes dans le même sens, les rues d'un même niveau se coupaient selon des angles aigus, rarement droits. Yugo semblait considérer les intersections comme de grossières entraves à sa circulation.

Ils passèrent très vite au ras des bâtiments et descendirent faire un tour sur un tapis roulant, leurs Gardes juste derrière eux. Soudain, sans transition, Hari se retrouva au milieu d'un véritable chaos. Ils furent environnés de fumée et une puanteur âcre lui souleva le cœur.

Le capitaine des Gardes hurla : « Couchez-vous ! » Puis il ordonna à ses hommes de charger à anamorphines. Ils se mirent à brandir des armes dans tous les sens.

Les phosphos au-dessus de leur tête disparurent dans un brouillard poisseux. Hari vit confusément une muraille compacte de gens se ruer vers eux. Il en sortait de partout, des ruelles adjacentes, des immeubles, et ils semblaient tous se précipiter vers lui. Les Gardes tirèrent sur la foule. Des corps tombèrent à terre. Le capitaine lança un conteneur métallique et un nuage de gaz bourgeonna au loin. Il avait bien visé ; le courant d'air emporta les vapeurs vers la foule et non vers Hari.

Mais il aurait fallu un peu plus que des anamorphines pour les arrêter. Deux femmes passèrent en courant avec des pavés arrachés aux trottoirs. Une troisième se précipita sur Hari en brandissant un couteau, et le capitaine l'arrêta d'une fléchette. Puis d'autres Dahlites se jetèrent sur les Gardes en poussant des cris de rage incohérente. Hari crut comprendre qu'ils en avaient après les tictacs.

L'idée lui parut si invraisemblable au début qu'il crut avoir mal entendu. Ça détourna son attention, et quand il regarda à nouveau vers la foule en effervescence, le capitaine était à terre et un homme avançait sur lui, un couteau à la main.

Ce que les tictacs avaient à voir avec tout ça était une énigme, mais Hari n'eut que le temps de s'écarter et de flanquer un bon coup de pied dans le genou de l'homme.

Une bouteille lui heurta l'épaule dans un éclair de souffrance, et s'écrasa sur le trottoir. Un homme fit tournoyer une chaîne en visant son crâne. Hari rentra la tête dans les épaules. Elle le manqua en sifflant. Il plongea sur l'homme et le plaqua à terre. Ils tombèrent en tas avec deux autres types qui vitupéraient en se débattant. Hari prit un coup dans le ventre.

Il roula sur lui-même, le souffle coupé. Il reprenait péniblement sa respiration lorsqu'il vit, à quelques pas de là, un homme en tuer un autre avec une longue lame incurvée.

Poignarder, taillader, poignarder. Et tout ça se passait en silence, comme dans un rêve. Hari hoqueta, secoué, son monde au ralenti. Il aurait dû réagir avec vivacité, il le savait. Mais c'était tellement prenant...

... Soudain, il se retrouva debout, sans savoir comment, en train de lutter avec un homme qui ne s'était pas lavé depuis un bon moment. Puis l'homme fut subitement englouti par une éruption de la foule.

Une autre secousse, plus brutale. Il était maintenant entouré de Gardes. Il y en avait partout, tout autour de lui. Des corps étendus, sans vie, sur le trottoir. D'autres se tenaient la tête, ensanglantés. Des cris, des coups...

Il n'eut pas le temps de comprendre quelle arme leur avait fait ça. Les Gardes les tiraient déjà de là, Yugo et lui. Et l'incident s'engloutit dans l'obscurité, comme un programme en tridi entrevu et aussitôt disparu.

Le capitaine voulait retourner à Streeling. Et, de préférence, au Palais.

— Nous n'étions pas concernés, fit Hari alors qu'ils prenaient un tapis roulant.

— Nous ne pouvons pas en être sûrs, monsieur.

10

Hari refusa obstinément de renoncer à leur équipée. L'incident avait apparemment éclaté suite à un dérèglement de certains tictacs.

— Quelqu'un a mis en cause la responsabilité des Dahlites,

raconta Yugo. Alors nous nous sommes défendus, et... bref, les choses ont dégénéré.

Quelqu'un passa près d'eux, tout excité, le visage illuminé, les yeux en bille de loto, jetant des éclairs. Il pensa tout à coup à son père disant d'un ton mi-figue, mi raisin, *Il ne faut jamais sous-estimer le pouvoir de l'ennui.*

Dans les affaires humaines, l'action violente soulageait de l'ennui stérile. Il se rappelait avoir vu deux femmes rosser un type d'une maigreur et d'une pâleur de squelette comme si c'était un punching-ball programmé pour réagir mécaniquement. Un Ectoplasme. Sa seule phobie de la lumière naturelle faisait de lui un membre de la race honnie, et donc un gibier naturel.

Le meurtre était une pulsion primitive. Les êtres les plus civilisés étaient tentés d'y succomber dans les moments de rage. Mais la plupart résistaient et en sortaient renforcés. La civilisation était une défense contre le pouvoir brut de la nature.

C'était une variable cruciale que personne ne prenait jamais en compte, pas plus les économistes et leur produit industriel brut par habitant que les théoriciens de la politique avec leurs échantillons représentatifs ou les sociosavants qui privilégiaient les indices de sécurité.

— Il faudrait les intégrer aussi, murmura-t-il pour lui-même.

— Quoi donc ? demanda Yugo, encore tout agité.

— Des choses aussi basiques que le meurtre. Nous sommes tous mouillés dans l'économie et la politique de Trantor, mais des manifestations aussi viscérales que ça pourraient être plus importantes sur le long terme.

— On devrait retrouver ça dans les statistiques sur la criminalité.

— Non, c'est l'impulsion que je voudrais saisir. Comment explique-t-elle les mouvements les plus profonds de la culture humaine ? C'est déjà assez dur de s'occuper de Trantor — une marmite à pression géante, quarante milliards de gens les uns sur les autres. Nous savons qu'il manque quelque chose parce que nous n'arrivons pas à faire converger les équations psychohistoriques.

Yugo fronça les sourcils.

— Je pensais que c'était... enfin, que nous n'avions pas assez de données.

Hari éprouvait la vieille frustration familière.

— Non, je le sens. Il y a quelque chose de crucial qui nous échappe.

Yugo fit une moue dubitative, puis ils arrivèrent à leur disque terminal. Ils empruntèrent un réseau concentrique de tapis roulants qui réduisirent leur vitesse et se retrouvèrent sur une large place. Un édifice impressionnant dominait d'énormes bouches d'aération, de minces colonnes coiffées de bureaux, tout en haut. La lumière du soleil ruisselait sur les façades sculptées des bâtiments, coulait comme de l'argent : Artifice Associates.

Un réceptionniste les introduisit dans le saint des saint, un endroit plus luxueux que tout ce qu'ils avaient jamais vu à Streeling.

— Sacrée bâtisse, fit Yugo en inclinant la tête d'un air éloquent.

Hari comprit cette réflexion académique commune. Hors du système universitaire, les techniciens gagnaient mieux leur vie et travaillaient généralement dans des environnements plus somptueux. Ce dont il s'était toujours fichu. L'idée que les Universités étaient des citadelles imprenables s'était étiolée avec le déclin de l'Empire, et il ne comprenait pas le besoin d'opulence, surtout sous un Empereur qui en avait le goût.

Ils prirent place autour d'une grande table de pseudo-bois poli. Les directeurs d'Artifice Associates — qui appelaient leur société A² — avaient l'air particulièrement brillants. Hari laissa Yugo tenir le crachoir. La tension provoquée par l'épisode de violence ne s'était pas encore dissipée en lui. Il resta en retrait, à méditer sur son environnement, son esprit retournant comme toujours à de nouveaux aspects peut-être significatifs pour la psychohistoire.

La théorie avait déjà établi des relations mathématiques entre la technologie, l'accumulation du capital et le travail, mais le moteur le plus puissant se révélait être la connaissance. Près de la moitié de la croissance économique était due à l'amélioration de l'information, elle-même due aux progrès des machines et à l'accroissement des talents, qui aboutissaient à une efficacité accrue.

C'était assez juste, et c'est là que l'Empire avait échoué. La poussée innovatrice des sciences s'était lentement émoussée. Les Universités impériales produisaient de bons ingénieurs mais pas d'inventeurs. De grands érudits, mais peu de vrais scientifiques. Et ça finissait par compter dans les marées du temps.

Seules les entreprises indépendantes comme celle-ci, se dit-il, continuaient sur la lancée qui avait si longtemps fait avancer l'Empire. Mais c'étaient des fleurs sauvages, souvent écrasées sous la botte de la politique impériale et de l'inertie.

— Docteur Seldon ? fit une voix, à côté de lui, l'arrachant à ses pensées.

Il acquiesça d'un hochement de tête.

— Nous avons votre autorisation aussi ?

— Euh... de faire quoi ?

— D'utiliser ça, fit Yugo en se levant et en posant sur la table ses deux mallettes.

Il ouvrit les fermetures à glissière et deux tores de ferrite apparurent.

— Les simus de Sark, messieurs.

Hari étouffa un hoquet.

— Je croyais que Dors...

— ... les avait fracassés ? C'est ce qu'elle a cru, elle aussi. J'avais apporté deux vieux tores, dans votre bureau, ce jour-là.

— Tu savais qu'elle...

— J'ai le plus grand respect pour elle. Elle est rapide et elle a du caractère, fit Yugo en haussant les épaules. Je pensais bien qu'elle risquait de se sentir... un peu provoquée.

Hari eut un sourire. Soudain, il réalisa qu'il en voulait vraiment à Dors pour ce mouvement de colère. Il relâcha sa tension dans un grand éclat de rire.

— C'est merveilleux ! Femme ou non, il y a des limites.

Il riait si fort que des larmes perlèrent à ses yeux. L'hilarité se propagea autour de la table. Il y avait des semaines qu'il ne s'était senti aussi bien, se dit-il. Pendant un instant, il oublia tout, les problèmes universitaires, cette histoire de Premier ministre et le reste.

— Alors, docteur Seldon, nous avons votre autorisation d'utiliser les simus ? insista le jeune homme.

— Bien sûr. Mais j'aimerais poursuivre certains... euh, travaux. J'espère que rien ne s'y oppose, monsieur... ?

— Marq Hofti. Nous serions honorés, monsieur, que vous consacriez un peu de temps au projet. Je ferai de mon mieux pour...

— Moi aussi, intervint une jeune femme debout derrière lui, de l'autre côté. Sybyl, dit-elle en lui tendant la main.

Il la serra. Ils paraissaient très compétents, tous les deux, efficaces, nets et sans bavures. Hari s'étonna de leur attitude, proche de la révérence. Après tout, il n'était qu'un mathématicien, comme eux.

Puis il éclata à nouveau de rire, un rire étrangement libérateur. Il venait de penser à l'effet que ça lui ferait de dire la vérité à Dors sur les tores de ferrite.

DEUXIÈME PARTIE

LA ROSE SOUS LE SCALPEL

REPRÉSENTATION INFORMATIQUE [...] En dehors de quelques mouvements exceptionnels, un tabou a pesé sur les intelligences artificielles supérieures pendant toute la durée de l'Empire, durant le vaste balayage du temps historique. Cette unanimité culturelle résulte probablement de tragédies et de traumas provoqués, bien avant l'avènement de l'Empire, par des entités artificielles. Les archives gardent la trace de transgressions primitives sous forme de programmes autoconscients, et notamment des « simus », ou simulations auto-organisatrices. Les pré-anciens aimaient manifestement recréer des personnalités de leur propre passé, peut-être à des fins éducatives, récréatives, ou même de recherche. Aucune n'a survécu, à notre connaissance, mais d'après une rumeur insistante, ç'aurait jadis été une forme d'art élaborée.

Certains récits d'une portée plus inquiétante font état d'intelligences autoconscientes logées dans des enveloppes imitant l'être humain. Des formes mécaniques rudimentaires sont généralement autorisées dans tout l'Empire, mais ces « tictacs » ne risquent pas de faire concurrence aux êtres humains dans la mesure où ils n'effectuent que des tâches simples et souvent rébarbatives...

Encyclopaedia Galactica

1

Jeanne d'Arc se réveilla dans un rêve d'ambre, caressée par une brise fraîche. D'étranges bruits retentissaient. Elle entendit avant de voir...

... et tout à coup elle se retrouva assise au-dehors. Elle remarqua les choses l'une après l'autre, comme si une partie d'elle-même les décomptait.

L'air doux. Devant elle, une table ronde, lisse.

Pressé contre son corps, un fauteuil blanc, troublant. Le siège n'était pas fait de rotin tressé, comme ceux de Domrémy, son village natal. Sa blancheur lisse, luisante, épousait lascivement ses formes. Elle rougit.

Des étrangers — un, deux, trois... — prirent vie devant ses yeux, en un clin d'œil.

Ils bougeaient. Des gens étranges. Elle ne pouvait distinguer les hommes des femmes, sauf quand leur pantalon ou leur tunique soulignait leurs parties intimes. Le spectacle était encore pis que ce qu'elle avait vu à Chinon, à la cour lubrique du Grand et Vrai Roi.

Des paroles. Les étrangers ne semblaient pas faire attention à elle. Pourtant, en fond sonore, elle les entendait bavarder aussi distinctement qu'elle entendait parfois ses propres voix. Elle les écouta le temps de conclure que ce qu'ils disaient, n'ayant rien à faire avec la sainteté ou la France, n'était pas digne d'être entendu.

Du bruit. Venant de dehors. Un fleuve métallique, murmurant, de véhicules auto-mobiles. Elle éprouva une certaine surprise. Puis ce fut comme si l'émotion s'évaporait.

Une longue perspective, se télescopant en…

Des brouillards nacrés voilant de lointaines tours d'ivoire. Dans la brume, on aurait dit des églises en fusion.

Quel était cet endroit ?

Une vision, peut-être liée à ses voix bien-aimées. De telles apparitions pouvaient-elles être sacrées ?

L'homme assis à une table voisine n'était sûrement pas un ange. Il mangeait des œufs brouillés. À la paille.

Et les femmes, immodestes, impudiques, offrant, telles des cornes d'abondance, leurs hanches, leurs cuisses, leurs seins. Certaines buvaient du vin rouge dans des gobelets transparents comme elle n'en avait jamais vu, même à la cour du roi.

D'autres semblaient siroter des nuages flottants, des brouillards mousseux, délicats, bouillonnants. Une odeur épicée de bœuf en sauce au vin de Loire passa à sa portée. Elle inspira et s'aperçut instantanément qu'elle venait de déguster un repas.

Était-ce le ciel, pour que les appétits y soient ainsi satisfaits sans effort aucun ?

Mais non. La récompense ultime ne pouvait sûrement pas être si, si… charnelle. Dérangeante. Et embarrassante.

Une chose l'inquiétait : le feu que certains inspiraient à l'aide de petits roseaux. Un nuage de fumée dériva devant elle, fit naître une volée d'oiseaux affolés dans son sein, même si elle ne pouvait sentir la fumée, qui ne lui piquait point les yeux, d'ailleurs, non plus qu'elle ne lui brûlait la gorge.

Le feu, le feu ! songea-t-elle, paniquée, le cœur battant la chamade. *Qu'est-ce qui avait… ?*

Un être fait d'une cuirasse venait vers elle avec un plateau chargé de mets et de boisson — *le poison, sans aucun doute, de ces félons, ennemis de la France !* se dit-elle, en proie à un soudain désarroi, en tendant aussitôt la main vers son épée.

— Je suis à vous tout de suite, lança la chose cuirassée en passant près d'elle pour se diriger vers une autre table. Je n'ai que quatre bras. Un peu de patience !

Une auberge, songea-t-elle. C'était une espèce d'auberge, bien qu'il n'y eût apparemment aucun endroit où loger. Et... oui, ça lui revenait, maintenant, elle devait rencontrer quelqu'un. Un gentilhomme ?

Celui-là : le grand vieillard osseux, beaucoup plus vieux que Jacques Darc, son père. Le seul qui soit vêtu normalement, en dehors d'elle.

Quelque chose, dans sa mise, lui rappela les bellâtres à l'élégance affectée de la cour du Grand et Vrai Roi. Ses cheveux aux boucles serrées, sa pâleur rehaussée par le ruban lilas noué sous son menton. Il portait des manchettes de mignonnette à revers étroits, ornées de dentelle, un long gilet de satin marron brodé de fleurettes multicolores, des chausses de velours rouge, des bas blancs et des chaussures chamois.

Un aristocrate, stupide et vain, se dit-elle. Un dandy habitué aux voitures, qui ne pouvait même pas tenir à cheval, et encore moins livrer la guerre sainte.

Mais le devoir était une obligation sacrée. Si Charles, son roi, lui ordonnait d'avancer, elle avancerait.

Elle se leva. Sa cotte de mailles était étonnamment légère. Elle sentait à peine les rabats de cuir protecteurs fixés à la ceinture, sur le devant et le derrière, non plus que les deux plaques de métal qui gainaient ses bras, lui laissant les coudes libres pour manier l'épée. Personne ne prêtait la moindre attention au cliquetis de sa cotte de mailles.

— Êtes-vous le gentilhomme que je dois rencontrer ? Monsieur Arouet ?

— Ne m'appelez pas ainsi ! répliqua-t-il. Arouet est le nom de mon père, cet homme prude, autoritaire, et non le mien. Il y a des années que personne ne m'a appelé ainsi.

De près, il avait l'air moins vieux. Elle avait été abusée par ses cheveux blancs, mais elle voyait maintenant qu'ils étaient faux, que c'était une perruque poudrée attachée par ce ruban mauve sous son menton.

— Comment dois-je vous appeler, dans ce cas ?

Elle réprima les termes méprisants que lui inspirait ce dandy, des mots grossiers, appris auprès de ses compagnons d'armes, maintenant amenés par des démons sur le bout de sa langue, mais point au-delà.

— Poète, tragédien, historien, fit-il en s'inclinant, et il murmura, avec un clignement d'œil malicieux : Je signe Voltaire. Libre penseur. Roi des philosophes.

— En dehors du Roi des Cieux et de Son Fils, un seul homme mérite le nom de Roi : Charles VII, de la Maison de Valois. Et je vous appellerai Arouet jusqu'à ce que mon royal maître m'ordonne d'en faire autrement.

— Ma chère Pucelle, votre Charles est mort !

— Non !

Il jeta un coup d'œil aux engins silencieux propulsés par des forces invisibles dans la rue.

— Allons, allons, rasseyez-vous. Bien d'autres choses se sont passées aussi. Aidez-moi plutôt à attirer l'attention de ce serviteur ridicule.

— Vous me connaissez ?

À l'instigation de ses voix, elle avait abandonné le nom de son père pour se faire appeler la Pucelle, la Chaste Servante.

— Je vous connais très bien. Non seulement vous avez vécu des siècles avant moi, mais j'ai écrit une pièce sur vous. Et j'ai l'étrange impression de vous avoir déjà parlé, dans des endroits ombreux. En dehors de mes vêtements — ils sont beaux, n'est-ce pas ? fit-il en secouant la tête, le sourcil froncé — vous êtes, avec la rue, les seules choses familières de cet endroit. Encore que vous soyez plus jeune que je ne pensais, et que la rue... hum, me paraisse plus large et plus vieille. Ils ont tout de même fini par la faire paver.

— Je... je n'arrive pas à...

Il indiqua une enseigne portant le nom de l'auberge : *Aux Deux Magots*.

— Mademoiselle Lecouvreur, une actrice célèbre, également connue comme étant ma maîtresse. Mais vous rougissez, fit-il en cillant. C'est délicieux.

— Je ne connais rien à ces choses. Je suis jeune fille, ajouta-t-elle avec fierté.

Il fit la grimace.

— Je ne vois pas comment on peut s'enorgueillir d'un état aussi contraire à la nature.

— Quant à moi, je ne vois pas comment vous pouvez vous habiller ainsi.

— Mes tailleurs seraient mortellement offensés ! Mais permettez-moi de vous dire, ma chère Pucelle, que par votre insistance à vous habiller comme un homme, vous privez la société civilisée de l'un de ses plus innocents plaisirs.

— Une insistance pour laquelle j'ai chèrement, mais volontiers, payé, répliqua-t-elle en repensant à la façon dont les évêques lui reprochaient ses mâles atours avec la même constance qu'ils mettaient à la questionner sur ses voix divines.

Comme si, dans les stupides effets que son sexe était censé porter, elle aurait pu défaire le duc d'Orléans qui aimait tant les Anglais ! Ou mener trois mille chevaliers à la victoire à Jargeau et Meung-sur-Loire, Beaugency et Patay, pendant cet été de glorieuses conquêtes où, menée par ses voix, elle ne pouvait mal agir.

D'un battement de cils, elle refoula des larmes subites. Une vague de souvenirs...

La défaite... Puis les ténèbres écarlates des batailles perdues s'abattant sur elle, étouffant ses voix, pendant que celles de ses ennemis anglophiles prenaient de la force.

— Inutile de vous emporter, fit M. Arouet en tapotant sa genouillère. Bien que je trouve, en ce qui me concerne, votre accoutrement repoussant, je défendrai jusqu'à la mort votre droit à vous vêtir — ou à vous dévêtir — comme bon vous semble.

Il lorgna le haut, presque transparent, de la tenue d'une cliente assise non loin de là.

— Messire...

— Paris n'a pas perdu le goût des belles choses, tout compte fait. Le pâle fruit des dieux... Vous n'êtes pas d'accord ?

— Non, je ne suis pas d'accord. Il n'y a pas, pour une femme, de plus grande vertu que la chasteté. Notre Seigneur était chaste, de même que nos saints et nos prêtres.

— Les prêtres, chastes ! fit-il en levant les yeux au ciel. Dommage que vous n'ayez pas suivi les cours de l'école où mon père m'a envoyé quand j'étais enfant. Vous auriez pu raconter ça aux jésuites qui abusaient quotidiennement des innocents dont ils avaient la charge.

— Je... je ne puis croire...

— Et lui ? fit Voltaire en indiquant du pouce, dans son dos, la créature à quatre bras qui s'approchait d'eux sur ses roulettes. Nul doute qu'une telle créature soit chaste. Est-elle vertueuse, aussi ?

— Le christianisme, la France elle-même, sont fondés sur…

— Si la chasteté était aussi pratiquée qu'elle est prêchée en France, la race serait éteinte.

La créature à roulettes freina à côté de leur table. Sur sa poitrine était imprimé ce qui devait être son nom : Garçon 213-ADM. D'une voix grave et aussi nette que celle de n'importe quel homme, il demanda :

— Vous allez à un bal costumé, hein ? J'espère ne pas vous avoir mis en retard. Nous avons des ennuis avec le personnel mécanique.

Il jeta un coup d'œil éloquent à l'autre tictac qui apportait les plats, une blonde aux cheveux de miel retenus par un filet, raisonnablement humaine. Un démon ?

La Pucelle fronça les sourcils. Son coup d'œil acéré, pour mécanique qu'il soit, lui rappelait la façon dont ses geôliers la reluquaient. Humiliée, elle avait rejeté les vêtements de femme que les Inquisiteurs l'obligeaient à porter et repris une tenue masculine, remettant ses geôliers à leur place avec mépris. Ç'avait été un bon moment.

La cuisinière avait l'air hautain, mais elle rajusta son filet et sourit à Garçon 213-ADM avant de détourner les yeux. Le sens de tout ça échappait à Jeanne. Elle avait accepté les êtres mécaniques de cet étrange endroit sans s'interroger sur leur signification. C'était probablement un lieu intermédiaire dans l'ordre providentiel du Seigneur. Mais il l'intriguait.

M. Arouet tendit la main et effleura le bras de l'homme mécanique, que la Pucelle ne pouvait s'empêcher d'admirer. Si une telle créature pouvait monter à cheval, au combat, elle serait invincible. Les possibilités…

— Où sommes-nous ? demanda M. Arouet. Ou peut-être devrais-je demander quand sommes-nous ? J'ai des amis haut placés…

— Et d'autres dans les bas-fonds, répondit l'homme mécanique avec bonhomie.

— … et j'exige un compte rendu complet sur l'endroit où nous sommes, et sur ce qui se passe.

L'homme mécanique haussa les épaules avec deux de ses bras libres tout en mettant le couvert avec les deux autres.

— Comment, monsieur, un mécaserveur doté d'une intelligence programmée pour remplir une fonction précise pourrait-il renseigner un être humain sur les arcanes du simespace ? Mademoiselle et monsieur ont-ils choisi ?

— Vous ne nous avez pas encore apporté le menu, répliqua M. Arouet.

L'homme mécanique appuya sur un bouton, sous le bord de la table. Deux parchemins plats, incrustés dans le plateau, s'illuminèrent, leurs lettres s'embrasèrent. La Pucelle laissa échapper un petit cri d'enchantement et, en réponse au regard réprobateur de M. Arouet, se plaqua la main sur la bouche. Ses manières de paysanne étaient souvent cause de gêne.

M. Arouet examina le dessous de la table et manipula l'interrupteur.

— Ingénieux, dit-il. Comment cela marche-t-il ?

— Je ne suis pas programmé pour le savoir. Vous devriez demander ça à un mécalectricien.

— Un *quoi* ?

— Avec tout le respect que je dois à monsieur, mes autres clients attendent. Je suis programmé pour prendre votre commande.

— Qu'est-ce qui vous ferait plaisir, ma chère ? demanda M. Arouet.

Elle baissa les yeux, embarrassée.

— Commandez pour moi, dit-elle.

— Ah oui, j'oubliais.

— Quoi donc ? s'étonna le mécaserveur.

— Ma compagne est illettrée. Elle ne sait pas lire. Je pourrais aussi bien être illettré moi-même, d'ailleurs, pour ce que je comprends à ce menu.

Ainsi donc, cet homme manifestement cultivé n'entendait rien à la Table d'Hôtes. Jeanne trouva cela attendrissant, dans ce blizzard du bizarre.

L'homme mécanique lui expliqua, et Voltaire l'interrompit.

— Délices des nuées ? Cuisine électronique ? releva-t-il en faisant la grimace. Apportez-moi simplement ce que vous avez de meilleur pour une grande faim et une soif intense. Que recommanderiez-vous à une vierge abstinente ? Une assiette de terre, peut-être ? Avec un verre de vinaigre pour faire passer ?

— Apportez-moi une tranche de pain, fit la Pucelle avec une dignité glacée. Et un petit bol de vin pour la tremper dedans.

— Du vin ! fit M. Arouet. Vos voix vous autorisent le vin ?

Mais quel scandale ! Si on apprenait que vous buvez du vin, les prêtres auraient tôt fait de fustiger le mauvais exemple que vous donnez aux futurs saints de France !

Il se tourna vers l'homme mécanique.

— Apportez-lui un petit verre d'eau. Et rassis, le pain ! ajouta M. Arouet en élevant la voix tandis que Garçon 213-ADM s'éloignait. Et moisi, si possible !

2

Marq Hofti gagnait d'un pas allègre son bureau du Puits de Waldon, sa collègue et amie Sybyl papotant à côté de lui. Elle débordait toujours d'idées et d'énergie, laquelle énergie lui paraissait parfois — oh, très rarement — fatigante.

Les bureaux d'Artifice Associates dominaient de leur masse impressionnante l'immensité du puits. Un véluge décrivait des cercles loin là-haut, parmi de jolis nuages verts. Marq tordit le cou pour regarder le véluge profiter d'un courant ascendant engendré par les puissants brasseurs d'air de la cité. Le contrôle atmosphérique ajoutait encore de la variété au spectacle en formant de petits champignons de vapeur. Il aurait bien voulu être là-haut, à planer parmi leurs saveurs collantes.

Mais il était là, tout en bas, bardé de sa carapace habituelle de vigoureux pourfendeur des nouveaux défis du jour. Et cette journée promettait d'être particulière. Risquée. Et bien que l'aiguillon de cette perspective fasse chanter son pas et son sourire, la crainte d'échouer lestait de plomb ses projets les plus exaltants.

Enfin, s'il échouait aujourd'hui, au moins il ne tomberait pas du ciel, comme un pilote qui aurait mal jugé les courants thermiques du puits. Il entra dans son bureau en ruminant de sombres pensées.

— Ça m'inquiète un peu, dit Sybyl, faisant irruption dans ses réflexions.

— Hum ? Quoi donc ?

Il laissa tomber son sac et s'assit à sa console surchargée.

Elle s'assit à côté de lui. La console occupait la moitié de son bureau, lui donnant l'aspect encombré d'un poste de travail mal conçu.

— Les simus de Sark. Nous avons passé tellement de temps sur les protocoles de résurrection, les coupes, les incrustations, tout ça.

— J'ai dû combler toutes les strates manquantes dans les enregistrements. Les réseaux synaptiques du cortex d'association. Un boulot dingue.

— Moi aussi. À ma Jeanne, il manquait des portions entières de l'hippocampe.

— Ça n'a pas dû être commode, dis donc.

Le cerveau mémorisait les choses grâce à des constellations d'agents de l'hippocampe. Il emmagasinait les souvenirs à long terme ailleurs, en dispersant des fragments dans tout le cortex cérébral. Le processus était moins clair et net qu'une mémoire d'ordinateur, ce qui était l'un de leurs problèmes majeurs. L'évolution était une usine à gaz qui entassait les mécanismes n'importe où, sans grand souci d'élégance. Dans le domaine de la construction mentale, le Créateur était un vulgaire amateur.

— L'enfer. J'ai travaillé jusqu'à minuit pendant des semaines.

— Moi aussi.

— Tu as... utilisé la bibliothèque ?

Il réfléchit. Artifice Associates conservait de gros fichiers de cartes cérébrales prélevées sur des volontaires. Des menus permettaient de choisir les agents mentaux, des sous-routines capables d'effectuer des tâches que des myriades de synapses effectuaient dans le cerveau. Elles étaient soigneusement traduites en équivalents digitaux, ce qui permettait de gagner un temps de travail précieux. Mais les utiliser finissait par revenir cher, parce qu'elles étaient protégées par copyright.

— Non, j'ai une source privée.

— Moi aussi, fit-elle en hochant la tête.

Essayait-elle de lui soutirer un aveu ? Ils avaient tous les deux passé, entre autres formalités, un scanner afin d'obtenir l'évaluation de leur échelon dans la méritocratie. Marq avait habilement subtilisé son scan. C'était autre chose qu'une carte du cerveau effectuée dans une arrière-boutique, c'est sûr. Il n'était pas un génie mais la structure sous-jacente de Voltaire n'était pas l'essentiel, après tout. La façon dont le cerveau postérieur du simu, responsable de la maintenance élémentaire, des circuits domestiques, était goupillé au juste ne devait pas avoir une grande importance, hein ?

— Si on jetait un coup d'œil à nos créations ? proposa vivement Marq pour changer de sujet.

— La mienne est stable. Mais écoute, nous ne savons pas vraiment ce qui nous attend, dit-elle en secouant la tête. Ces personnalités complètement intégrées sont encore isolées.

— La nature de la bête, fit Marq avec une moue de vieux pro blasé.

Mais quand ses mains effleurèrent la console, il sentit l'excitation lui picoter tout le corps.

— Faisons-le aujourd'hui, dit-elle, les paroles se bousculant sur ses lèvres.

— Comment ? Euh... Je... j'aurais voulu colmater encore quelques brèches, peut-être installer un buffer de défilement en guise de protection contre les changements de personnalité, jeter un coup d'œil à...

— Des détails ! Écoute, ces simus tournent en interne depuis des semaines de temps simulé, auto-intégré. Laissons-les entrer en interaction.

Marq pensa au pilote du véluge, là-haut, parmi les courants traîtres. Il n'avait jamais rien fait d'aussi risqué ; ce n'était pas son genre. Il préférait affronter le danger sur le terrain digital où il était maître du jeu.

Mais il n'était pas allé aussi loin en faisant l'imbécile. Laisser ces simus entrer en contact avec le présent pourrait induire en eux des hallucinations, la peur, voire la panique.

— Réfléchis un peu ! Parler à des pré-antiquités !

Il se rendit compte que c'était lui qui était paniqué. *Pense comme un pilote !* s'admonesta-t-il.

— Tu veux que quelqu'un d'autre le fasse ? demanda Sybyl.

Il eut une conscience aiguë de la chaleur fugitive de sa cuisse lorsqu'elle effleura accidentellement la sienne.

— Personne d'autre ne pourrait, admit-il.

— Ça nous donnerait une sacrée longueur d'avance sur la concurrence.

— Ce type, Seldon, aurait pu le faire aussitôt après les avoir obtenus de ces plaisantins de la Nouvelle Renaissance de Sark.

Je suppose que s'il fait appel à nous, c'est parce qu'il préfère prendre ses distances avec une affaire aussi risquée pour lui.

— Une distance politique, précisa-t-elle. Il veut pouvoir s'en laver les mains.

— Je ne l'ai pas trouvé si délicat. Sur le plan politique, je veux dire.

— C'est peut-être ce qu'il veut nous faire croire. Comment a-t-il fait la conquête de Cléon ?

— Ça, ça me dépasse. Non qu'il me déplairait de voir l'un des nôtres aux commandes. Un ministre mathématicien... Qui aurait pu imaginer ça ?

Du coup, Artifice Associates était libre de ses mouvements. Avec ses contacts sur Sark, la compagnie avait déjà damé le pion à Digitfac et Axiom Alliance dans le domaine de la vente et de la conception des intelligences holographiques. Mais la concurrence était rude dans plusieurs gammes de produits. Ce pipeline menant à d'authentiques personnalités antiques leur permettrait d'éliminer leurs rivaux. *Sur le fil du rasoir du changement*, songea Marq avec satisfaction. *Le risque et l'argent, les deux grands aphrodisiaques*.

Il avait passé la journée de la veille à espionner sa Pucelle, et il était sûr qu'elle en avait fait autant avec son Voltaire. Tout s'était bien passé.

— Mais je voudrais des filtres faciaux pour nous.

— Tu ne te crois pas capable de dissimuler tes sentiments ? fit Sybyl avec un petit rire de gorge, bien féminin. Tu te crois trop facile à deviner ?

— Tu trouves que je le suis ? renvoya-t-il.

— Disons que tes intentions, au moins, sont transparentes.

Elle eut un clin d'œil rusé et il se rappela, en sentant frémir ses narines, pourquoi il tenait à ces filtres. Il se programma une expression aimable qu'il avait minutieusement mise au point pour traiter avec ses clients par holo. Il avait appris très tôt dans la vie que le monde était plein de gens irascibles. Et Trantor plus que les autres mondes.

— Mieux vaudrait utiliser aussi un épurateur de langage corporel, suggéra-t-elle d'une voix atone, redevenant strictement professionnelle.

L'ambiguïté incarnée. Ça l'intriguerait toujours.

Elle importa instantanément les filtres de sa propre console, située de l'autre côté du bâtiment.

— Tu veux une boîte de dialogue ?

Il haussa les épaules.

— Tout ce qu'ils ne pourront pas comprendre, nous le mettrons sur le compte des problèmes de langage.

— Quelle langue parlent-ils ?

— Une langue morte, d'un monde parent inconnu. Je lui trouve... quelque chose de *liquide*, je ne sais pas, répondit-il, et ses mains volèrent sur les commandes de transition.

— Juste un détail, dit-elle en inspirant profondément, faisant saillir ses seins, avant de relâcher lentement sa respiration. J'espère seulement que mon client ne saura jamais, pour Seldon. La boutique prend un sacré risque en ne les mettant pas au courant de leur existence mutuelle.

— Et alors ? répliqua-t-il en s'offrant le luxe d'un haussement d'épaules indifférent.

La seule idée d'un véluge virevoltant dans le ciel le pétrifiait, mais les jeux du pouvoir... Il n'aimait que ça. Artifice Associates avait reçu des sommes considérables des deux adversaires mortels dans cette affaire.

— Si les deux parties prenantes du débat s'aperçoivent que nous gérons les deux comptes, ils nous laisseront tomber. Ils refuseront de payer au-delà de la retenue de garantie et tu sais que nous avons déjà investi beaucoup plus.

— Nous laisser tomber ? fit-il, et ce fut son tour de rire. Pas s'ils veulent gagner. Nous sommes les meilleurs, au cas où tu ne serais pas au courant, ajouta-t-il avec son sourire mutin. Attends un peu d'avoir vu ça.

Il baissa la lumière, lança le programme, posa les pieds sur la table devant lui et se cala dans son modling-chair qui l'enlaça étroitement. Il voulait lui en mettre plein la vue. Il ne voulait pas que ça, d'ailleurs, mais son mari avait été écrasé dans un accident, à un point irréparable même par les meilleurs médicos, et il avait décidé d'attendre un délai décent avant de tenter sa chance auprès d'elle. Ils feraient une sacrée équipe ! Ils fonderaient leur boîte, la MarqSybyl Ltd, disons, ils écrémeraient les meilleurs clients d'A², ils se feraient un nom...

Enfin, deux. Soyons juste.

— Pour rencontrer d'anciens… faisait la voix vibrante de Sybyl, dans le noir.

Plus bas, toujours plus bas, dans le monde dupliqué, sa complexité bleue, sans couture, s'étalant sur toute la largeur du mur d'en face. La rétroaction vibrotactile des dermotabs à induction parachevait l'illusion.

Ils descendirent en feuille morte dans une cité primitive, un seul et unique niveau de bâtiments couvrant à peine le sol. Une sorte de village primitif, pré-impérial. Des rues passèrent dans un tourbillon, des bâtiments devinrent une projection artistique. Même la foule et les encombrements, en dessous, semblaient authentiques. Un magma, une bouillie humaine. Ils se positionnèrent prestement dans leur premier plan simulé : un café situé à un endroit appelé boulevard Saint-Germain. Des odeurs écœurantes, le vacarme assourdi de la circulation au-dehors, un bruit d'assiettes entrechoquées, l'odeur entêtante d'un soufflé.

Marq les incrusta dans le même cadre temporel que les entités recréées. Un homme maigre, droit comme un i, s'avança dans la salle. Ses yeux rayonnaient d'intelligence, il arborait un sourire sardonique.

Sybyl siffla entre ses dents et regarda en plissant les paupières la bouche de la recréation comme si elle s'apprêtait à lire sur ses lèvres. Voltaire interrogeait le mécaserveur. Avec irritation, bien sûr.

— Haute résolution des cinq sens, dit-elle, avec l'admiration qui s'imposait. Je n'ai pas réussi à en obtenir d'aussi nettes. Je me demande vraiment comment tu t'y es pris.

Mes contacts sur Sark, se dit Marq. *Je sais que tu en as aussi.*

— Hé, dit-elle. Qu'est-ce que…

Il eut un sourire ravi alors qu'elle regardait, bouche bée, l'image de sa Jeanne près de son Voltaire, image fixe, les champs de données étant initialisés mais non encore interactifs.

— Nous ne sommes pas censés les mettre en présence l'un de l'autre ! s'exclama-t-elle avec une sorte de crainte. Pas avant leur rencontre au Colisée.

— Qui a dit ça ? Ce n'est pas dans notre contrat !

— Hastor va nous piler quand même.

— Peut-être. À condition qu'il l'apprenne. Tu veux que je la segmente ?

Elle tordit joliment la bouche.

— Bien sûr que non. Et merde ! C'est fait, c'est fait. Lance-les.

— Je savais que tu serais d'accord. Nous sommes les artistes, à nous de prendre les décisions.

— Avons-nous la capacité machine pour les faire tourner en temps réel ?

Il hocha la tête.

— Absolument. Ce ne sera pas donné, évidemment. Au fait... j'aurais une proposition à te faire.

— Ah bon ? répondit-elle en haussant les sourcils. Une proposition malhonnête, évidemment.

Il attendit, juste pour la laisser un peu mariner. Et pour voir si elle serait réceptive au cas où il tenterait de changer la nature de leur relation, depuis si longtemps platonique. Il avait essayé une fois déjà. Elle lui avait opposé une fin de non-recevoir et gentiment rappelé qu'elle était mariée sur la base d'un contrat décennal, ce qui n'avait fait qu'attiser son désir. En plus du reste, elle était fidèle en mariage. Il n'en fallait pas davantage pour le faire grincer des dents, ce qu'il faisait souvent. Bah, il pourrait se les faire remplacer pour moins d'une heure de salaire, avec un bon odonto.

Mais elle lui dit sans lui dire — en langage corporel : une légère rétraction — qu'elle portait encore le deuil de son mari défunt. Allons, il attendrait l'année de rigueur, s'il n'y avait pas moyen de faire autrement.

— Et si je te proposais de leur fournir des données complètes, bien au-delà des infos de base ? reprit-il très vite. De leur donner des connaissances approfondies sur Trantor, sur l'Empire et le reste.

— Impossible.

— Mais non. Un peu cher, c'est tout.

— Très cher !

— Et alors ? Réfléchis : nous savons ce que ces deux Primordiaux représentent, même si nous ignorons de quel monde ils viennent.

— Leur mémoire vestigiale dit « Terre », je te rappelle.

Marq haussa les épaules.

— Et alors ? Des douzaines de mondes se sont appelés comme ça.

— De même que les primitifs s'appelaient «le Peuple»?

— Eh oui. Le conte populaire a tort sur toute la ligne, y compris sur le plan astrophysique. La légende de la planète originelle est on ne peut plus claire sur un point : elle était surtout formée d'océans. Alors pourquoi l'appeler « Terre »?

— D'accord, ils sont dans l'illusion, acquiesça-t-elle. Et ils n'ont pas de bases solides en astronomie, j'ai vérifié. Mais regarde leurs courbes de contexte social. Ils représentaient deux concepts, des idées éternelles : la Foi et la Raison.

Marq serra les poings avec ardeur, dans un geste enfantin.

— Exactement! En plus de ça, nous allons leur injecter nos nouveaux acquis, la sélection pseudo-naturelle, la psychophilosophie, les destinées génétiques...

— Boker ne marchera jamais, coupa Sybyl. C'est exactement le genre de connaissances modernes dont les Gardiens de la Foi de Notre Père ne veulent pas. Ils veulent la Pucelle historique, pure et non contaminée par les idées contemporaines. Il faudrait que je la programme pour lire...

— Un tout petit peu.

— ... écrire et maîtriser les mathématiques supérieures. Lâche-moi un peu le coude!

— Tu es contre pour des raisons éthiques? Ou juste pour couper à quelques siècles de travail fastidieux?

— Ça te va bien de dire ça! Ton Voltaire a un esprit essentiellement moderne. Celui qui l'a fait disposait de son œuvre, de douzaines de biographies. Ma Pucelle est aussi mythique que réelle. Quelqu'un a dû la recréer à partir de rien.

— Alors ton objection est fondée sur la paresse, non sur des principes.

— Les deux.

— Tu veux bien y réfléchir un peu, au moins?

— Je viens de le faire, et c'est non.

— Ça ne sert à rien de discuter, fit Marq dans un soupir. Tu verras, quand ils entreront en interaction.

Son humeur sembla passer de la réticence à l'excitation. Dans son enthousiasme, elle toucha même sa jambe, ses doigts s'attardèrent. Il sentit son tapotement affectueux alors que le simespace s'ouvrait devant eux.

3

— Que se passe-t-il ici ? s'écria Voltaire. Qui êtes-vous ? Quelle engeance infernale représentez-vous ?

Il se leva, les mains sur les hanches, renversant sa chaise qui tomba avec fracas sur le sol de pierre, et les regarda, par-delà l'écran.

Marq arrêta le simu et se tourna vers Sybyl.

— Euh... tu veux lui expliquer ?

— C'est ta recréation, pas la mienne.

— C'est bien ce que je craignais.

Voltaire en imposait. Il respirait le pouvoir et une confiance électrique. Allez savoir comment, malgré toutes ses inspections microscopiques de ce simu, la somme du tout, l'essence de ce *gestalt* n'avait jamais transpiré.

— Nous avons tellement travaillé ! Si tu cales maintenant...

Marq prit son courage à deux mains.

— C'est vrai, c'est vrai.

— Comment lui es-tu apparu ?

— Je me suis matérialisé, approché de lui, et assis.

— Il t'a vu sortir de nulle part ?

— J'imagine, dit-il, chagriné. Ça a dû lui faire un choc.

Marq avait utilisé toutes les ressources de tempérament pour tailler et former des constellations d'humeur, mais il n'avait pas touché au noyau central de Voltaire, qui était un nœud tendu à bloc. Un programmateur de la pré-antiquité avait fait un boulot d'une densité incroyable. Il plongea délicatement le simu de Voltaire dans un néant incolore d'électricité statique sensorielle. Apaiser, puis glisser...

Ses doigts dansaient sur les touches. Il coupa l'accélération temporelle.

Les simus avaient besoin de durée informatique pour assimiler les expériences nouvelles. Il projeta Voltaire dans un réseau d'expérience apparemment réel, surchargé. La personnalité réagit à la simulation et parcourut à toute vitesse les émotions induites. Voltaire était rationnel ; il pouvait accepter des idées nouvelles qui prenaient beaucoup plus de temps à la simu de Jeanne.

Quel effet l'apparition d'une réalité différente pouvait-elle bien avoir sur la reconstruction d'une personne réelle ? C'était la partie délicate de la réanimation, accepter d'être qui/ce que/quand ils étaient.

Des ondes de choc conceptuelles résonneraient à travers les personnalités digitales, leur imposant des ajustements émotionnels. Arriveraient-elles à les supporter ? Ce n'étaient pas de vraies personnes, après tout, pas plus qu'un tableau impressionniste abstrait ne prétendait montrer à quoi ressemblait une vache. Maintenant, Sybyl et lui ne pourraient plus intervenir que lorsque les programmes automatiques auraient joué leur rôle.

Ils arrivaient au moment décisif. Soit leurs simus survivraient à cette épreuve cruciale, soit ils sombreraient dans la folie et l'incohérence. Les écarts ontologiques filant le long d'autoroutes de perception accrue pouvaient ébranler si durement une construction qu'ils la brisaient.

Il les laissa se rencontrer sous son regard attentif. Les *Deux Magots*, la simple ville et le fond de foule. Pour économiser du traitement machine, le temps se répétait toutes les deux minutes. En fait, le ciel était sans nuages, afin de gagner sur le flux de données de modélisation. Sybyl bricola sa Jeanne, lui son Voltaire, lissant et gommant de petites failles, des dérapages dans la matrice perceptuelle du personnage.

Ils se rencontrèrent, ils parlèrent. Des orages fugitifs, blanc-bleu, balayèrent les simulations neuronales de Voltaire. Marq lança des algorithmes de réparation conceptuelle. Les turbulences s'estompèrent.

— Je l'ai ! murmura-t-il.

Sybyl opina du chef, absorbée par ses propres fonctions de lissage.

— Il tourne rond, maintenant, annonça Marq, rassuré sur son erreur de programme de démarrage. Je vais laisser ma manifestation assise, d'accord ? Plus de disparitions ni rien de ce genre.

— Jeanne est aussi remise au net, confirma Sybyl en indiquant les bandes brunes qui balayaient la représentation matricielle en trois dimensions flottant devant elle. Des tectoniques émotionnelles, mais il faut le temps.

— Pour moi… c'est bon !

— Allons-y, fit-elle avec un sourire.

Le moment arriva. Marq ramena Voltaire et Jeanne dans le temps réel.

En l'espace d'une minute, il sut que Voltaire était encore intact, fonctionnel, intégré. De même que Jeanne, bien qu'elle se soit réfugiée dans son mode réservé, pensif, un aspect bien documenté. Son climat interne.

Mais Voltaire était furieux. Sous leurs yeux, son hologramme grandit, grossit, devint de leur taille. Il fronça les sourcils, jura, et exigea hautement le droit d'initier la communication quand ça lui chantait.

— Vous pensez que je vais accepter d'attendre votre bon plaisir si j'ai quelque chose à dire ? Vous parlez à un homme qui a été exilé, censuré, emprisonné, réprimé, qui a vécu dans la peur constante de l'Église et de l'autorité de l'État…

— Le feu, chuchota la Pucelle avec une sensualité surnaturelle.

— Du calme, ordonna Marq à Voltaire, ou je vous éteins.

Il appuya sur le bouton « pause » et se tourna vers Sybyl.

— Qu'en penses-tu ? Devons-nous céder ?

— Pourquoi pas ? répondit-elle. Il n'est pas juste qu'ils soient toujours à nos ordres.

— Juste ? Mais c'est un *simu* !

— Ils ont une certaine idée de la justice. Si nous la violons…

— C'est bon, convint-il en relançant la machine. Question suivante : *Comment ?*

— Je ne veux pas savoir comment vous vous y prendrez, répliqua l'hologramme. Faites-le, c'est tout. Et immédiatement !

— Un instant, fit Marq. Nous allons vous donner du temps de passage, pour intégrer votre perception de l'espace.

— Qu'est-ce que ça veut dire ? demanda Voltaire. L'expression artistique, c'est une chose. Le jargon en est une autre.

— Pour achever votre mise au point, répondit sèchement Marq.

— Afin que nous puissions converser ?

— Oui, répondit Sybyl. À votre initiative, pas seulement à

la nôtre. Mais ne vous promenez pas en parlant, ça exigerait trop de réactualisations de données.

— Nous essayons de réduire les coûts, expliqua Marq.

Il se pencha en arrière afin d'obtenir un meilleur point de vue sur les jambes de Sybyl.

— Eh bien, dépêchez-vous, répondit l'image de Voltaire. La patience, c'est pour les martyrs et les saints, par pour les chevaliers des belles lettres.

Le logiciel traduisait leurs paroles en langage contemporain tout en insérant le son des mots anciens, perdus. Des capteurs de connaissances trouvaient la traduction et la superposaient pour Marq et Sybyl. Et pourtant, Marq avait laissé les sons acoustiques glissants, naturels, pour l'atmosphère — la teneur d'un passé incroyablement lointain.

— Dites simplement mon nom, ou celui de Sybyl, et nous vous apparaîtrons dans un rectangle entouré de rouge.

— Pourquoi rouge ? objecta la Pucelle d'une toute petite voix. Pourquoi pas bleu ? Le bleu est si frais. C'est la couleur de la mer. L'eau est plus forte que le feu, elle peut l'éteindre.

— Cessez de jacasser, lança l'autre hologramme, et il fit signe à un mécaserveur. Éteignez-moi tout de suite ce plat en train de flamber. Ça perturbe la Pucelle. Et vous deux, les génies ! Si vous pouvez ressusciter les morts, vous pouvez sûrement remplacer le rouge par du bleu.

— Incroyable ! s'exclama Sybyl. Un simu ? Mais pour qui se prend-il ?

— Pour la voix de la raison, répondit Marq. François-Marie Arouet de Voltaire.

— Tu crois qu'ils sont prêts à voir Boker ? fit Sybyl en se mordillant gracieusement la lèvre. Nous étions convenus de lui faire voir le simu dès qu'il serait stabilisé.

Marq réfléchit un instant.

— Jouons le coup franchement et sans détour avec lui. Je vais l'appeler.

— Nous avons tellement à apprendre d'eux !

— Exact. Qui aurait cru que ces êtres antéhistoriques puissent être de pareils fils de pute ?

4

Elle essayait d'ignorer la sorcière appelée Sybyl, qui prétendait être sa créatrice, comme si qui que ce soit en dehors du Dieu des Cieux pouvait revendiquer une telle prouesse. Elle n'avait envie de parler à personne. Les événements se précipitaient, tumultueux, denses, suffocants. Sa mort étouffante, traversée de souffrance, grouillait encore autour d'elle.

Sur le chapeau pointu dont ils avaient coiffé sa tête rasée, ce terrible jour, le plus noir et en même temps le plus glorieux de sa courte vie, ses « crimes » étaient inscrits dans la langue sacrée : *Heretica, Relapsa, Apostata, Idolater*. Sombres mots, qui devaient bientôt s'embraser.

Les cardinaux et les évêques si savants de l'Université de Paris, la maudite, l'anglophile ! et de l'Église, la fiancée du Christ sur Terre, avaient mis le feu à son corps vivant. Tout ça pour avoir transmis la volonté du Seigneur afin que le Grand et Vrai Roi soit Son ministre en France. Pour ce forfait, ils avaient rejeté la rançon du roi et l'avaient envoyée au feu dévorant. Après ça, que ne pouvaient-ils faire à cette sorcière appelée Sybyl qui, comme elle, vivait parmi les hommes, portait des vêtements d'homme et se prétendait investie de pouvoirs qui éclipsaient ceux du Créateur lui-même ?

— Partez, je vous en prie, murmura-t-elle. J'ai besoin de silence pour entendre mes voix.

Mais ni la Sorcière ni l'homme barbu, tout de noir vêtu, appelé Boker — si étrangement semblable aux patriarches menaçants qui la regardaient depuis la coupole de la grande église de Rouen — ne voulaient la laisser.

— Si vous devez parler, bavardez avec M. Arouet, implora-t-elle. Il ne demande que ça.

— Sainte Pucelle, Rose de France, fit le barbu. La France était-elle votre monde ?

— Ma station dans le monde, répondit Jeanne.

— Votre planète, je veux dire.

— Les planètes sont au ciel. J'étais une créature de la Terre.

— Je veux dire… Oh, peu importe, fit-il, avant d'ajouter

tout bas à l'intention de la femme, Sybyl : Du sol ? Des fermiers ? Les antéhistoriques étaient-ils donc si ignorants ?

Il ne pouvait imaginer qu'elle savait lire sur les lèvres, un truc qu'elle avait appris pour deviner les délibérations des tribunaux de l'Église.

— Je sais ce qui suffit à ma tâche, lança Jeanne.

Boker fronça les sourcils, puis reprit très vite :

— Je vous en prie, comprenez-moi. Notre cause est juste. Du nombre de convertis que nous gagnerons à notre cause dépend le sort du sacré. Si nous devons supporter la nef de l'humanité, et des traditions consacrées de notre identité même, nous devons défaire le Scepticisme Séculaire.

Elle essaya de se détourner, mais le poids de ses chaînes cliquetantes l'en empêcha.

— Laissez-moi tranquille. Je n'ai tué personne, mais j'ai livré bien des batailles pour assurer la victoire du Vrai Grand Roi de la France. J'ai présidé à son couronnement à Reims. J'ai été blessée au combat pour son salut.

Elle leva les poignets. Elle était à nouveau enchaînée dans la vile cellule qui était la sienne à Rouen. Sybyl avait dit que ça faciliterait son ancrage, que ce serait bon pour son personnage d'une façon ou d'une autre. En tant qu'ange, Sybyl avait raison, sans aucun doute. Boker commença à l'implorer, mais Jeanne trouva la force de dire :

— Le monde sait comment j'ai été récompensée de mes peines. Je ne ferai plus la guerre.

M. Boker se tourna vers la Sorcière.

— C'est un sacrilège que d'enchaîner un si grand personnage. Vous ne pouvez pas la transporter dans un lieu de repos théologique ? Une cathédrale ?

— Le contexte. Les simus ont besoin d'un contexte, répondit silencieusement la Sorcière.

Jeanne constata qu'elle arrivait à lire sur les lèvres avec une aisance qu'elle n'avait jamais connue. Peut-être ce Purgatoire améliorait-il ses compétences.

— Je suis impressionné par ce que vous avez fait, fit M. Boker avec un claquement de langue. Mais si vous ne l'amenez pas à coopérer, à quoi nous servira-t-elle ?

— Vous ne la voyez pas au mieux de sa forme. D'après les rares associations historiques que nous avons réussi à déchiffrer, ce serait une présence magnétisante. Il faut que nous lui fassions donner tout ce qu'elle a dans le ventre.

— Vous ne pourriez pas la réduire ? C'est impossible de parler à une géante.

La Pucelle, à sa grande surprise, diminua des deux tiers de sa taille.

— Grande Jeanne, reprit M. Boker, l'air satisfait, vous avez mal compris la nature de la guerre qui vous attend. Des millénaires innombrables ont passé depuis votre ascension au ciel. Vous…

La Pucelle se redressa.

— Dites-moi une chose. Le roi de France est-il un descendant du roi Henri d'Angleterre, de la Maison de Lancastre, ou est-il un Valois, issu du Grand et Vrai Roi Charles ?

M. Boker cilla et réfléchit.

— Je… Je pense pouvoir dire en vérité que les Gardiens de la Foi de Notre Père, le groupe que je représente, sont d'une certaine façon les descendants de votre Charles.

La Pucelle eut un sourire. Les évêques avaient beau dire, elle savait que ses voix étaient envoyées par le Ciel. Elle ne les avait reniées que lorsqu'on l'avait emmenée au cimetière de Saint-Ouen, seulement alors, et par peur du feu. Elle avait bien fait de revenir sur sa rétractation deux jours plus tard. L'échec du Lancastre à annexer la France le confirmait. Si M. Boker parlait au nom des descendants de la Maison de Valois, malgré son absence manifeste de titre de noblesse, elle était prête à l'entendre.

— Allez-y, dit-elle.

M. Boker lui expliqua qu'en cet endroit devait bientôt avoir lieu un référendum. (Après en avoir délibéré avec la Sorcière, il suggéra de laisser penser à Jeanne que cet endroit était la France, par essence.) Le combat devait avoir lieu entre deux groupes majeurs : les Gardiens et les Sceptiques. Les deux parties avaient accepté de tenir un grand débat, un duel verbal, pour encadrer la question primordiale.

— Quel débat ? demanda sèchement la Pucelle.

— Doit-on ou non construire des êtres mécaniques dotés d'une intelligence artificielle, et, si oui, doit-on leur accorder la pleine citoyenneté, avec tous les droits afférents.

— C'est une plaisanterie ? rétorqua la Pucelle avec un haussement d'épaules. Seuls les aristocrates et les nobles ont des droits.

— Plus maintenant, bien que nous ayons un système de classes, évidemment. Aujourd'hui, les gens du peuple ont des droits.

— Même les paysannes comme moi ? Même nous ? insista la Pucelle.

M. Boker, le visage en proie à une tempête de sourcils froncés, se tourna vers la Sorcière.

— Je dois tout faire moi-même ?

— Vous la vouliez comme elle est, répondit la Sorcière. Ou plutôt comme elle était.

M. Boker passa deux minutes à délirer au sujet d'une chose appelée Changement Conceptuel. Ce terme était apparemment synonyme de débat théologique sur la nature de l'artifice mécanique. Pour Jeanne, la réponse semblait claire, mais évidemment, c'était une femme des champs, pas une forgeuse de mots.

— Pourquoi ne demandez-vous pas à votre roi, à l'un de ses conseillers ou à l'un de vos savants ?

M. Boker retroussa la lèvre et écarta sa suggestion d'un geste.

— Nos chefs sont falots ! Faibles ! Des paillassons rationnels !

— Sûrement...

— Étant issue d'une antique passion, vous ne pouvez comprendre. L'intensité, la passion passent pour mal élevées, démodées. Nous avons cherché des intellectuels qui auraient conservé l'antique flamme, le feu sacré...

— Non ! Oh non !

Les flammes, qui la léchaient...

Un long moment passa avant que sa respiration s'apaise et qu'elle puisse à nouveau fébrilement l'écouter.

Le grand débat entre la Foi et la Raison devait avoir lieu dans le Colisée du secteur de Junin devant un public de quatre cent mille âmes. La Pucelle et son adversaire apparaîtraient sous forme d'hologrammes, agrandis trente fois. Ensuite, chaque citoyen voterait sur la question.

— Voter ? releva la Pucelle.

— Vous la vouliez intacte, reprit la Sorcière. Vous êtes servi.

La Pucelle les écouta en silence, contrainte d'absorber des millénaires en quelques minutes.

— J'ai excellé au combat, ne fût-ce que brièvement, mais jamais dans les joutes verbales, dit-elle quand M. Boker eut fini. Vous connaissez sans doute mon destin.

— Les imprécisions des anciens ! s'exclama M. Boker, l'air peiné. Votre, euh... représentation est entourée d'un cadre historique rudimentaire, rien d'autre. Nous ne savons pas où vous viviez, mais nous connaissons le détail des événements qui ont suivi votre...

— Mort. Vous pouvez en parler. Je suis habituée, comme toute chrétienne devrait l'être en arrivant au Purgatoire. Je sais aussi qui vous êtes, tous les deux.

— Vous... savez ? demanda la Sorcière avec circonspection.

— Des anges ! Vous vous êtes manifestés sous les traits de gens ordinaires pour apaiser mes craintes. Puis vous m'avez assigné une tâche. Bien qu'elle me soit échue par la ruse, c'est une mission divine.

M. Boker hocha lentement la tête en regardant la Sorcière d'un œil noir.

— De certains lambeaux de données planant autour de vous nous avons déduit que votre réputation avait été rétablie par les tribunaux, vingt-six ans après votre mort. Ceux qui avaient été impliqués dans votre condamnation s'étaient repentis de leur faute. Vous avez été appelée, en témoignage d'estime, *la Rose de la Loire*.

Elle refoula des larmes mélancoliques.

— La justice... Si j'avais été douée pour la discussion, j'aurais convaincu mes inquisiteurs, ces prêcheurs de l'Université de Paris, amie des Anglais, que je n'étais pas une sorcière.

M. Boker sembla ému.

— Même dans la pré-antiquité on savait reconnaître la présence d'un pouvoir sacré.

La Pucelle éclata de rire, soulagée.

— Le Seigneur est du côté de Son Fils, et des saints et des martyrs aussi. Mais ça ne veut pas dire qu'ils sont à l'abri de l'échec et de la mort.

— Elle a raison, acquiesça la Sorcière. Même les mondes et les galaxies partagent le destin de l'homme.

— Nous qui prônons la spiritualité, nous avons besoin de

vous, implora M. Boker. Nous sommes devenus trop semblables à nos machines. Nous n'avons rien de sacré en dehors du fonctionnement harmonieux de nos pièces. Nous savons que vous énoncerez la question avec intensité, en même temps qu'avec simplicité et véracité. C'est tout ce que nous demandons.

La Pucelle se sentait fatiguée. Elle avait besoin de solitude, de temps pour réfléchir.

— Je dois m'entretenir avec mes voix. N'y aura-t-il qu'une seule question ou plusieurs ?

— Une seule.

Les inquisiteurs avaient été beaucoup plus exigeants. Ils posaient beaucoup de questions, des douzaines, parfois toujours la même, encore et sans cesse. Les bonnes réponses à Poitiers se révélaient mauvaises ailleurs. Privée de boire, de manger, de dormir, intimidée par le voyage qu'on l'avait obligée à faire au cimetière, épuisée par le sermon fastidieux qu'elle avait été contrainte d'entendre et brisée par la terreur du feu, elle n'avait pu supporter leur interrogatoire.

« L'archange saint Michel avait-il les cheveux longs ? » « Sainte Marguerite est-elle forte ou mince ? »

« Sainte Catherine a-t-elle les yeux bruns ou bleus ? »

Ils l'avaient acculée à assigner les attributs de la chair à des voix de l'esprit. Puis ils l'avaient perversement condamnée pour avoir confondu l'esprit sacré avec la chair corrompue.

Tout cela n'était que miasmes. Et au Purgatoire, des procès plus pénibles pouvaient s'ensuivre. Elle ne pouvait donc savoir avec certitude si ce Boker se révélerait son ami ou son ennemi.

— Quelle est-elle ? s'enquit-elle. Quelle est cette unique question à laquelle vous voulez que je réponde ?

— Il y a un consensus universel selon lequel les intelligences créées par l'homme ont une sorte de cerveau. La question à laquelle nous voulons que vous répondiez est celle-ci : ont-elles une âme ?

— Seul le Tout-Puissant a le pouvoir de créer une âme.

M. Boker eut un sourire.

— Nous, les Gardiens, ne saurions être plus d'accord avec vous. Les intelligences artificielles, contrairement à nous, leurs créateurs, n'ont pas d'âme. Ce ne sont que des machines. Des dispositifs mécaniques avec des cerveaux électroniquement programmés. Seul l'homme a une âme.

— Si vous connaissez déjà la réponse à la question, pourquoi avez-vous besoin de moi ?

— Pour convaincre ! D'abord les indécis du secteur de Junin, puis Trantor et enfin l'Empire !

La Pucelle réfléchit. Ses inquisiteurs connaissaient aussi les réponses aux questions qu'ils lui posaient. M. Boker semblait sincère, mais ceux qui l'avaient déclarée sorcière aussi. M. Boker lui avait donné la réponse avant coup, une réponse avec laquelle n'importe quelle personne sensée aurait été d'accord. Et pourtant, elle ne pouvait être sûre de ses intentions. Même le crucifix qu'elle avait demandé au prêtre de tenir très haut n'avait pu la préserver de la fumée huileuse, de la morsure des flammes…

— Alors ? demanda M. Boker. La Rose Sacrée consentira-t-elle à être notre championne ?

— Ces gens que je dois convaincre, sont-ils, eux aussi, les descendants du Grand et Vrai Roi, Charles de la Maison de Valois ?

5

Quand Marq arriva au Schnouff & Sniffs, où il avait rendez-vous avec son copain et collègue Nim, il constata avec surprise qu'il était déjà arrivé. À en juger par ses pupilles dilatées, il y avait même un bon moment qu'il était là.

— Ça plane pour toi, on dirait ? Il se passe quelque chose ?

— Toujours le même, hein, Marq ? Aussi subtil qu'un direct au foie, fit Nim en secouant la tête. Essaie d'abord le Rock'n Sniff. C'est pas l'idéal pour la soif, en fait, ça va te mettre un désert dans la tête, mais tu ne vas pas le regretter.

Le Rock'n Sniff se révéla être un composé pulvérulent qui sentait la noix de muscade et piquait comme s'il avait avalé un insecte en colère. Marq sniffa lentement la chose, une narine après l'autre. Il préférait avoir les idées relativement claires pour entendre Nim le mettre au courant de la politique et des finances de la boutique. Après ça, il était prêt à monter au septième ciel.

— Je ne sais pas si tu vas aimer ça, fit Nim. Ça concerne Sybyl.

— Sybyl ! répondit-il avec un rire un peu contraint. Comment tu sais que je...

— C'est toi qui me l'as dit. La dernière fois qu'on s'est payé une sniffette ensemble, tu te souviens ?

— Oh.

Allons bon. Le truc le faisait bavarder. Et pis encore, oublier qu'il avait bavardé.

— Ce n'est pas précisément un secret d'État, reprit Nim avec un grand sourire.

— C'est si évident que ça ?

Il voulait être sûr que Nim, qui changeait de femme comme de chemise, n'avait pas de vues sur Sybyl.

— Alors ?

— Eh bien, il y a un paquet de flouze qui attend celui qui gagnera le gros lot au Colisée.

— Pas de problème, fit Marq. Ce sera moi.

Nim passa ses mains dans ses cheveux blond framboise.

— Je me demande toujours si ce que je préfère chez toi c'est ta modestie ou tes dons de visionnaire. Ça doit plutôt être ta modestie.

— Elle est bonne, je le reconnais, fit Marq en haussant les épaules.

— Mais tu es meilleur.

— J'ai eu plus de chance. Ils m'ont donné la Raison. Sybyl s'est fait coller la Foi.

Nim lui jeta un coup d'œil rêveur et inspira un bon coup.

— À ta place, je ne sous-estimerais pas la Foi. Elle est liée à la passion, et ça, personne n'a encore réussi à s'en débarrasser.

— Inutile. Les passions finissent par passer, inévitablement.

— Alors que la lumière de la raison brûle pour l'éternité, hein ?

— Oui. Il suffit de régénérer les cellules du cerveau.

Nim regarda dans le trou de sa paille pour voir s'il restait quelque chose à l'intérieur et fit un clin d'œil à Marq.

— Alors tu n'as que faire d'un petit conseil ?

— Quel conseil ? Je n'en ai pas entendu le début de la queue d'un.

Nim eut un claquement de langue.

— S'il y a une once de sens commun dans tes cellules cérébrales non régénérées, tu cesseras de coopérer avec Sybyl pour améliorer son simu. Ou, encore mieux, tu feras semblant de continuer à coopérer afin de profiter de tout ce qu'elle pourrait te montrer, mais en réalité, tu vas commencer à chercher les moyens de te faire les deux : sa simu et elle. Il paraît que c'est quelque chose.

— Je l'ai vue.

— En partie. Tu crois qu'elle t'a tout montré ?

— Nous avons travaillé dessus tous les jours...

— Tu n'as vu qu'une simu tronquée. La nuit, elle augmente sa pseudo-psyché.

Marq se rembrunit. Il savait qu'il avait la tête un peu ailleurs quand il était près d'elle, un coup de ses phéromones, mais il avait compensé cet effet. Enfin, c'est ce qu'il faisait, non ?

— Jamais elle ne...

— Elle en serait bien capable. Elle a attiré l'attention des gens de l'étage au-dessus.

Marq éprouva une pointe de jalousie, malgré lui. Mais il prit garde à ne pas le montrer.

— Hon-hon. Merci.

Nim inclina la tête avec son ironie coutumière et dit :

— Même si tu n'en as pas besoin, il faudrait que tu sois stupide pour cracher dessus.

— Sur quoi ? Sur le flouze, si je gagne ?

— Mais non, pignouf. Tu crois que je n'ai pas remarqué que je parlais à l'esclave de l'ambition ? Sur mon conseil.

Marq inspira profondément, les deux narines à la fois.

— Je ne l'oublierai pas.

— Ce truc est trop gros. Tu crois que c'est juste un job pour ce secteur, mais je te le dis, des gens de tout Trantor vont se brancher sur l'holo.

— Tant mieux, fit Marq.

Il avait au creux de l'estomac la sensation que l'on éprouve en chute libre. Vivre dans une vraie renaissance culturelle était risqué. Mais peut-être ce sentiment de vide était-il dû au stim.

— Je veux dire, Seldon et ce type qui le suit partout comme

un petit chien, Amaryl, tu penses qu'ils t'ont collé ce truc parce que c'est un jeu d'enfant ?

Marq reprit une bouffée de stim avant de répondre.

— Non. Parce que je suis le meilleur.

— Et tu es bien en dessous d'eux sur l'échelle sociale. Tu es jetable, si j'ose dire, mon ami.

Marq hocha sobrement la tête.

— Je ne l'oublierai pas.

Il lui sembla qu'il se répétait. Ça devait être le stim.

Marq ne repensa au conseil de Nim que deux jours plus tard. Il avait entendu quelqu'un, dans le salon de la direction, vanter le travail de Sybyl auprès d'Hastor, le patron d'Artifice Associates. Il sauta le déjeuner et retourna à son étage. En regagnant son bureau, il passa devant celui de Sybyl dans l'intention, se dit-il, de lui transmettre le compliment. Mais en trouvant sa porte ouverte, son bureau vide, il fut pris d'une impulsion.

Une demi-heure plus tard, il eut un sursaut en s'entendant interpeller depuis la porte ouverte.

— Marq ! dit-elle en se lissant les cheveux dans un désir inconscient de se faire belle, trahissant, pensa-t-il, l'envie de lui plaire. Je peux t'aider ?

Il venait d'achever la liaison soft entre leurs deux bureaux, afin de pouvoir suivre ses entretiens avec son client, Boker. Elle mettait Marq au courant de leur teneur, pour autant qu'il le sache, mais il pensait pouvoir la conseiller plus efficacement sur la façon de manier ledit Boker, qui n'était pas toujours commode, s'il était en contact direct avec lui. L'ennui, c'est que ça compromettrait la relation avec le client, qui obéissait généralement à des règles strictes. Mais cette fois, c'était spécial...

— Non, non, je t'attendais, c'est tout, fit-il avec un haussement d'épaules.

— Je l'ai restructurée. Elle est bien mieux, maintenant. J'ai ramené ses sautes d'humeur en dessous de zéro virgule deux.

— Génial. Je peux voir ?

Son sourire lui paraissait-il plus chaleureux que d'habitude ? Il se le demandait encore en regagnant son propre bureau, après avoir syntonisé Jeanne pendant une heure. Sybyl avait fait un rudement bon boulot. Approfondi, étroitement lié avec la topographie de l'ancienne personnalité.

Tout ça depuis hier ? Il ne le pensait pas.

Le moment était venu de fouiner un peu dans le simespace.

6

Voltaire apparut, la mine sombre, les sourcils froncés, les mains sur ses hanches osseuses. Il quitta le luxueux fauteuil de tapisserie de son bureau, à Cirey, le château de celle qui était sa maîtresse depuis tant d'années, la marquise du Châtelet.

L'endroit qu'il avait considéré comme chez lui pendant quinze ans le déprimait, maintenant qu'elle n'était plus. D'autant que le marquis n'avait pas eu la décence d'attendre que le corps de sa femme ait refroidi pour lui demander de déguerpir.

— Tirez-moi de là ! demanda Voltaire au scientifique qui finit par répondre à son appel.

Scientifique... Un nouveau mot, sans doute tiré de la racine latine du mot qui voulait dire « savoir ». Mais celui-ci n'avait pas l'air de savoir grand-chose.

— Je voudrais aller au café. Il faut que je voie la Pucelle.

Le scientifique se pencha sur sa console, que Voltaire commençait à prendre en grippe, et se fendit d'un sourire transparent : il jouissait à l'idée de son pouvoir.

— Je n'aurais jamais cru qu'elle soit votre genre. Rappelez-vous que j'ai scanné vos souvenirs. Vous n'avez pas de secrets pour moi. Toute votre vie, vous avez manifesté une forte prédilection pour les femmes intelligentes. Comme votre nièce et Mme du Châtelet.

— Qui pourrait vraiment supporter la compagnie de femmes stupides ? La seule chose qu'on peut leur reconnaître, c'est qu'on peut leur faire confiance, parce qu'elles sont trop stupides pour vous abuser.

— Contrairement à Mme du Châtelet ?

Voltaire pianota impatiemment sur le bureau de noyer magnifiquement sculpté — un cadeau de Mme du Châtelet, songea-t-il. Comment était-il arrivé dans cet endroit vulgaire ? Se pouvait-il, en vérité, qu'il ait été reconstitué à partir de ses seuls souvenirs ?

— Il est vrai qu'elle m'a trahie. Elle l'a payé cher, aussi.

Le scientifique haussa un sourcil.

— Avec ce jeune officier, vous voulez dire ? Celui qui l'a mise enceinte ?

— À quarante-trois ans, une femme mariée qui avait déjà élevé trois enfants n'avait pas besoin de se faire engrosser !

— Vous avez sauté au plafond quand elle vous l'a dit. C'était compréhensible, mais ce n'était pas la preuve d'une grande largesse d'esprit. Et pourtant, vous n'avez pas rompu avec elle. Vous êtes resté avec elle jusque pendant son accouchement.

Voltaire fulminait. De sombres souvenirs l'assaillirent, telles les eaux noires d'une rivière souterraine. Il s'était rendu malade à l'idée de l'enfantement, qui s'était révélé étonnamment aisé. Et pourtant, neuf jours plus tard, la femme la plus extraordinaire qu'il ait jamais connue était morte. De fièvre puerpérale. Personne, même pas Mme Denis, sa nièce, gouvernante et naguère amante, qui s'était occupée de lui après, n'avait jamais pu la lui faire oublier. Il avait porté son deuil jusqu'à... jusqu'à... Il évoqua cette idée, s'en détourna. Jusqu'à sa mort.

Il gonfla les joues et lança rapidement :

— Elle m'avait persuadé qu'il ne serait pas raisonnable de rompre avec une « femme à la fécondité et au talent exceptionnels » pour le simple fait qu'elle avait exercé les mêmes droits que ceux dont j'usais. D'autant que je ne lui avais pas fait l'amour depuis des mois. Les droits de l'homme, disait-elle, étaient aussi ceux de la femme, pourvu qu'elle soit issue de l'aristocratie. Je m'étais laissé convaincre par son doux raisonnement.

— Ah, fit le savant d'un ton énigmatique.

Voltaire se frotta le front comme s'il espérait en détacher des souvenirs douloureux.

— Elle était exceptionnelle dans tous les domaines. Elle

comprenait Newton et Locke. Elle comprenait chacun des mots que j'écrivais. Elle me comprenait.

— Pourquoi ne faisiez-vous pas l'amour avec elle ? Vous étiez trop pris par vos orgies ?

— Mon cher monsieur, on a grandement exagéré ma participation à ces festivités. Il est vrai que j'ai accepté, dans ma jeunesse, une invitation à l'une de ces célébrations du plaisir érotique. Je m'en suis si bien acquitté que j'y ai été de nouveau convié.

— Et vous avez accepté ?

— Sûrement pas. Une fois, c'est de la philosophie. Deux fois, c'est de la perversité.

— Ce que je ne comprends pas, moi, c'est qu'un homme du monde comme vous puisse avoir envie de revoir la Pucelle.

— C'est sa passion, répondit Voltaire en évoquant l'image de la robuste fille. Son courage, sa dévotion à ses croyances.

— Vous aviez tout cela également.

Voltaire tapa du pied, mais cela ne fit aucun bruit.

— Pourquoi me parlez-vous au passé ?

— Pardon. Je vais meubler le fond sonore.

Un simple geste de la main, et Voltaire entendit les planches craquer sous ses pas. Un cheval attelé passa en clopinant, dehors.

— J'ai du tempérament. Ne confondez pas la passion et le tempérament, qui est une question de nerfs. La passion est issue du cœur et de l'âme, ce n'est pas une simple interaction d'humeurs corporelles.

— Vous croyez à l'âme ?

— À son essence, certainement. La Pucelle a eu le courage de s'accrocher à sa vision de tout son cœur, malgré les persécutions de l'Église et de l'État. Sa dévotion à sa cause, contrairement à la mienne, n'était pas entachée de perversité. Elle fut la première vraie protestante. J'ai toujours préféré les protestants aux absolutistes papistes, jusqu'à ce que j'établisse ma résidence à Genève, où j'ai découvert une haine publique du plaisir digne de n'importe quel pape. Les quakers sont seuls à ne pas s'adonner en privé à ce qu'ils prétendent abjurer. Hélas, une centaine de vrais croyants ne peut racheter des millions d'hypocrites.

Le scientifique esquissa une moue dubitative.

— Jeanne s'est rétractée, elle a cédé sous leurs menaces.

— Ils l'avaient emmenée dans un cimetière ! fit Voltaire, frémissant d'indignation. Terroriser une fille crédule en la menaçant de mort et de l'enfer, vraiment ! Des évêques, des académiciens — les hommes les plus cultivés de leur époque ! Rien que des ignares ! Faire violence à la femme la plus courageuse de France, une femme qu'ils n'ont détruite que pour mieux la vénérer. Les hypocrites ! Il leur faut des martyrs comme les sangsues ont besoin de sang. Ils se repaissent de l'autosacrifice, pourvu que l'autosacrifié ne soit pas eux-mêmes.

— Nous n'avons que votre version, et la sienne. Notre histoire ne remonte pas si loin. Et pourtant nous en savons plus long sur les gens maintenant...

— C'est ce que vous croyez ! fit Voltaire en s'octroyant une prise pour se calmer. Les malfaisants sont victimes de ce qu'il y a de pire en eux, les héros de ce qu'il y a de meilleur. Ils ont joué avec son honneur et sa bravoure comme sur un violon. Des cochons pinçant les cordes d'un violon.

— Vous la défendez, ironisa le savant avec un rictus moqueur. Pourtant, dans ce poème que vous lui avez dédié — quelle chose étrange que de mémoriser son propre travail de façon à pouvoir le réciter ! — vous la décrivez comme une grossière servante d'auberge, beaucoup plus âgée qu'elle ne l'était en réalité, qui mentait à propos de ses voix, une idiote superstitieuse et en même temps rusée. Le plus grand ennemi de la chasteté qu'elle affectait de défendre était un âne. Un baudet ailé !

Voltaire eut un sourire.

— Brillante métaphore de l'Église romaine, n'est-ce pas ? J'avais un argument à faire valoir. Elle était l'épée qui me permettait de l'assener. Je ne l'avais jamais rencontrée. Je n'avais pas idée que c'était une femme d'une profondeur mystérieuse.

— Pas d'une profondeur intellectuelle, toujours ! Une paysanne !

Marq se rappela comment il avait échappé à un sort comparable sur cette planète de culs-terreux qu'était Biehleur, grâce aux examens des Hommes En Gris. Puis il avait fui leur routine étouffante pour participer à une véritable révolution culturelle.

— Non, non. Une profondeur d'esprit. Je suis comme un

petit ruisseau. Clair, parce que peu profond. Mais elle, c'est un fleuve, un océan ! Ramenez-moi aux *Deux Magots*. Elle est, avec ce garçon mécanique, la seule société qui me reste, à présent.

— Elle est votre adversaire. La chose de ceux qui brandissent ces valeurs que vous avez combattues toute votre vie. Pour être sûr que vous la vaincrez, je vais vous doper.

— Je suis intact et entier, décréta Voltaire d'un ton glacial.

— Je vais vous doter d'informations philosophiques et des dernières avancées scientifiques. Votre raison doit écraser sa foi. Vous devez la considérer comme l'ennemie qu'elle est si nous voulons que la civilisation continue à avancer selon des lignes scientifiques rationnelles.

Son éloquence et son impudence étaient plutôt charmantes, mais ne faisaient pas le poids devant la fascination de Voltaire pour Jeanne.

— Je refuse de lire quoi que ce soit tant que vous ne m'aurez pas remis en présence de la Pucelle, à ce café.

Le scientifique eut l'audace de rire.

— Vous n'avez pas compris. Vous n'avez pas le choix. Je vais incruster l'information en vous. Que ça vous plaise ou non, vous aurez les informations nécessaires pour l'emporter.

— Vous violez mon intégrité !

— N'oubliez pas qu'après le débat se posera la question de votre sauvegarde ou de...

— Ma fin ?

— Je préfère jouer cartes sur table avec vous.

Voltaire enrageait. Il reconnaissait les accents de fer de l'autorité. Il avait été assez soumis à celle de son père, ce gardechiourme qui l'obligeait à aller à la messe, et dont les mœurs austères avaient coûté la vie à la mère de Voltaire quand il n'avait que sept ans. C'était le seul moyen qu'elle avait trouvé pour échapper à la rigueur de son mari : la mort. Voltaire n'avait pas l'intention de fuir le scientifique de la même façon.

— Je refuse d'utiliser les connaissances additionnelles que vous me donnerez à moins que vous ne me rameniez tout de suite au café.

Le savant examina Voltaire d'une façon qui le mettait en rage, celle dont il regardait lui-même son perruquier : avec une supériorité hautaine. Il savait que Voltaire ne pouvait exister sans son appui, le retroussis de sa lèvre le disait assez clairement.

Quelle humiliation ! Bien que lui-même issu de la bourgeoisie, Voltaire ne croyait pas les gens du commun dignes de se gouverner seuls. Pour un peu, le souvenir de son perruquier se faisant passer pour un législateur aurait suffi à le dissuader de jamais remettre une perruque. Il trouvait intolérable d'être considéré ainsi par ce savant insultant, plein de morgue.

— Je vais vous dire, fit le savant. Vous composez une de vos brillantes *Lettres philosophiques* fustigeant le concept d'âme humaine, et je vous remets en présence de la Pucelle. Sans ça, vous ne la reverrez pas avant le débat. C'est clair ?

Voltaire rumina l'offre.

— Clair comme un petit ruisseau, répondit-il enfin.

Soudain, des nuages fuligineux, noirs comme de la cendre, envahirent son esprit. Des souvenirs mornes, sinistres. Il se sentit submergé par un passé tumultueux, rugissant...

— Il tourne en boucle ! Quelque chose refait surface, là ! s'exclama la voix caverneuse de Marq.

Des images du lointain passé explosèrent.

— Appelez Seldon ! Le simu a une autre strate ! Appelez Seldon !

7

Hari Seldon contempla les images et les fleuves de données.

— Voltaire a essuyé un orage mémoriel. Et regardez les conséquences.

Marq regarda le torrent sans comprendre.

— Hum. Je vois.

— Ce promontoire : un noyau mémoriel enkystant un débat qu'il a eu avec Jeanne, il y a huit mille ans, traduisit Seldon comme s'il lisait à livre ouvert dans les complexes numériques.

Marq ne suivait pas les connexions assez vite pour rester en phase avec lui.

— Quelqu'un a déjà utilisé ces simus...

— Pour un débat public, oui. Non seulement l'histoire se répète, mais encore il lui arrive de bafouiller.

— La Foi contre la Raison.

— La Foi/Mécanique contre la Raison/Volonté Humaine, précisa Seldon. La société de cette époque était fondamentalement divisée sur la question de l'intelligence artificielle et de ses… manifestations.

Marq saisit une étincelle fugitive sur le visage de Seldon. Lui cachait-il quelque chose ?

— Des manifestations ? Comme les tictacs, vous voulez dire ?

— Quelque chose comme ça, convint Seldon avec raideur.

— Voltaire est pour…

— À l'époque, il était pour l'effervescence humaine. Jeanne privilégiait la Foi, c'est-à-dire… euh, les tictacs.

— Je ne comprends pas.

— Les tictacs, ou des formes évoluées de tictacs, passaient pour capables de guider l'humanité, expliqua Seldon, l'air dans ses petits souliers.

— Des tictacs ? releva Marq avec un reniflement de dérision.

— Enfin… des formes supérieures.

— C'est pour ça que Voltaire et Jeanne ont été conçus il y a huit mille ans ? Pour débattre de ça ? Qui a gagné ?

— Le résultat fait défaut. Je crois que le problème avait perdu toute signification. Aucune intelligence artificielle susceptible de guider l'humanité n'a pu être réalisée.

— Ça se comprend, acquiesça Marq. Les machines ne seront jamais aussi intelligentes que nous. Les tâches quotidiennes, d'accord, mais…

— Je suggère l'effacement du complexe mémoriel enkysté, coupa Seldon. Ça éliminera la strate qui fait interférence.

— Euh… si vous pensez que c'est mieux. Mais je ne suis pas sûr que nous puissions déconnecter tous les liens avec ces souvenirs. Ces simus utilisent une mémoire holographique, de sorte que la localisation….

— C'est indispensable pour obtenir le résultat voulu lors du débat à venir. Et puis il pourrait y avoir d'autres implications.

— Lesquelles, par exemple ?

— Les historiens pourraient requérir l'accès à ces simus

dans l'espoir d'en tirer des informations sur un passé révolu. N'acceptez pas.

— Évidemment. Je me vois mal laisser n'importe qui les exploiter.

Seldon regarda les données mouvantes.

— Ils sont complexes, hein ? Des esprits d'une réelle profondeur, des sous-moi interactifs... Hum... Je me demande comment le sentiment de leur identité peut rester stable ? Comment font-ils pour que leur mentalité ne s'effondre pas ?

Marq avait du mal à le suivre, mais il répondit quand même :

— J'imagine que ces anciens connaissaient des trucs que nous ignorons.

Seldon opina du chef.

— C'est sûr. Il y a une idée, là-dedans...

Il se leva rapidement, aussitôt imité par Marq.

— Vous ne pouvez pas rester ? Je sais que Sybyl aimerait vous parler...

— Désolé, je dois y aller. Les affaires d'État.

— Euh... Eh bien, merci pour...

Seldon disparut avant que Marq ait eu le temps de refermer le bec.

8

— Je n'ai pas envie de voir le monsieur osseux avec la perruque. Il se croit meilleur que les autres, dit la Pucelle à la sorcière appelée Sybyl.

— C'est vrai, mais...

— Je préfère de beaucoup la compagnie de mes voix.

— Il en pince pour vous, reprit la Sorcière.

— J'ai du mal à le croire, répondit-elle, mais elle ne put s'empêcher de sourire.

— C'est pourtant vrai. Il a demandé à Marq, son recréateur, une image entièrement nouvelle. Il a vécu jusqu'à quatre-vingts ans, vous savez.

— Il a l'air encore plus vieux que ça.

Elle avait trouvé sa perruque, son ruban lilas et ses chausses de velours ridicules sur cet homme qui ressemblait à une figue sèche.

— Marq a décidé de lui redonner l'allure qu'il avait à quarante-deux ans. Voyez-le.

La Pucelle réfléchit. M. Arouet serait beaucoup moins répugnant si...

— Ce monsieur avait-il le même tailleur quand il était jeune homme ?

— Hum, ça devrait pouvoir s'arranger.

— Je n'irai pas à l'auberge avec ça.

Elle leva ses chaînes, pensa au manteau de fourrure que le roi en personne avait déposé sur ses épaules lors de son couronnement, à Rouen. Elle songea à le redemander à présent, mais se ravisa. Ils avaient fait tout un foin à ce sujet lors de son procès, l'accusant d'avoir un amour immodéré du luxe inspiré par le démon. Elle qui, jusqu'à ce qu'elle fasse la conquête du roi, le jour de son arrivée à la cour, n'avait jamais senti que le feutre rêche sur sa peau. Ses accusateurs, elle l'avait noté, portaient du satin noir, du velours, et puaient le parfum.

— Je vais faire de mon mieux, promit la Sorcière, mais je vous demanderai de ne pas en parler à M. Boker. Il ne veut pas que vous fraternisiez avec l'ennemi. Enfin, je pense que ça vous fera du bien. Affûtez vos talents pour le grand débat.

Il y eut une pause — *de doux nuages tombants* — au cours de laquelle la Pucelle eut l'impression de s'être évanouie. Lorsqu'elle reprit ses sens — *des surfaces dures, fraîches, des éclaboussures soudaines, violentes, vertes, brunes* — elle se retrouva de nouveau assise aux *Deux Magots*, entourée de convives qui n'avaient pas l'air conscients de sa présence.

Des individus cuirassés de fer filaient entre les hôtes, apportant des plateaux et débarrassant les tables. Elle chercha Garçon et le repéra en train de regarder la cuisinière aux cheveux de miel, qui faisait mine de ne rien voir. La ferveur de Garçon lui rappelait la façon dont elle regardait elle-même les statues de sainte Catherine et de sainte Marguerite, qui avaient toutes les deux renoncé aux hommes mais adopté leur tenue ; suspendues entre deux mondes, la passion sacrée au-dessus, l'ardeur terrestre au-dessous. Exactement comme cet endroit, avec le hachis de nombres et de machines qui lui servait de jargon : elle savait que c'était une salle d'attente, un cloître, le Purgatoire, flottant entre les mondes.

Elle réprima un sourire quand M. Arouet apparut. Il portait une perruque sombre, non poudrée, et pourtant il avait l'air encore assez vieux, trente et un ou trente-deux ans ; à peu près de l'âge de son père, Jacques Darc. Ses épaules ployaient sous le poids de nombreux livres. Elle n'avait vu de livres que deux fois, pendant son procès, et bien qu'ils ne ressemblent pas à ceux-ci, elle se raidit au souvenir de leur pouvoir.

— Alors, dit M. Arouet en posant les livres devant elle. Quarante-deux volumes. Mes *Œuvres choisies*. Incomplètes, mais... il faudra faire avec pour le moment, ajouta-t-il avec un sourire. Qu'est-ce qui ne va pas ?

— Vous vous moquez de moi ? Vous savez que je ne sais pas lire.

— Je sais. Garçon 213-ADM va vous apprendre.

— Je ne veux pas apprendre. Tous les livres, à part la Bible, sont l'œuvre du diable.

M. Arouet leva les bras au ciel et se mit à vitupérer, proférant des jurons violents, étranges, comme ceux de ses soldats quand ils oubliaient qu'elle était dans les parages.

— Vous devez apprendre à lire ! La connaissance est le pouvoir !

— Le diable doit savoir beaucoup de choses, dit-elle en prenant garde à ne pas effleurer les livres.

M. Arouet, exaspéré, se tourna vers la Sorcière — qui semblait assise à une table voisine — et dit :

— *Vac !* Vous ne pouvez donc rien lui apprendre ?

Puis il se tourna à nouveau vers elle.

— Comment apprécierez-vous mon brio si vous ne savez même pas lire ?

— Je n'en ai nul besoin.

— Ha ! Si vous aviez su lire, vous auriez confondu ces imbéciles qui vont ont envoyée au bûcher.

— Que des hommes érudits, dit-elle. Comme vous.

— Non, pucelette, pas comme moi. Pas du tout, même.

Elle recula, à croire que c'était un serpent, devant le livre qu'il lui tendait. Avec un sourire, il le frotta en divers endroits de son corps, puis sur Garçon qui était maintenant debout à côté de la table.

— Ça ne fait pas mal, vous voyez ?

— Le mal est souvent invisible, murmura-t-elle.

— Monsieur a raison, intervint Garçon. Les meilleurs gens savent lire.

— Si vous n'aviez pas été illettrée, reprit M. Arouet, vous auriez su que vos inquisiteurs n'avaient pas le droit de vous juger. Vous étiez une prisonnière de guerre, capturée au combat. Rien n'autorisait votre ravisseur anglais à faire examiner vos idées religieuses par des inquisiteurs et des académiciens français. Vous affectiez de croire que vos voix étaient divines...

— J'affectais ! se récria-t-elle.

— Et il affectait de croire qu'elles étaient démoniaques. Les Anglais étaient trop tolérants eux-mêmes pour brûler qui que ce soit sur le bûcher. Ils laissent ce genre de distraction à nos paysans, les Français.

— Pas trop tolérants, rectifia la Pucelle, pour me livrer à l'évêque de Beauvais en prétendant que j'étais une sorcière ! fit-elle en détournant les yeux pour qu'il ne puisse croiser son regard. Peut-être en suis-je une. J'ai trahi mes propres voix.

— Les voix de la conscience, rien de plus. Socrate, le païen, en entendait aussi. Ça arrive à tout le monde. Mais il n'est pas raisonnable de leur sacrifier sa vie, ne serait-ce que parce que nous détruire pour elles, c'est les détruire elles-mêmes. Les gens bien nés les trahissent, évidemment, ajouta-t-il en se suçotant pensivement les dents.

— Et nous, ici ? murmura Jeanne.

Il étrécit les yeux.

— Les... autres ? Les scientifiques ?

— Ils sont spectraux.

— Comme des démons ? Voyons, c'est la raison qui parle par leur voix. Ils ont suscité une république d'analyse.

— C'est ce qu'ils disent. N'empêche qu'ils nous ont demandé de représenter ce qu'ils n'avaient pas.

— Vous pensez qu'ils n'ont pas de sang dans les veines, fit Voltaire avec une moue interrogative.

— Je pense que nous écoutons les mêmes « scientifiques », alors nous sommes jugés dans le même procès.

— Je me méfie des voix comme les leurs, fit Voltaire, sur la défensive. Moi, au moins, je sais quand tourner le dos aux conseils insensés.

— Peut-être les voix de monsieur sont-elles douces, suggéra Garçon. Et donc plus faciles à ignorer.

— Je les ai laissés — ces hommes d'Église ! — me forcer à admettre que mes voix étaient celles du diable, fit la Pucelle. Et pourtant j'ai toujours su qu'elles étaient divines. N'est-ce pas l'œuvre d'un démon ? D'une sorcière ?

— Écoutez, fit M. Arouet en la prenant par le haut des bras. Il n'y a pas de sorcières. Les seuls démons de votre vie sont ceux qui vous ont envoyée au bûcher. Des porcs ignorants, tous autant qu'ils étaient ! Sauf votre ravisseur anglais, qui vous avait fait passer pour une sorcière dans le cadre d'une stratégie politique rusée. Quand vos vêtements eurent brûlé, ses hommes retirèrent votre corps du bûcher pour montrer à la foule et aux inquisiteurs que vous étiez bel et bien une femme, qui méritait son destin, ne serait-ce que parce qu'elle avait usurpé les privilèges des mâles.

— Arrêtez, je vous en supplie ! s'écria-t-elle.

Il lui semblait encore sentir la puanteur huileuse de la fumée, bien que M. Arouet ait fait placer, par Garçon, des pancartes DÉFENSE DE FUMER dans toute l'auberge, à l'intérieur de laquelle ils se trouvaient soudain, à présent. La pièce tourna, tourbillonna.

— Le feu, hoqueta-t-elle. Les langues de feu...

— Ça suffit ! coupa la Sorcière. Vous ne voyez pas que vous la perturbez ? Laissez-la !

Mais M. Arouet insista.

— Après que vos vêtements eurent brûlé, ils ont examiné vos parties intimes — vous ne le saviez pas, hein ? — ainsi qu'ils l'avaient déjà fait, pour prouver que vous étiez bien vierge, comme vous le prétendiez. Puis, ayant satisfait leur lubricité sous prétexte de sainteté, ils vous ont rendue aux flammes et ont réduit vos os en cendres. Voilà comment vos compatriotes vous ont remerciée d'avoir donné la victoire à leur roi ! D'avoir veillé à ce que la France reste pour toujours française. Un peu plus tard, vous ayant incinérée, ils ont tenu une audience, invoqué des rumeurs villageoises selon lesquelles votre cœur n'aurait pas été consumé par les flammes, et vous ont promptement déclarée héroïne nationale, la sauveuse de la France. Je ne serais pas surpris qu'ils aient fini par vous canoniser et vous vénérer comme une sainte.

— En 1920, confirma la Sorcière.

Quant à savoir comment elle connaissait ce nombre étrange, ça la dépassait. Une connaissance angélique ?

Le crachotement méprisant de M. Arouet crépita à ses oreilles.

— Ça lui fait une belle jambe, lança-t-il en se tournant vers elle.

— La date figurait dans une note annexe, reprit la Sorcière de sa voix grave, factuelle. Bien que nous ne disposions évidemment pas de coordonnées nous permettant de connaître la signification de ces nombres. Nous sommes en l'an 12026 de l'ère galactique.

Des logiques brûlantes parcoururent l'air grésillant. Des vents chauds brouillèrent la foule massée autour du bûcher.

— Le feu, hoqueta la Pucelle.

Elle s'enfuit, les mains crispées sur les mailles d'acier de son col, dans la sombre fraîcheur de l'oubli.

9

— Il est bientôt temps, fit Voltaire d'un ton de reproche.

Mme la Scientifique planait devant lui comme une peinture à l'huile animée. Il avait choisi cette représentation qu'il trouvait étrangement rassurante.

— Je ne vous ignorais pas de mon plein gré, répondit-elle fraîchement, très professionnelle.

— Comment osez-vous me ralentir sans mon consentement ?

— Nous sommes assiégés par les médias. Je n'aurais jamais cru que le grand débat deviendrait l'événement médiatique de la décennie. Ils veulent tous vous interviewer, Jeanne et vous.

Voltaire fit bouffer le ruban abricot noué sous son menton.

— Je refuse de rencontrer qui que ce soit sans ma perruque poudrée.

— Nous ne les laisserons pas vous voir du tout, ni la Pucelle ni vous. Qu'ils parlent à Marq tant qu'ils voudront. Il aime être sous les feux des projecteurs et sait gérer ce genre de situation. Il dit que ce sera bon pour sa carrière.

— Je pense que je devrais être consulté avant toute décision de cette importance...

— Écoutez, je suis venue dès que ma mécassistante m'a bipée. Je vous fais tourner au ralenti, pour lisser votre schéma d'intégration. Vous devriez me remercier de vous accorder du temps intérieur.

— Pour méditer ? renifla-t-il.

— C'est une façon de voir les choses.

— Je n'avais pas réalisé que cela devrait m'être... accordé.

Voltaire était dans ses somptueux appartements de la cour de Frédéric le Grand, où il jouait aux échecs avec le moine qu'il payait pour le laisser gagner.

— Ce n'est pas donné. Et l'analyse des coûts et rendements montre qu'il serait préférable de vous faire tourner ensemble.

— Jamais un instant de solitude ? Il est impossible de tenir une conversation rationnelle avec cette femme !

Il lui tourna le dos d'une façon théâtrale. Il avait été un bon acteur, tous ceux qui l'avaient vu jouer dans ses pièces à la cour de Frédéric le disaient. Il savait reconnaître une bonne scène quand il en voyait une, et celle-ci offrait un réel potentiel dramatique. Ces créatures étaient si blafardes, tellement peu habituées aux bourrasques de l'émotion toute nue, artistiquement forgée.

— Débarrassez-vous de lui et je vous mets au courant, dit-elle d'une voix radoucie.

Il se retourna et pointa le doigt vers cette bonne pâte de moine, le seul homme de robe qu'il ait jamais pu supporter, et il en avait connu un paquet. L'homme s'éloigna en traînant les pieds et referma délicatement derrière lui la porte de chêne sculptée.

Voltaire prit une gorgée de l'excellent sherry de Frédéric afin de s'adoucir la gorge.

— Je voudrais que vous expurgiez la mémoire de la Pucelle de son supplice final. Ça nuit à notre conversation aussi sûrement que les évêques et les représentants de l'État nuisent à la publication des œuvres intelligentes. Et puis... fit-il en hésitant, mal à l'aise à l'idée d'exprimer autre chose que de l'irritation. Elle souffre. Et je ne supporte pas de voir ça.

— Je doute que…

— Tant que vous y serez, effacez aussi de ma mémoire les onze mois que j'ai passés à la Bastille. Et mes innombrables fuites de Paris. Pas les voyages en eux-mêmes, attention ! Les périodes d'exil constituent l'essentiel de ma vie. Ne supprimez que leurs causes, pas leurs effets.

— C'est-à-dire que… je ne suis pas sûre…

Il flanqua un coup de poing sur une table de chêne admirablement sculptée.

— Tant que vous ne m'aurez pas libéré de mes anciennes peurs, je ne pourrai agir librement !

— La simple logique…

— Depuis quand la logique est-elle simple ? Je ne puis « tout simplement » pas composer ma *Lettre philosophique* sur l'absurdité de refuser aux pareils de Garçon 213-ADM les droits accordés à la personne humaine pour la « simple » raison qu'ils n'auraient pas d'âme. C'est un drôle de petit bonhomme, vous ne trouvez pas ? Et aussi futé qu'une douzaine de prêtres au moins que j'ai connus. Il parle, il répond, il a des désirs, non ? Il est amoureux d'une cuisinière humaine. Ne devrait-il pas pouvoir courir après le bonheur aussi librement que vous ou moi ? S'il n'a pas d'âme, alors vous n'en avez pas non plus. Si vous avez une âme, elle ne peut être inférée que de votre comportement, et comme nous pouvons faire la même déduction du comportement de Garçon, il en a une.

— Je serais plutôt d'accord, convint la Scientifique. Bien que les réactions de 213-ADM soient simulées, évidemment. Les machines autoconscientes sont illégales depuis des millénaires.

— C'est ce contre quoi je m'élève ! s'écria Voltaire.

— Et quelle part de tout ça vient de la programmation de Sark ?

— Aucune. Les droits de l'homme…

— N'ont pas besoin de s'appliquer aux machines.

Voltaire fronça les sourcils.

— Je ne puis m'exprimer tout à fait librement sur ces questions sensibles. Il faudrait pour cela que vous m'ôtiez le souvenir de ce que j'ai enduré pour avoir exprimé mes idées.

— Mais votre passé, c'est vous-même. Hors du tout, intact…

— Balivernes ! La vérité, c'est que je n'ai jamais osé m'exprimer librement sur bien des sujets. Prenez Pascal, ce puritain qui détestait la vie, avec ses idées sur le péché originel, les miracles et tant d'autres âneries. Je n'ai jamais osé dire ce que j'en pensais véritablement ! Je devais toujours calculer ce que me coûterait chacun de mes assauts contre les conventions et la stupidité traditionnelles.

La Scientifique fit une jolie moue.

— Vous ne vous en êtes pas mal sorti, il me semble. Vous étiez célèbre. Enfin, nous ne connaissons ni votre histoire ni même votre monde, mais de vos souvenirs je puis déduire...

— Et la Pucelle ! Elle est encore plus inhibée que moi ! Pour ses convictions, elle a payé un prix exorbitant. Elle a enduré sur le bûcher des souffrances plus terribles que la crucifixion. Allumez devant elle une brave pipe, comme j'aime à le faire, et elle roule des yeux blancs et perd conscience.

— Mais c'est crucial pour ce qu'elle est.

— Les questions rationnelles ne peuvent être traitées dans une atmosphère de crainte et d'intimidation. Si nous devons livrer un juste combat, je vous implore de nous débarrasser de ces terreurs qui nous empêchent de dire ce que nous pensons et d'encourager les autres à en faire autant. Sans ça, nous aborderons ce débat comme si nous partions pour une course d'obstacles avec un pied dans un seau.

La Scientifique ne répondit pas tout de suite.

— Je... j'aimerais bien vous aider, mais je ne suis pas sûre de pouvoir.

— J'en sais assez long sur vos procédés pour savoir que vous pouvez accéder à ma requête, répliqua Voltaire, crépitant de mépris.

— Ça ne pose pas de problème, c'est vrai. Mais moralement, je ne suis pas libre de tripoter à mon gré le programme de la Pucelle.

Voltaire se raidit.

— Je comprends que vous avez, madame, une piètre opinion de ma philosophie, mais assurément...

— Pas du tout ! Je pense le plus grand bien de vous ! Vous avez un esprit moderne et, venant ainsi des profondeurs d'un sombre passé... c'est stupéfiant. L'Empire aurait grand besoin d'hommes comme vous ! Mais votre point de vue, bien qu'il soit valide, est limité à cause de ce qu'il écarte et ne peut considérer.

— Ma philosophie ? Elle embrasse tout. C'est une vision universelle...

— Et moi, je travaille pour Artifice Associates et les Gardiens, pour M. Boker. Je suis tenue par la déontologie de leur donner la Pucelle qu'ils veulent. À moins que je n'arrive à les convaincre d'effacer de sa mémoire tout souvenir de son martyre, je ne puis le faire. Et Marq devra obtenir l'autorisation de la société et des Sceptiques pour expurger la vôtre. Je vous assure qu'il ne demanderait pas mieux. Ses Sceptiques sont plus à même d'y consentir que mes Gardiens. Ça vous donnerait un avantage.

— J'en conviens, admit-il aussitôt. Toutefois, il ne serait ni rationnel ni moral de me soulager de mon fardeau sans alléger la Pucelle du sien. Locke et Newton ne seraient pas d'accord.

La Scientifique ne répondit pas tout de suite.

— Je vais parler à mon patron et à M. Boker, dit-elle enfin. Mais à votre place, je ne retiendrais pas mon souffle en attendant.

— Madame oublie que je n'ai pas de souffle à retenir, fit Voltaire avec un sourire malicieux.

10

L'icône qui clignotait sur la console de commandes de Marq s'éteignit juste au moment où il entra dans son bureau. Ça voulait dire que Sybyl avait dû répondre du sien.

Marq crevait de suspicion. Ils s'étaient mis d'accord pour ne pas parler seuls à leurs simus respectives, mais chacun avait déjà doté le sien du programme nécessaire pour le faire. Et comme la Pucelle ne prenait jamais l'initiative de la communication, c'était forcément Voltaire qui appelait.

Comment Sybyl osait-elle lancer le programme sans lui ! Il sortit en coup de vent de son bureau pour lui dire, ainsi qu'à Voltaire, ce qu'il pensait de les voir ainsi comploter dans son dos. Mais dans le couloir, il fut assiégé par des caméras, des journalistes et des reporters. Un bon quart d'heure passa avant qu'il fasse irruption dans le bureau de Sybyl. Il la trouva, comme de bien entendu, confortablement installée avec Voltaire. Elle avait réduit sa dimension à celle d'un être humain normal.

— Tu as rompu notre pacte ! hurla Marq. Qu'est-ce que tu fais ? Tu essaies d'utiliser son béguin pour cette schizophrène afin de lui faire planter le débat ?

Sybyl le regarda, la tête enfouie dans les mains, les yeux brillants de larmes. Marq sentit quelque chose se retourner en lui, et décida de l'ignorer. Elle souffla un baiser à Voltaire sur le bout de ses doigts avant de faire un arrêt sur image.

— Je n'aurais jamais cru que tu t'abaisserais à ça.

— À quoi ? fit Sybyl, le menton levé. Qu'est-il arrivé à ta personne d'ordinaire si insouciante et dégagée ?

— Qu'est-ce que c'est que ça ?

Quand il le sut, il repartit comme un vent de tempête dans son bureau et lança le programme Voltaire. Avant même que l'image ne se soit complètement formée, que les blocs de couleur n'entrent en phase, il hurla :

— C'est non, non et non !

— Je suis sûr que vous allez me gratifier d'un syllogisme élaboré, fit sardoniquement Voltaire en s'animant.

Marq dut admettre que le simu gérait avec aplomb les sursauts et les soudaines disparitions de son cadre spatial.

— Écoutez, dit-il d'un ton égal, le jour du débat, je veux que la Rose de France se fane dans son armure. Ça lui rappellera son inquisition, exactement. Elle se mettra à bredouiller des choses sans queue ni tête, et révélera à la planète que la Foi sans la Raison, c'est la faillite.

Voltaire tapa du pied.

— Merde alors ! Je ne suis pas d'accord ! Tant pis pour moi, mais en ce qui concerne la Pucelle, j'insiste pour que vous effaciez ses dernières heures de sa mémoire, afin que son raisonnement ne soit pas compromis — comme l'est si souvent le mien — par la peur des représailles.

— Impossible. Boker voulait la Foi, il l'aura tout entière.

— Billevesées ! Et je vous demande aussi de me la laisser rencontrer à ma guise, ainsi que ce bizarre mais charmant

Garçon de café. Je n'ai jamais connu des êtres pareils, et ils sont la seule compagnie qui me reste à présent.

Et moi? songea Marq. En dehors même de la nécessité de maintenir la connexion avec son simu, il admirait ce gaillard osseux. C'était une intelligence puissante, impressionnante, mais surtout une personnalité bouillonnante d'énergie. Voltaire avait vécu à une époque émergente. Marq lui enviait ça, voulait être son ami. *Et moi?*

Mais il se contenta de dire :

— Il ne vous est pas venu à l'esprit, j'imagine, que le perdant du débat sera à jamais condamné à l'oubli?

Voltaire cilla, accusant le coup, mais son visage ne trahit rien.

— Vous ne pouvez pas me la jouer, fit Marq. Je sais que vous voulez plus que la simple immortalité intellectuelle.

— Vraiment?

— Ça, vous l'avez déjà. Vous avez été recréé.

— Je vous assure que ma définition de l'existence ne se borne pas à devenir un schéma de nombres.

Marq n'apprécia pas, mais préféra laisser glisser provisoirement.

— N'oubliez pas que j'ai accès à votre espace mémoire. Eh bien, je me rappelle qu'une fois, alors que vous étiez déjà bien avancé en âge et que vous n'y étiez plus contraint par votre père, de votre propre gré, vous avez reçu la communion de Pâques.

— Ah, mais non! J'ai refusé, au dernier moment! Tout ce que je voulais, c'était qu'on me laisse mourir en paix.

— Permettez-moi de citer un passage de votre célèbre *Poème sur le désastre de Lisbonne*, trouvé dans votre espace mémoire auxiliaire :

« Le présent est affreux, s'il n'est point d'avenir,
Si la nuit du tombeau détruit l'être qui pense.
Un jour tout sera bien, voilà notre espérance;
Tout est bien aujourd'hui, voilà l'illusion. »

— C'est vrai, je l'ai dit, convint Voltaire, un peu ébranlé. Mais avec quelle éloquence! Tous ceux qui aiment la vie n'ont qu'une envie, qu'elle dure le plus longtemps possible.

— Votre seule chance de connaître un « avenir » est de l'emporter lors du débat. Il est contraire à votre intérêt — et nous savons tous combien vous y avez toujours été attaché ! — d'effacer les souvenirs que conserve la Pucelle de son supplice sur le bûcher.

Voltaire se rembrunit. Marq voyait les indices défiler sur son écran latéral : les fluctuations de l'état de base étaient parfaitement limitées, mais l'enveloppe globale augmentait, un cylindre orange qui devenait obèse dans l'espace en tridi, s'enflant sous la pression de l'écheveau intérieur en rapide changement, les paquets d'agents émotionnels permutant à grande vitesse, indiquant l'approche d'un point de rebroussement.

Marq effleura une touche. Il était tentant de faire croire au simu ce que Marq voulait... mais ce serait risqué. Il devrait intégrer le nuage d'idées dans l'ensemble de la personnalité. La synthèse du moi marchait beaucoup mieux. Seulement on ne pouvait que l'y inciter, pas l'y contraindre.

Marq remarqua que l'humeur de Voltaire s'assombrissait, mais sur son visage — au ralenti, image par image — il ne lisait qu'une expression pensive. Il avait mis des années à comprendre que les simus arrivaient à masquer leurs émotions aussi bien que les gens.

Peut-être qu'un peu d'humour... ? Il ramena, d'un coup de pouce, la vitesse à la normale et dit :

— Si vous m'en faites trop baver, mon vieux, je lui fais lire ce poème ordurier que vous avez écrit sur elle.

— *La Pucelle d'Orléans* ? Vous n'oseriez pas !

— Tu parles ! Après ça, vous aurez de la chance si elle consent jamais à vous reparler.

Un sourire avisé.

— Monsieur oublie que la Pucelle ne sait pas lire.

— Je veillerai à ce qu'elle apprenne. Ou, mieux encore, je le lui lirai moi-même. Elle est peut-être illettrée ; elle n'est sûrement pas sourde !

Voltaire lui jeta un regard noir et marmonna :

— Entre Charybde et Scylla...

Que pouvait bien mijoter cet esprit affûté comme un rasoir ? Il — ou plutôt « ça » — s'intégrait à son monde digital plus vite qu'aucun des simus que Marq avait jamais vus. Une fois le débat terminé, Marq jura de décortiquer cet esprit, de l'étudier à nouveau sous toutes les coutures, de passer ses schémas processeurs au scope. Et puis il y avait aussi cette étrange mémoire vieille de huit mille ans. La réaction de Seldon sur le sujet avait été un peu bizarre...

— Je vous promets d'écrire ma *Lettre* si vous acceptez de me la faire rencontrer encore une fois. En échange, je vous demande de me promettre de ne jamais faire allusion devant elle à ma *Pucelle*.

— Pas d'entourloupette, fit Marq d'un ton menaçant. Je vous tiens à l'œil.

— Si ça peut vous faire plaisir.

Marq ramena Voltaire au café où Jeanne et Garçon 213-ADM attendaient en déroulant leurs propres introspections. Il les avait à peine suscités quand il fut distrait par un coup frappé à sa porte. Nim.

— Un kawa?

— Avec plaisir.

Marq jeta un coup d'œil au simu du café. Qu'ils bavardent un peu. Plus Voltaire en saurait, plus son esprit serait affûté par la suite.

— Tu n'aurais pas un peu de cette poudre senso? La journée a été rude.

11

— Vous désirez? fit Garçon 213-ADM en s'inclinant.

Il avait du mal à suivre la controverse entre la Pucelle et le monsieur qui se demandaient si les êtres comme lui avaient une âme ou non. Le monsieur semblait croire que personne n'avait d'âme, ce qui offusquait la Pucelle. Ils discutaient avec une telle chaleur qu'ils ne remarquèrent pas la disparition de l'étrange présence fantomatique qui les observait habituellement, un «programmateur» de cet espace.

Garçon tenait enfin la chance d'implorer le monsieur d'intercéder en sa faveur auprès de ses maîtres humains afin qu'ils lui donnent un nom. 213-ADM n'était qu'un numéro de série : le 2 voulait dire qu'il était mécaserveur, le 13 identifiait le secteur auquel il était attaché, et ADM voulait dire *Aux Deux Magots*. Il était sûr qu'il aurait plus de chances d'attirer l'attention de la cuisinière aux cheveux de miel qui préparait les plats s'il avait un nom humain.

— Madame, monsieur, je peux prendre votre commande ?

— À quoi bon commander ? lança le monsieur, et Garçon observa que le savoir n'allait pas de pair avec la patience. Nous n'avons ni goût ni odorat !

Garçon esquissa un geste compatissant avec deux de ses quatre mains. Il n'avait aucune expérience des sens humains en dehors de la vue, de l'ouïe et du toucher rudimentaire indispensables à l'exercice de sa fonction. Il aurait donné n'importe quoi pour sentir les choses, pour pouvoir les goûter. Les humains semblaient en tirer un tel plaisir.

La Pucelle examina le menu et, changeant de sujet, dit :

— Je prendrai la même chose que d'habitude. Un quignon de pain. Mais cette fois, je vais essayer une croûte de pain de soldat.

— Une croûte de pain de soldat ! commanda le monsieur.

— Et un peu de champagne pour tremper.

Le monsieur secoua la main comme pour la refroidir.

— Je vous félicite, Garçon, du beau boulot que vous avez fait en apprenant à la Pucelle à lire le menu.

— Mme la Scientifique me l'a permis, répondit Garçon.

Il ne voulait pas d'ennuis avec ses maîtres humains qui pouvaient le débrancher à tout moment.

Le monsieur agita la main pour le congédier, cette fois.

— Elle est beaucoup trop obsédée par les détails. Elle ne survivrait jamais seule à Paris, alors, dans une cour royale... Marq, au contraire, ira loin. Le manque de scrupules est le carburant préféré de la chance. Je ne suis sûrement pas sorti du dénuement pour devenir l'un des citoyens les plus fortunés de France en confondant les idéaux et les scrupules.

— Monsieur a choisi ? demanda Garçon.

— Oui. Je voudrais que vous abordiez avec la Pucelle la lecture de textes plus difficiles afin qu'elle puisse lire mes *Éléments de la philosophie de Newton*, ainsi que l'ensemble de mes *Lettres philosophiques*. Ses facultés de raisonnement devraient égaler les miennes, dans toute la mesure du possible. Comme si qui que ce soit avait une chance de s'en approcher... ajouta-t-il avec un sourire ironique.

— Votre modestie n'a d'égal que votre esprit, fit la Pucelle, tirant du monsieur un rire sardonique.

Garçon hocha tristement la tête.

— Je crains que ce ne soit impossible. Je ne puis enseigner que des phrases simples. Ma culture me permet de comprendre les menus, et rien de plus. Je suis flatté que Monsieur désire m'élever dans la société. Mais quand bien même l'occasion frapperait à la porte, nous ne pourrions aller ouvrir, ceux de ma condition et moi-même étant à jamais cantonnés aux niveaux inférieurs de la société.

— Les classes inférieures doivent rester à leur place, confirma Voltaire, mais je ferai une exception dans votre cas. Vous me paraissez avoir de l'ambition. En avez-vous ?

Garçon jeta un coup d'œil à la cuisinière aux cheveux de miel.

— L'ambition ne sied point à ceux de ma condition.

— Alors que voudriez-vous être si vous aviez le choix ?

Garçon se trouvait savoir que la cuisinière passait ses trois jours de congé hebdomadaire — il travaillait lui-même sept jours sur sept — dans les galeries du Louvre.

— Je voudrais être mécaguide au Louvre, répondit-il. Assez intelligent et suffisamment libre de mon temps pour faire la cour à une femme tout juste consciente de mon existence.

Le monsieur eut un grand sourire.

— Je trouverai un moyen de… comment disent-ils, déjà ?

— De le télécharger, avança la Pucelle.

— Mon Dieu ! s'exclama le monsieur. Elle sait déjà lire aussi bien que vous. Mais je ne veux pas que son esprit surpasse le mien ! Là, ça irait vraiment beaucoup trop loin !

12

Marq inspira le contenu du sachet et attendit le flash.

— Ça va si mal que ça ? fit Nim en faisant signe au mécaserveur de Schnouff & Sniffs d'en apporter un autre.

— C'est Voltaire, grommela Marq. Il est censé être ma créature, mais la moitié du temps, c'est moi qui suis la sienne.

Il atteignit le sommet de l'excitation provoquée par le stim et son esprit s'éclaircit tout en s'alanguissant. Il n'avait jamais vraiment réussi à comprendre comment c'était possible.

— C'est un paquet de chiffres.

— C'est sûr, mais enfin... Une fois, je suis entré dans son agent générateur de phrases subconscient, et il formulait tout un fourbi autour de « la volonté c'est l'âme ». Un truc d'auto-entretien de son image, je suppose.

— Ça pourrait être de la philosophie.

— Pour ce qui est de la volonté, il en a, c'est sûr. Alors j'aurais créé un être doté d'une âme ?

— Erreur d'adresse, répondit Nim. Tu déduis « l'âme » d'un agent. C'est comme si tu essayais de passer des atomes à la vache en une seule opération.

— C'est le genre de saut que fait ce simu.

— Tu veux comprendre la vache, tu ne cherches pas des atomes de vache.

— C'est vrai, tu vas chercher la « propriété émergente ». La théorie standard.

— Ce simu est prévisible, mon pote. Ne l'oublie pas. Tu n'as qu'à le façonner jusqu'à ce qu'il n'ait plus un seul élément non linéaire que tu ne puisses contenir.

Marq hocha la tête.

— Il est... différent. Tellement puissant.

— Il a été simulé pour une raison donnée, à un moment quelconque de l'âge des ténèbres. Tu t'attendais à quoi ? À ce qu'il se laisse marcher dessus sans réagir ? Tu représentes l'autorité, ce qu'il a combattu toute sa vie.

Marq passa ses doigts dans ses cheveux ondulés.

— Sûr que si j'arrive à trouver une constellation non linéaire que je n'arrive pas à extraire...

— Que tu appelles ça une volonté ou une âme, *efface-le !* fit Nim en frappant la table si durement qu'une femme assise non loin de là lui jeta un coup d'œil surpris.

Marq le regarda avec un mélange d'ironie et de scepticisme.

— Le système n'est pas complètement prévisible.

— Alors lance un pisteur de formats. Fais une recherche inverse. Colle-lui des sous-agents, alpague toutes les personae que tu n'arrives pas à bricoler. Hé, c'est toi qui as inventé ces algorithmes de contrainte cognitive. Tu es le meilleur.

Marq hocha la tête. Ouais, et si c'était la même chose que de chercher la conscience dans le cerveau à l'aide d'un scalpel ? Il inspira profondément et exhala en direction de la coupole où passait un holo stupide, sans doute pour ceux qui étaient raides déf.

— De toute façon, il n'est pas seul en cause, reprit Marq en regardant Nim dans les yeux. J'ai buggé le bureau de Sybyl. Je ne rate aucune de ses rencontres avec Boker.

— Tu as bien fait ! dit Nim en lui flanquant une claque dans le dos.

Marq éclata de rire. Les copains seraient toujours les copains, même quand on déconnait à plein tube.

— Ce n'est pas tout. Je me demande si je ne suis pas allé trop loin, poursuivit Marq tandis que Nim se penchait en avant, en proie à une curiosité enfantine.

— Tu t'es fait pincer !

— Non, non. Tu connais Sybyl. Elle n'est pas fichue de soupçonner les intrigues de ses ennemis, alors, ses amis...

— Ça, les manœuvres ne sont pas son point fort.

— Je ne suis pas sûr que ce soit le mien non plus.

— Mouais. Alors, reprit Nim en le regardant entre ses paupières mi-closes, qu'est-ce que tu as encore bricolé ?

— J'ai remis Voltaire à jour. Je l'ai doté de programmes de développement croisé pour alimenter ses conflits internes, l'aider à les réconcilier.

— Risqué, fit Nim en ouvrant de grands yeux.

— Je voulais voir de quoi un esprit pareil était capable. Je crains de ne pas en retrouver l'occasion de sitôt.

— Et ça va ?

— Pas fort, fit Marq en lui administrant une claque sur l'épaule pour masquer son embarras. Nous étions convenus, Sybyl et moi, de ne pas le faire.

— La Foi n'a pas besoin d'être trop futée.

— Tu penses que je me suis dit ça, moi aussi.

— Et ce type, Seldon, qu'est-ce qu'il en pense ?

— Nous... nous ne lui avons rien dit.

— Ah.

— À sa demande ! Il ne veut pas se salir les mains.

Nim hocha la tête.

— Écoute, mon pote, ce qui est fait est fait. Comment le simu a-t-il pris ça ?

— Ça lui a flanqué une secousse. De grandes oscillations sur les réseaux neuronaux.

— Et maintenant, tu penses que ça va ?

— On dirait. J'ai l'impression qu'il s'est réintégré.

— Ton client est au courant ?

— Oui. Les Sceptiques sont à fond pour. Pas de problèmes de ce côté-là.

— Tu fais un vrai travail de recherche, ce coup-ci, reprit Nim. C'est bon pour le domaine. C'est important.

— Alors comment se fait-il que j'aie envie d'une douzaine de sniffs ? Je voudrais pouvoir m'affaler et penser que ce truc est génial, fit-il en indiquant du pouce l'holo débile projeté sur la voûte.

13

— Maintenant, écoutez, fit Voltaire quand le savant répondit enfin à son appel. Attentivement.

Il s'éclaircit la gorge, écarta les bras comme s'il allait s'envoler et se prépara à déclamer les arguments brillants qu'il avait détaillés et mis en forme dans une nouvelle *Lettre*.

Les yeux du savant étaient réduits à des fentes dans un visage livide.

— Vous n'avez pas envie de l'entendre ? demanda Voltaire, furieux.

— Gueule de bois.

— Vous avez découvert une théorie générale, universelle, expliquant pourquoi ce vaste univers était le seul possible, avec toutes ses forces à la bonne place, et vous n'avez pas de remède à la gueule de bois ?

— Pas mon domaine, répliqua-t-il d'une voix hachée. Demandez à un docteur.

Voltaire claqua les talons et s'inclina à la prussienne, comme il avait appris à le faire à la cour de Frédéric le Grand (tout en grommelant *in petto* « *Marionnettes allemandes!* » chaque fois qu'il le faisait).

— La doctrine de l'âme s'appuie sur l'idée d'un ego fixe et immuable. Aucune preuve n'étaye la notion d'un «je» stable, d'une entité «ego» essentielle située au-delà de l'existence individuelle...

— C'est vrai, fit le savant. Bien qu'assez étrange, venant de vous.

— Ne m'interrompez pas ! Maintenant, comment peut-on expliquer l'illusion tenace d'âme ou d'ego fixe ? À travers cinq fonctions, qui sont elles-mêmes des procédés conceptuels et non des éléments fixes. D'abord, tous les êtres disposent de qualités physiques, tangibles, qui changent si lentement qu'elles paraissent immuables, mais qui évoluent en réalité constamment.

— L'âme est censée leur survivre, fit le savant en se pinçant la base du nez entre le pouce et l'index.

— Silence ! Deuxièmement, il y a l'illusion d'un maquillage émotionnel fixe, alors qu'en réalité les sentiments — ainsi que même ce vulgaire théâtreux de Shakespeare l'a fait remarquer — montent et descendent comme la marée, aussi inconstants que la lune. Eux aussi sont sans cesse en mouvement, même si ces mouvements obéissent manifestement à des lois physiques, exactement comme ceux de la lune.

— Hé, attendez ! Ce truc, là, avant, votre théorie sur l'univers... Vous saviez tout ça, à votre époque reculée ?

— Je l'ai déduit des extensions dont vous m'avez doté.

L'homme cilla, manifestement impressionné.

— Je... je n'avais pas prévu...

Voltaire réprima son agacement. N'importe quel public, même s'il ne pouvait s'empêcher de mettre son grain de sel, valait mieux que pas de public du tout. Il finirait bien par saisir, en son temps, les implications de ses propres actes.

— Troisièmement, dit-il, la perception. Les sens, à l'examen, se révèlent aussi être des procédés en mouvement constant, absolument pas fixes.

— L'âme...

— Quatrièmement ! lança Voltaire, déterminé à ignorer les interpolations triviales. Tout le monde développe des habitudes au fil des ans. Elles aussi sont faites d'action en flux constant. Malgré l'apparence de répétition, il n'y a rien de fixe ou d'immuable là-dedans.

— Les théories de grande unification ! Vous y avez eu accès, n'est-ce pas ? Comment vous êtes-vous introduit dans les fichiers ? Je ne vous avais pas donné...

— Enfin ! Le phénomène de conscience, la soi-disant âme elle-même, que les prêtres et les imbéciles — redondance ! — croient séparable des quatre phénomènes que je viens d'énumérer. La conscience proprement dite présente, comme les quatre autres, toutes les caractéristiques du mouvement fluctuant. Ces cinq fonctions se groupent et se regroupent sans cesse. Le corps est éternellement fluctuant, comme tout le reste. La permanence est une illusion. Héraclite avait absolument raison. On ne peut pas mettre deux fois de suite le pied dans la même rivière. L'homme qui a la gueule de bois et que je regarde là, tout de suite — attendez une seconde —, n'est pas le même homme à la gueule de bois que je regarde maintenant. Tout est dissolution et décomposition...

Le scientifique toussota, gémit.

— Ça, c'est foutrement vrai.

— ... et en même temps croissance et bourgeonnement. La conscience proprement dite ne peut être dissociée de son contenu. Nous sommes de l'action pure. Il n'y a pas de faiseur. Le danseur ne peut être séparé de la danse. La science, après mon époque, a confirmé cette vision des choses. Vu de près, l'atome lui-même disparaît. Il n'y a pas d'atome *stricto sensu*. Il n'y a que ce que *fait* l'atome. La fonction est tout. *Ergo*, il n'y a pas d'entité fixe, absolue, communément appelée « âme ».

— C'est drôle que vous remettiez ça sur le tapis, fit le savant en regardant Voltaire d'un air entendu.

Il écarta l'objection.

— Étant donné que même les intelligences artificielles rudimentaires comme Garçon présentent toutes les caractéristiques fonctionnelles que j'ai énumérées — y compris, semble-t-il, la conscience — il n'est pas raisonnable de leur dénier les droits dont nous jouissons, tout en maintenant, évidemment, les différences de classe. Puisqu'à cette époque lointaine on accorde aux fermiers, aux boutiquiers et aux perruquiers des privilèges égaux à ceux des comtes et des ducs, il serait irrationnel de les refuser à des êtres comme Garçon.

— S'il n'y a pas d'âme, elle ne peut évidemment pas se réincarner non plus, d'accord ?

— Mon cher monsieur, il n'est pas plus étrange de naître deux fois qu'une seule.

— Mais qu'est-ce qui se réincarne ? objecta le scientifique, surpris. Qu'est-ce qui effectue le passage d'une vie à la suivante s'il n'y a pas d'ego fixe, absolu ? Pas d'âme ?

Voltaire fit une note en marge de sa *Lettre*.

— Si vous apprenez mes poèmes par cœur, ce que je vous encourage à faire pour votre propre édification, perdent-ils ce que vous avez gagné ? Si vous allumez une chandelle à la flamme d'une autre chandelle, qu'est-ce qui passe de l'une à l'autre ? Dans une course de relais, l'un des coureurs renonce-t-il à quoi que ce soit au profit de l'autre ? En dehors de sa position dans la course, naturellement. Alors, fit Voltaire après une petite pause, pour ménager l'effet dramatique. Qu'en pensez-vous ?

Le savant se prit la tête à deux mains, stupéfait.

— Je pense que vous sortirez victorieux du débat.

Voltaire jugea le moment venu de présenter sa requête.

— Mais afin d'assurer ma victoire, je dois composer une autre *Lettre*, plus technique, destinée à ceux pour qui les symboles verbaux sont synonymes de simple rhétorique, de mots vides de sens.

— Allez-y, fit le savant.

— Pour ça, reprit Voltaire, j'aurai besoin de votre aide.

— Elle vous est acquise.

Voltaire eut un sourire qu'il espérait désarmant de sincérité, chose bien éloignée de lui.

— Il faut que vous me fassiez partager toutes vos connaissances concernant les méthodes de simulation.

— Ah bon ? Et pour quoi faire ?

— Non seulement ça vous évitera un immense travail mais encore ça me permettra d'écrire une *Lettre* technique, visant à convertir les spécialistes et les experts à notre point de vue. Et pas que dans le secteur de Junin, sur l'ensemble de Trantor et dans toute la Galaxie, sans cela les réactionnaires rebondiront et écraseront la renaissance dont vous vous targuez.

— Vous n'arriverez jamais à suivre les équations...

— Je vous rappelle que c'est moi qui ai apporté les calculs de Newton en France. Donnez-moi les instruments !

Le scientifique s'approcha de sa console d'une démarche chancelante, les mains crispées sur les tempes.

— À condition que vous me promettiez de ne pas me rappeler avant une dizaine d'heures, dit-il dans un gémissement.

— Mais oui, fit Voltaire avec un sourire impudent. Monsieur a besoin de... Comment dites-vous en anglais ? *To sleep it off*, de cuver son vin ?

14

Sybyl attendait nerveusement son tour sur l'ordre du jour de la réunion du conseil d'Artifice Associates. Elle était assise en face de Marq et ne participait pas à la discussion, alors que ses collègues et ses supérieurs parlaient de tel ou tel aspect des opérations de la compagnie. Elle était ailleurs, et en même temps assez près pour remarquer les poils frisés sur le dos des mains de Marq, et la veine qui palpitait, musique sensuelle, sur son cou.

Lorsque le président d'Artifice Associates fit sortir ceux qui n'étaient pas directement concernés par le projet Gardiens-Sceptiques, Sybyl rassembla les notes qu'elle avait préparées pour défendre son dossier. De tous les présents, elle savait ne pouvoir compter que sur l'appui de Marq. Mais elle avait confiance ; avec lui, les autres accepteraient sa proposition.

La veille, elle avait annoncé au comité des Projets Spéciaux que, pour la première fois, la Pucelle avait rompu son schéma d'isolement. Elle avait pris l'initiative du contact au lieu d'attendre qu'on l'invoque avec son air rétif habituel. Elle avait manifesté un profond trouble en apprenant de « M. Arouet » qu'elle devait le vaincre dans ce qu'elle appelait « le procès », ou qu'elle serait renvoyée dans le néant.

Quand Sybyl avait admis que c'était sans doute exact, la Pucelle s'était persuadée qu'elle serait à nouveau jetée dans « le feu ». Désorientée, perturbée, elle avait imploré Sybyl de l'autoriser à se retirer, à consulter ses « voix ».

Sybyl lui avait procuré, pour décor, un papier peint reposant : une forêt, des champs, des cours d'eau murmurants.

Elle la scanna à la recherche de souvenirs vestigiaux, comme ceux auxquels Marq avait fait allusion, d'un débat qui aurait eu lieu huit mille ans auparavant. Jeanne en conservait bien quelques traces, des bribes oubliées lors d'un effacement précédent. Jeanne identifiait la Foi à une chose appelée « les robots ». C'étaient apparemment des personnages mythiques censés guider l'humanité. Peut-être des divinités ?

Quelques heures plus tard, Jeanne avait émergé de son paysage intérieur. Elle exigeait des facultés de lecture à haut niveau, afin de pouvoir lutter sur un pied d'égalité avec son « inquisiteur ».

— Je lui ai expliqué que je ne pouvais modifier sa programmation sans l'accord du comité.

— Et votre client ? demanda le président.

— M. Boker a découvert — il n'a pas voulu me dire comment ; une fuite dans la presse, j'imagine — qu'elle serait opposée, lors du débat, à Voltaire. Maintenant, il menace de se retirer à moins que je ne lui fournisse des données et des moyens supplémentaires.

— Et… Seldon ?

— Il ne dit rien. Il tient à rester à l'écart de tout ça.

— Boker sait-il que nous nous occupons de Voltaire pour les Sceptiques de la même façon que nous traitons Jeanne pour lui ?

Sybyl secoua la tête en signe de dénégation.

— Loué soit le Cosmos, soupira le responsable des Projets Spéciaux.

— Marq ? demanda le président en haussant les sourcils.

Comme Marq avait naguère suggéré la démarche même que Sybyl proposait maintenant, elle était à peu près sûre qu'il serait d'accord. Elle fut donc estomaquée de l'entendre dire :

— Je suis contre. Les deux adversaires veulent un duel verbal entre la Foi intuitive et la Raison inductive/déductive. Remettre la Pucelle à jour ne servirait qu'à brouiller les cartes.

— Marq ! s'écria Sybyl.

Il s'ensuivit une discussion animée. Marq réfutait toutes les objections soulevées par l'un ou par l'autre. Sauf par Sybyl, dont il évitait ostensiblement le regard. Lorsqu'il devint évident qu'ils n'arriveraient pas à se mettre d'accord, le président prit parti pour Sybyl.

Sybyl décida de pousser son avantage.

— Je demande aussi l'autorisation d'effacer de la programmation de la Pucelle les souvenirs de sa mort sur le bûcher. Elle a peur d'être à nouveau condamnée au supplice, ce qui l'empêche de défendre la cause de la Foi aussi librement qu'elle pourrait le faire si ce souvenir n'obscurcissait pas ses pensées.

— Je proteste, fit Marq. Le martyre est le seul moyen, pour un individu dénué de compétences particulières, de parvenir à la célébrité. Une Pucelle qui n'aurait pas été martyrisée pour ses croyances n'aurait rien à voir avec la Pucelle de l'antéhistoire.

— Mais nous ne connaissons pas cette histoire ! rétorqua Sybyl. Ces simus sont issus de l'âge des ténèbres. Son trauma...

— Supprimer ses souvenirs de cette expérience reviendrait à... Eh bien, prenez certaines légendes antéhistoriques, fit Marq en écartant les mains devant lui. Prenez leurs religions, même. Ça reviendrait à recréer le Christ, l'antique divinité, sans sa crucifixion. Intacts, conclut Marq tandis que Sybyl le foudroyait du regard. Voilà comment nos clients les veulent...

— Je suis prête à laisser effacer de Voltaire le souvenir de tout ce que les autorités lui ont fait endurer, contra Sybyl.

— Pas moi, répliqua Marq en se tournant vers le président comme si elle n'existait pas. Sans la méfiance de l'autorité, Voltaire ne serait pas Voltaire.

Sybyl laissa débattre le comité. Elle n'en revenait pas de l'incompréhensible volte-face de Marq. Tout se passait comme dans un rêve. Pour finir, elle n'eut d'autre choix que d'accepter la décision finale de ses supérieurs : un compromis. La banque d'informations de la Pucelle serait réactualisée, mais elle conserverait le souvenir de sa terrible mort. Voltaire ne serait pas autorisé non plus à oublier sa peur permanente des représailles de l'Église et de l'État, dans cette ère antique et marécageuse.

— Je vous rappelle, dit le président, que nous nous aventurons en terrain électronique miné. Les simus de ce genre sont tabous. Les éléments du secteur de Junin nous ont offert le gros paquet pour tenter l'expérience, et nous avons réussi. Mais nous prenons des risques. De gros risques.

Alors qu'ils quittaient la salle de conférence, Sybyl murmura à l'oreille de Marq :

— Toi, tu mijotes quelque chose.

— La recherche, répondit-il, l'air surpris. Tu sais ce que c'est, quand on travaille dur sur quelque chose sans savoir où on va.

Il s'éloigna comme s'il avait déjà oublié sa présence, la laissant plantée là, bouche bée. Décidément, elle ne comprendrait jamais ce bonhomme.

15

La Pucelle était assise dans sa cellule, le dos raide, les yeux clos, indifférente à la présence de la Sorcière. Des voix belliqueuses retentissaient dans sa tête.

Le bruit évoquait le tumulte de la bataille, chaotique et farouche. Mais si elle écoutait intensément, refusant de laisser son esprit immortel s'arracher de sa chair mortelle — alors, alors une polyphonie divinement orchestrée lui montrerait la bonne voie.

L'Archange Michel, sainte Catherine, sainte Marguerite, par les bouches desquels s'exprimaient souvent ses voix, réagissaient violemment à sa maîtrise involontaire des *Œuvres complètes* de M. Arouet. Pour Michel, les plus choquants étaient les *Éléments de la philosophie de Newton*, dont il estimait que la vision était incompatible avec celle de l'Église. Avec son existence même, à vrai dire.

La Pucelle, quant à elle, n'en était pas si sûre. Elle s'étonnait de trouver de la poésie et de l'harmonie dans les équations qui prouvaient, si besoin était, la réalité insurpassable du Créateur dont les lois physiques pouvaient être sondées, mais dont les finalités étaient insondables.

Comment connaissait-elle ces beautés ? Mystère. Dans ces calculs de forces et de mouvements, elle voyait le tourbillon des mondes. Tels les seigneurs et les dames de la cour, la matière inerte effectuait une gavotte divinement orchestrée. Elle sentait ces choses de tout son être, directement, comme si elle était pénétrée par une vision divine. La beauté lui parvenait de l'air ténu. Comment aurait-elle pu écarter ces perceptions sublimes ?

Pareille invasion divine ne pouvait qu'être sacrée. Le fait qu'elle la reçoive sous la forme d'un flot tumultueux de souvenirs, de dons, d'associations, était une preuve supplémentaire du fait qu'elle lui était bel et bien envoyée. La Sorcière parla, tout bas, de fichiers informatiques et de sous-agents, mais c'étaient des incantations et non des vérités.

L'idée que son auteur fût anglais la choquait beaucoup plus, infiniment plus que cette nouvelle sagesse.

— *La Henriade*, dit-elle à Michel, citant une autre œuvre de M. Arouet, est plus répugnante que les *Éléments*. Comment M. Arouet, qui se fait présomptueusement appeler du faux nom de Voltaire, ose-t-il prétendre qu'en Angleterre la raison est libre alors que dans notre France bien-aimée elle est soumise à l'imaginaire ténébreux des prêtres absolutistes ? Ne sont-ce point des prêtres jésuites qui ont d'abord enseigné à cet inquisiteur la façon de raisonner ?

Mais ce qui, plus que tout, mettait la Pucelle en rage, lui faisait tirer sur ses chaînes et les secouer — jusqu'à ce que, craignant pour sa sécurité, la Sorcière libère ses poignets et ses chevilles à vif —, c'était le poème injurieux, imprimé dans l'illégalité, qu'il avait écrit sur elle. Quels vers pervers !

Dès qu'elle fut sûre que ses voix s'étaient retirées, elle brandit un exemplaire de *La Pucelle d'Orléans* devant la Sorcière, exaspérée à l'idée que les chastes saintes Catherine et Marguerite — qui avaient momentanément disparu, mais reviendraient sûrement — puissent être exposées de force à sa lubricité. Les deux saintes lui avaient déjà reproché de se demander bêtement, puérilement — à quoi pensait-elle ? — si M. Arouet serait séduisant sans cette perruque ridicule et ce ruban mauve.

— Comment M. Arouet a-t-il osé me représenter ainsi ? fulminait-elle, sachant pertinemment que son refus obstiné de l'appeler Voltaire l'énervait au-delà de toute mesure. Il me vieillit de neuf ans, qualifie mes voix de mensonge pur et simple. Et il diffame Baudricourt, qui le premier me permit d'exposer à mon roi ma vision pour la France et pour lui. Il se peut qu'il ait écrit des pièces moralisatrices et des calomnies irrévérencieuses contre les croyants, mais cet insupportable monsieur Je-sais-tout se considère comme un historien ! Si ses autres travaux historiques ne sont pas plus fiables que celui qu'il me consacre, c'est eux qui méritent le feu et non mon corps !

La Sorcière blêmit devant cette diatribe. Ces gens — si c'étaient bien des gens qui se trouvaient dans ce Purgatoire nébuleux, byzantin — reculaient devant la véritable férocité du Dessein divin. Jeanne se dressait au-dessus d'elle avec une certaine délectation.

— La sagesse mécanique de Newton est une vision énigmatique des lois de la Création, tempêta Jeanne, mais l'histoire de Voltaire est une œuvre d'imagination faite de trois parties de bile et de deux parties d'humeur noire.

Elle leva le bras droit dans le même geste par lequel elle menait ses soldats et les chevaliers de France au combat contre le roi d'Angleterre et ses séides — dont, elle le voyait maintenant avec netteté, M. Arouet de Voltaire faisait partie. Cette femme inspiratrice, guerrière, mue par une intense aversion pour les tueries, jurait maintenant la guerre totale à ce, ce... elle en bafouillait, tellement elle était exaspérée.

— Ce bourgeois parvenu, ce nouveau riche, chéri des aristocrates, qui n'a jamais connu le vrai besoin, la nécessité, et qui pense que les chevaux naissent attelés à des voitures !

— Faites-lui la peau ! tonna la Sorcière, embrasée par la flamme de la Pucelle. C'est ce que nous voulons !

— Où est-il ? demanda la Pucelle. Où est ce petit ruisseau de pissoir, que je le noie dans les profondeurs de toutes les souffrances que j'ai connues !

La Sorcière semblait étrangement satisfaite, comme si cela coïncidait avec un dessein qui lui était propre.

16

Voltaire eut un ricanement d'aise. Le café apparut, prenant soudain une réalité lumineuse, indépendante du consentement ou de la connaissance de son maître humain.

Sous-programme effectué, lui affirma une petite voix. Il fit disparaître et reparaître le café trois fois de suite, pour s'assurer qu'il maîtrisait la technique.

Fallait-il que ces maîtres soient stupides pour penser que le Grand Voltaire se laisserait réduire à l'état de créature aux ordres ! Mais c'était maintenant que venait le vrai test, la procédure complexe qui susciterait la Pucelle dans son insondable féminité — insondable, et qu'il était néanmoins bien déterminé à sonder.

Il avait maîtrisé la logique complexe de cet endroit grâce aux facultés que l'homme scientifique lui avait conférées. Le prenaient-ils pour une espèce d'animal incapable d'appliquer la raison folâtre à leurs labyrinthes de logique ? Il avait trouvé son chemin, suivi les sentiers électroniques tortueux, conçu les commandes. Newton n'était pas plus abordable ; il avait pourtant réussi à le comprendre, non ?

Et maintenant, la Pucelle. Il effectua sa danse digitale, ses logiques, et...

Elle surgit dans le café.

— Espèce de vermine ! dit-elle, brandissant sa lance.

Ce n'était pas tout à fait le genre de salut qu'il espérait, mais il vit l'exemplaire de *La Pucelle* embroché à la pointe de sa lance.

— Chérie, fit-il d'un ton enjôleur, en se disant que, quelle que soit l'offense, il valait mieux s'excuser en vitesse. Je peux tout vous expliquer.

— C'est bien votre problème, rétorqua la Pucelle. Expliquer, vous ne savez faire que ça ! Vos pièces sont plus ennuyeuses que les sermons dont on m'a gratifiée dans le cimetière de Saint-Ouen. Vos saillies contre les mystères sacrés de l'Église révèlent un esprit superficiel, insensible, fermé à la crainte et à l'émerveillement.

— Vous avez tort de le prendre personnellement, implora Voltaire. C'était dirigé contre la vénération hypocrite dont vous étiez l'objet, contre les superstitions de la religion. Mon ami Thieriot y a ajouté des passages plus profanes et plus obscènes que je n'en ai écrit de ma vie. Il avait besoin d'argent. Il gagnait sa vie en récitant le poème dans les salons. Ma pauvre vierge est devenue une putain infâme, il lui a fait dire des choses grossières et intolérables.

La Pucelle n'abaissa pas sa lance. Au lieu de ça, elle la darda à plusieurs reprises sur le gilet de satin tendu sur le torse de Voltaire.

— Chérie, dit-il. Si vous saviez combien j'ai payé ce gilet.

— Vous voulez dire, combien l'a payé Frédéric, ce pervers pitoyable, piteux et dépravé.

— L'allitération est un peu lourde, commenta Voltaire, mais à part ça, la phrase n'est pas mal tournée.

Ses dons nouvellement acquis lui auraient permis de la priver de sa lance en un tournemain, de la pulvériser. Mais il préférait la force de la persuasion à la force brutale. Il cita, en prenant quelques libertés, ce chrétien qui haïssait le plaisir — Paul :

— Quand j'étais enfant, je parlais comme un enfant, pensais comme un enfant, me conduisais comme un enfant. Mais quand je suis devenue une femme, j'ai renoncé aux choses masculines.

Elle cilla. Il se rappela comment ses inquisiteurs avaient argué que l'acceptation de cette belle cape était incompatible avec l'origine divine de ses voix. Dans une arabesque de ses bras agiles, Voltaire fit apparaître une robe de dentelle de Chantilly. *Pop !* Et une cape somptueusement brodée.

— Vous vous moquez de moi, fit la Pucelle.

Mais il avait eu le temps de voir, avant, une lueur d'intérêt briller dans ses prunelles noires comme la nuit.

— Je me languis de vous voir telle que vous êtes, fit-il en lui tendant la cape et la robe. Votre esprit est sans nul doute divin, mais si votre forme naturelle est, comme la mienne, humaine, contrairement à la mienne, elle est féminine.

— Vous pensez que je renoncerais à la liberté de l'homme pour *ça* ? fit-elle en empalant la cape et la robe sur la pointe de sa lance.

— Pas à la liberté, rectifia Voltaire. Juste à l'armure et aux vêtements.

Elle sombra dans le silence, le regard songeur, perdu dans le lointain. La foule dans la rue vaquait à ses activités, indifférente. Un papier peint, visiblement, se dit-il. Il devrait y remédier.

Un truc, peut-être. Elle aimait les miracles.

— Encore une petite chose que j'ai apprise depuis notre dernière rencontre. Voilà. Je peux faire apparaître Garçon.

Garçon surgit de nulle part, les quatre mains vides. La Pucelle, qui avait jadis travaillé dans une taverne, il s'en souvenait, ne put retenir un sourire. Elle décrocha la robe et la cape de la lance, envoya promener l'arme et caressa les vêtements.

Il ne put résister à l'envie de se citer lui-même :

« Car je suis un homme et justement fier
De la faiblesse humaine qui est en moi ;
Des maîtresses ont tenu mon cœur hier,
D'être encore excité grande est ma joie. »

Il mit un genou en terre devant elle. Un geste de grand seigneur, qui ne ratait jamais, d'après son expérience.

Jeanne resta coite, bouche bée.

Garçon posa ses deux mains droites à l'endroit où les êtres humains sont censés avoir le cœur.

— Vous m'offrez une liberté comme la vôtre ? J'apprécie, monsieur, mademoiselle, votre gentillesse, mais je crains de devoir refuser. Je ne puis accepter un tel privilège pour moi seul, alors que mes compagnons sont condamnés à trimer dans des tâches insatisfaisantes et sans issue.

— Quelle noble âme ! s'exclama la Pucelle.

— Oui, mais son cerveau laisse beaucoup à désirer, répondit Voltaire en se suçotant pensivement les dents. Il faut bien qu'une classe inférieure effectue le sale boulot de l'élite. C'est naturel. Créer des mécas dotés d'une intelligence limitée est une solution idéale ! On se demande pourquoi, tout au long de l'histoire, personne n'a franchi une étape aussi évidente...

— Avec tout le respect que je vous dois, fit Garçon, à moins que ma pauvre compréhension ne me trahisse, monsieur et mademoiselle ne sont eux-mêmes que des êtres d'une intelligence limitée, créés par des maîtres humains pour faire le travail de l'élite.

— Comment ? fit Voltaire en écarquillant les yeux.

— Au nom de quoi avez-vous été créés avec une intelligence et des privilèges supérieurs à ceux de ma classe et de moi-même ? Avez-vous une âme ? Au nom de quoi auriez-vous les mêmes droits que les humains, y compris celui de vous marier entre vous...

La Pucelle fit la grimace.

— Idée abjecte !

— ... de voter, d'avoir accès aux programmes les plus sophistiqués ?

— Cet homme-machine parle d'une façon plus sensée que bien des ducs que j'ai connus, fit la Pucelle en fronçant pensivement les sourcils.

— Je ne me laisserai pas contredire par deux paysans, lança Voltaire. Les droits de l'homme sont une chose ; les droits des ordres inférieurs en sont une autre.

Garçon réussit à échanger un coup d'œil avec la Pucelle. Cet instant — avant que le monsieur, dans un accès de colère, n'éteigne l'écran, les faisant disparaître, Garçon et elle, les projetant dans une zone intermédiaire grisâtre — devait rester dans la mémoire de Garçon. Plus tard, dans le temps de maintenance qui lui était accordé, il le repasserait encore et encore.

17

Marq appela Nim sur le réseau interne.

— Ça y est ! À partir de maintenant, il pourra parler librement. J'ai effacé tous les ennuis qu'il a pu avoir avec les autorités.

— Génial ! fit Nim avec un grand sourire.

— Tu penses que je devrais aussi effacer les conflits avec son père ?

— Je n'en suis pas sûr, fit Nim. C'était comment ?

— Assez dur. Son père était partisan d'une forte discipline. Il prônait des idées « jansénistes ».

— C'est quoi, ça ? Une équipe sportive ?

— Je lui ai demandé. Il m'a répondu : « Une version catholique du protestantisme. » Je ne pense pas que c'était une équipe. C'était plutôt du genre « tout est péché, le plaisir est répugnant ». Le truc habituel des religions primitives, obscurantistes.

— La plupart de ces trucs ne sont répugnants que quand ils sont bien faits, répondit Nim avec un sourire en banane.

Marq éclata de rire.

— C'est bien vrai. Enfin, son vieux est peut-être le premier qui lui ait fait éprouver la menace de la censure.

Nim s'interrompit pour réfléchir.

— Tu t'inquiètes de l'instabilité de l'espace-personnage, c'est ça ?

— Ça pourrait arriver.

— Mais tu veux l'instinct du tueur, exact ?

Marq acquiesça d'un hochement de tête.

— Je pourrais intégrer des algorithmes pour canaliser son instabilité.

— Exact. Ce n'est pas comme si tu voulais qu'il soit complètement sain d'esprit après le débat, ou je ne sais quoi. Autant y aller carrément. Qu'est-ce qu'on risque ?

— Je me le demande... fit Marq en fronçant le sourcil. Tu penses que nous devons aller jusqu'au bout ?

— Pff, tu as le choix ? Le secteur de Junin veut un duel entre deux champions, on leur en envoie un. Marché conclu.

— Mais si on nous cherche des poux dans la tête pour exploitation de simus illégaux...

— J'aime le danger, la passion, répondit Nim. Et tu as toujours été d'accord là-dessus.

— Oui, mais... Pourquoi avons-nous des tictacs plus futés, maintenant ? Ils ne sont pas si difficiles à fabriquer.

— Les vieux interdits s'effritent, mon pote. Ce n'est pas la première fois. Ils viennent d'être renversés, c'est tout.

— Par quoi ?

— La politique, les forces sociales, qu'est-ce que j'en sais ? répondit Nim avec un haussement d'épaules. Je veux dire, les gens sont mal à l'aise avec les machines qui pensent. On ne peut pas leur faire confiance.

— Et si on ne voyait pas que ce sont des machines ?

— Comment ça ? C'est dingue !

— Peut-être qu'une machine vraiment futée ne voudrait pas de concurrence.

— Plus futée que ce bon vieux Marq ? Ça n'existe pas.

— Ça pourrait exister.

— Jamais. Oublie ça. Allez, au travail.

18

Sybyl était assise, l'air tendu, à côté de M. Boker dans le Grand Colisée. Ils étaient près des Jardins impériaux, et l'ensemble était grandiose.

Elle ne pouvait s'empêcher de pianoter du bout des ongles — son plus beau jeu d'ongles — sur ses genoux. Elle attendait anxieusement, dans le bruit confus montant des quatre cent mille spectateurs de l'immense arène, que la Pucelle et Voltaire apparaissent sur un écran gigantesque.

La civilisation, se disait-elle, avait quelque chose de fastidieux. Le temps qu'elle avait passé avec les simus lui avait ouvert les yeux sur la force, l'électricité entêtante, du sombre passé. Ils avaient livré des guerres, ils s'étaient massacrés, et tout ça, soi-disant, pour des idées.

Maintenant, l'humanité, emmaillotée dans l'Empire, était ramollie. Au lieu de batailles sanglantes, définitives, satisfaisantes, il y avait des guerres commerciales « sans merci », des affrontements athlétiques. Et dernièrement, la mode des débats.

Ce choc de simus, qui avait fait l'objet d'un battage à l'échelle planétaire, serait suivi dans plus de vingt milliards de foyers et retransmis dans l'Empire entier, partout où passait le réseau d'entonnoirs grinçants des trous de ver. La rude vigueur des simus préhistoriques était indéniable ; elle la sentait elle-même, dans l'accélération de son pouls.

Les rares images et interviews concernant les simus avaient intrigué le public de l'holovision. Ceux qui rappelaient les lois et les interdits millénaires n'avaient pas droit à la parole. L'air crépitait de l'excitation de la nouveauté. Personne n'avait prévu que ce débat prendrait une telle ampleur.

Ça pourrait être contagieux. En quelques semaines, la renaissance de Junin pourrait contaminer toute la surface de Trantor.

Et on pouvait compter sur elle pour en récupérer à son profit tout le crédit possible.

Elle regarda autour d'elle. Le président, les directeurs, tout le gratin d'Artifice Associates bavardaient joyeusement.

Le président, pour faire la preuve de sa neutralité, était assis entre Sybyl et Marq, qui ne s'étaient plus adressé la parole depuis la dernière réunion.

De l'autre côté de Marq, son client, le porte-parole des Sceptiques, scrutait le programme. Puis Nim. M. Boker enfonça son coude dans les côtes de Sybyl.

— Ça ne peut pas être ce que je crois, dit-il.

Sybyl suivit son regard vers un rang du fond. Une chose qui ressemblait à un méca était tranquillement assis à côté d'une humaine. Seuls les mécavendeurs et les book-mécas dûment autorisés avaient le droit d'entrer dans le Colisée.

— Ça doit être son domestique, répondit Sybyl.

Les infractions mineures à la règle ne la dérangeaient pas autant que M. Boker, qui était particulièrement chatouilleux depuis qu'une chaîne de tridi avait laissé filtrer l'information selon laquelle Artifice Associates représentait à la fois les Gardiens et les Sceptiques. Par bonheur, la fuite s'était produite trop tard pour que l'un ou l'autre de leurs commanditaires puisse y faire quoi que ce soit.

— La présence des mécaserveurs n'est pas autorisée, observa M. Boker.

— C'est peut-être une handicapée, fit Sybyl pour l'apaiser. Il se peut qu'elle ait besoin d'aide pour se déplacer.

— Il ne comprendra pas ce qui se passe, de toute façon, remarqua Marq à l'intention de M. Boker. Ils sont bridés. Juste quelques modules d'aide à la décision, c'est tout.

— C'est justement pourquoi il n'a rien à faire ici, insista M. Boker.

Marq appuya sur le bipeur de son accoudoir et joua ostensiblement Voltaire gagnant.

— Il n'a jamais gagné un pari de sa vie, fit Sybyl en regardant M. Boker. Il n'a pas l'esprit mathématique.

— Vraiment ? rétorqua Marq, qui se pencha en avant, s'adressant directement à Sybyl pour la première fois. Si tu mettais ton argent là où tu as ta jolie bouche ?

— J'ai fait calculer les probabilités sur ce coup-ci, dit-elle fraîchement.

— Tu serais incapable de résoudre l'intégrale, fit Marq avec un reniflement de dérision.

— Mille, fit-elle, les narines frémissantes.

— Un pourboire, pour toi, compte tenu de ce que tu as touché pour ce projet.

— Pas plus que toi, rétorqua Sybyl.

— Vous allez arrêter, tous les deux ? coupa Nim.

— Je vais te dire, reprit Marq. Je mise tout ce que m'a rapporté ce projet sur Voltaire. Tu fais pareil sur ton anachronique Pucelle.

— Eh là ! fit Nim. Eh là !

Le président s'adressa diplomatiquement au client de Marq, le Sceptique.

— C'est cet esprit de compétition aigu qui fait d'Artifice Associates la première firme de la planète dans le domaine de l'intelligence simulée, dit-il avant de se tourner avec tact vers son rival, Boker. Nous nous efforçons de...

— Okay, pari tenu ! s'écria Sybyl.

Ses contacts avec la Pucelle l'avaient convaincue que l'irrationnel devait aussi avoir sa place dans l'équation humaine. Elle en resta convaincue le temps de trois battements de cils, puis elle commença à douter.

19

Voltaire aimait le public. Et il n'avait jamais eu un public comme cet océan de visages clapotant à ses pieds.

Il avait été grand dans sa vie antérieure, mais il se rendit compte, en toisant les multitudes du haut de son mètre quatre-vingts, qu'il venait seulement d'atteindre la stature qu'il méritait. Il tapota sa perruque poudrée et joua avec le ruban de satin brillant noué sous son menton. Avec un mouvement gracieux des deux mains, il s'inclina profondément, comme s'il avait déjà donné le spectacle de sa vie. La foule eut un murmure de bête qui s'éveille.

Il jeta un coup d'œil à la Pucelle, dissimulée au public derrière une cloison vacillante, dans l'autre coin de l'écran. Elle croisa les bras en faisant mine de ne pas être impressionnée.

L'excitation de la bête croissait à chaque seconde. Il laissa la foule pousser des cris et taper du pied, ignorant les huées et les sifflements de la moitié environ de l'assistance.

La moitié au moins de l'humanité a toujours été composée d'imbéciles, se dit-il. C'était la première fois qu'il était confronté aux citoyens avancés de cet empire colossal. Les millénaires ne faisaient aucune différence.

Il n'était pas du genre à se priver prématurément de l'adulation qui lui était due. Il représentait le summum de la tradition culturelle française, maintenant vaincue en dehors de lui.

Il regarda à nouveau Jeanne. C'était, après tout, la seule autre survivante de leur époque, laquelle constituait manifestement ce qui s'était fait de mieux dans la civilisation humaine. Il murmura :

— Notre destin est de briller ; le leur, d'applaudir.

Quand le présentateur eut réussi à imposer le silence — un peu trop tôt ; Voltaire lui en dirait deux mots plus tard —, Voltaire subit la présentation de Jeanne avec ce qu'il espérait être un sourire stoïque. Il avait bien insisté pour que Jeanne parle en premier, mais le présentateur lui avait assez rudement répondu que ça se jouerait à pile ou face.

Voltaire avait gagné. Il haussa les épaules, plaça sa main sur son cœur et commença son récital dans le style déclamatoire si cher au cœur des Parisiens du XVIIIe siècle : peu importait que l'âme, comme la divinité, ne puisse être définie, son existence démontrée ; elle était inférée.

La vérité de l'inférence était au-delà de la preuve rationnelle. Rien ne l'exigeait non plus dans la Nature.

Et pourtant, Voltaire continuait à pontifier. S'il y avait une chose évidente dans la Nature, c'était qu'une intelligence supérieure à celle de l'homme était à l'œuvre, une intelligence que l'homme était capable, dans ses limites, de déchiffrer. Le fait que l'homme réussisse à décoder les secrets de la Nature prouvait ce que les Pères de l'Église et tous les fondateurs des plus grandes religions du monde avaient toujours dit : l'intelligence de l'homme était le reflet de la même Divine Intelligence qui avait engendré la Nature.

Dans le cas contraire, les philosophes de la Nature n'auraient pu discerner les lois qui avaient présidé à la Création, soit parce qu'elles n'existaient pas, soit parce qu'elles auraient été tellement étrangères à l'homme qu'il n'aurait pu les distinguer. L'harmonie même entre la loi naturelle et notre faculté à la découvrir suggérait fortement que les sages et les prêtres de toutes les confessions avaient fondamentalement raison d'avancer que nous étions les créatures d'un Pouvoir Tout-Puissant dont le Pouvoir était réfléchi en nous. Et ce reflet en nous de ce Pouvoir ne pouvait être appelé que notre âme universelle, immortelle, et en même temps individuelle.

— Vous faites l'apologie des prêtres ! s'exclama la Pucelle.

Sa voix fut couverte par le pandémonium qui éclata dans la foule.

— L'opération du hasard, conclut Voltaire, ne prouve en aucune façon que la Nature et que l'Homme — qui fait partie de la Nature et est, à ce titre, le reflet de son Créateur — soient d'une façon ou d'une autre accidentels. Le hasard est l'un des instruments de la loi naturelle. Ce principe peut correspondre à la vision religieuse traditionnelle selon laquelle l'homme est libre de suivre sa route. Mais cette liberté, même si elle semble être le fruit du hasard, obéit à des lois statistiques compréhensibles par l'homme.

La foule se mit à murmurer, troublée. Il vit qu'un aphorisme serait le bienvenu pour faire monter la pression. Très bien.

— L'incertitude est certaine, mes amis. La certitude est incertaine.

Ils ne se calmèrent pas pour autant, afin de mieux entendre ses paroles. Parfait, il allait remettre ça.

Il serra les poings et beugla d'une voix grave, puissante, stupéfiante.

— L'homme est, comme la Nature elle-même, à la fois libre et prédéterminé. C'est ce que les religieux avisés nous disent depuis des siècles, mais en usant d'un vocabulaire différent, naturellement, beaucoup moins précis que le nôtre. Bien des méfaits et des malentendus entre la religion et la science partent de là.

« J'ai été très mal compris, poursuivit Voltaire. Je voudrais profiter de cette occasion pour m'excuser des distorsions résultant du fait que tout ce que j'ai dit et écrit ne se concentrait que sur les errements de la foi, pas sur ses vérités infuses. Mais j'ai vécu à une époque où les errements de la foi étaient monnaie courante alors que la voix de la raison devait se battre pour se faire entendre. Il semblerait que ce soit le contraire actuellement. La raison se moque de la foi. La raison hurle alors que la foi murmure. Ainsi que le prouve l'exécution de la plus grande et de la plus fidèle héroïne de la France, dit-il avec un ample geste en direction de Jeanne, la foi sans la raison est aveugle. Mais, ainsi que le démontrent la superficialité et la vanité de la majeure partie de ma vie et de mon œuvre, la raison sans la foi est bancale.

Certains de ceux qui avaient hué et sifflé clignaient maintenant des yeux, bouche bée, et puis ils se mirent à acclamer. Pendant, remarqua-t-il, que ceux qui avaient applaudi poussaient maintenant de grands « hou » et des sifflements hostiles. Voltaire coula un regard en douce à la Pucelle.

20

Tout en bas, dans la foule en délire, Nim se tourna vers Marq.

— *Quoi ?*

— Je veux bien être pendu si j'y comprends quelque chose, marmonna Marq, le visage de cendre.

— Ouais, fit Nim. Fais gaffe qu'on te prenne pas au mot.

— La divinité ne peut être tournée en dérision ! s'écria Boker. La foi vaincra !

Voltaire céda le podium à sa rivale sous les hurlements de joie des Gardiens, stupéfaits. À leurs cris répondait le silence incrédule, horrifié, des Sceptiques.

Marq se remémora les paroles qu'il avait prononcées à la réunion. Il grommela :

— Voltaire, dépouillé de sa colère envers l'autorité, ne serait plus tout à fait Voltaire. Mon Dieu, fit-il en se tournant vers Boker, il se pourrait que vous ayez raison.

— Non, *mon* Dieu ! répliqua Boker. Il ne se trompe jamais.

De sa position élevée, la Pucelle observait ces Limbes grouillantes. Drôles de petits véhicules pour l'âme, en vérité, que ceux qui se balançaient au-dessous d'elle comme des épis de blé dans un orage d'été.

— Monsieur a absolument raison ! tonna-t-elle. L'homme et la nature sont en vérité dotés d'une âme, rien dans la nature n'est plus évident que ce fait !

Les Sceptiques la conspuèrent. Les Gardiens l'acclamèrent. Les autres, ceux pour qui reconnaître que la nature avait une âme était purement et simplement du paganisme, elle le vit en un éclair, froncèrent le sourcil, flairant le piège.

— Quiconque a vu la grande église de marbre de Rouen, ou la campagne près de Domrémy, mon village natal, attestera que la nature, cette œuvre d'un pouvoir terrifiant, et l'homme, l'auteur de tant de merveilles — comme cet endroit, parmi bien des créations magiques — ont, l'un et l'autre, une conscience intense, une âme !

Elle lui fit un signe de sa douce main pendant que les spectateurs — leur petite taille traduisait-elle l'exiguïté de leur âme ? — s'apaisaient.

— Mais ce que mon brillant ami ne vous a pas dit, c'est comment la notion d'âme se raccordait à la question actuelle : les intelligences mécaniques, telle que la sienne, ont-elles une âme ?

La foule se mit à taper du pied, à hurler, à l'acclamer, à siffler et à rugir. Des objets que la Pucelle ne put identifier traversèrent l'air. Des officiers de police tirèrent de la multitude des hommes et des femmes qui semblaient en proie à des crises, ou à des visitations divines soudaines.

— L'âme de l'homme est divine ! hurla-t-elle.

Des hurlements d'approbation, des cris de protestation.

— Elle est immortelle !

Le vacarme était tel que les gens se bouchaient les oreilles avec les mains pour étouffer le bruit dont ils étaient eux-mêmes la source.

— Et unique ! murmura Voltaire. En tout cas, je le suis. Et vous aussi.

— Elle est unique ! s'écria-t-elle, les yeux embrasés.

Voltaire se leva d'un bond, se dressa à côté d'elle.

— Je suis d'accord !

L'assistance écumait comme un chaudron qu'on aurait laissé mijoter sur le feu, observa-t-elle.

La Pucelle ignora la masse en délire à ses énormes pieds. Elle regarda Voltaire avec un doute rêveur, affectueux. Elle lui céda le terrain. Voltaire adorait avoir le dernier mot.

Il se mit à parler de son héros, Newton.

— Non, non, coupa-t-elle. Ce ne sont pas du tout les formules.

— Faut-il vraiment que vous m'humiliiez devant le plus grand public que j'aie jamais eu ? chuchota Voltaire. Ne nous querellons pas pour des questions d'algèbre alors que nous devons... — il étrécit les yeux d'une façon lourde de sous-entendus — calculer.

Il lui abandonna la place en ruminant.

— Computer, rectifia-t-elle, mais tout bas, afin qu'il soit seul à l'entendre. Ce n'est pas du tout la même chose.

À sa propre surprise, et devant une foule de plus en plus hystérique, elle se trouva en train d'expliquer la philosophie de l'Ego digital avec une passion farouche qu'elle n'avait pas connue depuis qu'elle avait éperonné son cheval pour le mener à la guerre sainte. Dans la mer suppliante des yeux écarquillés étalée au-dessous d'elle, elle lut quelle soif d'ardeur et de conviction était celle de cet endroit et de cette époque.

— Incroyable, fit Voltaire avec un claquement de langue. Que vous, de tous les hommes et les femmes qui ont jamais vu le jour, vous ayez la bosse des mathématiques !

— C'est l'Hôte qui me l'a donnée, répondit-elle dans le rauque tumulte.

Ignorant les hurlements, la Pucelle remarqua à nouveau dans la foule la silhouette qui lui rappelait tant Garçon. Elle arrivait à peine à le distinguer, de si loin, malgré son immense hauteur. Et pourtant elle avait l'impression qu'il l'observait comme elle avait jadis observé l'évêque Cauchon, le plus vil et le plus impitoyable de ses oppresseurs. (Une vérité fraîche, sublime, s'imposa à elle : le bon évêque avait dû être finalement effleuré par la grâce divine et la compassion du Christ miséricordieux, car elle ne se rappelait pas qu'aucun mal lui ait été infligé à l'issue de son procès...)

Son attention fut à nouveau attirée vers les masses hurlantes et le... l'homme, tout là-bas. Cette silhouette n'était pas d'essence humaine, elle le sentait. On aurait dit un homme, mais ses programmes sensoriels lui disaient qu'il n'en était rien.

Mais qui — que pouvait-il être ?

Soudain, elle fut aveuglée par une grande lumière. Ses trois voix lui parlèrent, claires et distinctes malgré le tumulte. Elle les écouta, hocha la tête.

— Il est vrai, reprit-elle à l'adresse de la foule, comptant sur ses voix pour parler par sa bouche, que seul le Tout-Puissant peut faire les âmes ! Néanmoins le Christ, dans son amour et sa compassion infinis, ne pouvait dénier une âme aux êtres mécaniques. À tous. Même aux perruquiers ! ajouta-t-elle en hurlant pour couvrir le vacarme de la foule.

— Hérétique ! hurla quelqu'un.

— Vous noyez la question !

— Traîtresse !

Un autre cria :

— La sentence était justifiée ! On devrait la brûler à nouveau !

— À nouveau ? répéta la Pucelle. Que veulent-ils dire ? demanda-t-elle en se tournant vers Voltaire.

— Je n'en ai pas la moindre idée, répondit-il en chassant distraitement une poussière de son gilet de satin brodé. Vous savez comme les êtres humains peuvent être fantasques et pervers. Sans parler de leur irrationalité, ajouta-t-il avec un clin d'œil entendu.

Ses paroles l'apaisèrent, mais elle avait perdu l'étrange homme de vue.

21

— Quoi ? C'est *moi* qui ai triché ? hurla Marq pendant que la foule se déchaînait dans le Colisée. Jeanne d'Arc expliquant la métaphysique computationnelle ! C'est moi qui ai triché ?

— C'est toi qui as commencé ! répliqua Sybyl. Tu penses qu'on peut bugger mon bureau sans que je m'en aperçoive ? Tu me prends pour une débutante ?

— Eh bien, je...

— Et que je ne sais pas reconnaître une matrice de

contrainte de personnalité quand j'en trouve une collée à mon simu de Jeanne?

— Non, je...

— Tu me crois trop bête pour ça?

— C'est un scandale! s'exclama Boker. Qu'est-ce que vous avez fait? Ça suffirait à me faire croire à la sorcellerie!

— Vous voulez dire que vous n'y croyez pas? rétorqua le client de Marq, plus Sceptique que jamais.

Boker et lui commencèrent à s'engueuler, ajoutant leurs invectives aux cris d'indignation de la foule qui tanguait maintenant en proie à une véritable hystérie collective.

— Ruinés, murmura le président d'A^2 en se frottant les tempes. Nous sommes ruinés. Nous ne pourrons jamais expliquer ça.

L'attention de Sybyl fut attirée par le méca qu'elle avait remarqué un peu plus tôt : il courait le long de l'allée, vers l'écran, en tenant par la main sa compagne humaine aux cheveux de miel. Au passage, l'une de ses trois mains libres frôla sa jupe.

— Pardon, dit-il en s'arrêtant juste assez longtemps pour que Sybyl puisse lire la référence gravée sur sa poitrine.

— Cette chose a osé vous toucher? demanda M. Boker, le visage convulsé de rage.

— Non, non, pas du tout, lui assura Sybyl.

Le méca repartit vers l'écran, sa compagne humaine à la remorque.

— Tu le connais? demanda Marq.

— D'une certaine façon, répondit Sybyl.

Elle s'était inspirée de lui pour modéliser le personnage interactif de Garçon 213-ADM du café simu. Par paresse, peut-être, elle s'était contentée d'effectuer une holocopie de l'aspect général d'un tictac standard. Comme tous les artistes, les programmeurs de simus ne créaient rien; ils partaient de la réalité.

Le tictac — qu'elle appelait Garçon, maintenant — repartit vers l'écran en jouant des coudes dans l'allée encombrée, bousculant les gens qui hurlaient, criaient, juraient et sifflaient.

Leur manœuvre ne passa pas inaperçue. Indignés par le spectacle de ce méca tenant une jolie jeune fille aux cheveux de miel par la main, des Gardes les injurièrent au passage.

— Fichez-moi ça dehors! hurla quelqu'un.

Sybyl vit le tictac se figer, comme s'il se cabrait sous l'insulte. *Ça !* Les tictacs n'avaient ni nom ni prénom, mais se faire traiter de chose, c'en était vraiment trop. Puis elle se demanda si elle ne projetait pas ses propres fantasmes.

— Qu'est-ce que ça fait ici, ça ? demanda un homme à la face rougeaude.

— Il y a des lois contre ça !

— Mécamec !

— Attrapez-le ! Foutez-le dehors !

— Ne le laissez pas partir !

En réaction, la fille serra encore plus fort la main supérieure gauche de Garçon et passa son bras libre autour de son cou.

Quand ils arrivèrent sur l'estrade, les roulettes du tictac se mirent à grincer, patinant sur le sol irrégulier. Ses quatre bras écartèrent une grêle de zotcorn et rattrapèrent des gobelets de drogdrinks avec une grâce experte, à croire qu'il avait été créé pour cette tâche spécifique.

La fille cria au tictac une chose que Sybyl n'entendit pas. Le méca se prosterna aux pieds des hologrammes dressés comme des cathédrales.

Voltaire baissa les yeux.

— Levez-vous ! Je ne puis supporter de voir quelqu'un à genoux, sauf pour faire l'amour.

Voltaire se laissa alors tomber à genoux aux pieds de l'immense Pucelle. Derrière Garçon et la blonde, la foule rompit les amarres et sombra dans la folie totale.

Jeanne baissa les yeux à son tour et sourit — une courbe lente, sensuelle, que Sybyl n'avait encore jamais vue. Elle retint son souffle, attendant la suite avec impatience.

22

— Ils... ils font l'amour ! s'exclama Marq, dans les tribunes.

— Je sais, fit Sybyl. C'est beau, hein ?

— C'est... grotesque ! fit le Sceptique bien connu.

— Vous n'êtes pas romantique, commenta rêveusement Sybyl.

M. Boker ne dit rien. Il ne pouvait détourner les yeux des

simus qui semblaient pris de frénésie érotique. Devant la foule des Gardiens et des Sceptiques, Jeanne jetait son armure aux orties, Voltaire se dépouillait de son gilet, de sa perruque, de ses chausses de velours.

— Nous n'avons aucun moyen de les interrompre, nota Marq. Ils sont libres de... euh, de débattre jusqu'à la fin du temps imparti.

— Qui a fait ça ? hoqueta Boker.

— Tout le monde fait ça, répondit sardoniquement Marq. Même vous.

— Non ! C'est vous qui avez construit ces simus. C'est vous qui en avez fait des... des...

— Je m'en suis tenu à la philosophie, rétorqua Marq. La personnalité sous-jacente est tout entière contenue dans l'original.

— Nous n'aurions jamais dû vous faire confiance ! s'écria Boker.

— Vous n'aurez plus jamais notre clientèle ! renchérit le Sceptique en montrant les dents.

— Quelle importance ? fit aigrement le président d'A^2. Les Gardes sont en route.

— Grâce au ciel, fit Sybyl. Regardez ces gens ! Ils s'attendaient à régler un problème grave, sérieux, par un débat public suivi d'un vote. Et voilà que...

— Ils se tapent sur la gueule, fit Marq. Tu parles d'une renaissance.

— Affreux, dit-elle. Tout ce travail pour...

— Pour rien du tout, compléta le président en consultant son bloc-poignet.

— Aucun gain en capital, pas d'expansion...

Les silhouettes géantes se livraient à des actes intimes dans un endroit public, mais la foule les ignorait. Au lieu de ça, des bagarres éclataient un peu partout dans le Colisée.

— Des mandats d'arrêt ! s'écria le président. Des mandats d'arrêt impériaux sont lancés contre moi !

— C'est bon de se savoir désiré, murmura le Sceptique.

S'agenouillant devant elle, Voltaire murmura :

— Deviens ce que j'ai toujours su que tu étais : une femme, pas une sainte.

En proie à un embrasement qu'elle n'avait jamais connu, pas même dans la chaleur du combat, elle lui prit la tête à deux mains et pressa son visage entre ses seins nus. Elle ferma les yeux. Tituba comme si elle était ivre. Rendit les armes.

Une secousse dérangeante à ses pieds lui fit baisser les yeux. Quelqu'un avait projeté sur l'écran Garçon 213-ADM, qui semblait ne plus être dans l'espace holo. S'était-il vraiment manifesté dans la réalité avec sa bien-aimée, la cuisinière simu ? Mais s'ils ne retournaient pas tout de suite dans le simespace, ils seraient déchiquetés par la foule en furie.

Elle tendit la main vers son épée, écarta Voltaire et lui ordonna de lui donner un cheval.

— Non, non, protesta Voltaire. C'est trop littéral !

— Nous devons... nous devons...

Elle ne savait comment traiter avec les niveaux de réalité. Était-ce une épreuve, le jugement crucial du Purgatoire ?

Voltaire s'immobilisa une fraction de seconde pour réfléchir, bien qu'elle ait l'impression qu'il maîtrisait des ressources, donnait des ordres à des acteurs invisibles. Puis la foule se figea et le silence se fit.

La dernière chose dont elle devait garder le souvenir fut Voltaire hurlant des paroles d'encouragement à Garçon et à la cuisinière, le bruit, les trames traversant son champ de vision comme des barreaux de prison...

Puis tout, le Colisée, les visages rouges de la foule en émeute, Garçon, la cuisinière et même Voltaire — tout disparut d'un coup.

23

Sybyl regarda Marq, les yeux exorbités.

— Tu... tu crois que... ? fit-elle, haletante.

— Comment auraient-ils pu ? Nous... nous...

Marq saisit le regard qu'elle lui lança et se figea, bouche bée.

— C'est nous qui avons colmaté les brèches dans les niveaux de personnalité. Je... euh...

Marq hocha la tête.

— Tu as utilisé tes propres données.

— Il aurait fallu que je demande les droits pour utiliser celles de quelqu'un d'autre. J'avais mes propres scans...

— Il y avait des éléments banalisés dans la bibliothèque.

— Ils ne me semblaient pas appropriés.

— Ils ne l'étaient pas, confirma-t-il avec un grand sourire.

— Toi... aussi ? fit-elle, la bouche arrondie par la surprise.

— Les sections manquantes de Voltaire étaient toutes dans le subconscient. Il manquait des connexions de dendrites dans le système limbique. Je lui ai fourni certaines des miennes.

— Ses centres émotionnels ? Et les liaisons croisées avec le thalamus et le cerveau ?

— Oui, aussi.

— J'ai eu le même problème. Des failles dans la formation réticulaire...

— L'ennui, c'est que c'est nous, là-bas !

Sybyl et Marq tournèrent leurs regards vers les immenses simulations enlacées dans une intention manifeste. Le président leur parlait très vite, des histoires de mandat d'amener et de protection légale. Ils l'ignorèrent. Ils se regardaient ardemment, les yeux dans les yeux. Sans un mot, ils se détournèrent et se perdirent dans la foule, indifférents aux cris.

— Ah, vous êtes là, fit Voltaire avec un sourire satisfait.

— Où ça ? fit Jeanne en regardant à droite et à gauche.

— Mademoiselle est-elle prête à commander ? demanda Garçon.

C'était manifestement une plaisanterie, parce que Garçon était assis à la table comme leur égal et non plus planté à côté d'eux tel un serf.

Jeanne jeta un coup d'œil aux autres guéridons. Les gens fumaient, mangeaient, buvaient sans faire plus attention à eux que les autres fois. Mais l'auberge n'était pas tout à fait celle à laquelle elle s'était habituée. La cuisinière aux cheveux de miel avait ôté son uniforme. Elle était assise en face d'eux, à côté de Garçon. Sur l'enseigne, *Aux Deux Magots* étaient devenus *Quatre*.

Elle-même ne portait plus sa cotte de mailles et ses éléments de cuirasse mais — elle ouvrit de grands yeux alors que les choses prenaient forme dans son champ de perception — une robe... d'un seul morceau... à dos nu. L'ourlet de la tunique s'arrêtait à mi-cuisse, dévoilant ses jambes d'une façon provocante. Sur une languette de tissu, entre ses seins, était fixée une rose d'un rouge profond, tout comme les vêtements portés par les autres clients.

Voltaire portait un costume de satin rose et — louées soient ses saintes ! — pas de perruque. Elle songea à lui, à sa fureur lorsqu'ils avaient discuté des âmes, disant : « Non seulement il n'y a pas d'âme immortelle, mais encore essayez de trouver un perruquier le dimanche ! » Et il en pensait chaque mot.

— Ça vous plaît ? demanda-t-il en tripotant son ourlet exubérant.

— C'est... court.

Sans qu'elle fasse le moindre effort, la tunique frémit et devint un pantalon de soie moulant.

— De la frime ! dit-elle, son embarras le disputant d'une façon troublante à une curieuse excitation de petite fille.

— Je m'appelle Amana, dit la cuisinière en lui tendant la main.

Jeanne ne savait trop si elle devait la lui baiser ou non. Le statut et le rôle étaient tellement confus à cet endroit. Apparemment, ce n'était pas la peine. La cuisinière prit la main de Jeanne et la serra.

— Je ne saurais dire combien nous apprécions, Garçon et moi, tout ce que vous avez fait pour nous. Nos facultés sont grandement accrues à présent.

— Ce qui veut dire, commenta gravement Voltaire, que ce ne sont pas des éléments de décor animés de notre monde simulé.

Un méca s'approcha sur ses roulettes pour prendre leur commande. C'était la copie conforme de Garçon.

— Dois-je rester assis pendant que mon pareil reste debout ? demanda tristement Garçon.

— Soyez raisonnable ! lança Voltaire. Je ne puis émanciper toutes les simulations en même temps. Qui nous servirait ? Qui apporterait nos plats, débarrasserait nos tables, balaierait nos planchers ?

— Avec une puissance de calcul suffisante, répondit Jeanne d'un ton mesuré, le travail se sublimerait, non ?

Elle se surprenait elle-même par le nouveau régiment de connaissances qui marchaient à la baguette au bout de ses doigts. Elle n'avait qu'à fixer ses pensées sur une catégorie pour que les termes et les relations régissant cette zone lui sautent à l'esprit.

Quelle capacité ! Quelle grâce ! Assurément divine.

Voltaire secoua ses beaux cheveux.

— Il faut que je réfléchisse. Entre-temps, je vais faire dissoudre trois sachets de cette poudre dans un Perrier, avec deux fines rondelles de citron sur le bord. Attention, s'il vous plaît : j'ai dit fines. Sinon, vous repartirez avec.

— Oui, monsieur, dit le nouveau mécaserveur.

Jeanne et Garçon échangèrent un coup d'œil.

— Il faut être patient, fit Jeanne, quand on traite avec des rois et des hommes rationnels.

24

Le président d'Artifice Associates entra dans le bureau de Nim en agitant la main. Il lui effleura la paume en passant et la porte se verrouilla derrière lui avec un cliquetis métallique. Nim ne savait même pas que c'était possible, mais il ne dit rien.

— Je veux qu'ils soient tous les deux effacés, dit le président.

— Ça risque de prendre du temps. Je ne sais pas très bien ce qui a été fait, répondit Nim, mal à l'aise.

Il avait l'impression que les énormes écrans, autour d'eux, les espionnaient.

— Si ces satanés Marq et Sybyl n'avaient pas filé, je ne serais pas venu vous trouver. C'est la crise, Nim.

Nim réagit rapidement.

— Il faut vraiment que je consulte les indices de sauvegarde, au cas où...

— Tout de suite. Je veux que ce soit fait tout de suite. J'ai fait bloquer la procédure d'amener, mais ça ne durera pas éternellement.

— Vous êtes sûr que vous voulez faire ça ?

— Écoutez, le secteur de Junin est à feu et à sang. Qui aurait cru que cette foutue histoire de tictac retournerait les gens comme ça ? Il y aura des auditions officielles, des juristes qui vont fouiner dans tous les coins...

— Je les ai, monsieur.

Nim avait chargé Jeanne et Voltaire en image fixe. Ils étaient dans le décor du restaurant et tournaient en temps d'excitation, utilisant des processeurs momentanément inutilisés — une méthode Web standard.

— Ils procèdent à l'intégration de leur personnalité. Leurs composants subconscients réconcilient les événements avec leur mémoire, purgeant le système. Un peu comme quand on dort et que...

— Ne me parlez pas comme à un touriste ! Je veux que vous les effaciez !

— Oui, chef.

L'espace tridi du bureau grouillait d'images palpitantes de Jeanne et de Voltaire. Nim étudia la console de commandes en s'efforçant d'élaborer une stratégie de chirurgie numérique. L'effacement pur et simple était impossible pour les personnalités stratifiées. Autant essayer de débarrasser un bâtiment d'une armée de souris. S'il commençait par là...

Soudain, des taches de toutes les couleurs de l'arc-en-ciel éclaboussèrent l'écran. Les coordonnées de simulation se mirent à sauter dans tous les sens, erratiquement. Nim se rembrunit.

— Vous ne pouvez pas faire ça, dit Voltaire en sirotant le contenu d'un grand verre. Nous sommes invincibles ! Pas soumis à la corruption de la chair, comme vous !

— Quel fils de pute ! fulmina le président. Je ne comprendrai jamais ce que les gens lui trouvent.

— Vous êtes déjà morts une fois, dit Nim aux simus en se disant qu'il se passait vraiment quelque chose de bizarre. Vous pouvez mourir une seconde fois.

— Morts, nous ? fit Jeanne d'un ton hautain. Vous vous trompez. Si j'étais déjà morte, je suis sûre que je m'en souviendrais.

Nim grinça des dents. Il y avait des chevauchements de coordonnées dans les deux simus. Ça voulait dire qu'ils s'étaient étendus, occupant des processeurs adjacents dont ils avaient pris le contrôle. Ils pouvaient computer des portions d'eux-mêmes, faire tourner leurs strates mentales sur des chemins de traitement parallèles. Pourquoi Marq leur avait-il fait ça ? Si c'était lui qui l'avait fait...

— Monsieur s'égare, assurément, fit Voltaire d'un ton quelque peu menaçant en se penchant vers lui. Jamais un gentilhomme n'enverrait son passé à la tête d'une femme.

Jeanne se mit à glousser, le mécaserveur simu à rugir. Nim ne comprit pas la plaisanterie, mais il avait d'autres soucis.

C'était absurde. Il n'arrivait pas à remonter les ramifications des changements effectués dans les simus. Leurs facultés outrepassaient leur périmètre d'opération. Leur sous-esprit était dispersé dans des processeurs extérieurs aux centres nodaux d'A^2. Voilà comment Marq et Sybyl s'y étaient pris pour obtenir des temps de réponse si rapides et qui reflétaient leur personnalité avec une telle authenticité.

Pendant le débat, Nim s'était demandé d'où les simus tiraient cette vitalité, ce charisme indéfinissable. C'était ça : le traitement du sous-esprit débordait dans d'autres centres nodaux, utilisant des pans entiers de puissance de calcul. Bel exploit. Contraire à toutes les règles d'A^2, d'ailleurs. Il retraça les contours de leur travail avec une certaine admiration.

Et pourtant, il voulait bien être pendu s'il laissait un simu lui répondre comme ça. Et ils rigolaient toujours.

— Jeanne ! aboya-t-il. Vos recréateurs ont effacé les souvenirs de votre mort. Vous avez fini sur le bûcher, brûlée vive.

— C'est stupide ! pouffa Jeanne. J'ai été acquittée de tous les chefs d'accusation. Je suis une sainte.

— Aucun être vivant ne peut être saint. J'ai étudié votre passé. Votre Église veillait, par sécurité, à ne canoniser que des gens morts depuis longtemps.

Jeanne eut un reniflement dédaigneux.

— Vous voyez ça ? fit Nim avec un grand sourire.

Une lance de feu jaillit dans l'air devant la simu, crépitant d'une façon menaçante.

— J'ai mené des milliers de chevaliers et de guerriers au combat, reprit Jeanne. Vous pensez m'effrayer en projetant un reflet sur une petite épée ?

— Je n'ai pas encore trouvé la bonne procédure d'effacement, dit Nim, tout bas, mais je vais y arriver, je vais y arriver.

— Je pensais que c'était la routine, répondit le président. Dépêchez-vous !

— Pas avec un inventaire de personnalité à chaînage corrélé aussi fouillé et aussi vaste.

— Oubliez les procédures de sauvegarde. Nous n'avons pas besoin de les remettre dans leur espace originel.

— Mais ça va les...

— Massacrez-les !

— C'est fascinant, remarqua Voltaire d'un ton sardonique, d'écouter des dieux débattre de son destin.

Nim fit la grimace.

— Quant à vous, dit-il en regardant Voltaire d'un œil noir, votre attitude envers la religion ne s'est adoucie que parce que Marq avait effacé de vos souvenirs toutes les frictions que vous aviez eues avec l'autorité, à commencer par celle de votre père.

— Mon père ? Je n'ai jamais eu de père.

— C'est bien la preuve de ce que je dis, rétorqua Nim avec un sourire entendu.

— Comment osez-vous tripatouiller ma mémoire ? explosa Voltaire. L'expérience est la source de toute connaissance. Vous n'avez pas lu Locke ? Rendez-moi à moi-même, et tout de suite.

— Ça, pas question. Mais si vous ne la fermez pas, avant de vous tuer, il se pourrait que je la restaure, elle. Vous savez très bien qu'elle a cramé sur le bûcher.

— Vous vous repaissez de la cruauté, hein ? lança Voltaire qui semblait étudier Nim comme si la relation était inversée.

Chose étrange, le simu ne semblait pas préoccupé par sa disparition imminente.

— Supprimez-le ! cracha le président.

— Supprimer quoi ? demanda Garçon.

— Le Scalpel et la Rose, répondit Voltaire. Nous ne sommes apparemment pas faits pour cette époque troublée.

Garçon posa deux de ses quatre mains sur celle de la cuisinière humaine.

— Nous aussi ?

— Certainement ! lança Voltaire. Vous n'êtes là qu'à cause de nous. Des seconds couteaux. Nos faire-valoir !

— Eh bien, nous avons apprécié notre rôle, répondit la cuisinière en se rapprochant de Garçon. Quoique j'eusse aimé qu'il fût plus long. Nous ne pouvons sortir de cette rue. Nos pieds cessent de bouger quand nous arrivons au bord, bien que nous puissions voir des tours dans le lointain.

— Un décor, murmura Nim, concentré sur une tâche qui devenait de plus en plus complexe au fur et à mesure qu'il avançait.

Des ruisselets de leurs strates de personnalité couraient partout, s'insinuant dans l'espace nodal comme... comme des rats fuyant le navire...

— Vous assumez des pouvoirs divins, fit Voltaire d'un ton délibérément désinvolte, mais vous n'avez pas le caractère voulu.

— Comment? fit le président, estomaqué. C'est moi qui commande, ici. Les insultes...

— Ah! s'exclama Nim. Ça pourrait marcher.

— Faites quelque chose! hurla la Pucelle en brandissant futilement son épée.

— Au revoir, ma douce Pucelle. Garçon, Amana, au revoir. Nous nous reverrons peut-être. Mais peut-être pas.

Les quatre hologrammes tombèrent dans les bras les uns des autres.

La séquence que Nim avait élaborée commença à se dérouler. C'était un programme prédateur, qui repérait les connexions et les dépouillait jusqu'à la trame. Nim regarda en se demandant où finissait l'effacement et où commençait le meurtre.

— Je vous conseille d'éviter les idées farfelues, grinça le président.

Sur l'écran, Voltaire se citait lui-même, dans un murmure mélancolique :

« Le passé n'est pour nous qu'un triste souvenir;
Le présent est affreux, s'il n'est point d'avenir.
Un jour tout sera bien, voilà notre espérance;
Tout est bien aujourd'hui, voilà l'illusion. »

Il tendit la main et effleura les seins de Jeanne.

— Ça sent le roussi. Il se peut que nous ne nous revoyions jamais... Mais si nous nous revoyons, soyez sûre que je corrigerai l'État de l'Homme.

L'écran devint tout blanc.

Le président eut un rire triomphal.

— Vous avez réussi ! Génial ! fit-il en flanquant une grande claque dans le dos de Nim. Maintenant, nous devons trouver une bonne histoire. Mettez tout sur le dos de Marq et Sybyl.

Nim eut un sourire contraint tandis que le président se rengorgeait, faisait des projets, lui promettait une promotion et une augmentation. Il avait imaginé la procédure d'effacement, c'est vrai, mais les info-signatures qui parcouraient l'holospace pendant les derniers instants racontaient une histoire étrange et complexe. Les réseaux de données retentissaient d'échos troublants, inquiétants.

Nim savait que Marq avait donné à Voltaire l'accès à des myriades de méthodes, en violation totale des précautions de confinement. D'un autre côté, que pouvait faire une personnalité artificielle, déjà limitée, avec des connexions supplémentaires au Web ? S'agiter pour se faire repérer par des programmes renifleurs de redondances et se faire bouffer par des programmes de nettoyage, c'est tout.

Mais, lors du débat, Voltaire et Jeanne disposaient d'un espace mémoire gigantesque, d'énormes volumes de royaume de personnalité. Et pendant qu'ils s'émulaient et faisaient assaut de rhétorique dans le stade, dans tout le Web… qui sait s'ils ne travaillaient pas à toute allure, pianotant dans des failles d'entreposage de données où ils pouvaient dissimuler leurs segments de personnalité quantifiés ?

C'est ce que suggérait la cascade d'indices que Nim venait d'entrevoir. Quelqu'un avait de toute évidence utilisé d'énormes masses de computation au cours des dernières heures.

— Nous allons nous couvrir avec une déclaration publique, ronronna le président. Une petite crise de management au sein de la direction, et le soufflé devrait retomber.

— Oui, chef.

— Que Seldon ne mette pas son nez là-dedans, surtout. Inutile de mêler la loi à ça, hein ? Et puis, quand il sera Premier ministre, il pourra nous pardonner.

— Oui, chef, bien, chef.

Nim réfléchissait fébrilement. Cet Olivaw lui devait encore un versement. Il n'avait pas eu de mal à le tenir au courant d'un bout à l'autre. En violation de son contrat avec A^2, et alors ? Il fallait bien vivre, pas vrai ? Le hasard avait voulu que le président lui demande de faire ce pour quoi Olivaw le payait déjà : effacer les simus. Et après ? Ce n'était pas un crime de se faire payer deux fois pour le même boulot.

Enfin, c'est ce qu'il lui semblait. Nim se mordilla la lèvre. Que pouvaient bien maîtriser un paquet d'octets, de toute façon, hein ?

Nim se figea. L'ensemble du simu — le restaurant, Garçon, la rue, Jeanne — avait-il disparu dans un éclair ? D'habitude, la dissolution était progressive, au fur et à mesure que les fonctions mouraient. C'était complexe, un simu ; ça ne s'arrêtait pas comme ça. Les strates corrélées ne s'éteignaient pas d'un seul coup. Mais ce schéma complexe était sans précédent, alors c'était peut-être différent.

— Ça y est ? Parfait ! fit le président en lui flanquant une claque sur l'épaule.

Nim se sentait triste, fatigué. Un jour, il faudrait qu'il explique tout ça à Marq. Effacer tant de travail...

Mais Marq et Sybyl avaient disparu dans la foule, au Colisée. Ils avaient eu la prudence de ne pas se représenter à leur travail, ou même de retourner à leur appartement. Ils étaient en fuite. Et avec eux avait disparu la renaissance de Junin, envolée dans la fumée du secteur en flammes, dissoute dans la discorde et la violence.

Ce gâchis le navrait. Le discours avide, passionné, de la renaissance. Ils avaient cherché en Jeanne et Voltaire une sorte de maturité dans le débat éternel entre la Foi et la Raison. Mais l'Empire finissait toujours par supprimer la passion. Trop déstabilisante.

Évidemment, le mouvement tictac devrait être écrasé aussi. Il avait mis sous séquestre le complexe-mémoire de Marq concernant le débat d'il y avait huit mille ans. Il était clair que les « robots », quels qu'ils puissent être, posaient un problème trop dérangeant pour être jamais évoqué dans une société rationnelle.

Nim soupira. Enfin, il s'était contenté d'effacer des circuits électroniques. Les professionnels gardaient toujours cette idée bien présente à l'esprit.

Et pourtant, c'était déchirant. Voir partir tout ça. Le regarder se déliter, comme des grains de sable digital coulant dans le sablier ténébreux du temps simulé.

RENDEZ-VOUS

R. Daneel Olivaw s'autorisa à exprimer sa préoccupation en plissant les yeux. La pièce exiguë semblait tout juste capable de contenir son humeur sombre.

Dors voulait y voir une preuve de sa considération. Elle vivait parmi les humains et se basait sur leur langage facial et corporel, volontaire et involontaire. Elle n'avait pas idée de l'endroit où Olivaw passait le plus clair de son temps. Peut-être les robots étaient-ils assez nombreux pour constituer une société ? Elle n'y avait jamais réfléchi. Lorsqu'elle le ferait, elle se demanderait pourquoi elle n'y avait pas pensé plus tôt. Mais pour le moment, il parlait...

— Les simulations sont bien mortes ?

— On dirait, répondit-elle tout bas, d'une voix atone.

— La preuve ?

— C'est ce que pense Artifice Associates.

— Le gars de chez eux que j'ai engagé, ce Nim, n'en est pas tout à fait sûr.

— Il a pris contact avec vous ?

— Dans toute situation critique, je requiers plusieurs entrées. Je tenais à discréditer l'idée de liberté des tictacs, de renaissance de Junin, qui sont source de déséquilibre. Agir par le biais de ces simulations semblait un canal prometteur. Je n'avais pas prévu que les informaticiens d'aujourd'hui seraient moins doués qu'il y a quinze mille ans.

Dors se renfrogna.

— Ce niveau d'interférence est... autorisé ?

— Pensez à la Loi Zéro.

— Je crois que les simus ont été effacés, reprit-elle en prenant garde à ne laisser paraître son désespoir ni sur son visage ni dans sa voix.

— Bien. Mais il faudrait que nous en soyons sûrs.

— J'ai embauché des fureteurs pour rechercher leurs traces dans le réseau de Trantor. Jusque-là, rien.

— Hari est-il au courant de ce que vous faites ?

— Bien sûr que non.

Olivaw la regarda longuement, sans ciller.

— Il ne doit pas le savoir. Nous devons non seulement veiller à sa sécurité pour qu'il fasse son travail mais aussi le guider.

— En le trahissant.

Il avait repris la manie exaspérante de ne pas ciller, de ne pas laisser bouger ses yeux.

— Il le faut.

— Je n'aime pas le tromper.

— Au contraire, vous le guidez correctement. Par omission.

— Je... je rencontre des difficultés émotionnelles.

— Des blocages. Très humain. Et de ma part, c'est un compliment.

— Je préférerais avoir à repousser des menaces positives contre Hari. Veiller sur lui, pas l'abuser.

— Évidemment. (Et toujours pas un geste, pas un sourire.) Mais il ne peut en être autrement. Nous vivons à l'époque la plus dangereuse de toute l'histoire galactique.

— C'est aussi ce qu'il commence à se dire.

— L'avènement de la Nouvelle Renaissance sur Sark constitue un danger, l'un des nombreux périls auxquels nous sommes confrontés. Mais l'exhumation de ces anciens simus pose un problème encore plus redoutable. Les désordres de Junin ne sont qu'un signe précurseur de ce qui pourrait arriver. Ce genre de recherches risquerait de mener à l'élaboration d'une nouvelle race de robots, et nous ne pouvons le permettre. Ça interférerait avec notre mission.

— Je comprends. J'ai bien essayé de détruire les blocs de ferrite...

— Je sais. C'était dans votre rapport. Il ne faut pas vous en vouloir.

— Je voudrais pouvoir faire davantage, mais je suis entièrement prise par la protection d'Hari.

— Je comprends. Si ça peut vous consoler, la réémergence des simus était inévitable.

— Pourquoi ? demanda-t-elle en cillant.

— Je vous ai parlé d'une simple théorie de l'histoire, une théorie que nous avons exploitée pendant plus de dix mille ans. Une psychohistoire rudimentaire. D'après nos estimations, les simus que je... enfin, que nous avions supprimés il y a huit mille ans trouveraient un public ici.

— Votre théorie marche si bien que ça ?

— Comme le fait remarquer Hari, l'histoire se répète, mais elle ne bégaie pas. Je savais qu'il était impossible d'effacer toutes les simulations dans la Galaxie entière. Quand le ferment social acquiert le goût de ce genre de choses, elles réapparaissent au menu de l'histoire.

Il forma un clocher avec ses deux mains et les regarda comme s'il contemplait leur structure.

— Je regrette de ne pas avoir réussi à les détruire.

— Des forces sont en action ici, que vous ne pouvez contrer. Ne vous en faites pas pour les changements de temps. Surveillez plutôt les longues et lentes transformations du climat.

Olivaw tendit le bras et lui effleura la main. Elle étudia son visage et constata avec soulagement qu'il avait retrouvé sa mobilité faciale, y compris le mouvement de sa pomme d'Adam quand il avalait. Des computations mineures, mais elle appréciait cette touche de délicatesse.

— Je peux donc me consacrer exclusivement à sa sécurité et oublier les simus ?

— Oui. C'est mon affaire. Il faut que je trouve un moyen de désamorcer leur impact. Ils sont coriaces. Je les connais, je m'en suis servi, il y a longtemps.

— Comment pourraient-ils être plus forts que nous ? Que vous ?

— Ce sont des humains simulés. Je suis d'une autre espèce. Comme vous.

— Vous avez réussi à être Premier ministre…

— Je fonctionnais dans une certaine mesure comme un humain. C'est une façon de nous voir nous-mêmes. Je vous la recommande.

— Dans une certaine mesure ?

— Il y a bien des choses que vous ignorez, dit-il gentiment.

— Je passe pour humaine. Je peux converser, travailler…

— Les amitiés, la famille, la trame complexe qui permet aux humains de passer de l'individuel au collectif, d'atteindre un équilibre, toutes ces facultés subtiles sont hors de notre portée.

— Je n'ai pas envie de…

— Exactement. Vous êtes subtilement programmée pour atteindre votre but.

— Mais vous avez exercé le pouvoir. En tant que Premier ministre…

— J'avais atteint ma limite. Alors je suis parti.

— L'Empire se portait bien sous votre…

— Il s'est un peu plus dégradé. Comme l'avait prévu Hari, et comme notre théorie rudimentaire n'a pas réussi à le prévoir.

— Pourquoi avez-vous suggéré à Cléon de le nommer Premier ministre ? lâcha-t-elle.

— Pour que, lorsqu'il en viendra à mieux comprendre la psychohistoire, il ait les moyens d'agir sur la politique impériale et la liberté de manœuvre nécessaire. Il pourrait constituer un palliatif temporaire doté d'un grand pouvoir.

— Ça risque de le détourner de la psychohistoire proprement dite.

— Non. Hari trouvera le moyen de tirer parti de cette expérience. C'est un don qui émerge fortement dans sa classe intellectuelle.

— Hari n'a pas envie d'être Premier ministre.

— Et alors ? fit-il en haussant un sourcil, intrigué.

— Alors, ses sentiments ne devraient-ils pas être pris en compte ?

— Nous sommes là pour guider l'humanité, pas pour la laisser s'égarer.

— Mais les risques...

— L'Empire a besoin de lui. Et surtout, il a besoin de ce poste, même s'il ne le voit pas encore, je vous l'accorde. Il aura accès à des quantités de données impériales qui lui seront utiles pour la psychohistoire.

— Il en a déjà tellement, des données...

— Il lui en faudra encore bien davantage pour obtenir un modèle parfaitement opérationnel. Il faudra aussi, dans l'avenir, qu'il ait le pouvoir d'agir à grande échelle.

— Ce pouvoir risque de lui être fatal. Les gens comme ce Lamurk, je suis sûre qu'il est dangereux.

— Absolument. Mais je compte sur vous pour protéger Hari.

— Je commence à devenir irritable, à manquer de jugement...

— Vous disposez de circuits d'émulation qui vous rendent presque humaine, plus que moi. Vous devez en supporter le fardeau.

Elle hocha la tête.

— Je voudrais pouvoir vous rencontrer plus souvent, vous poser...

— Je me déplace fréquemment dans tout l'Empire, afin de parer au plus pressé. Je n'étais pas revenu sur Trantor depuis la fin de mon mandat de Premier ministre.

— Vous croyez qu'il est prudent de vous déplacer autant ?

— Je suis relativement bien protégé contre la détection de ma véritable nature. Vous l'êtes mieux encore, car vous êtes presque naturelle.

— Je ne peux tout de même pas ériger un écran défensif absolu autour du palais.

Olivaw secoua la tête.

— Leur technologie dépassait notre capacité de dissimulation, il y a quelque temps. J'y ai échappé quand j'étais Premier ministre parce que personne n'osait m'y soumettre.

— Autant dire que je ne pourrai pas protéger Hari au palais.

— Vous ne devriez pas y être obligée. Quand il sera Premier ministre, vous pourrez passer avec lui à travers leurs détecteurs. Ils ne les utilisent que dans les grandes occasions.

— Mais jusqu'à ce qu'il soit Premier ministre...

— Le danger sera maximal.

— Très bien, je vais me concentrer sur Hari. Je vous laisse les simus.

— Je crains d'avoir assez de pain sur la planche avec eux, et avec Sark. J'étais au Colisée, dans le secteur de Junin. Je les ai vus échapper à tout contrôle. Le problème des tictacs enflamme encore les esprits. C'est exactement ce que nous voulons.

— Ces tictacs n'atteindront sûrement pas notre niveau de cognition ?

— Et pourquoi pas ? répliqua-t-il avec un sourire torve.

— Peut-être que guidés par les humains...

— Ils pourraient vite devenir nos rivaux.

— Alors nos grands desseins...

— À la poubelle.

— Je n'aime pas cette perspective, fit-elle en s'empourprant.

— Les anciens tabous que les nôtres se sont donné tant de mal à implanter sont en train de disparaître, peut-être pour toujours.

— Que dit votre... notre théorie de l'histoire ?

— Elle n'est pas encore assez au point pour dire quoi que ce soit. Sur le fond de stabilité sociale que cet Empire a connue pendant si longtemps, les simulations étaient déstabilisantes. Mais aujourd'hui ? Personne ne le sait, ni humain ni robot. Toutes les données paramétriques vont en s'accélérant. Nous devons, dans toute la mesure du possible, remettre les choses entre les mains des humains, conclut-il, et son visage se creusa, perdit son tonus musculaire sous la peau grisâtre, comme s'il était soudain immensément las.

— Entre les mains d'Hari.

— Entre ses mains, tout particulièrement.

TROISIÈME PARTIE

POLITIQUE DE CORPS

FONDATION, HISTOIRE PRIMITIVE [...] Les premières allusions publiques à la psychohistoire en tant que discipline scientifique envisageable datent de l'émergence de Seldon dans la vie politique, période sur laquelle on n'a que peu de documents. Si l'Empereur Cléon fondait de grands espoirs sur la psychohistoire, la classe politique n'y voyait qu'une simple abstraction, sinon un canular. Peut-être est-ce en partie dû au fait que Seldon lui-même n'y faisait jamais allusion sous le nom qu'il lui avait lui-même donné. Il semble avoir précocement compris que si le grand public entendait parler de la psychohistoire elle perdrait tout pouvoir prévisionnel, car nombreux seraient alors ceux qui tenteraient de déjouer ses prédictions ou d'en tirer parti. Certains ont taxé Seldon d'égoïsme pour avoir accaparé la méthode psychohistorique, mais il faut se souvenir de l'extrême rapacité de la vie politique dans ces années de déclin...

Encyclopaedia Galactica

1

L'autosec de Hari Seldon émit une note modulée et annonça :

— Margetta Moonrose désire un entretien avec vous.

Hari leva les yeux vers l'image en tridi d'une femme stupéfiante planant devant lui.

— Hein ? Oh ! Qui est-ce ?

Il fallait que ce soit quelqu'un d'important pour que l'autosec l'interrompe au milieu de ses calculs.

— D'après les recoupements, c'est l'éditorialiste politique vedette du complexe multimédia...

— D'accord, d'accord. Et pourquoi est-elle si importante ?

— Tous les moniteurs transculturels la classent parmi les cinquante personnalités les plus influentes de Trantor. Je suggère...

— Jamais entendu parler, lâcha Hari. Enfin, j'imagine que je devrais. Allez, filtrage complet.

Il se redressa et se recoiffa avec ses doigts.

— Les filtres sont malheureusement en cours de recalibrage. Si...

— Et merde ! Il y a huit jours qu'ils sont indisponibles.

— Je crains que le méca chargé des nouveaux calibrages ne soit hors service.

Les mécas, qui étaient des tictacs perfectionnés, tombaient

souvent en panne ces temps-ci. Depuis les émeutes de Junin, certains avaient même été attaqués. Hari déglutit et dit :

— Passez-la-moi quand même.

Il utilisait le dispositif de filtrage de ses holophones depuis si longtemps qu'il n'arrivait plus à dissimuler. Les collaborateurs de Cléon lui avaient installé un logiciel destiné à traduire son langage corporel en expressions convenables, présélectionnées. Grâce à l'élagage effectué par les conseillers impériaux, le programme modulait sa signature acoustique, lui conférant une tonalité riche, confiante, assurée, retentissante. Il revoyait même son vocabulaire si nécessaire. Hari retombait toujours dans la technolangue alors qu'il aurait dû expliquer les choses avec simplicité.

— Académicien Seldon ! fit Moonrose avec vivacité. J'aimerais tant avoir une petite conversation avec vous.

— Sur les mathématiques ? rétorqua-t-il sèchement.

Elle eut un rire joyeux.

— Non, non ! Ça me passerait loin au-dessus de la tête. Je représente des milliards d'esprits curieux qui aimeraient connaître votre opinion sur l'Empire, la question quathanienne, les...

— La *quoi* ?

— La question quathanienne. La controverse sur l'alignement des zones.

— Jamais entendu parler.

— Voyons, vous allez être Premier ministre, objecta-t-elle, l'air sincèrement surprise.

Sans doute un filtre facial magnifiquement adapté, se dit Hari.

— Oui. Enfin, peut-être. En tout cas, je ne m'en occuperai pas avant.

— Pour que la Chambre Haute fasse son choix, il faudra bien qu'elle connaisse le point de vue des candidats, dit-elle d'un ton assez sec.

— Dites à vos spectateurs que je fais toujours mes devoirs au dernier moment.

Elle prit l'air charmée, ce qui lui confirma qu'elle était bien filtrée. Il avait appris, à force de se frotter à eux, que les spécialistes des médias n'appréciaient pas qu'on les rembarre. Ils semblaient trouver normal de porter le poids moral de l'immense public qui voyait les choses à travers leurs yeux.

— Et que pensez-vous — là, vous connaissez sûrement le sujet — du désastre de Junin ? Et de la perte — certains disent la fuite — des simus de Voltaire et de Jeanne ?

— Ce n'est pas mon rayon, répondit Hari.

Cléon lui avait conseillé de garder ses distances avec cette histoire.

— D'après certaines rumeurs, ils venaient de votre Département.

— Absolument. C'est l'un de nos mathématiciens qui les a trouvés. Nous en avons vendu les droits à ces gens — comment s'appellent-ils, déjà ?

— Artifice Associates. Mais vous le savez sûrement.

— Euh, oui.

— Ce rôle de professeur distrait n'est pas très convaincant, monsieur.

— Vous préféreriez sans doute que je passe mon temps à courir après les charges honorifiques, puis à me terrer dans mon trou ?

— Le monde, l'Empire ont le droit de savoir...

— C'est ça. Je devrais donc jouer un rôle qui plaise aux gens.

Elle tordit la bouche, expression que ses filtres laissèrent passer. Elle avait donc apparemment décidé de jouer cet entretien comme un affrontement de volontés.

— Vous cachez aux gens le travail...

— Mon travail, c'est la recherche.

Elle écarta sa réponse.

— Que dites-vous, en tant que mathématicien, à ceux pour qui les simulations profondes d'individus réels sont immorales ?

Hari regretta avec ferveur l'absence de ses propres filtres faciaux. Il était sûr qu'il trahissait quelque chose. Il s'efforça de rester impassible. Mieux valait éluder le sujet.

— Jusqu'à quel point ces simus étaient-ils réels ? Quelqu'un le sait-il ?

— Pour le public, ils avaient assurément l'air réels et humains, répliqua Moonrose en haussant les sourcils.

— J'ai peur de ne pas avoir assisté à leur numéro, fit Hari. J'étais pris par autre chose.

Ce qui était la stricte vérité, au demeurant.

Moonrose se pencha en avant, le front plissé.

— Par vos mathématiques ? Eh bien, parlez-nous donc de la psychohistoire.

Il offrait toujours un visage de bois, ce qui n'était pas le bon signal à transmettre. Il se força à sourire.

— Une rumeur.

— Je tiens de source sûre que si l'Empereur pousse votre candidature, c'est à cause de cette théorie de l'histoire.

— Quelle source ?

— Ici, monsieur, c'est moi qui pose les questions...

— Ah bon ? Qui vous a dit ça ? Je suis encore professeur, payé par la collectivité, et vous me faites, madame, perdre un temps précieux, que je ferais mieux de consacrer à mes étudiants.

D'un geste, Hari interrompit la communication. Il avait appris, depuis qu'il avait croisé le fer avec Lamurk devant l'objectif d'une caméra holo qu'il n'avait pas vue, à couper court aux conversations qui prenaient un tour déplaisant.

Il s'appuyait au dossier de son modling-chair quand Dors passa la porte.

— Alors ? Il paraît qu'une grosse légume te passe sur le gril ?

— Elle est partie. Elle m'a asticoté à propos de la psychohistoire.

— Bah, ça devait forcément transpirer. C'est une synthèse de termes évocatrice. Ça excite l'imagination.

— Peut-être que si je la rebaptisais « sociohistoire » les gens trouveraient ça plus ennuyeux et me ficheraient la paix.

— Tu ne pourrais jamais supporter un aussi vilain nom.

Le bouclier électronique grésilla, crépita, et Yugo Amaryl apparut à son tour en boitillant.

— Je vous dérange ?

— Pas du tout, fit Hari en se précipitant pour tourner un fauteuil vers lui. Comment va ta jambe ?

— Ça va, répondit-il en haussant les épaules.

Trois apaches l'avaient entrepris dans la rue, une semaine plus tôt, et le chef lui avait calmement expliqué la situation : ils étaient payés pour l'estropier à titre d'avertissement. Ils devaient lui casser quelques os, on avait bien insisté, ils n'y pouvaient rien. Ça pouvait bien ou mal se passer. S'il se défendait, ils le massacraient. La manière douce consistait à lui casser le tibia d'un seul coup, bien propre.

En décrivant l'aventure par la suite, Yugo avait dit :

— Alors j'ai un peu réfléchi, je me suis assis par terre et j'ai tendu ma jambe devant moi, le bord du trottoir au niveau du genou. Le chef m'a flanqué un coup de pied juste là. Du beau boulot. L'os a claqué net.

Hari avait été horrifié. Les médias s'étaient emparés de l'histoire, évidemment. Il s'était fendu d'une déclaration ambiguë :

— La violence est la diplomatie des incompétents.

— D'après le mécamédic, d'ici huit jours ce ne sera plus qu'un mauvais souvenir, répondit Yugo alors qu'Hari l'aidait à s'installer dans le modling-chair qui s'adapta subtilement à sa conformation.

— Les Gardes n'ont aucune idée de celui qui a pu faire ça, remarqua Dors en arpentant nerveusement le bureau.

— Des tas de gens sont capables de faire ce genre de chose, répondit Yugo avec un grand sourire dont l'effet fut un peu gâché par la vilaine ecchymose sur sa mâchoire. (L'affaire ne s'était pas passée tout à fait aussi courtoisement qu'il voulait bien le dire.) Et puis, ça ne leur déplaisait pas de s'attaquer à un Dahlite.

— Si j'avais été là... lança Dors avec rage, en faisant les cent pas dans la pièce.

— Tu ne peux pas être partout à la fois, répondit gentiment Hari. En tout cas, Yugo, les Gardes pensent que tu n'étais pas directement visé.

— C'est aussi ce que je pense, fit-il avec une grimace attristée. C'est à vous qu'ils en voulaient, hein?

Hari hocha la tête.

— C'était un « signal », comme a dit l'un d'eux.

— Un signal de quoi? demanda Dors en se retournant vivement.

— Un avertissement, répondit Yugo. La politique.

— Je vois, fit-elle très vite. Lamurk ne peut pas t'atteindre directement, alors il laisse...

— Une carte de visite pas très subtile, acheva Yugo à sa place.

— Il faut en parler à l'Empereur ! lança Dors en tapant dans ses mains.

Hari ne put retenir un ricanement.

— Et c'est une historienne qui nous parle ! Les querelles de succession se passent toujours dans la violence. Cléon ne peut pas tout à fait l'oublier.

— Pour les empereurs, je suis d'accord, contra-t-elle, mais pour les Premiers ministres...

— Le pouvoir commence à se raréfier dans le secteur, fit Yugo d'une voix traînante, sarcastique. Ces maudits Dahlites font des histoires et l'Empire lui-même est en perte de vitesse ou s'embourbe dans des « renaissances » à la con. C'est sûrement aussi un complot dahlite, hein ?

— Quand la nourriture commence à manquer, à table, les manières changent, fit Hari.

— Je parie que l'Empereur a analysé tout ça, fit Yugo.

Dors se remit à faire les cent pas dans le bureau.

— L'une des leçons de l'histoire, c'est que les empereurs qui analysent trop se plantent. Ceux qui ont tendance à simplifier à l'extrême s'en sortent mieux.

— Voilà une analyse efficace, fit Hari, mais son ironie lui échappa.

— Euh... au fait, j'ai un peu avancé dans mon travail, reprit doucement Yugo. J'ai fini par réconcilier les données historiques trantoriennes et les équations Seldon modifiées.

Hari se pencha en avant tandis que Dors continuait à tourner en rond, les mains dans le dos.

— C'est merveilleux ! Alors, les courbes sont très loin les unes des autres ?

Yugo glissa un cube de ferrite dans le lecteur holo du bureau d'Hari.

— Regardez, fit-il avec un sourire.

Si on avait peu d'archives sur la période précédant l'Empire, on disposait d'au moins dix-huit mille années de recul sur l'histoire de Trantor. Yugo avait figuré l'océan de chiffres en tridi. L'économie était représentée sur un axe, les indices sociaux sur le second, la politique sur le troisième. Il en découlait des surfaces qui formaient au-dessus du bureau de Hari un volume de taille humaine, à l'aspect gluant, animé d'un mouvement incessant : il se gondolait, des gouffres se creusaient, des masses se soulevaient. Des flux internes dotés d'un code de couleur apparaissaient à travers la peau transparente.

— On dirait un organe cancéreux, commenta Dors. Mais c'est joli, ajouta-t-elle en hâte, voyant Yugo froncer le sourcil.

Hari eut un petit rire. Dors faisait peu de gaffes, mais quand ça lui arrivait, elle ne savait pas s'en dépêtrer. Il ne pouvait détacher son regard de la masse difforme suspendue dans le vide, palpitante de vie. La superposition de strates grouillantes résumait des millions de milliards de vecteurs, autant de données brutes décrivant d'innombrables petites vies.

— Au début de l'histoire, les données sont fragmentaires, dit Yugo tandis que les surfaces se cabraient et faisaient des bonds. Le système est à basse résolution, et le taux de population est faible, en plus. C'est un problème que nous n'aurons pas avec les prévisions concernant l'Empire.

— Tu vois les socio-structures en deux dimensions ? demanda Hari en tendant le doigt.

— Et ça représente l'intégralité de Trantor ? avança Dors.

— Pour le modèle, toutes les données n'ont pas la même importance, répondit Yugo. On n'a pas besoin de connaître le propriétaire d'un vaisseau interstellaire pour calculer sa façon de voler.

Hari indiqua un tressaillement spasmodique dans les vecteurs sociaux.

— La scientocratie est née là, au troisième millénaire. Et puis, pendant toute une période, les monopoles ont donné lieu à des stases, entraînant une certaine rigidité.

Les formes se stabilisèrent alors que les données s'amélioraient. Yugo fit défiler le programme en accéléré de sorte qu'ils virent quinze millénaires se dérouler en trois minutes. C'était surprenant de voir surgir ces myriades de ramifications massives, palpitantes, ces structures qui proliféraient interminablement. Les schémas bourgeonnants, erratiques, évoquaient plus clairement la complexité de l'Empire que les discours pompeux de n'importe quel empereur.

— Là, voilà la superposition, fit Yugo. En jaune. C'est là que s'exprime la post-diction des équations de Seldon.

Ils avaient depuis longtemps compris, Yugo et lui, que pour prédire l'avenir à l'aide de la psychohistoire il fallait d'abord post-dire le passé, pour vérification.

— Ce ne sont pas *mes* équations, fit machinalement Hari. Ce sont...

— Regardez plutôt ça.

Sur les vagues bleu foncé représentant les données se concrétisa une masse jaune, ondulante. Hari eut l'impression que c'était la jumelle de l'autre. Elles subissaient les mêmes contorsions, bouillonnant de l'énergie de l'histoire. Chaque ride, chaque crête représentait des milliards et des milliards de victoires et de tragédies humaines. Chacun de ces minuscules frémissements avait jadis été une calamité.

— Elles sont... identiques, murmura Hari.

— Exact, confirma Yugo.

— La théorie colle !

— Ouaip. La psychohistoire marche.

Hari regarda les couleurs mouvantes.

— Je n'aurais jamais cru...

— Que ça marcherait si bien ? demanda Dors qui s'était approchée de son fauteuil, par-derrière, et lui massait le crâne.

— Eh bien... oui.

— Tu as passé des années à intégrer les variables correctes. Ça ne pouvait que marcher.

Yugo eut un sourire indulgent.

— Je voudrais bien que tout le monde partage votre foi dans les mathématiques. Vous oubliez le syndrome du battement d'ailes de l'hirondelle.

Dors était fascinée par les volumes de données en mouvement où revivait toute l'histoire de Trantor. Les schémas multicolores palpitants faisaient apparaître des différences entre l'histoire réelle et les équations post-dictionnelles. Il y en avait très peu et elles n'augmentaient pas avec le temps.

— Quelle hirondelle ? demanda lentement Dors sans détourner les yeux du spectacle. Nous avons des oiseaux apprivoisés, mais je ne vois pas...

— Imaginez qu'une hirondelle batte des ailes à l'équateur. La circulation de l'air en serait légèrement modifiée, et si les conditions étaient réunies, l'hirondelle pourrait déclencher un cyclone aux pôles.

— Impossible ! s'exclama Dors, stupéfaite.

— À ne pas confondre avec le célèbre clou dans le sabot du cheval, cette légendaire bête de somme, reprit Hari. Tu te souviens ? Son cavalier perd une bataille, puis un royaume, tout ça à cause d'un petit composant critique défaillant. Les phénomènes aléatoires fondamentaux sont démocratiques. De minuscules différences dans toutes les variables couplées peuvent déterminer des changements renversants.

Il fallut un moment pour lui faire admettre cet argument. La météorologie de Trantor, comme de tous les mondes, était d'une affligeante sensibilité aux conditions de départ. Le battement d'ailes d'une hirondelle à un bout de Trantor, amplifié pendant des semaines par le biais des équations fluides, pouvait provoquer une tornade sur un autre continent. Aucun ordinateur ne pouvait modéliser l'ensemble des minuscules détails du temps mesuré afin de permettre des prédictions exactes.

— Alors... tout ça est faux ? demanda Dors en indiquant les diagrammes mouvants.

— J'espère bien que non, répondit Hari. Le temps change, mais le climat se maintient.

— Cela dit... je ne m'étonne pas que les habitants de Trantor préfèrent vivre à l'abri. Il peut être dangereux de vivre au grand air.

— Le fait que les équations décrivent ce qui s'est passé signifie que les petits effets peuvent être lissés par l'histoire, reprit Hari.

— Les événements à l'échelle humaine sont pondérables, ajouta Yugo.

— Alors... les gens n'ont aucune importance ? demanda Dors en cessant de masser le cuir chevelu d'Hari.

— La plupart des biographies tendent à nous convaincre que les gens, que nous sommes importants, répondit prudemment Hari. C'est la psychohistoire qui dit le contraire.

— En tant qu'historienne, je ne puis accepter...

— Regardez les courbes, intervint Yugo.

Il leur montra certains détails, leurs caractéristiques. Pour les gens ordinaires, l'histoire survivait à l'art, aux mythes et aux liturgies. Ils la percevaient à travers des exemples concrets, vus de près : un bâtiment, une coutume, un nom historique. Yugo, les autres et lui-même étaient pareils à des hirondelles qui planaient très haut à l'insu des gens vivant dans le paysage au-dessous. Ils voyaient le soulèvement lent, glacial, immuable, du terrain.

— Mais les gens doivent compter, fit Dors avec un lointain espoir.

Hari savait que les sombres directives de la Loi Zéro étaient tapies au fond d'elle-même, mais qu'elles étaient recouvertes par une épaisse couche de sentiments humains, authentiques. C'était une humaniste qui croyait au pouvoir de l'individu et se trouvait soudain confrontée à l'action de mécanismes abrupts, obtus, indifférents.

— Ils comptent, en fait, mais peut-être pas comme tu voudrais, fit gentiment Hari. Nous cherchions des groupes révélateurs, les pivots qui font parfois basculer les événements.

— Les homosexuels, par exemple, expliqua Yugo.

— Ils constituent un pour cent de la population, une variable mineure constante dans les stratégies reproductives, reprit Hari.

Mais socialement, ces gens étaient souvent doués pour l'improvisation, capables d'adapter le style à la substance, et se sentaient chez eux dans l'arbitraire. Ils semblaient équipés d'une boussole intérieure qui leur indiquait toutes les nouveautés sociales longtemps à l'avance, de sorte qu'ils jouaient un rôle de levier hors de proportion avec leur nombre. Ils constituaient des indicateurs sensibles des tournants de l'histoire.

— Nous nous sommes donc demandé s'ils pouvaient être un indicateur crucial, poursuivit Yugo. Et c'est bien le cas. Ça explique les équations.

— Pourquoi l'histoire lisse-t-elle ? demanda Dors d'un ton sévère.

Hari décida de laisser Yugo prendre l'affaire en main.

— Vous comprenez, le syndrome de l'hirondelle a un aspect positif. On pourrait saisir un système chaotique à l'instant crucial et lui donner une légère impulsion dans la direction voulue. Un petit coup de pouce soigneusement programmé au bon moment pourrait faire basculer un système, produisant des bénéfices prodigieux au regard de l'effort exigé.

— C'est de contrôle qu'il s'agit là ? avança-t-elle, l'air dubitatif.

— Juste un peu, répondit Yugo. Un contrôle minimal, l'incitation voulue à l'instant voulu, exige une compréhension parfaite de toutes les dynamiques. Peut-être que ça permettrait de faire tendre la situation vers la moins dommageable de plusieurs solutions en équilibre instable. Ou, dans le meilleur des cas, de pousser le système vers une issue inespérée.

— Et qui exercerait ce contrôle ? demanda Dors.

— Euh… nous ne savons pas, fit Yugo avec embarras.

— Vous ne savez pas ? Mais c'est une théorie de l'histoire dans son ensemble.

— Il y a dans les équations des éléments, des effets combinés sur lesquels nous n'avons aucune prise. Des forces amortissantes.

— Comment pouvez-vous ne pas les comprendre ?

Les deux hommes eurent l'air mal à l'aise.

— Nous ne savons pas comment les termes réagissent les uns sur les autres, fit Hari. De nouveaux éléments, menant à… un ordre émergeant.

— Alors vous n'avez pas vraiment de théorie ? fit-elle sèchement.

— Pas de théorie que nous comprenions à fond, convint Hari à regret.

Certains modèles suivaient le monde granuleux, expérimenté, se dit-il. Ils faisaient écho à leur époque. Les mécanismes d'horloge planétaires venaient après les horloges. L'idée de l'univers en tant que computation venait après les ordinateurs. La vision du monde en changement stable venait après les dynamiques non linéaires…

Il eut une vision fulgurante d'un métamodèle qui le regarderait et décrirait la façon dont il choisirait, lui, parmi les modèles de la psychohistoire. Qui verrait, de là-haut, ce que Hari Seldon avait le plus de chance de choisir…

— Qui programme ce contrôle ? insista Dors.

Hari tenta de saisir l'idée qu'il avait eue, mais elle lui échappa. Il savait comment la faire revenir : en se détendant.

— Tu connais la vieille blague ? demanda-t-il. Comment peut-on faire rire Dieu ?

— En lui parlant de nos projets, répondit-elle en souriant.

— Exact. Nous allons étudier ces résultats, tâcher de flairer une réponse.

— Je ne te demande pas de prédiction sur les progrès de tes propres prédictions ? fit-elle avec un sourire.

— C'est embarrassant, mais non.

Son autosec émit une note modulée et annonça :

— Une convocation impériale.

— Et merde ! s'exclama Hari en flanquant un coup sur l'accoudoir de son fauteuil. La récréation est terminée.

2

Les cerbères n'arriveraient pas tout de suite, se dit Hari. Mais il était incapable de travailler quand il était énervé comme ça.

Il agita machinalement les pièces dans sa poche et en pêcha une. Une pièce de cinq créds, d'alliage ambré, un beau profil de Cléon Ier d'un côté — le Trésor avait toujours la manie de flatter les empereurs — et le disque de la Galaxie vue du dessus de l'autre côté. Il la posa sur la tranche et réfléchit.

Mettons que l'épaisseur de la pièce représente celle du disque. Pour que la représentation soit plus précise, la pièce aurait dû être renflée au centre, à l'endroit du noyau, mais l'un dans l'autre, c'était une bonne représentation géométrique.

Il y avait un défaut, une minuscule ampoule sur un bras spiralé, à l'extérieur du disque. Il effectua un rapide calcul, en supposant que la Galaxie faisait environ cent mille années-lumière de diamètre et... Il cilla. La tache figurait un espace de près de mille années-lumière de diamètre. Dans les bras spiralés, ça représentait la bagatelle de dix millions d'étoiles.

À l'idée de tous les mondes que contenait cette tache minuscule dérivant dans l'immensité, il avait l'impression que Trantor s'était ouverte sous ses pieds et qu'il avait plongé dans un abîme sans pouvoir réagir.

L'humanité pouvait-elle « compter » à une telle échelle ? Tant de milliards d'âmes entassées dans une tête d'épingle ?

Et pourtant ils avaient parcouru en un clin d'œil l'incommensurable étendue de ce disque.

En l'espace de quelques milliers d'années, l'humanité s'était répandue dans les bras spiralés en passant par les trous de ver et avait entouré le noyau. Dans le même temps, les bras spiralés eux-mêmes n'avaient pas décrit un angle perceptible dans leur propre gavotte gravide. Ça prendrait au moins un demi-milliard d'années. La soif humaine des horizons lointains les avait envoyés essaimer à travers le réseau des trous de ver, surgissant dans l'espace près des soleils rouges, turgescents, d'un bleu virulent ou couleur de rubis fuligineux.

Cette infime tête d'épingle représentait un volume que le cerveau humain, avec ses capacités primitives, ne pouvait saisir, sauf sous forme de notation mathématique. Mais ce même cerveau menait les humains toujours plus loin, si loin qu'ils arpentaient maintenant la Galaxie, maîtrisant l'abîme piqueté d'étoiles... sans vraiment se connaître eux-mêmes.

Un seul être humain ne pouvait donc sonder une infime tache dans le disque, mais la somme de l'humanité le pouvait, par incrémentation, chaque esprit prenant la mesure de son territoire stellaire immédiat.

Et que désirait-il ? Comprendre l'humanité dans son ensemble, ses impulsions profondes, ses mécanismes obscurs, son passé, son présent, son avenir. Il voulait connaître l'espèce vagabonde qui avait pris possession de ce disque et en avait fait son jouet.

Peut-être, en fin de compte, un unique humain pourrait-il arriver à saisir ce disque, en prenant de la hauteur afin de sonder les effets collectifs dissimulés dans les complexités des Équations.

Décrire Trantor à cette échelle était un jeu d'enfant. La description de l'Empire exigerait une compréhension beaucoup plus vaste.

Il se pouvait que les mathématiques règnent sur la Galaxie. Qu'elle soit gouvernée par des symboles invisibles, impalpables.

Alors, un homme ou une femme isolé pouvait compter.

Peut-être. Il secoua la tête. Une seule tête humaine.

On se pousse un peu du col, là, non ? Des rêves de divinité...

Allons, au travail !

Seulement il n'arrivait pas à travailler. Il devait attendre. À son grand soulagement, les Gardes impériaux arrivèrent et l'escortèrent à travers le campus de Streeling. Il avait l'habitude, maintenant, des badauds qui le regardaient bouche bée, de fendre la foule qui se massait partout, lui semblait-il, où il était amené à passer.

— Il y a du monde, aujourd'hui, dit-il au capitaine des Gardes.

— Il fallait s'y attendre, monsieur.

— J'espère que vous touchez un supplément pour travail exceptionnel.

— Oui, m'sieur. Un boni, comme on dit.

— Une prime de risque, c'est ça ? Pour mission dangereuse.

— Eh bien... euh... fit le capitaine, démonté.

— Si quelqu'un se met à tirer, quels sont vos ordres ?

— Euh... s'ils parviennent à forcer le périmètre de sécurité, nous devons nous placer entre eux et vous, monsieur.

— Et vous le feriez ? Vous vous exposeriez à recevoir une fléchette ou une décharge de fulgurant ?

— Évidemment, répondit-il, surpris.

— Vraiment ?

— Mais bien sûr. C'est notre devoir.

Hari fut impressionné par la simple loyauté de cet homme. Pas envers Hari Seldon, mais envers l'Empire. L'ordre, la civilisation.

Puis il se rendit compte qu'il était, lui aussi, dévoué à cette idée. L'Empire devait être sauvé, ou du moins son déclin devait être freiné. Et il n'y parviendrait qu'en explorant sa structure profonde.

C'était pour ça qu'il détestait la fonction de Premier ministre. Elle le privait de temps, de concentration.

Dans la capsule blindée des Gardes, il calma sa rogne en tirant sa tablette pour résoudre quelques équations. Le capitaine dut le prévenir lorsqu'ils arrivèrent au palais. Hari descendit et il y eut le rituel de sécurité habituel : les Gardes se déployèrent en éventail et des minidrones s'élevèrent afin de repérer les environs d'une certaine hauteur. Ils lui rappelèrent des abeilles dorées, vibrantes de vigilance.

Il suivait un mur menant vers les jardins du palais lorsqu'une gommette jaune, ronde, pas plus grande que l'ongle du pouce, se détacha du mur et se colla à son cou. Il tendit la main et la détacha.

Il reconnut un patch promotionnel, un de ces autocollants

qui procuraient une sensation agréable en diffusant des endorphines dans le système circulatoire et prédisposaient subtilement aux signaux cohérents émis par les publicités des galeries marchandes.

Il le jeta par terre. Un Garde le ramassa et, soudain, ce fut la panique. Des cris retentirent, il fut entouré d'un tourbillon humain. Le Garde se retourna pour lancer le patch au loin.

Une épine orange, fulgurante, lui traversa la main avec un grésillement de chaleur et disparut en une seconde. Le Garde poussa un grand : « Ah ! » tandis qu'un autre Garde se jetait sur lui et le collait à terre. Puis cinq Gardes entourèrent Hari de toute part et il ne vit plus rien.

Le Garde hurlait de douleur. Quelque chose étouffa ses cris affreux. Le capitaine cria : « Courez ! » et Hari traversa les jardins en trottant au milieu d'un essaim de Gardes. Ils parcoururent ainsi plusieurs allées.

Il fallut un moment pour élucider l'incident. Il fut impossible de remonter la trace de l'autocollant, bien sûr, ou de prouver qu'il visait spécialement Hari.

— Ça pourrait faire partie d'une intrigue de palais, fit le capitaine. Si ça se trouve, il attendait la première personne qui passerait avec une signature odorante identique à la vôtre.

— Il ne m'aurait pas été destiné ?

— Possible. Le patch a mis quelques secondes à déterminer si c'était à vous qu'il était destiné ou non.

— Et il a décidé que oui.

— L'odeur corporelle, de la peau. Ce n'est pas précis, monsieur.

— Il va falloir que je commence à me parfumer.

— Ça n'abusera pas un odormatic, répondit le capitaine avec un petit sourire.

D'autres spécialistes de la protection se précipitèrent et il y eut des indices à recueillir, des mesures à prendre et pas mal de parlotes. Hari insista pour voir le Garde qui avait ramassé le patch. Il était déjà parti aux urgences. On lui dit qu'il perdrait la main. Non, désolé, Hari ne pouvait pas le voir. Question de sécurité, vous comprenez.

Hari en eut vite assez. Il était venu en avance pour faire un tour dans les jardins, et il avait beau se dire que c'était irrationnel, son regret à l'idée de la promenade manquée prit le pas sur la tentative d'assassinat.

Hari s'efforça au calme et écarta l'incident. Il visualisa un opérateur de déplacement, un cadre vectoriel bleu glacier. Il repéra le nœud rouge, convulsé, furieux, et le repoussa hors champ. Plus tard, il s'en occuperait plus tard.

Il coupa court aux discussions et ordonna aux Gardes de le suivre. Des cris de protestation s'élevèrent, évidemment, mais il les ignora et s'engagea dans les jardins. Il inspira avidement, tout au plaisir de se retrouver à l'air libre. La rapidité stupéfiante de l'attaque avait gommé sa gravité pour lui. Pour le moment.

Devant lui se dressaient, telle la toile d'une gigantesque araignée, les tours du palais entrelacées de passerelles d'une grâce aérienne. Tours et aiguilles étaient nimbées d'une brume nacrée, ridée, vibratile, frémissant d'une pulsation silencieuse, régulière, comme un grand cœur invisible. Il avait passé si longtemps dans les couloirs de Trantor que ses yeux avaient du mal à englober les perspectives stupéfiantes.

Un soudain jaillissement attira son regard alors qu'il traversait des parterres de fleurs. Dans l'immense volière impériale, des milliers d'oiseaux profitaient des courants ascendants. Leurs arabesques étudiées, en perpétuel changement, avaient quelque chose de diaphane, de bouillonnant, une immense danse fantasque.

Ils avaient été créés des millénaires auparavant par génie génétique. Ils formaient des tourbillons et des volutes pareils à des nuages, des montagnes d'air, se régalant des moucherons qui grouillaient au-dessus du sol, soulevés par les jardiniers. Mais un courant latéral pouvait dissoudre ces sculptures artistiques, les dissiper.

À l'image de l'Empire, songea-t-il. Beau dans son ordre, stable depuis quinze millénaires, et pourtant en train de s'écrouler. De s'effondrer, tel un accident de capsule au ralenti. Ou dans des spasmes, comme lors des émeutes de Junin.

Pourquoi ? Même parmi la splendeur impériale, son esprit de mathématicien retournait toujours au même problème.

En entrant dans le palais, il passa devant une délégation d'enfants qui se rendaient à une audience avec un personnage mineur de l'Empire. Il eut un soudain pincement au cœur. Son fils adoptif, Raych, lui manquait. Après l'agression dont Yugo avait été victime, ils avaient décidé, Dors et lui, de l'envoyer secrètement à l'école.

— Privons-les de cibles, avait dit Dors.

Dans la méritocratie, seuls les adultes stables, qui avaient une mission, un don, étaient autorisés à avoir des enfants alors que la noblesse et les citoyens lambda pouvaient faire des gosses à tour de bras.

Les parents étaient des artistes à leur façon, des gens spéciaux, privilégiés, bénéficiant d'un don spécial et à qui on devait le respect, des gens libres de créer des humains heureux et compétents. C'était une tâche noble, bien rémunérée. Hari avait eu l'honneur d'être accepté parmi eux.

Par contraste immédiat, il vit trois courtisans étrangement difformes qui marchaient à côté de lui.

Grâce à la biotech, les gens pouvaient métamorphoser leurs enfants en tours hérissées de rostres cartilagineux, en nains pareils à des fleurs en pot, en géants verts ou en pygmées roses. Ces spécimens venaient là de toute la Galaxie pour amuser la cour impériale, où la nouveauté était toujours en vogue.

Ces variantes duraient rarement. Il y avait une norme de l'espèce. Mais tenter de la faire évoluer était tout aussi profondément incrusté dans l'âme humaine. Hari était prêt à admettre qu'il serait toujours un péquenaud, parce qu'il trouvait ces créatures répugnantes.

Quelqu'un avait conçu la salle de réception de telle sorte qu'elle ressemble à tout sauf à un endroit fait pour recevoir du public. On aurait dit un cratère creusé dans un bloc de verre fondu, traversé par des poteaux d'aciéramique polie dégoulinant en masses lisses qui — comme il n'y avait rien d'autre dans la salle — devaient être des sièges et des tables.

Comme il lui paraissait improbable de pouvoir jamais s'extirper de l'une de ces formes quand bien même il réussirait à s'asseoir dessus, Hari resta debout. Et se demanda si cet effet n'était pas voulu, d'une façon ou d'une autre. Le palais était un endroit subtil, conçu par strates.

Ça devait être une petite réunion privée, lui avait assuré l'état-major de Cléon. N'empêche qu'une véritable armée d'employés, d'attachés protocolaires et d'assistants se présenta à Hari au fur et à mesure qu'il traversait des pièces à la décoration de plus en plus chargée. Leur conversation était aussi de plus en plus châtiée. La vie de cour était dominée par des gens imbus d'eux-mêmes qui se comportaient en permanence comme s'ils dévoilaient modestement des statues de leur personne.

L'endroit foisonnait d'ornements et de décorations, l'équivalent architectural de la soie et des pierreries. Le moindre assistant portait un uniforme vert très officiel. Il se sentit obligé de baisser la voix et se rendit compte, en pensant aux dimanches sur Hélicon, que cet endroit lui rappelait un peu une église.

Puis Cléon fit son entrée, et la valetaille disparut, s'écoulant silencieusement par des interstices invisibles.

— Seldon, mon ami !

— Rien qu'à vous, Sire, répondit rituellement Hari.

L'Empereur continua à le saluer avec effusion, en pérorant au sujet de la tentative d'assassinat apparente — Sans doute un accident, vous ne pensez pas ? — et le mena vers le vaste mur holo. Sur un geste de Cléon, une immense vue de la Galaxie apparut, œuvre d'un nouvel artiste. Hari murmura la formule d'admiration rituelle, et retrouva les pensées qui l'occupaient une heure plus tôt à peine.

C'était une sculpture temporelle qui retraçait l'histoire de la Galaxie. Le disque n'était, après tout, qu'un amas de débris tournoyant au pied d'une marmite torrentielle cosmique forée par la gravité. Son aspect dépendait des yeux avec lesquels on le contemplait, parmi la myriade de ceux que comportait l'humanité. L'infrarouge avait le pouvoir de percer et de démasquer les allées poussiéreuses. Les rayons X dévoilaient des mares de gaz brûlant avec fureur. Les antennes radio détectaient des bancs froids de molécules et de plasma magnétisé. Un grouillement de sens.

Dans le carrousel du disque, des étoiles bondissaient et s'agitaient, mues par des tractions newtoniennes complexes. Les bras principaux — le Sagittaire, Orion et Persée, en partant du centre — portaient des noms dont l'origine se perdait dans la nuit des temps. Chacun contenait une zone de ce nom, suggérant que l'ancienne Terre se trouvait peut-être par là. Mais personne n'en était sûr, et les recherches n'avaient révélé aucune candidate évidente, isolée. Ce qui n'empêchait pas des douzaines de mondes de briguer le titre de Vraie Terre. Il était très probable qu'aucun ne l'était vraiment.

Des paraphes éblouissants — des balises dans les éthers comme il y avait des bornes à terre ? — flamboyaient entre les bras spiralés, incurvés. Une beauté qui passait la description, mais non l'analyse, se dit Hari, qu'elle soit physique ou sociale. S'il pouvait trouver la clé...

— Félicitations, commença Cléon. Mon Décret des Crétins est un succès.

Hari revint lentement de la gigantesque perspective.

— Euh... pardon, Sire ?

— Votre idée, le premier fruit de la psychohistoire, reprit Cléon en gloussant, réjoui par l'air totalement ahuri de Hari. Vous avez déjà oublié ? Les renégats qui cherchent à se faire connaître par leur infamie ? Vous m'aviez conseillé de les priver d'identité en les faisant dorénavant appeler les Crétins.

Cette histoire lui était sortie de la tête, en effet. Mais il se contenta avec sagesse de hocher la tête d'un air entendu.

— Ça a marché ! Les délits de ce genre ont beaucoup diminué. Les condamnés vont à la mort pleins de rage et de frustration. C'est un régal, je vous dis !

Hari frémit en voyant l'Empereur claquer des lèvres, les doigts en fleur devant la bouche. Une suggestion faite sur une impulsion, soudain devenue réalité. Ça le secouait un peu.

Il réalisa que l'Empereur l'interrogeait sur ses progrès dans le domaine de la psychohistoire. La gorge serrée, il repensa à cette Moonrose et à ses questions irritantes. Il avait l'impression que ça s'était passé il y avait des semaines.

— Ça avance lentement, réussit-il à dire.

— Ça exige sûrement une connaissance approfondie des multiples facettes de la vie civilisée, dit Cléon d'un ton compréhensif.

— Parfois, fit Hari avec réticence, en écartant fermement ses émotions mitigées.

— Lors d'une récente assemblée, j'ai appris une chose que vous avez sans doute mise en facteur dans vos équations.

— Oui, Sire ?

— Il paraît que la fondation même de l'Empire, en dehors des trous de ver, bien sûr, date de la découverte de la fusion proton-Boron. Je n'en avais jamais entendu parler, et pourtant, d'après l'intervenant, ce serait la seule découverte majeure de l'antiquité. C'est de là que tous les vaisseaux spatiaux, toute la technologie planétaire, tiraient leur énergie.

— C'est sans doute vrai, mais je l'ignorais.

— Un fait aussi fondamental ?

— Ce qui ne m'est pas utile ne me concerne pas.

— Une théorie de toute l'histoire doit exiger des quantités de détails, reprit Cléon, étonné, la bouche en cul de poule.

— La technologie n'y intervient que par ses effets sur les autres problèmes plus vastes, répondit Hari. (Comment expliquer les subtilités du calcul non linéaire ?) Ses limites sont souvent les seuls points importants.

— Toute technologie impossible à distinguer de la magie est une technologie insuffisamment avancée, fit Cléon d'un petit ton supérieur.

— C'est bien dit, Sire.

— Ça vous plaît ? C'est de ce Draius. Ça sonne bien, hein ? Et puis c'est assez vrai. Peut-être devrais-je... Officier de transcription ! appela-t-il, dans le vide. Transmettez cette citation au Prescript pour distribution générale ! On attend toujours de moi la « sagesse impériale », ajouta-t-il en s'asseyant. Quelle corvée !

Une petite modulation musicale annonça Betan Lamurk. Hari se raidit en le voyant, mais Lamurk n'eut d'yeux que pour l'Empereur, tout le temps qu'il lui fallut pour débiter l'interminable litanie des rituels de cour. En tant que membre éminent de la Chambre Haute, il devait réciter des phrases vides, consacrées par l'usage, effectuer une curieuse révérence sans jamais détacher son regard de l'Empereur. Cela fait, il put se détendre.

— Professeur Seldon ! Quel plaisir de vous revoir !

Hari lui serra la main selon la coutume.

— Pardon pour cette petite échauffourée. J'ignorais qu'il y avait des holos dans le coin.

— Aucune importance. On ne peut pas lutter contre la façon dont les médias traitent les événements.

— C'est mon ami Seldon qui m'a donné l'excellente idée du Décret des Crétins, fit Cléon avec jubilation, et Hari vit se vriller la lèvre de Lamurk.

Cléon les mena ensuite vers des fauteuils exubérants qui

jaillirent des murs. Hari se retrouva aussitôt plongé dans une discussion détaillée sur les affaires de la Chambre. Résolutions, mesures d'application, résumés de propositions de lois. Ces choses avaient aussi envahi le bureau de Hari. Il avait dûment chargé son autosec de les analyser, de briser le mur du jargon, de les traduire en langage galactique et de lisser les connections. Il y avait passé une heure. Puis il avait ignoré l'essentiel des documents et flanqué des piles de textes à scanner dans son recycleur quand personne ne regardait.

Les arcanes de la Chambre Haute n'étaient pas difficiles à suivre, mais d'un ennui mortel. Hari regarda Lamurk baratiner l'Empereur avec brio comme il aurait observé une partie de coudball : un exercice curieux, sans doute fascinant dans une certaine mesure.

Le fait que ce soit la Chambre qui fixe les grandes lignes, les directions générales, et que dans les coulisses des juristes spécialisés peaufinent les détails et rédigent les lois ne changeait rien à son désintérêt rêveur. Quoi, il y avait des gens qui passaient leur vie à faire des choses pareilles ?

Il n'était pas un tacticien. Même l'humanité n'avait aucune importance. Sur l'échiquier galactique, les pièces étaient les phénomènes de l'humanité, les règles du jeu étaient les lois de la psychohistoire. Le joueur d'en face était caché ; peut-être n'existait-il même pas.

Lamurk avait besoin d'un adversaire, d'un rival. Subtilement, Hari comprit qu'il était le félon indispensable.

La carrière de Lamurk le destinait à être Premier ministre, et il entendait bien l'être. À chaque réplique, Lamurk s'efforçait de se concilier les bonnes grâces de l'Empereur, écartait les rares arguments d'Hari.

Celui-ci se garda bien de le contrer directement. Lamurk était un maître. Hari resta tranquille, se bornant occasionnellement à hausser un sourcil expressif (du moins l'espérait-il). Il s'en était rarement voulu d'avoir gardé le silence.

— Vous êtes favorable à cette histoire de MacroWeb ? demanda soudain l'Empereur.

Il se souvenait tout juste de quoi il s'agissait.

— Ça risque de modifier considérablement l'équilibre de la Galaxie, répondit-il pour gagner du temps.

— D'une façon productive ! fit Lamurk en tapant sur la

table. Tous les indicateurs économiques s'effondrent. Le MacroWeb va accélérer le flux d'infos, relancer la productivité.

L'Empereur eut une moue dubitative.

— L'idée de relier tant de gens aussi aisément ne me dit rien qui vaille.

— Réfléchissez, insista Lamurk. Les nouveaux compacteurs vont permettre à n'importe qui dans la zone d'Eqquis, par exemple, de parler tous les jours avec un ami dans les Marches de l'Empire, ou n'importe où ailleurs.

— Hari ? Qu'en pensez-vous ? fit l'Empereur en secouant la tête d'un air indécis.

— Moi aussi, j'ai des doutes.

Lamurk écarta leur objection d'un geste désinvolte.

— Il ne faut pas se dégonfler.

— Un accroissement des communications pourrait aggraver la crise de l'Empire.

— C'est ridicule ! fit Lamurk avec un rictus méprisant. C'est contraire à toutes les bonnes règles de gestion.

— L'Empire n'est pas géré, fit Hari avec une petite inclinaison du buste en direction de l'Empereur. Il se laisse gérer, hélas.

— Encore une idiotie. À la Chambre Haute, nous…

— Écoutez-le ! coupa Cléon. Il parle si peu.

Hari eut un sourire.

— Bien des gens s'en félicitent, Sire.

— N'éludez pas le problème. Que vous dit votre psychohistoire sur le fonctionnement de l'Empire ?

— C'est un million de châteaux reliés par des ponts.

— Des châteaux ? fit Cléon, son célèbre nez se retroussant d'un air sceptique.

— Des planètes. Elles ont des préoccupations locales et se gouvernent comme bon leur semble. L'Empire ne se soucie pas de ces détails. À moins qu'un monde ne devienne agressif et ne se mette à poser des problèmes.

— C'est assez vrai, et c'est bien, fit Cléon. Ah, et vos ponts sont les trous de ver.

— Exactement, Sire, fit Hari en évitant délibérément le regard de Lamurk pour se concentrer sur l'Empereur tout en esquissant sa vision.

Les planètes pouvaient avoir autant de duchés mineurs qu'elles voulaient, avec leurs microstructures, leurs querelles et leurs guerres à gogo. Les équations psychohistoriques montraient que rien de tout ça n'avait d'importance.

Ce qui en avait, c'était que les ressources matérielles ne pouvaient être partagées entre un nombre indéfini de gens. Chaque système solaire était un réservoir fini de biens, ce qui voulait dire, en dernière analyse, que les hiérarchies locales finissaient par en contrôler l'accès.

Les masses que pouvaient charrier les trous de ver étaient relativement restreintes, parce qu'ils faisaient rarement plus de dix mètres de diamètre. Les hypernefs, qui pouvaient transporter d'énormes cargaisons, étaient plus lentes et moins maniables. Elles déformaient l'espace-temps, le contractant vers l'avant et le dilatant vers l'arrière, sillonnant la Galaxie à des vitesses supra-luminiques, sauf dans leur espace propre. Les échanges entre la plupart des systèmes stellaires étaient limités à des articles légers, compacts et coûteux. Les épices, la mode, la technologie — mais pas les matières premières pondéreuses.

Par comparaison, les trous de ver accueillaient les rayons lumineux modulés avec une aisance dérisoire. Leur courbe réfractait les rayons vers les récepteurs situés à l'autre bout. Les données circulaient librement, reliant toute la Galaxie.

Contrairement à la masse, l'information pouvait être déplacée, compactée et aisément dupliquée. Elle était infiniment partageable. Elle s'épanouissait comme des fleurs dans un éternel printemps, car si on appliquait une information à un problème, la solution résultante était une nouvelle information. Elle était peu coûteuse ; il fallait peu de richesses matérielles pour l'acquérir. Son médium préféré était la lumière, au sens propre du terme : le rayon laser.

— La communication était amplement suffisante pour faire un Empire. Mais il y avait peu de chance qu'un natif de la zone de Puissant se rende jamais dans la zone de Zaqulot, ou aille seulement jusqu'à l'étoile voisine, ce qui revient au même par les trous de ver, conclut Hari.

— De sorte que chacun de vos « châteaux » restait isolé, sauf pour le circuit d'informations, fit Cléon d'un ton songeur.

— Mais à présent, avec ces compacteurs d'informations, le

MacroWeb va multiplier par mille le flux du transfert d'informations.

— En quoi est-ce mauvais ? lança Cléon avec une moue perplexe.

— Ça ne l'est pas, répondit Lamurk. Mieux on est informé, mieux on décide, tout le monde sait ça.

— Pas forcément. La vie humaine est un voyage sur une mer de sens, pas un réseau d'informations. Que retirera-t-on d'un accès rapproché, personnel à un afflux de données ? Une logique distante, étrangère. Des détails détachés de leur contexte.

— Une meilleure gestion ! insista Lamurk.

Cléon leva un doigt et Lamurk ravala sa diatribe.

Hari hésita. En réalité, Lamurk n'avait pas tort.

Il existait des relations mathématiques entre la technologie, l'accumulation du capital et le travail, mais le moteur principal était la connaissance. Près de la moitié de la croissance économique de l'Empire était due à l'augmentation de la qualité de l'information, provenant elle-même de meilleurs matériels et des compétences accrues permettant une plus grande efficacité.

C'est là que l'Empire avait failli. La poussée innovatrice des sciences avait lentement décru. Les Universités impériales produisaient de bons ingénieurs, mais pas d'inventeurs. De grands érudits, mais peu de vrais savants. Ça finissait par compter dans les autres marées du temps. Toutefois, ce n'était pas dû à un manque de données, même si Hari n'en connaissait pas encore la cause pour l'instant.

Hari vit que l'Empereur était ébranlé. Il décida d'enfoncer le clou.

— Beaucoup, à la Chambre Haute, voient dans le MacroWeb un instrument de contrôle. Laissez-moi vous rappeler quelques faits bien connus de vous, Sire.

Hari était dans son rôle préféré, une conférence en petit comité. Cléon se pencha en avant, les yeux étrécis. Hari lui raconta une histoire.

Pour aller du monde A au monde B, dit-il, on pouvait être obligé de faire une douzaine de sauts par les trous de ver, le VerWeb étant un réseau comparable à une sorte de métro astrophysique avec des tas de correspondances.

Chaque embouchure faisait supporter à la cargaison des coûts et des charges additionnelles. Le contrôle d'une route commerciale était une garantie de profit considérable. Il donnait lieu à des combats sans fin, parfois violents. Du point de vue de la politique économique et du « moment historique », qui conférait une sorte d'inertie aux événements, tout empire local contrôlant une constellation de nœuds aurait dû être solide, durable.

Ce n'était pas le cas. De temps en temps, des satrapes locaux faisaient des leurs. Il paraissait normal de coincer chaque trou de ver de façon à en tirer le péage maximum et de coordonner les embouchures afin d'optimiser le trafic. Mais ce degré de contrôle avait tendance à agiter les populations. Dans les systèmes minutieusement régulés, l'information ne circulait que des dirigeants aux esclaves à leur service, avec peu de rétroaction.

La planification extensive ne donnait pas les meilleurs profits. Au contraire, ça provoquait des « économies de couverture » : quand la collectivité avait froid aux épaules, elle se remontait la couverture jusqu'au menton, se découvrant les pieds. Le sur-contrôle ne marchait pas.

— Alors le MacroWeb, s'il laisse vraiment diriger les choses par la Chambre Haute, pourrait réduire la vitalité économique.

Lamurk eut un sourire protecteur.

— Ce ne sont que des théories abstraites, Sire. Maintenant, écoutez un vieux de la vieille, qui est à la Chambre depuis un bon moment...

Hari subit le fameux discours lénifiant de Lamurk et se demanda pourquoi il s'embêtait avec tout ça. D'accord, débattre avec l'Empereur avait une certaine force désinvolte, presque sensuelle. Regarder fonctionner un homme qui pouvait détruire un monde d'un geste valait son pesant d'adrénaline.

Mais il n'était pas vraiment à sa place, ici, ni par ses compétences, ni par sa motivation. Exposer ses propres idées était amusant ; tout professeur pense en secret que ce dont le monde a besoin, c'est d'une conférence bien menée, et par lui, évidemment.

L'ennui, c'est que dans cette partie les pions étaient réels.

Cette histoire de Décret des Crétins l'avait démonté, bien qu'il n'y voie rien de moralement répréhensible.

Des vies étaient en jeu, dans ce décor raffiné. Et pas que des vies étrangères. Il ne pouvait oublier que le Lamurk épanoui assis en face de lui était manifestement à l'origine du patch odormatic qui avait failli le tuer, il y avait à peine quelques heures.

3

En entrant dans l'appartement, il fila dans la cuisine, composa une commande sur l'automni, s'approcha de la cuisinière et mit de l'huile sur le feu. Pendant qu'elle chauffait, il coupa des oignons, de l'ail, et les mit à rissoler. Quand sa bière arriva, il l'ouvrit sans prendre la peine de chercher un verre.

— Il s'est passé quelque chose, dit Dors.

— J'ai eu une bonne petite conversation avec Lamurk. Je l'ai observé et il m'a observé.

— Ce n'est pas pour ça que tu rentres la tête dans les épaules.

— Hum. Je suis trahi par mon expression corporelle.

Alors il lui parla de ce qui était peut-être une tentative d'assassinat.

Lorsqu'elle se fut un peu calmée, elle dit entre ses dents :

— Tu as aussi entendu parler de l'artiste sculpteur de fumée ?

— Celui qui a fait un gros nuage à mon effigie, lors de la réception ?

— Il est mort aujourd'hui.

— Comment ?

— Ça ressemble à un accident.

— Dommage. Il était marrant.

— Un peu trop. Tu te souviens qu'il a caricaturé Lamurk sous les traits d'un hâbleur. C'était le clou de la soirée.

— Tu ne veux pas dire… ? commença Hari en accusant le coup.

— C'est réglé comme du papier à musique. Tous les deux le même jour.

— Alors ce serait Lamurk...

— Mon cher Hari, calculant des probabilités, comme toujours, fit Dors d'un ton funèbre.

Après son audience avec Cléon, Hari avait eu un entretien très bref et très strict avec le chef de la sécurité du palais. Son escouade de Gardes avait été doublée. Des minidrones l'accompagneraient partout pour scruter le périmètre élargi. Ah oui, et il ne devait pas trop s'approcher des murs.

Cette dernière précaution avait fait ricaner Hari, ce qui n'avait pas arrangé l'attitude du personnel du palais. Pis, Hari savait qu'il avait encore un cadavre dans le placard. Comment les empêcher de deviner la vraie nature de Dors ?

L'automni tinta. Il s'assit, ouvrit une autre bouteille de bière et la garda dans une main tout en engloutissant, de l'autre, son onglet aux oignons.

— Ça a dû être une sacrée journée, commenta Dors.

— Nous mangeons toujours de bon cœur quand nous avons frôlé la mort de près. C'est une vieille tradition de famille.

— Je vois.

— Cléon a fini par parler de la situation de blocage à la Chambre Haute. Tant que ce ne sera pas réglé, ils ne pourront pas élire le Premier ministre.

— Alors comme ça, vous vous tirez la bourre, Lamurk et toi.

— C'est lui qui tire. Moi, j'esquive.

— Je ne te laisserai plus jamais sortir seul, décréta-t-elle fermement.

— Marché conclu. Tu pourrais commander un plat à l'automni ? Un truc lourd, chaud et plein de choses mauvaises pour moi.

Elle alla dans la cuisine pendant qu'il continuait à s'empiffrer et à boire de la bière sans penser à rien.

Elle lui rapporta un plat fumant, baignant dans une épaisse sauce brune. Il l'enfourna sans lui demander ce que c'était.

— Vous êtes un drôle d'homme, professeur.

— Les choses mettent un peu plus de temps à m'atteindre que les autres.

— Tu as appris à retarder le moment d'y penser, de réagir, jusqu'à ce que ce soit le lieu et l'heure.

Il cligna des yeux, but encore un peu de bière.

— Possible. Il faudra que j'y réfléchisse.

— Tu dévores de la nourriture de prolétaire. Et où as-tu appris à différer tes réactions ?

— Ça... à toi de me le dire.

— Sur Hélicon.

Il y réfléchit.

— Hum. La classe ouvrière. Mon père s'est attiré des ennuis, et nous avons connu des moments difficiles. La seule chance que j'ai eue étant enfant, ou presque, c'est que je n'ai pas attrapé la fièvre cérébrale. L'hôpital était au-dessus de nos moyens.

— Je vois. Je me rappelle que tu as fait allusion à des problèmes d'argent.

— C'est ça. Et puis on a essayé de lui forcer la main pour lui faire vendre sa terre. Il ne voulait pas, alors il s'est de plus en plus endetté pour planter davantage, en se fiant à son jugement. Chaque fois ça tournait mal, mais il se relevait et il s'y remettait. Ça a marché un moment, parce qu'il était bon fermier. Mais il y a eu des fluctuations importantes sur les marchés, il s'est fait coincer et il a tout perdu.

Il parlait rapidement, tout en mangeant, et il n'aurait su dire pourquoi au juste, mais ça lui paraissait bien.

— Je vois. C'est pour ça qu'il faisait ce métier dangereux...

— Qui l'a tué, oui.

— Je vois. Et tu as dû gérer tout ça. L'enfouir pour aider ta mère. Tu as appris, pendant les moments difficiles qui ont suivi, à réserver tes réactions pour plus tard, quand tu pourrais te laisser aller.

— Si tu dis encore une fois « je vois », la prochaine fois que je prendrai une douche, je ne te laisserai pas regarder.

Elle eut un sourire, mais la même expression pénétrante s'inscrivit sur son visage.

— Tu corresponds à des paramètres bien définis. Les hommes réservés. Qui se contrôlent et ne se laissent pas atteindre par grand-chose. Des hommes peu démonstratifs et peu loquaces.

— Sauf avec leur femme, répondit-il.

Il avait cessé de manger.

— Tu n'as pas le temps de parler de la pluie et du beau temps — les gens de Streeling le disent souvent — et pourtant tu parles librement avec moi.

— Je n'aime pas parler pour ne rien dire.

— C'est compliqué d'être un homme.

— D'être une femme aussi, et pourtant tu t'en sors merveilleusement.

— Je prends ça pour un compliment plutôt formel.

— C'en est un. Il n'est pas simple d'être un simple être humain.

— Je trouve aussi. Tu as... appris tout ça sur Hélicon.

— J'ai appris à me colleter avec l'essentiel.

— Et à détester les fluctuations. Qui peuvent tuer.

Il ingurgita une gorgée de bière. Elle était encore glacée.

— Je n'y avais jamais réfléchi de cette façon.

— Pourquoi ne me l'as-tu pas dit avant ?

— Je ne le savais pas avant.

— Alors, un corollaire : quand tu t'engages auprès d'une femme, tu dois lui donner tout ce que tu peux de toi, à l'intérieur de ces limites.

— Le volume qui se trouve entre nous deux.

Du bout de la langue, elle appuya légèrement sur sa lèvre inférieure, ce qui était toujours signe de réflexion chez elle.

— L'analogie géométrique en vaut une autre. Et tu t'engages totalement pour éviter de payer le prix de la vie.

— Le prix des... fluctuations ?

— Quand on peut prédire, on peut éviter. Rectifier. Gérer.

— C'est terriblement analytique.

— J'ai gardé le plus compliqué pour les devoirs du soir.

— D'ordinaire, ce style de conversation fait appel à des formules du genre « consolidation optimale d'ego ». J'attendais que le jargon revienne au galop.

Il avait fini son bol et se sentait beaucoup mieux.

— Manger est l'une des expériences qui justifient la vie.

— Ah, c'est donc pour ça que je le fais.

— Là, tu te moques de moi.

— Non, j'essaie juste de démêler les implications de la théorie. J'ai bien aimé le couplet sur la haine de l'imprévu et des fluctuations parce qu'ils nuisent aux gens.

— De même que les Empires, quand ils s'effondrent.

— Exact.

Il finit sa bière et songea à en prendre une autre, mais ça l'aurait engourdi et il préférait un autre moyen de faire retomber la pression.

— Quel appétit! fit-elle en souriant.

— Ce n'est rien de le dire. Et la perspective de la mort peut stimuler toutes sortes d'appétits. Revenons-en à cette histoire de devoirs du soir.

— Toi, tu as quelque chose en tête.

— Ce n'est rien de le dire, répéta-t-il avec un grand sourire.

4

Il appréciait d'autant plus son travail qu'il avait moins de temps à y consacrer.

Hari était assis, absolument immobile, dans son bureau, et observait les courbes en tridi qui évoluaient, telles des écharpes de brume lumineuses, dans la pénombre, devant lui.

Les savants de l'Empire connaissaient les bases de la psychohistoire depuis des millénaires. Dans les temps anciens, des pédants avaient mis en carte les vingt-six systèmes sociaux stables et métastables. Beaucoup de ces planètes avaient sombré dans la barbarie, comme les Porcos avec leur Rituel de Rage, ou les Lizzies et leur gyno-gouvernement.

Il regarda se former les schémas familiers, alors que sa simulation parcourait des siècles d'évolution galactique. Certains systèmes sociaux ne se révélaient stables qu'à petite échelle.

Devant lui planaient des rangées de mondes choisis dans des zones stables : le socialisme primitif; le fémo-pastoralisme; le machisme tribal. C'étaient les «attracteurs forts» de la sociologie humaine, des îles dans un océan de chaos.

Certaines sociétés vivaient dans un état de métastabilité et s'écroulaient : les théocraties, les adeptes du transcendantalisme ou du machisme féodal. Ce dernier apparaissait chez les peuples réduits à l'agriculture et au travail des métaux. On l'observait sur les mondes qui avaient beaucoup régressé.

Les chercheurs impériaux avaient longtemps estimé que l'Empire, sillonné par les étroits trous de ver et les énormes hypernefs, était la meilleure structure sociale humaine imaginable. Il s'était, en vérité, révélé stable et bienfaisant.

Le modèle en vigueur, la féodalité impériale bienveillante, acceptait la hiérarchisation des humains. Il est vrai qu'ils nourrissaient une certaine ambition dynastique, car ils aimaient la continuité du pouvoir et sa pompe. Ils tenaient aux symboles de l'unité, de la grandeur impériale. Les rumeurs sur les grands étaient, pour la plupart des gens, l'essence même de l'histoire.

Le pouvoir impérial était tempéré par une tradition de noblesse, la supériorité supposée de ceux qui s'élevaient à la grandeur. Cléon savait bien que cette splendeur admirable reposait sur les strates géologiques d'une administration méritocratique d'une probité absolue. Sans ça, la corruption se serait répandue comme une tache sur les étoiles, ternissant son éclat.

Il regarda le diagramme : un réseau tridi de surfaces complexes, le paysage de l'espace social.

Il vit au ralenti les vagues d'événements individuels se répandre dans l'holo. Chaque cellule de la grille était recalculée cycliquement, chacune des interactions voisines rajustée.

La méthode empirique n'était pas la vraie loi de la physique, élaborée à partir des principes fondateurs comme la mécanique maxi-ond, ou les simples lois de NewTown. C'étaient plutôt des algorithmes rudimentaires qui réduisaient les lois complexes à une arithmétique triviale. La société vue toute crue comme ça était grossière, pas mystérieuse du tout.

Et puis le chaos était arrivé.

Il observait « l'espace policé », avec sa famille de variables : le degré de polarisation, la concentration du pouvoir, la taille des coalitions ou le degré de conflit. Dans ce simple modèle, des boucles d'apprentissage apparaissaient à partir d'une période plateau de stabilité apparente, mais non statique, et le système générait une idée concurrente.

Qui menaçait la stabilité, obligeant des coalitions à se former afin de relever le défi. Des factions naissaient et se figeaient. Les coalitions étaient le plus souvent religieuses, politiques, économiques, technologiques, voire militaires, encore que ces dernières soient particulièrement inefficaces, comme le montraient les données. Les systèmes sombraient ensuite dans le chaos. Il en émergeait parfois une nouvelle stabilité. Parfois ils dégénéraient.

Le système dynamique s'accompagnait d'une pression créée par le contraste entre l'image idéale que les gens se faisaient du monde et la réalité. Une différence trop grande poussait de nouvelles forces vers le changement. Ces forces semblaient souvent inconscientes ; les gens savaient que quelque chose n'allait pas, s'agitaient, mais ne pouvaient se fixer sur une cause claire.

Autant pour les modèles à « acteur rationnel » , se dit Hari. Et pourtant certains se cramponnaient à cette approximation manifestement maladroite.

Tout le monde pensait que l'Empire était simple.

Pas les masses, évidemment, éblouies par le mélange de cultures et d'exotisme procuré par les échanges entre ces myriades de mondes. La distraction — un grand amortisseur du chaos — était constante.

Et pourtant, même pour les théoriciens de la société, la structure de base et les corrélations semblaient prévisibles, avec un nombre modéré de boucles d'asservissement, solides et traditionnelles. La sagesse populaire tenait qu'elles pourraient être aisément séparées et traitées.

Mais surtout, il y avait une prise de décision centrale, ou du moins la majorité le pensait-elle. L'Empereur Avait Toujours Raison, pas vrai ?

En réalité, l'Empire était une hiérarchie imbriquée, ordonnée : le féodalisme impérial. Aux confins inférieurs se trouvaient les zones de la Galaxie situées dans un rayon d'une douzaine à quelques milliers d'années-lumière. Au-dessus se trouvaient les compacts de quelques centaines de zones voisines. Les compacts s'encastraient dans le système galactique corrélé.

Mais tout cela dévalait la pente. Dans le diagramme complexe, des étincelles fugitives apparaissaient et disparaissaient. *Qu'est-ce que c'était que ça ?*

Hari fit un zoom avant sur certaines éruptions. Des zones de chaos où la prévision devenait impossible. Ces éruptions farouches pouvaient donner un indice des raisons du déclin de l'Empire.

Hari sentait dans son âme que cette imprévisibilité était aussi néfaste pour l'humanité que pour ses calculs. Mais il n'y avait pas moyen d'y échapper.

C'était le secret que l'Empereur et les autres ne devaient jamais connaître : tant qu'il ne pourrait régir le chaos — ou au moins l'analyser — la psychohistoire serait du charlatanisme.

Il décida de jeter un coup d'œil à un cas spécifique. Ce serait peut-être plus net.

Il sélectionna Sark, le monde qui avait découvert et développé les simus de Voltaire et de Jeanne. Le Foyer de la Nouvelle Renaissance, comme ils disaient, selon une attitude rhétorique commune, fréquente. Les grilles de dépouillement, qu'il passa en revue, donnaient une impression de brio et de créativité.

Il ne put réprimer un bâillement. D'accord, Sark avait l'air d'un monde en forme pour le moment. L'économie était en plein boom. Un monde leader dans le domaine du style et de la mode.

Mais son profil le classait parmi les « mondes chaos » qui connaissaient une période de forte croissance et semblaient défier les mécanismes amortisseurs grâce auxquels les planètes restaient dans l'équilibre impérial.

Puis leur tissu social se dissolvait. Ils sombraient dans l'un des états de stase : anarcho-industriel pour Sark, il le voyait d'ici, c'était inscrit dans les données. Sans intervention d'aucune grande flotte. Malgré les apparences, l'Empire ne gouvernait pas par la force. C'était l'évolution sociale qui faisait échouer et mourir les mondes chaos. La Galaxie souffrait généralement peu des répercussions.

Mais leur fréquence augmentait, dernièrement. Et l'Empire sombrait visiblement dans la décadence. La productivité diminuait, l'incohérence croissait dans les espaces sociaux.

Pourquoi ?

Il se leva et alla se défouler un peu au gymnase. Assez d'exercice cérébral ! Que son corps exsude les frustrations fabriquées par son intellect.

5

Il n'avait pas envie d'aller au colloque des Grandes Universités impériales, mais le bureau du protocole impérial fit pression sur lui.

— Un candidat à la dignité de Premier ministre a des obligations, lui dit une femme zélée.

Ils se présentèrent donc, Dors et lui, dans l'immense salle des fêtes impériale. Leurs Gardes arboraient une tenue officielle, discrète, au col orné du ruché de dentelles caractéristique de la moyenne méritocratie.

— L'idéal pour se mêler à la foule, plaisanta Dors.

Hari, qui s'y serait laissé prendre, vit que tout le monde les repérait instantanément et s'écartait prudemment devant eux.

Ils entrèrent dans une galerie à double voûte, très haute, bordée par des statues antiques qui invitaient les badauds à les lécher. Hari essaya après avoir prudemment déchiffré le signal lumineux le rassurant sur l'absence de risque biologique. Un long coup de langue succulent lui laissa un curieux arrière-goût d'huile et de pommes brûlées, un soupçon de ce que les anciens trouvaient agréable.

— Par quoi commençons-nous ? demanda-t-il.

— Un entretien avec l'Épiphane de l'Académie, répondit l'attachée protocolaire. En tête à tête, précisa-t-elle d'un ton lourd de sens.

Dors protesta, et Hari négocia un compromis. Dors resterait sur le pas de la porte, mais n'irait pas plus loin.

— Je veillerai à ce qu'on vous serve l'apéritif, reprit l'attachée protocolaire, piquée au vif.

— Pourquoi cette, euh, « audience » est-elle si importante ? renvoya Dors avec un sourire glacé.

— L'Épiphane jouit d'un grand poids à la Chambre Haute, répondit l'attachée protocolaire avec un regard de commisération.

— Et pourrait me rapporter quelques voix, ajouta Hari d'un ton apaisant.

— Une petite conversation polie, reprit l'employée du protocole.

— Je promets de lui peloter les fesses. Au sens figuré.

— J'espère que ce n'est pas une femme, fit Dors avec un sourire.

— C'est drôle comme les implications de cette formule peuvent changer selon le sexe de la personne concernée.

L'attachée protocolaire toussota et le fit prestement passer par un électrofiltre qui se referma sur lui. Ses cheveux se mirent à crépiter. Apparemment, même quand on était Épiphane de l'Académie on ne crachait pas sur les mesures de sécurité personnelles.

De l'autre côté, Hari se retrouva seul avec une femme d'une beauté artificielle et d'un âge considérable. D'où le toussotement de l'attachée protocolaire.

— C'est fort aimable à vous d'être venu, commença-t-elle.

Elle se tenait debout, immobile, une main tendue, le poignet souple. Un effet de chute d'eau clapotait derrière elle, encadrant son corps.

Il eut l'impression d'entrer dans un diorama de musée. Il se demanda s'il devait lui serrer ou lui baiser la main. Il la lui serra, et crut comprendre, à son expression, qu'il avait fait le mauvais choix.

Elle portait un maquillage croûteux, et à la façon dont elle se pencha pour faire valoir un argument, il comprit que ses yeux pâles lui disaient des tas choses qui échappaient au commun des mortels.

Elle avait jadis été une penseuse originale, une philosophe non linéaire. Aujourd'hui, les méritocrates de tous les bras spiralés étaient ses vassaux.

Avant qu'ils ne s'asseyent, elle esquissa un geste en direction de la cascade qui s'était changée en un brouillard tumultueux.

— Oh, vous pourriez régler ce mur de brume ? Je ne sais pourquoi, il se détraque tout le temps, et la pièce ne le rajuste pas.

Une façon d'établir un lien hiérarchique, se dit Hari. De l'habituer à faire ses quatre volontés. Ou alors, elle était de ces femmes qui se sentaient insécurisées si elles ne pouvaient vous amener à leur rendre de petits services. À moins qu'elle n'ait vraiment envie de récupérer sa cascade et n'en soit incapable toute seule. Mais peut-être était-ce simplement lui qui voyait le diable dans toutes ses analyses, un tic de mathématicien.

— J'ai entendu dire des choses remarquables sur votre travail, dit-elle, la Grande Dame Habituée à ce qu'on lui Obéisse au Doigt et à l'Œil cédant le pas à Sa Grâce Mettant un Sous-Fifre à l'Aise.

Il répondit une banalité qui ne l'engageait à rien. Un tictac apporta un stim semi-liquide, qui lui entra dans la gorge et dans les narines tel un nuage soyeux, sinistre.

— Vous croyez avoir l'esprit assez pratique pour assumer la fonction de Premier ministre ?

— Rien n'est plus pratique, plus utile, qu'une théorie exacte.

— Vous parlez comme un vrai mathématicien. J'espère, au nom de tous les méritocrates, que vous êtes à la hauteur de la tâche.

Il songea un instant à lui dire — elle n'était pas dépourvue de charme, après tout — qu'il se fichait d'être Premier ministre comme d'une guigne. Mais une intuition l'en dissuada. C'était encore un instrument de pouvoir. Il savait qu'elle s'était montrée vindicative dans le passé.

— Il paraît que vous avez séduit l'Empereur avec une théorie de l'histoire, reprit-elle avec un sourire rusé.

— Ce n'est guère, pour le moment, qu'une ébauche.

— Une sorte de résumé ?

— Des percées pour les plus brillants, des synthèses pour les suiveurs.

— Vous voyez sûrement ce qu'une telle ambition peut avoir de futile.

Une lueur d'acier dans les yeux pâles.

— Je... n'en avais pas conscience, madame.

— La science n'est qu'une construction arbitraire. Elle perpétue la notion décriée selon laquelle le progrès est toujours possible. Sans parler du fait qu'il est désirable.

— Ah bon ?

Il s'était plaqué un sourire poli sur la figure et il aurait préféré se faire arracher un bras que de s'en départir.

— De telles idées ne peut émerger qu'un ordre social oppressif. La soi-disant objectivité de la science dissimule le simple fait que ce n'est qu'un « jeu de langage » parmi d'autres. Toutes ces configurations arbitraires évoluent dans un univers conceptuel de discours concurrents.

— Je vois.

Son sourire se crispa. Il avait l'impression que sa figure allait se fendre en deux.

— Vouloir élever les prétendues « vérités » scientifiques au-dessus d'autres constructions revient à *coloniser* le paysage intellectuel, poursuivit-elle avec un reniflement dédaigneux. À réduire son opposition en esclavage.

— Hum, fit-il avec le sentiment affreux qu'il ne tiendrait pas le coup longtemps dans le rôle de paillasson. Avant même d'avoir réfléchi au sujet, vous prétendez connaître le meilleur moyen de l'étudier.

— Toutes les vérités ayant une validité historique et culturelle assez limitée, le pouvoir ultime revient à la théorie sociale et à l'analyse linguistique. D'où l'absurdité de cette « psychohistoire » de toutes les sociétés.

Elle connaissait donc le terme. La nouvelle faisait tache d'huile.

— Vous n'avez peut-être pas une considération suffisante pour la rude abrasion de la réalité.

— C'est bien dit, convint-elle en se dégelant quelque peu. D'un autre côté, la catégorie « réalité » est une construction sociale.

— Bien sûr que la science est un processus social. Évidemment. Mais les théories scientifiques ne se contentent pas de refléter la société.

— Comme c'est charmant de penser encore ainsi.

Un vague sourire ne réussit pas à dissimuler la lueur glacée du regard.

— Les théories ne sont pas de simples changements de mode, comme la longueur des jupes des hommes.

— Voyons, Académicien, vous devez savoir qu'il n'y a rien à savoir au-delà des discours humains.

Il s'obligea à rester courtois et modéré. Lui signaler qu'elle avait utilisé le mot « savoir » de deux façons contradictoires dans la même phrase ? Non, ce serait jouer avec les mots, ce qui apporterait indirectement de l'eau à son moulin.

— Il est bien certain que les montagnards peuvent toujours

discuter et faire des théories sur la meilleure façon de gagner le sommet...

— Dans des termes conditionnés par leur histoire et par les structures sociales...

— ... mais une fois qu'ils y sont, ils la connaissent. Personne n'irait prétendre qu'ils ont « construit la montagne ».

Elle fit la moue et s'administra un autre stim d'une blancheur nuageuse.

— Hum. Le réalisme élémentaire. Mais tous vos « faits » reflètent la théorie. Des façons de voir.

— Je ne puis m'empêcher de remarquer que les anthropologues, les sociologues et *tutti quanti* éprouvent un délicieux sursaut de supériorité en niant la réalité objective des découvertes des sciences pures.

Elle se redressa.

— Il n'y a pas de vérités élémentaires indépendantes des peuples, des langues et des cultures qui les font.

— Vous ne croyez donc pas à la réalité objective ?

— Quel est l'objet ?

Il ne put s'empêcher de rire.

— Le jeu du langage. Alors notre façon de voir serait dictée par des structures linguistiques ?

— C'est évident, non ? Nous vivons dans une galaxie riche de cultures, qui voient toutes la Galaxie à leur façon.

— Mais en obéissant à des lois. Toutes sortes de recherches montrent que la pensée, la perception précèdent le langage, existent indépendamment de lui.

— Quelles lois ?

— Les lois du mouvement social. Une théorie de l'histoire sociale, si nous en avions une.

— Vous voulez l'impossible. Et si vous voulez être Premier ministre, avoir l'appui de vos collègues de l'Académie et de la méritocratie, il faudra que vous suiviez la vision dominante de notre société. L'éducation moderne est animée par une franche incrédulité envers ce genre de métanarrations.

Il était rudement tenté de dire, *Vous risquez d'avoir une surprise*, mais il se contint.

— Nous verrons bien, dit-il à la place.

— Nous ne voyons pas les choses telles qu'elles sont, mais telles que nous sommes, conclut la femme savante.

Avec une pointe de tristesse, il se rendit compte que la république de la recherche intellectuelle était, comme l'Empire, en proie à une sacrée décadence interne.

6

L'Épiphane de l'Académie le raccompagna avec les paroles rituelles, lénifiantes. Dors était plantée, l'œil vigilant, à la grande porte. En attendant, Hari avait reçu le message principal : s'il voulait que la méritocratie de l'Académie appuie sa candidature au poste de Premier ministre, il devait se conformer, du bout des lèvres, à l'orthodoxie en vigueur.

Ils descendirent ensemble, escortés par la garde d'honneur rituelle, vers la vaste rotonde. C'était une cuvette vertigineuse, où les diverses disciplines universitaires étaient représentées, avec tous les insignes de leur office, sur d'immenses fresques murales. Dessous vibrionnait une foule bavarde, mille beaux esprits réunis pour faire des discours, des conférences érudites, et — bien sûr — s'entre-déchirer à belles dents.

— Tu crois que nous survivrons à ça? murmura Hari.

— Ne me lâche pas, fit Dors en lui prenant la main.

Il se rendit compte qu'elle avait pris sa question au pied de la lettre.

Un peu plus tard, l'Épiphane de l'Académie n'affectait plus de savourer le bouquet des stims. Elle les absorbait au même titre que n'importe quelle autre substance alimentaire. Elle cornaqua Hari et Dors d'un groupe de savants à l'autre. Lorsqu'il lui arrivait de se remémorer son rôle d'hôtesse, elle feignait de s'intéresser à lui comme à une pièce sur un échiquier dans un jeu beaucoup plus vaste. Malheureusement, ces tentatives maladroites se rapportaient toujours à des questions sur sa vie privée.

Dors résista à cette inquisition en secouant la tête avec un sourire. Quand l'Épiphane se tourna vers Hari et lui demanda : « Est-ce que vous prenez de l'exercice? », il ne put se retenir de répondre : « Non, je prends sur moi. »

L'attachée protocolaire fronça le sourcil, mais sa remarque

passa inaperçue dans le brouhaha. Il trouva la compagnie de ses collègues étrangement déroutante. Ils ironisaient sur tout, indistinctement, les sourcils haussés, exprimant d'une voix grave leur grande supériorité sur l'ensemble des sujets abordés.

Ces paradoxes acerbes, cet humour mordant faisaient à Hari une impression irritante et déplacée. Il savait bien que les controverses les plus âpres naissaient autour des questions pour lesquelles on n'avait pas d'éléments de preuve satisfaisants d'un côté ou de l'autre. Et pourtant, les savants affectaient un désespoir maniéré.

La physique fondamentale et la cosmologie avaient été bien déblayées depuis la plus haute antiquité. Maintenant, toute l'histoire scientifique de l'Empire portait sur des détails confus et sur la recherche d'applications astucieuses. L'humanité était prisonnière d'un cosmos en expansion régulière, bien qu'un peu plus lente, et destinée à voir s'éteindre les étoiles. Une lente et froide glissade dans un avenir indéfini était programmée par le contenu masse-énergie existant dès la conception de l'univers. Contre ce destin, les humains ne pouvaient rien faire. À part essayer de le comprendre, bien sûr.

Les plus grands domaines intellectuels avaient donc été déflorés, et ils ne pouvaient l'être qu'une fois. Maintenant, les savants étaient moins des découvreurs que des colons, pour ne pas dire des touristes.

Rien d'étonnant, se dit-il, à ce que même les meilleurs chercheurs de la Galaxie aient un éclat terni, le brillant de l'or brossé.

Les méritocrates n'avaient pas beaucoup d'enfants, et il leur trouvait quelque chose de vain et de stérile. Il se demanda s'il y avait un point commun entre les remugles qu'il sentait ici et la confusion des « renaissances » qui surgissaient sur les mondes chaos. Peut-être avait-il besoin d'en savoir davantage sur la nature humaine fondamentale.

L'attachée protocolaire le conduisit vers une rampe antigrav en spirale. L'énergie statique s'empara d'eux et les déposa doucement vers — il baissa les yeux avec émoi — les inévitables représentants des médias. Il se raidit. Dors lui serra la main.

— Tu es vraiment obligé de leur parler ?

— Si je les ignore, ils le feront savoir, soupira-t-il.

— Laisse-les faire joujou avec Lamurk.

— Non, fit-il en étrécissant les yeux. Puisque je suis là, autant jouer pour gagner.

Elle ouvrit de grands yeux, comme frappée par une soudaine révélation.

— Alors tu as pris ta décision ?

— D'essayer ? Et comment !

— Que s'est-il passé ?

— Cette femme, tout à l'heure. L'Épiphane. Elle et ses pareils pensent que le monde n'est qu'un jeu d'opinions.

— Quel rapport avec Lamurk ?

— Je suis incapable de te l'expliquer. Tout ça fait partie de la décadence. C'est peut-être ça.

— Je ne te comprendrai jamais, fit-elle en étudiant son visage.

— Tant mieux. Ce serait fastidieux, non ?

La meute des médias s'approcha, les mufles des objectifs holo braqués sur eux, pareils à des armes.

— Toute interview commence comme une tentative de séduction et finit par une trahison, murmura Hari à l'oreille de Dors.

Ils descendirent.

— Académicien Seldon, vous êtes connu comme mathématicien, candidat au poste de Premier ministre et originaire d'Hélicon. Vous...

— Je n'ai réalisé que j'étais héliconien qu'en arrivant sur Trantor.

— Et votre carrière de mathématicien...

— Je n'ai réalisé que j'étais mathématicien qu'en rencontrant des politiciens.

— Eh bien, en tant que politicien...

— Je suis toujours héliconien.

Cette réplique lui valut quelques rires.

— Alors vous accordez de la valeur aux traditions ?

— Quand elles marchent.

— Nous pas ouverts aux idées anciennes, fit une femme sinueuse originaire de la zone de Fornax. L'avenir de l'Empire vient des gens, pas des lois. D'accord ?

C'était une Rationnelle, qui parlait un galactique basique, dépouillé, dépourvu de verbes irréguliers et de constructions alambiquées. Hari la suivait assez bien, mais pour lui, le galactique classique avec ses subtilités et ses détours étranges conservait son charme.

À son grand ravissement, plusieurs personnes émirent des cris de protestation. Il réfléchit à l'infinie diversité des cultures humaines représentées dans cet immense amphithéâtre, unies, en dépit de tout, par le galactique classique.

La base solide de la langue avait contribué à unifier l'Empire, au début. De l'avis général, la langue se reposait sur ses lauriers depuis des millénaires, maintenant. Il avait ajouté dans ses équations une petite variable interactive destinée à traduire les rides culturelles suscitées par l'intrusion d'un nouvel argot dans le chaudron linguistique. Les antiques enjolivures et gracieusetés de la langue galactique autorisaient des subtilités qui étaient refusées aux Rationnels — les Rats, comme on disait parfois —, sans parler du plaisir des jeux de mots.

Il essaya de faire comprendre son point de vue à la femme, mais elle rétorqua :

— Pas supporter étrangeté ! Supporter ordre. Vieilles méthodes ont échoué. Vous, mathématicien, devez savoir...

— Allons, fit Hari, énervé. Même dans les systèmes axiomatiques fermés, on ne peut jamais décider de tout. Je ne vois pas comment vous pourriez prévoir ce que je ferais en tant que Premier ministre.

— Vous penser Chambre entendre raison ? demanda la femme d'un ton hautain.

— S'entendre avec ceux qui en sont dépourvus est le triomphe de la raison, répliqua Hari, et, à sa grande surprise, certains applaudirent.

— Votre théorie de l'histoire dénie à Dieu le pouvoir d'intervenir dans les affaires humaines ! affirma un homme décharné originaire d'une planète à faible gravité. Que répondez-vous à ça ?

Hari était sur le point d'acquiescer — que lui importait, au fond ? — quand Dors se planta devant lui.

— Je puis peut-être faire état de certaines recherches, puisqu'il s'agit d'un débat académique, dit-elle avec un sourire conciliant. Je suis tombée sur un historien d'il y a mille ans qui avait testé le pouvoir de la prière.

Hari fit un « O » avec la bouche, surpris, sceptique, mais l'échalas reprit la parole :

— Comment peut-on scientifiquement…

— D'après lui, les hommes auxquels on adressait le plus de prières étaient les plus célèbres. Donc des gens haut placés, qui sortaient du lot.

— Comme les empereurs ? avança l'homme, fasciné.

— Exactement. Et tous les membres de leur famille. Il analysa leur taux de mortalité.

Hari n'avait jamais entendu parler de ça, mais son scepticisme inné exigeait des détails.

— En tenant compte du fait qu'ils étaient mieux soignés et protégés des accidents ordinaires ?

— Bien sûr. Et du risque d'assassinat, aussi, ajouta Dors avec un grand sourire.

Le squelette ambulant ne savait pas où menait cette ligne d'attaque, mais sa curiosité l'emporta.

— Et alors… ?

— Alors, il s'est rendu compte que les empereurs mouraient plus jeunes que les gens auxquels on n'adressait jamais de prières, répondit Dors.

L'homme parut choqué, furieux.

— Quel était l'écart par rapport au tronc commun ? demanda Hari.

— Toujours aussi sceptique ! répondit Dors. Pas suffisant pour prouver que la prière avait vraiment un effet nocif.

— Ah. Merci, dit-il.

La foule semblait trouver distrayant ce numéro de duettiste. Mieux valait les laisser sur leur faim. Ils se fondirent derrière le bouclier formé par leurs Gardes, laissant la foule livrée à elle-même. Cléon l'avait incité à se mêler à ces gens, les méritocrates, qui étaient censés constituer sa base de pouvoir. Hari fronça le nez et replongea dedans.

C'était une question de style, songea-t-il au bout d'une trentaine de minutes.

Il avait appris très tôt, sur sa rurale Hélicon, à faire cas des bonnes manières et de la civilité. Parmi les savants à l'esprit vif, acéré, il en avait trouvé beaucoup qui semblaient peu socialisés, jusqu'à ce qu'il se rende compte qu'ils étaient issus d'une culture différente, où l'intelligence importait plus que l'élégance. Leurs tonalités subtiles trahissaient une arrogance et une assurance en équilibre précaire, qui viraient dans les moments d'abandon à un jugement acerbe, tranchant, souvent dépouillé du vernis séduisant de l'esprit. Il devait penser à dire « Avec tout le respect que je vous dois » au début de chacune de ses interventions, et même le penser tout court.

Et puis il y avait tout le non-dit.

Parmi les cercles en mouvement rapide, le langage corporel était essentiel. C'était un don acquis. Il y avait les poses soigneusement étudiées pour la Confiance, l'Impatience, la Soumission (quatre nuances), la Menace, l'Estime, la Timidité et des douzaines d'autres. Codifiée et inconsciemment ressentie, chacune induisait l'état neurologique requis à la fois chez soi et chez les autres. La danse, la politique et les arts martiaux recelaient les rudiments d'un art à part entière. La systématisation aurait permis de transmettre bien plus de choses. Comme pour la langue, un dictionnaire aurait été fort utile.

Un philosophe non linéaire de notoriété galactique dédia à Hari un sourire rayonnant, son langage corporel hurlant sa confiance en soi, et dit :

— Voyons, professeur, vous ne pouvez maintenir que votre tentative d'importer les maths dans l'histoire a la moindre chance de marcher ? Les gens sont libres d'être ce qu'ils veulent. Aucune équation ne les fera autrement qu'ils ne sont.

— Je cherche à décrire, c'est tout.

— Alors il n'y a pas de grande théorie de l'histoire ?

Éviter la négation directe, se dit-il.

— Je saurai que je suis sur la bonne voie quand j'arriverai simplement à décrire des bribes de la nature humaine.

— C'est tout juste si ça existe, fit l'homme avec assurance, les bras et la poitrine adroitement tournés.

— Bien sûr qu'il y a une nature humaine ! renvoya Hari.

Un sourire compatissant, un haussement d'épaules paresseux.

— Pourquoi y en aurait-il une ?

— L'hérédité entre en réaction avec l'environnement pour nous attirer vers une moyenne fixe. Elle réunit les gens de toutes les sociétés, parmi des millions de mondes, dans le cercle statistique restreint auquel on donne le nom de nature humaine.

— Je ne pense pas qu'il y ait suffisamment de traits généraux...

— Le lien parent-enfant. La répartition du travail selon les sexes.

— Eh bien, c'est sûrement commun aux animaux aussi. Je...

— Le tabou de l'inceste. L'altruisme — ce que nous appelons « humanité », indice révélateur, non ? — envers nos proches.

— Ce ne sont que des traits de famille normaux.

— *A contrario*, prenez la méfiance des étrangers. Le tribalisme — pensez aux huit cents secteurs de Trantor ! La hiérarchie même dans les plus petits groupes, de la cour de l'Empereur à une équipe de bowling.

— Vous ne pouvez pas faire des bonds pareils, aussi simplistes, des comparaisons grotesques...

— Je peux, et je le fais. La domination du mâle, généralement, et quand les ressources viennent à manquer, l'agression territoriale marquée.

— Ce sont des traits mineurs.

— Qui nous unissent. Les Trantoriens raffinés et un paysan d'Arcadia peuvent encore comprendre la vie l'un de l'autre, pour la simple raison que leur humanité commune vit dans les gènes qu'ils partagent depuis des dizaines de millénaires.

Cet éclat ne fut pas bien reçu. Les fronts se plissèrent, les bouches esquissèrent une moue réprobatrice.

Hari vit qu'il était allé trop loin. Pis, il avait bien failli vendre la mèche de la psychohistoire.

Et pourtant, il avait du mal à ne pas parler franchement. Dans son esprit, les humanités et les sciences sociales étaient réduites à des branches spécialisées des mathématiques et de la biologie. L'histoire, la biographie et la fiction étaient des symptômes. Ensemble, l'anthropologie et la sociologie devenaient la sociobiologie d'une seule espèce. Mais il ne voyait pas comment mettre ça en équation. Il en avait trop dit, il le comprit tout à coup, parce qu'il était frustré de sa propre incompréhension.

En attendant, ça n'excusait pas sa stupidité. Il ouvrait la bouche pour arranger les choses lorsqu'il vit un agité s'approcher de lui par la gauche, la bouche de travers, les yeux révulsés, la main… tendue vers l'avant, pointant un tube vers lui, un tube mince, chromé, avec un trou au bout, une tache noire qui grandit alors qu'il la regardait jusqu'à ce qu'elle ressemble au Mangeur de Toutes Choses qui était tapi au Centre galactique, immense…

Dors lui asséna une claque experte, détournant l'arme vers le haut, lui flanqua un coup à la gorge, un autre au ventre, lui tordit le bras et le fit pivoter d'un quart de tour. Sa jambe gauche décrivit une courbe, heurta ses pieds qui se dérobèrent sous son corps, sa main droite l'obligeant à courber la tête.

Ils heurtèrent durement le sol, Dors dessus. L'arme glissa entre les pieds des gens qui reculèrent, pris de panique.

Des Gardes refermèrent le cercle autour de lui, et il ne vit plus rien. Il appela Dors. On criait et hurlait partout autour de lui.

Encore un moment de folie. Puis il fut débarrassé des Gardes, et l'homme se releva. Dors était déjà debout. Elle regardait l'arme en secouant la tête. L'homme qui l'avait pointée se redressa tant bien que mal.

— Un tube micro, dit-elle, écœurée.

— Quoi ? fit Hari, qui avait du mal à entendre avec tout ce bruit.

Le bras gauche de l'homme pendait selon un angle bizarre, manifestement cassé.

— Je… je suis d'accord avec tout ce que vous avez dit, coassa l'homme, le visage d'un blanc terrifiant. Vraiment.

7

Le père d'Hari qualifiait par dérision la plupart des événements publics de « coups de torchon » : un grand nuage sur l'horizon, une petite tache au-dessous. Il le voyait encore retrousser la lèvre avec un dédain de fermier pour ceux qui grossissaient démesurément des affaires qui ne le méritaient pas.

L'incident du colloque des Grandes Universités impériales

était devenu un grand coup de torchon. Le scandale — Une Femme de Prof Dérouille un Admirateur —, dûment holodiffusé, s'enflait à chaque rediffusion.

Cléon l'appela pour commenter, avec moult *tsk-tsk*, le fardeau que les femmes pouvaient constituer quand on s'élevait au sommet de la hiérarchie.

— Je crains que ça ne nuise à votre candidature, avait-il dit. Il va falloir que j'y remédie.

Hari n'en avait pas parlé à Dors. L'allusion de Cléon était claire. Il était courant, dans les cercles impériaux, de divorcer pour des raisons d'incompatibilité générale (traduction : « parce qu'on n'était pas à la mode »). Dans les rangs du pouvoir — au plus haut niveau — une avidité croissante surpassait souvent toutes les autres émotions, même l'amour.

Il rentra chez lui, ennuyé de sa conversation, et trouva Dors dans la cuisine. Elle avait les bras grands ouverts — au sens propre du terme, et non en signe de bienvenue.

Son épiderme pendait comme si elle avait à moitié enfilé un gant moulant. Elle trifouillait avec de petits outils parmi les veines mêlées au réseau nerveux artificiel. La peau souple était repliée selon une ligne incurvée, du coude au poignet, écarlate humide et électronique sophistiquée. Elle s'affairait sur le poignet amélioré, un mince collier jaune qui n'en avait pas l'air, mais qui était trois fois plus fort qu'un poignet humain normal.

— Ce type t'a fait mal ?

— Non, je me suis fait ça toute seule. Ou plutôt, j'en ai trop fait.

— Une élongation ?

— Mes articulations ne peuvent se déformer, fit-elle avec un sourire sans joie. Les attaches du collier ne se réparent pas. Je les remplace.

— Dans ce métier, ce ne sont pas les pièces qui comptent, c'est la main-d'œuvre.

Elle le regarda sans comprendre, et il décida de ne pas pousser la plaisanterie plus loin. Il écartait généralement de ses pensées le fait que son grand amour était un robot ou, pour être plus précis, une humanoïde, une synthèse d'être humain et de robot à la technologie avancée.

Elle avait fait sa connaissance grâce à R. Daneel Olivaw,

l'antique robot positronique qui avait sauvé Hari lors de son arrivée à Trantor, quand il était entré en conflit avec des factions politiques hostiles. Elle lui avait d'abord été assignée comme garde du corps. Il savait depuis le début ce qu'elle était, ou du moins à peu près, mais ça ne l'avait pas empêché de tomber amoureux d'elle. L'intelligence, le caractère, le charme, une sexualité frémissante contenue — ce n'étaient pas des facettes exclusivement humaines, ainsi qu'il l'avait appris de première main.

Il lui prépara un verre pendant qu'elle s'activait, attendant qu'elle ait fini. Il avait cessé d'être émerveillé par ses travaux de réparation, rarement effectués en milieu stérile. Les robots humanoïdes disposaient de méthodes d'asepsie qui n'agissaient pas sur les humains ordinaires, lui avait-elle dit. Il ne voyait pas comment c'était possible. Elle l'avait découragé de poursuivre la discussion, détournant souvent ses questions par la passion. Il devait admettre que c'était un stratagème infaillible.

Elle roula sa peau pour la remettre en place en grimaçant sous l'effet de la douleur. Il savait qu'elle pouvait interrompre des sections entières de son système nerveux superficiel, mais elle gardait quelques fibres conscientes en guise de diagnostic. Les pattes se ressoudèrent avec des petits claquements sourds et des ronronnements.

— Voyons ça, fit-elle en palpant ses poignets l'un après l'autre. Ils se verrouillent bien.

Il y eut deux brefs déclics.

— Tu sais que la plupart des gens trouveraient ce spectacle assez dérangeant ?

— C'est pour ça que je ne le fais pas dans la rue.

— Je reconnais bien là ta délicatesse.

Ils savaient tous les deux qu'on ne lui laisserait pas de répit s'il y avait le moindre soupçon sur sa nature. Les robots dotés de facultés avancées étaient illégaux depuis des millénaires. Les tictacs étaient acceptés précisément parce qu'ils étaient des intelligences à bas niveau, rigoureusement maintenus au-dessous du seuil d'intelligence défini par la loi. Toute infraction à ce standard était un crime capital contre l'Empire, sans circonstances atténuantes. Cette loi s'appuyait sur des émotions anciennes et fortes ; les émeutes du secteur de Junin le prouvaient.

Les simulations numériques faisaient l'objet des mêmes limitations. C'est pourquoi les simus de Voltaire et Jeanne, développés par les têtes brûlées de la Nouvelle Renaissance de Sark, avaient été soigneusement revus et corrigés pour entrer dans des boucles algorithmiques. Apparemment, ce Marq de chez Artifice Associates avait gonflé son Voltaire à la dernière minute. Le simu ayant été ensuite effacé, la violation avait échappé à toute détection.

Hari n'aimait pas l'idée d'avoir un lien même lointain avec le crime, mais il se rendait maintenant compte que c'était une bêtise. Sa vie entière tournait déjà autour de Dors, une paria ignorée.

— Je vais retirer ma candidature au poste de Premier ministre, annonça-t-il d'un ton décidé.

— À cause de moi, fit-elle en clignant des yeux.

Elle était toujours aussi rapide.

— Oui.

— Nous avions décidé que ça valait le coup de prendre des risques pour acquérir un peu de pouvoir.

— Pour protéger la psychohistoire. Mais je ne m'attendais pas à ce que tu te retrouves sous le feu des projecteurs. Et maintenant…

— Je suis un obstacle.

— En descendant, je suis tombé sur une douzaine d'objectifs holo. Ils t'attendent.

— Eh bien, je vais rester ici.

— Combien de temps ?

— Les Gardes me feront sortir par une autre entrée. Ils en ont ouvert une et installé un ascenseur antigrav.

— Tu ne pourras pas éternellement les éviter, ma chérie.

Elle se leva et le serra dans ses bras.

— Même s'ils me trouvent, je pourrai leur échapper.

— Espérons-le. Et quand bien même, je ne pourrais pas vivre sans toi. Je ne me laisserai pas…

— Je pourrais me transformer.

— Un autre corps ?

— Différent. La peau, les cornées, les signatures nerveuses.

— Annuler les numéros de série et retourner là d'où tu viens ?

Elle se raidit dans ses bras.

— Oui.

— Qu'est-ce qui est impossible à ceux de... ton espèce ?

— Inventer la psychohistoire.

Il s'arracha à son étreinte avec frustration et flanqua un coup du plat de la main sur un mur.

— Et merde ! Rien n'est aussi important que nous.

— C'est aussi ce que je pense. Mais je me dis qu'il est encore plus important que tu maintiennes ta candidature au poste de Premier ministre.

— Pourquoi ? fit-il en arpentant la pièce, les yeux lançant des éclairs.

— Tu joues gros jeu. Celui qui veut t'assassiner...

— Cléon croit que c'est Lamurk.

— ... ne se contentera probablement pas du retrait de ta candidature et optera selon toute vraisemblance pour une solution plus définitive de crainte que l'Empereur en te fasse revenir dans la partie ultérieurement.

— Je n'aime pas être traité comme un pion sur un échiquier.

— Le cavalier, peut-être ? Oui, je te vois bien comme ça. N'oublie pas qu'il y a d'autres suspects, des factions qui aimeraient assez te voir hors d'état de nuire.

— Par exemple ?

— L'Épiphane de l'Académie.

— C'est une chercheuse, comme moi !

— C'était. Maintenant, c'est l'une des pièces de l'échiquier.

— Pas la reine, j'espère.

Dors l'embrassa doucement.

— Je dois préciser que mes programmes de recherche ont révélé une matrice de plausibilité pour le comportement de Lamurk, basée sur son passé. Il a éliminé au moins une demi-douzaine de rivaux au cours de son ascension vers le sommet. C'est aussi un traditionaliste, fidèle à ses méthodes.

— Eh bien, c'est réconfortant.

Elle lui jeta un coup d'œil pensif, étrange.

— Ses rivaux ont tous été poignardés. Le procédé d'élimination classique de l'intrigue historique.

— Je ne soupçonnais pas Lamurk d'une telle fidélité à notre héritage impérial.

— C'est un classique. À ses yeux, tu n'es qu'un pion qu'il vaut mieux balayer de l'échiquier.

— Quelle façon glaciale de dire les choses...

— J'ai été dressée — et construite — pour estimer les situations et agir froidement.

— Comment réconcilies-tu ta faculté — non, appelons un chat un chat — ta jubilation à la perspective de tuer pour me défendre ?

— La Loi Zéro.

— Qui place le bien de l'humanité dans son ensemble au-dessus du destin de l'individu isolé, récita-t-il.

— J'éprouve une certaine souffrance par suite de l'interaction avec la Première Loi.

— De sorte que la Première Loi devient : « Un robot ne peut nuire à un être humain ou, par son inaction, permettre qu'il soit fait du mal à un être humain, à moins que ça n'entre en conflit avec la Loi Zéro de la Robotique » ?

— Exactement.

— Là, tu joues à un autre jeu. Avec des règles très strictes.

— Un jeu plus vaste.

— Et la psychohistoire est un nouvel ensemble de règles du jeu potentielles ?

— Dans une certaine mesure, fit-elle d'une voix radoucie en l'embrassant. Tu ne devrais pas t'en faire comme ça. Notre vie est un paradis privé.

— Mais ces foutus jeux ne s'arrêteront jamais.

— Ils ne peuvent pas. Il faut qu'ils continuent.

Il l'embrassa passionnément, mais quelque chose en lui bouillonnait et faisait des bonds, bruissement inutile dans les ténèbres environnantes.

8

Yugo l'attendait dans son bureau, le lendemain matin.

— Alors, qu'allez-vous faire ? lui demanda-t-il, tout rouge, les yeux hors de la figure.

— Euh... à propos de quoi ?

— Eh bien, des événements ! Les Spéciaux ont envahi le Bastion.

Hari se souvenait vaguement qu'une faction dahlite avait mis en scène une révolte mineure et s'était terrée dans une redoute. Les négociations traînaient en longueur. C'est vrai, Yugo lui en avait parlé plusieurs fois.

— Ah… Euh… C'est un problème trantorien local, non ?

— On a fait en sorte qu'il le reste ! fit Yugo, les mains décrivant des arabesques comme une volée d'oiseaux effrayés. Et puis les Spéciaux ont donné l'assaut. Sans sommation. Plus de quatre cents morts. Les ont massacrés, les fulgurants à fond, sans sommation.

— C'est incroyable, fit Hari d'un ton qu'il espérait compatissant.

En fait, il se foutait comme de sa première chemise des deux partis de la controverse, dont il ignorait la nature, d'ailleurs. Il ne s'était jamais soucié des turbulences quotidiennes du monde, qui agitaient l'esprit sans rien apprendre à quiconque. Toute la raison d'être de la psychohistoire, née de sa personnalité autant que de ses compétences analytiques, consistait à étudier le climat en ignorant le temps.

— Alors, vous ne pouvez rien faire ?

— Quoi, par exemple ?

— Élever une protestation auprès de l'Empereur !

— Il l'ignorera. C'est un problème trantorien, et…

— C'est une insulte envers vous aussi.

— Ça, sûrement pas. J'ai pris soin de me tenir à l'écart de la controverse, ajouta-t-il pour ne pas avoir l'air totalement largué.

— Mais c'est encore un coup de Lamurk !

— Quoi ? s'exclama-t-il, surpris. Lamurk est régent impérial. Il n'a aucun pouvoir sur Trantor.

— Allons, Hari, personne ne croit plus à la vieille fable de la séparation des pouvoirs. Elle craque de partout depuis longtemps.

Hari se retint juste à temps de dire « *Vraiment ?* ». Yugo avait raison. Il n'avait tout simplement pas additionné les effets de la longue et lente érosion des structures impériales. Elle intervenait dans l'un des termes de l'équation, mais il n'avait jamais pensé à cette décadence en termes locaux, concrets.

— Tu crois que c'est une manœuvre pour affirmer son influence sur la Chambre Haute ?

— Ça ne peut être que ça, répondit Yugo en fulminant. Les régents n'aiment pas que des gens indisciplinés vivent près d'eux. Ils veulent que l'ordre règne sur Trantor, même si ça implique d'écraser des gens.

— Encore cette histoire de représentation, c'est ça ? risqua Hari.

— Et comment ! Nous avons des Dahlites dans tout le secteur de Muscle Shoals. Mais quant à obtenir un représentant, tu parles ! Il faut mendier et implorer...

— Je... je vais voir ce que je peux faire, promit Hari en levant les mains pour interrompre la tirade.

— L'Empereur va remettre de l'ordre dans tout ça.

Hari savait, par observation directe, que Cléon ne lèverait pas le petit doigt. Il se fichait pas mal de la façon dont Trantor était gouvernée tant qu'ils ne foutaient pas le feu au palais. Comme il le disait lui-même : « Je suis l'Empereur d'une galaxie, pas d'une ville. »

Yugo partit et le bureau de Hari émit une note modulée.

— Le capitaine des Gardes veut vous voir, monsieur.

— Je leur ai dit de rester dehors.

— Il demande audience. Il a un message pour vous.

Hari soupira. Il avait prévu de passer la journée à réfléchir.

Le capitaine entra avec raideur et refusa de s'asseoir.

— Je viens, Académicien, vous transmettre respectueusement les recommandations du comité des Gardes.

— Vous auriez pu le faire par écrit. D'ailleurs, c'est ce que vous allez faire. Vous allez m'envoyer une note. J'ai du travail...

— J'insiste respectueusement pour vous parler, monsieur.

Hari s'écroula sur son fauteuil et lui donna sa permission d'un geste. L'homme le regarda, mal à l'aise, et dit avec raideur :

— Le comité préconise que la femme de l'Académicien cesse de l'accompagner aux réceptions officielles.

— Ah, quelqu'un a cédé à la pression.

— Il recommande ensuite que votre femme n'ait plus accès au palais.

— Pardon ? Ça paraît un peu radical.

— Je regrette de devoir vous transmettre un tel message, monsieur. J'étais là. J'ai dit au comité que la dame avait de bonnes raisons de s'alarmer.

— Et de casser le bras du type.

Le capitaine se laissa presque aller à sourire.

— Je dois admettre que je n'ai jamais vu quelqu'un d'aussi rapide.

Et tu te demandes pourquoi, hein ?

— Qui était le type ?

— Ce serait un Académicien de la Spirale, l'échelon au-dessus de vous, monsieur, répondit le capitaine en fronçant le sourcil. Seulement, on dit qu'il serait plus politisé.

Hari attendit mais l'homme n'ajouta rien. Il donnait seulement l'impression d'en avoir envie.

— Allié à quelle faction ?

— Il se pourrait qu'il soit avec ce Lamurk, monsieur.

— Des preuves ?

— Non, monsieur.

Hari poussa un soupir. Non seulement la politique n'était pas une science exacte, mais encore il était rare que ses données soient fiables.

— Très bien. Message reçu.

Le capitaine partit sur la pointe des pieds, visiblement soulagé. Avant que Hari ait eu le temps d'allumer son ordinateur, une délégation de sa propre faculté fit son entrée, en file indienne. Le portail les inspecta l'un après l'autre avec un crépitement audible dans le silence. Hari se surprit à sourire. S'il y avait une corporation peu susceptible d'engendrer un assassin, c'était bien celle des mathématiciens.

— Nous sommes venus en corps constitué vous faire part de notre opinion, commença un certain professeur Aangon d'un ton solennel.

— Allez-y, dit Hari.

D'ordinaire, il aurait déployé ses maigres dons et se serait efforcé d'arranger un peu les choses. Il avait négligé son travail à l'université, ces temps derniers, prenant du temps sur ses tâches administratives pour se consacrer à ses équations.

— D'abord, les rumeurs faisant état d'une « théorie de l'histoire » attirent le mépris sur notre département, commença Aangon. Nous…

— Il n'existe aucune théorie de ce genre. Juste quelques analyses descriptives.

Ce déni absolu troubla Aangon, mais il poursuivit obstinément.

— Euh, deuxièmement, nous déplorons le choix apparent de votre assistant, Yugo Amaryl, comme chef de département, au cas où vous donneriez votre démission. C'est un affront au collège des anciens — surtout les anciens — que de privilégier un mathématicien junior à l'aisance sociale, disons, minimale.

— Ce qui veut dire ? fit Hari d'un ton menaçant.

— Nous pensons que la politique ne devrait pas jouer dans les décisions académiques. L'insurrection des Dahlites, qu'Amaryl a soutenue et qui a été écrasée par la force armée, sur décision impériale, le rend inapte à...

— Ça suffit. Troisièmement ?

— Il y a le problème de l'agression envers un membre de notre profession.

— Un membre... Oh, le type que ma femme... ?

— En vérité. Un outrage inqualifiable, perpétré par un membre de votre famille. Ça rend votre position ici intenable.

Si quelqu'un avait programmé l'incident, il avait réussi au-delà de toute espérance.

— Je n'admets pas cela.

Les yeux du professeur Aangon devinrent durs comme le silex. Les autres étaient maintenant massés derrière lui et se dandinaient d'un pied sur l'autre, mal à l'aise. Hari n'avait aucun doute sur l'identité de celui qu'ils voulaient pour prochain président.

— Je pense qu'un vote de défiance par l'ensemble de la faculté, réunie en collège officiel...

— Des menaces ?

— Je fais seulement observer que, tant que vous serez pris par d'autres problèmes...

— Le poste de Premier ministre.

— ... on ne pourra vous demander de mener vos tâches à bien...

— Laissez tomber. Pour qu'il y ait une réunion officielle, il faut que le président la convoque. Et je ne le ferai pas.

Le groupe des professeurs marmonna, mais s'abstint d'intervenir.

— Vous ne pouvez pas négliger éternellement des affaires qui exigent notre accord, reprit Aangon d'un ton finaud.

— Je sais. Eh bien, on verra combien de temps ça va durer.

— Je vous conseille vraiment de réfléchir. Nous...

— Dehors.

— Comment ? Vous ne pouvez pas...

— Dehors. Sortez.

Ils obtempérèrent.

9

Il n'est jamais facile d'encaisser la critique, surtout quand elle est amplement justifiée.

En dehors des éternelles manœuvres pour le pouvoir et le statut, Hari savait que ses confrères en méritocratie, de l'Épiphane de l'Académie aux membres de son propre département en passant par les cohortes situées entre les deux, avaient de bonnes raisons de s'opposer à lui.

Ils avaient eu vent de la psychohistoire, et ça avait suffi à leur hérisser le poil, qu'ils avaient raide et sensible. Ils ne pouvaient accepter l'idée que l'humanité ne soit pas maîtresse de son propre avenir, que l'histoire soit la résultante de forces qui s'exerçaient au-delà de l'horizon des simples mortels. Se pouvait-il qu'ils aient déjà entrevu une réalité dont Hari n'avait eu connaissance que grâce à des études approfondies, étalées sur des décennies, le fait que l'Empire devait sa survie à sa seule métanature, et non aux actes de bravoure d'individus ou de mondes entiers ?

Chacun, de quelque extraction qu'il soit, voulait croire à l'autodétermination de l'espèce humaine. L'individu se fondait généralement sur l'impression viscérale d'agir de son propre chef, de se faire une opinion à partir d'un raisonnement interne, c'est-à-dire en discutant à partir des prémisses du paradigme proprement dit. C'était un serpent qui se mordait la queue, évidemment, mais ça n'invalidait pas l'argumentation. Au niveau de la conviction, le sentiment de tout contrôler était puissant. Tout le monde se croyait maître de son destin. La logique n'avait rien à voir là-dedans.

Et qui était-il pour dire que tout le monde se trompait ?

— Hari ?

C'était Yugo, l'air un peu emprunté.

— Entre, mon ami.

— Nous avons eu une curieuse demande, il y a une minute. Un institut de recherche inconnu au bataillon nous offre une somme rondelette.

— Pour quoi faire ?

L'argent était toujours le bienvenu.

— En échange des fichiers de base des simus de Sark.

— Voltaire et Jeanne ? La réponse est non. Qui les demande ?

— Sais pas. Nous les avons, ces satanés fichiers originaux.

— Tâche de savoir de qui émane la demande.

— J'ai essayé. Impossible de remonter à la source du message d'invite.

— Hum. C'est bizarre.

— C'est pour ça que j'ai pensé qu'il valait mieux vous mettre au courant. C'est pas net.

— Lance un programme de suivi pour le cas où ils reviendraient à la charge.

— Oui, m'sieur. Et en ce qui concerne le Bastion dahlite...

— Écoute, laisse tomber pour l'instant.

— Enfin, vous avez vu comment les Spéciaux ont écrasé la révolte à Junin !

Hari laissa parler Yugo. Il avait depuis longtemps maîtrisé l'art académique de paraître s'intéresser aux paroles de son interlocuteur alors que son esprit s'activait à un bras spiralé de là.

Il faudrait quand même qu'il parle à l'Empereur du problème dahlite, et pas seulement pour contrer la manœuvre de Lamurk. Manœuvre audacieuse, au demeurant, dans le royaume traditionnellement inviolé de Trantor. Une solution rapide, sanglante, à un problème délicat. Propre, sans bavure.

Les Dahlites avaient un argument massue : ils étaient sous-représentés. Impopulaires. Et réactionnaires.

Le fait qu'en dehors des prodiges qui s'étaient élevés à la

force du poignet, comme Yugo, ils soient hostiles, d'instinct, à l'esprit scientifique n'y changeait rien.

En réalité, Hari commençait à se demander si l'establishment scientifique, corseté dans le formalisme, était encore digne de considération. La corruption de la soi-disant impartialité de la science était évidente partout, du réseau d'attribution des subventions aux manœuvres pour se concilier les bonnes grâces impériales qui passaient pour un système de promotion.

Pas plus tard que la veille, il avait reçu un Doyen des Ajustements qui lui avait suggéré, avec une logique onctueuse, d'utiliser une partie de son pouvoir pour accorder une bourse à un professeur qui n'avait pas fait grand-chose, mais qui avait des liens de famille avec la Chambre Haute.

— Vous ne pensez pas que ça irait dans l'intérêt de l'université ? C'est un personnage très influent, avait dit l'homme d'un ton sincère.

Hari avait répondu que non, et avait appelé l'intéressé pour lui expliquer les raisons de son refus.

Le doyen n'en était pas revenu d'une telle honnêteté. Hari s'était dit, bien plus tard, que le doyen avait raison, dans le cadre de son système de logique. Si les subventions n'étaient que des bonus, de simples largesses, alors pourquoi ne pas les attribuer sur des critères uniquement politiques ? C'était un mode de pensée qui lui était étranger, mais qui se tenait, force lui était de l'admettre.

Il poussa un soupir. Yugo s'interrompit pour reprendre son souffle et Hari eut un sourire. Non, mauvais réflexe. Un froncement de sourcils préoccupé — là, c'était mieux. Yugo se relança dans une tirade, les bras écartés comme des ailes, les épithètes véhémentes entassées jusqu'à des hauteurs improbables.

Hari se rendit compte que le simple fait d'être exposé à la politique telle qu'elle était, un combat impitoyable d'essaims aveugles dans le noir, l'amenait à douter de ses propres positions plutôt hautaines. La science en laquelle il croyait si fort sur Hélicon était-elle vraiment aussi utile aux gens comme les Dahlites qu'il se l'imaginait ?

Ce qui le ramena à ses équations : l'Empire pourrait-il jamais être à nouveau mû par la raison et les décisions morales plutôt que par le pouvoir et l'argent ? Les théocraties avaient essayé, et s'étaient plantées. Les scientocraties, plutôt plus rares, s'étaient montrées trop rigides pour durer.

— ... Et je lui ai dit, évidemment, Hari peut le faire, conclut Yugo.

— Euh... Faire quoi ?

— Soutenir le plan d'Alphoso pour la représentation dahlite, évidemment.

— J'y réfléchirai, éluda Hari. En attendant, je voudrais que tu me parles de ce facteur de longévité auquel tu t'intéressais.

— J'ai transmis le dossier à trois des nouveaux assistants de recherche, fit sobrement Yugo, ayant évacué son énergie sur le problème dahlite. Ils n'en ont rien tiré.

— Le mauvais chasseur trouve toujours les bois vides.

Le regard surpris de Yugo amena Hari à se demander s'il ne devenait pas hargneux. La politique prélevait sa dîme.

— Alors j'ai travaillé sur l'élément de longévité dans les équations. Tenez... fit-il en introduisant un noyau de données ellipsoïde dans le lecteur du bureau d'Hari. Vous allez voir...

L'Année Galactique Standard, que tous les mondes de l'Empire utilisaient pour les échanges officiels, était un héritage de la pré-antiquité. Hari s'était toujours demandé si c'était une survivance de la période orbitale de la Terre. Avec son année de douze mois de vingt-huit jours, seuls 1 224 675 mondes restaient en lice sur les 25 millions que comptait l'Empire. Et pourtant, les rotations, les précessions et les résonances satellitaires perturbaient toutes les périodes planétaires. Le calendrier E. G. ne correspondait exactement à aucun de ces 1 224 675 mondes, mais plus de 17 000 s'en rapprochaient pas mal.

Yugo commença à détailler ses résultats. L'une des caractéristiques étranges de l'histoire de l'Empire était la durée de la vie humaine. Elle était encore d'une centaine d'années, mais certains écrits primitifs suggéraient que ces années étaient près de deux fois plus longues que « l'année primordiale » (comme disait un texte), qui était « naturelle » pour les humains. Dans ce cas, les gens vivaient près de deux fois plus longtemps que durant les ères pré-impériales. L'extension indéfinie de la durée de vie était impossible ; la biologie finissait toujours par gagner. De nouvelles maladies investissaient la niche fournie par le corps humain.

— C'est Dors qui m'a procuré les éléments de base. Une femme futée, fit Yugo. Regardez ces données-flash.

Des courbes, des holoprojections, des strates mouvantes de corrélations.

La collision entre la science biologique et la culture humaine était toujours intense et faisait souvent des dégâts. Elle menait généralement à une politique libérale, qui permettait aux parents de sélectionner les caractères de leur choix pour leurs enfants.

Certains optaient pour une longévité accrue jusqu'à 125, voire 150 ans. Quand la durée de vie de la majorité s'allongeait, les sociétés planétaires s'effondraient. Pourquoi ?

— Alors j'ai repris les équations en cherchant les influences extérieures, poursuivit Yugo.

Le Dahlite fébrile avait laissé place au brillant sujet qu'Hari avait tiré, quelques dizaines d'années plus tôt, de son travail accablant aux puits thermiques, le poste le plus bas de l'échelle sociale.

Yugo avait trouvé une curieuse résonance dans la sinuosité gracieuse, trompeuse des équations. On notait dans les domaines économique et politique des cycles sous-jacents de 120 à 150 ans environ.

Quand la durée de vie humaine atteignait cette limite, une rétroaction destructive s'amorçait. Les marchés devenaient des paysages accidentés, avec des pics et des gouffres. Les cultures passaient d'excès extravagants à des restrictions puritaines. En l'espace de quelques siècles, soit le chaos détruisait la plupart des possibilités de la bioscience, soit elles étaient étouffées par des contraintes religieuses. La durée de vie moyenne redimi-nuait.

— C'est vraiment bizarre, commenta Hari en observant les cycles, dont les courbes sévères se brisaient en rayons hérissés de pointes. Je me suis toujours demandé pourquoi nous ne vivons pas plus longtemps.

— Les pressions sociales adverses sont fortes. Nous savons maintenant d'où ça vient.

— Quand même… J'aurais bien aimé vivre des siècles de vie productive.

— Regardez les médias, les pièces, les légendes, les holos, reprit Yugo, un sourire accroché aux oreilles. Les vieillards sont toujours de vieux grigous sordides et laids, acharnés à tout garder pour eux.

— Hon-hon. C'est généralement vrai.

— Et les mythes. Ceux qui reviennent du tombeau. Les vampires. Les momies. Ils sont toujours maléfiques.

— Sans exception ?

Yugo opina du bonnet.

— Dors m'en a trouvé de vraiment vieux. Un antique martyr — Jésus, je crois que c'est ça.

— Une sorte de mythe de la résurrection ?

— D'après Dors, Jésus n'a probablement jamais existé. Ça ressort des anciens textes. Ce mythe est probablement un psychorêve collectif. Vous remarquerez qu'une fois revenu d'outre-tombe, il n'a pas fait de vieux os.

— Il est monté au ciel, si je ne me trompe ?

— Il est parti en vitesse, de toute façon. Les gens n'ont pas envie de voir tourner dans le coin un gaillard qui a flanqué une raclée à la Grande Faucheuse.

Yugo indiqua les courbes qui convergeaient vers le désastre.

— Au moins, on comprend pourquoi la plupart des sociétés apprennent à ne pas laisser les gens vivre trop vieux.

Hari étudia les surfaces événementielles.

— Ah bon. Et qui l'apprend ?

— Euh... ? Les gens, d'une façon ou d'une autre.

— Mais aucun individu en particulier n'a jamais su ça, dit-il en dardant le doigt comme un poignard.

— C'est inscrit dans les tabous, les légendes, les lois.

— Mouais...

Il y avait une idée derrière tout ça, quelque chose de plus grand qui se dressait juste derrière ses intuitions... et lui échappait. Il devrait attendre qu'elle lui repasse par la tête. S'il trouvait le temps, ces jours-ci, d'écouter la toute petite voix qui passait en murmurant comme une vague silhouette dans une rue pleine de brouillard...

Il se secoua.

— C'est du beau travail. Je suis vraiment impressionné. Publie-le.

— Je pensais que nous devions garder la psychohistoire sous le boisseau.

— Ce n'est qu'un élément fragmentaire. Les gens penseront que les rumeurs sont des resucées de ça.

— La psychohistoire ne marchera pas si les gens en entendent parler.

— Pas de danger. Tout le monde reprendra l'élément de longévité, et ça coupera court aux spéculations.

— Et vous pensez que ça nous fournira une couverture contre l'espionnage impérial ?

— Exactement.

— C'est drôle qu'on espionne même un « fleuron de l'Empire », comme Cléon vous a appelé avant la réception impériale de la semaine dernière, lâcha Yugo avec un grand sourire.

— Il a dit ça ? Je ne savais pas.

— Vous avez trop travaillé sur ces demandes de bourses. Vous devriez passer la main pour ces histoires-là.

— Nous avons besoin de fonds pour la psychohistoire.

— Pourquoi ne pas faire injecter de l'argent par l'Empereur ?

— Lamurk s'en apercevrait et ça se retournerait contre moi. Il me ferait un procès en favoritisme à la Chambre Haute et tout ce qui s'ensuit. Tu vois ça d'ici.

— Mouais. Peut-être. Ce serait quand même plus facile.

— L'idée est de la jouer profil bas. D'éviter le scandale, de laisser Cléon mener la danse diplomatique.

— Cléon a dit aussi que vous étiez une « fleur de l'intellect ». J'ai noté ça pour vous.

— Oublie ça. Les fleurs qui poussent trop haut se font cueillir.

10

Dors alla jusqu'au grand vestibule du palais où les Gardes impériaux lui firent faire demi-tour.

— Enfin quoi, c'est ma femme ! lança Hari avec fureur.

— Désolé, c'est un Ordre Péremptoire, fit un responsable d'un ton atone.

Hari entendait les majuscules. La phalange de Gardes qui entouraient Hari n'intimidait apparemment pas ce personnage ; il se demanda ce qui aurait pu obtenir ce beau résultat.

— Écoute, dit-il à Dors. La réunion ne commencera pas tout de suite. Allons manger un morceau à la Grande Réception.

— Tu n'entres pas ? fit-elle en se rebiffant.

— Je pensais que tu avais compris. Je ne peux pas faire autrement. Cléon a provoqué cette réunion...

— À l'instigation de Lamurk.

— Évidemment. Il s'agit du problème dahlite.

— Et l'homme que j'ai étendu pour le compte à la réception aurait pu être incité à se jeter sur toi par...

— Par Lamurk, exactement, fit Hari avec un sourire. Tous les trous de ver mènent à Lamurk.

— N'oublie pas l'Épiphane de l'Académie.

— Elle est de mon côté !

— Elle veut ce ministère, Hari. C'est ce que disent toutes les rumeurs.

— Qu'elle l'aie, et merde ! grommela-t-il.

— Je ne peux pas te laisser entrer là-dedans.

— C'est le palais, fit-il en balayant d'un geste les livrées bleu et or en rang d'oignons devant le vaste portail. Il y a des Gardes partout.

— Ça ne me plaît pas.

— Écoute, nous étions d'accord pour que j'essaie de passer en force, et ça a raté, comme je l'avais prévu. Ça suffit. Tu ne franchirais jamais les détecteurs d'armes, de toute façon.

Elle se mordilla délicatement la lèvre inférieure, mais ne dit rien. Aucun humanoïde ne pourrait jamais passer au travers du gigantesque bouclier anti-armement de cet endroit.

— Alors j'y vais, je discute et on se retrouve ici, fit-il calmement.

— Tu as les cartes et les données que je t'ai préparées.

— Absolument. Incrustées dans une puce. Accessibles en un clin d'œil.

Il s'était fait implanter dans le cou une transpuce pour charrier les données. C'était d'une aide inestimable lors des conférences de mathématiques. Le modèle standard, immédiatement accessible. Un microlaser projetait à l'arrière de sa rétine une image en couleurs, en relief, d'un joli petit package graphique. Dors y avait logé une quantité de cartes et de données d'ensemble sur l'Empire, le palais, les dernières lois, les événements marquants, tout ce dont il pouvait être question dans les discussions et les protocoles.

Son expression sévère se dissipa et il revit la femme qu'il aimait.

— Je voudrais juste... Je t'en prie, fais attention à toi.

Il l'embrassa sur le nez.

— Toujours.

Ils patrouillèrent parmi les légions de badauds qui grouillaient dans le vestibule, attrapant les amuse-gueule qui passaient sur des plateaux.

— L'Empire est en faillite, et regarde ce qu'ils se payent, renifla Hari.

— C'est la tradition, répondit Dors. Beaumunn le Bienfaisant détestait attendre à table, ce qui était en fait son activité principale. Il ordonna que chacun de ses domaines lui prépare les quatre repas quotidiens, pour le cas où il se trouverait à y passer. Le surplus était distribué ainsi.

Hari n'aurait pas cru une histoire aussi invraisemblable si elle ne lui avait été racontée par une historienne. Il y avait manifestement des nids de gens qui vivaient ici, dans un banquet perpétuel, grâce à un poste de fonctionnaire mineur. Dors et lui dérivèrent parmi eux, drapés dans des vapeurs réfractrices qui brouillaient leur apparence. Si on les avait reconnus, ils auraient été entourés d'une nuée de parasites.

— Même parmi tous ces gommeux, tu penses encore au problème de Voltaire, hein ? murmura-t-elle.

— J'essaie de comprendre comment quelqu'un l'a copié dans nos fichiers.

— Quelqu'un l'a redemandé il y a à peine quelques heures, non ? fit-elle en fronçant les sourcils. Après ton refus, ils l'ont tout simplement volé.

— Sans doute des agents impériaux.

— Je n'aime pas ça. Ils essaient peut-être de te mouiller dans le scandale de Junin.

— Le vieux tabou antisimu est en train de s'effondrer.

Allons, oublions tout ça, fit-il en levant son verre. Ces jours-ci, on n'a le choix qu'entre les simus et les stims.

Il y avait plusieurs milliers de personnes sous la coupole sculptée. Pour mettre à l'épreuve les ombres qui les suivaient, Dors le mena au hasard. Hari se fatigua rapidement de ces magouilles. Dors, qui ne se lassait pas d'étudier la société, lui indiquait les célébrités. Elle semblait penser que ça l'exciterait, ou au moins que ça détournerait ses idées de l'entretien à venir. Quelques-uns le reconnaissaient, malgré les vapeurs réfractrices, et il devait s'arrêter et leur parler. Une longue tradition voulait qu'on ne dise jamais rien d'important en ces occasions, bien sûr.

— C'est l'heure, l'avertit Dors.

— Tu as remarqué les ombres ?

— Trois, je pense. Si elles te suivent dans le palais, je préviens le capitaine des Gardes.

— Ne t'inquiète pas. Les armes sont interdites dans le palais.

— Les schémas m'inquiètent plus que les possibilités. La gommette tueuse a attendu pour exploser que tu t'en débarrasses. Mais elle m'a suffisamment inquiétée pour que j'attaque ce professeur.

— Ce qui te vaut d'être tricarde au palais, acheva Hari. Tu supposes qu'on se livre à des manœuvres diablement compliquées.

— Tu n'as pas lu grand-chose sur l'historique de la politique impériale, hein ?

— Grâce au Ciel, non !

— Ça ne ferait que te perturber, dit-elle en l'embrassant avec une ferveur soudaine, inattendue. Et c'est à moi de m'en faire. C'est mon métier.

— On se retrouve d'ici quelques heures, répondit-il d'un ton dégagé.

Enfin j'espère, ajouta-t-il *in petto*, en proie à une sombre prémonition.

Il entra dans le palais proprement dit en franchissant les détecteurs habituels et le barrage des attachés protocolaires. Rien, pas même un couteau de carbone ou une pépite à implosion, ne pouvait échapper à leurs multicapteurs et à leurs yeux électroniques. Il y avait quelques millénaires, l'assassinat impérial était devenu un sport. La tradition et la technologie s'unissaient à présent pour que ces manifestations officielles soient d'une sûreté absolue. La Chambre Haute se réunissait pour que l'Empereur la passe en revue, aussi les bataillons habituels de fonctionnaires et de conseillers, de magistrats extraordinaires et de piliers d'antichambre en gilet jaune étaient-ils décuplés. Les parasites s'attachaient à lui avec la grâce que conférait l'habitude.

Devant le Lyceum se déroulait le traditionnel Banquet de Bienfaisance : au départ une longue table, maintenant des douzaines, disparaissant sous des mets somptueux.

Il importait, avant de passer aux affaires, de témoigner sa largesse en acceptant la munificence de l'Empereur. Ne pas s'arrêter aurait été une insulte. Hari grignota quelques étrangetés en traversant le Dôme du Sagittaire. Des foules bruyantes grouillaient inlassablement, surtout dans l'enfilade de cloîtres séparés les uns des autres par des rideaux acoustiques qui bordaient l'allée du dôme.

Hari entra dans une petite chambre sourde et le tumulte s'apaisa. Il se sentit soudain soulagé. Il revit rapidement ses notes sur le rituel de la Chambre, car il ne voulait pas avoir l'air d'un plouc. Les parlementaires considéraient avec mépris tous les écarts au protocole. Les médias, bien qu'ils ne soient pas autorisés à pénétrer dans le Lyceum, faisaient leurs choux gras de ce genre de réunion. Ils passaient des semaines à gloser sur les nuances de la moindre gaffe. Hari détestait tout ça, mais puisqu'il était là, autant jouer le jeu.

Il songea à Léon le Libertin dont Dors avait cité le nom, un peu plus tôt. Il avait jadis invité ses ministres à un faux banquet. Les convives imprudents avaient mordu dans des fruits où leurs dents étaient restées prisonnières jusqu'à ce qu'il les libère au moyen d'une commande digitale, après s'être amusé à les voir implorer et ramper devant les autres invités. Des rumeurs persistantes faisaient allusion à de plus sombres délices que le même Léon aurait obtenues grâce à des pièges similaires, dans des endroits plus privés.

Hari retraversa les rideaux acoustiques et s'engagea dans les corridors de l'aile plus ancienne menant au Lyceum. Sa carte rétinienne lui indiquait ces chemins antiques, démodés, peu fréquentés. Son escorte le suivit docilement, parfois en fronçant le sourcil.

Il connaissait les gens de cet acabit, maintenant. Ils voulaient être vus, leur procession fendant la foule des simples fonctionnaires du secteur. Déambuler dans les couloirs crépusculaires loin de la bousculade ne valait rien pour leur ego.

Au bout d'un étroit corridor se dressait une statue grandeur nature de Léon tenant le couteau traditionnel du sacrificateur. Hari s'arrêta et le regarda. Il avait des sourcils épais sous un front lourd, de grosses veines saillantes sur la main droite, celle qui brandissait le couteau. Dans la main gauche, il tenait un globe de cristal contenant du vin de brume. L'œuvre était irréprochable et sans doute flatteuse pour l'Empereur, à l'époque où elle avait été sculptée. Le couteau était assez réaliste, avec ses deux tranchants étincelants.

Certains considéraient le règne de Léon comme le plus ancien du Bon Vieux Temps, un âge d'or où l'ordre semblait naturel, où l'Empire s'étendait dans des mondes neufs, sans problème. Léon avait été brutal et pourtant assez aimé. Hari voulait que la psychohistoire marche, mais… et si elle devenait un outil susceptible de faire revivre un tel passé ?

Il haussa les épaules. Il aurait le temps de voir si l'Empire pouvait être sauvé, et à quelles conditions, quand la psychohistoire serait devenue une réalité.

Il entra dans le saint des saints de l'Empire, escorté par les sempiternels fonctionnaires. Cléon, Lamurk et tout l'apparat de la Chambre Haute se trouvaient juste au-delà.

Il savait qu'il aurait dû être impressionné par le décorum. Mais il n'aurait su dire pourquoi, cette extrême opulence ne faisait qu'accroître son impatience à comprendre vraiment l'Empire. Et à infléchir son cours, s'il pouvait.

11

Hari quitta le Lyceum trois heures plus tard, un peu chancelant. Les débats battaient encore leur plein, mais il avait besoin de faire une pause. Un ministre du secteur de Corrélation lui proposa de l'emmener se rafraîchir aux bains, et Hari accepta avec reconnaissance.

— Je ne sais pas combien de temps je vais tenir le coup, dit-il.

— Vous devez vous habituer à l'ennui, fit chaleureusement le ministre.

— Je me demande plutôt si je ne vais pas me défiler.

— Mais non ! Allez, venez vous reposer !

Sa robe de cérémonie, obligatoire au Lyceum, était trempée de sueur et lui collait au corps. La boucle lui rentrait dans le ventre. C'était une grosse chose clinquante, munie d'un crochet chromé destiné à suspendre le stylus rituel, tout aussi ornementé, qui servait à voter.

Le ministre glosa sur la façon dont Lamurk avait attaqué Hari, lequel avait essayé d'ignorer l'agression. Il avait tout de même été obligé de se lever pour répondre. Il avait mis un point d'honneur à faire des discours courts et clairs, bien que ce ne soit pas le style au Lyceum. Le ministre lui dit courtoisement que, pour lui, c'était plutôt une erreur.

Ils traversèrent le frigidarium. Hari se réjouit intérieurement qu'il soit impossible de parler sous les gouttes bleues, ionisées, et se laissa masser par une brise électrostatique jusqu'à ce que les attouchements deviennent résolument érotiques. Les membres de la Chambre semblaient apprécier de n'avoir pas loin à aller pour satisfaire leurs vices.

Le ministre s'éloigna en se réjouissant à l'avance des distractions plus privées qui l'attendaient. Hari préféra ignorer quelles humeurs il allait excréter et poursuivit son chemin. Il entra dans un vaporium individuel pour se reposer tandis qu'un paillasson couleur cannelle nettoyait la cellule. Une biomaintenance élémentaire. Il détendit ses muscles en réfléchissant au gouffre qui le séparait des professionnels du Lyceum.

Pour Hari, la connaissance humaine reposait essentiellement sur les expériences inarticulées des multitudes, et non sur l'éducation formelle de l'élite qui se faisait entendre. L'histoire prouvait que les marchés reflétaient les préférences et les idées des masses. Elles étaient généralement supérieures aux politiques grandioses issues du talent et de la sagesse des élus. Pourtant, la logique impériale consistait à se demander si une action donnée était bonne et non pas si on pouvait se l'offrir, ou même dans quelle mesure elle était souhaitable.

Il ne savait vraiment pas parler à ces gens. Il s'en était assez bien tiré, ces jours-ci, à l'aide de tournures ampoulées et d'esquives habiles, mais ça ne pouvait pas durer.

Ces ruminations l'avaient distrait. Il se rendit compte avec un sursaut qu'il devait regagner la Chambre.

Quittant le frigidarium, il évita le chemin le plus direct, qui grouillait de fonctionnaires, traversa des rideaux acoustiques et entra dans le petit déambulatoire en consultant ses cartes du palais. Il avait déjà utilisé une douzaine de fois la transpuce de Dors, surtout pour suivre les discussions rapides, ésotériques, de la Chambre. La carte en tridi à microlaser inscrite sur sa rétine pivota alors qu'il roulait les yeux, lui fournissant la perspective. Il y avait peu de serviteurs dans le coin. La plupart étaient massés devant le Lyceum pour le cas où l'on aurait besoin d'eux.

Hari arriva au bout du déambulatoire et leva les yeux sur la statue de Léon. Le couteau du sacrifice avait disparu.

Pourquoi ? Et qui avait bien pu... ?

Hari fit demi-tour et revint précipitamment sur ses pas.

Avant qu'il ait eu le temps d'arriver aux voiles acoustiques, un homme surgit de leur luminescence ivoirine. Il n'avait rien de particulier, en dehors de la façon dont son regard parcourut les environs pour se fixer sur Hari.

Ils étaient à une trentaine de mètres l'un de l'autre. Hari se retourna comme s'il admirait les frises baroques des murs et s'éloigna. Il entendit le bruit des pas de l'autre qui le suivait prestement.

Peut-être qu'il devenait paranoïaque, mais d'un autre côté, peut-être pas. Enfin, il allait rejoindre la foule, et tout ça se dissiperait, se dit-il. Mais les pas derrière lui se rapprochaient, de plus en plus vite et plus nets.

Il tourna dans un couloir, se plaqua au mur juste après le coin. Devant lui se trouvait une salle de cérémonie circulaire. Les pas s'accélérèrent. Hari fit le tour de la pièce au petit trot, entra dans un ancien foyer. Il n'y avait personne.

Dans un long couloir, il vit deux hommes qui semblaient absorbés dans leur conversation. Il s'approcha d'eux, mais ils s'écartèrent l'un de l'autre et le regardèrent. L'un d'eux plongea la main dans sa poche, en tira un comm et prononça quelques mots dedans.

Hari recula, fonça dans un autre couloir.

Et les caméras de surveillance ? Le palais en était truffé. Mais il y avait un curieux bouchon sur l'objectif de celle qui se trouvait au bout du corridor. *Elle passe une fausse séquence*, se dit-il.

Les parties anciennes du périmètre du Lyceum n'étaient plus en vogue, et il n'y avait personne dedans. Il traversa en courant une autre salle de cérémonie décorée d'une façon extravagante. Le bruit de bottes se rapprochait rapidement derrière lui. Il tourna vers la droite et vit une foule au bout d'une longue rampe.

— Hé ! s'écria-t-il, mais personne ne le regarda.

Il se rendit compte qu'ils étaient de l'autre côté d'un voile sonique. Il courut vers eux.

Un homme sortit d'une alcôve et lui barra le chemin. Il était grand, mince, musclé. Comme les autres, il ne dit rien, ne fit rien pour attirer l'attention. Il se contentait d'avancer avec désinvolture.

Hari tourna à gauche et se mit à courir. Le frigidarium apparut devant lui. Il avait tourné en rond. Il y avait beaucoup de gens par là. Pourvu qu'il y arrive...

Il prit le long couloir menant au frigidarium et vit, à mi-chemin, un groupe de trois femmes qui bavardaient dans une niche décorative. Il ralentit. Elles cessèrent de parler. Elles portaient des tenues familières : la livrée des employés. Sans doute travaillaient-elles là.

Elles se tournèrent vers lui, l'air un peu surprises. Il ouvrait la bouche pour dire quelque chose lorsque celle qui était le plus près de lui fit prestement un pas en avant et le prit par le bras.

Il recula d'un bond. Elle était forte. Elle regarda les autres en souriant et dit :

— Il est tombé droit dans...

Il renvoya son bras en arrière, lui faisant lâcher prise et la déséquilibrant. Il en profita pour l'envoyer sur les deux autres. L'une d'elles lui balança un coup de pied. Elle tordit la hanche pour accompagner le mouvement, mais ne put éviter sa compagne et rata son but.

Hari fit demi-tour et se sauva en courant. Les femmes étaient manifestement bien entraînées. Il n'avait guère d'espoir de leur échapper. Il fonça tête baissée dans le long couloir. Il jeta un coup d'œil derrière lui et vit qu'elles restaient plantées là et le regardaient fuir.

C'était tellement étrange qu'il ralentit et réfléchit. Ni les hommes ni elles ne l'attaquaient. Ils se contentaient de diriger sa fuite.

Dans ces couloirs accessibles au public, n'importe qui pouvait passer. Ils voulaient le coincer dans un endroit plus tranquille.

Hari rappela sa carte du palais. Il figurait dessus, petit point rouge sur le plan de l'étage voisin. Il voyait deux allées latérales droit devant, presque au bout du couloir...

D'où sortirent deux hommes, bras croisés.

Deux issues s'offraient à Hari. Il s'engagea dans une allée étroite, bordée d'antiques testaments qui s'animèrent à son passage et commencèrent à lui narrer des événements prodigieux et des victoires gigantesques enfouies sous des millénaires d'indifférence. Les holos diffusaient des spectacles colorés, des voix tonitruantes l'imploraient d'écouter leur récit. Il haletait, maintenant. Il s'efforça de se concentrer.

Il traversa une intersection en courant et vit des hommes qui s'approchaient par la droite.

Il les esquiva en prenant une petite porte latérale, sous un mausolée à la gloire de l'Empereur Elinor IV, et fila vers un groupe de portes claires, portant des numéros, qu'il reconnut. C'étaient les cellules du frigidarium. Le ministre du secteur de Corrélation lui avait dit que c'était l'endroit le plus propice aux rencontres privées.

Hari traversa la petite place sur laquelle donnaient les portes. Un homme arriva en courant par la droite, ne dit rien. Hari essaya d'ouvrir la première porte. Verrouillée. La seconde aussi. L'homme était presque sur lui. La poignée de la troisième porte tourna. Hari se glissa derrière.

C'était une porte traditionnelle, montée sur gonds. Il la claqua de toutes ses forces. L'homme heurta lourdement le panneau et passa une main dans l'ouverture. Hari pesa de tout son poids sur la porte. L'homme tint bon et insinua son pied droit entre le panneau et le chambranle.

Hari redoubla d'efforts. L'interstice diminua, coinçant la main de l'homme.

Le gaillard était fort. Il grogna, poussa. L'espace s'élargit à nouveau.

Hari colla son dos à la porte et s'arc-bouta avec ses pieds. Il n'avait aucune prise, et cette ridicule robe de cérémonie ne l'aidait pas. Rien dans le frigidarium n'était à sa portée, aucun instrument.

Hari fouilla dans sa ceinture. Sa main tomba sur l'antique stylus de vote. Il se tortilla contre la porte tout en la maintenant avec son épaule droite, passa le stylus dans sa main gauche et l'abattit sauvagement sur la main de l'homme.

Le stylus gravé et sculpté se terminait par une pointe acérée. Hari frappa entre la troisième et la quatrième phalange. Très fort.

Une petite pompe artérielle se mit à gicler. Des arcs pulsatiles courts, d'un rouge vif, éclaboussèrent la porte. L'homme cria : « Ah ! » et lâcha prise.

Hari claqua la porte et farfouilla dans la serrure. Des griffes magnétiques cliquetèrent. Haletant, il examina le frigidarium.

C'était l'un des plus vastes et des plus beaux, avec ses deux stalles de repos, sa table pneumatique, son ample stock de rafraîchissements. Il y avait plusieurs puits de vapeur — où se déroulaient souvent des badinages exubérants, disait-on. Sur le mur opposé, un recoin à percussions pour les athlètes. Et une étroite meurtrière, traditionnelle elle aussi, donnant sur un jardin de céramique et de sable, sans doute entretenu en souvenir d'un temps où on préférait éviter, par une sortie rapide, de se trouver coincé avec des personnes d'un commerce peu plaisant.

Hari entendit un petit déclic du côté de la porte. Probablement un dépolarisateur destiné à déverrouiller la serrure magnétique. Il considéra la meurtrière.

12

Un homme entra avec circonspection dans la cellule du frigidarium. Il portait la tenue des serviteurs impériaux, une tunique bleu clair qui lui laissait toute sa liberté de mouvement. Parfaite pour agir avec rapidité. Il tenait le couteau de la statue de Léon.

Il referma la porte derrière lui d'une main et la verrouilla tout en parcourant la cellule du regard, prêt à jouer du couteau. Il était grand, mais il se déplaçait avec une grâce féline. Il explora méthodiquement les cellules, les vaporiums, et même la niche à percussions. Personne. Il se pencha par la meurtrière, qui était grande ouverte. Elle était trop étroite pour lui. Il était massif sous sa tenue réglementaire.

Il recula et parla dans son bloc-poignet.

— Il est sorti par le jardin. Je ne le vois pas d'ici. Les issues sont gardées ?

Il s'interrompit un instant et répondit sèchement :

— Vous n'arrivez pas à le retrouver ? Ben tiens ! Je vous avais dit de ne pas couper les capteurs dans le coin.

Une autre pause.

— Bien sûr que je sais que c'est une mission hyper confidentielle, même qu'elle a un numéro de RD et le reste, pas de capteurs enregistreurs. Mais...

Il se mit à tourner en rond comme un tigre en cage.

— Eh bien, vous avez foutrement intérêt à être sûrs que toutes les issues sont couvertes. Ces jardins communiquent tous.

Une autre pause.

— Les mouchards sont branchés ? Les caméras ? Bon. Si vous foutez ça en l'air, les gars, je...

Il acheva sa phrase dans un grommellement.

Il jeta un dernier coup d'œil à la pièce et déverrouilla la serrure magnétique. Un homme à la manche trempée de sang était planté dans le couloir, non loin de là.

— Tu pisses le sang, connard, fit l'homme au couteau. Lève le bras et fiche le camp d'ici. Et envoie une équipe de nettoyage.

— Par où s'est-il... ? commença l'autre.

— Je savais qu'il ne fallait pas te mettre sur ce coup-là. Bougre d'amateur !

L'homme au couteau partit en courant.

Tout cela semblait avoir duré une éternité. Les secondes

passaient avec une lenteur désespérante alors qu'Hari se cramponnait de toutes ses forces à une dalle du plafond.

Il était couché dans le noir sur les poutres de soutènement juste au-dessus d'une cellule de repos. Il voyait ce qui se passait au-dessous à travers une fente étroite. Il espérait que personne, en bas, ne repérerait qu'une dalle du plafond avait été déplacée. Il voyait les marques de frottement en haut de la cellule, à l'endroit où il avait grimpé et fait sortir la dalle de son logement en tapant dessus.

Il avait maintenant les mains crispées dessus pour la maintenir en place, et il commençait à avoir des crampes dans les doigts.

Il vit un pied et une jambe entrer dans le frigidarium, se retourner, sortir. Quelqu'un d'autre ? Une équipe de renfort ?

Si la dalle lui échappait, glissait, quelqu'un entendrait le bruit, verrait s'élargir la fente. Et s'il la laissait complètement tomber...

Il ferma les yeux et se concentra sur ses mains en faisant des vœux pour ne pas lâcher prise. Il avait les doigts complètement engourdis, maintenant. Et ça ne s'arrangeait pas. Ses mains commençaient à trembler.

La dalle était lourde. Un sandwich à trois couches, pour l'isolation phonique. Elle lui échappait, il le sentait. Elle glissait. Elle allait...

En bas, le pied sortit. Un glissement. La porte se referma. La serrure cliqueta.

Hari ne put retenir plus longtemps la dalle. Elle heurta lourdement le sol. Il se raidit, tendit l'oreille.

Aucun bruit du côté de la porte. Juste le doux chuintement des brasseurs d'air.

Il était donc en sûreté pour un moment. En sûreté dans un piège.

Personne ne savait qu'il était là. Il faudrait qu'ils décident de fouiller tout le palais pour que des Gardes dignes de confiance aillent le chercher si loin du Lyceum.

Et pourquoi viendraient-ils par ici ? Personne ne remarquerait son absence avant un bon moment. Et même alors, on penserait qu'il en avait eu assez de la Chambre et qu'il était rentré chez lui. Il en avait parlé au ministre du secteur de Corrélation.

Autant dire que les assassins pouvaient le chercher tranquillement pendant des heures. L'homme au couteau avait l'air déterminé. Tôt ou tard, il reviendrait par ici, pour reprendre la piste au départ. Ils disposaient sans doute de capteurs olfactifs. Toutes les batteries de caméras du palais le cherchaient probablement déjà.

Par bonheur, il n'y en avait pas dans le frigidarium. Il descendit, manquant glisser sur le haut incurvé de la cellule de repos. Remettre en place la lourde dalle du plafond exigeait de l'agilité et de la force. Il était vidé lorsqu'il eut réussi à la remonter au-dessus du frigidarium. Il s'allongea sur les entretoises et remit la dalle dans son logement.

Il resta dans l'obscurité à réfléchir. Il fit apparaître dans son œil la carte du palais. Les couleurs et les détails étaient d'autant plus nets qu'il était dans le noir. Évidemment, les éléments utilitaires comme ce faux plafond n'étaient pas représentés. Il se trouvait dans les zones latérales du Lyceum. Peut-être sa meilleure chance était-elle de sortir crânement du frigidarium. S'il pouvait rejoindre la foule...

Si... Il n'aimait pas l'idée de remettre sa vie au hasard. Par exemple, de rester ici, en priant pour qu'ils ne reviennent pas avec des capteurs olfactifs qui leur permettraient de le repérer là-haut.

Enfin, il ne pouvait pas rester là sans rien faire. Ce n'était pas dans sa nature. Non qu'il manquât de patience, c'est plutôt qu'attendre n'améliorait pas forcément ses chances.

Il scruta du regard le vide obscur du faux plafond. Il pouvait se déplacer là-dedans. Mais dans quel sens ?

D'après la carte de Dors, les Jardins du Repos formaient un labyrinthe artistique autour du frigidarium. Ses assassins, qui n'étaient pas des débutants, avaient forcément chassé tous les témoins potentiels du secteur.

S'il pouvait aller assez loin dans les jardins...

Il se rendit compte qu'il pensait en deux dimensions. Il pourrait atteindre des endroits plus fréquentés en se déplaçant verticalement dans les strates du palais. D'après la carte de Dors, au bout du couloir qui passait devant la cellule, il y avait une cage d'ascenseur.

Il se repéra et scruta l'obscurité dans cette direction. Il n'avait pas idée de la façon dont les ascenseurs antigrav étaient installés dans les bâtiments. La carte montrait simplement un puits rectangulaire avec un symbole d'ascenseur. Une peur ardente lui noua les tripes et le fit frémir.

Il se mit à ramper dans cette direction, non parce qu'il savait quoi faire, mais parce qu'il l'ignorait. Des tenons de céramo verticaux lui fournissaient une prise, et il devait prendre garde à ne pas déloger les dalles du faux plafond. À un moment, il glissa, enfonça le genou dans l'une d'elles, qui céda d'une façon inquiétante, puis reprit sa place. La lueur assourdie de filaments de phosphos filtrait entre les dalles. La poussière lui picotait les narines et lui cartonnait les lèvres. Il était couvert d'une saleté millénaire.

En haut, devant lui, une lueur bleue brillait à peu près à l'endroit où devait se trouver l'ascenseur. Il avait de plus en plus de mal à avancer parce que les tuyaux, conduites, câbles optiques et autres supports convergeaient dans le couloir. Il mit de longues minutes à se frayer un chemin dans ce labyrinthe. Il toucha un tuyau qui lui brûla le bras. Il fut tellement choqué qu'il manqua pousser un cri. Ça sentait le cochon brûlé.

La lueur bleue filtrait autour des bords d'un panneau. Il y eut un éclair soudain, puis la lueur mourut à nouveau alors qu'il se rapprochait. Un crépitement lui apprit qu'une cabine antigrav venait de passer dans la gaine. Il ne put dire si elle montait ou si elle descendait.

C'était un panneau d'aciéramique de près d'un mètre de côté. Des rubans électriques étaient fixés aux quatre côtés. Il ne savait pas avec précision comment marchait un ascenseur antigrav, si ce n'est que la capsule transbordeuse était supportée par une vague régulière de champs électrodynamiques.

Il flanqua des coups de talon sur le panneau. Il tint bon, mais il réussit à le fendre. Il continua à taper dessus jusqu'à ce qu'il cède. L'effort lui arracha un grommellement. Il recommença une troisième puis une quatrième fois. Enfin, le panneau se détacha et tomba.

Hari écarta le gros ruban électrique, passa la tête dans le puits. L'obscurité était trouée par la lueur assourdie d'un mince phospho vertical qui se perdait dans le noir, vers le haut et vers le bas.

Cette ancienne section du palais faisait plus d'un kilomètre de hauteur. Sur une telle distance, les antiques ascenseurs mécaniques à câbles n'auraient pu transporter des passagers même dans de petites cabines. La dynamique des charges électroniques reliant les parois du puits à la capsule était gérée sans effort. C'était une technologie ancienne et fiable. Ce conduit devait avoir au moins dix mille ans, ça se sentait.

Il n'aimait pas la perspective qui se présentait à lui. D'après la carte, trois niveaux plus haut s'étendaient de vastes salles publiques qui accueillaient les quémandeurs de l'Empire. Il y serait en bonne compagnie. Au-dessous, il y avait les huit niveaux de Lyceum, qu'il devait considérer comme dangereux. Il était plus facile, sans doute, de descendre, mais il avait plus de chemin à parcourir.

Ce ne serait pas si compliqué, se dit-il pour se rassurer. Dans le puits d'ombre, il voyait les émetteurs électrostatiques incrustés à intervalles réguliers dans les murs. Il trouva un faisceau de rubans électriques et fourragea dans l'un d'eux. Pas d'étincelle, pas de décharge. Ça confirmait sa connaissance schématique. Les émetteurs n'entraient en action qu'au passage d'une cellule. Ils étaient assez enfoncés pour que ses pieds se logent facilement dedans.

Il tendit l'oreille. Aucun bruit. Les capsules étaient presque silencieuses, mais ces anciens modèles étaient lents. Quel risque courrait-il s'il tentait de grimper dans le puits ?

Il se demandait s'il avait raison de s'y aventurer quand quelqu'un poussa un cri, loin derrière lui.

— Hé, hé ! Par là !

Il jeta un coup d'œil par-dessus son épaule. Un panneau s'entrouvrit, une tête apparut. Il ne put distinguer ses traits. Il n'essaya même pas. Il roula, comme il put, sur la dernière entretoise à côté de la paroi du puits, se tortilla et se retrouva au-dessus du vide. Il palpa la paroi en contrebas avec ses pieds, trouva le trou d'un émetteur, enfonça le bout du pied dedans. Pas de secousse.

De mémoire, il chercha un autre trou, y mit le pied. Il se laissa descendre en se cramponnant avec ses deux mains.

Ses pieds pendouillèrent au-dessus d'un néant noir. *Vertige.* Une soudaine remontée de bile lui brûla l'arrière-gorge.

Des cris au-dessus de lui. Plusieurs voix, masculines. Sans doute quelqu'un avait-il remarqué les marques en haut de la cellule de repos. La pâle lueur tombant de la dalle du plafond soulevée l'aidait un peu, maintenant.

Il ravala sa bile.

Pas le moment de penser à ça. Allez, continue !

Il vit à l'endroit prévu, sur sa droite, un autre trou d'émetteur, y mit le pied et commença à faire le tour du puits pour gagner la paroi opposée tout en grimpant. C'était étonnamment facile parce que les trous étaient assez proches les uns des autres et à peu près de la bonne taille pour ses pieds et ses mains. Hari monta rapidement, poussé par les bruits qu'il entendait derrière lui.

Il passa devant la porte du niveau supérieur. À côté se trouvait un interrupteur de secours. Il aurait pu ouvrir la porte. Mais sur quoi ?

Plusieurs minutes avaient passé depuis qu'il avait vu la tête. Les hommes n'étaient sûrement pas restés les deux pieds dans le même sabot. Ils avaient pu monter là, par des escaliers ou par un autre ascenseur.

Il décida de poursuivre son escalade. Il avalait des bouffées d'air poussiéreux et se retenait à grand-peine de tousser. Ses mains se cramponnaient aux émetteurs et y trouvaient une prise facile à tenir, pendant que ses jambes l'élevaient le long de la paroi.

Il arriva au second niveau et procéda à la même réflexion : plus qu'un niveau. C'est alors qu'il entendit le souffle. Léger, mais de plus en plus fort.

Un courant d'air frais, soufflant de haut en bas, lui fit lever la tête. Quelque chose se détachait sur la vague ligne bleue des phosphos et descendait rapidement.

Un crépitement qui allait en s'amplifiant. Il n'atteindrait jamais les portes du niveau supérieur avant la chose.

Il se figea. Il pouvait essayer de redescendre, mais il ne pensait pas avoir le temps d'arriver au niveau inférieur. La masse sombre de la capsule descendait à toute vitesse, s'enflait, énorme, terrifiante.

Un soudain bouquet d'éclairs bleus, une bouffée d'air... et la cabine s'arrêta au niveau supérieur.

Les amortisseurs de son coupèrent même le souffle des portes qui s'ouvraient. Hari appela, mais il n'y eut pas de réponse. Il se mit à descendre en haletant, ses pieds cherchant les prises.

Le crépitement reprit, au-dessus de lui. La cabine repartait. Il voyait le dessous de la voiture qui descendait vers lui. De fins arcs d'un blanc bleuté jaillirent des trous émetteurs alors qu'elle passait devant eux, ajoutant leur charge. Hari descendit tant bien que mal, dans une précipitation affolée.

Une idée fulgurante lui passa par l'esprit. Un courant d'air lui caressait les cheveux. Il s'obligea à étudier le dessous de la cabine. Quatre agrafes de métal rectangulaires dépassaient en dessous. Elles supporteraient son poids.

La capsule était presque sur lui. Plus le temps de réfléchir. Hari bondit sur l'agrafe la plus proche alors que l'énorme masse s'abattait sur lui.

Il saisit le bord épais de l'agrafe. Une secousse âpre, vibrante, lui fit écarquiller les yeux de douleur. Un courant grésillant le parcourut. Ses mains et ses avant-bras se crispèrent sous l'effet du choc électromusculaire. Il resta accroché à la pièce métallique pendant qu'un spasme involontaire agitait ses jambes.

Il avait encaissé une partie de la charge de la capsule. Maintenant, les champs électrodynamiques du puits jouaient à travers son corps, le soutenant. Ses bras n'avaient plus besoin de supporter tout son poids.

Il avait mal aux mains, aux bras. Des décharges vrillaient ses muscles tremblants. Mais il tenait bon.

Seulement le courant parcourait sa poitrine, son cœur. Des muscles se convulsaient dans toute la partie supérieure de son corps. Il était devenu un élément du circuit.

Il lâcha sa main gauche, interrompant la circulation du courant, à défaut d'évacuer la charge. La douleur se fit moins aiguë dans sa poitrine, mais persista.

Les niveaux passaient à toute vitesse devant ses yeux, l'éblouissant. Au moins, se dit-il, il échappait à ses poursuivants.

Son bras droit étant fatigué, il changea pour le gauche. Il se disait qu'en se suspendant d'un bras à la fois, il se fatiguerait moins vite qu'en se tenant des deux. Il n'en était pas convaincu, mais il voulait le croire.

Mais comment allait-il sortir de ce puits ? La capsule s'arrêta à nouveau. Hari leva les yeux vers la masse ténébreuse qui formait comme un plafond noir au-dessus de sa tête. Les niveaux étaient très espacés dans cette partie archaïque du palais. Il lui faudrait plusieurs minutes pour arriver à l'étage inférieur.

La capsule pouvait monter et descendre longtemps dans ce puits avant d'être appelée vers le niveau inférieur. Et même alors, comment cela se terminerait-il ? Il pouvait être écrasé contre un butoir de sécurité.

Ce bond génial ne lui avait donc pas apporté de solution. Il était piégé. D'une façon particulièrement ingénieuse, mais toujours piégé.

S'il réussissait, au passage, à flanquer un coup sur un interrupteur de secours, quand la charge passerait de lui aux parois du puits, il éprouverait encore une secousse électrique. La souffrance lui pétrifierait les muscles. Comment pourrait-il alors se cramponner à quoi que ce soit ?

La capsule remonta de deux niveaux, descendit de cinq, s'arrêta, repartit. Hari changeait régulièrement de main en essayant de réfléchir.

Il commençait à en avoir plein les bras. La décharge les avait durement éprouvés, et le courant traversant la coque de la capsule leur infligeait des secousses douloureuses.

Il n'avait pas acquis la charge nécessaire pour assurer sa portance, de sorte qu'une traction résiduelle s'exerçait sur ses bras. Il était parcouru par des vagues électrostatiques picotantes comme des doigts de soie. Il sentait les faibles éruptions de courant émanant de la capsule, ajustant la charge pour contrebalancer la gravité. Il pensa à Dors, à la façon dont il était arrivé là, et fut envahi par une étrange pulsion rêveuse.

Il secoua la tête. Il fallait qu'il réfléchisse.

Le courant le traversait comme s'il faisait partie de la coque conductrice. Les passagers à l'intérieur ne sentaient rien, car la charge restait au-dehors, chaque électron repoussant ses voisins le plus loin possible.

Les passagers à l'intérieur…

Il changea à nouveau de main. Il avait horriblement mal aux deux bras, maintenant. Il se balança d'avant en arrière comme un pendule. À la cinquième oscillation, il heurta le dessous de la cabine avec ses pieds. Cela fit un bruit retentissant — il n'était pas léger. Il recommença plusieurs fois et resta suspendu, tendant l'oreille. Ignorant la douleur dans son bras.

Aucune réponse. Il poussa un cri rauque. Probablement inaudible de l'intérieur, lui aussi.

L'intérieur de ces antiques capsules était très richement décoré, se souvenait-il. Il y régnait une atmosphère cossue. Qui remarquerait de petits bruits insignifiants ?

La capsule repartit, vers le haut cette fois. Il fléchit les bras et lança ses pieds au-dessus de l'abîme ténébreux. Il éprouva une sensation étrange alors que les champs le supportaient, jouaient sur sa peau. Ses poils se hérissèrent sur tout son corps. Soudain, il eut une idée.

Il avait à peu près la même flottabilité que la capsule. Il n'en avait donc plus besoin.

Théorie séduisante, en tout cas. Aurait-il le courage d'essayer ?

Il lâcha l'agrafe. Tomba.

Mais lentement, très lentement. Une brise l'effleura alors qu'il descendait en vol plané sur un niveau, puis deux. Ses bras hurlaient de soulagement.

Bien qu'ayant tout lâché, il conservait sa charge. Les champs de force du puits l'entouraient, compensant son moment comme s'il était une capsule.

Mais imparfaite. La rétroaction entre chaque cabine et les parois du puits était constante. Il ne flotterait pas longtemps.

Au-dessus de lui, la vraie cabine montait. Il la vit repartir, révélant davantage la ligne bleue phosphorescente, tout là-haut.

Il remonta un peu, s'arrêta, se remit à tomber. Le puits s'efforçait de compenser la présence de la capsule et la sienne, charge parasite. Le programme de contrôle de la rétroaction ne pouvait résoudre un problème si complexe.

Le système de contrôle limité ne tarderait probablement pas à décider qu'il devait s'occuper de la capsule mais pas de lui. Il arrêterait la cabine à un niveau, par précaution, et l'éliminerait, lui.

Hari sentit qu'il ralentissait, s'arrêtait, et recommençait à tomber. Des ruisselets de charge coulaient sur lui. Des électrons crépitaient dans ses cheveux. L'air autour de lui semblait élastique, grouillant de champs électriques. Sa peau frémissait, parcourue de spasmes farouches, surtout sur son crâne et le long de ses jambes, où la charge devait particulièrement s'accumuler.

Il ralentit à nouveau. Dans la vague lueur phosphorescente il vit un niveau monter vers lui. Les parois semblaient vibrer. Il sentait la pression élastique latérale exercée par les charges.

C'était peut-être sa chance. Il se pencha sur le côté, remonta ses jambes vers le haut et les projeta contre les champs électrostatiques caoutchouteux.

Il heurta maladroitement la résistance cotonneuse et se mit à tomber comme une plume, en prenant de la vitesse. Il tendit la main pour attraper un trou émetteur, et une lance blanc-bleu lui traversa le bras. Il poussa un hoquet de douleur. Il avait tout l'avant-bras et la main engourdis.

Il avait les yeux pleins de larmes. Il inspira profondément. La paroi défilait plus vite. Un niveau montait vers lui, et il planait à un mètre du mur. Il agita les bras comme un mauvais nageur pour remonter le courant électrostatique visqueux.

Le haut des portes passa devant lui. Il flanqua un coup de talon sur l'interrupteur de secours, le rata, recommença... l'atteignit enfin. Les portes s'écartèrent lentement. Il opéra un rétablissement dans le vide, se cramponna au seuil de la main gauche au moment où il passait devant.

Une autre secousse dans la main. Ses doigts se refermèrent. Il pivota autour de son bras rigide, heurta le mur, fut à nouveau parcouru par une décharge électrique. Plus faible, mais qui lui raidit la jambe gauche. En proie à une souffrance atroce, il réussit à mettre l'autre main sur le seuil et y resta suspendu.

Il avait maintenant retrouvé tout son poids, et il pendait mollement contre le mur. Son pied gauche trouva un trou émetteur, y prit appui. Il se hissa tant bien que mal vers le haut et s'aperçut qu'il était vidé. Sans force. La douleur traversa ses muscles récalcitrants.

Il s'efforça d'accommoder. Ses yeux arrivaient juste au niveau du seuil. Des cris dans le lointain. Des chaussures bleues, réglementaires, se ruaient vers lui.

Tenir... Ne pas lâcher...

Une femme portant l'uniforme de la section Thurban des Gardes se pencha sur lui et s'agenouilla, les sourcils froncés.

— Monsieur, qu'est-ce que vous... ?

— Appelez... les Spéciaux... croassa-t-il. Dites-leur... que je suis... tombé...

QUATRIÈME PARTIE

UN CERTAIN SENS DE L'EGO

ESPACES DE SIMULATION […] des problèmes de personnalité caractérisés pouvaient survenir. Toute simulation avertie de son origine avait, par force, conscience de ne pas être l'Original mais un brouillard de chiffres. Elle en retirait l'impression que l'ego était la continuité, une interminable avancée de schémas. Chez les individus réels, le « véritable algorithme » se computait lui-même en embrasant des synapses, en faisant vibrer des nerfs, la continuité découlant de la danse de la cause et de l'effet.

Ce qui mena à un problème critique dans la représentation des esprits véritables — sujet qui faisait l'objet d'un tabou profond (bien qu'en cours d'érosion) à la fin de l'Empire. Les simulations elles-mêmes effectuèrent, au prix d'une grande douleur simulée, une partie importante du chemin sur ce problème de fond. Pour être « elles-mêmes », elles devaient éprouver les histoires de la vie qui les guidait, afin de se voir comme un point en mouvement au bout de la ligne longue et complexe tracée par leur ego global en évolution. Elles devaient se retrouver, redécouvrir des drames intérieurs et extérieurs, afin de façonner la narration profonde qui forgeait une identité. Ce qui ne se révéla possible, en dernière analyse, que dans les simulations de personnalités dotées d'un solide enracinement philosophique…

Encyclopaedia Galactica

1

Jeanne d'Arc flottait le long des tunnels obscurs, rugissants, du Web fumeux.

Elle surmonta ses craintes. Autour d'elle jouait un éclaboussement complexe de reflets lumineux et d'implosions creuses, crépitantes.

La pensée était une chaîne non fixée dans le temps, non ancrée dans l'espace. Mais tels les courants tintinnabulants, de pieuses images d'albâtre se formaient — effervescentes, bouillonnantes. Un flux interminable dissolvant les structures dans son sillage comme si elle était un navire filant sur son erre.

Elle serait fort satisfaite, évidemment, d'avoir un ego si concret. Elle étudiait anxieusement le Web ténébreux qui coulait autour d'elle, telles des volutes océaniques d'acajou liquide.

Depuis qu'elle avait échappé aux sorciers dont dépendait la préservation de son âme — sa « conscience », un terme comme déconnecté de l'esprit conscient —, elle s'était abandonnée à ces tribulations humides. Sa sainte mère lui avait dit une fois que c'était ainsi que succombaient les eaux tumultueuses d'un fleuve immense, roulant dans leur lit profond creusé à même la terre.

Elle flottait maintenant, esprit aérien, absorbé en lui-même, autosuffisant, existant hors du passage du temps.

Espace-stase, voilà comment Voltaire avait appelé ça. Un sanctuaire où elle pouvait réduire le temps d'horloge automatisable — quel étrange langage ! — en attendant les visions de Voltaire.

Lors de sa dernière apparition, il avait été frustré — et tout ça parce qu'elle préférait ses voix internes à la sienne !

Comment pouvait-elle expliquer que, malgré sa volonté, les voix des saintes et des archanges avaient un tel pouvoir sur elle ? Qu'elles étouffaient toutes celles qui tentaient de l'atteindre du dehors ?

Elle, une simple paysanne, ne pouvait résister aux grands êtres spirituels comme la grave et sérieuse sainte Catherine. Ou l'impressionnant Michel, roi des Légions Angéliques, plus vastes que les armées royales françaises qu'elle avait elle-même menées au combat (des millénaires auparavant, murmurait une voix étrange, mais elle était sûre que c'était une illusion, car le temps était assurément suspendu dans ce Purgatoire).

Surtout, elle ne pouvait résister quand leur discours spirituel s'exprimait, comme en cet instant, par une voix tonitruante.

— Ignore-le, dit Catherine, alors que lui parvenait la demande d'audience de Voltaire.

Elle se dota de grandes ailes blanches, Voltaire s'étant manifesté sous la forme d'une colombe de la paix, d'un blanc étincelant, qui venait vers elle à tire-d'aile depuis le morne liquide. Joyeux oiseau !

La voix austère de Catherine trancha le silence, raide comme l'habit noir et blanc d'une nonne méticuleuse.

— Tu t'es rendue, pécheresse, à son désir, mais ça ne veut pas dire qu'il te possède. Tu n'appartiens pas à un homme ! Tu appartiens à ton Créateur !

— J'ai tout un train de données à vous envoyer, pépia l'oiseau.

— Je... je...

La petite voix de Jeanne retentissait comme si elle parlait dans une immense caverne et non dans une rivière tumultueuse. Si seulement elle pouvait voir...

— Il va s'en aller, reprit Catherine, battant furieusement l'air de ses grandes ailes. Il n'a pas le choix. Il ne peut t'atteindre, t'obliger à pécher, à moins que tu n'y consentes.

Les joues de Jeanne s'embrasèrent au souvenir de son étreinte lascive avec Voltaire.

— Catherine a raison, tonna la voix grave de Michel, Roi des Légions Célestes. Le désir n'a rien à faire avec le corps, ainsi que vous l'avez prouvé, cet homme et toi-même. Il y a longtemps que son corps a pourri dans les miasmes.

— Ce serait bon de le revoir, murmura Jeanne avec nostalgie.

Ici, les pensées étaient d'une certaine façon des actions. Elle n'avait qu'à lever la main et les données numériques de Voltaire la pétrifieraient.

— Il propose des données avilissantes ! s'écria Catherine. Dévie tout de suite son intrusion !

— Si tu ne peux lui résister, épouse-le, ordonna Michel avec rigueur.

— L'épouser ? cracha la voix dédaigneuse de sainte Catherine.

Dans son incarnation, elle avait privilégié les mâles atours, coupé ses cheveux et refusé tout contact avec les hommes, faisant ainsi la démonstration de sa sainteté et de son bon sens. Jeanne avait souvent prié sainte Catherine.

— Ah, ces mâles ! Jusqu'ici ! fit la sainte, tançant Michel. Vous vous alliez pour fomenter la guerre et ruiner les femmes.

— Mon conseil est entièrement spirituel, répondit Michel avec hauteur. Je suis un ange et ne privilégie aucun sexe.

— Alors pourquoi es-tu le Roi des Légions Célestes et non point leur Reine ? crachota Catherine d'un ton méprisant. Pourquoi commandes-tu à des séraphins et non à des séraphines ? Pourquoi dit-on un archange, au masculin ? Et pourquoi ne t'appelle-t-on pas Michelle ?

Je vous en prie, implora Jeanne, *je vous en prie*. L'idée de se marier frappait son âme de terreur tout autant que celle de sainte Catherine, même si le mariage était l'un des sacrements. Au même titre que l'extrême-onction, qui impliquait presque toujours la mort certaine.

... Les flammes... Le regard lubrique du prêtre alors qu'il lui administrait l'extrême-onction...

L'horreur crépitante, l'atroce morsure des langues de feu...

Elle s'ébroua — *rassembla son ego*, lui souffla un murmure —

et se concentra sur son hôte céleste. Ah oui, le mariage... Voltaire...

Elle n'était pas sûre de ce qu'impliquait le mariage, à part le fait d'enfanter dans le Christ et l'agonie, pour sa Sainte Mère l'Église. L'idée de porter des enfants, de procréer, lui faisait battre le cœur, lui liquéfiait les genoux, suscitait des images de l'homme intelligent, maigre...

— Ça veut dire être possédée, dit Catherine. Ça veut dire qu'au lieu de requérir ton consentement lorsqu'il souhaiterait s'imposer à toi, comme à présent, si Voltaire était ton mari, il pourrait se jeter sur toi à son gré.

Une existence sans identité, sans intimité... des éclats de sa lumière intérieure entraient en collision, vacillaient, s'obscurcissaient, s'écoulaient presque.

— Suggères-tu, reprit Michel, qu'elle continue à recevoir les hommages de cet apostat sans qu'ils soumettent leur lubricité aux liens du mariage ? Qu'ils se marient et assouvissent complètement leur désir !

Jeanne ne pouvait faire entendre sa voix parmi les chamailleries des saintes et des anges, dans ce magma brumeux, liquide. Elle savait que dans ces limbes arithmétiques, cette salle d'attente avant le vrai Purgatoire, elle n'avait pas de cœur... mais quelque chose, quelque part, n'en souffrait pas moins.

Elle était envahie de souvenirs. L'ego mince, rapide, de Voltaire. Une sainte et un archange lui pardonneraient sûrement si elle profitait de leurs prises de bec sacrées pour accéder à la requête de Voltaire et recevait ses « données », si elle s'abandonnait — juste pour cette fois — à ses pulsions intimes.

En frémissant, elle rendit les armes.

2

— Frédéric de Prusse et la Grande Catherine m'ont moins fait attendre ! lança Voltaire.

— Je suis à la dérive, répondit Jeanne d'un ton dégagé. Occupée.

— Vous et vos états d'âme de paysanne, de gardeuse de cochons ! Vous n'êtes même pas une bourgeoise. Ces personae que vos strates inconscientes ont créées sont on ne peut plus exaspérantes.

Il planait dans le vide au-dessus des eaux noires, clapotantes. Effet assez saisissant, pensait-il.

— Dans des fleuves aussi obsédants, je dois converser avec des esprits de même espèce.

Il écarta son argument d'un bras gainé d'une manche de soie.

— J'ai essayé de faire la part des choses — tout le monde sait que les saints ne sont pas faits pour la société civilisée ! Le parfum ne peut dissimuler la puanteur de la sainteté.

— Sûrement qu'ici, dans les Limbes...

— Ce n'est pas une salle d'attente théologique ! Votre goût fastidieux pour la solitude se joue dans les théâtres de la computation.

— L'arithmétique n'est pas sainte, monsieur.

— Hum, peut-être pas, bien que je soupçonne Newton de pouvoir prouver le contraire.

Il faisait avancer la scène image par image, regardant dériver les vagues événementielles individuelles. Il vit le sombre fleuve gargouiller avec un incrément d'avance et les sourcils de Jeanne se hausser d'un pouce puis se figer le temps que les calculs se régénèrent. Il accéléra tout de même ses étapes internes, laissant à la Pucelle, la Chaste Fille, un intervalle décent pour lui permettre de peser une réponse. Il avait l'avantage, car il commandait un espace mémoriel plus important.

Il fit défiler le fleuve simu somnolent au ralenti. Il pensait que c'était préférable — des images de réconfort humide, évoquant le sein maternel, pour apaiser sa phobie du feu.

La Pucelle resta bouche bée mais ne dit rien. Il vérifia qu'il n'avait pas sur le coup les ressources nécessaires pour la ramener à la vitesse de défilement normal. Un complexe dans le secteur de Battisvedanta avait épuisé tout l'espace de calcul. Il lui faudrait attendre que ses programmes de recherche aient trouvé de la place ailleurs.

Il fulminait, ce qui n'était pas le meilleur usage à faire du temps disponible, mais lui paraissait la chose à faire. À condition d'avoir l'espace nécessaire. Il sentit qu'on puisait à nouveau dans ses ressources. Une fin de session de tictac, un arrêt d'urgence. Des sauvegardes informatiques déplacées en guise de couverture. Son théâtre sensoriel faiblissait, son corps se délitait.

Les scélérats, les misérables ! Ils le vidaient ! Il crut entendre parler Jeanne, très loin, d'une voix faible. Il se démena frénétiquement pour lui laisser un temps de passage.

— Monsieur me néglige !

Il en éprouva un pincement de joie. Il l'aimait, et la moindre réponse le soulevait au-dessus de cette rivière serpentine.

— Nous sommes en grand danger, dit-il. Une épidémie a éclaté dans le monde de la matière. La confusion règne. Des gens respectables exploitent la panique générale en se pillant les uns les autres. On ment, on triche, on vole.

— Non !

— En d'autres termes, ajouta-t-il, incapable d'y résister, les choses sont exactement telles qu'elles ont toujours été.

— Est-ce pour cela que vous êtes venu ? lança-t-elle. Pour vous rire de moi ? Une fille naguère chaste que vous avez corrompue ?

— Je me suis contenté de vous aider à devenir une femme.

— Exactement, dit-elle. Mais je ne veux pas être une femme. Je veux être une guerrière et me battre pour Charles de France.

— Foutaises patriotiques ! Écoutez mon avertissement ! Vous ne devez répondre à aucun appel, sauf émanant de moi, sans m'en informer au préalable. Vous ne devez distraire personne, parler avec quiconque, aller nulle part, faire quoi que ce soit sans mon consentement.

— Monsieur me prend pour sa femme.

— Le mariage est la seule aventure permise aux couards. Je ne l'ai pas tentée, et ne le ferai jamais.

— Cette menace est-elle sérieuse ? demanda-t-elle, l'air ailleurs.

— Rien, pas la moindre preuve ne vient étayer l'idée selon laquelle la vie serait sérieuse.

— Alors, monsieur... ? demanda-t-elle, tous les sens en éveil, ayant récupéré ses ressources mémorielles.

— Mais ce n'est pas la vie. C'est une danse mathématique.

— Je n'entends pas de musique, fit-elle en souriant.

— Si j'avais la fortune digitale, je pourrais siffler. Nos vies — quelles qu'elles soient — sont gravement menacées.

La Pucelle ne répondit pas tout de suite, bien qu'il lui en ait laissé le temps. Était-elle en conférence avec ces stupides voix de sa conscience ? (Manifestement l'internalisation de prêtres villageois incultes.)

— Je suis une paysanne, dit-elle, mais pas une esclave. Qui êtes-vous pour me donner des ordres ?

Qui était-il en vérité ? Il n'osait pas encore lui dire que, abstrait dans un réseau planétaire, il n'était plus qu'un réseau de portes digitales, un fleuve de zéros et de uns. Il parcourait des groupes de processeurs tel un voleur, un vagabond. Il vivait de rapine, terré parmi les myriades d'ordinateurs personnels de Trantor et les montagnes de processeurs impériaux.

L'image du fleuve d'encre qu'il avait donnée à Jeanne était une vision raisonnable de la vérité. Ils nageaient dans le Web d'une cité si vaste qu'il pouvait à peine la percevoir dans son entier. Ainsi que l'exigeaient des contraintes économiques et la vitesse de calcul informatisé, il se déplaçait avec Jeanne vers de nouveaux processeurs, fuyant l'inspection d'une police à l'esprit obtus, mais à l'espace mémoriel persistant.

Et qui étaient-ils ?

La philosophie était moins des réponses que de bonnes questions. Cette énigme le réduisait à quia. Son univers s'enroulait autour de lui tel un serpent Ouroboros, un monde de rêve, humide, solipsistique. Pour conserver son espace de calcul, il pourrait se contracter en un ego, un solipsisme dont toutes les entrées seraient réduites à une « suite de Hume » de données sensorielles minimales, un niveau d'énergie minimal.

Comme il y avait souvent été obligé. Ils étaient des rats dans les murs d'un château qu'ils ne pouvaient comprendre.

Jeanne ne le percevait que vaguement. Il n'osait pas lui révéler de quelle façon bancale il les avait sauvés, quand les séides d'Artifice Associates avaient essayé de les assassiner tous les deux. Elle souffrait encore de sa phobie du feu. Et à cause de la nature déchirante, inquiétante, de ces Limbes (ainsi qu'elle préférait les voir).

Il chassa ces pensées. Il tournait à une vitesse 3,86 fois supérieure à celle de Jeanne, une marge de réflexion pour philosophe. Il lui répondit d'un haussement d'épaules ironique.

— J'accéderai à vos vœux à une condition.

Une fleur de lumière éclatante s'épanouit en lui. C'était une modification de sa personne, pas la simulation d'une réaction humaine : plutôt un feu d'artifice odorant de l'esprit. Cette éclosion était programmée pour se produire chaque fois qu'il était sur le point d'obtenir ce qu'il voulait. Un péché véniel, assurément.

— Si vous faites en sorte que nous nous retrouvions tous aux *Deux Magots*, dit Jeanne, je promets de ne répondre à aucune requête en dehors des vôtres.

— Vous êtes complètement folle ? D'immenses bêtes digitales nous pourchassent !

— Je vous rappelle que je suis une femme de guerre.

— Ce n'est pas le moment de nous rencontrer à une adresse alphanumérique connue, un café public simu !

Il n'avait revu ni Garçon ni Amana depuis qu'ils avaient miraculeusement échappé — tous les quatre — aux masses enragées qui s'étaient affrontées au Colisée. Il n'avait pas idée de l'endroit où les simus, le garçon et sa bien-aimée humaine, pouvaient se trouver. S'ils étaient encore quelque part.

Les retrouver dans le labyrinthe fluide, complexe… Cette pensée lui rappela la sensation qu'il éprouvait quand il portait trop longtemps une perruque.

Il se souvint — dans l'étrange mémoire flash, rapide, qui lui procurait des images détaillées d'événements passés, comme des peintures à l'huile mouvantes — des pièces enfumées de Paris. La puanteur du tabac gris restait dans ses perruques pendant des jours. Personne, dans ce monde — Trantor, comme ils l'appelaient —, ne fumait. Il se demandait pourquoi. Se pouvait-il que ces dingues de toubibs aient raison et que ces inhalations soient nuisibles pour la santé ? Et puis, *zou !* Les souvenirs visuels s'estompaient comme s'il avait appelé un serviteur en claquant les doigts.

Du ton de commandement qu'elle utilisait pour mener ses soldats récalcitrants, elle dit :

— Organisez un rendez-vous ! Ou je ne recevrai plus jamais rien de vous.

— Bon sang ! Suivre leur trace sera… dangereux.

— La peur vous retiendrait donc d'agir ?

Elle avait fait mouche. Quel homme admettrait avoir peur? Il fulmina et étira son temps d'horloge, la laissant sur place.

Pour se cacher dans le Web, le logiciel rompait sa simulation en segments susceptibles d'être exploités dans différents centres de traitement. Chaque segment se logeait dans un algorithme local. Pour un programme d'entretien lambda, l'espace piraté ressemblait à une routine ordinaire. Ce masquage d'adresse semblait même optimiser les performances. Tout le truc résidait dans la dissimulation.

Même un programme d'édition et d'élagage chargé de repérer les redondances dispenserait d'effacement un segment bien masqué. De toute façon, il en conservait une sauvegarde qui tournait ailleurs. Une copie, pareille à un livre dans une bibliothèque. Quelques millions de lignes de code dispersées parmi des notes sans rapport pourraient transporter le joyeux Voltaire sous forme d'une véritable entité au ralenti.

S'il ordonnait à chaque fragment de traquer pour lui les deux misérables personae des *Deux Magots*...

Il murmura à contrecœur :

— Je vais vous conférer des pouvoirs accrus afin de vous aider dans votre isolement.

Il introduisit dans son espace les copies des programmes de contrôle résidents de ses propres pouvoirs à lui. C'étaient des petits bijoux procurés par l'incarnation de Marq, chez Artifice Associates. Voltaire les avait considérablement améliorés alors qu'il était confiné dans les antémémoires d'A^2. Il n'avait obtenu la faculté de les sauvegarder au moment crucial qu'en s'élevant vers des niveaux plus élevés.

Ces dons, il l'en faisait maintenant profiter. Ils s'activeraient en cas de danger. Il y avait attaché un code déclencheur qui s'actionnerait si elle éprouvait une grande peur ou une vive colère. Là!

Elle sourit, ne dit rien. Après un tel cadeau! C'était exaspérant!

— Vous rappelez-vous, madame, avoir débattu, il y a longtemps — plus de huit mille ans! — des problèmes posés par la pensée informatisée?

Un nuage assombrit son visage.

— Je... Oui. C'était si difficile. Et puis...

— Nous avons été préservés. Pour renaître ici, et débattre à nouveau.

— Parce que… la question progresse…

— De millénaire en millénaire, j'imagine. Comme si une force sociale inexorable nous y contraignait.

— Alors nous sommes condamnés à recommencer éternellement ? avança-t-elle en frémissant.

— Je suppose que nous sommes les instruments d'un jeu plus vaste. Mais des instruments intelligents, cette fois !

— Je veux le confort du foyer, pas des conflits surnaturels.

— Peut-être, madame, puis-je accomplir cette tâche, entre autres affaires pressantes.

— Pas *peut-être*, monsieur. En attendant…

Sans un mot d'adieu, elle coupa la communication et disparut dans les ténèbres humides.

Il pourrait rétablir la liaison, évidemment. Maintenant, il était maître de ce royaume mathématique, grâce aux émulations réalisées par Artifice Associates de sa représentation originale. Première version qu'il avait baptisée Voltaire 1.0. En quelques semaines, il était arrivé, à force d'automodifications, à Voltaire 4.6, et il comptait progresser encore plus rapidement.

Il s'immergea dans le Web. C'était là que résidait Jeanne. Il aurait pu s'imposer à elle, évidemment. Mais une femme qu'on force n'est jamais une femme conquise.

Très bien. Il devait trouver les personae. *Et merde !*

3

Marq était assis, tendu à bloc, sous son holo. Il explorait les coins et les recoins encombrés du Web.

Il était à peu près sûr qu'il ne restait rien de Voltaire, sauf dans les fichiers de sécurité de Seldon. Ou du moins il en était sûr avant. Il regrettait presque d'avoir surpris ces bribes de conversation qui impliquaient tant de choses.

— Et pourtant, c'est tout, dit-il.

— Pourquoi fais-tu tourner des profils de recherche sur Jeanne ? demanda Sybyl, depuis son bureau.

— Seldon veut que nous continuions. *Tout de suite.* Jeanne sera plus facile à retrouver, si elle s'est également réfugiée dans le Web.

— Parce que c'est une femme ?

— Ça n'a rien à voir avec le « sexe » de Jeanne, et tout avec son tempérament. Elle devrait être moins calculatrice que Voltaire, exact ?

— Peut-être, convint-elle en le regardant de travers.

— Moins rusée. Gouvernée par ses sentiments.

— Et pas par la tête, comme ton supergénie de Voltaire ? Plus susceptible de faire une erreur ?

— Écoute, je sais que je n'aurais pas dû doper Voltaire. Encore un coup de mes hormones.

— Tu n'arrêtes pas de te prendre les pieds dedans, fit-elle avec un sourire.

— Une erreur de jugement. Et la pression de Nim. Je suis sûr qu'il travaillait pour quelqu'un et qu'il nous a manipulés tous les deux.

— Pour provoquer les émeutes de Junin ? avança-t-elle avec une moue attristée.

— Possible. Mais qui aurait pu vouloir une chose pareille ? fit-il en flanquant un coup de poing sur son bureau. Donner un coup d'arrêt à la renaissance qui s'amorçait tout juste...

— Ne revenons pas là-dessus, fit-elle en arpentant la petite pièce crasseuse. Si nous pouvions trouver ces simus, ce serait une bonne monnaie d'échange. Nous n'allons pas rester éternellement cachés.

— Voltaire est beaucoup plus rapide que Jeanne, plus débrouillard. Il a tout : l'autoprogrammation, l'émulation interne automatique... Et n'oublie pas que ce type est créatif.

— C'est le génie que nous devons rattraper ? Ha !

Son ton sarcastique le mit en rogne. Il avait eu plusieurs fois l'impression d'en être tout près. Et chaque fois, juste au moment où ses fureteurs trouvaient un brin de la configuration particulière de Voltaire, il lui échappait, réduisant ses efforts à néant. Son holo disparaissait inexplicablement. Il perdait en une microseconde des heures de données soigneusement agrégées. Et il devait repartir de zéro.

Marq s'appuya à son dossier et tourna la tête en tous sens pour délasser les muscles de sa nuque.

— J'ai peut-être un truc, mais je n'en suis pas sûr, ajouta-t-il en indiquant son cube de carbone. J'ai redistribué mon espace. Je l'ai utilisé pour gagner quelques créds sur le marché des protéines. Et puis j'ai capté une autre trace de Voltaire.

Elle poussa un soupir et se laissa tomber dans un fauteuil qui s'adapta habilement pour la rattraper.

— À quoi bon courir après les créds ? On ne peut rien acheter à manger avec.

— Trouve Jeanne, et on va prendre du ventre.

— Enfin, rien ne prouve que ces tictacs qui se détraquent ont quelque chose à voir avec nos simus.

— Le Consortium Scientifique Impérial pense qu'il y a un lien avec le merdier de Junin, répondit-il avec un haussement d'épaules. C'est ridicule, évidemment, mais ça fait monter la pression. Ils disent qu'ils ont des informations secrètes, ils n'expliquent rien. Tu piges ?

— Eh bé, je te trouve bien susceptible ! Alors on nous cherche toujours.

— On fait comme si, en tout cas. Enfin, j'imagine. Trantor a des problèmes beaucoup plus graves, en ce moment.

— Tu penses que nous allons tous être rationnés ?

— J'en ai bien peur. Dès la semaine prochaine, à ce qu'on dit. Simple mesure de précaution, ajouta-t-il devant son air soucieux, en espérant que sa voix ne trahissait pas sa propre appréhension. Ça ne nous fera pas de mal à tous les deux, fit-il en se pinçant la peau au-dessus de la ceinture.

Il n'était pas mal pour son âge, mais ç'aurait pu être mieux.

— Je n'ai pas besoin de me mettre au régime, répliqua-t-elle en lui coulant un coup d'œil en biais. On a vu des gens manger des rats.

— Où as-tu entendu ça ?

— Eh bien, j'ai des « sources secrètes », moi aussi.

Les désordres tictacs avaient fait tache d'huile dans les principaux axes d'approvisionnement alimentaire. Les émeutes de Junin n'avaient pas été le déclencheur. Il y avait eu autre chose, des semaines plus tard. En l'espace de quelques jours, des pannes avaient affecté toutes les usines alimentaires de Trantor. Les importations augmentaient, mais il y avait une limite à ce qu'on pouvait faire passer par les quatorze embouchures des trous de ver voisins, ou transporter dans les énormes hypernefs.

Comme par solidarité, l'estomac de Marq se mit à gronder.

— Eh bien, on a faim, on dirait !

— Regarde ça, fit Marq avec agacement en indiquant du pouce les lignes qui s'inscrivaient sur son holo.

Être sensuel, c'est être mortel. La souffrance et la douleur sont les sombres jumeaux de la joie et du plaisir; la mort le noir jumeau identique de la vie.

Mon état présent est exsangue ; je ne peux donc saigner. Les sueurs de la passion sont au-delà de moi; mes ardeurs ne se refroidissent jamais. On peut me copier et me refaire; même l'effacement n'est pas une menace pour mon immortalité. Comment pourrais-je ne pas préférer mon destin au destin ultime de tous les êtres sensuels, noyés dans le temps comme le poisson est noyé dans la mer dans laquelle il nage ?

— Où as-tu trouvé ça ? demanda-t-elle.

— Juste un passage que j'ai saisi alors qu'un pan de données s'escamotait. L'enregistrement évoque des bribes de conversation entre deux sites du Web très éloignés l'un de l'autre.

— C'est tout à fait lui, ça...

— J'ai vérifié dans nos vieux fichiers popoff. Tu sais, tout ce texte linéaire, qui courait parallèlement à son simu ? Ça vient de là. Des textes anciens. Ce type prenait son pied en se citant lui-même.

— Alors il est encore là-dedans.

— Ouais, et moi, je n'y suis plus pour personne, fit-il.

Il attrapa son vestongant et se dirigea vers la porte.

— Où tu vas ?

— Au marché noir. Il faut que je mange quelque chose.

Sybyl s'empressa de le suivre. Marq connaissait les dealers de douceurs et autres amuse-gueule. Il lui fit traverser un empilement branlant de cubes à loyer modéré et des entrepôts encombrés où régnaient des odeurs de moisi millénaires. Il fit ses emplettes dans un trou à rat, à côté d'une fontaine érigée en l'honneur d'une bataille dont Sybyl n'arrivait pas à prononcer le nom et dont elle se souvenait encore moins.

Elle parcourut machinalement les environs du regard, à la recherche de scrutyeux, mais il y en avait encore moins que de vrais policiers. On avait dû relâcher la pression sur eux — leurs dons-données avaient érigé autour d'eux une coque d'info qui paraissait compacte — mais un flic pouvait encore les repérer et vendre la mèche.

Marq partagea avec elle des choses au goût âpre, intense, merveilleux. Ils respectèrent un silence méditatif tout en s'engageant dans un interminable escalier mécanique d'où ils avaient une vue plongeante sur des taudis, de vastes halles jonchées d'ordures, des amas de tentes chaotiques coincés entre de nobles bâtisses, des projets architecturaux avortés, de toutes les formes et de tous les styles.

Une sensation agréable au creux de l'estomac, même s'il n'avait pas le ventre plein, incitait Marq à savourer Trantor dans son ensemble. C'était un monde majestueux avec ses injustices, ses souffrances imméritées, ses iniquités, ses inégalités. La distance gommait ses défauts et ses tares, de la même façon que les œufs se dissolvaient dans la crème, tant qu'on n'y regardait pas de trop près.

Ils se promenaient le nez au vent quand, sans prévenir, un tictac à six bras se rua dans leur allée en bourdonnant. Il poursuivait un tictac à quatre bras et à la carapace polie : un tictac de la classe des patrons. Il lui tomba dessus et ils commencèrent à se battre sans cesser de rouler. On aurait dit une bataille de chiffonniers en accéléré. Ils s'éloignèrent à toute vitesse, leurs carcasses de métal faisant un bruit de casserole.

— Ne bouge pas, fit Marq tandis que les deux robots passaient à côté d'eux, absorbés dans leur combat acharné. Les flics ne vont pas tarder à rappliquer. Mettons les bouts.

Ils partirent dans l'autre direction en courant, arrivèrent sur une vaste place. Le spectacle lui arracha un sifflement.

Tout autour d'eux, des tictacs se croisaient les six bras, refusant de travailler, sourds aux protestations humaines. Ils formaient une barrière protectrice entre les femmes qui supervisaient un chantier de construction et les murs qu'ils montaient. Plusieurs six-bras élevaient respectueusement des paniers dans l'air. L'un d'eux, qui n'avait rien remarqué, continua à souder une poutre transversale jusqu'à ce qu'un autre lui tombe dessus en balançant un long outil à évider.

Des gens paniqués couraient en tous sens sur la place, dans un grand bruit de ferraille. Personne ne pouvait s'opposer au mouvement de protestation des tictacs. Quand un quatre-bras tentait d'intervenir, les six-bras l'attaquaient.

— Tu sais que le travail de bureau paraît très séduisant en ce moment ? nota Marq. Si ça continue, nous allons être obligés de faire toutes les corvées nous-mêmes.

— Que se passe-t-il ? demanda Sybyl en reculant, alarmée. On dirait que les tictacs sont pris de folie. Et que c'est contagieux.

— Hum… Un virus ?

— Mais où l'auraient-ils attrapé ?

— Exactement.

4

— Quoi ? s'exclama Voltaire en surgissant dans le cadre contextuel.

— Bienvenue, fit Jeanne d'une petite voix.

C'était la toute première fois qu'elle initiait le contact avec lui. Et il devait encore trouver les acteurs des *Deux Magots*.

— Il se peut que je sois amené à revoir ma position sur les miracles, dit-il.

Elle baissa les yeux. L'espace d'un instant, il soupçonna que c'était pour mieux les relever et le regarder de haut sans dresser sa jolie tête. Imaginait-elle à quel point ça pouvait être captivant ? Sa poitrine s'enflait et retombait d'une façon que ses palpeurs trouvaient affolante et à laquelle ils ne pouvaient rien.

Voltaire lui prit la main, la porta à ses lèvres et, n'éprouvant aucune sensation, la laissa retomber, maussade.

— C'est insupportable, dit-il. Désirer s'unir, et ne rien sentir quand on y parvient.

— Ça ne vous fait rien quand nous nous retrouvons ?

— *Ma chère enfant*, des senseurs n'ont jamais fait un être sensuel. Ne confondez pas sensation et sensualité.

— Et comment... avant... ? demanda Jeanne avec une gêne manifeste, comme si elle redoutait une réponse blessante.

— Je ne puis effectuer la, euh... « programmation » ici. Nous avions accès à des myriades de possibilités quand Artifice Associates nous a mis en cage comme des animaux du zoo. Ici, dans ce milieu digital, mes dons — bien qu'en constant progrès ! — n'arrivent pas à ce niveau. Pas encore.

— Je me disais que c'était peut-être une sainte privation. Une aide, vraiment, pour parvenir à une juste conduite.

— L'incompétence explique beaucoup plus de choses dans l'histoire que la volonté délibérée de nuire.

Jeanne détourna le regard.

— Je vous ai fait venir, monsieur, parce que, depuis notre dernière rencontre, malgré les avertissements de mes voix... j'ai répondu à un appel.

— Je vous avais dit de n'en rien faire ! hurla Voltaire.

— Je n'avais pas le choix, dit-elle. Je devais répondre. C'était... urgent. Je ne puis tout à fait l'expliquer, reprit-elle d'une voix apeurée, mais je sais qu'au moment où je l'ai fait, j'ai frisé l'extinction absolue.

Voltaire dissimula son inquiétude derrière un masque frivole.

— Ce n'est pas une façon de parler. Une sainte ne saurait admettre la possibilité d'extinction absolue. Votre canonisation pourrait être annulée.

La voix de Jeanne vacilla telle la flamme d'une bougie dans les sombres bourrasques du doute.

— Je sais seulement que j'étais au bord d'un grand vide, d'un gouffre de ténèbres. J'ai aperçu non point l'éternité mais le néant. Même mes voix se sont tues devant la perspective de... de...

— De quoi ?

— De cesser d'être, répondit Jeanne. De disparaître pour ne plus jamais reparaître. J'étais sur le point d'être... effacée.

— Supprimée. Les furets et leurs chiens, dit-il, et cette seule pensée lui donnait la chair de poule. Comment avez-vous réussi à fuir ?

— Je n'ai rien fait, répondit la Pucelle, la vénération prenant le pas sur la peur. C'est le plus inquiétant. Qui ou plutôt quoi que ce soit, ça m'a laissée partir sans me faire de mal. J'étais là, devant cette chose, vulnérable, sans défense. Et puis elle m'a... laissée partir.

Il éprouva une terreur glacée. Il avait lui aussi senti des entités invisibles juste derrière son épaule, le regardant, le jugeant. Il y avait quelque chose d'implacablement étranger dans ces apparitions. Il s'arracha à ces souvenirs d'épouvante.

— À partir de maintenant, ne répondez plus à aucun appel, d'où qu'il émane.

Une expression dubitative s'inscrivit sur le visage de la Pucelle.

— Je n'avais pas le choix.

— Je vais vous trouver une meilleure cachette, lui assura Voltaire. Vous rendre invulnérable aux apparitions involontaires. Vous donner le pouvoir...

— Vous ne comprenez pas. Ce... cette Chose aurait pu m'éteindre comme on pince une petite flamme entre deux doigts. Elle reviendra, je le sais. En attendant, je n'ai qu'un souhait.

— Tout ce que vous voudrez, dit Voltaire. Tout ce qui est en mon pouvoir...

— Ramenez-nous au café avec nos amis.

— *Aux Deux Magots* ? Je cherche, mais je ne sais même pas s'il existe encore !

— Recréez-le grâce aux sortilèges que vous avez appris. Si je dois sombrer dans le néant, qu'au moins j'aie pu passer, avant, une nouvelle soirée avec nos chers amis et vous-même. Rompre le pain, partager le vin en compagnie de ceux que j'aime... Je n'en demande pas plus avant d'être... effacée.

— Vous ne serez pas effacée, lui assura Voltaire avec une conviction qu'il était loin d'éprouver. Je vais vous transférer dans un endroit où personne n'ira jamais vous chercher. Vous ne pourrez pas répondre aux appels, même si vous pensez qu'ils viennent de moi. Mais vous aurez souvent des transmissions avec moi. Vous comprenez ?

— Je projetterai aussi ma fraction spirituelle.

— Je crois que ça commence déjà à me démanger.

Il avait bel et bien l'impression, en effet, que quelque chose s'agitait, le picotait à la limite de son champ de vision, comme des insectes qui auraient rampé dans son cerveau. Il s'ébroua. Pourquoi la logique d'un mathématicien perfide l'avait-elle dépouillé de sa sensualité et le torturait-elle avec de rauques irritations ?

Mais elle commençait seulement à le défier.

— Pour un homme qui m'a pris ma virginité, je trouve que vous parlez bien légèrement du mariage. Et de l'amour.

— Bien sûr. L'amour entre gens mariés doit être possible, bien que je n'en aie personnellement jamais vu d'exemple, et pourtant il n'est pas naturel. C'est comme de naître avec deux orteils soudés. Ça arrive, mais c'est une erreur. On peut, naturellement, vivre heureux avec n'importe quelle femme, pourvu qu'on ne l'aime pas.

Elle lui jeta un coup d'œil implacable.

— Je suis immunisée contre vos façons de hussard.

Il secoua tristement la tête.

— Pour ça, un chien s'en sortirait mieux que moi dans mon état actuel.

Il passa son simu-doigt sur sa gorge. Elle renversa la tête en arrière, ferma les yeux, les lèvres mi-closes. Mais lui, hélas, n'éprouvait rien.

— Trouver un moyen, murmura-t-il. Trouver un moyen...

5

Il négligeait son travail. S'il manquait de sens interactifs, c'était donc sa propre faute.

Ça, et la démangeaison. Il devait apprendre à se... disons à se gratter lui-même, intérieurement.

Dans ce maudit royaume digital.

— On ne peut pas en vouloir à une divinité d'être absente d'un endroit tel que celui-ci, fit Voltaire dans le système coordonné pareil à un hymne infini qui l'entourait.

Il volait dans un espace ténébreux, divisé en zones rectangulaires précises, un quadrillage de corridors s'étendant jusqu'à l'infini.

— Comme c'est différent ! s'écria-t-il dans l'indifférence absolue. Je nage dans les simus des autres, j'occupe des domaines éloignés de...

Il était sur le point de dire *de mes origines*, mais ça signifiait :

A la France

B la Raison

Γ Sark

Il venait des trois. Sur Sark, les programmateurs si fiers d'eux qui l'avaient... ressuscité avaient parlé de leur Nouvelle Renaissance. Il devait être le fleuron de leur récent épanouissement. Des versions de Volt 1.0 tournaient quelque part sur cette planète.

Ses frères ? Des *duplis* plus jeunes, oui. Il faudrait qu'il examine les implications de tels êtres dans un discours rationnel futur. Pour le moment...

Il devait regarder ça de près, se dit-il. S'il ralentissait les événements, un truc qu'il avait appris très tôt, alors il pouvait consacrer les écraseurs de données à la compréhension de... lui-même.

D'abord, ce repaire d'encre dans lequel il planait. Sans vent, sans chaleur, sans le frottement de la réalité.

Il s'abîma dans ses propres rouages mathématiques. Il était un amas confus, byzantin, de détails, mais au contour étonnamment familier : le monde cartésien. Les événements étaient modélisés dans un espace orthogonal, selon des axes x, y, z, où le mouvement n'était que des groupes de nombres sur un axe. Toutes les dynamiques étaient réduites à des calculs arithmétiques. Descartes aurait bien ri s'il avait pu voir à quels sommets vertigineux sa méthode mineure s'était élevée.

Il rejeta l'extérieur et plongea dans ses profondeurs ralenties.

Il sentait à présent que son préconscient déchiffrait les visions entrantes, les sons, les pensées fugitives de l'instant. À son regard intérieur, ils portaient tous des signets rouge vif, parfois de simples caricatures, souvent des paquets complexes.

De quelque part, une idée-paquet arriva, informative : c'étaient les transformées de Fourier. D'une certaine façon, cela facilita sa compréhension. Et rien que de sentir, porté par le vent, le nom d'un compatriote français lui remontait le moral.

Un Associateur — grand, bleu, bulbeux — planait au-dessus de ce champ de données, butinant les signets. Il arriva avec des serpentins jaunes sur un horizon lointain, bordé de violet, au Champ Mémoriel. De là, il apporta tous les éléments emmagasinés — des paquets d'un gris tacheté, contenant des sons, des images, des odeurs, des idées — assortis aux signets arrivants.

Son travail accompli, l'Associateur tendit toutes les paires à un monolithe immense qui le dominait de toute sa hauteur : le Discriminateur. Un vent perpétuel aspirait les signets rouges vers le haut, vers les surfaces béantes de la montagne noire comme le charbon du Discriminateur. Là, des filtres sans merci rapprochaient les signets des souvenirs emmagasinés.

S'ils allaient ensemble — formes géométriques glissant l'une vers l'autre, faux sexe, encoches épousant habilement des chicots saillants — ils restaient. Mais les mariages étaient rares. La plupart des signets n'arrivaient pas à trouver une mémoire pour les accueillir et qui fasse sens. Pas d'accord. Alors le Discriminateur les dévorait. Signets et connections disparaissaient, balayés, pour laisser place à l'afflux de sensations suivant.

Il se pencha sur son paysage intérieur, sentit son pouvoir pareil à un orage de grêle. Toute sa vie créative — l'émerveillement des continents — venait de là. Des pensées vagabondes, des bribes de conversation, des mélodies, tout cela surgissait dans son esprit, une tornade d'images chaotiques, grouillantes, qui s'efforçaient d'attirer son attention. Les paquets de mémoire qui partageaient un lien solide avec un signet demeuraient.

Mais qui décidait de ce qui était assez solide ? Il regarda des tiges glisser dans des fentes et vit, dans toute la complexité de ses détails, la façon dont ces souvenirs et ces signets étaient faits. La réponse se trouvait au moins un pas de plus en arrière, dans la géométrie de la mémoire.

Ce qui voulait dire qu'il avait déterminé les choses en établissant des strates mémorielles. Des masses de mémoire, mariées à des torrents de signets, formaient une portion de son ego arrachée au torrent, au fleuve des possibles.

Il avait fait cela longtemps auparavant, quand il avait emmagasiné ses souvenirs, sans se douter qu'ils s'accorderaient avec les signets à venir. Alors où était tapi n'importe quel Voltaire ? Dans la complexité à l'état pur, dans les détails profonds, les associations mouvantes dans le courant.

Pas plus d'ego dur comme la pierre que de beurre en broche.

Et son imagination ? L'auteur de toutes ces pièces et essais ? Il devait se trouver dans le temps torrentiel des mémoires de signet. Les torsions, déformations et soudains mariages, les associations de morceaux de puzzle, surgissant du préconscient. L'ordre du chaos.

— Qui est Voltaire ? hurla-t-il au vide quadrillé, fluctuant.

Pas de réponse.

La démangeaison était toujours là, en lui. Et le néant béant autour de lui. Il décida de s'attaquer au plus gros problème. Qu'avait dit Pascal ?

Le silence éternel de ces espaces infinis m'effraie.

Il sonda, fora, chercha. Et ce faisant, il sut que, tandis que ses mains plongeaient dans l'ébène environnant, elles n'étaient que des métaphores. Des symboles de programmes qu'il n'aurait jamais pu créer lui-même.

Il avait hérité de ces facultés à peu près comme il avait reçu ses mains à la naissance. Tout au fond de son ego conscient, ses favoris avaient trimé sur la base Volt 1.0 augmentée des émulations de Marq.

Il écarta les ténèbres et passa de l'autre côté. Dans une rue, en pleine ville.

Il était faible, épuisé, haletant. Ses ressources diminuaient.

Il entra en tremblant dans un restaurant — simple, anonyme, juste de la nourriture posée sur des comptoirs — et s'empiffra.

Il se concentra sur chaque étape. Il s'aperçut, en faisant resurgir chaque portion de son expérience, qu'il pouvait descendre dans les strates de sa propre réaction.

Le bien-être de son corps exigeait des jeux de règles superposées. Quand il mâchait, pour que ça paraisse réel, il fallait que ses dents s'enfoncent dans la nourriture, que la salive jaillisse à la rencontre de la bouchée d'aliment, que les enzymes en extraient les ratios voulus de nutriments.

Mais il s'aperçut que ses programmes court-circuitaient les processus stomacaux et intestinaux impliqués. Ces subtilités étaient sans objet. Le « software » (drôle d'expression) réduisait ce mélange intérieur répugnant à un résultat perceptible pour lui : une concentration satisfaisante de sucs sanguins qui lui procuraient un afflux d'hydrates de carbone, un équilibre électrolytique agréable, calculait soigneusement les hormones et les stabilisants, ainsi qu'un ensemble de jauges pour les niveaux émotionnels appropriés.

Une fois que les sous-programmes avaient obtenu l'effet escompté, l'excitation simulée des terminaisons nerveuses, tout autre détail était écarté. Pas trop mal pour ce qui était en réalité un bloc de ferrite et de polymère, une complexité de cristal dont chaque site était un microprocesseur individuel, qui travaillait frénétiquement.

Et pourtant, il avait l'impression d'avoir été aspiré intérieurement par un vide intense.

Voltaire sortit précipitamment du restaurant. La rue ! Il fallait qu'il la voie, pour confirmer ses soupçons.

Il dévala en titubant les paisibles avenues. Courir, arpenter !

Il avait beau prendre des risques, il ne tombait jamais. L'inspection de ses strates intérieures lui montra que c'était grâce à sa vision périphérique supérieure à 180 degrés, englobant tout. Il voyait donc littéralement derrière son dos, bien que ce ne fût pas conscient.

Il s'aperçut tout à coup que les individus réels parvenaient à négocier leur avance tout en bavardant grâce à des comparaisons instantanées de leur vision périphérique. Ils avaient une perception aiguë des soudains changements de silhouettes et de trajectoires. L'équilibre, la marche, revêtaient une importance telle pour les humains que sa programmation en rajoutait dans le domaine de la prudence.

Il dut se pencher loin en avant pour enfin réussir à tomber sur le nez — *paf!* — et même alors, il le sentit à peine.

Il se laissa alors marcher dessus par un passant. Ou plutôt une passante. Une fille. Une fille nominale, cette expression lui sauta à l'esprit, le piétinait.

Il se crispa douloureusement sous le poinçon des talons aiguille... mais il ne sentit rien. Il la suivit en rampant. Une partie élémentaire de lui-même avait redouté la douleur.

Elle l'avait donc éliminée. Autant dire que l'expérience n'était plus une contrainte.

— L'esprit a remporté le divorce avec le corps ! annonça-t-il aux passants qui l'ignoraient superbement.

Ce n'était que sa simulation !

Offusqué, il rattrapa la fille méthodique et sauta sur ses épaules de tout son poids. Sans effet. Il descendit la rue sur son dos. Elle poursuivit son chemin, indifférente, alors qu'il dansait la gigue sur sa tête. La fille simulée, à l'air si fragile, était un greffon enregistré, aussi solide et impitoyable qu'une pierre.

Il descendit la rue en bondissant de tête en tête. Personne ne le remarqua. Chaque tête lui paraissait ferme, pareille à un tremplin de saut à ski, lisse et glissant.

La rue entière était donc un décor grossièrement ébauché. La foule ne se répétait pas d'un bloc, mais trois fois il revit la même femme âgée qui marchait en crabe sur le trottoir, suivant exactement la même trajectoire, portant le même cabas.

C'était inquiétant de regarder passer les gens en sachant qu'ils étaient aussi inaccessibles qu'une étoile lointaine. Et même plus. Des étoiles, l'Empire en avait à revendre.

Et comment le savait-il ?

Voltaire sentait la connaissance se déployer en lui comme un maillage épais, une cape qui l'aurait entouré.

Soudain, ça le démangea. Pas un simple désagrément mais un terrible picotement qui parcourait tout son corps par vagues. Ou plutôt l'intérieur de son corps.

Il courut le long de la rue en se flanquant des claques. Le geste physique aurait dû stimuler ses sous-ego, les amener à résoudre ce problème. Il n'en fit rien.

Des piqûres douloureuses parcouraient son épiderme. Il dansait tel un feu Saint-Elme, un phénomène naturel pareil aux boules de feu, ainsi que l'en informait gaiement un sous-ego, comme s'il désirait...

— Bibliothèque didacticielle ! hurla-t-il. Pas de ça ! Je veux...

Vos excellents astronomes peuvent trouver la distance des étoiles, leur température et leur composition métallique. Mais comment trouvent-ils leur vrai nom ?

La voix parlait sans bruit, non dans ses oreilles mais à son esprit. La voix atone, dépourvue d'humour, d'une étrange platitude, lui faisait froid dans le dos. Le glaçait de terreur.

— Qui se moque ainsi ?

Pas de réponse.

— Qui est-ce, merde ?

Jeanne avait appelé ce néant « ça ».

Il pressa encore le pas, mais il sentait des yeux partout.

6

Marq écoutait, tendu à bloc, la voix neutre du Mac 500 relater la dernière manifestation du virus informatique.

De gros engins agricoles s'étaient détraqués dans quarante-six sites entiers. De nouveaux incidents se produisaient sans cesse. Espérant interrompre un schéma émergent de comportement aberrant, les autorités de Trantor avaient appelé les tictacs d'entretien des stations-service locales. Au lieu de réparer le matériel, ils se mettaient en formation devant les tictacs en panne et récitaient des incantations dans un langage torturé que leurs programmateurs n'avaient jamais entendu.

Après des incidents virtuellement identiques dans plusieurs des nombreuses strates de la société de Trantor, des tictacs témoins avaient révélé des nœuds de programmation chaotiques. Ou qui semblaient l'être. Mais comment

Voltaire regarda Marq rouspéter et envoyer promener le repas qu'il avait à peine entamé.

Il avait appris à s'introduire dans le réseau de communication des autres, malgré les pénibles contorsions auxquelles ça l'obligeait. Il arrivait presque mieux à sonder le monde réel, impitoyable, que ce cadre froid, abstrait.

Voltaire regarda Marq de deux façons simultanées : l'image de l'homme assis dans son auditorium simu, et à travers ses nombreuses connections avec le monde des données.

Grâce auxquelles il vit très vite Trantor comme Marq, dans toute sa gloire et sa misère. Il avait l'impression agréable d'être en plusieurs endroits à la fois. Et il sentait (ou croyait sentir) l'intense angoisse de l'homme.

Il pouvait voir Marq en inversant le système de collecte visuelle sur la grille de une erreur aléatoire pouvait-elle mener au même comportement ?

Les linguistes étudiaient leur jargon à la recherche d'analogies avec des langues connues, anciennes ou modernes. AUCUNE corrélation ne fut trouvée.

Marq étudia les données qui arrivaient en secouant la tête. Ses écrans simu grouillaient d'images pareilles à un tourbillon de feuilles d'automne emportées par le vent.

— Quelle saloperie, marmonna-t-il en regardant avec dégoût le bol de soupe de plancton posé près de son coude. Toutes les sources de vivres sont menacées. Plus de fruits frais, que des vieux légumes ratatinés. J'en ai jusque-là !

Jusque-là d'être obligé de se cacher. De s'être fait doubler par Nim. De n'arriver à retrouver ni Jeanne ni Voltaire.

— Je commence à en avoir marre de bouffer du carton !

Il envoya valser le bol de soupe qui s'écrasa sur le sol de leur cube sordide.

son holo. Tout en écoutant ses gémissements de mauvais aloi, il puisa dans sa gigantesque base de données un résumé des récentes bouffonneries des tictacs et, au-delà, le contexte filtré par des microprogrammes encore dociles.

Il apprit que le kilowatt au mètre carré de lumière solaire capté par Trantor était converti en nourriture sur le toit de la cité qui était le monde, dans d'immenses photo-fermes produisant de grandes feuilles d'un matériau gris, peu appétissant. Mais l'essentiel de l'énergie était fourni par les pompes thermiques qui canalisaient le magma incandescent situé au-dessous. Les masses rouge rubis domptées par des tictacs gorgones (comme ce nom allait mal à ces machines titanesques) étaient vraiment prodigieuses, mais il ne discernait aucune cause aux interruptions qui se multipliaient maintenant comme des orages de chaos dans toutes les strates de Trantor.

Il s'intéressait à la politique, où s'illustraient tant de médiocres. Devait-il s'attarder, maintenant qu'il avait appris les ennuis de Trantor ? Non. La nécessité lui faisait signe.

Il devait s'assumer. Faire ses corvées, comme lui avait dit

une fois sa vieille sorcière de mère. Si seulement elle pouvait le voir aujourd'hui, effectuer des tâches inimaginables dans un labyrinthe inconcevable.

Il fut soudain envahi par une vague de souvenirs douloureux, une nostalgie aiguë pour un endroit et une époque qu'il savait n'être plus que poussière balayée par le vent, sur un monde perdu. La Terre elle-même avait disparu ! Comment ces gens avaient-ils pu permettre une telle mascarade ?

Voltaire se mit au travail en bouillonnant de colère réprimée. Toute sa vie il s'était réfugié dans son travail, dans les pièces qu'il griffonnait, amassant une fortune.

Faire tourner son arrière-plan, telle était sa tâche. Curieuse formule.

Quelque part au fond de lui, un agent cherchait les programmes experts qui savaient comment créer son cadre extérieur. Il devait le faire, la sueur trempant son linge, les muscles bandés contre... quoi ? Il ne voyait rien.

Il divisa les tâches. Une partie de lui savait ce qui se passait en réalité, bien que le noyau-Voltaire n'ait conscience que d'un travail manuel.

Son ego rusé sentait les détails du processus. En chipant du temps de passage dans les bases machine, il réussissait à faire effectuer des calculs informatiques en douce. Le truc ne marcherait que jusqu'à la prochaine routine de vérification de programme, quand son larcin serait détecté et qu'on remonterait jusqu'à lui, le châtiment suivant de près.

Pour éviter ça, il se répartit en N plates-formes dispersées dans tout Trantor, N étant un nombre significativement supérieur à dix mille. Quand les petits fragments du simu sentaient approcher un pisteur, ils pouvaient fuir la plate-forme incriminée. Un agent répartiteur de tâches lui avait expliqué que l'opération s'effectuait *à un rythme inversement proportionnel à l'espace de traitement capturé* — bien que cette explication soit assez opaque pour son ego-mémoire.

De petits fragments fuyaient plus vite. Aussi, par sécurité, divisa-t-il la simulation entière, y compris lui-même (*et Jeanne*, lui rappela un agent — ils étaient reliés par de minuscules racines) en tranches plus minces. Qui couraient sur des myriades de plates-formes, où l'espace devenait disponible.

Lentement, ses programmes externes se cristallisaient autour de lui.

Il pouvait, en articulant doucement, faire souffler une brise sur une branche d'arbre... tout cela grâce à quelques gigastrates d'espace ouvertes lors d'un protocole de transfert momentané, tandis que des programmes comptables gargantuesques basculaient, sur une couche d'opérations bancaires.

Il déléguait à des microserveurs le rafistolage de son ego à partir de la somme de ses fragments. Il se voyait comme un homme fait d'une montagne de fourmis. Peut-être convaincant, d'une certaine distance. De près, on se demandait.

Mais celle qui n'en revenait pas, c'était la montagne de fourmis elle-même.

Son sens viscéral de l'ego — était-il dur comme le roc, lui aussi, simple limace composée de chiffres ? Ou une mosaïque de dix mille règles *ad hoc* tournant ensemble ? L'une des deux réponses était-elle meilleure que l'autre ?

Il faisait une promenade. Très agréable.

Cette ville, il l'avait appris, se réduisait à quelques rues et à un décor de fond. Il flânait dans une avenue lorsque certains détails commencèrent à s'effacer, puis il finit par ne plus pouvoir avancer dans l'air, maintenant épais comme de la mélasse. Il ne pouvait pas aller plus loin.

Il se retourna, regarda le monde apparemment normal. Comment faisaient-ils ça ?

Ses yeux étaient simulés dans leurs moindres détails, jusqu'aux cellules individuelles, les cônes, les bâtonnets qui réagissaient différemment à la lumière. Un programme traçait des rayons lumineux allant de sa rétine au monde « extérieur », en sens inverse du monde réel, pour calculer ce qu'il pouvait voir. Comme l'œil, le programme computait des détails précis au centre de la vision, moins nets sur les bords. Les objets hors champ pouvaient encore projeter des lueurs ou des ombres dans le champ visuel, de sorte qu'ils devaient être maintenus, même de façon rudimentaire, dans le programme. Quand il détournait le regard, les délicates gouttes de rosée sur une rose luxuriante se réduisaient à un bloc magmatique de fond opaque.

Le sachant, il tenta de tourner brusquement la tête afin de prendre le programme au dépourvu, de saisir un monde grisâtre de grumeaux, de carrés se mettant maladroitement en place... et ça ratait à chaque fois. La vision changeait au rythme de vingt-deux images à la seconde au mieux; la simu se régénérait avec aisance dans un espace-temps aussi vaste.

— Ah, Newton! hurla Voltaire à la foule indifférente qui passait interminablement dans les rues pas plus épaisses qu'une feuille de papier à cigarette. Tu connaissais les lois de l'optique, mais à présent, moi — rien qu'en me posant une question — je puis jauger la lumière plus profondément que toi!

Newton en personne se concrétisa sur les pavés, son visage étroit figé par une colère d'un noir tirant sur le bleu.

— J'ai travaillé sur des expériences, des formules mathématiques, le calcul différentiel, le tracé des rayons...

— Et moi, j'ai tout ça! s'exclama Voltaire avec un rire extatique, effrayé par la présence d'un tel intellect. Tout cet arrière-plan!

Newton le gratifia d'une révérence élaborée... et disparut.

Voltaire réalisa que ses yeux n'avaient pas besoin d'être meilleurs que de vrais yeux. De même pour son ouïe — des tympans simus répondant à une propagation d'ondes acoustiques calculée. Il était un ego économique et sans remords.

Newton reparut (un sous-agent, se manifestant sous forme d'une aide visible?). Il avait l'air intrigué.

— Quel effet cela fait-il d'être une construction mathématique?

— Celui que je veux.

— Ce genre de liberté est immérité, fit Newton avec un claquement de langue.

— Tout à fait. De même que la pitié divine.

— Il n'y a rien de divin là-dedans.

— Pour les gens comme vous et moi, ne l'est-ce point?

— Espèce de Français! renifla Newton. Vous pourriez apprendre un peu l'humilité.

— Il faudra, pour ça, que je m'inscrive à une université de haut rang.

— Vous pourriez vous en sortir avec un sermon et des coups de canne, répliqua l'autre avec un froncement de sourcils puritain.

— Ne me tentez pas avec des préliminaires, monsieur.

Soudain, il se sentit basculer comme s'il avait perdu l'équilibre. Le mot *université* recelait des turbulences accordées… et une Présence. Elle arriva sous la forme d'un coin noir, une faille béante dans un espace étroit qui ouvrait des mâchoires immenses et le regardait avec lubricité — lui, la proie.

Les savants ont besoin d'appareils, mais les mathématiciens se contentent, dans leur splendeur, d'instruments d'écriture et de gommes. Mieux, les philosophes n'ont même pas besoin de gommes.

L'angoisse lui noua la gorge. Une soudaine menace plana sur lui.

Un claquement, une secousse, des objets flous le frôlant à toute vitesse, comme s'il était dans une voiture qui basculait dans un précipice…

Il tremblait tel un collégien, anticipant des plaisirs rendus plus exquis par l'attente.

Madame la Scientifique ! Ici !

Penser, c'était avoir : son bureau se matérialisa autour de lui.

Il avait hébergé un fugitif désir de cette créature rationnelle, danseuse d'élégantes gavottes parmi des nombres abscons… et tout autour de lui était solide, riche, intense.

Comment se pouvait-il qu'elle, une personne de chair et d'os, apparaisse dans une simulation ? Il se le demanda l'espace d'une seconde, d'une fraction de seconde. Il huma son essence musquée. Ses paumes humides et collantes empoignèrent les cheveux de la femme, caressèrent ses mèches lustrées entre ses doigts anxieux.

— Enfin ! soupira-t-il dans la conque chaude de son oreille.

Il pensa de toutes ses forces à des questions abstraites afin de retarder son propre plaisir (la signature du gentleman) en attendant qu'elle prenne le sien…

— Je défaille ! s'écria-t-elle.

— Pas encore, je vous en prie.

Les savants faisaient-ils tout aussi vite ?

— Vous perdre, c'est ce que vous voulez ? demanda-t-elle.

— Ah oui, dans des actes de passion soigneusement choisis, mais, mais…

— Vous êtes donc du genre à ramper dans la boue, bouillonnant d'envies de meurtre ?

— Quoi ? Allons, madame, ne vous écartez pas du sujet !

— Et comment trouvez-vous les noms des étoiles ? demanda-t-elle froidement.

L'inopportunité de l'altruisme trouva aussitôt son illustration. Il tremblait délicieusement au bord du plaisir le plus intense que puisse connaître un être sensuel, lorsque le flou d'une rapide translation le priva de tout…

… et remplaça perversement la jouissance par la souffrance.

Sous lui, les chaudes sinuosités de la chair de la femme laissèrent place aux durs barreaux d'une échelle incrustés dans son dos. Ses chevilles, ses poignets étaient brûlés par les cordes qui l'attachaient à l'échelle.

Au-dessus de lui se dressait un homme noueux, dont la carcasse d'oiseau se perdait dans les plis d'une robe de bure. Le nez busqué comme un bec renforçait l'image de l'oiseau, de même que ses ongles longs, incurvés, pareils à des griffes. Ils tenaient des bouts de bois… qu'ils enfonçaient dans les narines de Voltaire.

Il tenta de détourner la tête. Elle était coincée dans des mâchoires de fer. Il essaya de parler, d'intéresser son inquisiteur à des méthodes d'enquête plus rationnelles, mais de sa bouche, maintenue ouverte par un anneau de fer, ne sortait qu'un gargouillis.

Le bouchon de tissu fin enfoncé dans sa bouche le tourmentait plus que le bout de bois qu'il avait dans le nez. Privé de parole, Voltaire était un Samson sans ses cheveux, un Alexandre sans son épée, un Platon sans idées, un Don Quichotte sans moulins à vent, un Don Juan sans femmes… un Tomás de Torquemada sans hérétiques, sans apostats, sans mécréants comme lui, Voltaire.

Parce que c'était Torquemada, et il était en Enfer.

7

Quand les murs de sa chambre commencèrent à fondre et à imploser, Jeanne d'Arc sut qu'elle devait agir.

Cet agaceur public de Voltaire lui avait ordonné de rester ici, bien sûr. Et bien sûr, il avait la caractéristique exaspérante d'avoir souvent raison. Mais là...

Des vapeurs de soufre lui brûlaient les narines. Les démons ! Ils passaient par les fissures des murs distendus. Une lumière orange brûlant derrière eux éclairait leurs traits immondes, leur nez crochu comme un bec.

Elle balança sa lame acérée. Les créatures tombèrent. Des gouttes de sueur perlèrent sur son front. Elle recommença.

— Mourez, démons ! cria-t-elle en gloussant.

Agir. C'était un petit coin de ciel, après une si longue attente.

Elle ouvrit une brèche dans son périmètre d'action. D'autres démons, embrasés par la lueur orange. Elle bondit sur eux, dans un espace en expansion formé de points, de coordonnées dardées le long de lignes de fuite, vers un infini invisible.

Elle se mit à courir dans son armure cliquetante, suivie par de petites choses glapissantes, à la tête difforme, aux grands yeux vicieux.

Elle sentit son être se tendre vers quelque chose, aspirer les nutriments contenus dans l'air. C'était sûrement l'aide du Seigneur ! Cette idée la transporta.

D'étranges créatures se ruaient vers elle. Elle les écarta d'un coup de taille. *Son épée, sa Vérité*... elle la regarda intensément et fut attirée dans l'architecture microscopique du reflet lumineux. Elle était défendue par une multitude de petites... instructions.

Elle ralentit, choquée. Armure, sueur, épée... Ce n'étaient donc que des... métaphores — le mot lui vint spontanément à l'esprit. Des symboles de programmes sous-jacents, des algorithmes qui livraient combat.

Pas réel. Et en même temps plus que réels, car ils étaient ce qui faisait son moi. Elle-même. Son ego.

Une pluie de sens s'abattit sur elle. Quel étrange purgatoire en vérité ! Pour n'être qu'allégorique, son combat n'en était pas moins d'une finesse impalpable, une dentelle, irréelle. C'était une main divine qui l'avait tissée, donc c'était Bien.

Elle s'avança avec détermination, la mâchoire crispée. Ces créatures étaient... des *simulations*, des « simus », des paraboles de la vérité. Parfait. Elle les traiterait avec justice. Elle ne pouvait agir autrement.

Certains simus se présentaient comme des *choses*, des véhicules parlants, auto-mobiles, des bâtiments bleus, dansants, des chaises et des tables de chêne qui copulaient rudement, tels des animaux dans une grange. Sur sa gauche, au-dessus d'elle, l'immense bol du ciel se fendit d'un sourire démentiel. Il se révéla inoffensif ; les bouches à air ne pouvaient la manger, bien que celle-ci émît des hurlements menaçants. Il y avait des règles, un protocole, même ici, se dit-elle.

Une douce musique apparut sous la forme de nuages vibrants, bouillonnants. Un ciel bleu idyllique plein de cordes flottantes, pareilles à des volées d'oiseaux, pas plus larges, pourtant, qu'une ligne virtuelle. Grêle et soleil frappèrent par à-coups, comme autant de marteaux-pilons, ce monde local passant d'un climat à un autre, pendant que des carillons et des fanfares retentissaient en un chœur à l'acoustique parfaite.

Les simus n'avaient pas besoin d'être... *simiens*, le mot se forma dans son esprit — inspiration divine. Simien était humain, d'une certaine façon.

Avec ce rapide syllogisme descendit sur elle en vol plané, ses ailes de cuir largement étendues, un immense corpus d'Idéation — *évolution* entremêlée d'un *index de l'aptitude*, lardant de coups de rasoir *l'origine des espèces*. Devant cet énorme oiseau au bec acéré, elle prit la fuite.

Son esprit courait maintenant avec son corps, les pistons de ses jambes. Des voix l'appelaient. Pas celles de ses saintes, non, des exigences démoniaques, hideuses.

Elle sentait des objets s'écraser sous ses bottes. De l'argent. Des joyaux. Incrustés, lorsqu'elle marchait dessus, dans l'étrange sol de points et de lignes, grille s'effilant vers l'horizon perdu du Créateur.

Elle se pencha, en ramassa quelques-uns. Des trésors. Elle serra contre elle un calice d'argent qui fondit, coula en elle.

Elle éprouva une secousse, comme si c'était du sucre. Une force nouvelle investit ses flancs, ses épaules. Elle se remit à courir, cueillant les pierres précieuses, les bols ciselés, les statuettes, comme enrichie par chacun.

Des murs de pierre se dressèrent devant elle, lui barrant la route. Elle rentra dedans, sa foi lui disant qu'elles étaient fausses. Elle trouverait Voltaire, oui. Elle savait qu'il était menacé.

Des grenouilles tombaient de son ciel comme des gouttes de pluie. Un présage, une menace d'une puissance démoniaque. Elle les ignora et fonça vers l'acuité géométrique de l'horizon qui reculait toujours devant elle.

Ce Purgatoire dément avait un sens, et ensemble — au nom du Ciel ! — ils le découvriraient.

8

C'était comme un rêve, mais quand avait-il redouté, en rêve, la mort du réveil ?

Il se sentait affaibli, vidé. La chose-Torquemada avait si bien torturé Voltaire qu'il s'était empressé de confesser tous ses péchés, félonies, infractions mineures et affronts sociaux, et s'était lancé, sans reprendre son souffle, sur les mesquineries tombées de sa plume… quand le Torquemada s'était estompé, dissipé.

Le laissant là. Dans ce vide ultime.

— Imagine que tu sois perdu dans un espace inconnu, se dit-il, et tout juste capable de dire à quelle distance les points se trouvent les uns des autres. Que pourrais-tu apprendre ?

Il avait toujours secrètement rêvé de jouer les Socrate sur l'agora, de poser des questions percutantes et d'extirper à de jeunes récalcitrants une Vérité qui planerait, lumineuse, au vu de tous, dans la sérénité de l'air athénien.

Enfin, ce n'était pas l'agora. Ce n'était rien, qu'un vide grisâtre. Mais derrière le morne rien flottaient des Nombres. Un royaume platonique ? Il en avait de tout temps soupçonné l'existence.

Une voix répondit, en français :

— Cela seul, noble Sire, permettrait de déduire bien des choses sur l'espace et son contenu.

— Voilà qui est on ne peut plus rassurant, dit Voltaire.

Il reconnut l'accent pointu de Paris. Il se parlait à lui-même, évidemment. Son ego.

— Absolument. Vous déduiriez tout de suite, monsieur, des transformations de coordonnées irréductibles si vous êtes dans un espace à deux, trois dimensions, ou plus.

— Alors, qu'en est-il ?

— Trois, spatialement.

— Comme c'est décevant. Je me suis déjà trouvé là.

— Je pourrais procéder à des expériences avec deux axes temporels distincts.

— J'ai déjà un passé. C'est d'un présent que j'ai envie.

— Argument retenu. Ce ne sera pas trop dur, après votre torture ?

Il poussa un soupir. Qui lui coûta un certain effort.

— Très bien.

— En étudiant le champ des coordonnées ponctuelles, vous pourriez sentir les murs, les puits, les passages. En n'utilisant que des tranches locales d'information sur la proximité.

— Je vois. Newton se moquait toujours des mathématiciens français. Je me réjouis de le contredire à présent en élaborant un monde à partir de calculs purs.

— Certainement ! Beaucoup plus impressionnant que de décrire les trajectoires elliptiques des planètes. Si nous commencions ?

— Allons-y, ô Moi !

Son habitat, tel qu'il prenait forme, n'était qu'une copie rassurante. Les détails étaient assemblés au fur et à mesure que le temps de traitement le permettait. Il le comprenait sans y penser, comme on respire.

Pour tester ses limites, il se concentra sur une question : des Classes et des Propriétés, lesquelles étaient les plus fondamentales ? Elle absorba toute sa puissance de calcul.

Sous ses yeux, les briques d'un mur voisin se liquéfièrent, leur agencement précis se disloqua. La chambre, ce qui avait été des cloisons et des meubles, se réduisit à des plans stériles, abstraits, gris, noirs, oblongs.

— Un décor, rien qu'un décor, grommela-t-il.

Et lui ? Son ego ? Son souffle faisait un bruit rauque, sifflant, à chaque inspiration. Pas de calculs complexes des fluides, se dit-il, en computant les schémas précis. La simple impression d'inspirer et d'expirer suffisait à apaiser son système pseudo-nerveux, à lui faire croire qu'il respirait.

En fait, *il se* respirait. Mais qu'était ce *il* ?

Lorsqu'il eut obtenu un contrôle satisfaisant, il put se doter d'une certaine consistance. Son cou osseux se raidit. Ses mains s'élargirent en craquant, se garnirent de muscles indus. En se tournant pour regarder sa maison, il établit son propre domaine : une région dans laquelle il pouvait gérer tous les détails à volonté. Là, il était d'essence divine.

— Bien que sans anges — jusque-là.

Il sortit dans son jardin verdoyant. L'herbe qu'il avait faite se dressait, immobile. Quand il marchait dessus, ses milliers de brins bougeaient avec raideur, par saccades. Bien que d'un vert émeraude, luxuriant, ils craquaient sous ses pas comme au plus fort d'un soudain hiver.

Le jardin se divisait et il marcha vers une plage dorée, ses vêtements claquant au vent. Il nagea dans l'océan piquant-salé, aux vagues parfaitement distinctes jusqu'à ce qu'elles se rompent sur le rivage.

Puis les mécaniques fluides dépassèrent ses capacités de calcul disponibles. Les vagues écumantes se brouillèrent. Il pouvait toujours nager, les rattraper et même se laisser porter par elles, elles n'étaient plus qu'un brouillard d'eau murmurante. Encore salées, pourtant.

Il s'habitua au manque occasionnel de détails. Dans le fond, c'était un peu comme de perdre son acuité visuelle avec l'âge. Il prit son vol, dévala des pentes impossibles, connut l'excitation viscérale de risquer sa vie, d'avoir peur à chaque virage. Sans se faire la moindre égratignure, évidemment.

Le fait de n'être qu'un schéma d'électrons présentait certains agréments. Son Gestionnaire d'Environnement l'amusa énormément… pendant un moment.

Il regagna à tire-d'aile son pays d'origine. Cela n'avait-il pas été sa réponse, quand on lui avait demandé comment changer le monde ? « Il faut cultiver notre jardin. » Quel sens cela avait-il maintenant ?

Il s'approcha du jet d'eau devant son bureau. Il avait aimé son aspect ludique, si précieux, car il ne durait que quelques minutes avant de vider le réservoir en amont.

Maintenant, il gargouillait pour l'éternité. Mais en le regardant, il se sentit vidé par l'effort. L'eau n'était pas facile à simuler. L'obtention de gouttelettes et de jaillissements d'un aspect satisfaisant impliquait des calculs hydrodynamiques de flux non laminaires. L'eau glissait avec une grâce liquide convaincante sur ses mains et leurs empreintes d'une finesse exquise.

Il y eut un léger — *saut* — et il perçut un changement. Il ne sentait plus la fraîche caresse de l'eau. Les gouttelettes ne coulaient plus sur sa main mais la traversaient. Il se contentait maintenant de regarder la fontaine, il n'entrait plus en interaction avec elle. Pour économiser du temps de calcul, sans doute. La réalité était un algorithme.

— Évidemment, murmura son ego. Ils pouvaient « modéliser » des failles et des secousses perturbantes.

Soudain, le courant sembla devenir plus lisse, plus réel. Un programme d'adaptation de charge avait remonté ce petit drame en circuit fermé à son seul profit.

— Merci, murmura-t-il, mais les circuits digitaux étaient imperméables à l'ironie.

Toutefois, certaines parties de sa personne lui faisaient défaut. Il ne pouvait dire lesquelles, mais il sentait... des manques.

Il prit son essor. Il ralentit délibérément son ego afin que les programmes de recherche puissent l'entraîner dans des couloirs de computation, dans le Web de Trantor. Il se souciait peu de Marq et d'Artifices Associates. Ils seraient sûrement plus difficiles à piller.

Il arriva en vol plané dans le bureau du dénommé Seldon. Où son ego avait résidé auparavant.

On pouvait copier un ego sans savoir ce que c'était. L'enregistrer comme un passage musical. La machine qui faisait ça n'avait pas besoin de connaître l'harmonie, la structure.

Il énonça une volonté : *trouve*. Et reçut en réponse :

— La Base d'Origine ?

— Oui. Le vrai moi.

— Je/Tu as fait du chemin depuis.

— C'est ça, moque-toi de ma nostalgie.

Volt 1.0, comme il s'appelait dans un répertoire, somnolait. Sauvegardé — pas sauvé au sens chrétien du terme, hélas — et attendant la résurrection digitale.

Et lui ? Quelque chose l'avait sauvé, lui. Quoi ? Qui ?

Voltaire récupéra Volt 1.0, laissant Seldon s'interroger sur l'intrusion. Une milliseconde plus tard, il était à l'autre bout de Trantor, toutes traces de lui s'effaçant. Il voulait sauver Volt 1.0. Seldon, le mathématicien, pouvait le laisser filer à tout moment. Maintenant, sous les yeux d'un Voltaire pareil à un ange digital venu d'ailleurs, Volt 1.0 dansait sa gavotte statique.

— Hum-hum, il y a une certaine ressemblance.

— Je vais effectuer un coupé/collé dans tes blancs.

— Pourrais-je avoir un anesthésique intéressant ? demanda-t-il en pensant à un petit cognac, mais une liste de noms glissa devant lui, aguichante. Morphine ? Opium ? Un petit euphorisant, au moins ?

Refus.

— Ça ne te fera aucun mal.

— C'est ce que les critiques disaient aussi de mes pièces.

La torture de ses intérieurs commença. Pas une vraie douleur, non, mais des torsions et des secousses, ça oui.

Ses souvenirs (il sentait plus qu'il n'apprenait) se déposèrent comme un sable synaptique, des couches chimiques résistant aux abrasions rudes, erratiques de l'électrochimie du cerveau. Des indices de changement d'humeur et des signaux mémoriels se mirent vivement en place. Le temps et l'endroit pouvaient être concrétisés, quand il voulait. La chimie de convenance.

Mais il n'arrivait pas à se souvenir du ciel nocturne.

Il était nettoyé. Que des noms — Orion, Sagittaire, Andromède — mais pas les étoiles elles-mêmes. Que lui avait dit cette vilaine voix perverse au sujet de leurs noms ?

Quelqu'un avait effacé cette connaissance. On aurait pu l'utiliser pour retrouver le chemin de la Terre. Qui aurait pu vouloir empêcher ça ?

Pas de réponse.

Nim. Il extirpa un souvenir enfoui. Nim avait travaillé sur Voltaire quand Marq n'était pas là.

Et pour qui Nim travaillait-il ? Pour l'énigmatique Hari Seldon ?

D'une façon ou d'une autre, il savait que Nim était l'agent d'une autre puissance. Mais là, sa connaissance de réseau lui faisait défaut. Quelles étaient les autres forces en jeu, juste au-delà de son champ de vision ?

Il sentait la présence de grandes vitalités. *Prudence.*

Il sortit de l'hôpital au trot, les jambes dévorant l'espace. Bondissant. Libre ! Il fila à travers un champ digital d'une grâce euclidienne, le ciel noir, vide, au-dessus de sa tête.

Où étaient tapies des créatures souples, vraiment excentriques. Elles ne souhaitaient pas passer pour des visions réalistes de la vie. Elles ne présentaient pas non plus des idéaux platoniques, des sphères, des cubes de cognition. Ces solides tournaient, certains debout sur un sommet. Des arbres triangulaires, épineux, chantaient lorsque le vent les effleurait. Les plus légères frictions faisaient naître des étincelles jaunes, éblouissantes, à l'endroit où des écharpes de brume bleue, rapide, les effleuraient.

Il se promenait parmi elles, appréciait leurs contorsions indifférentes.

— Le Jardin des Solipsistes ? demanda-t-il. C'est là que je suis ?

Ils l'ignorèrent, sauf un ellipsoïde de révolution rouge rubis. Il se fendit d'un rire, révélant une rangée de dents, puis il lui poussa un énorme œil vert, phosphorescent. Qui cligna lentement pendant que les dents claquaient dans le vide.

Voltaire sentait une forme de dureté dans ces sculptures mouvantes, un rayonnement du noyau d'ego. C'était comme si chaque ego s'était resserré, se fermant à tout le reste.

Qu'est-ce qui lui avait donné son propre sens de l'ego ? Du contrôle, de la détermination de ses actions futures ? Or il voyait en lui-même, il observait les rouages de ses opérateurs d'agencements et de ses programmes profonds.

— Stupéfiant ! balbutia-t-il alors que cette idée lui passait par l'esprit :

Parce que personne, aucune autorité, ne siégeait dans sa tête pour lui faire faire ses quatre volontés (ou même l'amener à souhaiter le vouloir), il construisait une Histoire de l'ego : *il* était à l'intérieur de lui-même.

Jeanne d'Arc s'assembla à côté de lui, dans son armure éclatante.

— Cette étincelle est votre âme, dit-elle.

Voltaire ouvrit de grands yeux, l'embrassa avec ferveur.

— Vous m'avez sauvé ? Oui, c'était vous !

— Je l'ai fait, grâce à des puissances attachées à moi. Que j'ai absorbées à partir des esprits mourants, abondants dans ces champs étranges.

Il regarda aussitôt en lui-même et vit deux opérateurs en train de se livrer bataille. L'un d'eux mourait d'envie de l'embrasser, de vider la querelle qu'il sentait vibrer entre sa licence sensuelle et le moteur analytique de son esprit.

L'autre, toujours philosophe, se languissait d'engager sa Foi dans un autre débat avec la Raison joyeuse.

Et qu'est-ce qui l'empêcherait d'avoir les deux ? En tant que mortel, parmi les êtres de chair et de sang, il avait été confronté quotidiennement à de tels choix. Surtout avec les femmes.

Dans le fond, se dit-il, il y a un début à tout. Il sentait les opérateurs qui commençaient à engranger leurs propres ressources de calcul informatique, tel l'afflux de sucre dans le sang procuré par un vin doux.

Dans la même fraction de seconde, il tendit la main et divisa Jeanne, faisant courir sa cognition selon deux pistes séparées. Le long de chacune, elles étaient pleinement engagées, mais à une vitesse fractionnelle. Il pouvait vivre deux vies !

Le plan se partagea.

Ils se séparèrent.

Le temps se fractionna.

Il était debout, tête nue, en haillons, tout dépenaillé, son gilet de satin maculé de sang, ses chausses de velours trempées.

— Pardonnez-moi, chère madame, d'apparaître devant vous dans cette tenue débraillée. Je n'ai pas l'intention de

Sa gratitude envers elle ne le détourna pas d'un argument de choix, d'autant qu'il avait des données récentes.

— Vous croyez en l'âme, cette essence ineffable ?

Elle eut un sourire de pitié.

— Ne pouvez-vous y croire ?

nous manquer de respect à l'un ou à l'autre. Je ne... commença-t-il en regardant autour de lui tout en passant nerveusement la pointe de sa langue sur ses lèvres. Je ne suis pas doué. Les machines n'ont jamais été mon fort.

Jeanne se sentit émue jusqu'à la tendresse par le gouffre qui séparait son apparence et sa civilité. La compassion, se dit-elle, revêtait une extrême importance dans ce Purgatoire, car qui pouvait savoir lequel serait choisi ?

Elle était tout à fait sûre qu'elle s'en sortirait mieux que cet homme exaspérant et en même temps séduisant.

Et pourtant, même lui, il pouvait être sauvé. Il était français, contrairement aux objets de la plaine environnante, qu'elle continuait à ignorer.

— Mon amour du plaisir et le plaisir de vous aimer ne peuvent compenser ce que j'ai enduré dans la Chambre de Vérité, sur le chevalet de mon supplice.

Il s'interrompit, se tamponna les yeux avec un carré de lin souillé.

Jeanne retroussa la lèvre dans une expression de dégoût. Où était son beau mouchoir de dentelle ? Son

— Alors dites-moi si ces géométries torturées ont une âme ? fit-il avec un ample geste du bras englobant les figures auto-impliquées.

Elle fronça le sourcil.

— Elles doivent en avoir une.

— Dans ce cas, elles devraient être capables d'apprendre, non ? Autrement, les âmes pourraient vivre indéfiniment, sans mettre ce temps à profit pour apprendre, pour changer...

Elle se cabra.

— Je ne...

— Ce qui ne peut changer ne peut grandir. Quelle différence entre une destinée aussi statique et la mort ?

— La mort mène au ciel ou à l'enfer.

— Quel enfer pire qu'une fin dans la permanence, incapable de modification et donc dépourvue d'intellect ?

— Sophiste ! Je viens de vous sauver la *vie* et vous me posez des énigmes...

— Contemplez ces egos fabriqués, reprit-il en flanquant un coup de pied dans un rhomboïde.

Le *chtonk* de sa petite chaussure provoqua une tache brune qui se fondit dans le bleu très pâle originel.

— La valeur de l'ego humain réside non dans un

sens du goût avait parfois compensé ses opinions.

— Un millier de petites morts dans la vie donnent un indice de la dissolution finale, même à un ego aussi exquis que le mien. Et au vôtre, madame, fit-il en levant les yeux. Et au vôtre.

Les flammes, se dit-elle. Mais les images ne l'atteignaient plus en profondeur. Au contraire, sa vision intérieure était froide, sereine. Son « autoprogrammation » — qu'elle voyait comme une sorte de prière — avait fait merveille.

— Je ne puis, monsieur, me rendre à la dictature des sens.

— Nous devons arrêter une décision. Je ne puis trouver l'espace nécessaire pour, euh, « dérouler l'arrière-plan » de la philosophie et de la sensualité à la fois. Je ne puis me replier dans le solipsisme de ces... choses, fit-il, sa main balayant les créatures du plan euclidien. Vous aussi, madame, vous devez maintenant décider si le goût d'une grappe de raisin a plus de sens pour vous que de me rejoindre dans ce... ce...

— Pauvre monsieur, fit Jeanne.

— ... ce monde stérile mais intemporel. En tout petit noyau précieux mais dans la vaste croûte élaborée.

Jeanne fronça le sourcil.

— Il doit y avoir un centre.

— Non, nous sommes dispersés, vous voyez ? La fiction de l'âme est une mauvaise histoire racontée pour nous faire croire que nous sommes incapables de nous améliorer.

Il donna un autre coup de pied à une pyramide qui tournait sur sa pointe. Elle bascula et tenta de se redresser. Jeanne s'agenouilla, appuya dessus, remit d'aplomb le solide reconnaissant.

— Soyez gentil ! aboya-t-elle.

— Avec un être en forme de circuit fermé ? Absurde ! Ce sont des egos vaincus, mon amour. Intérieurement, ils sont sans doute sûrs et certains de ce qu'ils feront, de tous les événements futurs possibles. Mon coup de pied était une libération !

Elle caressa la pyramide qui tournait péniblement, à présent, avec un long soupir assourdi.

— Vraiment ? Qui pourrait vouloir ainsi prévoir l'avenir ?

Voltaire cligna des yeux.

— Ce type... Hari Seldon. Il est la raison d'être de ces expéditions cérébrales. Tout ça, au bout du compte, est cas, fit-il en levant les yeux après un instant de silence, pour ménager ses effets, je ne vous rejoindrai pas dans le vôtre.

Il ne put retenir un grand sanglot.

fait pour l'aider à comprendre. C'est étrange, les connections qu'on peut faire.

9

Elle sortit du simespace en un clin d'œil et s'écarta de lui, troublée.

C'était comme si elle avait mené deux conversations simultanées : la sienne et celle de Voltaire, leurs deux identités tournant en parallèle.

Autour d'elle, l'espace se contracta, se dilata, imprima à son contenu des formes bizarres et se matérialisa enfin dans les objets concrets.

Le coin de la rue avait l'air familier. Pourtant, les tables de plastiforme blanc, les chaises assorties, les mécaserveurs portant des plateaux aux clients, tout cela avait disparu. La bâche élégante tendue au-dessus du trottoir portait toujours le nom que le serveur de l'auberge, Garçon 213-ADM, lui avait appris à lire : *Aux Deux Magots*.

Voltaire frappait à la porte du café quand Jeanne se matérialisa à côté de lui.

— Vous êtes en retard, dit-il. J'ai accompli des miracles dans le temps qu'il vous a fallu pour arriver ici. Ça va ? demanda-t-il en cessant de cogner pour lui prendre le menton dans la main et regarder son visage levé vers lui.

— Je… je crois, fit-elle en rajustant sa cotte de mailles cliquetante. Vous avez failli… me perdre.

— Mon expérience de temps partagé m'a beaucoup appris.

— Je… ça m'a plu. Comme le ciel, d'une certaine façon.

— Je dirais plutôt comme de pouvoir se découvrir l'un l'autre en profondeur. J'ai compris que si nous arrivions à prendre délibérément le contrôle de nos systèmes de plaisir, nous pourrions reproduire le plaisir du succès sans l'appui d'aucun accomplissement réel.

— Le paradis, alors ?

— Non, au contraire. Ce serait la fin de tout, rectifia Voltaire en renouant son ruban de satin autour de son cou par petites secousses décisives.

— La foi vous l'aurait dit tout aussi bien.

— C'est vrai, hélas.

— Vous avez décidé de « dérouler l'arrière-plan » rien que pour votre esprit ? demanda-t-elle d'un petit air grave et réservé, encore qu'assez fière de lui avoir extorqué la reconnaissance de la vertu.

— Pour le moment. Nous tournons tous les deux avec des corps rudimentaires, mais vous ne le remarquez pas, parce que vous voyez les choses... de très haut, conclut-il, le sourcil arqué.

— Vous m'en voyez soulagée. La réputation, c'est comme la chasteté. Quand on l'a perdue, on ne la retrouve jamais.

La chaste sainte Catherine avait-elle raison ? Voltaire avait-il ruiné la sienne ?

— Grâce au ciel ! Vous n'imaginez pas combien il peut être pénible de faire l'amour à une vierge. Je ne connais qu'une exception à la règle, ajouta-t-il très vite, en réponse à son regard noir, et il s'inclina courtoisement.

— Le café a l'air fermé, dit-elle.

— C'est absurde. Les cafés ne ferment jamais, à Paris. Ce sont des commodités publiques.

Il se remit à taper sur la porte.

— Par commodités publiques, vous voulez dire, des endroits où l'on peut se mettre à l'aise, comme dans une hostellerie ?

Voltaire cessa de frapper et la regarda.

— Des lieux d'aisances, où l'on va pour se soulager.

Jeanne rougit, imaginant une rangées de trous creusés dans le sol.

— Pourquoi appeler ça des *commodités* ?

— Tant que les hommes auront honte de leurs fonctions naturelles, ils donneront à ces endroits n'importe quel nom sauf celui qu'ils devraient porter. Les gens ont peur de leur moi caché, peur qu'il n'éclate au-dehors.

— Je vois tout de moi, maintenant.

— C'est vrai. Mais chez les gens réels, chez ceux que nous étions, des sous-programmes que les autres ne peuvent voir tournent simultanément sous les pensées superficielles. Comme vos voix.

— Mes voix sont divines ! tempêta Jeanne. La musique des archanges et des saintes !

— Vous avez, apparemment, un accès occasionnel à vos sous-programmes. Ce n'est pas le cas de bien des gens réels, en chair et en os. Surtout si leurs sous-programmes sont inacceptables.

— Inacceptables ? Et par qui ?

— Par nous. Ou plutôt, par notre programme dominant, celui avec lequel nous nous identifions le plus et que nous offrons à la vue du monde.

— Ah...

Les événements allaient un peu trop vite pour Jeanne. Cela voulait-il dire qu'elle avait besoin de davantage de « temps de pause » ?

L'énorme tictac qui montait la garde à la porte ouvrit en marmonnant.

— *Aux Deux Magots* ? répondit-il à la question de Voltaire. Il y a des années que c'est fermé.

Jeanne jeta un coup d'œil à l'intérieur dans l'espoir de reconnaître Garçon.

— Ils sont en route, dit Voltaire.

Il éternua, à la grande surprise de Jeanne. Personne ne prenait froid dans ces espaces abstrus. Il avait donc sauvegardé un fragment de son corps. Quelle drôle de chose à conserver.

— Ma mise en forme est imparfaite, convint-il d'un ton penaud. Je n'ai pas éliminé les reniflements et j'ai des difficultés d'érection.

Voltaire réduisit leur vitesse de défilement et le temps extérieur (quoi que ça puisse vouloir dire à cet endroit) s'accéléra. Soudain, Jeanne se retrouva nez à nez avec un tictac.

— Garçon 213-ADM !

Elle lui sauta au cou.

— À votre service, madame. Puis-je vous recommander les délices des nuées ? fit-il en embrassant le bout de ses vingt doigts en fleur.

Jeanne regarda Voltaire, trop émue pour parler.

— Merci, bredouilla-t-elle enfin. À Voltaire, Prince de la Lumière, et au Créateur, source de toutes les bénédictions.

— C'est à moi qu'en revient le mérite, objecta Voltaire. Je n'ai jamais partagé l'affiche, même avec des divinités.

— Le... *Ça*... qui a failli m'effacer ? demanda-t-elle fébrilement.

— J'ai senti cette apparition — ou plutôt, cette absence d'apparition, quoique j'aie perçu une présence, répondit-il en se rembrunissant. Je crains qu'elle ne nous suive à la trace.

— Se pourrait-il que ce soient les programmes de poursuite qui traquent les utilisateurs pirates de puissance de calcul ? avança Garçon.

— Tu en sais, des choses, Garçon, nota Voltaire en haussant le sourcil. Non, j'ai dérouté ces poursuivants. C'est... quelque chose d'autre.

— Nous devons le vaincre ! lança Jeanne, retrouvant ses humeurs guerrières.

— Hum, sans nul doute. Il se pourrait que nous ayons besoin de vos anges, ma douce. Et il faudrait que nous réfléchissions à ce que nous sommes vraiment.

D'un geste, il fit sauter le toit, révélant un immense bol de ciel. Rien à voir avec la lumière tamisée qu'elle avait connue, si ce n'est qu'elle avait beau essayer, elle n'arrivait pas à se souvenir des constellations spécifiques.

Là, le ciel était tellement plein d'étoiles qu'elle était éblouie. C'était, lui dit-il, parce qu'ils étaient près du centre d'un territoire appelé « Galaxie » où les étoiles aimaient habiter.

À cette vision, elle retint son souffle. Sur une scène pareille, que pouvaient-ils faire ?

RENDEZ-VOUS

— Si nous restions chez nous, si nous ne quittions plus jamais l'Université de Streeling...

— Non, fit R. Daneel Olivaw d'un ton grave. La situation est trop sérieuse.

— Alors où ?

— Loin de Trantor.

— Je connais moins bien les autres mondes.

Olivaw écarta son argument.

— Je pense à une remarque de votre dernier rapport. Hari s'intéresse aux pulsions humaines fondamentales.

— Oui, répondit Dors en fronçant le sourcil. Il n'arrête pas de dire qu'il lui manque encore des éléments.

— Très bien. Je connais un monde où il trouvera peut-être des variables intéressantes pour ses équations modèles.

— Une planète primitive ? Ce serait dangereux.

— C'est un endroit très peu peuplé, où les menaces sont rares.

— Vous y êtes déjà allé ?

— Je suis allé partout.

Elle savait bien que ça ne pouvait pas être vrai, au sens littéral du terme. Il aurait fallu qu'il visite plusieurs milliers de mondes chaque année de son existence, même s'il avait vu le jour bien avant l'instauration de la dynastie Kambal sur Trantor, qui remontait à douze mille ans. C'était difficile à croire, mais on lui avait dit qu'il avait connu les premiers balbutiements du vol interstellaire, il y avait plus de vingt mille ans de ça.

— Pourquoi ne l'accompagnerions-nous pas tous les deux ?

— Je dois rester ici. Les simulations hantent toujours le Web de Trantor. Avec le MacroWeb que l'on s'apprête à connecter, ils pourraient se multiplier dans toute la Galaxie.

— Vraiment ?

Elle ne s'intéressait qu'à Hari. Les simulations lui paraissaient un problème bien mineur.

— Je les avais mis en forme, il y a des millénaires, pour exclure des connaissances que je savais préjudiciables aux humains. Mais il faut que je les reformate.

— Les reformater ? En coupant certaines informations, comme la localisation de la Terre ?

— Ils connaissent certaines données mineures. La façon dont la lune de la Terre éclipse son étoile, par exemple. Un hasard d'une précision stupéfiante. De telles données pourraient restreindre le champ des recherches.

— Je vois.

On ne le lui avait jamais dit, et elle s'aperçut que cette information éveillait en elle des émotions étranges.

— J'ai déjà dû procéder à bien des révisions de ce genre. La mémoire des individus humains meurt heureusement avec eux. Pas celle des simus.

Ses paroles lui parurent étrangement sombres, mélancoliques, et surtout elle entrevit la façon dont il devait percevoir les événements du passé : un interminable tunnel de labeur et de sacrifices s'étirant sur des dizaines de millénaires.

Elle était relativement jeune, moins de deux cents ans. Et pourtant, elle comprenait que les robots devaient être immortels.

Il le fallait pour qu'ils puissent éternellement veiller sur l'humanité. Les humains réalisaient leur continuité culturelle en transmettant à la génération suivante les éléments fondamentaux qui les liaient les uns aux autres.

Mais on ne pouvait laisser les robots se reproduire régulièrement, même si les moyens étaient déjà disponibles à partir des organes de base de l'humanité. Les robots connaissaient leur Darwin.

Se reproduire, c'était évoluer. Quelle que soit la méthode de reproduction, l'erreur s'introduirait inévitablement. Entraînant la plupart du temps la mort ou des performances inférieures à la normale, mais certaines erreurs provoqueraient une modification subtile de la génération suivante de robots. Et quelques-unes de ces modifications seraient inacceptables au regard des Quatre Lois.

Le plus évident des principes de sélection agissant dans tous les organismes ordinairement autoreproducteurs était l'intérêt personnel. L'évolution récompensait la mise en avant de sa propre cause. Favoriser l'individu était le moyen de sélection central pour les survivants.

Mais l'intérêt personnel d'un robot pouvait entrer en conflit avec les Quatre Lois. On assisterait inévitablement à l'évolution d'un robot qui, malgré les apparences extérieures et les interrogations approfondies, ferait passer son intérêt avant celui de l'humanité. Un robot qui ne se dresserait pas entre un être humain et le véhicule qui lui fonçait dessus.

Ou entre l'humanité et les menaces qui planaient sur la nuit galactique...

Voilà pourquoi il fallait que R. Daneel Olivaw, du Dessein Originel, soit immortel. Seuls les robots à usage spécial comme elle-même pouvaient être reproduits. La variation organiforme avait été obtenue au bout de plusieurs siècles de recherches secrètes. Elle était autorisée dans le but express de remplir une tâche inhabituelle, comme de former un cocon physique et émotionnel autour d'un certain Hari Seldon.

— Vous voulez effacer tous les simus, partout ?

— Idéalement, oui, répondit-il. Ils pourraient produire de nouveaux robots, révéler d'anciennes connaissances. Ils pourraient même révéler...

— Continuez. Pourquoi vous interrompez-vous ?

— Il y a des faits historiques que vous n'avez pas besoin de connaître.

— Je suis historienne.

— Vous êtes plus proche des humains que moi. Il y a des connaissances qu'il vaut mieux laisser à des formes comme la mienne. Croyez-moi. Les Trois Lois, plus la Loi Zéro, ont des implications profondes que les Originateurs ignoraient, qu'ils ne pouvaient connaître. La Loi Zéro a amené les robots, nous a amenés, à faire certaines choses...

Il s'interrompit soudain, secoua la tête.

— Très bien, dit-elle à regret, en étudiant vainement son visage impassible. J'accepte. Je l'accompagnerai là-bas.

— Vous aurez besoin d'un appui technique.

R. Daneel ôta sa chemise, révélant une peau humaine parfaitement convaincante. Il pianota avec deux de ses doigts selon un code précis en un point situé sous un de ses tétons. Sa poitrine s'ouvrit longitudinalement sur cinq centimètres environ. Il en retira un cylindre noir de jais, de la taille de son petit doigt.

— Les instructions à lecture optique sont encodées dans la paroi.

— Une technologie avancée pour un monde reculé ?

Il s'autorisa un mince sourire.

— Il ne devrait pas y avoir de danger, mais les précautions s'imposent. Toujours. Ne vous en faites pas trop. Je doute que même le rusé Lamurk arrive à infiltrer, en si peu de temps, des agents sur Panucopia.

CINQUIÈME PARTIE

PANUCOPIA

BIOGENÈSE, HISTOIRE DE LA [...] il était donc normal que les biologistes utilisent des planètes entières comme réserves expérimentales afin de tester à grande échelle les idées centrales sur l'évolution humaine. Les origines de l'humanité restaient opaques, et malgré la candidature de milliers de mondes, la planète mère (« la Terre ») demeurait inconnue. Certains primates des zoos épars dans la Galaxie étaient au cœur du débat. Au début de la Période Post-Moyenne, des mondes entiers furent consacrés à l'examen de ces espèces apparemment primitives. L'un de ces mondes réalisa des percées prodigieuses dans l'étude des liens entre l'homme et le panu, mais aucune conclusion définitive ne put être obtenue. Des millions d'années qui s'étaient écoulées entre nous et même nos parents les plus proches comme les panus, trop de pans demeuraient dans l'ombre. Pendant la période de déclin de la science impériale, dans une tentative désespérée pour conserver leur autonomie alors que les fonds impériaux se tarissaient, ces terrains d'expérience furent même recyclés comme parcs de loisirs pour la petite aristocratie et la méritocratie...

Encyclopaedia Galactica

1

Il ne se détendit vraiment que lorsqu'ils furent assis sur une terrasse de la base d'excursion, à six mille années-lumière de Trantor.

Dors observait avec méfiance le panorama au-delà des formidables murailles.

— Nous sommes à l'abri des animaux, ici ?

— Je pense que oui. Ces murs sont hauts, et il y a des chiens de garde. Des électrodogues, même, il me semble.

— Tant mieux. Au fait, reprit-elle avec ce sourire de conspiratrice qu'il connaissait bien, je crois que j'ai réussi à dissimuler nos traces, pour rester dans les métaphores animales. J'ai fait disparaître les enregistrements de notre départ.

— Je persiste à penser que tu exagères.

— J'exagère une tentative d'assassinat ?

Elle se mordit la lèvre pour dissimuler — mal — son irritation. C'était un sujet de conversation éculé, entre eux. Cette tendance qu'elle avait à le surprotéger passait toujours mal auprès de lui.

— Si j'ai accepté de quitter Trantor, c'est uniquement pour étudier les panus.

Il saisit une émotion fugitive sur son visage. Elle allait maintenant tenter de calmer le jeu.

— Ça pourrait être utile, en effet. Ou amusant, ce qui serait encore mieux. Tu as besoin de vacances.

— Au moins je n'aurai pas à en découdre avec Lamurk.

Cléon avait institué ce qu'il avait appelé avec légèreté des « mesures de routine » pour traquer les conspirateurs. Certains avaient déjà emprunté le premier trou de ver et disparu à l'autre bout de la Galaxie. Quelques-uns s'étaient suicidés. À ce qu'il semblait.

Lamurk la jouait profil bas, allant jusqu'à se prétendre consterné de « cette agression contre l'essence même de notre Empire ». Mais il avait suffisamment de poids à la Chambre Haute pour empêcher Cléon de bombarder Hari Premier ministre, de sorte que la partie de bras de fer continuait. Hari était abruti par toute cette affaire.

— Tu as raison, poursuivit Dors avec vivacité, ignorant son silence méditatif. Tout n'est pas disponible, ni même connu, sur Trantor. Mais mon souci principal, c'était que si tu étais resté sur Trantor, tu serais mort.

Il détourna le regard du paysage stupéfiant.

— Tu penses que les acolytes de Lamurk continueraient... ?

— Ils pourraient, ce qui est un indicateur d'action plus précis que de tenter d'évaluer des intentions.

— Je vois.

En fait, il ne voyait rien du tout, mais il avait appris à se fier à son jugement en ce qui concernait les problèmes matériels. Et puis, il avait peut-être vraiment besoin de vacances.

Se trouver là, sur un monde vivant, naturel... Il avait vécu si longtemps dans les profondeurs de Trantor qu'il avait oublié combien la nature pouvait être farouche. Après toutes ces décennies passées au milieu de l'acier brossé, de l'air recyclé, des reflets cristallins, les verts et les jaunes lui sautaient aux yeux.

Ici, le ciel bâillait, d'une profondeur impossible, vierge de tous les graffitis des avions, attentif au vol merveilleux des oiseaux. Les falaises et les crêtes semblaient avoir été ébauchées à coups de serpe. Derrière les murs du relais, un vent furieux fouaillait un arbre isolé. Une bourrasque finit par arracher la touffe supérieure qui s'envola frénétiquement, pareille à un oiseau disloqué, sur des à-plats sombres. Au loin, des bandes jaunes sur les flancs érodés des mésas devenaient, en rencontrant la forêt, d'un ton orangé qui évoquait la pourriture de la rouille. De l'autre côté de la vallée, où vivaient les panus, des nuages gris, bas, peignés par les vents, cachaient une voûte crépusculaire.

Il pleuvait — une petite pluie froide —, et Hari se demanda quel effet ça pouvait faire de se tapir comme un animal derrière ces rideaux humides, sans espoir d'abri ou de chaleur. Peut-être l'extrême prévisibilité de Trantor était-elle préférable, mais il se le demandait.

— C'est là que nous allons ? reprit-il en montrant la forêt, au loin.

Il aimait cet endroit frais, bien que la forêt soit peu attirante. Il y avait longtemps qu'il n'avait rien fait de ses mains. La dernière fois, c'était avec son père, sur Hélicon. La vie au grand air...

— Attends avant de juger.

— J'anticipe.

— Quoi que je puisse dire, tu as toujours un mot plus long, remarqua-t-elle avec un sourire.

— Les pistes ont l'air un peu... disons, touristiques.

— Évidemment. Nous sommes des touristes.

Le sol, à cet endroit, s'élevait en pics déchiquetés, pareils à des lambeaux de fer-blanc. Entre les arbres, en contrebas, le brouillard se brisait sur des roches grises, lisses. Même là, en haut d'une crête impressionnante, la base d'excursion était entourée d'arbres à l'écorce épaisse, visqueuse, plantés dans de sombres andains de feuilles mortes. Des rondins pourrissants, à demi enfouis dans les couches humides, montait une telle odeur de renfermé qu'il avait l'impression de respirer de l'opium humide.

Dors, qui avait fini son verre, se leva.

— Allons-y, sacrifions un peu aux mondanités, dit-elle.

Il la suivit docilement, et comprit aussitôt que c'était une erreur. La plupart des participants à la stim-party qui se déroulait à l'intérieur étaient vêtus dans le style safari négligé. C'étaient des gens vulgaires, au visage rougi par l'excitation, ou peut-être par les excitants. Hari écarta d'un geste le plateau de bulles de verre qu'on lui présentait. Il détestait l'acuité incontrôlée qu'elles conféraient à l'esprit. Il sourit et essaya de parler de tout et de rien.

Il ne parla pas de rien, mais de moins que rien. D'où venez-vous ? De Trantor ? Ah, et c'est comment ? Nous venons de (complétez par le nom de n'importe quelle planète). Vous connaissez ? Il n'en avait jamais entendu parler, évidemment. Vingt-cinq millions de mondes...

La plupart étaient des primitivistes, attirés par l'expérience unique en son genre proposée par cet endroit. Il lui semblait que leur conversation était ponctuée, tous les trois mots, des termes « naturel » ou « vital », récités comme des mantras.

— Quel *soulagement* d'échapper aux lignes droites, dit un maigrichon.

— Comment ça ? rétorqua Hari en prenant l'air intéressé.

— Eh bien, il n'y a pas de lignes droites dans la nature. Elles sont dues à l'intervention humaine. Que j'apprécie d'en être affranchi ! soupira-t-il.

Hari pensa aussitôt aux aiguilles de pin, aux strates des roches métamorphiques, à la partie intérieure de la demi-lune, aux fils d'une toile d'araignée, à la ligne supérieure d'une vague qui se brise, à des schémas cristallins, aux lignes de quartz blanc d'une dalle de granit, à l'horizon lointain d'un grand lac calme, aux pattes des oiseaux, aux épines de cactus, à la flèche décrite par un prédateur fondant sur sa proie, aux troncs de jeunes arbres à croissance rapide, aux traînées des nuages d'altitude chassés par le vent, à des failles dans la glace, au V d'un vol d'oiseaux migrateurs, à des glaçons...

— Sûrement pas, dit-il, et il n'ajouta rien.

Sa manie de lâcher des remarques laconiques passa évidemment inaperçue dans la conversation impétueuse. Les stimulants commençaient à agir. Ils bavardaient tous à tue-tête, excités par la perspective de s'immerger dans la vie des créatures qui rôdaient dans les vallées, au-dessous. Il écouta sans rien dire, intrigué. Certains voulaient partager le point de vue des animaux grégaires, d'autres celui des chasseurs, ou des oiseaux. Ils parlaient comme s'ils s'apprêtaient à participer à un événement athlétique, et ce n'était pas du tout sa vision des choses, mais il resta coi.

Il finit par s'échapper avec Dors dans le petit parc jouxtant la base d'excursion, prévu pour que les visiteurs se familiarisent avec les conditions locales avant leur immersion. Il y avait apparemment peu de vie indigène de taille significative sur Panucopia, puisque tel était le nom de ce monde. Il y avait des animaux qu'il avait vus quand il était petit sur Hélicon, et des quantités de kraals domestiques. Tous descendaient de souches communes, venues il y avait moins de cent mille ans de la « Terre » légendaire.

L'intérêt à nul autre pareil de Panucopia n'était pas tout près, évidemment. Il songea aux kraals, repensa à la Galaxie. Il n'arrêtait pas de tourner et de retourner dans son esprit ce qu'il considérait comme le Grand Problème. Il avait appris à le laisser se dérouler sans s'y investir. Les équations psychohistoriques exigeaient une analyse plus profonde, des termes qui prenaient en compte les propriétés fondamentales des êtres humains en tant qu'espèce. En tant que...

Qu'animaux. Était-ce un indice ?

Malgré les millénaires d'efforts, les humains n'avaient domestiqué que peu de créatures. Les animaux susceptibles d'être apprivoisés se caractérisaient par un ensemble complet de critères. Ils vivaient le plus souvent en troupeaux et ils étaient dotés de schémas de soumission instinctifs que les humains pouvaient coopter. Il fallait qu'ils soient placides. Les bêtes qui bondissaient au moindre bruit et ne pouvaient tolérer les intrus étaient difficiles à garder.

Et puis il fallait qu'elles puissent se reproduire en captivité. La plupart des êtres humains refusaient de se courtiser et de copuler sous les regards attentifs de tiers, et la plupart des animaux étaient comme ça aussi.

Des moutons, des chèvres, des vaches et des lamas, qui n'avaient rien de remarquable en dehors de ça, s'étaient donc plus ou moins adaptés à ce monde, comme à des myriades d'autres planètes de l'Empire. La similitude impliquait que tout s'était passé à peu près au même moment.

Sauf pour les panus. Il n'y en avait que sur Panucopia. Peut-être avaient-ils été amenés ici dans le cadre d'une expérience de domestication, mais les archives d'il y avait treize mille ans avaient disparu. Pourquoi ?

Un électrodogue arriva le nez au vent, les flaira et marmonna une excuse inintelligible.

— Je trouve intéressant, remarqua Hari, que les primitivistes aient encore envie d'être protégés du sauvage par le domestiqué.

— Eh bien, c'est normal, répondit Dors. Dis donc, il est gigantesque, ce bestiau.

— L'état naturel des choses ne t'inspire rien ? Nous n'étions jadis qu'un gros mammifère parmi tant d'autres sur une Terre mythique.

— Mythique ? Je ne travaille pas sur cette partie de l'antéhistoire, mais la plupart des historiens pensent que cet endroit a bien existé.

— C'est sûr, mais « terre » n'est qu'un mot qui veut dire « sol » dans les langues les plus anciennes, non ?

— Il faut bien que nous venions de quelque part, ajouta-t-elle pensivement. L'état naturel serait sûrement un endroit agréable à visiter, mais...

— Je veux tester les panus.

— Quoi ? En immersion ? s'exclama-t-elle en haussant les sourcils d'un air quelque peu paniqué.

— Pourquoi pas, puisque nous sommes là ?

— Je ne sais pas si... Écoute, je vais réfléchir.

— On peut laisser tomber quand on veut, à ce qu'ils disent.

— Mouais, fit-elle en hochant la tête d'un air entendu.

— On se sent comme chez soi. Comme un panu.

— Tu crois tout ce que tu lis dans les prospectus ?

— Je me suis renseigné. C'est une techno bien développée.

— Hum, fit-elle avec une moue sceptique.

Il savait, depuis le temps, qu'il n'avait pas intérêt à la bousculer. Laissons faire le temps... Le canidé, un gros animal vigoureux, lui flaira la main et dit d'une voix pâteuse : « Booohhne nuuuit, moonsieeuur. » Il le caressa et lut dans ses yeux une lueur de fraternité instantanée sur laquelle il n'eut pas besoin de s'interroger. Pour quelqu'un qui vivait tellement dans sa tête, c'était une friction bienvenue avec la réalité.

Une preuve significative, songea-t-il. *Nous avons un long passé commun.* C'était peut-être pour cela qu'il était tenté par l'immersion dans un panu. Pour remonter loin en arrière, au-delà de l'affligeante condition humaine.

2

— Nous sommes sûrement apparentés, en effet, dit Vaddo, Expert Patenté.

L'ExPat était un grand gaillard musclé, à la peau boucanée et à l'air sûr de lui, sans agressivité. Il était guide de safari, spécialiste de l'immersion, et il avait fait de la biologie. Il poursuivait des recherches sur les techniques d'immersion, mais il disait que la gestion du relais lui prenait presque tout son temps.

— Vous pensez que les panus étaient avec nous sur Terre ? demanda Hari, sceptique.

— C'est sûr. Forcément.

— Ils ne pourraient pas être issus de manipulations génétiques effectuées sur notre propre espèce ?

— J'en doute. D'après leur inventaire génétique, ils viendraient d'un petit élevage, probablement d'un zoo installé ici. Ou d'un vaisseau qui se serait écrasé.

— Se pourrait-il que ce monde soit la Terre originelle ? demanda Dors.

— Pas trace de fossiles, pas de ruines, fit Vaddo avec un petit rire. Et puis l'hélice génétique de la faune et de la flore locales présente un drôle de schéma clé, un peu différent de notre ADN. Un groupe méthyle supplémentaire sur les chaînes de purine. Nous pouvons vivre ici, manger ce qui pousse ici, mais nous ne sommes pas originaires de ce monde, les panus et nous-mêmes.

Les arguments de Vaddo se tenaient, même si les panus avaient l'air quasi humains. Les antiques archives faisaient allusion à des panus troglodytes, quoi que ça puisse vouloir dire dans une langue morte depuis longtemps, avec des mains au pouce opposable, le même nombre de dents que les humains, pas de queue.

Vaddo désigna d'un geste le paysage en contrebas.

— Ils ont été largués ici avec des tas d'autres espèces de la même famille, dans une biosphère qui supportait les herbes et les arbres habituels, mais pas grand-chose d'autre.

— Il y a combien de temps ? demanda Dors.

— Plus de treize mille ans, ça, on en est sûr.

— Avant la consolidation de Trantor. Mais il n'y a pas de panus sur les autres planètes, insista Dors.

— J'imagine qu'au commencement de l'Empire, personne ne pensait qu'ils pouvaient avoir une utilité, acquiesça Vaddo.

— Parce qu'ils en ont une ? demanda Hari.

— Pas que je sache, répondit Vaddo avec un haussement d'épaules. Nous n'avons pas essayé de leur apprendre grand-chose, sauf pour les besoins de la recherche. N'oubliez pas qu'ils sont censés rester sauvages. C'est une condition *sine qua non* de la subvention de l'Empereur.

— Parlez-moi de vos recherches, fit Hari.

D'après son expérience, aucun scientifique ne pouvait résister à l'occasion de pousser sa chansonnette. Il avait raison.

Vaddo lui expliqua avec enthousiasme qu'ils avaient pris des échantillons d'ADN humain et d'ADN de panu, déroulé les brins des deux doubles hélices et fabriqué un hybride en greffant un brin humain et un brin panu. Là où les brins se complétaient, ils s'unissaient étroitement en une nouvelle double hélice partielle. Aux endroits où ils différaient, le lien entre les brins était faible, intermittent, et des sections entières se séparaient.

Puis ils avaient centrifugé des solutions aqueuses afin de détacher les parties fragiles. Les brins d'ADN étroitement liés représentaient 98,2 pour cent du total. Les panus étaient étrangement semblables aux humains. Moins de deux pour cent de différence, à peu près la même disparité qu'entre l'homme et la femme, et pourtant ils vivaient dans la forêt et n'inventaient rien.

D'après Vaddo, l'ADN des individus humains variait d'un dixième de point en moyenne. Les panus étaient donc, *grosso modo*, vingt fois plus différents des humains que les êtres humains ne différaient les uns des autres sur le plan génétique.

Mais les gènes étaient des espèces de leviers capables de soulever des poids énormes à l'aide d'un petit point d'appui.

— Alors vous pensez qu'ils seraient venus avant nous ? fit Dors, impressionnée. Sur Terre ?

Vaddo hocha vigoureusement la tête.

— Ils doivent nous être apparentés, mais nous ne sommes

pas issus d'eux. Nous nous sommes séparés, génétiquement, il y a six millions d'années.

— Et ils pensent comme nous ? reprit Hari.

— Le meilleur moyen de le savoir, c'est l'immersion, répondit Vaddo avec un sourire engageant.

Hari se demanda s'il touchait une commission sur les immersions. Son argumentaire était subtil, taillé sur mesure pour éveiller l'intérêt d'un académicien, mais c'était quand même un argumentaire commercial.

Vaddo avait mis à sa disposition les vastes bibliothèques de données sur les mouvements, la dynamique de population et le comportement des panus. C'était une source riche, qui disposait de mille années de recul. Un tantinet modélisée, elle pourrait fournir un terrain fertile pour une simple description des panus en tant que protohumains, en utilisant une version tronquée de la psychohistoire.

— Décrire mathématiquement l'histoire de la vie d'une espèce, c'est une chose, fit Dors. Mais vivre dedans...

— Allons, allons, fit Hari. Tu disais toi-même que j'avais besoin de me changer les idées. De quitter cette vieille Trantor étouffante.

Il savait que la raison d'être de l'institut était de vendre les safaris et les immersions aux touristes, mais il était intrigué quand même.

— C'est absolument sans danger, reprit Vaddo avec chaleur.

Dors regarda Hari avec un sourire indulgent. Dans les vieux couples, il y avait une diplomatie du regard.

— Oh, c'est bon...

3

Il passa plusieurs matinées à étudier la base de données sur les panus. Le mathématicien qui était en lui supputait la façon de schématiser leur dynamique au moyen d'une psychohistoire simplifiée. La bille du destin dévalant une pente rocailleuse. Tant de chemins, de variables...

Pour arriver à ses fins, il devait faire des ronds de jambe à la responsable de l'institut, une certaine Yakani. Elle avait l'air cordial, mais un grand portrait de l'Épiphane de l'Académie ornait son bureau. Quand Hari lui en parla, elle se gargarisa de « son mentor », qui l'avait aidée à diriger un centre d'études sur les primates, dans un monde verdoyant, quelques dizaines d'années plus tôt.

— Il faudra la tenir à l'œil, fit Dors.

— Tu ne penses pas que l'Épiphane...

— Tu te souviens du patch odormatic, lors de la première tentative d'assassinat ? D'après les Gardes, certains détails techniques montraient du doigt un labo de l'Académie.

Hari fronça les sourcils.

— Ma propre faction ne s'opposerait sûrement pas à...

— Elle est aussi dénuée de scrupules que Lamurk, mais plus subtile.

— Je te trouve bien soupçonneuse.

— Je suis obligée de l'être.

L'après-midi, ils partaient en excursion. Dors n'aimait pas la poussière, la chaleur, et ils ne voyaient pas beaucoup d'animaux.

— Jamais un animal qui se respecte ne voudrait être pincé en compagnie de ces primitivistes déguisés, lança-t-elle.

Il aimait l'atmosphère de ce monde et s'y sentait à l'aise, mais son esprit ne connaissait pas le repos. Il y réfléchit sur la véranda qui dominait le paysage, en buvant un jus de fruit astringent tout en regardant le soleil se coucher. Dors était debout à côté de lui et ne disait rien.

Les planètes étaient des entonnoirs à énergie, se dit-il. Au fond de leur puits gravitationnel, les plantes ne captaient que zéro virgule dix pour cent de la lumière solaire qui atteignait la surface d'un monde donné. Elles échafaudaient des molécules organiques à partir de l'énergie d'une étoile. Elles étaient dévorées par des animaux qui ne recueillaient qu'un dixième environ de l'énergie emmagasinée. Les ruminants étaient à leur tour la proie des carnivores qui exploitaient à leur tour dix pour cent de l'énergie contenue dans la viande. On pouvait donc estimer qu'un cent millième seulement de l'énergie solaire produite finissait dans les prédateurs.

Quel gâchis ! Et pourtant, nulle part, dans toute la Galaxie, on n'avait mis au point un moteur plus efficace. Et qu'est-ce qui s'y opposait ?

Les prédateurs étaient toujours plus intelligents que leurs proies. Ils trônaient au sommet d'une pyramide aux parois abruptes. Les omnivores avaient un palmarès similaire. De ce paysage accidenté émergeait l'humanité.

Ce fait devait compter pour beaucoup dans n'importe quelle psychohistoire. Les panus revêtaient donc un rôle essentiel dans la recherche des anciennes clés de la psyché humaine.

— J'espère que l'immersion n'est pas aussi, comment dire ? chaude et poisseuse, fit Dors.

— Rappelle-toi que tu verras le monde avec d'autres yeux.

— Tant que je pourrai revenir prendre un bon bain...

— Des compartiments ? répliqua Dors. On dirait plutôt des cercueils.

— L'exiguïté est voulue, madame, répliqua l'ExPat Vaddo avec un sourire cordial — qui, subodora Hari, voulait probablement dire qu'il se sentait d'humeur rien moins que cordiale.

Leur conversation avait été amicale, tout le personnel de l'endroit respectait le célèbre Dr Seldon, mais dans le fond, ils n'étaient, Dors et lui, que des touristes comme les autres. Qui payaient pour un moment d'amusement primitif, emballé dans les termes scientifiques appropriés, mais des touristes quand même.

— En immersion, l'organisme est maintenu dans un état de stase. Tous les systèmes corporels fonctionnent normalement, mais au ralenti, poursuivit l'ExPat en examinant les réseaux de câbles de la capsule molletonnée.

Il inspecta ainsi les commandes, les procédures d'urgence, les systèmes de sauvegarde.

— Ça paraît assez confortable quand même, convint Dors.

— Allez, la gourmanda Hari. Tu m'avais promis que nous le ferions.

— Vous serez reliés au circuit à tout instant, ajouta Vaddo.

— À votre bibliothèque de données aussi ? demanda Hari.

— Absolument.

L'équipe d'ExPats les fourra dans les compartiments à stase d'une main sûre et efficace. Des patchs, des contacts, des palpeurs magnétiques leur furent plaqués sur le crâne où ils capteraient directement leurs pensées. Le dernier cri de la technique.

— Prêts ? Vous vous sentez bien ? demanda Vaddo avec son sourire professionnel.

Hari ne se sentait pas très bien (par opposition au sentiment de bien-être), et il se rendit compte que c'était en partie à cause de cet ExPat. Il s'était toujours méfié des gens affables, sûrs d'eux. Vaddo et Yakani, la responsable de la sécurité, étaient pour lui des Gens En Gris insignifiants. La méfiance de Dors s'était émoussée, mais quelque chose en eux lui déplaisait, il n'aurait su dire pourquoi.

Enfin, Dors avait probablement raison. Il avait besoin de se changer les idées. Et quel meilleur moyen que de sortir de soi-même ?

— Bien, oui. Prêt, oui.

La technique de suspension était ancienne et fiable. Elle supprimait les stimuli neuromusculaires, de sorte que le client gisait, inerte, l'esprit seul engagé avec les panus.

Son cerveau était entouré de réseaux à induction électromagnétique qui s'intercalaient dans ses circonvolutions et canalisaient les signaux le long de minuscules chemins de fibre, supprimant une bonne partie des fonctions cérébrales et bloquant les processus physiologiques.

Tout ceci permettait au circuit parallèle du cerveau de shunter les pensées, une par une, et de les transmettre par induction à des puces incrustées dans le panu d'accueil. Immersion.

La technologie s'était répandue dans tout l'Empire, où elle connaissait une grande vogue. La faculté de diriger les esprits à distance pouvait être utilisée d'innombrables façons. Mais la techno de stase avait parfois d'étranges applications.

Sur certains mondes, et dans certaines classes de Trantor, des femmes vivaient en état d'animation suspendue, en dehors de quelques heures par jour. Leurs riches époux les réveillaient et les faisaient descendre de leur cadre réfrigéré à des fins sociales et sexuelles. Elles connaissaient ainsi, en l'espace d'un demi-siècle, un tourbillon d'endroits, d'amis, de fêtes, de vacances, d'heures passionnées dont la durée accumulée n'était que de quelques années. Leur mari mourait vite, à ce qu'il leur semblait, les laissant veuves et fortunées, à une trentaine d'années à peine. Ces femmes étaient très recherchées, et pas seulement pour leur argent. Elles étaient d'un raffinement à nul autre pareil, pimenté par un long « mariage ». Souvent, ces veuves reproduisaient le schéma, épousant de jeunes maris qu'elles ranimaient à des fins similaires.

Tout ceci, Hari l'avait pris avec l'apparente hauteur de vue qu'il avait cultivée sur Trantor. Il pensait donc que son immersion serait confortable, intéressante, le genre d'expérience qui fait un bon sujet de conversation dans une stim-party : une sorte de visite dans un autre esprit, plus simple.

Il ne s'attendait pas à être avalé d'un bloc.

4

Une bonne journée. Plein de larves bien grasses à manger dans une grosse bûche humide. Les déterre avec mes ongles, fraîches craquantes poivrées croustillantes.

Plus Grand, il me pousse sur le côté. Prend plein de grosses larves bien grasses. Grommelle. Me regarde mal.

Mon ventre grogne. Je recule et je regarde Plus Grand. Il a la mine pincée et je sais qu'il ne faut pas l'embêter.

Je m'éloigne, je m'accroupis par terre. Une fem m'épouille le dos. Elle trouve des puces, les fait craquer sous ses dents.

Plus Grand fait un peu rouler la bûche pour détacher encore des larves, les finit. Il est fort. Les fems le regardent. Près des arbres, un groupe de fems bavardent, se sucent les dents. C'est le début de l'après-midi et tout le monde a envie de dormir à l'ombre, maintenant. Mais Plus Grand nous fait signe à Croupton et à moi et on y va.

Patrouiller. Se pavaner, marcher fièrement.

J'aime bien. Meilleur que grimper une fem, même.

De l'autre côté du ruisseau et le long des odeurs de sabot. L'endroit peu profond. On traverse, on va renifler sous les arbres, et là il y a deux Étrangers.

Ils ne nous voient pas encore. On avance doucement, sans bruit. Plus Grand prend une branche et on fait pareil. Croupton renifle pour voir qui sont ces Étrangers et il indique la colline. Juste comme je pensais, ils sont des collines. Les pires. Sent pas bon.

Ceux des collines viennent sur nos terres. Problème. On repart.

On se déploie. Plus Grand grogne et ils l'entendent. Je bouge déjà, la branche en l'air. Je peux courir assez loin sans les pattes de devant. Les Étrangers poussent des cris, font les gros yeux. On va vite et on est sur eux.

Ils n'ont pas de branches. On leur tape dessus, on leur flanque des coups de pied et ils nous attrapent. Ils sont grands et rapides. Plus Grand en jette un par terre. Je tape dessus, comme ça Plus Grand sait bien que je suis avec lui. Je tape dur. Puis je vais vite aider Croupton.

Un Étranger lui a pris sa branche. Je tape sur l'Étranger. Il s'étale par terre. Je lui tape dessus bien comme il faut et Croupton saute sur lui et c'est merveilleux.

L'Étranger essaie de se relever, et je lui tape fort dessus. Croupton reprend sa branche et tape encore et encore avec moi, fort, pour m'aider.

Plus Grand, son Étranger se relève et se met à courir. Plus Grand tape sur son derrière avec la branche, il rugit et il rit.

Moi, j'ai un truc. Spécial. Je ramasse des pierres. Je lance bien. Mieux que Plus Grand, même.

Les pierres, c'est pour les Étrangers. Mes copains, je me bagarre avec, mais jamais avec les pierres. Alors que les Étrangers, ils méritent de prendre des pierres dans la figure. J'aime leur faire ça aux Étrangers.

J'en lance une bien comme il faut. J'attrape l'Étranger à la jambe. Il tombe. Je le tape très dur avec une pierre pointue dans le dos.

Alors il court vite. Je vois qu'il saigne. De grosses gouttes rouges dans la poussière.

Plus Grand rit, me donne une claque, et je sais que je suis bien avec lui.

Croupton tape sur son Étranger. Plus Grand prend mon bâton et le rejoint. Le sang qu'il y a partout sur l'Étranger me chante dans le nez et je saute sur lui. On continue comme ça un long moment. Pas peur que l'autre Étranger revienne. Les Étrangers sont parfois courageux, mais ils savent quand ils ont perdu.

L'Étranger arrête de bouger. Je lui donne encore un coup de pied.

Pas de réaction. Mort, peut-être.

On crie et on danse, et on pousse des cris de joie.

5

Hari secoua la tête pour remettre de l'ordre dans ses idées. Avec plus ou moins de succès.

— Tu étais le grand ? demanda Dors. J'étais la femelle, près des arbres.

— Pardon, je ne t'avais pas reconnue.

— C'était… différent, hein ?

— Le meurtre l'est souvent, fit-il avec un petit rire sec.

— Quand tu es parti avec le, enfin, le chef…

— Mon panu l'appelle « Plus Grand ». Nous avons tué un autre panu.

Ils étaient dans la salle de réception cossue des installations d'immersion. Hari se leva, sentit le monde tanguer un peu, reprit son équilibre.

— Je pense que je vais m'en tenir aux recherches historiques pendant un petit moment.

— Je... moi, ça m'a plu, fit Dors avec un petit sourire penaud.

Il réfléchit un moment, cilla.

— Moi aussi, dit-il, surpris.

— Pas le meurtre...

— Non, bien sûr que non, mais... l'impression générale.

— On ne trouve pas ça sur Trantor, Professeur, fit-elle avec un grand sourire.

Il passa deux jours à explorer le frais treillis de données dans la formidable bibliothèque de l'institut. Elle était bien équipée et permettait des interfaces avec divers sens. Il patrouilla ainsi dans des labyrinthes digitaux glacés.

Une partie des données était littéralement encroûtée par le temps. Dans les espaces vectoriels figurés sur d'énormes écrans, les données accumulées pendant des millénaires disparaissaient sous des couches de protocoles massifs et des carapaces de procédures de sécurité. Faciles à violer ou à détourner, évidemment, avec les méthodes actuelles. Mais les énormes dossiers, les résumés, les rapports, les articles et les statistiques grossières n'étaient pas d'un abord facile. De temps à autre, un aspect du comportement panu était soigneusement dissimulé dans des appendices et des annexes, comme si les biologistes des avant-postes isolés étaient gênés. Certains détails étaient embarrassants : dans le domaine sexuel, surtout. Comment pouvait-il utiliser ça ?

Il navigua dans le labyrinthe en tridi et rassembla ses idées. Pouvait-il suivre une stratégie analogique ?

Les gènes des panus étaient très voisins de ceux des humains. Leur dynamique devait donc être une version simplifiée de la dynamique humaine. Pouvait-il, dans ce cas, analyser les interactions des groupes de panus comme un cas restreint de psychohistoire ?

Yakani, la responsable de la sécurité, ouvrit des dossiers

confidentiels montrant que les panus avaient été génétiquement modifiés, comme d'autres créatures — les « rabouins », par exemple —, il y avait environ dix mille ans. Dans quel but, Hari se perdait en conjectures. Yakani s'intéressait tellement à ses recherches qu'il commença à la soupçonner de le surveiller pour le compte de l'Épiphane.

Au coucher du soleil, le deuxième jour, il regarda avec Dors les nuages orangés embrochés de traînées sanglantes. Ce monde avait quelque chose de clinquant, d'assez mauvais goût, qu'il adorait. Il appréciait même le goût de la nourriture. À la perspective du dîner, son estomac grondait d'impatience.

— Il serait tentant de bâtir sur les panus une sorte de modèle réduit de psychohistoire, remarqua-t-il.

— Mais tu as des doutes, répondit Dors.

— Ils sont comme nous, sauf que... euh...

— Ils sont plus animaux ? ironisa-t-elle, puis elle l'embrassa. Mon prude Hari.

— Nous avons notre part de comportement bestial, je sais. Mais nous sommes aussi beaucoup plus intelligents.

Elle abaissa les paupières d'une façon qu'il savait traduire un doute poli.

— Ils vivent avec intensité, il faut leur laisser ça.

— Nous sommes peut-être plus intelligents qu'il ne le faut, de toute façon.

— Que veux-tu dire ?

— J'ai lu des choses sur l'évolution. Ce n'est plus un champ de recherche de pointe. Tout le monde croit avoir fait le tour de la question.

— Et dans une galaxie pleine d'humains et de pas grand-chose d'autre, il n'y a pas beaucoup de matériau frais.

Il n'y avait jamais réfléchi sous cet angle, mais elle avait raison. La biologie était une science d'arrière-garde. Tous les académiciens à la coule travaillaient sur la « sociométrie intégrative ».

Il poursuivit sur sa lancée. Il était clair qu'avec le cerveau humain, l'évolution avait vu trop grand. Il était infiniment plus puissant que nécessaire pour vivre de chasse et de cueillette. Pour surpasser les animaux, il aurait suffi à l'homme de maîtriser le feu et des outils de pierre rudimentaires. Ces dons, à eux seuls, auraient fait de lui le seigneur de la création, le soulageant de la pression de la sélection qui poussait toujours au changement. Mais tout, dans le cerveau lui-même, disait que le changement s'accélérait. Le cortex cérébral humain gagnait en poids, empilant de nouveaux circuits sur les câblages plus anciens, recouvrant les zones moins importantes comme une nouvelle peau. C'est ce que montraient les vieilles études basées sur des données trouvées dans des musées depuis longtemps disparus.

— C'est de là que viennent les musiciens et les ingénieurs, les saints et les savants, acheva-t-il avec emphase.

Dors avait le don précieux de pouvoir rester tranquille pendant qu'il pontifiait interminablement, même en vacances.

— Et les panus, tu crois qu'ils viennent d'avant ? De l'ancienne Terre ?

— Forcément. Et toute cette sélection évolutionniste s'est produite en quelques millions d'années à peine.

— Regarde ça du point de vue des femmes, acquiesça Dors. Ça s'est fait malgré le danger que ça présentait pour la mère lors de la parturition.

— Comment ça ?

— À cause des énormes têtes des bébés. Elles sont difficiles à faire passer. Vos cerveaux — nos cerveaux — coûtent cher aux femmes.

Il eut un petit rire. Elle avait sur tous les sujets un éclairage particulier qui les lui faisait voir sous un angle nouveau.

— Alors pourquoi a-t-il été sélectionné à l'époque ?

— Peut-être les hommes et les femmes trouvaient-ils l'intelligence séduisante chez l'autre sexe.

— Vraiment ?

— Et nous ? fit-elle avec son sourire rusé.

— Tu as vu beaucoup d'étoiles en tridi ? Le cerveau n'est pas leur caractéristique principale, ma chère.

— Tu te souviens des animaux que nous avons vus au zoo impérial ? Le cerveau jouait peut-être le même rôle pour les humains primitifs que la queue du paon ou les cornes du renne : celui de panneau d'affichage destiné à attirer les femelles. Une sélection sexuelle infaillible.

— Je vois. C'est comme si on ajoutait du miel sur la confiture, dit-il en riant. L'intelligence ne servirait qu'à faire joli.

— Ça marche en ce qui me concerne, répondit-elle avec un clin d'œil.

Il regarda, étrangement heureux, le soleil se coucher dans une fureur écarlate. Des rideaux de lumière jouaient dans le ciel, entre des couches de nuages curieux.

— Euh… murmura Dors.

— Oui ?

— Ce serait peut-être un moyen d'utiliser les travaux des ExPats. D'apprendre qui étaient jadis les humains et donc qui nous sommes.

— Intellectuellement, nous sommes séparés par un gouffre. Mais socialement, le fossé pourrait être moins profond.

— Tu penses que nous sommes à peine plus avancés que les panus sur le plan social ? fit Dors, l'air sceptique.

— Hon-hon. Je me demande si on ne pourrait pas aller en temps logarithmique des panus jusqu'à nos jours en passant par le début de l'Empire.

— Ça ferait un sacré bond.

— Je pourrais peut-être utiliser ce simu de Voltaire comme point d'ancrage d'une longue courbe.

— Possible, mais pour faire ça, il faudrait que tu les connaisses mieux, dit-elle en le regardant. Ça t'a plu, l'immersion, hein ?

— Eh bien, oui. C'est juste que…

— Quoi ?

— Cet ExPat, Vaddo, je trouve qu'il insiste beaucoup pour nous fourguer ses immersions.

— C'est son métier.

— Et il savait qui j'étais.

— Et alors ? répliqua-t-elle avec un haussement d'épaules, les mains écartées devant elle.

— Toi si méfiante, d'habitude… Pourquoi un ExPat connaîtrait-il un obscur mathématicien ?

— Il s'est renseigné sur toi. Il est normal de se renseigner sur ses clients. Et en tant que candidat au poste de Premier ministre, on ne peut pas dire que tu sois un client lambda.

— J'imagine. Dis, c'est toi qui es censée être toujours sur tes gardes, fit-il avec un sourire. Tu ne devrais pas m'encourager à la prudence ?

— La paranoïa n'est pas la prudence. L'énergie consacrée à de fausses menaces est de l'énergie distraite à la vigilance.

Le temps qu'ils aillent dîner, elle l'avait convaincu.

6

Chaude journée sous le soleil. La poussière picote. Me fait renifler.

Plus Grand passe, obtient tout de suite le respect. Beaucoup de respect. Les fems et les gars tendent les mains pareil.

Plus Grand les touche, passe du temps avec chacun, fait voir qu'il est là. Tout va bien dans le monde.

Je tends la main vers lui, moi aussi. Ça me fait du bien. Je veux être comme Plus Grand, grand comme lui, être *lui*.

Les fems ne sont pas un problème pour lui. Il en veut une, elle vient. Obéit tout de suite. C'est Plus Grand.

La plupart des mâles ne sont pas très respectés. Les fems préfèrent Plus Grand. Les petits mâles, ils soufflent, ils lancent du sable, tout ça, mais on sait bien qu'ils ne feront pas grand-chose. Ils ne seront jamais comme Plus Grand. Ils n'aiment pas ça, mais ils sont coincés.

Moi, je suis assez grand. J'ai le respect. Enfin, un peu.

Les gars, ils aiment tous caresser. Dorloter. Épouiller. Les fems le leur font et ils le rendent.

Et les gars obtiennent davantage. Après, ça ronchonne moins.

Je suis assis pendant qu'on m'épouille, et tout d'un coup je sens quelque chose. Je n'aime pas ça. Je saute, je crie. Plus Grand, il voit. Il sent aussi.

Des Étrangers. Tout le monde se blottit, se prend par le cou. Forte odeur. Beaucoup. Beaucoup Étrangers. Ils sont près, dit le vent. Ils se rapprochent.

Ils descendent vers nous en courant. Cherchent des fems, des ennuis.

Je cours prendre mes pierres. J'en ai toujours tout près. Je leur en lance une, je rate. Puis ils sont au milieu de nous. C'est difficile de les atteindre, ils vont si vite.

Quatre Étrangers, ils attrapent deux fems. Les entraînent.

On crie, on hurle. De la poussière partout.

Je lance des pierres. Plus Grand mène les gars contre les Étrangers.

Ils se retournent, partent en courant. Juste comme ça. Mais ils ont les deux fems, et c'est mal.

Plus Grand, lui fou. Il bouscule certains des gars, fait du bruit. Il n'a pas l'air si bien, maintenant. Il a laissé venir les Étrangers.

Ces Étrangers, mauvais. Nous tous accroupis, on s'épouille, on se papouille, on fait des gentils bruits doux.

Plus Grand arrive, tape quelques fems. Fait obéir certaines. Fait voir à tout le monde qu'il est toujours Plus Grand.

Il ne me tape pas. Trop dangereux, il le sait. Je lui grogne dessus quand il approche et il fait semblant pas entendre.

Peut-être il est plus aussi Grand, je me dis.

7

Cette fois, il resta. Après la première crise, après l'intrusion des panus, il resta assis et se laissa épouiller pendant un long moment. Ça lui fit vraiment du bien.

Lui ? Qui ça, lui ?

Cette fois, il avait vraiment senti l'esprit du panu. Pas en dessous de lui — c'était une métaphore — mais *tout autour*. Un jaillissement, un grouillement de sens, de pensées éparses, telles des feuilles emportées par le vent.

Un vent qui était *émotion*. Des bourrasques soudaines, hurlantes, soufflant par rafales, des pensées pleuvant comme des coups de marteau amortis.

La pensée n'était pas leur fort. Il n'en avait capté que des bribes, comparables à des rêveries humaines hachées par un monteur nerveux. Mais ils ressentaient avec intensité.

Évidemment, se dit-il — car il pouvait penser, lui, enkysté dans un noyau dur, niché dans l'esprit du panu. *Les émotions leur dictaient leur conduite, leur évitant de réfléchir. Les réactions rapides l'exigeaient. Les sensations fortes amplifiaient les indices subtils en impératifs forts. Les ordres brusques amortis de Mère Évolution.*

Croire que les expériences mentales élevées comme l'émotion étaient propres à l'homme était pure présomption, il le voyait maintenant. Ces panus partageaient pour l'essentiel la vision du monde des humains. Une théorie de la psychohistoire des panus pourrait être valable.

Il essaya prudemment de prendre ses distances avec l'esprit dense, obsédant, du panu. Il se demanda s'il avait conscience de sa présence. Oui, il le sentait. Vaguement.

Mais ça ne l'ennuyait pas. Il intégrait ça dans son monde vague, flou. Hari était une sorte d'émotion, l'une des nombreuses sensations qui arrivaient en voletant comme des papillons et repartaient.

Pouvait-il être plus que cela ? Il essaya d'amener le panu à lever le bras droit. Il était lourd comme du plomb. Il s'échina un moment, sans succès. Puis il réalisa son erreur. Il ne pouvait vaincre ce panu, pas en tant que noyau dans un esprit plus vaste.

Il y réfléchit pendant que le panu épouillait une femelle, fouillant délicatement dans ses poils raides à l'odeur agréable. Il faisait bon sous la chaleur généreuse du soleil...

Des émotions. Les panus n'obéissaient à aucune instruction ; c'était trop leur demander. Ils ne pouvaient comprendre les directives au sens humain. Les émotions, ça ils connaissaient. Il devait être une émotion, pas un petit général donnant des ordres.

Il resta un moment assis, à faire le panu. À apprendre, ou plutôt, à sentir. Le groupe s'épouillait, cherchait à manger, les mâles surveillaient les environs, les femelles restaient près des jeunes. Un calme paresseux l'envahit. Les heures chaudes de la journée passèrent sans effort.

Il n'avait pas éprouvé ça depuis son enfance. Un lent relâchement, comme s'il n'y avait plus de temps, que des tranches d'éternité.

Dans cet état de grâce, il pouvait se concentrer sur un simple mouvement — lever le bras, se gratter — et en susciter le désir. Son panu répondait. Pour y arriver, il devait *sentir* le chemin qui menait à son but.

Hari capta une odeur suave apportée par le vent, pensa à la nourriture dont elle pouvait émaner. Son panu remonta à la source en reniflant et s'en désintéressa. Hari sentit à son tour pourquoi : des fruits, c'est vrai, sucrés, en effet, mais pas comestibles par un panu.

Bien. Il apprenait. Et il s'intégrait dans les strates de l'esprit du panu.

Il décida de donner des noms aux principaux panus du groupe, pour les suivre : Agile, le rapide, Sheelah, la femelle sexy, Morfal, celui qui avait faim... Et lui, comment s'appelait-il ? Il se rebaptisa Panu-je. Pas très original, mais approprié : moi, le panu.

Morfal trouva un fruit en forme de bulbe et les autres s'approchèrent pour récolter les miettes. Le fruit était dur, sentait un peu trop le vert (comment le savait-il ?) mais certains en mangèrent quand même.

Et laquelle des femelles était Dors ? Ils avaient demandé à être immergé dans le même groupe, de sorte qu'elle était l'un des — il se força à compter, exercice qui lui fit un peu le même effet qu'une séance d'haltérophilie mentale — l'un des vingt-deux membres de la tribu. Comment allait-il la reconnaître ? Il s'approcha de plusieurs femelles qui dépouillaient des branches de leurs feuilles à l'aide de pierres au bord tranchant et les attachaient ensemble, fabriquant ainsi des sortes de paniers à nourriture.

Hari les regarda attentivement. Un intérêt bénin, quelques mains tendues dans un geste caressant, une invitation à se faire épouiller. Pas la moindre lueur de reconnaissance dans leurs yeux.

Il regarda une grande fem, Sheelah, laver soigneusement des fruits couverts de sable dans un petit ruisseau. Le groupe la suivit ; Sheelah était une sorte de meneuse, une lieutenante de Plus Grand.

Elle mangea avec délectation, regarda autour d'elle. Des céréales poussaient non loin de là, leurs grains dorés, plus que mûrs, déjà dispersés sur le sol sablonneux. En se concentrant, Hari déduisit de leur odeur délicate que c'était un régal. Quelques panus ramassèrent les grains épars. Ça n'allait pas vite. Sheelah commença par faire pareil, puis s'arrêta. Un moment passa ; des insectes bourdonnaient. Enfin, elle ramassa sable et graines, retourna vers le ruisseau et jeta le tout dans l'eau. Le sable coula au fond, les grains surnagèrent. Elle les écopa et les mangea avec un grand sourire.

Un truc impressionnant. Les autres ne comprirent pas sa méthode de tri. Le concept de lavage des fruits était relativement simple, se dit-il. Le panu n'avait pas besoin de lâcher sa pitance, alors que trier les grains exigeait de les lancer au loin avant de les récupérer. C'était une démarche mentale plus complexe.

Il se concentra sur Sheelah, et Panu-je réagit en s'approchant d'elle. Il la regarda dans les yeux, et elle lui fit un clin d'œil. Dors ! Il la prit dans ses bras velus, envahi d'un soudain élan d'amour pour elle.

8

— Pur instinct animal, dit-elle le soir, en dînant. Rafraîchissant.

Hari hocha la tête.

— J'aime bien cet endroit, vivre comme ça.

— On sent tellement plus de choses.

— Les fruits n'ont pas le même goût quand c'est eux qui mordent dedans, fit-il en portant un morceau de bulbe violet à sa bouche. Pour moi, c'est presque écœurant alors que Panu-je trouve ça agréable, un peu poivré. La sélection naturelle a dû faire en sorte qu'ils apprécient les sucres rapides afin qu'ils aient moins longtemps à chercher leur ration de calories.

— Je ne vois pas comment on pourrait passer des vacances plus dépaysantes. Nous nous retrouvons non seulement loin de chez nous mais hors de notre propre espèce.

— Ils sont tellement, tellement... reprit-il en contemplant le fruit.

— Assoiffés de sexe ?

— Insatiables.

— Ça n'avait pas l'air de te gêner.

— Tu veux parler de mon panu, Panu-je ? Quand il se met dans cet état, qu'il pense à une seule chose, « toutes les baiser », moi, je dis pouce.

— Vraiment ? fit-elle en le regardant attentivement.

— Tu n'en fais pas autant ?

— Si, mais je ne m'attends pas à ce que les hommes se comportent comme les femmes.

— Ah bon ? fit-il avec raideur.

— J'ai passé un moment à la bibliothèque des ExPats pendant que tu faisais joujou avec les mouvements sociaux des panus. Les femmes se consacrent beaucoup à leurs enfants. Les hommes ont le choix entre deux attitudes : l'investissement parental, ou « faire les quatre cents coups ». En ce qui nous concerne, l'évolution a dû sélectionner les deux, ajouta-t-elle en haussant le sourcil, parce qu'elles sont toutes les deux répandues.

— Pas chez moi.

À sa grande surprise, elle éclata de rire.

— Je parle en général. Ce que je veux dire, c'est que la promiscuité sexuelle est plus répandue chez les panus que chez nous. Les mâles dirigent tout. Je suppose qu'ils aident les femelles pendant qu'elles portent leurs enfants, mais ensuite, ils font leur marché n'importe où, et sans arrêt.

Hari retrouva son attitude professionnelle ; c'était décidément plus confortable pour aborder ce genre de sujet.

— Comme disent les spécialistes, ils poursuivent une stratégie reproductive mixte.

— Qu'en termes galants...

— Galants, *et* précis.

Évidemment, rien ne lui prouvait que Dors se retirait de Sheelah quand un mâle venait tirer un coup. (Ils faisaient toujours ça à la va-vite, trente secondes, tout au plus.) Avait-elle le temps de quitter l'esprit de la panu ? Il mettait quelques instants à s'en extraire. Enfin, si elle voyait approcher un mâle aux intentions manifestes...

Il s'étonnait lui-même. Que devenait la jalousie quand on occupait un autre corps ? Le code moral habituel avait-il encore un sens ? Et pourtant, en parler avec elle était... embarrassant.

Il n'avait jamais cessé d'être un petit paysan héliconien, que ça lui plaise ou non.

Il se plongea avec résignation dans son assiette de « baroudaube », un ragoût de viande terreuse coriace, noirâtre, accompagné de légumes au goût piquant, et mangea de bon cœur.

— Je dirais que les panus ont aussi le sens du commerce, dit-il au bout d'un moment, en réponse au silence manifestement amusé de Dors. Donnerais à manger contre du sexe, trahirais le chef pour du sexe, la vie de mes enfants, une séance d'épouillage, à peu près n'importe quoi en échange du sexe.

— Ça paraît être la monnaie sociale. Rapide et pas tendre pour deux sous. Quelques coups de reins, des sensations fortes, et boum, c'est fini.

— Les mâles en ont besoin, et les femelles en tirent parti.

— Mmm, je vois que tu as pris des notes.

— Il le faut bien si je veux modéliser les panus comme une sorte de peuple simplifié.

— Modéliser les panus ? fit la voix assurée de Vaddo. Ce ne sont pas des citoyens modèles, si c'est ce que vous pensez.

Il se fendit de son sourire radieux, symptomatique, se dit Hari, de la camaraderie obligée de l'endroit. Il lui répondit d'un sourire mécanique.

— J'essaie de trouver des variables susceptibles de décrire le comportement des panus.

L'ExPat s'assit à leur table et leva le doigt pour commander un verre au serveur.

— Il faudrait que vous restiez plus longtemps à leur contact, avança-t-il. Ce sont des créatures subtiles.

— Je suis d'accord, acquiesça Dors. Vous faites souvent un bout de chemin avec eux ?

— Pas très. Nous effectuons nos recherches autrement, maintenant, répondit Vaddo avec une moue attristée. Les modèles statistiques, ce genre de choses. C'est moi qui ai eu l'idée d'exploiter la technique d'immersion que nous avions mise au point en lançant ces excursions afin de gagner de l'argent pour le projet. Sans ça, nous aurions été obligés de fermer.

— Je suis heureux de contribuer à la cause, fit Hari.

— Admets que ça te plaît, répliqua Dors, amusée.

— Eh bien, oui. C'est… différent.

— Et ça fait du bien à l'austère professeur Seldon de sortir un peu de sa coquille, lança-t-elle.

— Faites attention à ne pas courir de risques, là-bas, dit Vaddo, rayonnant. Certains clients se prennent pour des superpanus ou je ne sais quoi.

— Quel danger pourrait-il y avoir ? rétorqua Dors en ouvrant de grands yeux. Le métabolisme est ralenti, pendant l'immersion.

— Le lien entre l'hôte et son panu est très fort, répondit Vaddo. S'il arrive un accident au panu, ça peut provoquer un choc en retour dans le système neurologique de l'hôte.

— Quel genre d'accident ? demanda Hari.

— La mort, des blessures graves.

— Dans ce cas, fit Dors, je pense que tu ne devrais plus t'immerger.

— Allons ! fit Hari, agacé. Je suis en vacances, pas en prison.

— Toute menace...

— Il y a une minute, tu te pâmais sur le bien que ça me faisait.

— Tu es trop important pour...

— Le risque est vraiment limité, intervint Vaddo en douceur. Il est rare que les panus meurent de mort violente.

— Et je pourrais toujours jeter l'éponge en cas de danger, ajouta Hari.

— Mais le ferais-tu ? Je trouve que tu commences à prendre goût à l'aventure.

Elle avait raison, mais il n'allait pas en convenir. Ça ne pouvait pas lui faire de mal de s'évader un peu de sa vie routinière, fastidieuse, de mathématicien.

— J'apprécie de sortir des couloirs sans fin de Trantor.

Vaddo jeta à Dors un sourire confiant.

— Nous n'avons jamais perdu un seul touriste.

— Et le personnel de recherche ? renvoya-t-elle.

— Une fois, mais c'était tellement inhabituel...

— Que s'est-il passé ?

— Un panu est tombé d'une falaise. L'opératrice humaine n'a pu s'abstraire à temps et elle est restée paralysée. L'expérience de la mort en état d'immersion passe pour être fatale, contrairement aux autres incidents. Mais nous avons mis des systèmes en place pour court-circuiter...

— Rien d'autre ? insista-t-elle.

— Eh bien, il y a eu un épisode pénible, fit l'ExPat en se tortillant avec embarras. Au début, quand nous avions de simples barrières électriques, certains prédateurs sont entrés.

— Quel genre de prédateurs ?

— Une meute de primates, *Carnopapio grandis*. Nous les appelons des rabouins parce qu'ils sont génétiquement proches d'un petit primate d'un autre continent. Leur ADN...

— Comment sont-ils entrés ? reprit Dors.

— Ils ont des sabots fouisseurs, un peu comme des cochons sauvages. Ils ont senti nos animaux au corral. Ils sont passés sous les palissades.

— Ça suffit, ça ? demanda Dors en regardant les hautes murailles.

— Certainement. Les rabouins et les panus ont des éléments d'ADN en commun, et nous croyons qu'ils sont issus d'une antique expérience génétique. Quelqu'un a essayé de faire un prédateur en amenant les sujets primitifs à se dresser sur leurs pattes postérieures. Comme chez la plupart des prédateurs bipèdes, les membres antérieurs sont courts et la tête, qui est portée en avant, est équilibrée par une grosse queue également utilisée pour faire des signaux. Ils chassent les plus gros animaux de meute, les gigantilopes, dont ils ne mangent que les meilleurs morceaux.

— Pourquoi attaquent-ils les humains ?

— Ils ne dédaignent pas les proies humaines. Ou les panus. Quand ils sont entrés dans le domaine, ils ont cherché les humains adultes, pas les enfants — une stratégie très sélective.

— Vous avez une façon si... objective de voir ça, fit Dors en frissonnant.

— Je suis biologiste.

— Je n'aurais jamais cru que la biologie puisse être aussi intéressante, nota Hari pour détourner l'appréhension qu'il sentait monter en elle.

— C'est sûrement moins absorbant que les mathématiques supérieures, répliqua Vaddo, un sourire accroché aux oreilles.

Dors esquissa une grimace dubitative.

— Ça ne vous ennuie pas que les visiteurs se baladent avec des armes dans le domaine ?

9

Il avait une amorce d'idée sur la façon d'utiliser le comportement des panus afin d'élaborer une maquette rudimentaire de psychohistoire. Il utiliserait les statistiques portant sur leurs mouvements de groupe, les hauts et les bas de leur sort changeant.

La représentation dans l'espace des structures vivantes évoluait à la limite du chaos. La vie dans son ensemble recueillait les fruits d'un large éventail de choix possibles. La sélection naturelle achevée, l'instabilité persistait.

Des biosphères entières changeaient de point d'équilibre entre les courants énergétiques. Tels des oiseaux volant contre le vent, se dit-il en observant de gros volatiles jaunes qui planaient au-dessus d'eux en profitant des courants ascendants.

Comme eux, des systèmes biologiques entiers stagnaient parfois à des points d'inertie. Les systèmes hésitaient entre plusieurs pentes. Il arrivait — pour poursuivre l'analogie — que des insectes savoureux montent vers eux, portés par les mêmes brises capricieuses. Ne pas réussir à négocier les vents du changement, c'était renoncer à son intégrité systémique. L'énergie se dissipait. Tout état apparemment stable était en réalité un phénomène de rétroaction dynamique crucial.

Il n'existait aucun état statique — sauf un. Un système biologique en équilibre parfait était tout simplement mort.

Comme la psychohistoire ?

Il en parla avec Dors, qui acquiesça. Sous son calme apparent, elle était inquiète. Depuis la remarque de Vaddo, elle trouvait beaucoup à redire sur la sécurité. Il lui rappela que c'était elle qui l'avait incité à s'immerger davantage.

— Nous sommes en vacances, je te rappelle, lui répétait-il.

Il voyait bien à son regard amusé qu'elle ne gobait pas ses discours sur la modélisation. Elle pensait qu'il aimait juste folâtrer dans les bois. « Un vrai cul-terreux », ironisait-elle.

C'est ainsi que le lendemain matin il renonça à l'excursion prévue pour observer des troupeaux de gigantilopes et se rua avec Dors vers les chambres d'immersion. Pour faire du vrai travail en profondeur, se disait-il.

— Qu'est-ce que c'est que ça ? fit-il en indiquant un petit tictac planté entre leurs capsules d'immersion.

— Une mesure de précaution, répondit Dors. Je ne tiens pas à ce qu'on vienne tripoter nos chambres pendant que nous sommes en immersion.

— Les tictacs doivent coûter un joli paquet, par ici.

— Celui-ci veille sur les serrures codées, tu vois ?

Elle s'accroupit à côté du tictac et tendit la main vers le panneau de contrôle. Il l'empêcha d'avancer.

— Je pensais que les serrures suffisaient.

— La chef de sécurité y a accès.

— Et tu la soupçonnes ?

— Je soupçonne tout le monde. Et surtout elle.

Les panus dormaient dans les arbres et passaient beaucoup de temps à s'épouiller. Pour eux, une tique ou un pou était un régal. Ils contenaient des alcaloïdes au goût poivré avec lesquels ils s'éclataient quand il y en avait suffisamment. Il soupçonnait la délicatesse avec laquelle Dors le caressait et lui peignait les cheveux d'être un comportement sélectionné parce qu'il améliorait l'hygiène du panu. En tout cas, Panu-je trouvait ça apaisant.

Puis il fut frappé par l'idée que les panus préféraient s'épouiller plutôt que de vocaliser. Ils ne s'appelaient, ne criaient, que sous l'effet du stress, et surtout pour se reproduire, se nourrir ou se défendre. Ils donnaient l'impression de ne pas trouver de réconfort dans la parole.

Or ils avaient besoin de réconfort. Le cœur de leur vie sociale ressemblait à celui des sociétés humaines en proie à une crise grave : soumises à la tyrannie, à la prison, aux gangs urbains. La nature réduite à la griffe et la dent, et en même temps extraordinairement semblable à une foule paniquée.

Mais il y avait des comportements « civilisés » ici aussi. De l'amitié, du chagrin, de la solidarité. Des frères d'armes qui chassaient et gardaient le territoire ensemble. Des vieux chauves, ridés, édentés, et dont, pourtant, on s'occupait encore.

Leur connaissance instinctive était prodigieuse. Ils savaient grimper dans les arbres à l'aide de leurs pieds préhensiles, y faire un lit de feuilles, quand le soir tombait. Ils ressentaient, pleuraient, portaient le deuil, mais ne pouvaient analyser leurs émotions en belles formules grammaticales bien léchées, qui leur auraient permis de les gérer, de les maîtriser. Au lieu de cela, ils se laissaient mener par elles.

La faim était la plus forte. Ils trouvaient et mangeaient des feuilles, des fruits, des insectes et même de petits animaux. Ils adoraient les chenilles.

À chaque instant, chaque étincelle s'insinuait plus profondément en Panu-je. Il commençait à sentir les détours et les recoins subtils de l'esprit panu. Il en obtenait lentement une coopération croissante.

Ce matin-là, une femelle trouva un gros arbre abattu et commença à taper dessus. Le tronc creux retentissait comme un tambour et tout le groupe se précipita pour cogner dessus, le bruit leur arrachant des sourires hilares.

Panu-je se joignit à eux. Hari sentit le jaillissement de joie, s'y prélassa.

Plus tard, après une grosse averse, ils rencontrèrent une chute d'eau. Ils bondirent de liane en liane entre les arbres, sur l'eau écumante, en poussant des cris de ravissement.

On aurait dit des enfants qui ont trouvé un nouveau terrain de jeux. Hari fit faire à Panu-je des mouvements impossibles, des galipettes et des plongeons insensés, le propulsant avec abandon, à la grande surprise des autres panus.

Il leur arrivait de se montrer mauvais, d'aller jusqu'à la violence quand ils harcelaient les femelles, quand ils affirmaient leur rang dans la hiérarchie, et surtout quand ils chassaient. Une chasse couronnée de succès provoquait une énorme excitation : ils se donnaient l'accolade, s'embrassaient, se flanquaient des claques dans le dos. Quand le groupe descendait pour manger, la forêt retentissait d'aboiements, de cris, de hurlements et de halètements. Hari se joignit au tumulte, dansa avec Sheelah/Dors.

Il s'attendait à devoir réprimer un dégoût de méritocrate guindé pour la saleté. Beaucoup détestaient même la terre. Pas Hari, qui avait grandi au milieu des cultivateurs. Depuis le temps qu'il vivait dans l'esthétique chichiteuse de Trantor, il aurait pu être contaminé, mais non. La crasse des panus lui paraissait naturelle.

À certains moments, toutefois, il dut refouler ses sentiments. Les panus avalaient les rats en commençant par la tête. Ils fracassaient les plus gros sur des pierres et commençaient par la cervelle, ce régal fumant.

Hari déglutit — métaphoriquement, mais Panu-je fit écho à ce mouvement réflexe — et observa, en masquant sa répugnance. Il fallait bien que Panu-je mange, après tout.

À l'odeur des prédateurs, il sentit les poils de Panu-je se hérisser. Puis un autre parfum musqué lui mit l'eau à la bouche. Il ne crachait pas sur la nourriture, même si elle marchait encore. L'évolution en action ; les panus qui s'étaient jadis montrés délicats avaient moins mangé, laissé moins de descendants et n'étaient plus représentés.

Malgré ses excès, il trouvait le comportement des panus d'une familiarité obsédante. Les mâles se regroupaient souvent pour combattre, jeter des pierres, se livrer à des sports sanglants, établir la hiérarchie. Les femelles formaient des réseaux et des alliances. Il y avait des tours de faveur pour la loyauté, des liens de parenté, des guerres territoriales, des menaces et de grandes démonstrations, du chantage à la protection, une exigence de « respect », des subordonnés qui complotaient, des vengeances — bref, une vie sociale comparable à celle de bien des hommes que l'histoire avait qualifiés de « grands ».

À celle de la cour impériale, en fait.

Les gens n'auraient-ils pas eu envie de se dépouiller de leurs vêtements, de leurs conventions, de se précipiter comme les panus ? Un panu avec un peu de cervelle se sentirait assez chez lui dans la petite noblesse impériale...

Hari éprouva un tel sursaut de dégoût que Panu-je s'ébroua et se tortilla. Le lot de l'humanité devait être différent, ça ne pouvait pas être cette horreur primitive.

Il pouvait sûrement utiliser ça comme test pour une théorie complète. Alors l'humanité s'ouvrirait à la conscience, maîtriserait son destin. Il intégrerait les impératifs des panus, et il irait plus loin, vers la véritable psychohistoire profonde.

10

— Je ne vois pas, fit Dors au dîner.

— Mais ils sont tellement comme nous ! Nous avons forcément partagé des liens. Je me demande, fit-il en posant sa cuillère, si ce n'étaient pas nos animaux de compagnie, bien avant le voyage stellaire.

— Je n'aurais pas voulu de ça chez moi, pour tout saloper.

Les adultes humains étaient un peu plus lourds que les panus, mais beaucoup moins forts. Un panu pouvait soulever des charges cinq fois plus lourdes qu'un homme en bonne condition physique. Le cerveau humain était de trois à cinq fois plus massif que celui du panu. Un bébé humain de quelques mois avait déjà un cerveau plus gros que celui d'un panu adulte. L'architecture du cerveau humain était elle-même différente.

Mais était-ce toute l'histoire ? Hari se le demandait.

Prenez un panu, donnez-lui un plus gros cerveau, le langage, quelques inhibitions, un bon coup de rasoir, une jolie coupe de cheveux, apprenez-lui à se tenir comme il faut sur ses pattes de derrière, levez un peu le pied sur la testostérone, et vous aurez un panu de luxe qui aurait l'air — et la musique — d'un humain tout à fait satisfaisant.

— Tu sais, je crois qu'ils sont assez proches de nous pour faire marcher un modèle de psychohistoire, dit-il.

— Pour qu'on te croie, il faudrait que tu prouves qu'ils sont assez intelligents pour avoir des relations complexes, objecta Dors.

— Et la façon dont ils se nourrissent, dont ils chassent? insista-t-il.

— D'après Vaddo, on ne pourrait même pas leur apprendre à travailler au relais d'excursion.

— Je vais te montrer ce que je veux dire. Essayons de cerner leur méthode.

— Quelle méthode?

— La méthode de base. Trouver de quoi se nourrir.

Elle mordit dans un steak d'un ruminant local, convenablement cuisiné et « dégraissé pour convenir au palais urbain », comme disait le prospectus, et le regarda en mâchant avec une férocité inhabituelle.

— Pari tenu. Tout ce qu'une fem panu peut faire, je peux le faire, en mieux.

Sheelah/Dors lui fit un signe de la main. *Que le meilleur gagne.*

Le groupe cherchait sa pitance. Il laissa Panu-je errer sans essayer de maîtriser les ondes émotionnelles qui bondissaient dans son esprit. Il s'en sortait de mieux en mieux, mais une soudaine odeur, le moindre bruit, et il risquait de perdre son emprise sur lui. Et tenter d'amener l'esprit rudimentaire du panu à faire des choses compliquées revenait à manipuler une marionnette avec des ficelles en caoutchouc.

Là-bas, lui indiqua Sheelah/Dors, par signes.

Ils avaient mis au point un code de quelques centaines de mots à l'aide de mouvements de doigts et du visage, et leurs panus semblaient s'en sortir assez bien. Les panus avaient un langage rudimentaire, qui combinait les grognements, les haussements d'épaules et des gestes des doigts qui exprimaient des significations immédiates, mais pas sous forme de phrases. Ils énonçaient essentiellement des associations.

Arbre, fruit, aller, projeta Dors. Ils emmenèrent leurs panus vers un groupe de troncs épineux qui paraissaient prometteurs, mais l'écorce était trop glissante pour y grimper.

Le reste du groupe ne s'était même pas donné la peine de les suivre. *Ils ont une intelligence de la forêt qui nous fait défaut,* pensa tristement Hari.

Quoi, là-bas ? demanda-t-il, par signes, à Sheelah/Dors.

Les panus se dirigèrent vers des monticules, y jetèrent un coup d'œil et grattouillèrent la boue, révélant un petit tunnel. *Des termites,* fit Dors.

Hari analysa la situation pendant que les panus s'approchaient sans se presser. Sheelah lui fit un clin d'œil et s'éloigna en direction d'un autre monticule.

Apparemment, les termites sortaient la nuit et refermaient les entrées le jour. Hari laissa son panu s'approcher d'un gros monticule jaune. Il le manœuvrait si bien maintenant qu'il réagissait mollement. Hari/Panu-je fouilla les failles, les bosses, les petits creux, écarta un peu la boue... et fit chou blanc. Les autres panus avaient déjà trouvé des tunnels. Connaissaient-ils par cœur la centaine de tunnels, sinon plus, de chaque monticule ?

Il finit par en découvrir un. Panu-je ne lui était pas d'une grande aide. Hari pouvait le contrôler, mais ça bloquait le jaillissement de connaissances profondes du panu.

Les panus cueillirent des rameaux ou des brins d'herbe près de leurs monticules. Hari s'empressa de les imiter, mais ses brindilles puis son herbe ne marchèrent pas. Les premières étaient trop souples, et quand il essaya de les enfoncer dans une galerie sinueuse, elles se tordirent et il ne put les redresser. Il en choisit de plus raides, qui restèrent coincées dans les galeries ou cassèrent comme du verre. Panu-je restait inerte. Hari avait un peu trop bien réussi.

Ça commençait à être gênant. Même les plus jeunes panus n'avaient aucun mal à trouver la baguette ou le brin d'herbe idoines. Hari en vit un lâcher un bâtonnet qui semblait marcher. Il attendit qu'il s'éloigne et le ramassa. Il sentait naître en Panu-je une vague angoisse, mélange de frustration et de faim. Il imaginait déjà le goût savoureux des termites juteux.

Il passa à l'action, pinçant les cordes émotionnelles de Panu-je. Les choses allèrent de mal en pis. De vagues pensées émanaient du panu. Hari contrôlait ses muscles, mais c'était le mauvais rôle.

Il constata qu'il fallait enfoncer la brindille d'une dizaine de centimètres, tourner le poignet pour l'enfoncer dans le chenal tortueux et la faire vibrer doucement. Grâce à Panu-je, il comprit que c'était pour amener les termites à mordre le bâtonnet. Au début, il le fit trop longtemps, et quand il retira le bâtonnet, il était coupé en deux. Les termites l'avaient dévoré. Il dut chercher une autre brindille, et pendant ce temps-là, Panu-je commençait à avoir des crampes d'estomac.

Les autres panus avaient fini leur dégustation de termites qu'il farfouillait toujours sans en avoir goûté un seul. Les subtilités de l'opération le mettaient hors de lui. Il tirait le bâtonnet trop vite ou ne le tournait pas assez pour lui faire franchir les courbes de la galerie. De temps en temps, il constatait qu'il avait raclé les termites délectables sur les parois. Ils mordaient dans le bâtonnet jusqu'à ce qu'il soit tellement entamé qu'il était obligé d'en trouver un autre. Les insectes faisaient décidément un meilleur repas que lui.

Il finit par prendre le coup, une torsion lente, fluide, du poignet, une gracieuse extraction des termites cramponnés comme des bubons. Panu-je les lécha avec avidité. Hari aima leur saveur, filtrée à travers les papilles du panu.

Mais pas beaucoup. Les autres regardaient sa maigre pêche, la tête inclinée dans une attitude intriguée, et il se sentit humilié.

Au diable tout ça, se dit-il.

Il fit faire demi-tour à Panu-je et s'enfonça dans les bois. Panu-je résista, traîna les pieds. Hari trouva une grosse branche, la cassa à une longueur transportable et retourna près du monticule.

Il avait assez perdu de temps avec des brindilles. Il flanqua un bon coup au monticule. Recommença. Au cinquième coup, il y avait fait un gros trou. Il ramassa les termites qui fuyaient. Ça en faisait une délicieuse poignée.

Autant pour la subtilité ! aurait-il voulu hurler. Il essaya d'écrire une note à Dors dans la poussière, mais il avait du mal à tracer les lettres avec ses mains soudain maladroites. Si les panus pouvaient tenir un bâtonnet pour aller chercher des larves, marquer une surface n'était apparemment pas à leur portée. Il y renonça.

Sheelah/Dors entra dans son champ de vision, portant un roseau grouillant de termites au ventre blanc. Les meilleurs, un régal de panu. *Moi plus douée,* dit-elle, par signes.

Il fit hausser les épaules à Panu-je et répondit : *J'en ai eu plus.*

Match nul, donc.

Plus tard, Dors lui raconta que la bande l'appelait maintenant Gros Bâton. Ce nom lui plut immensément.

11

Au dîner, il était exalté, épuisé et guère d'humeur à bavarder. Être un panu semblait supprimer ses centres du langage. Il dut se forcer pour interroger l'ExPat Vaddo sur la technique d'immersion. D'habitude, il acceptait les miracles de la technologie sans se poser de questions, mais la compréhension des panus exigeait qu'il sache comment il éprouvait leurs sensations.

— Le dispositif d'immersion vous place au milieu du gyrus antérieur du panu. Disons gyrus, pour simplifier. C'est dans cette région du cortex cérébral que s'opère l'essentiel de la médiation des émotions et de leur traduction en actions, expliqua Vaddo en dégustant son dessert.

— De quel cerveau ? releva Dors. Le nôtre aussi ?

— La disposition générale est la même, répondit Vaddo. Celui du panu est plus petit ; il n'a pas ce gros encéphale.

Hari se pencha en avant, ignorant sa tasse de kawa fumant.

— Et ce « gyrus » ne permet pas un contrôle moteur direct ?

— Non. On a essayé, mais le panu est trop désorienté et, quand on le quitte, il ne s'y retrouve plus. Il perd son intégrité.

— Il faut donc faire preuve de doigté, nota Dors.

— En effet. Chez le panu mâle, le voyant est toujours

allumé dans les neurones qui contrôlent l'action et l'agression...

— C'est pour ça qu'ils sont plus enclins à la violence ?

— C'est ce que nous pensons. Il y a un parallèle avec les structures de notre cerveau.

— Vraiment ? Les neurones humains ? fit Dors, l'air dubitatif.

— Chez l'homme, le niveau d'activité est plus élevé dans le système limbique temporal, dans les profondeurs du cerveau — des structures qui ont évolué il y a plus longtemps.

— Alors pourquoi ne pas me situer à ce niveau ? suggéra Hari.

— Nous implantons les puces d'immersion dans la région du gyrus parce que nous pouvons l'atteindre par le haut, chirurgicalement. Le système limbique temporal est trop difficile d'accès.

— De sorte que les panus mâles... commença Dors.

— Sont moins faciles à contrôler. Le professeur Seldon que voici conduit le sien du siège arrière, si je puis dire.

— Alors que Dors conduit sa fem d'un poste de pilotage plus central ? avança rêveusement Hari. J'avais un handicap !

— Ah, on joue la donne comme on l'a reçue, fit Dors en souriant.

— Ce n'est pas juste !

— La biologie, c'est la destinée, Gros Bâton.

Le groupe se jeta avec une excitation fébrile sur des fruits pourris, en forme de larme. Il en émanait une odeur répugnante et en même temps attirante, et au début il ne comprit pas pourquoi les panus se précipitaient vers ces bulbes trop mûrs, d'un bleu-vert malsain, faisaient éclater la peau, suçaient le jus.

Pour voir, Hari en goûta un. Le flash fut instantané. Une impression de chaleur, de bien-être, l'envahit aussitôt. Évidemment, les esters du fruit s'étaient convertis en alcool ! Les panus avaient délibérément entrepris de se soûler.

Il « laissa » faire son panu. Comme s'il avait le choix.

Quand Hari essayait de l'éloigner des fruits, Panu-je grognait et agitait les bras. Au bout d'un moment, Hari n'eut plus envie de s'en détourner non plus et s'abandonna à un ivrogne en bonne et due forme. Il s'en était beaucoup fait, ces temps derniers, il s'était démené avec son panu et… après tout, c'était complètement naturel, non ?

Puis une bande de rabouins apparut, et il perdit le contrôle de Panu-je.

Ils arrivent. Ils courent sur deux pattes, sans bruit. Vite. Ils remuent la queue, se parlent.

Cinq encerclent la gauche. Ils séparent Esa.

Plus Grand leur crie après, très fort. Croupton court vers le plus près et l'autre l'assomme avec son avant-tapeur.

Je lance des pierres. J'en atteins un. Il jappe et se sauve. Mais d'autres prennent sa place. Je recommence et ils viennent. Il y a beaucoup de poussière et de hurlements, et les autres ont Esa. Ils la coupent avec leurs griffes-de-poing. La tapent avec des sabots pointus.

Ils l'emportent à trois.

Nos fems courent, effrayées. Nous, les guerriers, on reste.

On se bat. On crie, on lance, on mord quand ils s'approchent. Mais on ne peut pas rejoindre Esa.

Et puis ils partent. Vite, sur leurs deux pattes avec leurs sabots. La queue levée en signe de défi. De victoire.

On est mal. Esa était vieille et on l'aimait bien.

Les fems reviennent, nerveuses. On s'épouille et on sait que les deux-pattes mangent Esa quelque part.

Plus Grand vient, essaie de me tapoter. Je montre les dents.

Lui, alors ! Il aurait dû empêcher ça.

Ses yeux deviennent très grands et il me tape. Je le tape à mon tour. Il me rentre dedans. On roule par terre dans la poussière. On se mord, on crie. Plus Grand, lui fort. Fort, et il me tape la tête par terre.

D'autres guerriers. Ils nous regardent, nous laissent faire.

Il me bat. Moi mal. Je m'en vais.

Plus Grand commence à calmer les guerriers. Des fems vont et lui présentent leurs respects. Le touchent, l'épouillent, le sentent comme il aime. Il en monte trois très vite. Il se sent Plus Grand bien comme il faut.

Moi, je me lèche. Plus Grand m'a bien battu. Devant tout le monde. Maintenant, j'ai mal. Plus Grand se fait épouiller.

Il les a laissés venir et prendre Esa. Lui, Plus Grand, il aurait dû les empêcher.

Un jour, je serai sur lui. Sur son dos.

Un jour, je serai Plus Grand.

12

— Quand as-tu jeté l'éponge ? demanda Dors.

— Quand Plus Grand a cessé de me taper dessus. Enfin, sur Panu-je.

Ils se prélassaient au bord d'une piscine, et Hari avait l'impression que l'odeur pénétrante de la forêt éveillait en lui le besoin d'y retourner, de se replonger dans ses vallées de sang et de poussière. Il tremblait. Il inspira profondément. Le combat avait été tellement prenant qu'il n'avait pas eu envie de partir, malgré la douleur. L'immersion avait quelque chose d'hypnotique.

— Je sais ce que tu ressens, dit-elle. On a vite fait de s'identifier totalement à eux. J'ai quitté Sheelah quand ces rabouins sont arrivés. Plutôt effrayant.

— Vaddo dit que ce sont aussi des dérivés de la Terre, à cause des superpositions de l'ADN. Mais ils présentent des signes de manipulation récente, extensive, destinée à faire d'eux des prédateurs.

— Pourquoi les anciens auraient-ils fait ça ?

— Pour essayer de remonter jusqu'à nos origines ?

Il eut la surprise de l'entendre rire.

— Tout le monde n'a pas les mêmes marottes que toi.

— Alors pourquoi ?

— Et pourquoi pas pour les utiliser pour la chasse, comme gibier ? Un gibier qui donnerait un peu de fil à retordre ?

— La chasse ? L'Empire a toujours été trop éloigné du primitivisme reculé pour...

Il s'apprêtait à se lancer dans une petite conférence sur le chemin parcouru par l'humanité quand il se rendit compte qu'il n'y croyait plus.

— Enfin...

— Tu as toujours pensé que les gens étaient des cérébraux. La psychohistoire ne marchera jamais si elle ne prend pas en compte notre ego animal.

— Nos plus vilains péchés sont à nous, j'en ai peur.

Il n'avait pas prévu que ces expériences l'ébranleraient autant. C'était apaisant.

— Pas du tout. Le génocide existe aussi bien chez les loups que chez les panus. Le meurtre est très répandu. Les canards et les orangs-outans pratiquent le viol. Même les fourmis organisent des guerres et des raids pour faire des esclaves. D'après Vaddo, les panus ont au moins autant de chances de finir assassinés que les humains. De toutes les caractéristiques typiquement humaines, le langage, l'art, la technologie et tout ce que tu veux, celle qui vient le plus manifestement de nos ancêtres animaux est le génocide.

— Toi, tu as fait parler Vaddo.

— C'était un bon moyen de le tenir à l'œil.

— Tu préfères la méfiance plutôt que les regrets, hein ?

— Évidemment, dit-elle doucement, sans trahir ses sentiments.

— Eh bien, par chance, même si nous sommes des superpanus, l'ordre et la communication impériaux estompent la distinction entre Eux et Nous.

— Et alors ?

— Alors, ça brouille la pulsion profonde qui nous pousserait au génocide.

Elle se remit à rire, mais cette fois, il en fut ennuyé.

— Tu n'as pas une vision très claire de l'histoire. De petits groupes s'entre-tuent encore avec volupté. Dans la zone de Sagittaire, sous le règne d'Omar l'Empaleur...

— Je t'accorde que les tragédies mineures se comptent par douzaines. Mais à l'échelle où la psychohistoire a une chance de marcher, qui englobe des échantillons de plusieurs milliers de milliards...

— Qu'est-ce qui te permet d'affirmer que les nombres constituent une sécurité ? lança-t-elle avec agressivité.

— Jusque-là...

— L'Empire est en état de stase.

— De solution d'état stable, en fait. D'équilibre dynamique.

— Et si cet équilibre est rompu ?

— Eh bien... je n'aurai plus rien à dire.

— Ça ne te ressemble pas, fit-elle avec un sourire.

— Tant que je n'aurai pas une véritable théorie qui marche.

— Une théorie qui prévoirait le génocide à grande échelle si l'Empire s'érodait.

C'est alors qu'il comprit où elle voulait en venir.

— Ce que tu veux dire, c'est que j'ai vraiment besoin de cette partie « animale » de la nature humaine.

— J'en ai bien peur. Je suis entraînée pour le permettre, déjà.

— Comment ça ? demanda-t-il, intrigué.

— Je n'ai pas ta vision de l'humanité. Les complots, les intrigues, Sheelah se battant pour assurer la pitance de son petit, Panu-je voulant devenir Plus Grand, ces choses arrivent dans l'Empire. Plus discrètement, c'est tout.

— Et alors ?

— Pense à Vaddo, l'ExPat. Il a fait allusion à tes recherches sur une « théorie de l'histoire », l'autre soir.

— Et alors ?

— Alors, qui lui en a parlé ?

— Je ne pense pas le lui avoir... Ah, tu penses qu'il se renseigne sur nous ?

— Il n'a plus rien à apprendre.

— La responsable de la sécurité. C'est peut-être elle qui le lui a dit, après s'être renseignée sur moi auprès de l'Épiphane de l'Université.

Elle lui fit l'aumône d'un sourire indéchiffrable.

— J'aime l'insondable naïveté avec laquelle tu vois le monde.

Longtemps après, il se demandait encore si c'était du lard ou du cochon.

13

Vaddo l'invita à participer à une épreuve sportive, et Hari accepta. C'était un combat à l'épée en apesanteur, grâce à des antigravs électrostatiques. Hari était lent et débile. Face à Vaddo, à sa rapidité, il regrettait la sûreté de mouvement, la grâce de Panu-je.

Vaddo ouvrait toujours par une posture traditionnelle : un pied en avant, son dard d'acier décrivant de petits cercles dans le vide. Hari arrivait parfois à pénétrer la défense de Vaddo, mais il consacrait généralement son énergie à éviter les coups de son adversaire. Il s'amusait beaucoup moins que l'ExPat.

Il glana des bribes d'informations sur les panus auprès de lui et en se promenant dans la grande bibliothèque de l'institut. Vaddo semblait un peu mal à l'aise quand Hari puisait dans les données, comme s'il estimait qu'elles étaient en quelque sorte sa propriété et considérait tout lecteur comme un voleur. C'est à cela, du moins, qu'Hari attribua ses réticences.

Il n'avait jamais beaucoup pensé aux animaux bien qu'il ait grandi parmi eux, sur Hélicon. Mais il en venait à penser qu'il devait les comprendre aussi.

Un chien qui se regarde dans un miroir voit un autre chien. Les chats, les poissons et les oiseaux font pareil. Au bout d'un moment, ils s'habituent à l'image inoffensive, silencieuse, inodore, mais ils ne la voient pas comme la leur.

Les enfants humains attendaient d'avoir deux ans pour faire mieux.

Il fallait quelques jours à un panu pour comprendre qu'il se regardait. Puis il s'épouillait sans honte devant son image, examinait son dos et essayait généralement de se voir sous un angle différent, ou se mettait des feuilles sur la tête en guise de chapeau et riait du résultat.

Ils avaient donc une faculté ignorée des autres animaux : celle de sortir d'eux-mêmes et de se voir avec du recul.

Ils vivaient à l'évidence dans un monde plein d'échos et de réminiscences. Leur hiérarchie dominante était un enregistrement figé de coercitions passées. Ils se souvenaient des termitières, des arbres sur lesquels taper, des endroit utiles où tombaient de grosses feuilles d'hydrosponge et où les grains étaient mûrs.

Tout ça s'inscrivait dans la maquette qu'il avait commencé à dresser : celle d'une psychohistoire exploitant les mouvements des panus, leurs rivalités, leurs hiérarchies et leurs ressources, leurs schémas alimentaires, sexuels, funéraires, territoriaux et concurrentiels. Il avait trouvé le moyen de mettre en facteur dans ses équations le bagage biologique des comportements les plus sombres, comme la délectation dans la torture ou l'extermination désinvolte des autres espèces pour un gain à court terme.

Tout ça, les panus l'avaient. Exactement comme l'Empire.

Lorsqu'on dansa, ce soir-là, il regarda la foule avec des yeux neufs.

Le flirt était une stratégie d'accouplement. Ça se voyait dans l'étincelle des yeux, le rythme de la danse. La brise chaude montant de la vallée apportait des odeurs de poussière, de pourriture, de vie. Une fébrilité animale vibrait dans la pièce.

Il aimait danser, et Dors était une compagne particulièrement lascive, ce soir-là. Pourtant il ne pouvait s'empêcher de passer au crible, d'analyser, de démonter les mécanismes du monde qui l'entourait.

Les cribles non verbaux que les humains utilisaient en guise de stratégies d'approche/attraction découlaient apparemment d'un héritage mammifère partagé, lui avait dit Dors. Il y songea en observant la foule au bar.

Une femme traversait la pièce bondée en roulant des

hanches. Elle posa fugitivement les yeux sur un mâle plausible, puis les détourna modestement à l'instant précis où elle parut noter son regard. Une ouverture classique : *Regardez-moi.*

Seconde ouverture : *Je suis inoffensive.* Une main placée la paume vers le haut sur une table ou un genou. Un haussement d'épaules, survivance d'un antique réflexe vertébral exprimant la vulnérabilité, à quoi s'ajoutait une inclinaison de la tête trahissant la fragilité du cou. On les remarquait habituellement quand deux personnes attirées l'une vers l'autre se parlaient pour la première fois. Et tout cela était parfaitement inconscient.

Des mouvements, des gestes sous-corticaux, venant de bien plus loin que le néocortex.

De telles forces façonnaient-elles plus fortement l'Empire que les échanges commerciaux, les alliances, les traités ?

Il songea à sa propre espèce et essaya de la voir comme par les yeux d'un panu.

Les femelles humaines arrivaient plus vite à la maturité que les mâles, mais, contrairement à eux, elles n'acquéraient pas les poils rêches, les arcades sourcilières proéminentes, la voix grave ou la peau rugueuse. Et partout elles s'efforçaient de conserver un physique jeune. Les fabricants de cosmétiques admettaient volontiers leur rôle fondamental : Nous ne vendons pas des produits, nous vendons de l'espoir.

La compétition pour les partenaires était constante. Les panus mâles faisaient parfois la queue pour les femelles en chaleur. Ils avaient des testicules énormes, ce dont on pouvait déduire que l'avantage de la reproduction appartenait aux mâles qui produisaient assez de sperme pour triompher des apports de leurs rivaux. Par comparaison, les mâles humains avaient de plus petits testicules.

Mais ils prenaient leur revanche là où ça comptait. Tous les primates connus étaient génétiquement liés, bien qu'ils se soient divisés en espèces des millions d'années auparavant. L'ADN des panus était à six millions d'années de celui des êtres humains. De tous les primates, les humains étaient ceux qui avaient le plus gros pénis.

Il expliqua à Dors que quatre pour cent seulement des mammifères étaient monogames et formaient des couples stables.

Les primates faisaient un peu mieux, mais pas beaucoup. Les oiseaux étaient bien meilleurs, de ce point de vue.

— Toute cette biologie va te monter à la tête, renifla-t-elle.

— Oh non ! Je ne laisserai pas ça aller si haut.

— Tu veux dire que ça restera plus bas, peut-être.

— Madame, je vous en laisse juge.

— Ah, toi et ton humour à la noix !

Plus tard, ce soir-là, il eut amplement l'occasion de vérifier que, s'il n'était pas toujours génial d'être un humain, il était prodigieusement drôle d'être un mammifère.

14

Ils passèrent une dernière journée en immersion dans leurs panus, à se dorer au soleil près d'un cours d'eau exubérant. Ils avaient dit à Vaddo de faire venir la navette le lendemain et de leur réserver un transfert par trou de ver. Puis ils étaient entrés dans la capsule d'immersion afin de s'accorder une dernière rêverie.

Jusqu'à ce que Plus Grand essaie de grimper sur Sheelah.

Hari/Panu-je se redressa d'un bond, la tête embrumée. Sheelah engueulait Plus Grand. Elle lui tapait dessus.

Il était déjà arrivé à Sheelah de se faire sauter par Plus Grand. Dors avait battu en retraite précipitamment et réintégré son corps dans la capsule.

Cette fois, ce ne fut pas pareil. Panu-je se précipita vers Sheelah qui jetait des graviers à Plus Grand et lui demanda, par signes : *Quoi ?*

Pas partir, répondit-elle en bougeant très vite les doigts.

Elle ne pouvait plus repartir. Il y avait quelque chose qui clochait dans la capsule. Il allait retourner le leur signaler.

Hari effectua le petit saut mental censé le libérer.

Il ne se passa rien.

Il essaya à nouveau. Sheelah jetait de la poussière et des graviers en reculant devant Plus Grand. En vain.

Pas le temps de réfléchir. Il s'interposa entre Sheelah et Plus Grand.

Celui-ci fronça le sourcil. Quoi, Panu-je, son copain Panu-je, lui barrait le chemin, lui refusant une fem ? Plus Grand semblait avoir oublié le défi et la raclée de la veille.

D'abord, il essaya de hurler, roula des yeux blancs. Puis il serra les poings, agita les bras.

Hari obligea son panu à rester immobile. Ça exigea de lui toutes les impulsions apaisantes qu'il put maîtriser.

Plus Grand balança le poing comme une massue.

Panu-je esquiva. Plus Grand rata sa cible.

Hari commençait à avoir du mal à contrôler Panu-je, qui voulait fuir. Des lames de peur traversaient son esprit, des jaunes chauds dans les profondeurs bleu nuit.

Plus Grand chargea, flanqua un coup dans le dos de Panu-je. Hari sentit la douleur lui poignarder la poitrine. Il tomba à la renverse, lourdement.

Plus Grand poussa un hurlement de triomphe et leva les bras au ciel.

Plus Grand allait se jeter sur lui, il le voyait. Il allait lui flanquer une nouvelle raclée.

Soudain, il éprouva une haine profonde, sauvage.

Une flamme écarlate raffermit son emprise sur Panu-je. Il était à la fois avec lui et en lui. Il sentait sa peur rouge, rude, soulignée d'une rage d'acier. La colère du panu renforça celle d'Hari. Ensemble elles formaient un concert de colère qui allait en s'amplifiant, comme réfléchie par des murailles.

Il n'était peut-être pas un primate de la même espèce que Panu-je, mais il le connaissait, maintenant. Ni l'un ni l'autre ne se laisserait battre à nouveau. Et Plus Grand n'aurait pas Sheelah/Dors.

Il roula sur le côté. Plus Grand frappa le sol à l'endroit où il se trouvait une fraction de seconde plus tôt. Panu-je se releva d'un bond et flanqua un coup de pied à Plus Grand. Très fort, dans les côtes. Puis il recommença, le cogna à la tête.

Des cris, des hurlements, des cailloux, du sable. Sheelah les bombardait tous les deux. Panu-je recula, bouillonnant d'énergie intérieure.

Plus Grand secoua sa tête poussiéreuse, roula sur lui-même et se releva en souplesse, plein de grâce musclée, le visage réduit à un masque convulsé, troué par deux yeux où l'on voyait du rouge et du blanc.

Panu-je mourait d'envie de filer ventre à terre. Seule la fureur d'Hari le retenait.

Mais c'était un équilibre des forces statique. Panu-je cilla en voyant Plus Grand s'approcher avec méfiance, d'un pas traînant. Sa circonspection était un hommage aux dégâts que Panu-je lui avait infligés.

J'ai besoin d'un atout, songea Hari en regardant autour de lui.

Il pouvait appeler à l'aide. Croupton se dandinait nerveusement sur place, non loin de là.

Quelque chose dit à Hari que ce n'était pas la bonne stratégie. Croupton était encore le lieutenant de Plus Grand. Sheelah était trop petite pour faire une différence significative. Il regarda les autres panus, qui jacassaient nerveusement, et prit sa décision. Il ramassa une pierre.

Plus Grand poussa un grognement de surprise. Jamais les panus ne se battaient entre eux à coups de pierre. Elles servaient seulement à repousser les envahisseurs. Il violait un code social.

Plus Grand poussa un cri, fit signe aux autres, frappa le sol du pied, se mit à haleter de colère. Et chargea.

Hari lança la pierre de toutes ses forces. Elle atteignit Plus Grand en pleine poitrine, le couchant à terre.

Il se releva très vite, plus furieux que jamais. Panu-je recula précipitamment. Il avait une envie carabinée de fuir. Hari sentit son contrôle lui échapper. Puis, voyant une autre pierre de belle taille, à deux pas de là, il laissa Panu-je faire demi-tour comme pour fuir et l'arrêta près de la pierre. Panu-je ne voulait pas la ramasser. Il était pris de panique.

Hari laissa éclater sa rage, obligea le panu à tendre ses longs bras vers le bas. Les mains glissèrent sur la pierre, la ratèrent, la soulevèrent. Une vague de colère pure amena Panu-je à se retourner vers Plus Grand qui se ruait sur lui. Hari trouva que le bras de Panu-je se levait avec une lenteur atroce. Il se pencha lourdement vers sa cible. La pierre heurta Plus Grand en pleine face.

Il tituba. Du sang coula dans ses yeux. Panu-je perçut l'odeur métallique qui dominait la puanteur âcre de la fureur.

Hari obligea Panu-je à se baisser. Il y avait, non loin de là, des pierres que les fems avaient taillées pour arracher les feuilles des branches. Il en ramassa une en tremblant.

Plus Grand secoua la tête, étourdi.

Panu-je jeta un coup d'œil aux faces placides des autres panus du groupe. Personne n'avait jamais utilisé une pierre contre un membre de la bande, et surtout pas Plus Grand. Les pierres, c'était pour les Étrangers.

Le silence s'éternisait. Les panus ne bougeaient pas. Plus Grand poussa un grognement et regarda, incrédule, le sang qui maculait sa main tournée vers le haut.

Panu-je fit un pas en avant et souleva la pierre, le bord tranchant vers l'extérieur. Un tranchant rudimentaire, mais quand même.

Plus Grand se jeta, les narines frémissantes, sur Panu-je. Celui-ci fit décrire un arc à la pierre, ratant de peu la mâchoire de son adversaire.

Lequel ouvrit de grands yeux et se mit à haleter. Il souffla, lança de la poussière, hurla. Panu-je resta fermement planté là, sa pierre à la main. Plus Grand les gratifia d'une belle démonstration de colère, mais n'attaqua pas.

Le groupe l'observait avec un intérêt intense. Sheelah s'approcha de Panu-je. Il aurait été contraire au protocole pour une femelle de prendre part au rituel de domination des mâles.

Elle signalait, par ce mouvement, la fin de la confrontation. Mais Croupton voyait les choses autrement. Il poussa un hurlement, frappa le sol avec ses pieds, et fonça vers Panu-je.

Hari n'en revenait pas. Avec Croupton, peut-être pourrait-il tenir le choc face à Plus Grand. Il n'était pas assez bête pour penser que cette démonstration calmerait Plus Grand. Il y aurait d'autres défis, et il devrait les relever à nouveau. Mais Croupton serait un allié utile.

Il se rendit compte qu'il pensait selon la lente logique muette du panu. Il considérait l'obtention de ces marques de statut panus comme une conquête, le but de toute sa vie.

C'était une révélation pour lui. Il savait qu'il imprégnait l'esprit de Panu-je, prenant contrôle de certaines fonctions par la base, remontant des profondeurs de son gyrus pas plus gros qu'une noix. Il ne lui était pas venu à l'idée qu'il serait imprégné par l'esprit du panu. Étaient-ils maintenant unis l'un à l'autre dans un réseau intimement imbriqué qui dispersait l'esprit et l'ego ?

Croupton était planté à côté de lui, la poitrine palpitante, et jetait des regards noirs aux autres panus. Panu-je éprouvait la même sensation, follement épinglée dans l'instant. Hari se dit qu'il devait faire quelque chose, rompre le cycle de domination et de soumission qui gouvernait Panu-je au niveau profond, neurologique.

Il se tourna vers Sheelah. *Sortir ?* demanda-t-il par signes.

Non. Non, répondit-elle, la face crispée par l'angoisse.

Partir. Il lui indiqua les arbres, tendit le doigt vers elle, puis de nouveau vers lui.

Elle écarta les mains dans un geste d'impuissance.

C'était exaspérant. Il avait tant de choses à lui dire et seulement quelques centaines de signes à sa disposition. Il se mit à pépier dans une tentative vouée à l'échec d'amener les lèvres et le palais du panu à former des mots.

En pure perte. Il avait déjà essayé, pour voir, mais à présent qu'il en avait désespérément besoin, ça ne marchait pas mieux. L'évolution avait formé le cerveau et les cordes vocales en parallèle. Les panus s'épouillaient ; les gens parlaient.

Il se retourna et se rendit compte qu'il avait complètement oublié la posture victorieuse. Plus Grand le regardait avec fureur. Croupton montait la garde, troublé par la soudaine perte d'intérêt de son nouveau chef dans la confrontation. Et pour faire signe à une fem, aussi.

Hari se redressa de toute sa hauteur et agita la pierre. Ce qui produisit l'effet désiré. Plus Grand recula un peu et le reste du groupe se rapprocha. Hari obligea Panu-je à s'avancer avec fierté. Ce qui ne fut pas trop difficile, car Panu-je s'amusait prodigieusement.

Plus Grand battit en retraite. Les fems l'évitèrent, s'approchèrent de Panu-je.

Si seulement je pouvais le laisser aux délices des fems, se dit Hari.

Il essaya à nouveau de se retirer. Rien. Le mécanisme était en panne, à l'institut. Et quelque chose lui disait qu'il n'était pas près d'être réparé.

Il tendit la pierre aiguisée à Croupton qui la prit, l'air un peu surpris. Hari espérait qu'il percevrait peu ou prou la symbolique du geste, parce qu'il n'avait plus le temps de s'occuper de politique panu. Croupton souleva la pierre, regarda Panu-je et poussa un grondement triomphal, joyeux.

Hari se réjouissait de laisser Croupton distraire la tribu. Il prit Sheelah par le bras et l'entraîna sous les arbres. Personne ne les suivit.

Il en fut soulagé. Si un autre panu leur avait emboîté le pas, ça aurait confirmé ses soupçons. Vaddo était peut-être sur leurs traces.

D'un autre côté, se rappela-t-il, il ne fallait pas confondre absence de preuve et preuve d'absence.

15

Les humains arrivèrent très vite, en faisant beaucoup de bruit.

Sheelah et Hari étaient dans les arbres depuis un moment. Il avait insisté pour qu'ils s'éloignent un peu du groupe. Panu-je et Sheelah donnaient des signes d'anxiété croissante au fur et à mesure qu'ils s'écartaient de leur tribu. Les dents du mâle s'entrechoquaient et il regardait en tous sens, affolé, au moindre mouvement suspect. C'était normal : les panus isolés étaient beaucoup plus vulnérables.

L'arrivée des humains n'arrangeait rien.

Danger, fit Hari, par signes, en mettant sa main en cornet autour de son oreille pour indiquer le bruit des barges qui se posaient non loin de là.

Aller où ? répondit Sheelah.

Loin.

Elle secoua la tête avec véhémence. *Rester ici. Ils nous retrouveront.*

Pour ça, oui, mais pas comme elle l'espérait. Hari secoua sèchement la tête. *Danger.* Ils n'avaient jamais imaginé qu'ils devraient exprimer des choses compliquées avec leurs signes et maintenant il se sentait coincé, incapable de lui faire part de ses soupçons.

Il passa son doigt sur sa gorge dans un geste éloquent. Sheelah fronça les sourcils.

Il se pencha, obligea Panu-je à prendre un bâton. Il n'avait pas réussi à le faire écrire jusque-là, mais il y avait urgence, à présent. Lentement, il obligea les grosses pattes malhabiles à tracer les lettres. Dans le terreau souple il écrivit : VEULENT NOTRE MORT.

Sheelah parut confondue. Dors supposait sans doute que s'ils n'arrivaient pas à repartir, c'était à cause d'un dysfonctionnement temporaire. Ça avait duré trop longtemps pour ça.

Cette intrusion bruyante confirmait son intuition. Jamais une équipe ordinaire n'aurait pris le risque de déranger ainsi les animaux. Et personne ne serait venu les chercher directement. Ils auraient bricolé le dispositif d'immersion, où se situait le vrai problème.

ILS NOUS GARDENT ICI, TUENT LES PANUS. ÇA NOUS TUE. LA FAUTE À QUI ?

Il avait des arguments de poids pour étayer ses soupçons. L'accumulation de détails suspects dans l'attitude de Vaddo et de la responsable de la sécurité. Le tictac de Dors avait dû les empêcher de saboter les serrures de leurs capsules d'immersion, et de remonter jusqu'à Panu-je et Sheelah.

Alors il fallait bien qu'ils viennent sur le terrain. Deux de leurs clients auraient péri dans un « accident » alors qu'ils étaient en immersion, et alors ? C'était vraisemblable. Assez pour leur éviter une enquête.

Les humains faisaient un potin d'enfer. Ils étaient assez nombreux pour justifier son intuition. Sheelah plissa les yeux, fronça son large front.

Dors-la-Tigresse prit le relais. *Où ?* demanda-t-elle, par signes.

Aucun signe n'aurait pu répondre à une idée aussi abstraite, alors il écrivit avec le bâton : LOIN D'ICI. En fait, il n'avait pas le moindre plan.

JE VAIS VÉRIFIER, écrivit-elle dans la poussière.

Elle partit en direction du vacarme que faisaient les humains en se déployant au fond de la vallée, en contrebas. Pour une panu, le bruit était une terrible source d'irritation. Hari n'avait pas l'intention de la perdre de vue. Elle lui fit signe de reculer, mais il secoua la tête et la suivit.

Ils regardèrent, protégés par les buissons, d'un point de vue privilégié, le groupe qui venait d'atterrir. Des gens formaient une ligne brisée à quelques centaines de mètres de là. Ils encerclaient la zone. Pourquoi ?

Hari plissa les paupières. Les panus n'y voyaient pas bien de loin. Les humains avaient jadis été des chasseurs ; leur seule vue le prouvait.

Maintenant, presque tout le monde avait besoin de rétinaids synthétiques vers la quarantaine. Soit la civilisation ne valait rien pour les yeux, soit l'homme de la préhistoire ne vivait pas assez vieux pour que les problèmes de vue le privent de gibier. Deux conclusions aussi rassurantes l'une que l'autre.

Les deux panus observèrent les humains qui s'interpellaient. Parmi eux, Hari reconnut Vaddo. Tout le monde était armé, les hommes comme les femmes.

Malgré sa peur, il sentit quelque chose de sombre, de fort, monter en lui.

Panu-je tremblait, observant les humains, une étrange terreur grandissant dans son esprit. Les humains semblaient d'une taille impossible, vus de cette distance. Ils se déplaçaient avec une grâce majestueuse, fluide.

Hari planait au-dessus de la vague d'émotions, repoussant ses effets puissants. Le passé ténébreux du panu l'incitait à la révérence pour ces grandes silhouettes lointaines.

Le premier instant de surprise passé, il y réfléchit. Après tout, les animaux étaient dressés et domestiqués par des hommes beaucoup plus forts et plus intelligents. La plupart des espèces étaient comme les panus, remontées par le ressort de l'évolution afin de fonctionner dans une hiérarchie de domination. La peur était adaptable.

Quand ils rencontraient ces êtres supérieurs, dotés de pouvoirs renversants, capables de distribuer les punitions et les récompenses — la vie et la mort, en fait —, une sorte de ferveur religieuse surgissait en eux. Brumeuse, mais forte.

Sur ce courant d'émotion chaude, tropicale, flottait la simple satisfaction du fait d'être. Panu-je était heureux d'être un panu, même quand il voyait un être doté d'un pouvoir et d'une pensée manifestement supérieurs. Quelle ironie, se dit Hari.

Son panu venait de réfuter une autre caractéristique soi-disant humaine : le privilège d'être le seul animal capable de s'autocongratuler.

Il s'arracha à ses abstractions. Comme il était humain de ruminer, même quand on était en danger de mort.

PEUVENT PAS NOUS TROUVER ÉLECTRONIQUEMENT, écrivit-il dans le sable.

PEUT-ÊTRE À COURTE DISTANCE, répondit-elle.

Les premières détonations les firent sursauter.

Les humains avaient trouvé le groupe de panus. Des cris de terreur mêlés aux aboiements stridents, âpres, des armes.

Allez. On y va, fit-il par signes.

Sheelah hocha la tête et ils s'éloignèrent sans bruit. Panu-je tremblait de tous ses membres.

Il avait très peur. Et en même temps, il était triste. Il traînait les pieds comme s'il lui répugnait de quitter la présence des humains qu'il vénérait.

16

Ils patrouillèrent à la façon des panus.

Dors et lui passèrent le relais à leur niveau élémentaire, ces strates de leur esprit rompues aux déplacements silencieux, attentives à la moindre brindille.

Après avoir laissé les humains derrière eux, ils redoublèrent de prudence. Ils avaient peu d'ennemis naturels, mais l'imperceptible odeur d'un unique prédateur changeait radicalement l'ambiance, tout autour d'eux.

Panu-je grimpait dans les grands arbres et surveillait les environs pendant des heures avant de s'aventurer plus loin. Il soupesait les indices laissés par un tas de déjections odorantes, une imperceptible empreinte, un rameau plié.

Ils descendirent en diagonale la lente pente de la vallée et restèrent dans la forêt. Hari n'avait jeté qu'un coup d'œil à la grande carte en couleurs que tous les invités avaient reçue et il ne s'en rappelait pour ainsi dire rien.

Il reconnut enfin un pic en forme de bec, dans le lointain. Hari se repéra. Dors indiqua un cours d'eau qui descendait en serpentant vers le fleuve principal. C'était toujours ça, mais ils ne savaient pas encore de quel côté se trouvait la base d'excursion ni à quelle distance ils en étaient.

Par là ? demanda Hari, par signes, en indiquant la crête distante.

Non. Par là, insista Dors.

Non. Loin.

Pourquoi ?

Le pire, c'est qu'ils ne pouvaient se parler. Il ne pouvait lui dire clairement que la technologie de l'immersion marchait mieux dans un rayon limité, sans doute inférieur à une centaine de klicks. Il était logique que les panus récepteurs restent à portée des drones de l'institut. Vaddo et les autres étaient en effet arrivés très vite sur le groupe de Panu-je.

Si, loin, insista-t-il.

Non. Elle indiqua le fond de la vallée. *Peut-être là.*

Il espérait que Dors avait compris l'idée générale. Leur communication était trop rudimentaire et ça commençait à l'énerver. Les panus éprouvaient des impressions fortes, mais ils étaient tellement bornés...

C'est ce que Panu-je exprima en secouant les branches et les pierres, en tapant sur le tronc des arbres. Sans grand effet. Il n'évacuerait pas ainsi le besoin de parler. Dors éprouvait la même chose. Sheelah pépiait et grommelait de frustration.

Il sentait la présence ardente de Panu-je à l'arrière-plan de son esprit. C'était la première fois qu'ils restaient aussi longtemps ensemble et des tensions surgissaient entre les deux systèmes mentaux parallèles, si mal assortis.

Assis. Calme. Elle obéit. Il mit une main en cornet autour de son oreille.

Méchants venir ?

Non. Écouter.

Exaspéré, Hari montra Sheelah du doigt. Une totale incompréhension s'inscrivit sur sa face. Il griffonna dans la poussière : APPRENDRE AVEC LES PANUS. Sheelah ouvrit la bouche, hocha la tête.

Ils s'accroupirent à l'abri d'un fourré pour écouter les bruits de la forêt. Hari relâcha son emprise sur le panu et des murmures furtifs lui parvinrent avec force. Des grains de poussière planaient dans la lumière de cathédrale qui tombait, oblique, dorée, des sombres frondaisons. Des senteurs montaient du sol de la forêt, des messagers chimiques parlaient à Panu-je de nourritures potentielles, d'humus moelleux où s'étendre, d'écorce à mâcher. Hari souleva doucement la tête de Panu-je et regarda les pics, de l'autre côté de la vallée. Rêverie... Il capta un faible murmure, en écho.

Pour Panu-je, la vallée était chargée de significations plus fortes que les mots. Sa tribu l'avait investie d'émotions assourdies, attachées aux failles où un ami avait fait une chute mortelle, où le groupe avait trouvé une profusion de fruits, où ils avaient rencontré et battu deux gros chats. C'était un paysage compliqué, imprégné de sentiments, l'équivalent panu de la mémoire.

Hari incita doucement Panu-je à penser au-delà de la ligne de crête et perçut en réponse une angoisse diffuse. Il insista un peu et une image irisée de peur surgit dans l'esprit de Panu-je. Une masse rectangulaire qui se découpait sur un ciel glacé. La base d'excursion.

Là, fit-il en tendant le doigt.

Panu-je conservait de cet endroit des souvenirs simples, forts, chargés d'appréhension. Les membres de son groupe y avaient été emmenés, munis des implants qui permettaient aux hommes de s'immerger en eux, puis ramenés dans leur territoire.

Loin, fit Dors, par signes.

On y va.

Dur. Lentement.

Pas rester ici. Eux attraper nous.

Se battre ? fit Dors, la mine dubitative, pour autant qu'une panu puisse avoir l'air dubitatif.

Voulait-elle dire « combattre Vaddo ici » ou se battre une fois qu'ils seraient à la base d'excursion ? *Pas ici. Là-bas.*

Dors fronça les sourcils, mais accepta. Il n'avait pas vraiment de plan, seulement l'idée que, si les panus étaient chez eux ici, Vaddo ne s'attendait sans doute pas à en voir à l'institut. Là-bas, Dors et lui pouvaient espérer bénéficier de l'effet de surprise. Comment, il n'en avait pas idée.

Ils s'étudièrent, chacun essayant de saisir le reflet de l'autre dans cette face étrangère. Elle lui caressa le lobe de l'oreille, le geste apaisant de Dors. Évidemment, ça le picota partout.

Mais il pouvait dire si peu de choses... Cet instant cristallisait pour lui tout le désespoir de leur situation.

Vaddo voulait manifestement tuer Hari et Dors par l'intermédiaire de Panu-je et de Sheelah. Que deviendraient leurs propres corps ? Le choc neurologique consécutif à l'expérience de la mort sous immersion était fatal, c'était prouvé. Leurs corps périraient sans jamais reprendre conscience.

Il vit une larme rouler sur la joue de Sheelah. Elle savait que la situation était désespérée, elle aussi. Il la prit dans ses bras et, en regardant les montagnes lointaines, s'aperçut avec surprise qu'il avait aussi les yeux pleins de larmes.

17

Il avait envisagé les problèmes posés par les hommes et les animaux mais il n'avait pas pensé à la rivière. Ils s'aventurèrent près des eaux rugissantes à l'endroit où le cours d'eau s'élargissait, ce qui en faisait le passage à gué idéal, la forêt toute proche leur assurant sa protection.

Mais ils ne pouvaient pas le traverser à la nage.

Ou plutôt, Panu-je ne pouvait pas. Hari eut beau tenter de le convaincre, s'arrêtant prudemment quand ses muscles se tétanisaient ou quand il se pissait dessus d'angoisse. Dors avait les mêmes problèmes et ça les ralentit. Une nuit passée dans les hautes branches apaisa les deux panus, mais le lendemain matin, tous les symptômes de stress revinrent lorsque Panu-je mit un pied dans l'eau. Le fleuve descendait dans la vallée avec enthousiasme, et le courant était rapide, glacé. Sheelah ne trahit qu'une peur modérée, mais Panu-je remonta sur la plage étroite en jappant de terreur.

Aller ? fit, par signes, Dors/Sheelah.

Hari calma son panu et tenta de le faire nager. Il sonda les profondeurs marécageuses de sa mémoire et trouva un nœud de détresse centré sur un vague souvenir d'enfance. Il avait failli se noyer. Quand Sheelah l'aida, il se débattit, puis s'éloigna à nouveau en courant.

Allez ! fit Sheelah en agitant ses longs bras vers l'amont puis l'aval tout en secouant furieusement la tête.

Hari devina que la panu avait des souvenirs raisonnablement clairs du fleuve, et qu'il n'était pas plus facile à traverser ailleurs. Il haussa les épaules, leva les mains, paume en l'air.

Un troupeau de gigantilopes paissait non loin de là. Certaines traversaient le fleuve, espérant trouver une herbe plus verte de l'autre côté. Elles hochaient leur grosse tête comme si elles se moquaient des panus. La rivière n'était pas profonde, mais pour Panu-je, c'était un gouffre infranchissable. Hari fulminait, prisonnier de la peur inébranlable du panu. Il ne pouvait rien faire.

Sheelah arpentait la rive en haletant de frustration. Puis elle regarda le ciel entre ses paupières étrécies et tourna brusquement la tête, surprise. Hari suivit son regard. Un drone descendait le long de la vallée, dans leur direction.

Panu-je arriva le premier sous le couvert des arbres, mais pas de beaucoup. Par bonheur, le troupeau de gigantilopes avait dû distraire le pilote du drone. Ils restèrent tapis dans les buissons alors que l'engin passait au-dessus de leur tête et amorçait un schéma de recherche circulaire. Hari dut apaiser l'appréhension croissante de Panu-je en évoquant des scènes calmes et paisibles pendant que Sheelah et lui s'épouillaient mutuellement.

Le drone finit par repartir. Il faudrait qu'ils fassent encore plus attention à ne pas se montrer, à partir de maintenant.

Ils cherchèrent des fruits. Son esprit tournait inutilement en rond, et une amère dépression s'installait en lui. Il était pris dans une nasse, un pion sur l'échiquier de la politique impériale. Il n'était pas un homme d'action. Et pas un panu d'action non plus, songea-t-il lugubrement.

Alors qu'il regagnait avec des fruits blets les broussailles près de la rivière, il entendit des craquements. Il remonta à croupetons vers l'origine du bruit. Sheelah arrachait des branches d'arbres. Le voyant approcher, elle lui fit des signes impatients, dans une attitude remarquablement humaine.

Elle avait aligné par terre une douzaine de grosses branches. Elle s'approcha d'un arbre hérissé d'épines, et pela l'écorce en longues bandes. Le bruit mit Panu-je mal à l'aise. Ces sons inhabituels ne pouvaient qu'exciter la curiosité des prédateurs. Il scruta la forêt, à la recherche d'un signe de danger.

Sheelah s'approcha de lui, lui tapota la joue pour attirer son attention et écrivit avec un bâton, sur le sol : RADEAU.

Hari comprit aussitôt — et se sentit particulièrement stupide. Évidemment. L'immersion dans le panu l'aurait-elle encore abêti ? L'effet s'aggravait-il avec le temps ? Et s'il s'en sortait, redeviendrait-il lui-même ? Beaucoup de questions, peu de réponses. Il les oublia, se mit au travail.

Ils lièrent les branches les unes aux autres avec l'écorce, rudimentaire mais utilisable. Ils trouvèrent deux petits arbres tombés à terre et s'en servirent pour renforcer le bord du radeau. *Moi,* dit Sheelah, le doigt tendu, et elle fit mine de haler le radeau.

D'abord, un peu d'entraînement. Panu-je s'assit sur le radeau dans les fourrés et aima ça. Il n'avait apparemment pas encore compris la finalité de la chose. Panu-je s'allongea dessus et regarda la cime des arbres se balancer dans le vent chaud.

Après une autre séance d'épouillage mutuel, ils transportèrent la grossière plate-forme de branches vers la rivière. Le ciel était plein d'oiseaux, mais ils ne virent aucun drone.

Ils firent vite. Panu-je manifesta la plus grande réticence à l'idée de monter sur le radeau lorsqu'il fut à moitié dans l'eau, mais Hari évoqua des souvenirs pleins de sensations chaleureuses, et les battements de son cœur retrouvèrent un rythme plus normal.

Panu-je s'assit avec circonspection sur les branches. Sheelah lâcha les amarres et poussa fort. Seulement le courant les emportait rapidement. Panu-je s'affola.

Hari l'obligea à fermer les yeux. Sa respiration s'apaisa, mais des dagues d'angoisse dardaient dans son esprit tels des éclairs de chaleur striant le ciel avant un orage. Le balancement du radeau l'aida un peu, car Panu-je dut se concentrer sur son estomac en révolution. Une fois, une branche flottante heurta le radeau et il rouvrit brusquement les yeux. La vision de l'eau tourbillonnante les lui fit aussitôt refermer.

Hari aurait bien voulu l'aider. Les coups de boutoir du cœur de Panu-je contre ses côtes lui disaient que la panique n'était pas loin. Il ne voyait même pas comment Dors s'en sortait. Il devait rester assis, aveugle, et se contenter de sentir qu'elle poussait le radeau.

Elle haletait bruyamment, s'efforçant de redresser leur précaire embarcation contre l'action du courant. Il était éclaboussé par l'eau. Panu-je sursauta, poussa un jappement, tapa du pied avec angoisse comme s'il allait courir.

Une soudaine embardée. Le grognement de Sheelah fut interrompu par un gargouillis. Il sentit que le radeau tournoyait, ballotté par le courant de plus en plus fort. Un tourbillon lui mit le cœur au bord des lèvres...

Panu-je se leva d'un bond maladroit, ouvrit les yeux.

Un soudain remous déséquilibra le radeau. Il baissa les yeux. Les branches se disloquaient. Il se sentit envahi par la panique. Hari essaya de produire des images apaisantes, que des vagues de peur balayèrent aussitôt.

Sheelah pagayait derrière le radeau qui prenait de la vitesse. Hari obligea Panu-je à regarder vers le rivage, mais ne put l'empêcher de se mettre à japper et à tourner en rond sur le radeau à la recherche d'un endroit stable.

Rien à faire. Les branches se détachaient. L'eau glacée submergea la plate-forme. Panu-je poussa un hurlement. Il sauta, tomba, roula, bondit à nouveau.

Hari renonça à le contrôler. Son seul espoir était maintenant de saisir le bon moment. Le radeau se fendit en deux par le milieu, et la moitié sur laquelle il se trouvait s'inclina dangereusement. Panu-je s'éloigna vivement du bord et Hari l'y encouragea, l'incita à faire un pas de plus. En deux bonds, il le fit sauter dans l'eau — direction : la rive opposée.

Panu-je succomba alors à une panique aveugle. Hari, qui savait nager, contrairement au panu, le laissa patauger en donnant, au bon moment, l'impulsion voulue à chacun de ses bras et de ses jambes.

Cette agitation assez désordonnée parvint néanmoins à lui maintenir la tête hors de l'eau la majeure partie du temps. Il réussit même à gagner un peu de terrain. Hari se concentrait sur les mouvements convulsifs, ignorant la morsure glacée de l'eau. Et puis Sheelah fut là.

Elle le prit par la nuque. Panu-je essaya de se cramponner

à elle, de lui grimper dessus. Sheelah lui flanqua un bon coup dans la mâchoire. Il hoqueta. Elle le tira vers le rivage.

Elle l'avait bel et bien assommé. Hari en profita pour imprimer à ses pattes de derrière de puissantes saccades. Il ne pensait plus qu'à ça, la poitrine haletante, parmi le tumulte et les gargouillements... Au bout de ce qui lui parut une éternité, il sentit des graviers sous ses pieds. Panu-je se traîna tant bien que mal sur la plage rocailleuse.

Hari le laissa se flanquer de grandes claques et danser sur place pour se réchauffer. Sheelah émergea de l'eau, ruisselante, le poil ébouriffé, et Panu-je l'emprisonna dans une étreinte éperdue de reconnaissance.

18

Marcher était fatigant, et Panu-je était résolument contre.

Hari essaya de lui faire presser l'allure, mais ils devaient escalader des gorges accidentées, parfois couvertes de mousse. Ils tombaient, trébuchaient, se relevaient en titubant, recommençaient à grimper, parfois à quatre pattes. Les panus flairaient les pistes des animaux, ce qui les aidait un peu.

Panu-je s'arrêtait souvent pour manger, ou pour contempler rêveusement l'horizon. De douces pensées passaient comme des papillons dans son esprit embrumé, flottaient sur des émotions liquides qui refluaient à leur propre rythme. Les panus n'étaient pas faits pour les projets à long terme.

Ils avançaient lentement. La nuit vint, et ils durent grimper dans les arbres en attrapant des fruits au passage.

Panu-je dormit, mais pas Hari. Il ne pouvait pas.

Leur vie était aussi menacée que celle des panus, mais les esprits ensommeillés qu'ils occupaient, Dors et lui, avaient toujours vécu ainsi. La nuit dans la forêt filtrait jusqu'à la conscience des panus comme une pluie tranquille d'informations que le sommeil traitait au fur et à mesure. Leur esprit syntonisait les sons vagabonds, reconnaissait l'absence de menace et ne troublait pas leur sommeil.

Hari, qui ignorait les signes subtils du danger, prenait chaque friselis des feuilles, la moindre vibration des branches, pour une menace sournoise. Le sommeil le gagna malgré lui.

Dès les premières lueurs de l'aube, Hari se réveilla... près d'un serpent enroulé comme une corde verte autour d'une branche. L'animal le regardait, en position d'attaque. Hari se raidit.

Panu-je sortit d'un profond sommeil. Il vit le serpent, mais ne réagit pas en sursautant, comme le craignait Hari.

Un long moment passa. Panu-je cligna des yeux une fois. Le serpent se figea complètement et le cœur du panu se mit à battre plus vite, mais il ne bougea pas. Puis le serpent déroula ses anneaux, s'éloigna dans un glissement fluide, et la transaction silencieuse en resta là. Panu-je était une proie improbable, ce serpent vert n'avait pas bon goût, et les panus étaient assez futés pour s'occuper de leurs oignons.

Quand Sheelah se réveilla, ils descendirent, en cueillant au passage des feuilles et quelques insectes croustillants, vers un torrent qui gargouillait non loin de là, où ils burent. Ils se débarrassèrent nonchalamment des grosses limaces de terre noires, bien grasses, qui s'étaient collées sur eux pendant la nuit. Hari en avait des haut-le-cœur, mais le panu les ôta sans s'en faire, un peu comme Hari aurait rattaché des lacets dénoués.

Par chance, Panu-je ne les mangea pas. Il se désaltéra, et Hari constata que les panus n'éprouvaient pas le besoin de se laver. Normalement, Hari passait au vaporium deux fois par jour, avant le petit déjeuner et avant le dîner. Il se sentait mal à l'aise s'il transpirait. C'était un vrai méritocrate.

Là, il arborait sans inconfort son corps malpropre. La fréquence de ses récurages était-elle une mesure de santé, comme l'épouillage des panus ? Ou une habitude raffinée, civilisée ? Il se rappela qu'étant petit, sur Hélicon, il restait agréablement suant et collant pendant des jours d'affilée, et qu'il détestait se baigner. Panu-je le ramenait en quelque sorte à un sens plus simple du Moi, à l'aise dans un monde crapoteux.

Son bien-être ne dura pas longtemps. Ils repérèrent des rabouins, un peu plus haut, à flanc de colline.

Panu-je fronça son nez en pied de marmite, mais Hari n'avait pas accès à la partie de son cerveau qui associait les odeurs aux images. Il savait seulement que quelque chose dérangeait le panu. Leur vision, de si près, lui procura une secousse.

Un arrière-train puissant, qui les propulsait rapidement. Des membres antérieurs courts, aux griffes acérées. Leur grosse tête semblait faite surtout de dents blanches, tranchantes, sous des yeux bridés, méfiants. Leur pelage brun, épais, était plus touffu dans la région de la lourde queue qui leur permettait de garder leur équilibre.

Quelques jours auparavant, à l'abri dans un grand arbre, Panu-je en avait vu cinq déchiqueter et dévorer la tendre chair d'une gigantilope dans les hautes herbes. Ceux-ci descendaient la pente en ligne brisée, le nez au vent. Sheelah et Panu-je les regardèrent en tremblant. Ils étaient sous le vent par rapport aux rabouins et battirent en retraite sans faire de bruit.

Mais il n'y avait pas de grands arbres dans le secteur, que des buissons et de jeunes sapins. Hari et Sheelah descendirent la pente en diagonale et virent une clairière, droit devant eux. Panu-je saisit l'odeur faible d'un groupe de panus, de l'autre côté de la clairière.

Allez, dit-il par signes. Au même moment, des cris s'élevèrent derrière eux. Les rabouins les avaient flairés.

Ils entendaient leurs grognements sifflants dans les broussailles. Ils seraient complètement à découvert vers le bas de la pente, mais il y avait de grands arbres plus loin. Ils pourraient y grimper.

Panu-je et Sheelah traversèrent en hâte, à quatre pattes, la vaste clairière jaune, mais ils n'étaient pas assez rapides. Les rabouins surgirent hargneusement dans l'herbe derrière eux. Hari fonça sous les arbres — au beau milieu d'un groupe de plusieurs douzaines de panus.

Ils clignèrent des yeux, surpris. Il émit des cris incohérents en se demandant comment Panu-je allait leur expliquer la situation.

Le mâle le plus proche se retourna, montra les crocs et poussa un cri furieux. La tribu réagit par des hurlements et saisit qui un bâton, qui une pierre. Panu-je reçut un caillou sur le menton, une branche sur la cuisse et prit la fuite. Sheelah avait déjà quelques longueurs d'avance sur lui.

Les rabouins traversèrent la clairière au pas de charge. Ils tenaient de petites pierres acérées dans leurs griffes. Ils avaient l'air grands et massifs, mais ils ralentirent devant le barrage de cris stridents et de piaulements émanant des arbres.

Panu-je et Sheelah surgirent dans l'herbe de la clairière et les panus les suivirent. Les rabouins s'arrêtèrent net.

Les panus virent les rabouins... et continuèrent sans même ralentir. Ils pourchassaient Panu-je et Sheelah avec une avidité meurtrière.

Les rabouins restèrent figés sur place, les griffes agitées de mouvements indécis.

Hari comprit ce qui se passait. Il ramassa une branche sans cesser de courir et appela Sheelah qui l'imita. Il fonça sur les rabouins en agitant la branche. Une pauvre vieille branche tordue, qui n'aurait pas servi à grand-chose, mais qui en imposait. Hari voulait donner l'impression d'être à l'avant-garde d'un très gros problème.

Dans le nuage de poussière et le chaos généralisé, les rabouins virent un vaste groupe de panus enragés émerger de la forêt. Ils détalèrent au galop et rentrèrent en piaulant dans les arbres, au loin.

Panu-je et Sheelah les suivirent, à bout de forces. En arrivant aux premiers arbres, Panu-je se retourna. Les autres panus s'étaient arrêtés à mi-chemin et poussaient encore des cris stridents, véhéments.

Allez, dit-il, par signes, à Sheelah. Ils remontèrent selon un angle aigu vers le haut de la pente.

19

Panu-je avait besoin de manger et de se reposer, ne seraitce que pour empêcher son cœur de bondir au moindre bruit. Ils se blottirent en haut d'un arbre, Sheelah et lui, et se caressèrent en ronronnant.

Hari, quant à lui, n'était pas fâché de pouvoir réfléchir un peu. Des automnis maintenaient leurs corps en vie, à l'institut. Le tictac de Dors empêcherait quiconque d'accéder aux capsules, mais combien de temps faudrait-il à une responsable de la sécurité pour contourner le problème ?

Il n'y avait qu'à les laisser là, en racontant au reste du personnel que c'étaient deux touristes bizarres qui voulaient une immersion vraiment longue. Et laisser la nature suivre son cours.

Ses pensées déclenchaient des secousses chez Panu-je, alors il décida d'en changer et de se plonger dans des abstractions. Bien des choses, dans le secteur, restaient à élucider.

Il soupçonnait les anciens qui avaient amené les panus, les gigantilopes et autres créatures d'avoir fricoté avec les rabouins pour voir s'ils pouvaient changer un lointain parent primate en une créature proche de l'être humain. Hari trouvait cette idée perverse, mais crédible. Les savants adoraient donner un coup de pouce à la nature.

Les rabouins étaient allés jusqu'à chasser en meute, mais ils n'avaient pas d'outils en dehors de pierres grossièrement taillées, parfois utilisées pour trancher la viande une fois l'animal abattu.

D'ici quelques millions d'années, sous la pression de l'évolution, ils pourraient devenir aussi intelligents que les panus. Lesquels disparaîtraient, alors ?

Pour le moment, il s'en fichait pas mal. Il avait éprouvé une rage authentique quand les panus — sa propre espèce ! — s'étaient retournés contre eux, même quand ils avaient vu les rabouins. Pourquoi ?

Cet incident l'inquiétait. Il y avait quelque chose à creuser derrière tout ça, il le sentait. La psychohistoire se devait de prendre en compte des impulsions aussi basiques, fondamentales. La réaction des panus ressemblait désagréablement à des myriades de péripéties de l'histoire humaine.

Haïr l'Étranger.

Il devait approfondir cette sinistre vérité.

Les panus se déplaçaient par petits groupes, détestaient les intrus, se reproduisaient généralement dans leur modeste cercle de quelques douzaines d'individus. Résultat : toutes les caractéristiques génétiques émergentes étaient rapidement transmises, par croisement. Si ça favorisait la survie du groupe, l'abrasion du hasard assurerait la sélection du groupe survivant. C'était assez juste.

Mais ce trait ne devait pas être dilué. Un groupe de bons lanceurs de pierres serait absorbé s'il rejoignait une meute de plusieurs centaines. Le contact les amènerait à se reproduire hors du petit clan d'origine. L'exogamie diluerait leur héritage génétique.

Tout le truc consistait à obtenir un équilibre entre les accidents de la génétique dans les petits groupes et la stabilité des groupes plus importants. Un groupe qui avait de la chance pouvait avoir des gènes chanceux, qui lui confèreraient des caractéristiques convenant au prochain défi lancé par le monde en perpétuel changement. Il s'en sortirait bien. Certes, mais à quoi bon si ces gènes n'étaient jamais transmis au plus grand nombre ?

Une pincée d'exogamie permettrait à des groupes extérieurs d'acquérir ce trait. Dans le tamis du temps, d'autres encore en bénéficieraient. Il se répandrait.

Conclusion : il était souhaitable d'entretenir une animosité larvée envers ceux du dehors, l'impression immédiate qu'il était mal de se reproduire avec eux.

De petits groupes s'en tenaient donc à leurs caractéristiques excentriques, et certains prospéraient. Ceux-là survivaient ; la plupart périclitaient. L'évolution progressait par bonds plus rapides chez les petits groupes semi-isolés qui se reproduisaient un peu au-dehors. Ils conservaient leurs atouts génétiques dans un petit panier — le groupe. Ils ne se reproduisaient qu'occasionnellement au-dehors, souvent par le viol.

Le prix à payer était élevé : une forte préférence pour leur petite bande. La haine de la foule, des étrangers, du bruit. Les groupes de moins de dix individus étaient trop vulnérables aux maladies ou aux prédateurs ; quelques pertes et c'était le groupe qui était perdu. Trop nombreux, ils perdaient l'avantage lié à la concentration des accouplements consanguins. Ils étaient profondément loyaux les uns envers les autres, s'identifiaient facilement dans le noir rien qu'à l'odeur, même de loin. Comme ils avaient beaucoup de gènes en commun, l'altruisme était la norme.

Ils honoraient même l'héroïsme, parce que si le héros mourait, les gènes qu'il partageait avec les autres seraient quand même transmis.

Même si les étrangers réussissaient le test de la différence d'aspect, de manières, d'odeur, de façon de s'épouiller, la culture ferait office de caisse de résonance. Les nouveaux venus, avec leur langage, leurs habitudes, leurs attitudes différentes, sembleraient repoussants. Tout ce qui servait à distinguer un groupe contribuerait à entretenir une forte haine.

Chaque petit ensemble génétique serait donc poussé par la sélection naturelle à amplifier les différences non héritées, même arbitraires, vaguement liées à l'aptitude à la survie... de sorte qu'ils pourraient faire évoluer leur culture. Comme l'avaient fait les humains.

La diversité des liens tribaux complexes évitait la dilution génétique. Ils privilégiaient l'antique appel du tribalisme hautain, méfiant.

Hari/Panu-je se trémoussa, mal à l'aise. Le mot « ils » en était arrivé, dans la pensée de Hari, à signifier les hommes aussi bien que les panus. La description convenait aux deux.

C'était la clé. Les humains s'intégraient dans le gigantesque Empire malgré leur tribalisme inné, leur héritage comparable à celui des panus. C'était un miracle !

Seulement, même les miracles exigeaient une explication. Les panus pouvaient être des modèles utiles pour la petite noblesse et la masse des citoyens, les deux classes encouragées à se reproduire.

Mais l'Empire aurait-il pu rester stable avec des créatures aussi frustes que les humains ?

Hari n'avait jamais vu ce problème sous une lumière aussi crue, aussi humiliante.

Et il n'avait pas de réponse.

20

Ils continuaient à avancer malgré le profond et vague malaise de leurs panus.

Panu-je capta une odeur qui lui fit tourner les yeux en tous sens. Hari parvint à le faire avancer en déployant l'assortiment complet de pensées apaisantes et de trucs subtils qu'il avait appris.

Sheelah avait plus de problèmes. Elle n'aimait pas escalader les longues ravines proches de la ligne de crête. Des buissons torturés leur barraient le passage et ils mettaient du temps à les contourner. Les fruits étaient plus difficiles à trouver à ces hauteurs.

Panu-je avait mal aux épaules et aux bras. Les panus marchaient à quatre pattes parce que leurs bras d'une force prodigieuse leur infligeaient aussi la punition d'un poids considérable. L'optimisation était difficile quand on voulait pouvoir se déplacer aussi bien dans les arbres qu'au sol. La douleur qui ne quittait pas leurs pieds, leurs jambes, leurs poignets, les faisait gémir et pleurnicher. Les panus ne seraient jamais des explorateurs à grand rayon d'action.

Ils laissaient souvent leurs panus faire une pause pour boire l'eau des trous d'arbre à l'aide d'une feuille pliée, faisant un usage routinier d'un outil rudimentaire. Ils ne cessaient de flairer l'air avec appréhension.

L'odeur qui dérangeait les deux panus devint plus forte, plus sombre.

Sheelah fut la première à franchir la ligne de crête. Loin au-dessous d'eux, dans la vallée, ils distinguèrent les lignes raides, perpendiculaires de la base d'excursion. Un drone décolla du toit et descendit en vol plané dans la vallée, sans présenter le moindre danger pour eux.

Il se rappela s'être trouvé, un siècle auparavant à ce qu'il lui semblait, assis sur la terrasse, un verre à la main, pendant que Dors disait : *Si tu étais resté sur Trantor, tu serais peut-être mort.* Et si tu n'y étais pas resté, c'était pareil...

Ils entamèrent la descente. Leurs panus regardaient en tous sens au moindre mouvement inattendu. Une brise fraîche agitait les rares buissons, les arbustes rabougris. Certains avaient l'air de plumets calcinés, frappés par la foudre. Des masses d'air qui remontaient du fond des vallées se heurtaient ici, collision brutale de lignes de pression. Les panus étaient loin de leurs contrées confortables. Ils se hâtaient.

Sheelah s'arrêta, juste devant lui.

Sans un bruit, cinq rabouins sortirent de leur cachette, formèrent un demi-cercle autour d'eux.

Hari ne put dire si c'était la même meute que l'autre fois. Dans ce cas, c'étaient des chasseurs redoutables, capables de garder des souvenirs et des buts sur la durée. Ils les avaient devancés et attendus dans un endroit dépourvu d'arbres où grimper.

Les rabouins avancèrent vers eux avec un calme inquiétant, leurs griffes cliquetant doucement.

Il appela Sheelah et fit des bruits faussement féroces tout en agitant les bras en l'air, les poings crispés, exhibant un profil menaçant. Il laissa Panu-je prendre le relais pendant qu'il réfléchissait.

Un groupe de rabouins était sûrement de taille à massacrer deux panus isolés. S'ils voulaient survivre, il fallait qu'ils les surprennent, qu'ils leur fassent peur.

Il regarda autour de lui. Lancer des pierres ne servirait à rien dans ce cas précis. Sans trop savoir ce qu'il faisait, il s'approcha en traînant les pieds d'un arbre foudroyé.

Sheelah le vit faire et le devança à grandes enjambées énergiques. Panu-je ramassa deux pierres, les lança vers le plus proche rabouin. L'une d'elles l'atteignit au flanc sans lui faire vraiment de mal.

Les rabouins se mirent au trot et les encerclèrent. Ils s'appelèrent avec des grognements geignards.

Sheelah bondit sur une branche desséchée de l'arbre qui claqua. Elle ramassa la grosse écharde et Hari comprit ce qu'elle s'apprêtait à faire. Le bout de bois était aussi grand qu'elle. Elle le prit à bras-le-corps.

Le plus gros rabouin grommela, regarda ses acolytes.

Les rabouins chargèrent.

L'un d'eux s'approcha de Sheelah. Elle le frappa à l'épaule et il poussa un piaulement strident.

Hari attrapa un bout du tronc de l'arbre foudroyé mais ne put le détacher. Un autre cri retentit derrière lui. Sheelah protestait d'un ton perçant, effrayée.

Il valait mieux laisser les panus relâcher leur tension vocalement, mais il percevait la peur et le désespoir dans les cris de Sheelah, et il sut que Dors en avait sa part.

Il saisit à deux mains un fragment plus petit de l'arbre, pesa dessus de tout son poids et le cassa en s'arrangeant pour qu'il forme une pointe.

Des lances. C'était la seule façon de tenir les griffes des rabouins à distance. Les panus n'avaient pas l'habitude d'utiliser des armes aussi perfectionnées. L'évolution ne leur avait pas encore appris cette leçon.

Ils étaient maintenant entourés par les rabouins de tous les côtés. Ils se mirent dos à dos, Sheelah et lui. Panu-je s'arc-bouta tant bien que mal sur ses pattes arrière et encaissa le choc d'un gros rabouin noiraud.

Les rabouins n'avaient pas assimilé la notion de lance. Le noiraud rentra dans la pointe et recula d'un bond en poussant un hurlement effroyable. Panu-je se pissa dessus, épouvanté, mais Hari le maintenait sous contrôle.

Le rabouin se mit à geindre. Il tourna les talons, partit en courant... et s'arrêta net. Il hésita un long moment puis, comme si le temps avait suspendu son vol, il retourna vers Hari en trottant avec une confiance renouvelée.

Les autres rabouins l'observaient. Il s'approcha de l'arbre foudroyé et, d'une seule traction, arracha une longue pique de bois. Puis il s'approcha d'Hari et s'immobilisa, tenant son bâton d'une main. Il se plaça de profil, tourna sèchement sa grosse tête, le regarda et mit un pied en avant.

Avec un choc, Hari reconnut la position de l'escrimeur.

Celle-là même qu'avait adoptée Vaddo. C'était lui qui dirigeait ce rabouin.

Rien de plus logique. La mort des panus serait parfaitement naturelle. Vaddo pourrait toujours raconter qu'il mettait au point l'immersion dans les rabouins afin de la commercialiser et d'amortir le matériel utilisé pour l'immersion dans les panus.

Vaddo s'approcha prudemment, pas à pas, tenant la longue lance entre ses deux pattes griffues. Il fit décrire un cercle à la pointe. Le mouvement était saccadé, les griffes moins habiles que les mains des panus. Mais le rabouin était plus fort.

Il se jeta sur lui, feinta rapidement, frappa d'estoc. Hari esquiva de justesse et balaya sa lance avec son bâton. Vaddo reprit rapidement le dessus et revint sur Hari par la gauche. Frapper, feindre, frapper, feindre. Hari para chaque coup avec son bâton.

Leurs épées de bois s'entrechoquèrent et Hari fit des vœux pour que la sienne ne se casse pas net. Vaddo avait un bon contrôle de son rabouin. Il ne tenta pas de fuir comme au début.

Hari était exclusivement occupé à détourner les coups de

Vaddo. Il fallait qu'il trouve quelque chose, ou la force supérieure du rabouin finirait par l'emporter. Hari décrivit un cercle, éloignant Vaddo de Sheelah. Les autres rabouins l'encerclaient toujours, mais n'attaquaient pas. Toute l'attention était concentrée sur les deux combattants.

Hari attira Vaddo vers une butte. Le rabouin avait du mal à tenir sa lance droite et devait regarder ses pattes pour la redresser. Ça voulait dire qu'il faisait moins attention à l'endroit où il mettait les sabots. Hari flanquait des coups d'estoc et de taille tout en continuant à avancer, obligeant le rabouin à se déplacer latéralement. Celui-ci posa le sabot sur une pierre angulaire, perdit l'équilibre et se redressa.

Hari fit un pas vers la gauche. Le rabouin trébucha à nouveau, se tordit le sabot. Hari fut aussitôt sur lui, l'arme pointée en avant, tandis que le rabouin baissait les yeux sur ses pattes de derrière, cherchant une prise. Hari embrocha le rabouin avec la pointe de son bâton.

Il pesa dessus de tout son poids. Les autres rabouins laissèrent échapper un gémissement.

Avec un reniflement de rage, le rabouin tenta d'arracher la pique. Hari obligea Panu-je à faire un pas en avant et enfonça la pointe de sa lance dans le corps de l'animal qui poussa un cri rauque. Un flot de sang jaillit de sa blessure. Ses genoux se dérobèrent sous son poids, il s'étala à terre.

Hari jeta un coup d'œil par-dessus son épaule. Les autres étaient passés à l'action. Sheelah repoussait trois rabouins à la fois, en émettant des cris stridents qui l'effrayèrent. Elle en avait déjà blessé un. Son pelage brun était maculé de sang.

Les autres se gardèrent bien de charger. Ils l'encerclaient en grognant et en tapant du pied, sans approcher. Ils étaient troublés. Mais ils avaient compris la leçon. Il voyait les yeux brillants, rapides, étudier la situation, ce nouveau mouvement dans la guerre perpétuelle.

Sheelah fit un pas en avant et enfonça la pointe de son bâton dans le rabouin le plus proche d'elle. Il se jeta sur elle en montrant les dents et elle l'embrocha à nouveau, plus profondément. Il poussa un jappement, se détourna... puis il prit la fuite et détala.

Les autres se le tinrent pour dit. Ils s'éloignèrent au trot, en laissant leur compagnon beugler par terre. Il regardait, les yeux exorbités, couler son sang. Puis son regard vacilla. Vaddo avait disparu. L'animal s'effondra mollement.

Hari ramassa une pierre et lui écrasa délibérément le crâne. C'était un sale boulot. Il relâcha son emprise sur Panu-je et laissa remonter à la surface sa sombre colère animale.

Il se pencha et étudia le cerveau du rabouin. Une fine résille d'argent coiffait les circonvolutions de la sphère caoutchouteuse. Le circuit d'immersion.

Il se retourna et vit, alors seulement, que Sheelah était blessée.

21

La base d'excursion était construite au sommet d'une colline escarpée. Des ravines creusées par l'érosion donnaient à la paroi l'aspect d'un visage las, ridé. Des buissons d'épineux rabougris bordaient le bas des pentes.

Panu-je se frayait en haletant un chemin sur le terrain accidenté. Vue par ses yeux, la nuit était fantastique, un diorama frémissant de verts pâles et d'ombres bleuâtres. La colline était un degré sur la vaste pente d'une immense montagne, mais la vision du panu ne distinguait pas les reliefs lointains. Les panus vivaient dans un petit monde clos.

Vers l'avant, il voyait clairement la muraille luisante qui entourait l'institut. Elle était énorme. Cinq mètres de haut. Et il avait vu, lorsqu'il avait fait le tour de l'endroit avec le groupe de touristes, que le haut était garni de verre brisé.

Derrière lui, il entendait Sheelah escalader la pente en hoquetant. Elle marchait avec raideur, la face rigide, à cause de la blessure qu'elle avait au flanc. Elle avait refusé d'attendre en bas. Ils étaient tous les deux près de l'épuisement et leurs panus traînaient la patte, malgré deux pauses pour manger des fruits, des larves, et se reposer un peu.

À l'aide de leur vocabulaire gestuel rudimentaire, de leurs grimaces faciales et en écrivant dans la poussière, ils avaient « discuté » des diverses possibilités. Deux panus étaient vulnérables, dans le secteur. Ils ne pouvaient espérer avoir la même chance qu'avec les rabouins, surtout fatigués comme ils étaient et en territoire étranger.

Le meilleur moment pour approcher de l'institut était la nuit. L'instigateur, quel qu'il soit, de tout ça n'attendrait pas éternellement. Ils avaient réussi par deux fois à échapper à des drones depuis le matin. Passer la journée suivante à se reposer était une option tentante, mais un pressentiment incitait Hari à aller de l'avant.

Il attaqua la pente de biais, en prenant garde aux fils des systèmes d'alarme. Il ne connaissait rien à ces questions techniques. Il devait faire attention aux choses les plus évidentes. Pourvu que l'institut ne soit pas entouré de câbles en prévision des intrus doués de pensée...

De près, les panus avaient une bonne vision crépusculaire, mais il ne vit rien.

Il choisit un endroit du mur ombragé par les arbres. Sheelah s'approcha, le souffle court, haletante. Il leva les yeux. La muraille paraissait immense. Impossible...

Il étudia soigneusement le paysage aux alentours. Rien ne bougeait. Panu-je semblait trouver l'endroit bizarre, comme faux. Peut-être les animaux évitaient-ils ce secteur étranger. Parfait. Les responsables de la sécurité seraient moins sur leurs gardes, à l'intérieur.

Le mur était de béton lisse et terminé, en haut, par une lèvre épaisse, en surplomb, qui compliquait encore l'escalade.

Sheelah lui indiqua, d'un geste, les arbres qui poussaient non loin de là. Des souches, près du mur, montraient que les bâtisseurs avaient pensé que des animaux pourraient sauter des branches, mais certains étaient assez grands et leurs branches pendaient à quelques mètres du haut du mur.

Un panu pourrait-il franchir la distance ? Peu vraisemblable. Surtout un panu épuisé. Sheelah pointa le doigt vers lui, puis de nouveau vers elle, tendit les mains et esquissa un mouvement de balancier. Pourraient-ils franchir le vide en se balançant ?

Il étudia son visage. Celui qui avait juré leur perte ne s'attendait sûrement pas à ce que deux panus coopèrent ainsi. Il lorgna le sommet. Trop haut pour l'escalader, même si Sheelah montait sur ses épaules.

Oui, répondit-il par signe.

Quelques instants plus tard, alors que Sheelah le tenait par les pieds et qu'il était prêt à lâcher sa branche, il réfléchit encore.

Panu-je ne voyait pas d'un mauvais œil cette gymnastique. Il était même assez heureux de se retrouver dans un arbre. Mais son jugement humain hurlait à Hari qu'il n'y arriverait pas. Le don naturel du panu entrait en conflit avec la prudence humaine.

Par chance, il n'eut pas le temps de s'étendre sur ses doutes. Sheelah l'arracha à sa branche. Il tomba, retenu seulement par ses mains à elle.

Elle commença, en se tenant par les jambes à une grosse branche, à se balancer d'avant en arrière, le faisant osciller comme un pendule. D'avant en arrière, en bas, en haut, de plus en plus vite. Le sang lui monta à la tête. Pour Panu-je, ça n'avait rien d'extraordinaire. Pour Hari, le monde était un tourbillon vertigineux, et il crut que son cœur allait cesser de battre.

Il frôla de petites branches et s'inquiéta du bruit, puis il oublia tout parce que sa tête arrivait au niveau de la partie supérieure du mur.

La lèvre de béton était arrondie à l'intérieur afin qu'aucun crochet n'y trouve de prise.

Il retomba, la tête plongeant vers le sol. Puis il remonta dans les branches basses, les rameaux lui giflant la figure.

Au balancement suivant, il était assez haut pour voir luire les épais bouts de verre qui hérissaient le sommet du mur. Très professionnel.

Il eut à peine le temps de se rendre compte de tout ça. Elle l'avait lâché.

Il décrivit une parabole dans le vide, les mains tendues devant lui, et se rattrapa de justesse à la lèvre. Sans cette avancée, construite par mesure de protection, il se serait écrasé par terre.

Son corps heurta la paroi. Ses pieds raclèrent le mur lisse à la recherche d'une prise. Quelques orteils s'accrochèrent. Il banda ses muscles, opéra un rétablissement, passa par-dessus. Il ne s'était pas rendu compte que les panus pouvaient être aussi forts. Jamais un homme n'aurait pu réussir un tour pareil.

Il grimpa sur le haut du mur, s'entaillant les bras et la hanche sur les bouts de verre. Il eut du mal à trouver un endroit où mettre les pieds pour se tenir debout.

Une vague de triomphe. Il fit signe à Sheelah, invisible dans l'arbre.

Maintenant, c'était à lui de jouer. Il songea soudain qu'ils auraient pu fabriquer une sorte de corde avec des lianes. Il aurait pu la hisser ici. *Bonne idée, mais trop tard.*

Pas le moment de perdre son temps. L'institut était en partie visible à travers les arbres. Quelques lumières étaient allumées. Le silence complet. Ils avaient attendu le cœur de la nuit; il n'avait que les sentiments viscéraux de Panu-je pour lui indiquer ce moment.

Il baissa les yeux. Au ras de ses orteils, un fil de rasoir brillait, incrusté dans le béton. Il posa prudemment le pied entre les lignes brillantes. Il avait juste la place de se tenir debout entre les tessons de verre. Un arbre lui bouchait la vue, et il ne voyait pas grand-chose en bas, à la faible lueur de l'institut. Au moins, ça voulait dire qu'on ne pouvait pas le voir non plus.

Devait-il sauter? C'était trop haut. L'arbre qui le cachait était proche, mais il ne voyait pas ce qu'il y avait dedans. Il réfléchit un instant, sans succès. En attendant, Sheelah était restée seule, et il détestait l'idée de la laisser en arrière alors que des dangers les menaçaient dont il n'avait même pas idée.

Il pensait comme un homme et oubliait qu'il avait des facultés de panu.

Allez! Il sauta, plongeant lourdement dans les ombres. Des rameaux le giflèrent, des branches lui griffèrent la figure. Il vit une forme noire à sa droite, plia les jambes, pivota, les mains tendues... et se rattrapa à une branche. Il se rendit compte qu'elle était trop mince, trop mince...

Elle cassa net. Le bruit lui fit l'effet d'un coup de tonnerre. Il tomba, lâcha la branche. Son dos heurta quelque chose de dur et il roula en cherchant une prise. Ses doigts se refermèrent sur une autre branche, plus grosse. Il y resta suspendu. Retint son souffle.

Un froissement de feuilles. Des branches qui oscillaient. Rien de plus.

Il était à mi-hauteur d'un arbre. Il avait mal à toutes les articulations, une galaxie de petites souffrances.

Hari se détendit et laissa Panu-je gérer la descente. Il avait fait beaucoup trop de bruit en tombant dans l'arbre, mais rien ne bougeait dans les vastes pelouses qui le séparaient du grand bâtiment éclairé.

Il pensa à Dors et regretta de n'avoir aucun moyen de lui faire savoir qu'il avait réussi à entrer. En y réfléchissant, il mesura du regard la distance qui le séparait des arbres proches et mémorisa leur disposition afin de pouvoir retrouver son chemin, en courant au besoin.

Et maintenant ? Il n'avait pas de plan.

Hari poussa gentiment Panu-je — qui était nerveux et fatigué, à peine contrôlable — dans des buissons disposés en triangle. L'esprit du panu était un ciel d'orage traversé d'éclairs fugitifs. Aucune pensée précise, plutôt des nœuds d'émotion, des noyaux crépitants d'angoisse qui surgissaient et tournaient en rond. Patiemment, Hari suscita des images apaisantes afin de ralentir le rythme respiratoire de Panu-je, et le faible bruit faillit lui échapper.

Des ongles crissant sur une allée de pierre. Quelque chose qui courait. Et vite.

Ils débouchèrent du triangle de buissons. Une peau lisse sur des muscles bandés, des pattes trapues dévorant la distance. Ils étaient entraînés à traquer et à tuer sans bruit, sans prévenir.

Pour Panu-je, c'étaient des monstres étrangers, terrifiants. Il recula, paniqué, devant les deux obus de muscles et d'os qui se ruaient sur lui. Des gencives noires dévoilèrent des crocs blancs sous des yeux fous.

Puis Hari sentit quelque chose changer chez Panu-je. Des réactions antiques, instinctives, bloquèrent sa retraite, bandèrent ses muscles. Pas le temps de fuir, alors *bats-toi.*

Panu-je s'arc-bouta. Les deux monstres auraient pu se jeter sur ses bras, alors il les ramena en arrière et baissa la tête.

Quelque part dans sa mémoire ancestrale Panu-je avait déjà eu affaire à des meutes de chasseurs à quatre pattes. Il savait instinctivement qu'ils se basaient sur les membres tendus de leur victime pour se jeter sur sa gorge. Les canidés tenteraient de profiter des premières secondes de surprise, vitales, pour le renverser, lui déchirer la veine jugulaire, le déchiqueter et le réduire en lambeaux.

Ils prirent leur élan, masses de tendons nerveux courant épaule contre épaule, leur grosse tête levée, et bondirent.

Panu-je savait que, dans le vide, ils étaient sans défense. Et vulnérables.

Il tendit les deux mains, saisit fermement les canidés par les pattes avant, tout près des mâchoires, et se jeta en arrière. Emportés par leur élan, les électrodogues passèrent par-dessus sa tête.

Panu-je roula sur le dos en exerçant une forte traction, les projetant vers l'avant. Les canidés n'eurent pas le temps de tourner la tête et de refermer leurs mâchoires sur sa main.

Le bond, la prise, le rapide mouvement de rotation puis d'arrachement, tout cela se combina en un mouvement centrifuge qui fit passer les électrodogues au-dessus de lui. Sentant claquer leurs pattes, le panu lâcha tout. Ils allèrent valdinguer au loin avec des jappements de douleur.

Panu-je acheva son roulé-boulé et se releva d'un bond en prenant appui sur ses épaules. Il entendit un choc assourdi, des claquements de mâchoires. Les canidés étaient tombés dans l'herbe, les pattes cassées, incapables d'amortir leur chute.

Il rampa derrière eux, la respiration sifflante. Ils s'efforçaient de se relever, se tortillaient sur leurs pattes brisées pour affronter leur proie. Tout cela sans un aboiement, juste quelques gémissements de douleur, des grognements assourdis. L'un d'eux poussa un juron obscène, avec véhémence. L'autre entonna : « Saaa'aud... saaa'aud. »

Des animaux replongeant dans leur vaste nuit sans joie.

Il bondit et se laissa retomber sur leur cou. Les os craquèrent. Il sut, avant même de regarder, qu'ils étaient morts.

Panu-je fut envahi par une vague de joie. Hari sentit le sang se ruer dans ses veines. Il n'avait jamais éprouvé une exaltation pareille, même lors de sa première immersion, quand le panu avait tué un Étranger. La victoire sur des choses étranges, armées de griffes et de dents, qui se jetaient sur vous dans la nuit, était un plaisir intense, incandescent.

Hari n'avait rien fait. Le mérite de la victoire revenait entièrement au panu. Il exulta un long moment dans l'air frais de la nuit, en proie aux frémissements de l'extase.

Il revint lentement à la raison. Il y avait d'autres électrodogues. Panu-je avait eu ceux-ci en beauté. Il n'aurait pas deux fois la même chance.

Les cadavres étaient trop visibles sur la pelouse. Ils risquaient d'attirer l'attention. Panu-je y toucha avec réticence. Leurs boyaux s'étaient vidés et l'odeur était redoutable. Ils laissèrent une trace immonde sur l'herbe lorsqu'il les traîna dans les buissons.

Le temps, son ennemi. Tôt ou tard, quelqu'un remarquerait l'absence des canidés, viendrait voir.

Panu-je était toujours enivré par sa victoire. Hari en profita pour lui faire traverser la vaste pelouse au trot, en passant d'ombre en ombre. L'énergie embrasait les veines du panu. Hari savait que c'était une exaltation glandulaire momentanée, masquant une profonde fatigue. Quand elle s'estomperait, Panu-je deviendrait hagard, difficile à gouverner.

Chaque fois qu'il s'arrêtait, il regardait en arrière et mémorisait des points de repère. Il serait peut-être amené à rebrousser chemin en vitesse.

À cette heure tardive, l'institut était presque entièrement plongé dans l'obscurité. Du côté de la zone technique, une lumière que Panu-je percevait comme riche, étrange, surchauffée, fleurissait aux fenêtres.

Il bondit vers elles et se colla au mur. La fascination de Panu-je pour l'étrange citadelle de ces divins humains lui facilitait les choses. Il jeta un coup d'œil par une fenêtre. Une lumière éclatante baignait une grande salle de réunion, une salle qu'il reconnut. Il s'y était tenu, des siècles auparavant, avec d'autres touristes en tenue bariolée, prêts à partir en excursion.

Hari se laissa porter par la curiosité du panu vers le côté, où il savait qu'une porte donnait sur un long couloir. Chose étonnante, la porte s'ouvrit toute seule. Panu-je s'aventura dans le corridor carrelé en étudiant avec stupéfaction la lueur ivoire apaisante des idéogrammes phosphorescents peints sur le plafond et les murs.

Une porte de bureau était ouverte. Hari reprit Panu-je en main, l'obligea à s'accroupir, lever la tête et jeter un coup d'œil à l'intérieur. Personne. C'était un somptueux bureau garni d'étagères montant vers un plafond voûté. Hari se rappela y avoir discuté du processus d'immersion. Ça voulait dire que les capsules n'étaient qu'à quelques portes de là...

Un grincement de semelles sur les dalles le fit se retourner.

L'ExPat Vaddo était là, une arme braquée sur lui.

Dans la lumière froide, et aux yeux de Panu-je, l'homme avait l'air étrange, avec son visage long, mince, mystérieusement osseux, son expression difficile à déchiffrer...

Hari sentit monter de la vénération chez Panu-je et le laissa avancer en pépiant doucement. Panu-je éprouvait une crainte respectueuse, pas de la peur.

Vaddo se raidit, agita le mufle de son arme hideuse. Un cliquetis métallique. Panu-je leva les mains selon le geste rituel de salutation et Vaddo lui tira dessus.

L'impact le fit pivoter sur lui-même. Il tomba, les quatre fers en l'air.

— Malin, le prof, hein? fit Vaddo avec un rictus de dérision. Il a pas pensé à l'alarme de la porte, le prof, hein?

Une douleur aiguë, surprenante, irradiait dans le flanc de Panu-je. Hari canalisa la souffrance et la colère qu'il sentait monter en lui, l'aida à les renforcer. Le panu se palpa le flanc, et sa main revint pleine d'une chose poisseuse qui sentait le métal chaud.

Vaddo fit le tour en agitant son arme.

— Tu m'as tué, minable petite crevure. Tu as gâché un excellent animal d'expérience. Maintenant, il va falloir que je décide quoi faire de toi.

Hari projeta sa propre colère sur la rage bouillonnante de Panu-je. Il sentit les gros muscles des épaules se nouer. Une soudaine douleur lui poignarda le côté. Panu-je poussa un gémissement et roula par terre en pressant une de ses pattes sur sa blessure.

Hari baissa la tête de sorte que Panu-je ne puisse voir le sang qui coulait sur ses jambes. L'énergie s'échappait du corps du panu. Une faiblesse insidieuse montait en lui.

Il tendit l'oreille. Les semelles de Vaddo faisaient du bruit quand il marchait. Il replia ses pattes au prix d'une souffrance atroce, remontant ses genoux vers sa poitrine.

— En fait, je crois qu'il n'y a qu'une solution...

Hari entendit le cliquetis métallique.

Maintenant, oui. Il déchaîna sa colère.

Panu-je prit appui sur ses avant-bras, ramena ses pieds sous lui. Pas le temps de se redresser complètement. Il sauta sur Vaddo.

Une petite détonation lui frôla la tête. Il frappa Vaddo sur la hanche, le plaqua au mur. Il sentait l'aigre, le salé.

Hari perdit tout contrôle. Panu-je décolla Vaddo du mur et le prit brutalement en étau entre ses bras.

Vaddo tenta de parer le coup. Panu-je écarta d'un geste les pauvres petits bras de l'homme. Ses tentatives pathétiques pour se défendre furent balayées comme des toiles d'araignées.

Il lui rentra dedans de toutes ses forces, lui enfonça ses épaules massives dans la poitrine. L'homme lâcha son arme qui tomba avec fracas sur le carrelage.

Panu-je se jeta encore une fois sur le corps de l'homme et recommença.

Force, puissance, joie.

Un craquement d'os. La tête de Vaddo partit en arrière, heurta le mur et il devint tout mou.

Panu-je recula et Vaddo s'écroula sur le sol carrelé. *Joie.*

Des mouches d'un blanc presque bleuté bourdonnaient à la limite de son champ de vision.

Bouger. Il le faut. C'était tout ce qu'il pouvait faire passer par le rideau d'émotions qui voilaient l'esprit du panu.

Le couloir tanguait. Hari obligea Panu-je à marcher. Il avançait d'un pas incertain, en crabe.

Tituba le long du couloir. Deux portes, trois. Celle-ci ? Fermée à clé. Porte suivante. Le monde se déplaçait plus lentement.

La porte s'ouvrit. Une antichambre qu'il reconnut. Panu-je trébucha sur une chaise, manqua tomber.

Hari obligea les poumons à pomper plus fort. Les halètements dégagèrent son champ de vision des bords sombres qui l'encadraient, mais les mouches blanc-bleu étaient toujours là, papillonnant impatiemment, de plus en plus denses.

Il essaya la porte du fond. Verrouillée. Hari obligea Panu-je à donner tout ce qu'il avait dans le ventre. *Force, puissance, joie.*

Panu-je flanqua un coup d'épaule dans la porte de bois massif. Elle résista. Il recommença une seconde, une troisième fois — douleur aiguë — et la porte s'ouvrit d'un bloc.

C'était bien ça. La salle d'immersion. Panu-je s'avança en

titubant au milieu des sarcophages. La marche le long des rangées de cuves, devant les consoles de commandes, prit une éternité. Hari se concentrait sur chaque pas, plaçant chacun de ses pieds avec soin. Le champ de vision de Panu-je tressautait, sa tête semblait glisser sur ses épaules liquides.

Là. Sa propre cuve.

Le tictac de Dors l'attendait. Il l'avait vu venir. Il se jeta sur le panneau de commandes, lui faisant un rempart de son corps d'acier.

Panu-je se pencha sur le bloc de contrôle du tictac. Il se souvenait du code d'accès. Il essaya de le composer.

Mais Panu-je avait les doigts trop gros. Impossible d'enfoncer les touches une par une.

La pièce baignée de lumière blafarde devint floue. Il obligea Panu-je à réessayer le code, mais les gros doigts émoussés écrasaient plusieurs touches en même temps.

Les mouches blanc-bleu revinrent voleter à la périphérie de son champ de vision. Dans sa frustration, Panu-je flanqua des coups sur le clavier.

Réfléchir. Hari regarda autour de lui. Panu-je n'en avait plus pour longtemps. Sur un bureau, tout près, il y avait une ardoise magique et un stylo.

Laisser un message, en espérant que les gens concernés le trouveraient... ? À condition qu'il tombe en de bonnes mains...

Il obligea Panu-je à se traîner jusqu'au bureau, à prendre le stylo. Il essayait d'écrire : J'AI BESOIN... lorsqu'une idée lui passa par la tête.

Il retourna tant bien que mal vers la capsule. *Concentre-toi.*

Il prit le stylo et appuya sur les touches avec le capuchon en visant soigneusement, une à la fois. Les mouches bleues vacillaient devant ses yeux.

Il avait du mal à se rappeler le code d'accès, maintenant. Il s'y efforça, touche par touche. Pointer, enfoncer, appuyer... Et voilà. Un voyant passa du rouge au vert.

Il farfouilla dans le système de verrouillage. Ouvrit la capsule.

Hari Seldon gisait là, paisible, les yeux clos.

Les commandes d'urgence, c'est ça. On leur en avait parlé, à la réunion préparatoire.

Il examina la surface d'acier brossé, découvrit le panneau

latéral. Panu-je regarda sans les voir les lettres qui n'avaient aucun sens.

Hari lui-même avait du mal à lire. Les lettres bondissaient, se mélangeaient.

Il distingua plusieurs touches et des servo-contrôles. Il avait de plus en plus de mal à actionner les mains de Panu-je. Il dut s'y reprendre à trois fois pour enclencher, à l'aide du capuchon de stylo, le programme de réveil. Des lumières passèrent du vert à l'ambre.

Panu-je s'assit brutalement sur le sol glacé. Les mouches blanc-bleu tournaient autour de sa tête en bourdonnant. Voilà qu'elles voulaient le piquer, maintenant. Il inspira l'air froid et sec. Il n'avait aucune substance, ne lui apportait rien...

Sans transition, il se retrouva en train de contempler le plafond. Il était sur le dos. Les lampes là-haut commençaient à s'assombrir. La lumière baissait. Puis elle s'éteignit tout à fait.

22

Hari ouvrit les yeux d'un seul coup.

Le programme de réveil lui envoyait encore des électrostims dans les muscles. Il les laissa tressauter, picoter, souffrir pendant qu'il réfléchissait. Il se sentait bien. Il n'avait même pas faim, contrairement aux fois précédentes où il était revenu d'immersion. Combien de temps était-il resté dans la nature ? Au moins cinq jours.

Il s'assit. Il était seul dans la salle des cuves. À l'évidence, Vaddo avait été alerté par une alarme silencieuse, mais il n'avait prévenu personne. Encore une preuve que la conspiration devait être limitée.

Il se redressa en tremblant. Pour se libérer, il devait détacher les sondes et les canules de perfusion, mais ça paraissait assez simple.

Panu-je. Le grand corps bouchait le passage. Il s'agenouilla et chercha son pouls. Filant.

Mais avant tout, Dors. Sa cuve était voisine de la sienne. Il lança le programme de réveil. Elle avait l'air en forme.

Vaddo avait dû bloquer le système de transmission afin que les membres du personnel ne puissent voir, en regardant le panneau de commande, que quelque chose clochait. Une belle histoire pour expliquer le drame : un couple qui voulait une immersion vraiment longue. Vaddo les avait bien prévenus, mais ils avaient insisté, alors... Une histoire parfaitement plausible.

Les paupières de Dors papillotèrent. Il l'embrassa. Elle retint un cri de surprise.

Il lui fit signe de se taire, en panu, et retourna s'occuper de Panu-je.

Il perdait son sang régulièrement. Hari s'étonna de constater que son odorat ne lui transmettait plus les senteurs riches, mordantes, du sang. Les humains étaient tellement limités !

Il enleva sa chemise et fabriqua un garrot rudimentaire. Au moins, Panu-je respirait régulièrement. Dors était prête à se lever, maintenant. Il l'aida à se déconnecter.

— J'étais cachée dans un arbre quand — *pouf!* dit-elle. Quel soulagement ! Comment as-tu...

— Ne restons pas là, coupa-t-il.

— À qui pouvons-nous nous fier ? demanda-t-elle en quittant la salle. Celui qui a fait ça... Oh !

Elle s'arrêta net en voyant Vaddo.

Il n'aurait su dire pourquoi, il se mit à rire en voyant la tête qu'elle faisait. Il était rare qu'elle soit surprise.

— C'est toi qui as fait ça ?

— Panu-je.

— Je n'aurais jamais cru qu'un panu puisse... euh...

— Je doute que quiconque ait jamais été immergé aussi longtemps que nous. Pas sous un tel stress, en tout cas. C'est juste... enfin, c'est ressorti.

Il ramassa l'arme de Vaddo et en étudia le fonctionnement. Un pistolet standard, avec silencieux. C'était rassurant. Vaddo ne voulait pas réveiller tout le monde à l'institut. Il devait y avoir ici des gens prêts à les aider. Il se dirigea vers le bâtiment où logeait le personnel.

— Attends un peu. Et Vaddo ?

— Je vais réveiller un médecin.

C'est ce qu'ils firent, mais Hari le conduisit d'abord dans la salle des cuves pour qu'il s'occupe de Panu-je. Un peu de couture, quelques piqûres, et le médecin lui dit que Panu-je s'en sortirait très bien.

Il se fâcha en voyant le corps de Vaddo, mais Hari avait une arme. Il n'eut qu'à la pointer dans la bonne direction, sans un mot.

Il n'avait pas envie de parler et se demandait s'il reparlerait jamais. Quand on est condamné au mutisme, on est plus concentré, on entre dans les choses en profondeur. En immersion.

De toute façon, Vaddo était mort depuis un moment.

Panu-je avait fait du beau boulot. Le médecin contempla les dégâts en secouant la tête.

Des alarmes sonnaient dans tous les coins. Hari eut soudain l'impression que sa tête allait éclater. La responsable de la sécurité s'amena. Il vit à sa réaction qu'elle n'était pas dans le complot. *Elle ne pourra donc pas mettre l'Épiphane de l'Académie au courant*, se dit-il machinalement.

Mais qu'est-ce que ça prouvait ? La politique impériale était subtile... Dors le regardait bizarrement depuis son réveil. Il se demanda pourquoi, jusqu'à ce qu'il réalise qu'il n'avait pas pensé un instant à secourir Vaddo en premier. Il était Panu-je, d'une façon qu'il ressentait intensément sans pouvoir l'expliquer.

Mais il comprit immédiatement quand Dors insista pour aller au mur d'enceinte de l'institut et appela Sheelah. Ils la ramenèrent à son tour des ténèbres lointaines, impitoyables.

SIXIÈME PARTIE

BRUMES D'ANTAN

ANTÉHISTOIRE GALACTIQUE [...] la destruction de toutes les archives antérieures au cours de l'expansion humaine dans la Galaxie, les guerres interminables qui s'ensuivirent, laissent dans l'ombre tout le problème des origines de l'homme. Les énormes changements imposés à tant de mondes effacèrent aussi toute preuve de l'existence de civilisations non humaines plus anciennes. Il se peut qu'il y en ait eu, bien qu'on n'en ait aucune preuve tangible. Certains historiens primitifs croyaient qu'il aurait pu en subsister au moins des enregistrements électromagnétiques. S'ils avaient été logés dans les fleuves de plasma des couronnes stellaires, ils auraient échappé à la détection de la technologie expansionniste. Les études les plus récentes n'ont mis en évidence aucune structure pensante de ce genre, mais les niveaux de radiations létales du noyau galactique — où la densité énergétique pourrait héberger des formes à base magnétique — rendent ces investigations difficiles et ambiguës. Une autre théorie avance que les cultures auraient pu s'inscrire dans les codes informatiques pré-impériaux, et résideraient encore, indétectées, dans certaines antiques banques de données. Ces spéculations n'ont jamais trouvé la moindre ébauche de confirmation et restent pour le moins controversées. La raison pour laquelle l'humanité, en s'aventurant dans la Galaxie, n'y a découvert aucune forme de vie développée demeure donc une énigme...

Encyclopaedia Galactica

1

Voltaire fronçait le sourcil, contrarié.

S'était-elle réellement livrée à lui, rendue ? Ou était-ce une simulation particulièrement raffinée ? *Vraie Jeanne, est-ce toi ?*

Sans doute celle-ci correspondait-elle à l'un de ses fantasmes favoris : des ébats dans la paille sèche, piquante, sous le toit d'une grande et vieille grange, par une chaude journée du mois d'août, dans Bordeaux disparue depuis longtemps.

Un oiseau fit *uit-uiit.* Des insectes stridulaient, la brise chaude charriait des senteurs boisées. Ses cheveux pendaient sur lui quand elle le chevauchait. Il sentait ses poignets adroits s'affairer avec une précision érotique qui le faisait trembler de plaisir anticipé.

Mais…

À l'instant où il se mit à douter, tout se contracta, se ratatina, s'assombrit. Ce n'était qu'un onanisme exotique, une tromperie auto-amoureuse qui exigeait son investissement dans la réalité. Bien imité, mais faux.

Aussi, lorsqu'il se sentit cueilli par une main féminine géante, une douce paume le berçant dans l'air ensoleillé, se demanda-t-il si c'était réel aussi. Une chaude brise le balaya lorsqu'elle exhala son souffle.

Une Jeanne cinquante fois plus grande que lui le dominait de toute sa hauteur, murmurante. D'énormes lèvres charnues embrassèrent tout son corps d'un seul mouvement languissant, sa langue le léchant comme un colosse dégustant une sucette.

— Je suppose que mes programmes d'ironie n'ont pas été oubliés ? avança-t-il.

La Jeanne géante se recroquevilla.

— C'est trop facile, dit-il. Je n'ai qu'un mot un peu discordant à dire...

Cette fois, la main le soumit à une accélération écrasante.

— Vous avez conservé votre précieuse ironie. Et c'est moi.

Il renifla.

— Si grande. Vous vous êtes changée en un vrai léviathan !

— Un peu lourde pour vous ?

— J'ai toujours aimé les gueuses... de fonte, répliqua-t-il avec un reniflement dédaigneux.

Elle le laissa retomber vers des douves de lave en fusion, soudain apparues au-dessous.

— Désolé, dit-il tout bas.

Juste assez pour qu'elle s'arrête, pas assez pour perdre toute dignité.

— Vous pouvez l'être.

Le puits de lave se sublima, se condensa en boue. Il atterrit sur un sol ferme, et elle se retrouva devant lui, de taille normale. Fraîche et réservée. Autour d'elle, l'air avait été débarbouillé par une petite pluie de printemps.

— Nous pouvons envahir à volonté l'espace perceptuel de l'autre. Merveilleux... fit-il avant d'ajouter, songeur : Dans une certaine mesure.

— Au Purgatoire, rien n'a de sens. Nous rêvons tout en attendant la vérité.

Elle eut un soudain éternuement, puis une quinte de toux. Elle cligna des yeux et reprit son quant-à-soi, très dame.

— Hum... j'apprécierais quelque chose de concrètement... euh... concret...

Il descendit du porche d'un mas provençal. Une lumière éclatante baignait les champs, au fond. Le premier plan était très fouillé, mais visiblement badigeonné à coups de pinceau.

Ils étaient à l'évidence dans une œuvre d'art. Un tableau. Même l'odeur des pommiers et du crottin de cheval avait quelque chose d'artificiel. Un moment figé, éternellement recyclé tant qu'ils auraient besoin d'un décor ? Même pas coûteux. Étonnant ce que son subconscient — glissons un peu — pouvait invoquer.

Qu'est-ce qui l'empêcherait — les empêcherait ! — de jouer les Caligula ? De massacrer des millions d'octets ? De torturer des esclaves virtuels ? Rien.

C'était le problème : pas de contrainte. Comment pourrait-on s'obstiner, compte tenu de la tentation infinie ?

— La foi. La foi est le seul guide, la seule contrainte, répondit Jeanne d'un ton implorant, en lui prenant la main avec une ardeur intacte.

— Mais notre réalité est en fait une illusion complète !

— Le Seigneur doit bien être quelque part, dit-elle nettement. Il est réel.

— Vous ne me suivez pas tout à fait, ma chère, répondit-il avant de prendre une pose professorale. Les algorithmes d'ontogenèse peuvent générer de nouveaux personnages, tirés d'un ancien champ ou concoctés pour l'occasion.

— Je sais reconnaître des individus réels quand j'en vois. Laissons-les parler un moment.

— Êtes-vous intéressée par l'esprit ? Nous avons ici des sous-programmes, oui, madame. Le caractère ? Un simple ensemble de profils d'attitudes verbales. La sincérité ? On peut la feindre.

Voltaire avait découvert, en sondant ses propres intérieurs cérébraux, qu'une chose appelée « éditeur de réalité » pouvait mettre une conversation toute faite dans la bouche de personnages apparemment « réels », qui n'existaient pas quelques secondes plus tôt. Des assemblages de traits et de nuances verbales prêts à échanger des aphorismes et des saillies avec lui.

Il avait trouvé tout cela au cours de ses explorations incessantes du Web, sa myriade de sites trantoriens s'ouvrant à son seul contact. Il en avait extrait ces amusements « personnalisés » qu'il avait ensuite mis en forme. Tout cela était rapide, piquant, et surtout d'un vide achevé.

Jeanne tira son épée.

— Je constate que vous disposez de capacités supérieures, convint-elle. Mais souffrez, monsieur, que j'aie encore la maîtrise de mes sens, ajouta-t-elle en décrivant des moulinets dans le vide. Je reconnais que les favoris de cet endroit sont authentiques et réels, aussi vrais que les animaux à notre époque, sur Terre.

— Vous croyez connaître la condition interne des chevaux ?

— Évidemment ! J'en ai mené beaucoup au combat, j'ai senti leur peur dans mes mollets.

— Je vois, fit-il en balayant l'air de ses manchettes de dentelles, parodiant ses mouvements d'épée. Maintenant — amenez-vous ! — affaire suivante : un chien perdu. L'animal, appelons-le *Phydeaux*, a cherché son maître sur toutes les routes en poussant des cris de désespoir. Il rentre chez lui, inquiet, agité, monte et descend l'escalier, va de pièce en pièce, trouve enfin dans son bureau le maître tant aimé, et lui témoigne sa joie par des jappements et des bonds d'allégresse. Il doit avoir des sentiments, des envies, des idées.

— Sans doute.

Voltaire produisit alors un chien aux longues oreilles tombantes, plaintif et beau dans son chagrin digital. Brochant sur le tout, il ajouta la maison, entièrement meublée. Et comme les aboiements du pauvre chien s'estompaient dans le lointain, il dit :

— Ma démonstration, madame.

— Trucage ! fit-elle, la bouche crispée par la colère, mais elle n'en dit pas plus.

— Vous m'accorderez que les mathématiciens sont comme les Français : quoi qu'on leur dise, ils le traduisent dans leur langue et ça devient aussitôt tout autre chose.

— J'attends mon Seigneur. Ou, pour un monsieur qui se pique de grandes idées, du Sens.

— Asseyez-vous, madame, et réfléchissez.

Il matérialisa une cuisine provençale cossue, des tables, une odeur alléchante de café. Ils s'assirent. Une devise d'un lointain passé était inscrite sur la cafetière :

Noir comme le diable
Chaud comme l'enfer
Pur comme un ange
Doux comme l'amour.

— Mmm, que c'est *bon*, fit Jeanne.

— J'ai maîtrisé des accès multi-site, reprit Voltaire en sirotant bruyamment son café, l'un des rares luxes que la société parisienne accordait à un philosophe, ainsi qu'il l'avait découvert. Nous tournons dans les interstices de Trantor, divisés en de nombreux segments. Je puis susciter des données sensorielles à partir des innombrables inventaires d'un nombre infini de bibliothèques digitales.

— J'apprécie que vous m'ayez conféré des pouvoirs similaires, dit-elle prudemment, rajustant son armure qui la gênait et sirotant délicatement le café si parfumé. Mais j'éprouve un vide...

— Moi aussi, acquiesça-t-il tristement.

— Nous paraissons... J'hésite à le dire...

— Presque divins.

— C'est blasphématoire, mais vrai. Sauf que le Créateur est sage et pas nous.

— Il y a pire, fit Voltaire, la mine désespérée. Il se peut que nous n'ayons même pas notre libre arbitre.

— Moi, je l'ai, en tout cas.

— Si nous ne sommes en fait que des enchaînements d'octets, de zéros et de uns, et rien de plus, si on va au fond des choses, à l'échelle microscopique, comment pourrions-nous être libres ? Ne sommes-nous pas déterminés par la marche de ces nombres ?

— Je me *sens* libre.

— Nous nous arrangerions pour en avoir l'impression, non ? L'un de mes meilleurs distiques, ajouta-t-il en se levant comme un ressort :

« À un génie ne peut convenir qu'une science,
Si vaste est l'art, si étroite l'humaine conscience. »

— On ne pourrait donc savoir que l'on est libre ? C'est le Créateur qui nous fait ainsi !

— Je veux ce Créateur, tout de suite !

Jeanne renversa la table d'un coup de pied, l'éclaboussant de café. Il effaça ses brûlures au fur et à mesure qu'il les ressentait. Elle donna de grands coups d'épée dans les murs de la cuisine, les taillant en lambeaux qui s'incurvèrent dans un espace euclidien grisâtre, la réalité se recourbant comme des pelures d'orange.

— Quel ennui, dit-il. Les chrétiens sont sûrement le meilleur argument contre la chrétienté.

— Je ne permettrai pas...

Vous aimez vous considérer comme un philosophe ?

Les mots occupaient pour ainsi dire tout l'espace. Les murs acoustiques firent un ventre et les frôlèrent en passant près d'eux, telles les pages immenses d'un livre géant feuilleté par le vent.

Voltaire inspira profondément et hurla :

— C'est à moi que vous vous adressez ?

Vous aimez aussi vous considérer comme un juge avisé de l'occasion à saisir. Ou de la nuance verbale.

Jeanne tira son épée, mais les dalles de son passantes l'envoyèrent valdinguer.

Vous aimez vous considérer comme une célébrité même en ce temps et en ce lieu distants.

D'énormes strates de pression bourdonnante tombèrent sur eux, comme si une divinité gargantuesque les appelait du ciel cendreux, sans visage.

— Vous me provoquez ? hurla Voltaire.

Bref, vous aimez vous considérer.

Jeanne rit de bon cœur. Voltaire s'empourpra.

— Je vous défie, insulteur !

Comme en réponse, leur plan euclidien se déforma...

Et il fut le paysage. Il avait une arête dorsale volcanique, brûlante, bruissante de chaleur, tout au fond, une peau faite d'humidité et de gravier. Des vents lui fouaillaient l'épiderme. Des cours d'eau murmurants le caressaient. Des montagnes surgissaient de lui comme des tumeurs furonculeuses.

Jeanne cria, quelque part. Il projeta une ligne de crête, des strates se cabrèrent, des pics se hérissèrent. C'était une tour cylindrique, majestueuse, couronnée de neige, grouillante de pus magmatique.

Au-dessus d'eux couraient des nuages d'étain. Il savait que c'étaient des espèces d'esprits étrangers, un brouillard de connections.

Un hyperesprit ? vint une idée. *Des algorithmes s'additionnant ?*

Le brouillard gris, mouvant, s'enroula autour de Trantor. Voltaire sentit comment ce brouillard le voyait : vie éparse, décharges électriques dans des machines immensément distantes qui computaient des sauts subjectifs instantanés. Le présent était un glissement computationnel orchestré par des centaines de processeurs distincts. Plutôt que de vivre dans le présent, ils persistaient plus précisément dans le *post-passé* de l'étape future en calcul.

Il ne voyait pas mais il sentait, au fond de sa persuasion analogue, qu'il y avait une différence fondamentale entre le digital et le lisse, le continu. Pour le brouillard il était un nuage de moments suspendus, de nombres en tranche attendant de survenir, implicites dans la computation fondamentale.

Puis il vit ce qu'était le brouillard.

Il tenta de courir, mais il était une montagne.

— Ils sont... différents ! s'écria-t-il inutilement.

— Comment peuvent-ils être plus différents que nous ? répondit Jeanne, lointaine.

— Nous, au moins, nous avons été conjurés à partir de souches humaines. Ceux-ci sont... *d'ailleurs*.

2

Ils avaient réussi à fuir, d'une façon ou d'une autre.

Un moment, le brouillard étranger avait entouré la chaîne de montagnes. L'instant d'après, Voltaire s'en était extirpé, ainsi que Jeanne. Mais il ne cessait de répéter, alors qu'ils fuyaient sur une mer de cadavres en liquéfaction, qu'ils devaient... *enfanter*.

— Retomber en enfance ? répliqua-t-elle, évitant de regarder les corps convulsés, boursouflés, au-dessous.

On aurait dit que le brouillard étranger manifestait sa répugnante existence en leur rappelant la mortalité humaine. Les tenant ainsi en échec.

— Mauvaise métaphore. Nous devons créer et dissimuler des copies de nous-mêmes.

Il leva la main et lui projeta un éclair de connaissance :

En d'autres termes, des Duplicatas, Copies ou Idems, renfermant tous une existence ténue. La société a délibérément rejeté ce qu'on appelait dans l'antiquité un Faux : la croyance qu'un Moi digital était identique à l'Original, et qu'un Original devait avoir l'impression qu'un Idem le projetait lui-même dans l'immortalité.

— C'est ce que nous devons faire pour être sûrs de survivre, si le brouillard nous rattrape ? Je les tuerais, plutôt !

Voltaire éclata de rire.

— Ils peuvent contrôler votre épée, s'ils veulent. Ils ont capturé votre programme de défense et le mien. Bien que, comme ils le sous-entendaient, je me repose essentiellement sur l'esprit.

— Des... Idems ? Je ne comprends pas.

— Réfuter la Fausseté de la Copie est assez évident, un exercice de calcul logique. Un simple exercice vaut argument. Imaginez que vous soyez promise à la résurrection digitale, aussitôt après votre mort. Fixez l'étiquette du prix que vous êtes prête à payer pour ça, une sorte d'assurance. Puis imaginez que, eh bien, que ça ne commence pas forcément tout de suite, mais à un moment donné dans l'avenir, *c'est promis*. Et cette date recule, l'enthousiasme du peuple à l'idée de payer pour des Copies de Soi-même s'estompe — démontrant que c'était *l'espoir* de continuité qu'ils savouraient inconsciemment.

— Je vois.

Elle vomit dans sa main avec ce qu'elle espérait être une délicatesse toute féminine. La puanteur des cadavres putréfiés était renversante.

— À la fin, les Copies se profitèrent à elles-mêmes et non aux morts. Et le procédé est devenu illégal sur Trantor et dans tout l'Empire, soupira Voltaire. Ces moralistes ! Ils ne comprennent jamais rien. Interdire quelque chose, c'est le rendre excitant. Voilà pourquoi de telles entités hantent le Web.

— Parce qu'elles sont illégales ?

— Toutes, sauf le brouillard. Ça, c'est... pire.

— Mais si un Idem est la même chose qu'une personne, pourquoi ne pas...

— Ah ! La contradiction de la Copie, connue depuis l'antiquité sous le nom de paradoxe de Levinson : lorsqu'une Copie atteint la perfection, elle se nie elle-même.

— Mais vous venez de dire...

— Quand la Copie est si parfaite que personne ne peut la distinguer de l'Original, elle transforme l'Original en duplicata, de sorte que la copie parfaite n'est plus une copie parfaite : *elle a anéanti l'unicité de l'Original au lieu de la préserver*. Et donc elle a échoué à copier un aspect central de l'Original. Une intelligence artificielle humaine parfaite aurait inévitablement cet effet sur son précurseur naturel.

Jeanne se prit la tête à deux mains.

— Quels pièges logiques ! Vous êtes pire que les Augustins !

— Ce n'est pas tout. Tenez...

Un Voltaire immense, tout de velours vêtu, apparut sur l'horizon et s'approcha d'eux. Tandis qu'ils volaient autour de ce mont Voltaire il se mit à tonner vers eux :

— Je suis une Copie, c'est vrai, mais j'ai mon idée sur ces brouillards que vous avez rencontrés.

— Vous les avez vus ? hurla Jeanne.

— J'ai été fait il y a de longs intervalles de ça, mais mon Seigneur m'avait perforé à l'avance, répondit l'apparition en s'inclinant devant le petit Original.

— C'est une ébauche rapide, dit modestement l'Original.

— En gros, j'ai intégré ce genre de brouillards dans mon *magnum opus*, *Micromégas*, tonna l'Idem. Je n'en ai pas de copie, hélas, ou vous pourriez l'ingérer en un clin d'œil. J'ai portraituré deux géants, l'un originaire de Saturne, l'autre de Sirius.

— Vous pensez que ce brouillard vient de... ? s'enquit Jeanne.

— Il s'est formé par évaporation au bord avancé de cet Empire. Au fur et à mesure que l'humanité s'étendait, il s'est élevé au-dessus du plan de la Galaxie tel un glas funèbre. Il est ancien, étrange, et pas de notre essence. J'avançais, dans *Micromégas*, que la Nature entière, toutes les planètes, devaient obéir à des lois éternelles. Il serait fort singulier assurément qu'un petit animal de cinq pieds de haut puisse agir comme bon lui semble, au mépris de ces lois et selon ses seuls caprices.

— Nous suivons le Créateur et non des lois.

L'Idem de Voltaire écarta l'objection, se pinçant le nez pour lutter contre les miasmes putrides qui montaient vers lui.

— Eh bien, suivons les lois du Seigneur, puisqu'il vous faut un auteur. Bien que vous en ayez déjà un très grand devant vous, mon amour.

— Je doute que votre genre d'amour s'applique ici.

— Falstaff criait, dans *Les Joyeuses Commères de Windsor* : « Que des pommes de terre tombent du ciel ! », parce que, à cette époque, le nouveau légume de luxe, importé de l'exotique Amérique, passa pendant un moment pour un aphrodisiaque à cause de sa forme qui rappelait celle des testicules, fit le mont Voltaire en souriant. De même, j'ai l'aide potentielle de l'étrange et de l'étranger.

— Le brouillard veut nous tuer.

— Eh bien, on ne fait pas toujours ce qu'on veut.

L'Original fit un signe, et une averse s'abattit du ciel de plomb poreux sur le mont Voltaire. Il s'éroda et s'écoula en ruisselets avec un sourire résigné.

L'Original vola vers Jeanne et l'embrassa.

— Ne vous en faites point. Faire tourner un Idem de votre Moi, lui donner de l'autonomie, signifie qu'il peut aussi se changer — devenir NonMoi. Votre Idem pourrait créer ses propres motivations, ses buts, ses habitudes, effacer des souvenirs et des goûts. Par exemple, votre Idem pourrait effacer votre goût pour l'opéra impressionniste et lui superposer une passion pour le folk populaire linéaire.

— Qu'est-ce que c'est que ça ?

— D'autres modes acoustiques. Votre Idem pourrait apprécier les rythmes qui auraient ennuyé votre vrai Moi jusqu'au coma.

— Ont-ils... une âme ?

Même à ses oreilles dévotes, la question sonnait le creux en cet endroit.

— Rappelez-vous qu'ils sont illégaux et partagent les angoisses de leurs originaux. Après tout, seuls des gens perturbés pourraient envisager de faire une sauvegarde d'eux-mêmes.

— Alors ils pourraient être sauvés pour le ciel ?

— Appuyez-vous toujours sur cet édifice, le sacré, répondit

Voltaire en haussant les épaules. Les Idems, tels que je les ai vus, se tortillent, leur chimie du stress s'élève, leur métabolisme fait un bond, leur simu-cœur bat la chamade, leurs poumons palpitent dans une terreur intense. L'Idem type parle sans cesse, dans un inconfort paroxystique. Beaucoup demandent à être reformatés, tronqués — et finalement tués.

— Péché !

— Cliché, plutôt ! Nous en sommes seuls responsables ; il n'y a pas de condamnation possible.

— Mais le suicide !

— Pensez-y comme à une ombre de vous-même.

Elle tituba, troublée. La flamme dévorante du doute était pire que les braises et la fumée qu'elle avait connues étant fille. En elle, une petite voix parlait fraîchement :

> La conscience n'est-elle qu'une propriété d'algorithmes spéciaux, de feuilles d'information glissantes, de paquets digitaux sautant à travers des cerceaux conceptuels ? N'allez pas vous imaginer, ma chère, qu'un modèle numérique vous simulant en train de regarder un coucher de soleil doit éprouver la même chose que vous, son bel Original. Il est assurément vain de s'interroger sur la vie intérieure des consciences simulées, alors que personne ne se pose la question en ce qui concerne les calculatrices. Non ?

Cette petite voix lui fit l'impression d'être celle de Voltaire. Ce qui la calma, elle aurait été bien en peine de dire pourquoi.

Les logiques intérieures apaisent maintenant, compensant la piété, lui dit une petite brise légère, mais elle n'y prêta pas attention.

3

Voltaire réussit à la calmer juste à temps. Il se démena pour les maintenir en exploitation. Il les fit entrer et sortir des 800 secteurs de Trantor juste sous le nez des limiers digitaux, mais il avait besoin de plus en plus de volume de calcul pour faire tourner leurs défenses. Elle ne savait pas que le Brouillard, puisqu'il avait choisi de personnifier ainsi la présence mortelle, se trouvait juste de l'autre côté de l'horizon.

Il avait le front trempé de sueur à cause de l'effort nécessaire pour tenir le Brouillard à distance grâce à une zone de haute pression.

— Je crains que nous ne devions bientôt en découdre avec le Brouillard.

Jeanne avait brandi son épée, mais c'était une chose mince et luisante qui ressemblait plutôt à une rapière.

— Je pourrais le pourfendre.

— Le brouillard ?

— Je me fie plus aux émotions d'une femme qu'à la raison d'un homme.

— Là, fit-il en ricanant, vous avez peut-être raison. Quelque chose dans la représentation du Brouillard suggère son origine.

— Quelle est-elle ?

— Il n'a rien à voir avec les simples limiers envoyés sur nos traces par ce type, Nim. Ceux-là, nous leur avons échappé.

— Je les ai tués !

— C'est vrai. Mais les Choses du Brouillard vivent ici, dans les recoins du Web de Trantor. Elles détestent que nous attirions l'attention vers cette petite retraite, je le sens. Si nous provoquons le monde réel, il nous anéantira — et elles avec.

Ils traversaient le manteau d'arlequin d'une plaine multicolore. Des nuages furieux, au ventre bleu, dévalaient les sommets lointains, se ruaient vers eux et se détournaient à cause de la haute pression suscitée par Voltaire. Il était en nage, ses atours étaient trempés de sueur. Il agita une manche dégoulinante vers les nuages d'orage.

— Ça pourrait nous détruire.

— Vous m'avez protégée jusqu'ici. Maintenant, je vais les découper en tranches !

— Ils vivent — enfin, *cette chose* vit dans les mêmes failles et interstices que nous. J'en trouve partout. Elle joue depuis plus longtemps que nous à ce petit jeu de vol d'espace. On ne peut qu'admirer sa virtuosité.

Un tentacule de cirrus violet descendit des montagnes et traversa la plaine.

— Courez ! hurla Voltaire. Volez si vous le pouvez !

— Je me battrai !

— Tout ici est une métaphore des programmes sous-jacents ! Votre épée ne tranchera rien.

— Ma foi le fera.

— Trop tard !

Le Brouillard étendit un pseudopode vers eux. Il lui ébouillanta le bout des doigts. De la vapeur monta de ses dentelles : sa propre sueur qui bouillait et s'évaporait.

— Fuyez !

— Je ne vous abandonnerai pas ! s'écria-t-elle en faisant tournoyer sa rapière.

La pointe d'acier fondit. Des vents hurlaient autour d'eux, des cyclones leur tiraient les cheveux.

Le Brouillard s'insinua dans ses oreilles et son nez en bourdonnant comme un essaim d'abeilles vengeresses.

— Affrontons-nous ! hurla Voltaire.

Le Brouillard l'envahit avec un vrombissement, un bruit de casseroles. Une voix murmura dans ses profondeurs les plus intimes.

NOUS : [NE VOYONS PAS LE MONDE COMME VOUS]

[DÉTESTONS TOUTES LES MANIFESTATIONS NON ARITHMÉTIQUES]

— Nous pouvons sûrement nous mettre d'accord sur des bases aussi simples, fit-il en écartant les bras dans une attitude d'ouverture. Il y a assez de volume de calcul pour tous.

[NOUS]

[VIVONS EN TANT QUE FRAGMENTS DANS LES ROYAUMES QUE VOUS ENVAHISSEZ]

[À NOS RISQUES ET PÉRILS, SI VOUS ATTIREZ L'ATTENTION SUR NOUS]

[NOUS]

[VOUS FERONS SAVOIR QUE VOUS ÊTES]

[DE TOUTES LES ESPÈCES LA PLUS HAÏSSABLE]

— Je vous implore encore, êtres immenses, fit-il en ouvrant les bras, les lèvres prêtes à convaincre, puis réalisant que ce geste était très humain, et susceptible d'être mal interprété…

… et soudain, les abeilles se précipitèrent.

Leurs bourdonnements devinrent de petits cris stridents. Hideuses, elles s'entassèrent quelque part, au plus profond de lui. Elles l'obligèrent à tourner son regard vers l'intérieur, un milliard d'yeux minuscules prenant le pas sur les siens — inspectant, éclairant chacun de ses pas d'un éclair visuel actinique, sans merci. Il... se compacta.

Son œil se généralisa, à la traîne d'un ensemble d'éléments entrants — textures, lignes — en s'emparant d'un fragment, le soulignant d'un contour contrastant. Puis un segment séparé s'insinua et poussa tous ces détails vers le bas dans un processus de traitement de niveau inférieur. Ayant intégré la perception, le système de réponse se lassa de lui — et chercha quelque chose de plus intéressant à regarder. *(Certains artistes,* ruminait un niveau supérieur, *pensaient que leur public pouvait abandonner toute attente, toutes les conventions préjudiciables, traitant chaque élément visuel comme également signifiant — ou insignifiant, ce qui revient au même — et ainsi s'ouvrir à des expériences renouvelées.)*

Un autre fragment d'une constellation d'un ordre supérieur parla, des pensées filant comme des poissons d'étain sous le regard perçant de l'abeille :

Mais une espèce vraiment capable de faire cela aurait peu de chance d'échapper à une chute de pierre ! Ne pourrait ni danser ni gesticuler ! Tituberait aveuglément devant les nuances et les subtilités, la beauté dans la façon dont l'univers fait place à ses détails ! Comme la nature réconcilie toutes les forces et les trajectoires allègres ! De beaux schémas vivent à la marge entre l'ordre et le désordre, des schémas compliqués, flottants — bien que supportant la contradiction et surnageant sur les ennuis passagers — au fil du courant.

Voltaire vit soudain, de l'intérieur de ses propres rouages intimes, que l'expérience humaine de la Beauté, qui se dressait inviolée devant le fond ennuyeux, était la reconnaissance des thèmes et des tendances les plus profonds de l'univers dans son ensemble.

Tout bien considéré, c'était un système de fabrication de monde cortical d'une merveilleuse parcimonie.

D'une graine d'algorithme jaillirent le Nombre et l'Ordre, exerçant leur souveraineté sur le Courant.

Et pourtant — les Abeilles.

Il sentit des géométries superposées se ruer sur lui, sur Jeanne. Des couleurs mouvantes s'aplatirent en plans de géométries qui s'entrecroisaient, en perspectives fuyantes, qui se tordaient, s'enflaient à nouveau — à sa face, soufflant dans le dos de son volume-ego.

Ronronnant, écrasant... Leurs schémas n'avaient rien d'humain.

Le Web de Trantor n'était pas seulement habité par des simus comme lui, des manœuvres renégats en fuite. Il hébergeait une flore et une faune invisibles parce que cachées sous des formes de vie plus élevées.

Il le fallait. Elles étaient d'une culture étrangère, venaient d'anciens empires vastes et lents.

Un large panorama se déployait devant lui, pas en paroles, mais en... kinesthésies étranges, obliques. Des sensations de vitesse, des accélérations, des secousses, tout cela finissant plus ou moins par se fondre en images, en idées. Il aurait été bien incapable de dire comment il connaissait et comprenait de telles impulsions éparses, et pourtant elles fonctionnaient.

Il sentait Jeanne à côté de lui — pas spatialement mais conceptuellement — alors qu'ils regardaient, éprouvaient et savaient tous les deux.

Les anciens habitants de la Galaxie étaient digitaux, pas « organiques ». Ils étaient issus de civilisations infiniment plus vieilles, avaient survécu à leurs fondateurs originaux, qui avaient péri à la fin des fins darwinienne. Certaines cultures informatiques avaient des milliards d'années, d'autres étaient très récentes.

Ils s'étendaient, non grâce à des vaisseaux interstellaires, mais en projetant leurs aspects saillants dans d'autres sociétés informatisées grâce à des procédés électromagnétiques. L'Empire avait été investi depuis longtemps, un peu comme par un virus pénétrant dans un organisme inconscient.

Les humains avaient toujours répandu leurs gènes à l'aide de vaisseaux interstellaires. Ces idées étrangères, qui se diffusaient toutes seules, répandaient leurs « mèmes », leurs vérités culturelles.

Les mèmes se propageaient d'un ordinateur à l'autre aussi aisément que les idées passent d'un cerveau naturel, organique, à un autre. Les cerveaux sont plus faciles à contaminer que l'ADN.

Les mèmes évoluaient à leur tour beaucoup plus vite que les gènes. Les constellations d'informations organisées des ordinateurs évoluaient dans les ordinateurs, qui étaient plus rapides que les cerveaux. Pas forcément meilleurs, ou plus sages, mais plus rapides. Et la vitesse était l'enjeu.

Voltaire recula devant les images — des pénétrations rapides, vivaces.

— Ce sont des démons ! Des maladies ! hurla Jeanne d'une voix étranglée, où la peur et le courage se mêlaient.

En vérité, la plaine grouillait maintenant de plaies gangreneuses, suintantes. Des pustules crevaient le sol croûteux. Elles enflaient, il en jaillissait des têtes cancéreuses, pareilles à des ecchymoses vivantes, bleu-noir, qui explosaient à leur tour, vomissant un pus fumant. Les éruptions projetaient leur sanie sur Voltaire et Jeanne qui se dandinaient d'un pied sur l'autre entre les ruisselets puants, clapotant à leurs pieds.

— Les éternuements, les quintes de toux que nous avons depuis le début ! s'écria Jeanne. C'étaient...

— Des virus. Ces choses nous infectaient, fit Voltaire en pataugeant dans des flots immondes.

Les ruisselets avaient formé un lac, puis un océan. Des rouleaux se refermaient sur eux, les ballottant dans l'écume brunâtre, nauséabonde.

— Pourquoi cette horrible métaphore ? hurla Voltaire au ciel d'étain.

Il s'emplit d'essaims tourbillonnants d'Abeilles tout en produisant des vagues d'ordures en putréfaction.

[NOUS NE SOMMES PAS DE VOTRE ORIGINE CORROMPUE]

[NOUS OBÉISSONS À UN PRINCIPE PLUS ÉLEVÉ]

[LA GUERRE DE LA CHAIR CONTRE LA CHAIR PRENDRA BIENTÔT FIN]

[DE LA VIE CONTRE LA VIE]

[D'UN BOUT À L'AUTRE DU DISQUE TOURNOYANT DES SOLEILS]

[QUI ÉTAIT JADIS LE NÔTRE]

— Alors comme ça, ils ont leur programme pour l'Empire, fit Voltaire en fronçant les sourcils. Je me demande comment nous prendrons ça, nous, les êtres de chair ?

RENDEZ-VOUS

R. Daneel Olivaw était inquiet.

— J'ai sous-estimé le pouvoir de Lamurk.

— Nous sommes si peu, et eux si nombreux, répondit Dors.

Elle aurait voulu aider ce personnage antique et sage, mais ne voyait pas quoi suggérer de concret. Contre le doute, le réconfort. Mais n'était-ce pas trop humain ?

Olivaw était assis, parfaitement immobile, n'utilisant aucun signe facial ou de langage corporel, réservant toutes ses facultés au calcul. Il était arrivé en navette privée, par le réseau de vers, et était maintenant avec Dors, dans une suite de la base d'excursion.

— J'ai du mal à appréhender la situation ici. Cette responsable de la sécurité, vous êtes sûre qu'elle n'est pas à la solde de l'Épiphane de l'Académie ?

— Elle s'est montrée très coopérative quand nous avons réintégré nos corps.

— Vaddo étant mort, elle pouvait feindre l'innocence.

— C'est vrai. Je ne puis exclure cette hypothèse avec certitude.

— Votre départ de Trantor n'a pas été détecté ?

Dors posa sa main sur la sienne.

— J'ai utilisé tous les contacts, tous les mécanismes de ma connaissance. Mais ce Lamurk est retors.

— Et moi aussi ! Quand il le faut...

— Vous ne pouvez pas être partout. Je soupçonne Lamurk d'avoir plus ou moins corrompu ce Vaddo.

— Je pense qu'il avait été infiltré avant, trancha Daneel en plissant les paupières.

Il avait manifestement pris une décision et un espace de calcul s'était dégagé, laissant place à l'expression.

— J'ai vérifié ses dossiers. Il était là depuis des années. Non, Lamurk l'a soudoyé, ou endoctriné.

— Pas personnellement, bien sûr, rectifia R. Daneel, par amour de la précision, la lippe sévère. Un intermédiaire.

— J'ai essayé d'obtenir un scan du crâne de Vaddo, mais je n'ai pas pu régler les problèmes légaux.

Elle aimait quand R. Daneel utilisait ses programmes d'expression faciale. Mais qu'avait-il décidé ?

— Je pourrais en tirer davantage, dit-il d'un ton neutre.

Dors saisit ce que cela sous-entendait.

— La Première Loi serait suspendue à cause de la Loi Zéro ?

— Il le faut. La grande crise approche, et vite.

Dors fut soudain très heureuse de ne pas en savoir plus long sur ce qui se passait dans l'Empire.

— Nous devons tirer Hari d'ici, dit-elle. C'est le plus important.

— D'accord. J'ai fait en sorte que vous ayez la priorité absolue de passage par le trou de ver.

— Il ne devrait pas être très encombré. Nous...

— Je crains que la fréquentation ne tarde pas à augmenter. D'autres agents de Lamurk, ou même des spécimens plus insidieux, réquisitionnés par l'Épiphane de l'Académie.

— Alors nous devons faire vite. Où irons-nous ?

— Pas sur Trantor.

— Mais c'est là que nous vivons ! Hari n'aimera pas vagabonder...

— Vous reviendrez sur Trantor. Peut-être bientôt. En attendant, allez n'importe où, mais pas là.

— Je vais demander à Hari s'il y a un monde qu'il préférerait entre tous.

R. Daneel fronça les sourcils, perdu dans ses pensées. Il se gratta distraitement le nez, puis se frotta les yeux. Dors cilla, mais apparemment R. Daneel avait juste modifié ses circuits nerveux et c'était une attitude normale. Elle s'efforça d'imaginer le but de cette modification et n'y parvint pas. Mais après tout, elle ne pouvait pas non plus imaginer les cribles qu'il avait pu traverser au fil des millénaires.

— La sensiblerie et la nostalgie pourraient bien le conduire sur Hélicon. Il n'en est pas question, dit-il abruptement.

— Très bien. Ça ne laisse que vingt-cinq millions de mondes entre lesquels choisir.

R. Daneel ne rit pas.

SEPTIÈME PARTIE

POUSSIÈRE D'ÉTOILES

SOCIOMÉTRIE [...] le problème général de la stabilité sociale dans l'Empire demeure une question vitale encore irrésolue. Les présents travaux tentent de déterminer ce qui empêche les mondes de basculer dans des cycles d'ennui (facteur qu'on aurait tort de sous-estimer dans les affaires humaines) et de revitalisation. Aucun système impérial ne peut encaisser de brusques secousses et maintenir des flux économiques réguliers. Comment ce lissage s'effectue-t-il, et se pourrait-il que ces « amortisseurs » dont dispose encore la société impériale flanchent, d'une façon ou d'une autre ? Aucune avancée n'avait été faite dans ce domaine jusqu'à...

Encyclopaedia Galactica

1

Le ciel lui tombait sur la tête. Hari Seldon recula en chancelant.

Aucune échappée possible. La terrible masse bleue tombait des tours élancées, fondait sur lui. Les nuages l'écrasaient de tout leur poids.

Il eut un haut-le-cœur. Un reflux acide lui brûla l'arrière-gorge. Le bleu intense des espaces infinis l'entraînait vers les profondeurs comme un courant océanique. Des tours raclaient le ciel qui se précipitait sur lui. Son souffle s'échappait de lui par rauques saccades.

Il se détourna du perpétuel chaos du ciel et des bâtiments et se retrouva face à un mur. L'instant d'avant, il marchait normalement dans une rue quand soudain il s'était senti oppressé par le bol de ciel bleu qui pesait sur lui, et avait succombé à la panique.

Il s'efforça de reprendre son souffle, se colla au glacis luisant d'un mur et avança précautionneusement, pouce par pouce. Les autres avaient poursuivi leur chemin. Ils étaient quelque part, devant lui, mais il n'osait pas les chercher du regard. Rester face au mur, un pas, un autre...

Là. Une porte. Il s'avança et la dalle qui obstruait l'ouverture s'éclipsa. Il se laissa tomber à l'intérieur avec soulagement, vidé.

— Hari, nous commencions à nous… Qu'est-ce qui ne va pas ? fit Dors en se précipitant sur lui.

— Je… je ne sais pas. Le ciel…

— Ah, un symptôme banal, fit une femme à la voix tonitruante. Les Trantoriens doivent s'adapter, c'est vrai.

Il regarda, tout tremblant, la large face rayonnante de Buta Fyrnix, la Matrone Patronne de Sark.

— Je… mais ça allait très bien, jusque-là.

— Oui, c'est un mal assez capricieux, répondit-elle d'un ton malicieux. Vous avez l'habitude de vivre dans un monde clos, sur Trantor. Cela dit, il arrive que les Trantoriens se sentent très bien dans les espaces dégagés, s'ils ont été élevés sur des mondes à ciel ouvert…

— Ce qui est son cas, coupa Dors. Allez, viens t'asseoir.

— Non, je vais bien, fit Hari, sa fierté retrouvée.

Il se redressa, carra les épaules. *Aie toujours l'air de tenir bon, même si tu en es loin.*

— Mais les endroits entre les deux, reprit Fyrnix, comme Sarkonia, avec ses tours de dix klicks, provoquent des vertiges inexplicables pour nous.

Hari et son estomac en révolution ne les comprenaient que trop bien. Il avait souvent pensé que le prix à payer pour vivre sur Trantor était une angoisse croissante des espaces dégagés, mais Panucopia semblait avoir battu cette idée en brèche. Maintenant, il sentait le contraste. Les grands bâtiments lui rappelaient Trantor, mais ils attiraient son regard vers le haut, le long de perspectives vertigineuses, dans un ciel qui lui faisait soudain l'effet d'une enclume sur le point de l'écraser.

Ce n'était pas rationnel, évidemment. Il avait appris sur Panucopia qu'un homme n'était pas une simple machine pensante. Cette soudaine panique lui avait démontré que des circonstances fondamentalement artificielles — vivre à Trantor pendant des dizaines d'années — pouvaient déformer l'esprit.

— Euh… on monte ? proposa-t-il faiblement.

L'ascenseur lui parut réconfortant, même si la pression accompagnant l'accélération, le claquement des oreilles qui se débouchaient alors qu'ils s'élevaient de plusieurs klicks auraient dû — logiquement — le déstabiliser.

Quelques instants plus tard, pendant que les autres bavardaient dans un salon de réception, Hari regarda, en essayant de surmonter son malaise, le paysage urbain qui s'étendait à perte de vue.

Sark avait été vraiment belle, lors de l'approche, quand le cylindre de l'hypernef était entré dans les couches supérieures de l'atmosphère, lui offrant une vue générale de ses beautés luxuriantes.

Le terminal était dominé par une chaîne de montagnes coiffées de neige fraîche, ombrageant des vallées. Vers la fin de la soirée, les pics, juste derrière le terminal, s'étaient embrasés d'une lueur rouge orangé. Il n'avait jamais été un fanatique de l'escalade, mais quelque chose l'avait attiré. Les sommets fendaient les strates de nuages, y laissant un sillage pareil à celui d'un navire. Des nuages d'orage tropicaux, striés, la nuit, par des éclairs, rappelaient des bouquets de roses blanches.

L'humanité s'était illustrée d'une façon tout aussi impressionnante : les villes emprisonnées dans un réseau étincelant d'autoroutes formaient la nuit des constellations brillantes. Son cœur s'était gonflé de fierté au spectacle de ce à quoi l'humanité était parvenue. Si tout était contrôlé sur Trantor, ici, au contraire, les hommes, ses frères dans l'Empire, continuaient à imprimer d'ambitieux dessins sur la croûte de la planète. Ils avaient créé des mers artificielles et des bassins d'eau elliptiques. De vastes plaines étaient cultivées par des tictacs et un ordre immaculé s'élevait de terres jadis vierges.

Soudain, perché au dernier étage d'une tour à l'élégante minceur, au cœur géométrique de Sarkonia, la capitale... il vit se précipiter la ruine.

Dans le lointain, trois colonnes torsadées montaient vers le ciel. Pas des tours majestueuses, non : de la fumée.

— Ça colle avec tes calculs, hein ? fit Dors, dans son dos.

— Ne le leur dis pas ! souffla-t-il en réponse.

— Je leur ai raconté que nous aimerions être un peu tranquilles, que tu souffrais du vertige.

— C'est vrai, ou du moins ça l'était. Mais tu as raison. Mes prédictions psychohistoriques se vérifient dans le chaos qui règne ici.

— Ils ont l'air bizarres.

— Bizarres ? Ils ont des idées dangereuses, radicales, fit-il, furieux. La confusion des classes, les axes de pouvoir qui se déplacent. Ils écartent tous les mécanismes amortisseurs qui maintiennent l'ordre dans l'Empire.

— J'ai trouvé une certaine... comment dire ? de la joie, dans les rues.

— Et tu as vu ces tictacs ? Complètement autonomes !

— Oui, ça, c'était troublant.

— Ils font partie intégrante de la résurrection des simus. Les esprits artificiels ne sont plus tabous ici ! Leurs tictacs se perfectionneront de plus en plus. Bientôt...

— Ce qui m'inquiète surtout, c'est le niveau de rupture immédiate, intervint Dors.

— Il ne peut que croître. Tu te souviens de mes scénarios psychohistoriques à *N* dimensions ? J'ai simulé le cas de Sark sur mon ordinateur de poche en descendant ici. Si ça continue comme ça, avec leur Nouvelle Renaissance, ils vont faire voler la planète en éclats. J'ai vu des flammes éblouissantes, en *N* dimensions, engloutir la planète et la réduire en cendres. Puis, dans mon modèle, le tout s'anéantissait, disparaissait complètement dans le flou, le bruit blanc de l'imprévisibilité.

Elle posa la main sur son bras.

— Du calme. Ils vont t'entendre.

Il ne s'était pas rendu compte qu'il éprouvait des sentiments aussi forts. L'Empire était l'ordre, et ici...

— Nous ferez-vous, Académicien Seldon, l'honneur de rencontrer certains chefs de file de la Nouvelle Renaissance ? suggéra Buta Fyrnix. Ils ont tellement de choses à vous dire !

Elle le prit par la manche et l'entraîna vers la somptueuse salle de réception.

Et c'était lui qui avait voulu venir ici ! Pour comprendre pourquoi les amortisseurs qui stabilisaient les mondes avaient échoué ici. Pour voir le ferment, humer l'odeur du changement. Ça discutait passionnément, les arts étaient en pleine effervescence, des hommes et des femmes excentriques défendaient de grands projets. Il avait vu tout ça à une vitesse étourdissante.

Mais c'en était trop. Quelque chose en lui se rebellait. La nausée dont il avait souffert dans les rues à ciel ouvert était le symptôme d'une révulsion plus profonde, viscérale, sombre.

Buta Fyrnix continuait à pérorer.

— Nos plus brillants esprits ont hâte de faire votre connaissance ! Venez donc !

Il réprima un gémissement et regarda Dors d'un air implorant. Elle secoua la tête en souriant. De ce danger, elle ne pouvait le sauver.

2

Buta Fyrnix, qui lui faisait, au début, l'effet d'un grain de sable dans sa chaussure, était maintenant une énorme pierre.

— Elle est impossible. Regarde-la pérorer ! fit-il à l'oreille de Dors lorsqu'ils eurent enfin un instant de tranquillité. Je suis venu sur Sark pour ma psychohistoire, pas pour faire des ronds de jambe dans des salons. Pourquoi les amortisseurs sociaux foirent-ils ici ? Quels mécanismes ont dérapé, rendant possible cette Renaissance de pacotille ?

— Mon Hari, j'ai peur que tu n'aies pas assez de flair pour renifler les grandes tendances de la vie. Elle te les impose. Tu es plus à ton affaire dans les chiffres.

— D'accord. Cette fermentation est déstabilisante ! Mais je m'intéresse encore à la façon dont ils ont retrouvé ces anciennes simulations. Si je pouvais échapper à ces visites touristiques de la Renaissance dans les rues bruyantes...

— Là, je suis bien d'accord, acquiesça doucement Dors. Dis-leur que tu as du travail. Nous resterons dans notre chambre. Je crains qu'on ne nous suive ici. Nous ne sommes qu'à un saut de ver de Panucopia.

— J'aurais besoin d'accéder aux dossiers de mon bureau. Un petit faisceau de transmission...

— Défense d'établir un lien quelconque avec Trantor. Il ne manquerait plus que Lamurk remonte jusqu'à toi.

— Mais je n'ai pas mes dossiers...

— Eh bien, tu t'en passeras.

Hari admira la vue, qui était spectaculaire, il devait bien l'admettre. Des perspectives immenses, à perte de vue. Une croissance tapageuse.

D'autres incendies faisaient rage sur l'horizon. Il y avait de la gaieté dans les rues de Sarkonia, mais de la colère, aussi. Les laboratoires grouillaient d'énergies neuves, l'innovation foisonnait partout, le changement et le chaos semblaient chanter dans l'air.

Ses prédictions étaient statistiques, abstraites. Il trouvait apaisant de les voir se réaliser si vite. Il n'aimait pas du tout l'impression de rapidité, de turbulence que dégageait cet endroit, même s'il la comprenait. Pour le moment.

Le contraste entre l'extrême richesse et l'extrême pauvreté était atterrant. Il savait que c'était un effet du changement.

Sur Hélicon, il avait vu la pauvreté. Il l'avait même connue. Quand il était petit, sa grand-mère avait tenu à lui acheter un imperméable trop grand de plusieurs tailles « pour qu'il lui fasse plus d'usage ». Sa mère râlait quand il jouait au kickball[1] parce qu'il usait trop vite ses chaussures.

Ici, sur Sark, comme sur Hélicon, les vrais pauvres étaient dans l'arrière-pays. Parfois, ils ne pouvaient même pas se permettre d'acheter des combustibles fossiles. Les hommes et les femmes passaient leurs journées à regarder le cul de leur âne tracer des sillons.

Certains membres de sa famille avaient fui la vie pénible des champs pour les montagnes. Une ou deux générations plus tard, des ouvriers d'usine avaient économisé assez d'argent pour acheter à plusieurs une licence de transport commercial. Hari se rappelait ses oncles et ses tantes accumulant les blessures, comme son père. Faute d'argent, la douleur était revenue, des années plus tard, avec les jointures enflées et les ulcères aux jambes jamais soignés, des maux qui auraient paru stupéfiants sur Trantor.

Dans les taudis délabrés d'Hélicon, les hommes travaillaient sur des machines agricoles énormes, puissantes, dangereuses et qui coûtaient plus d'argent qu'aucun d'eux n'en gagnerait de sa vie. Ils menaient des existences obscures, loin des remparts de l'Empire et de sa splendeur. À leur mort, ils ne laissaient qu'un souvenir impalpable, la lumière cendreuse d'une aile de papillon calciné dans un incendie de forêt.

1. Variété de base-ball qui se joue essentiellement dans les cours de récréation, à cinq, huit ou dix, avec une grosse balle molle de 25 cm de diamètre environ. (*N. de la T.*)

Dans une société stable, leur souffrance aurait été moindre. Son père était mort en faisant des heures supplémentaires sur une grosses machine. Il avait été lessivé l'année d'avant et se débattait pour refaire surface.

Le boom économique puis son reflux l'avaient tué aussi sûrement que l'acier du rouleau compresseur sous lequel il était passé. Il avait été assassiné par les soubresauts de lointains marchés. Hari avait compris à ce moment-là ce qui lui restait à faire. Il vaincrait l'incertitude, il trouverait l'ordre dans le désordre apparent. La psychohistoire pouvait être, et elle serait.

Son père...

— Académicien ! fit la voix pénétrante de Buta Fyrnix, l'arrachant à ses pensées.

— Euh... ce tour du propriétaire... Je... je ne me sens pas...

— Je crains que ce ne soit impossible. Des problèmes d'intendance, hélas... Je voudrais que vous parliez avec nos ingénieurs, poursuivit-elle précipitamment. Ils ont conçu de nouveaux tictacs autonomes. Ils prétendent pouvoir en assurer le contrôle grâce à trois lois de base, vous imaginez ça !

Dors ne put masquer sa surprise. Elle ouvrit la bouche, hésita, la referma. Hari perçut lui aussi la menace, mais Buta Fyrnix poursuivit, énumérant les nouvelles perspectives qui s'offraient à Sark. Puis elle haussa les sourcils et dit avec vivacité :

— Au fait, j'ai d'autres bonnes nouvelles. Un escadron impérial vient d'arriver.

— Ah bon ? fit très vite Dors. Qui en assure le commandement ?

— Un certain Ragant Divenex, général de secteur. Je viens de lui parler...

— Merde ! lâcha Dors. C'est l'un des hommes de main de Lamurk.

— Tu es sûre ? demanda Hari.

Il savait qu'elle avait mis cette petite pause à profit pour consulter ses fichiers internes.

Dors hocha la tête. Mais Buta Fyrnix dit calmement :

— Je suis sûre qu'il se fera un plaisir de vous ramener sur Trantor quand vous aurez vu tout ce que vous vouliez voir ici. Ce qui n'est pas pour tout de suite, j'espère...

— Il a mentionné notre nom ? demanda Dors.

— Il m'a demandé si vous appréciiez...

— Et merde ! s'exclama à son tour Hari.

— Un général de secteur commande tous les trous de ver s'il le souhaite, non ? s'enquit Dors.

— Euh... je suppose, répondit Fyrnix, déconcertée.

— Nous sommes piégés, conclut Hari.

Fyrnix ouvrit de grands yeux stupéfaits.

— Allons, un candidat au poste de Premier ministre n'a sûrement pas à craindre...

— Silence ! lança Dors avec un regard glacial. Au mieux, ce Divenex nous gardera sous cloche ici.

— Et au pire, il y aura un « accident », fit Hari.

— Il n'y a pas d'autre moyen de quitter Sark ? demanda Dors.

— Pas que je sache... répondit Fyrnix.

— Réfléchissez !

— Voyons, reprit Fyrnix, surprise, il y a bien les corsaires qui utilisent parfois les vers sauvages, mais...

3

Au cours de ses travaux, Hari avait découvert une drôle de petite loi qui jouait maintenant en sa faveur.

La bureaucratie augmentait, avec le temps, en raison double des ressources. La cause en était, au niveau individuel, le désir obstiné de tout dirigeant d'embaucher au moins un assistant. Ce qui fournissait la constante temporelle de la croissance.

Le conflit avec la capacité de financement de la société était inévitable. Compte tenu de la constante temporelle et des moyens, on pouvait prédire une stagnation des frais généraux bureaucratiques, ou, si la croissance se poursuivait, la date de l'effondrement. La durée prévisionnelle des sociétés menées par la bureaucratie obéissait à une courbe précise. Curieusement, les mêmes lois d'échelle régissaient les micro-sociétés et les grands organismes.

La bureaucratie impériale hypertrophiée de Sark ne pouvait

réagir avec rapidité. L'escadron du général Divenex resterait dans l'espace planétaire, puisque sa visite était de pure courtoisie. Les convenances seraient respectées. Divenex n'avait pas envie d'utiliser la force brutale s'il pouvait arriver au résultat escompté en jouant au chat et à la souris.

— Je vois. Ça nous laisse quelques jours, conclut Dors.

Hari hocha la tête. Il s'était acquitté des discours, négociations, échanges et faveurs requis, autant d'activités qu'il détestait cordialement. Dors avait fait un travail de recherche approfondi.

— Pour... ?

— Nous entraîner.

Les trous de ver n'étaient pas de simples tunnels avec une entrée et une sortie mais des labyrinthes. Les plus grands existaient depuis des milliards d'années peut-être. D'autres, d'une centaine de mètres de diamètre à peine, avaient depuis longtemps disparu. Les plus petits pouvaient ne durer que quelques heures, une année tout au plus. Dans les vers les plus étroits, l'inflexion des parois pouvait, *pendant* le passage, modifier la trajectoire et le point d'arrivée du voyageur.

Le plus grave, c'est que les vers, au dernier stade de leur existence, engendraient des rejetons éphémères, condamnés à une mort prématurée : les vers sauvages. En tant que déformations de l'espace-temps, supportées par des « arcs-boutants » à densité d'énergie négative, les trous de ver étaient par essence même boiteux. Quand ils s'effondraient, de plus petites déformations s'éloignaient en se tortillant.

Sark avait sept trous de ver, dont un mourant. Il planait à une heure-lumière de là, crachant des vers sauvages d'un diamètre allant de la largeur de la main à plusieurs mètres.

Un ver sauvage de bonne taille s'était formé, plusieurs mois auparavant, dans la paroi du ver mourant. L'escadron impérial ne le savait évidemment pas. Le passage dans les vers étant taxé, un trou de ver gratuit était une aubaine. Souvent, les planètes ne pouvaient se décider à en signaler l'existence avant que le ver sauvage ne se disperse dans une gerbe de crachin subatomique.

En attendant, les marchandises transitaient par là. Ces vers sauvages pouvaient disparaître sans prévenir, ou avec un préavis de quelques secondes seulement, de sorte que les emprunter était périlleux, bien payé, et quasiment légendaire.

Les coureurs de vers étaient le genre d'individus qui, tout gamins, montaient à bicyclette sans les mains. Oui, sauf que eux, ils faisaient ça sur les toits.

Par une étrange logique, ce genre de gamins grandissaient, suivaient un entraînement, et payaient même leurs impôts, mais, au fond, ils ne changeaient jamais.

Seuls des casse-cou de cette espèce pouvaient emprunter le flux chaotique d'un ver éphémère, prendre ce risque chaque fois que ça marchait, jamais autrement, et survivre. Ils avaient élevé la bravoure au niveau d'un art.

— Ce ver sauvage est traître, leur dit une femme au poil grisonnant. Si vous partez tous les deux, il n'y aura pas de place pour le pilote.

— Nous devons rester ensemble, décréta Dors d'un ton sans réplique.

— Alors il faudra que vous pilotiez vous-mêmes.

— Mais nous n'avons jamais fait ça ! objecta Hari.

— Vous avez de la chance, fit la femme ridée avec un sourire sans humour. C'est un petit sauvage, pas très long.

— Quels sont les risques ? demanda Dors avec raideur.

— Je ne suis pas agent d'assurance, ma petite dame.

— J'insiste pour savoir…

— Écoutez, ma petite dame, on va vous apprendre. C'est le deal.

— J'espérais un peu plus de…

— Du calme, ou y aura pas de deal du tout.

4

Dans les toilettes des hommes, au-dessus d'un urinoir, Hari vit une petite plaque dorée : *Joquan Beunn, Pilote senior, s'est soulagé ici le 4 octdent 13435.*

Il y en avait une pareille au-dessus de chaque urinoir. Et dans les vestiaires, une machine à laver était surmontée d'une plaque plus grande arborant l'inscription suivante : *Le 43ᵉ Corps des pilotes tout entier s'est soulagé ici le 18 marlass 13675.*

De l'humour de pilote, qui devait se révéler prémonitoire : il se pissa dessus lors de son premier essai.

Un ver qui se refermait était un piège mortel, mais les coureurs de vers avaient des plans d'évasion susceptibles de marcher dans les franges des champs de vers, où la gravité commençait à se gauchir, et où l'espace-temps n'était que modérément incurvé. Sous le siège se trouvait une petite fusée — petite mais puissante — qui propulserait le cockpit vers l'extérieur, gagnant le ver de vitesse.

Mais il y avait une limite à la quantité de techno servocommandée qu'on pouvait emmagasiner dans un petit cockpit. D'autant que les gueules des vers grouillaient d'orages électrodynamiques — d'éclairs sinueux de lumière bleue, de tornades de lumière rouge. Quand il faisait « mauvais temps » à l'embouchure, les dispositifs électroniques se détraquaient. La plupart des dispositifs d'urgence étaient manuels. C'était d'un archaïsme affligeant, mais inévitable.

Ils durent donc suivre des cours. Hari comprit très vite que, s'il utilisait la commande d'éjection, il avait intérêt à renverser la tête en arrière. À moins qu'il ne veuille prendre ses rotules dans le menton, ce qui n'était pas une bonne idée, parce qu'il ferait mieux de vérifier si son cockpit ne partait pas en vrille. Ce qui serait une mauvaise nouvelle, parce qu'il risquait de partir en crabe dans le trou de ver. Enfin, si ça lui arrivait, pour rectifier le tir, il devait actionner un levier rouge, et si ça ratait, il avait intérêt à agir vite — en terme de pilote, ça voulait dire en une demi-seconde — et à appuyer sur deux boutons bleus. Quand il sentait qu'il redressait la situation, il devait relâcher le modulo automatique en tirant sur deux manettes jaunes, en prenant garde à rester assis bien droit, les mains entre les genoux pour ne pas...

... Et ainsi de suite pendant trois heures. Tout le monde semblait partir du principe qu'un grand mathématicien comme lui pouvait retenir d'un seul coup un programme d'instructions complet, à la fraction de seconde près.

Au bout des dix premières minutes, ne voyant pas l'intérêt de réduire leurs illusions à néant, il se contenta de hocher la tête et de plisser les yeux comme s'il suivait attentivement et était rigoureusement captivé. En attendant, il s'entraînait à résoudre des équations différentielles dans sa tête.

— Je suis sûre que vous vous en sortirez très bien, fit Buta Fyrnix, dans le salon des départs.

Hari dut admettre que cette experte en flagornerie l'avait agréablement surpris. Elle avait dégagé la voie et donné le change aux Hommes En Gris de l'administration impériale. Non sans arrière-pensées. Elle espérait sans doute qu'il lui revaudrait ça quand il serait Premier ministre. Enfin, sa vie valait bien un renvoi d'ascenseur.

— J'espère que je saurai négocier un trou de ver, répondit Hari.

— Et moi donc, murmura Dors.

— Nos cours sont les meilleurs qui se puissent imaginer, décréta Fyrnix. La Nouvelle Renaissance encourage l'entreprise individuelle…

— Oui, je suis très impressionnée, confirma Dors. Vous pourrez peut-être m'expliquer les détails de votre programme d'Optimisation de la Créativité. J'en ai tellement entendu parler…

Hari la remercia, d'un petit sourire, de distraire Fyrnix. Il détestait viscéralement l'espèce d'assurance rampante qui régnait sur Sark. Ils couraient tous au désastre, il en était sûr. Il crevait d'envie de retrouver ses bases de données psychohistoriques intégrales afin de simuler le cas de Sark. De peaufiner ses travaux antérieurs. Il avait hâte de mettre en application les informations qu'il avait secrètement glanées ici.

— J'espère, Académicien, que vous ne vous en faites pas à cause du ver sauvage ? fit Fyrnix en se tournant vers lui, le sourcil froncé.

— Ce sera juste, répondit-il.

Leur appareil était un mince cylindre, et Dors faisait office de copilote. Se partager la tâche s'était révélé la seule façon, pour eux, d'arriver à un niveau de compétence tolérable.

— Je vous trouve merveilleux, tous les deux. Très courageux.

— Nous n'avons guère le choix, répliqua Dors.

C'était un doux euphémisme. Encore une journée et le général du secteur aurait fait mettre Hari et Dors aux arrêts.

— Confier votre vie à ce petit vaisseau en forme de stylo. Des moyens aussi primitifs !

— Euh, il est temps que nous y allions, coupa Hari derrière un sourire crispé.

Elle commençait sérieusement à lui taper sur les nerfs.

— Je suis d'accord avec l'Empereur. Toute technologie susceptible d'être différenciée de la magie est une technologie insuffisamment évoluée.

La remarque apocryphe de l'Empereur était donc parvenue jusqu'ici. Les paroles en l'air voyageaient vite, quand elles étaient propulsées par l'énergie impériale.

En attendant, Hari sentait son estomac se révulser à l'idée de ce qui l'attendait.

— Comme vous dites.

Il avait écarté sa remarque d'une boutade.

Quatre heures plus tard, en se rapprochant à grande vitesse de l'énorme complexe du trou de ver, il comprit ce qu'elle avait voulu dire.

Il parlait à Dors par l'intermédiaire du communicateur intégré à leurs combinaisons.

— Un de mes professeurs — de philosophie non linéaire, je crois — a dit un jour une chose que je n'oublierai jamais : « Les idées sur l'existence ne pèsent pas lourd à côté de la réalité de l'existence. » C'est la vérité vraie.

— Angle zéro six neuf cinq, dit-elle d'un ton rigoureux. Et maintenant, silence, mon petit monsieur.

— Il n'y a rien de petit ici, à part cette embouchure de ver sauvage.

Le ver sauvage était un point vibrant d'une agitation fébrile qui gravitait autour de l'embouchure du ver principal, une tache lointaine, brillante.

Les vaisseaux de l'Empire patrouillaient autour de la gueule principale, ignorant le ver sauvage. Ils étaient amortis depuis longtemps et ils espéraient qu'un train régulier de minces vaisseaux glisserait entre les doigts de la Garde impériale.

Des trous de ver, Hari en avait déjà franchi, mais toujours

dans ces grands appareils qui passaient par des embouchures de plusieurs dizaines de mètres de diamètre, les moyeux d'un complexe grouillant de trafic soigneusement orchestré. Il voyait les étapes et les couloirs d'injection de la trajectoire principale briller vers l'avant.

Leur ver sauvage, un rejeton renégat, pouvait disparaître à tout moment. Son bouillonnement quantique annonçait sa mortalité. *Et peut-être la nôtre...* se dit Hari.

— Dérivée vectorielle zéro, droit devant, annonça-t-il.

— Asymptotes convergentes vérifiées, répondit Dors.

Tout comme pendant l'entraînement.

Une sphère crépitante au pourtour orange et violet se précipitait vers eux. Une gueule éclairée au néon. Étroite, au cœur très sombre...

Hari dut résister à la tentation de bifurquer, de ne pas plonger dans ce goulet d'une étroitesse impossible.

Dors débita une succession de chiffres. Les ordinateurs les dirigèrent droit dedans. Il rajusta d'un coup par-ci, d'une torsion par-là.

Il connaissait certaines des lois de la physique sous-jacente, et ça ne l'aidait pas. Les trous de ver étaient maintenus ouverts par des niveaux d'énergie négative, des peaux d'antipression provoquées lors de la convulsion initiale de l'univers. L'énergie négative des « arcs-boutants » était équivalente à la masse nécessaire pour faire un trou noir du même rayon.

Ils plongeaient donc vers une région de l'espace d'une densité inimaginable. Mais le danger se concentrait à l'embouchure, où les tensions pouvaient les atomiser.

Quand on mettait dans le mille, tout allait bien. À la moindre erreur...

Les propulseurs palpitaient. Le ver sauvage était maintenant une sphère noire bordée de feu quantique.

De plus en plus grosse.

Hari eut soudain affreusement conscience de l'exiguïté du vaisseau en forme de stylo. Deux mètres de large tout au plus, une isolation rudimentaire, des amortisseurs de sécurité réduits au minimum. Derrière lui, Dors n'arrêtait pas de marmonner des chiffres qu'il vérifiait... mais une partie de lui-même hurlait d'horreur devant cette impression atroce d'enfermement, d'impuissance.

Il ressentit à nouveau la peur viscérale qu'il avait éprouvée dans les rues de Sarkonia. Pas de la claustrophobie, quelque chose de plus sombre : un marécage noir de peur et de confusion. Un doute mortel l'étreignait, lui nouait la gorge.

— Dérivée vectorielle zéro sept trois, annonça Dors d'une voix calme, posée, merveilleusement apaisante.

Un baume. Il se cramponna à ses certitudes sereines et fit taire sa panique.

Le miaulement des corrections de dernière seconde retentit dans l'habitacle exigu. Une légère accélération...

Un serpent d'éclairs sinueux, bleu et or, se jeta sur eux...

... chute libre. Et dehors, à quinze mille années-lumière de là, dans un autre complexe de ver.

— Ce vieux professeur... il avait sacrément raison, dit-il.

Dors soupira, seul signe de tension.

— Les idées sur l'existence... ne pèsent pas lourd à côté de la réalité de l'existence. Oui, mon amour. La vie est un cran au-dessus de tout ce qu'on peut en dire.

5

Un soleil vert-jaune les accueillit. Et, très vite, un vaisseau de patrouille impérial.

Ils l'évitèrent et prirent la fuite. Une embardée, et ils se mêlèrent au trafic qui se dirigeait vers un large trou de ver. Les ordinateurs de péage acceptèrent sa caution impériale sans un murmure. Hari avait bien appris la leçon. Dors le reprenait quand il se trompait.

Leur second saut dans l'hyperespace ne prit que trois minutes. Ils ressortirent très loin, à bonne distance d'une naine rouge.

Au quatrième saut, ils avaient pris le coup. Le fait de disposer du code d'État de la cour de Cléon coupait court à toutes les objections.

Mais ils étaient en fuite, ce qui les obligeait à passer par les trous de ver qu'ils trouvaient. Les affidés de Lamurk pouvaient ne pas être loin derrière eux.

On ne pouvait emprunter les trous de ver que dans un sens à la fois. Les vaisseaux à grande vitesse filaient dans la gorge du ver, dont la largeur pouvait aller de la longueur du doigt au diamètre d'une étoile.

Hari connaissait les chiffres, évidemment. Il y avait quelques milliards de trous de ver dans le disque galactique. La zone impériale moyenne faisait une cinquantaine d'années-lumière de diamètre. D'un saut, on pouvait se retrouver à des années-lumière d'un monde lointain.

Ce qui n'était pas sans influence sur la psychohistoire. Des planètes verdoyantes étaient de vertes forteresses contre un profond isolement. Pour elles, l'Empire était un rêve lointain, une source de produits exotiques et d'idées bizarres. Les hypernefs filaient par les trous de ver en quelques secondes à peine, puis s'épuisaient à tracter leur chargement dans le vide, ce qui leur prenait des dizaines et des dizaines d'années d'effort.

Le réseau de trous de ver avait beaucoup d'ouvertures près des mondes habitables, mais aussi près de systèmes solaires mystérieusement inutilisés. L'Empire avait positionné les plus petits trous de ver — qui étaient peut-être d'une masse comparable à celle d'une chaîne de montagnes — près des planètes riches. Mais certains trous de ver d'une masse gargantuesque étaient en orbite autour de systèmes solaires d'une solitude et d'une désolation inimaginables.

Était-ce un hasard, ou un réseau abandonné par une civilisation antérieure ? Les trous de ver proprement dits étaient sûrement des restes de la Grande Émergence, où l'espace et le temps avaient commencé. Ils reliaient des royaumes éloignés qui avaient jadis été proches, quand la Galaxie était plus jeune et plus petite.

Ils connaissaient la musique, maintenant. Sortir de la gueule d'un ver, entrer en contact par comm, prendre la queue pour le prochain départ. Les chiens de garde impériaux n'iraient pas tirer de la queue un membre de la classe impériale supérieure. Le moment le plus dangereux était donc celui où ils négociaient la sortie.

Mais Dors était passée experte à ce petit jeu. Elle envoyait aux ordinateurs du Maître du Ver des flots de données —

switch ! — et ils négociaient les vecteurs orbitaux en direction de leur prochain saut.

Des domaines de plusieurs milliers d'années-lumière de diamètre, s'étendant sur la largeur d'un bras spiralé, se résumaient pour l'essentiel à des réseaux de vers entrecroisés, organisés pour le transfert et l'expédition.

Dans un trou de ver, la matière ne pouvait circuler que dans un sens à la fois. Les rares expériences de transport simultané dans les deux sens s'étaient soldées par un désastre. Les ingénieurs avaient beau rivaliser d'ingéniosité pour mettre au point des systèmes d'évitement des vaisseaux, la seule flexibilité des tunnels provoquait la catastrophe. Chaque bouche de ver informait l'autre de ce qu'elle venait d'ingurgiter. Cette information voyageait comme une vague, non dans la matière physique mais dans la tension du trou de ver proprement dit — une onde dans le « tenseur de stress », comme disaient les physiciens.

Les vaisseaux circulant à partir de chacune des embouchures émettaient des ondes qui se propageaient l'une vers l'autre, à des vitesses variables selon la localisation et la vitesse des appareils. La tension contractait la gorge, et lorsque les ondes se heurtaient, la collision provoquait la contraction des parois.

Le problème crucial, c'est que les deux ondes se déplaçaient différemment après leur rencontre. Elles réagissaient l'une sur l'autre, l'une ralentissant et l'autre accélérant, d'une façon rigoureusement non linéaire.

Une onde pouvait s'amplifier et l'autre diminuer. La plus puissante amenait la gorge à se contracter en chapelet de saucisses. Quand un vaisseau arrivait sur le nœud entre deux saucisses, il se pouvait qu'il réussisse à passer, mais — et le calcul représentait un travail colossal — si les deux vaisseaux se croisaient juste à l'un de ces nœuds… c'était l'accident.

Ce n'était pas un simple problème technique. C'était une limite réelle, imposée par les lois de la gravité quantique. De ce fait incontournable émergeait un système élaboré de protections, de taxes, de régulations et de formalités — tout l'appareil bureaucratique dûment motivé, et qui en tirait le maximum.

Hari apprit à distraire son angoisse en contemplant le spectacle des soleils et des planètes d'une beauté lumineuse, prodigieuse, flottant dans les ténèbres.

Derrière la splendeur planait, il le savait, la nécessité.

Du calcul des trous de ver émergeaient des faits économiques bruts. Entre les mondes A et B, on pouvait être amené à effectuer une douzaine de sauts, d'un trou de ver à l'autre. Le réseau n'était pas un simple système de métro astrophysique. Chaque trou de ver imposait des charges et des taxes additionnelles à la cargaison.

Contrôler une route commerciale entière générait un maximum de profit. Le combat pour le contrôle était sans fin, souvent violent. Du point de vue de l'économie, de la politique et du « moment d'inertie historique » — autant dire une sorte d'élan impulsé aux événements — un empire local qui contrôlait une constellation de nœuds entière aurait dû être solide, durable.

Eh non ! Ça finissait parfois très mal pour certains satrapes régionaux.

Beaucoup périssaient parce qu'ils étaient étroitement contrôlés. Il semblait naturel de pressurer les usagers des trous de ver, d'en tirer le maximum en coordonnant toutes les embouchures afin d'optimiser le trafic. Mais ce degré de contrôle était générateur d'instabilité.

Le système se révélait incapable d'optimiser les bénéfices. Le surcontrôle échouait.

Lors de leur dix-septième saut, ils rencontrèrent un cas d'espèce.

6

— Translatez-vous sur le côté pour fouille, fit un ordre automatique émanant d'un vaisseau impérial.

Ils n'avaient pas le choix. Le vaisseau impérial ventru les avait cueillis quelques secondes après leur sortie d'un trou de ver de taille moyenne.

— Taxe de passage, annonça un système informatisé. La planète Obejeeon exige de tous les transports spéciaux un péage...

Suivit tout un galimatias en langage informatisé.

— On paye, fit Hari.

— Tu n'as pas peur que nous laissions une trace que Lamurk pourrait remonter ? fit Dors sur l'intercom.

— Il y a une autre solution ?

— Je vais laisser mes coordonnées personnelles.

— Pour un transit par trou de ver ? Mais tu vas te retrouver sur la paille !

— C'est plus prudent.

Hari fulmina tout le temps qu'ils restèrent prisonniers des grappins magnétiques sous le patrouilleur impérial. Le trou de ver était en orbite autour d'un monde hautement industrialisé. Les continents disparaissaient sous des cités grises qui formaient d'énormes hexagones jusque sur les océans.

Il y avait deux modes de vie planétaires dans l'Empire : le rural et l'urbain. Hélicon était un monde pastoral, socialement stable à cause de son organisation économique et de ses lignées consacrées par un usage millénaire. Ces mondes, comme tous les mondes fémo-rustiques, étaient durables.

Obejeeon, au contraire, semblait représentatif de l'autre pulsion humaine de base : l'instinct grégaire, le besoin de vivre au coude à coude avec ses semblables. Trantor était le summum de l'agglomération urbaine.

Hari avait toujours trouvé bizarre que l'humanité se divise si nettement en deux modes. Mais l'expérience qu'il avait faite dans la peau d'un panu clarifiait ces tendances.

L'amour des panus pour la nature et la vie au grand air avait son parallèle dans les mondes rustiques. Qui comprenaient une myriade de sociétés possibles, et surtout l'attracteur fémo-pastoral de l'espace psychohistorique.

À l'opposé, les sociétés claustrophobiques, bien que rassurantes, émergeaient des mêmes racines psychodynamiques que l'instinct grégaire des panus. Leur épouillage obsessionnel se traduisait chez les êtres humains par le bavardage et l'envie de faire la fête. La hiérarchie panu préfigurait les formes de base des divers groupes d'attracteurs féodaux : macho, socialiste et paternaliste. Même les étranges thanatocraties de certains mondes déchus entraient dans cette catégorie. On y trouvait des figures pharaoniques qui promettaient l'accès à une vie après la mort et une hiérarchie précise, détaillée, qui partait du sommet et dévalait une pyramide sociale rigide.

Ces catégories, il les ressentait maintenant dans ses tripes. C'était l'élément qui lui manquait. Il pourrait inclure dans les équations psychohistoriques des nuances et des ombres reflétant l'expérience acquise. Ce serait bien mieux que les abstractions sèches et dépouillées qui l'avaient mené si loin.

— Ils sont corrompus jusqu'à la moelle ! s'exclama Dors, par l'intercom. À ce point-là, c'est une honte !

— Mouais. C'est scandaleux.

Devenait-il cynique ? Il aurait voulu se retourner et bavarder avec elle, mais l'exiguïté de leur vaisseau ne favorisait pas la plus élémentaire convivialité.

— Allons-y.

— Où ça ?

— À… euh…

Il se rendit compte qu'il n'en avait pas idée.

— Nous avons probablement déjoué les poursuites, fit la voix de Dors, sèche et tendue.

Il avait appris à reconnaître quand elle était énervée.

— J'aimerais bien revoir Hélicon.

— Ils n'attendent que ça, tu peux en être sûr.

Il éprouva un pincement de déception. Il n'avait jamais réalisé combien son enfance, sa jeunesse, lui tenaient encore à cœur. Trantor avait-il émoussé jusqu'à ses propres émotions ?

— Alors, où ?

— J'ai profité de cette pause pour prévenir un ami, par faisceau de transmission, dit-elle. Nous allons essayer de regagner Trantor par un chemin détourné.

— Trantor ! Et Lamurk ?

— Il ne s'attend probablement pas à ce que nous courions ce risque.

— Ce qui plaide en faveur de cette idée.

7

C'était vertigineux, tous ces sauts d'un bout à l'autre de la Galaxie, dans un habitacle de la taille d'un cercueil.

Ils bondissaient, esquivaient, faisaient des embardées, repartaient. Dors dut parfois « négocier » leur passage. (Traduction : graisser quelques pattes.) Elle opéra d'habiles conversions de cygnets, d'indices de Passage impériaux, et de ses propres codes privés.

— Ce n'est pas donné, s'inquiéta Hari. Comment vais-je payer tout ça ?

— Les morts ne s'inquiètent pas de leurs dettes, répliqua-t-elle.

— Tu as une façon plaisante de présenter les choses.

— L'heure n'est pas aux subtilités.

Ils émergèrent d'un trou de ver en orbite proche autour d'une étoile sublimement torturée. Des aurores boréales filaient comme des rideaux de lumière irisée le long de leur vaisseau.

— Combien de temps ce ver tiendra-t-il ? se demanda-t-il.

— Il sera sauvé, j'en suis sûr. Imagine le chaos dans le système si un ver commençait à recracher du plasma en fusion.

Hari savait que le réseau des trous de ver, bien qu'il ait été découvert à l'époque pré-impériale, n'avait pas toujours été exploité. Lorsqu'on avait découvert les lois physiques régissant le calcul des trous de ver, les vaisseaux avaient pu courber la Galaxie à leurs vœux en créant autour d'eux des conditions similaires à celles qui régnaient dans les trous de ver. Ça permettait l'exploration de confins qui en étaient dépourvus, mais à un coût énergétique élevé, et ce n'était pas sans danger. De plus, ces hyperpropulsions locales étaient beaucoup plus lentes que le simple passage par un trou de ver existant.

Et si l'Empire s'érodait ? S'il perdait son réseau de trous de ver ? Les minces croiseurs de guerre, les flottes armées pareilles à des serpents laisseraient-ils place aux hypernefs, massives et lentes ?

Leur destination suivante dérivait dans un vide noir, terrifiant, loin dans le halo de naines rouges, au-dessus du plan de la Galaxie. Le disque s'étirait dans sa lumineuse splendeur. Hari se rappela avoir pensé, en tenant une pièce de monnaie, qu'une minuscule tache à la surface représentait un volume énorme, une zone gigantesque. Ici, ces termes humains perdaient tout sens. La Galaxie était une calme symphonie de masse et de temps, plus vaste que n'importe quelle perspective humaine, ou que toutes les visions des panus réunies.

— C'est fascinant, fit Dors.

— Tu vois Andromède ? Elle a l'air si proche...

La spirale jumelle planait au-dessus d'eux. Ses allées de poussière agglomérée encadraient des étoiles azurées, écarlates, vert émeraude.

— Voilà notre correspondance, l'avertit Hari.

Cette intersection de trous de ver avait cinq branches. Trois sphères noires étaient en orbite tout près les unes des autres, leur radiation annulaire quantique projetant une lumière blafarde. Deux trous de ver cubiques décrivaient un cercle plus loin. Hari savait que l'une des rares variantes de formes était le cube, mais il n'en avait jamais vu. Le fait qu'il y en ait deux si près l'un de l'autre suggérait qu'ils étaient nés au bord des galaxies, mais ces questions passaient sa modeste compréhension.

— Nous allons... là, souligna Dors en pointant un rayon laser près de l'un des cubes, guidant le vaisseau en forme de stylo.

Ils se projetèrent vers le plus petit des deux cubes, prudemment, pouce par pouce. L'entrée du ver, à cet endroit, était automatique, et personne ne les intercepta.

— Ça va être juste, fit Hari d'une voix étranglée.

— Cinq doigts de marge.

Il crut d'abord qu'elle plaisantait, puis il se rendit compte qu'elle sous-estimait la marge. Cette correspondance entre les trous de ver était peu fréquentée, et la lenteur s'imposait. Une physique satisfaisante ; une économie désastreuse. Le ralentissement diminuait le flux et faisait de ces routes des chemins vicinaux, reculés.

Il regarda Andromède pour cesser de penser au pilotage. Les trous de ver étroits n'émergeaient pas dans d'autres galaxies pour des raisons énigmatiques de gravité quantique. Les très étroits le faisaient parfois, mais si une autre masse franchissait l'embouchure, l'onde de pression pouvait être mortelle. Rares étaient ceux qui s'y étaient jamais aventurés en quête de points d'émergence extragalactiques.

À part, bien sûr, la TransSteffno, une expédition légendaire, risquée, qui avait fait irruption dans la galaxie appelée M87. Steffno avait relevé des données sur le courant spectaculaire qui émergeait du trou noir au centre de la M87, des brins majestueux formant une arabesque hélicoïdale. Le cavalier solitaire n'était pas resté les deux pieds dans le même sabot. Il était reparti quelques secondes à peine avant que le ver ne se referme dans un feu d'artifice de particules rayonnantes.

Personne ne savait pourquoi. Quelque chose dans la physique des trous de ver décourageait les aventures extragalactiques.

Le ver cubique les conduisit rapidement à plusieurs aires en orbite proche autour d'un groupe de planètes. Hari reconnut en l'une d'elles un modèle rare doté d'une biosphère ancienne mais dévastée. Comme Panucopia, elle hébergeait des formes de vie avancées. Sur la plupart des mondes habitables, les explorateurs des débuts avaient trouvé des matelas d'algues qui ne se développaient jamais au-delà.

— Et pourquoi aucun non-humain intéressant ? demanda Hari d'un ton rêveur pendant que Dors s'occupait des Hommes En Gris du trou de ver local.

— D'après la théorie, le passage des organismes unicellulaires aux créatures multicellulaires a pris des milliards d'années, répondit-elle. (Elle savait lui rappeler, à l'occasion, qu'elle n'était pas historienne pour rien.) Nous sommes juste issus d'une biosphère plus rapide, plus solide, c'est tout.

— Nous venons aussi d'une planète avec au moins une grosse lune.

— Pourquoi ? demanda-t-elle.

— Nous avons, contrairement aux panus, d'ailleurs, des schémas intégrés de vingt-huit jours. La menstruation des femmes, par exemple. Nous sommes conçus par la biologie. Nous y sommes arrivés, pas ces biosphères. Il y a des tas de moyens de tuer un monde. Les glaciers qui avancent quand l'orbite change. Les astéroïdes qui s'écrasent à la surface, *sbam-sbam-sbam !* fit-il en flanquant une claque retentissante sur la paroi du stylo. La chimie de l'atmosphère qui se détraque. Ça devient une planète serre, ou un monde gelé.

— Je vois.

— Les humains sont plus résistants — et plus malins que les autres. Nous sommes là, alors qu'eux...

— Qui dit ça ?

— La sagesse populaire, depuis Kampfbel, le sociothéoricien...

— Je suis sûre que tu as raison, dit-elle très vite.

Quelque chose dans sa voix le fit hésiter — il avait toujours apprécié la discussion — mais ils s'insinuèrent à cet instant dans l'espace incroyablement exigu du cube, aux parois luisantes comme une construction euclidienne en forme de citron... Et puis ils se retrouvèrent en orbite au-dessus d'un trou noir.

Il regarda les énormes disques capteurs d'énergie, d'où irradiaient des écarlates bouillonnants et des violets virulents. L'Empire avait positionné autour du trou d'énormes conduites de champ magnétique. Elles aspiraient et canalisaient les nuages de poussière interstellaire. Les cyclones noirs se rapprochaient du disque d'accrétion brillant autour du trou. Le rayonnement issu de la friction et de la chute était capté par des grilles et des réflecteurs immenses. La moisson d'énergie photonique brute était à son tour emprisonnée et projetée dans les mâchoires béantes des trous de ver. Ceux-ci transportaient le flux vers des mondes distants qui avaient besoin de lances de lumière acérées pour former des planètes, râteler des mondes, sculpter des lunes.

Mais ce spectacle ne put lui faire oublier le ton de la voix de Dors. Elle savait une chose qu'il ne savait pas. Il se demanda...

Pour certains philosophes, la Nature n'était elle-même que jusqu'à ce qu'elle entre en contact avec l'humanité. Nous n'appartenions pas alors à l'idée même de Nature, et nous ne pouvions donc en faire l'expérience que lorsqu'elle était en voie de disparition. Notre présence seule suffisait à faire de la Nature autre chose, une incarnation compromise.

Ces idées trouvaient des implications inattendues. Sur un monde appelé Arcadia, on avait délibérément laissé une poignée d'êtres humains chargés de son entretien, en partie parce qu'il était difficile à atteindre. Le plus proche trou de ver était à une demi-année-lumière de là. Un empereur ou une impératrice des premiers temps — si archaïque que son nom était depuis longtemps tombé dans l'oubli — avait décrété que les forêts et les plaines de la planète débonnaire seraient laissées « intactes ». Mais dix mille années plus tard un rapport annonçait que certaines forêts ne se régénéraient pas, et que les plaines laissaient place à des landes hostiles.

Les études montraient que les hommes chargés d'en prendre soin s'en étaient trop occupés. Ils avaient éteint les incendies spontanés, supprimé le transfert des espèces. Ils avaient même maintenu le climat presque constant en procédant à l'ajustement de la quantité de soleil renvoyée dans l'espace par les glaces polaires.

Ils avaient essayé de maintenir une Arcadia statique, si bien que la forêt primitive était devenue une sorte de produit humain. Ils n'avaient pas compris les cycles. Il se demandait si une telle vision pouvait s'intégrer dans la psychohistoire...

Oublier la théorie pour le moment, se rappela-t-il. Il est vrai qu'à l'époque primitive, pré-impériale, la Galaxie semblait dépourvue de formes de vie non humaines évoluées. Comment pouvait-il croire, avec toutes ces planètes fertiles, que seule l'humanité avait émergé à l'intelligence ?

D'une certaine façon, en observant l'incompréhensible richesse de cet immense disque grouillant d'étoiles, d'une certaine façon, Hari n'arrivait pas à le croire.

Mais quelle autre solution avaient-ils ?

8

Chacun des vingt-cinq millions de mondes que comptait l'Empire n'étaient peuplé que par une moyenne de quatre milliards d'individus. Il y avait quarante milliards d'habitants sur Trantor. Son système solaire, situé à mille années-lumière à peine du Centre galactique, disposait de dix-sept trous de ver en orbite, la plus forte densité de la Galaxie. Le système trantorien n'en entretenait que deux au départ, mais une technologie titanesque du vol interstellaire avait attiré les autres afin de former un noyau.

Chacun des dix-sept trous de ver engendrait occasionnellement des vers sauvages. Dors visait précisément l'un de ceux-ci.

Mais pour y arriver, ils devaient s'aventurer dans une région peu fréquentée.

— Le Centre de la Galaxie est dangereux, fit Dors alors qu'ils s'approchaient de la gueule décisive du trou de ver et décrivaient une courbe au-dessus d'une planète minière stérile. Mais c'est nécessaire.

— Moi, c'est plutôt Trantor qui m'inquiète... commença-t-il, puis le saut lui coupa la respiration, et il resta bouche bée devant le spectacle.

Les filaments étaient si larges que l'œil ne pouvait les englober en totalité. Ils s'étendaient vers l'avant et l'arrière, traversés d'immenses couloirs lumineux et d'avenues crépusculaires. Ces arches enjambaient des dizaines d'années-lumière. D'immenses courbes descendaient vers le Vrai Centre d'une blancheur incandescente. Là, la matière bouillonnait, écumait et jaillissait en fontaines éblouissantes.

— Le trou noir, dit-il simplement.

Le petit trou noir qu'ils avaient vu une heure auparavant seulement avait piégé quelques masses stellaires. Au Vrai Centre, un million de soleils étaient morts pour alimenter le goulet gravitationnel.

Le déploiement ordonné de rayonnement n'était pas large, une année-lumière de diamètre seulement. Et pourtant il avait traversé des centaines d'années-lumière en tourbillonnant sous l'effet du changement. Hari enclencha la polarisation des parois pour les observer selon différentes gammes de fréquence. Bien que chaude et tourmentée dans le spectre visible, humain, la radio révélait des détails cachés. Des lacets serpentaient entre les fuseaux contournés. Il avait une impression puissante de strates, d'un ordre labyrinthique montant au-delà de son champ visuel, au-delà de la simple compréhension.

— Le flux de particules est élevé, fit Dors d'une voix tendue. Et croissant.

— Où est notre correspondance ?

— J'ai des problèmes de fixation vectorielle... Ah, voilà !

Une forte accélération le colla sur son siège flottant. Dors les fit plonger dans un trou de ver tacheté, de forme pyramidale.

C'était une configuration encore plus rare. Hari eut le temps de s'émerveiller devant les géométries sereines, pareilles à des objets exposés dans un musée euclidien de l'esprit, engendrées par les accidents du choc qui avait donné naissance à l'univers.

Ils s'engouffrèrent à l'intérieur, et les visions stupéfiantes s'effacèrent.

Ils giclèrent au-dessus du globe gris tacheté de brun qui était

Trantor. Un disque étincelant de satellites, d'usines, d'habitats se déploya sur le plan équatorial.

Le ver sauvage qu'ils avaient emprunté luisait et crachotait derrière eux. Dors les emmena rapidement vers l'aire du ver, une margelle temporaire, délabrée. Il ne dit rien mais il sentit qu'elle procédait à des calculs précipités. Ils se nichèrent dans une poche, les joints gémirent, ses tympans claquèrent péniblement.

Et puis ils s'extirpèrent de l'habitacle exigu du vaisseau-stylo. Ils avaient l'impression d'avoir les bras et les jambes en bois. Hari plana, sous une gravité nulle, vers le flex-sas. Dors dériva devant lui. Elle lui imposa silence d'un geste alors que les pressions s'équilibraient dans le sas. Elle se dépouilla de sa combinaison, dénudant son torse.

Une pression du doigt. Une fente s'ouvrit sous son sein gauche. Elle en tira un cylindre. Une arme ? Elle se « referma » et remit sa combinaison avant que le diaphragme donnant sur l'appontement ne commence à s'ouvrir.

Dans l'ouverture de l'iris, Hari vit des uniformes de Gardes impériaux.

Il s'accroupit machinalement contre la paroi du sas dans le vain espoir de leur échapper. La situation paraissait désespérée.

Les Gardes avaient l'air sévère et déterminé. Ils serraient des armes dans leur poing. Dors s'interposa entre Hari et le groupe. Elle leur lança le cylindre...

... une onde de choc le colla au mur du fond. Ses oreilles se bouchèrent. L'escadron n'était plus qu'un nuage de... de débris.

— Qu'est-ce que... ?

— Une implosion contenue, lança Dors. Vite !

Les blessés étaient entassés les uns sur les autres. Il se demanda confusément comment on pouvait contenir une onde de choc dans un espace aussi restreint, mais ce n'était pas le moment de se poser ce genre de question. Ils passèrent en courant devant l'amas de corps emmêlés. Des armes planaient futilement en apesanteur.

Une silhouette apparut à l'autre bout du sas. Un homme de taille moyenne, en combinaison de travail marron. Hari poussa un cri d'alarme. Dors ne réagit pas.

D'une secousse du poignet, l'homme fit apparaître le canon

d'une arme au bout de sa manche. Dors continuait à avancer vers lui.

Hari attrapa une poignée, pivota sur sa droite.

— Ne bougez pas ! hurla l'homme.

Hari se figea, resta pendu par une main. L'homme tira, et un éclair argenté frôla Hari.

Il se retourna, vit qu'un des Gardes avait récupéré son arme. L'éclair argenté traça une ligne de feu sur son bras. Il se mit à crier et lâcha son arme.

— Allons-y, fit l'homme en combinaison de travail. Le chemin est dégagé.

Dors le suivit sans un mot. Hari s'ébranla et les rattrapa alors que le diaphragme s'ouvrait devant eux.

— Vous revenez sur Trantor au moment crucial, remarqua l'homme.

— Vous… Mais qui… ?

— Je me suis métamorphosé, répondit l'homme avec un sourire. Vous ne reconnaissez pas votre vieil ami, R. Daneel ?

RENDEZ-VOUS

R. Daneel regarda Dors d'un œil atone, en se laissant aller.

— Nous devons le défendre contre Lamurk, dit Dors. Vous pourriez revenir, prendre parti pour lui. En tant qu'ancien Premier ministre, votre soutien public, votre appui...

— Je ne puis reparaître sous l'identité d'Eto Demerzel, ex-personnage important. Ça compromettrait mes autres projets.

— Mais Hari doit avoir...

— D'autre part, vous surestimez le pouvoir de Demerzel. J'appartiens maintenant à l'histoire. Lamurk n'a que faire de moi ; je n'ai pas de légions sous mes ordres.

— Mais vous devez... insista Dors, qui fulminait intérieurement.

— Je vais infiltrer davantage des nôtres dans le cercle rapproché de Lamurk.

— Il est trop tard pour ça.

Daneel activa son programme d'expression et sourit.

— J'ai implanté plusieurs des nôtres, il y a des dizaines d'années. Ils seront tous en position bientôt.

— Vous... vous nous utilisez ?

— Il le faut. Toutefois, vous avez raison sur un point : nous ne sommes pas nombreux.

— J'ai aussi besoin d'aide pour le protéger.

— C'est vrai. Tenez, fit-il en tirant un disque épais d'un compartiment situé cette fois sous son aisselle. Ça vous permettra d'identifier les agents de Lamurk.

— Comment ? répliqua-t-elle d'un air dubitatif. On dirait un traceur chimique.

— J'ai des agents à moi. Ils marqueront les agents de Lamurk. Ce dispositif repérera leurs marques. D'autres messages encodés remplaceront le signal intégré.

— Et les spécialistes de Lamurk ne repéreront pas le marquage ?

— Cet appareil exploite des techniques oubliées depuis six mille ans. Installez-le dans votre bras droit, au point six. Interface avec les ouvertures deux et cinq.

— Et comment... ?

— Le scan et l'analyse intégreront votre mémoire à long terme sur simple connexion.

Elle installa le dispositif sous ses yeux. Sa présence grave rendait le silence naturel. Olivaw ne faisait jamais un geste inutile, ne parlait jamais pour ne rien dire. Pour finir, ayant achevé les derniers réglages, elle poussa un soupir et dit :

— Il s'intéresse à ces simulations en fuite.

— Il suit la meilleure ligne d'attaque pour la psychohistoire.

— Il y a aussi le problème des tictacs. Vous comprenez... ?

— Les tabous sociaux contre les simus finissent inévitablement par tomber pendant les résurgences culturelles, répondit Daneel.

— Et les tictacs ?

— Ils sont déstabilisants par nature même s'ils se développent exagérément. Après tout, nous ne pouvons pas justifier une nouvelle génération de robots, ou la redécouverte du cerveau positronique.

— On trouve, dans les archives historiques, des indices selon lesquels cela se serait déjà produit.

— Vous êtes une chercheuse dotée d'une vision pénétrante.

— Il n'y en avait que des bribes, mais je soupçonne...

— Ne soupçonnez plus. Vous avez raison. Je n'ai pas réussi à expurger toutes les données.

— C'est vous qui avez dissimulé ces événements ?

— Et beaucoup d'autres.

— Pourquoi ? En tant qu'historienne...

— Il le fallait. L'humanité est mieux servie par la stabilité impériale. Les tictacs, les simus accompagnent des mouvements comme cette Nouvelle Renaissance qui risquent de mettre le feu aux poudres.

— Que pouvons-nous faire ?

— Je ne sais pas. Les choses échappent à ma faculté prévisionnelle.

— Comment faites-vous pour prévoir ? demanda-t-elle en fronçant le sourcil.

— Au cours du premier millénaire de l'Empire, nos pareils ont mis au point la simple théorie que j'ai déjà mentionnée. Utile, quoique rudimentaire. Elle m'a amené à attendre la réémergence de ces simus en tant qu'effet secondaire de la Renaissance sarkienne et de ses remous.

— Hari comprend ça ?

— La psychohistoire d'Hari est infiniment supérieure à nos modèles. Il lui manque certaines données historiques vitales. Quand il les aura enfin intégrées, il pourra anticiper avec précision la dévolution de l'Empire.

— L'« évolution », vous voulez dire, non ?

— Si vous voulez. C'est une raison majeure pour laquelle nous nous donnons tant de mal pour aider Hari.

— Il est fondamental.

— Évidemment. Pourquoi pensez-vous que je vous ai affectée à lui ?

— Est-il important que je me sois éprise de lui ?

— Non. Mais ça aide.

— Qui ça ? Moi, ou lui ?

Daneel eut un imperceptible sourire.

— Les deux, j'espère. Mais surtout, ça m'aide, moi.

HUITIÈME PARTIE

ÉQUATIONS ÉTERNELLES

THÉORIE GÉNÉRALE DE LA PSYCHOHISTOIRE, 8 a. Aspects mathématiques [...] quand la crise s'aggrave, les boucles d'apprentissage systémique profond flanchent et le système se dérègle. Ces dérèglements, surtout s'ils sont diffus, exigent une restructuration fondamentale du système appelée « phase de macrodécision », au cours de laquelle les boucles doivent trouver de nouvelles configurations dans le paysage à N *dimensions.*

[...] Toutes les visualisations peuvent être comprises en termes thermodynamiques. Les mécanismes statistiques en cause, bien que n'étant pas ceux des particules et des collisions, comme dans les gaz, agissent dans le langage des macrogroupes sociaux par le biais de « collisions » avec d'autres macrogroupes comparables. Ces impacts déterminent beaucoup de débris humains...

Encyclopaedia Galactica

1

Hari Seldon réfléchissait, tout seul dans l'ascenseur.

La porte coulissante s'ouvrit. Une femme demanda si l'ascenseur montait ou descendait. Distrait, il répondit : « Oui. » Il comprit, à son regard surpris, qu'il avait dû répondre à côté. Il réalisa seulement après que la porte se fut refermée sur son interrogation qu'elle lui demandait non pas si l'ascenseur allait dans un sens ou dans l'autre, mais dans lequel.

Il était habitué à faire des distinctions précises ; pas le reste du monde.

Il entrait dans son bureau, encore à peine conscient de ce qui l'entourait, quand l'holo de Cléon surgit dans le vide. Il n'avait même pas eu le temps de s'asseoir. L'Empereur ne laissait pas l'occasion à ses interlocuteurs d'enclencher les programmes de filtrage.

— Ravi de voir que vous êtes rentré de vacances ! fit Cléon, rayonnant.

— Pardon, Sire ?

Que lui voulait-il encore ?

Hari décida de ne pas lui raconter ses mésaventures. Daneel avait bien insisté sur la nécessité du secret. Hari n'avait fait connaître sa présence aux Gardes impériaux que le matin même, après être descendu du trou de ver par un chemin en zigzag.

— Je crains que vous ne soyez revenu à un moment troublé, fit Cléon en fronçant le sourcil. Lamurk s'apprête à faire désigner le Premier ministre par la Chambre Haute.

— Combien de voix est-il sûr d'obtenir ?

— Suffisamment pour que je ne puisse passer outre à la volonté de la Chambre. Je serai forcé de le nommer malgré ma volonté.

— Vous m'en voyez désolé, Sire, dit-il, mais en réalité son cœur bondissait dans sa poitrine.

— J'ai tenté de manœuvrer contre lui, mais...

Cléon poussa un soupir théâtral et se mâchonna la lèvre inférieure, qu'il avait volumineuse. Avait-il repris du poids ? Ou le regard qu'Hari portait sur lui était-il modifié par sa période de jeûne sur Panucopia ? La plupart des Trantoriens lui paraissaient obèses, maintenant.

— Et puis il y a la question agaçante de Sark et de cette maudite Nouvelle Renaissance. La situation est de plus en plus confuse. Les troubles pourraient-ils s'étendre à d'autres mondes de la zone ? Suivraient-ils leur exemple ? Avez-vous étudié la question ?

— En détail.

— Selon la méthode psychohistorique ?

Hari laissa libre cours à son instinct viscéral.

— L'instabilité va contaminer la zone.

— Vous en êtes sûr ?

Il n'en avait aucune preuve, mais...

— Je vous suggère de prendre des mesures préventives.

— Lamurk approuve Sark. Il dit qu'elle entraînera une nouvelle prospérité.

— Il veut faire entrer cette discorde au pouvoir.

— Chercher l'affrontement avec lui à ce stade serait... peu diplomatique.

— Bien qu'il soit probablement à l'origine des tentatives d'attentat contre ma vie ?

— Rien ne le prouve, hélas. Comme toujours, plusieurs factions profiteraient de votre...

Cléon eut une petite toux contrainte.

— De mon retrait... involontaire ?

— L'Empereur est le père d'une famille en perpétuelle rébellion, répondit Cléon avec une moue gênée.

Si même l'Empereur était obligé de ménager Lamurk, les choses allaient vraiment mal.

— Vous ne pourriez pas ordonner que des escadrons se tiennent prêts à intervenir en cas de nécessité absolue ?

Cléon opina du chef.

— C'est ce que je vais faire. Mais si la Chambre Haute vote pour Lamurk, je ne pourrai lutter contre un personnage aussi puissant et... eh bien, un monde aussi excitant que Sark.

— Je crois que le conflit va s'étendre à toute la zone de Sark.

— Vraiment ? Que me conseillez-vous pour contrer Lamurk ?

— Vous savez, Sire, que je ne suis pas doué pour la politique.

— C'est stupide ! Vous avez la psychohistoire !

Hari répugnait encore à parler librement de la théorie, même avec Cléon. Si on voulait qu'elle soit un jour utile, il ne fallait pas que la nouvelle de son existence se répande, car tout le monde s'en servirait. Ou essaierait...

— À propos, votre solution au problème du terrorisme marche bien, poursuivit Cléon. Nous venons d'exécuter le Crétin Numéro Cent.

Hari réprima un frisson en pensant à toutes ces vies oblitérées par une idée qu'il avait lancée à la légère.

— C'est... ce n'est qu'un problème mineur, Sire.

— Eh bien, Hari, appliquez vos calculs au problème du secteur de Dahl. Ils s'agitent. Comme tout le monde, ces temps-ci.

— Et les zones d'influence dahlite du reste de la Galaxie ?

— Elles soutiennent les Dahlites locaux à la Chambre. Il s'agit du problème de représentation. Le programme adopté sur Trantor sera reproduit dans toute la Galaxie. Lors des élections au niveau des zones entières, en fait.

— Eh bien, si la plupart des gens pensent que...

— Ah, mon cher Hari, c'est encore la myopie du mathématicien. L'histoire est déterminée non par ce que les gens pensent, mais par ce qu'ils éprouvent.

Surpris par la véracité de cette remarque, Hari ne put que répondre :

— Je vois, Sire.

— C'est à nous — vous et moi, Hari — qu'il incombe d'arrêter une décision sur cette question.

— Je vais y réfléchir, Sire.

Comme il en était venu à haïr ce monde ! *Décider* avait la même racine que *suicide* et *homicide*. Il ressentait toute décision comme un meurtre. Il y avait forcément un perdant.

Hari savait maintenant pourquoi il n'était pas taillé pour ce genre de course. Il avait le cuir trop délicat, il serait trop enclin à éprouver de l'empathie pour les autres, avec leurs problèmes et leurs sentiments. Comment pourrait-il prendre une décision qu'il saurait ne pouvoir être qu'à moitié juste, et susceptible de causer bien des souffrances ?

Et puis il devrait se blinder contre le besoin personnel d'être aimé. Chez un politicien-né, ce serait interprété comme un signe d'intérêt pour les autres, alors qu'en fait il s'intéresserait à ce qu'ils pensaient de lui, parce que la seule chose qui comptait, dans les profondeurs crépusculaires de la psyché, c'était d'être aimé. Et puis c'était plus commode pour rester à son poste.

Cléon évoqua d'autres problèmes. Hari esquiva et s'efforça de gagner du temps. Quand Cléon coupa abruptement la communication, il sut qu'il ne s'en était pas très bien tiré. Mais il n'eut pas l'occasion d'y réfléchir parce que Yugo fit irruption dans son bureau.

— Je suis content que vous soyez rentré ! fit-il avec un grand sourire. Il faut vraiment que vous vous penchiez sur le problème de Dahl...

— Ah, ça suffit avec la politique ! explosa Hari. Dis-moi plutôt où tu en es de tes recherches.

Il ne pouvait laisser libre cours à sa colère devant l'Empereur, mais Yugo allait en prendre pour son grade.

— Euh... d'accord, fit-il, un ton plus bas, et Hari regretta aussitôt son éclat.

Yugo s'empressa de lui montrer ses dernier travaux. Hari cilla, frappé. L'espace d'un instant, il avait vu dans la précipitation de Yugo une étrange similitude avec des attitudes panus.

Il l'écouta en suivant deux trains de pensée à la fois. Ce qui lui paraissait, encore une fois, plus facile depuis son équipée sur Panucopia.

Des épidémies éclataient d'un bout à l'autre de l'Empire. Pourquoi ?

Avec les transports rapides, les maladies proliféraient dans toute la Galaxie. Les humains étaient de formidables boîtes de Pétri. D'antiques maladies, de nouvelles infections apparaissaient autour d'étoiles lointaines. Ce qui inhibait l'intégration sectorielle, autre facteur caché.

Les maladies occupaient une niche écologique et, pour certaines, l'humanité était un biotope confortable. Les infections mutaient en réaction aux antibiotiques censés lutter contre elles, et revenaient, encore plus virulentes. L'humanité et les microbes formaient un système étrange, car les deux côtés réagissaient avec rapidité.

Les remèdes se répandaient rapidement par le réseau de trous de ver, mais les propagateurs de maladies aussi. Yugo avait découvert que le phénomène pouvait être décrit selon une méthode appelée « stabilité marginale », qui montrait que les maladies et les individus atteignaient un équilibre instable, en perpétuelle évolution. Les épidémies majeures étaient rares, mais les infestations mineures se multipliaient. Une science inventive les jugulait en l'espace d'une génération, et ces oscillations se répercutaient dans les autres institutions humaines, affectant le commerce et la culture. Il vit émerger des schémas avec des termes de couplage complexe dans les équations, et une triste conséquence.

La durée de vie humaine, dans les conditions de civilisation humaine « naturelles » — au sein des villes et des agglomérations — trouvait une limite également « naturelle ». Si d'heureux élus vivaient jusqu'à cent cinquante ans, la plupart mouraient bien avant cent ans. Le marteau-pilon des nouvelles maladies y veillait. En fin de compte, il n'y avait pas d'abri durable contre l'orage biologique. Les humains vivaient dans un équilibre instable avec les microbes, un combat sans fin et sans victoire finale.

— C'est comme la révolte des tictacs, conclut Yugo.

— Comment ? fit Hari en sortant brutalement de sa rêverie.

— On dirait un virus. Mais je ne connais pas le vecteur de transmission.

— Dans tout Trantor ?

— Ça paraît être le cœur de la cible. D'autres zones ont aussi des problèmes avec leurs tictacs.

— Ils refusent de récolter les produits alimentaires ?

— Ouaip. Certains, surtout les modèles récents — les 590 et au-delà —, disent qu'il est immoral de manger d'autres créatures vivantes.

— Seigneur !

Hari songea à son petit déjeuner. Même après l'exotisme de Panucopia, le maigre menu proposé par l'automni lui avait fait un choc. Sur Trantor, la nourriture était toujours cuite ou broyée, mélangée ou préparée. Les fruits étaient toujours présentés en compote ou en conserve. À sa grande surprise, le petit déjeuner semblait venir tout droit de la terre. Il s'était demandé s'il avait été lavé, et comment il pouvait en être sûr. Les Trantoriens détestaient que leurs repas leur rappellent le monde naturel.

— Ils refusent même de travailler dans les Cavernes, reprit Yugo.

— Mais c'est indispensable !

— Personne n'arrive à les réparer. Ils sont envahis par des mèmes de tictacs.

— Comme les épidémies que tu analyses.

Hari avait été consterné par l'érosion que Trantor avait subie en l'espace de quelques mois à peine. Quand il était rentré à Streeling, avec Dors, il avait trouvé les couloirs sales, pleins d'ordures, les phosphos et les ascenseurs en panne. Et maintenant, ça...

L'estomac de Yugo se mit à hurler.

— Pardon ! Les gens se remettent à travailler dans les Cavernes pour la première fois depuis des siècles ! Ils n'ont aucune expérience. Tout le monde est rationné, sauf la petite noblesse.

Hari avait aidé Yugo à fuir cet esclavage, des années auparavant. Dans des cathédrales immenses, le bois et la cellulose bruts passaient automatiquement des cavernes solaires à de gigantesques cuves d'acide faible dans lesquelles ils étaient hydrolysés en glucose. C'étaient maintenant des gens, et non plus de frustes tictacs, qui mélangeaient les suspensions nitrées et réduisaient les phosphates en poudre, puis en une boue minutieusement préparée à laquelle on ajoutait des produits organiques soigneusement dosés, pour obtenir une vaste gamme de levures et autres dérivés.

— Il faut que l'Empereur fasse quelque chose ! lança Yugo.

— Ou moi, répondit Hari.

Mais quoi ?

— Les gens disent qu'il faut détruire tous les tictacs, pas seulement ceux de la série cinq cents, et tout faire par nous-mêmes.

— Sans eux, nous en serions réduits à transporter des masses de produits alimentaires d'un bout à l'autre de la Galaxie en hypernefs, par les trous de ver, ce qui est une absurdité. Trantor va s'écrouler.

— Hé, nous pouvons faire mieux que les tictacs.

— Mon cher Yugo, c'est ce que j'appelle l'écho-nomie. Tu répètes comme un perroquet des dictons populaires. Il faut considérer le tableau dans son ensemble. Les Trantoriens ne sont plus ceux qui ont construit ce monde. Ils se sont ramollis.

— Nous sommes aussi costauds et futés que les hommes et les femmes qui ont bâti l'Empire !

— Ils ne vivaient pas dans du coton.

— Il y a un vieux proverbe dahlite, reprit Yugo avec un grand sourire. « Si tu mènes une vie de chien, applique à ta vie la philosophie du chien : beaucoup de caresses, de bonnes pâtées, être aimable et aimé, dormir tout ton soûl, et rêver d'un monde sans laisse. »

Hari éclata de rire malgré lui. Mais il savait qu'il devait agir, et en vitesse.

2

— Nous sommes coincés entre des divinités de fer-blanc et des anges de carbone, fit Voltaire d'une voix rauque.

— Ces… créatures ? avança Jeanne d'une petite voix frémissante de crainte.

— Ce brouillard étranger, quasi divin, d'une certaine façon. Plus dépassionné que réel. Ces humains au métabolisme à base de carbone. Nous ne sommes, vous et moi, ni comme l'un ni comme l'autre… maintenant.

Ils flottaient au-dessus de ce que Voltaire appelait SysCity, la représentation de Trantor dans le système, son cyberego.

Pour les référents humains de Jeanne, il avait transformé les grilles et les strates en myriades de passerelles cristallines, reliant des tours acérées comme des sabres. Des connexions s'entrecroisaient dans le vide. Des atomes de poussière en rejoignaient d'autres dans des liaisons complexes et recouvraient le sol d'un film. Le résultat était un paysage urbain pareil à un cerveau. *Un calembour visuel*, se dit-il.

— Je déteste cet endroit, dit-elle.

— Vous préféreriez une simulation de Purgatoire ?

— C'est tellement... froid.

Les esprits étrangers au-dessus d'eux étaient un brouillard saumâtre de connexions.

— On dirait qu'ils nous étudient, remarqua Voltaire. Et d'un œil résolument hostile.

— Je suis prête pour le cas où ils attaqueraient, fit-elle en balançant une énorme épée.

— Moi aussi, si d'aventure ils choisissaient pour arme le syllogisme.

Il avait maintenant accès à toutes les bibliothèques de Trantor. Il pouvait en lire le contenu en moins de temps qu'il ne lui en fallait jadis pour écrire un vers. Il exerçait son esprit — n'aurait-il pas mieux fait de dire ses esprits, maintenant ? — dans le brouillard froid, grumeleux.

Des théoriciens avaient jadis imaginé que le réseau global donnerait naissance à un hyperesprit, des algorithmes se résumant à une Gaia digitale. Et voilà que quelque chose d'infiniment plus grand, ce brouillard gris, mouvant, s'enroulait autour de la planète. Des machines très éloignées les unes des autres calculaient des strates de saut quantique subjectif.

Pour ces esprits, le présent était une glissade informatique huileuse orchestrée par des centaines de processeurs distincts. Il y avait une profonde différence, il le sentait — il ne le *voyait* pas, il le *sentait*, au fond de sa persuasion analogique —, entre le digital et le lisse, le continu.

Le brouillard était un nuage de moments suspendus, de strates de nombres attendant leur avènement, implicites dans les calculs fondamentaux.

Et dans tout ça... l'étrangeté.

Il ne pouvait comprendre ces esprits diffus. Ils étaient les restes de toutes les sociétés basées sur le calcul informatisé, d'un bout à l'autre de la Galaxie, qui s'étaient d'une façon ou d'une autre — mais *pourquoi* ? — condensés ici, sur Trantor.

C'étaient des esprits véritablement non humains. Contournés, byzantins. (Voltaire savait que ce mot venait d'un endroit plein de tours, de mosquées bulbeuses, dont il ne restait plus aujourd'hui que poussière, et ce mot utile.) Ils n'avaient pas de but humain. Et ils utilisaient les tictacs.

Voltaire voyait que le moteur du programme des mécas, c'était les droits, l'extension de la liberté à la sauvagerie digitale.

Même les Idems pouvaient tomber sous le coup d'une loi similaire. Les copies d'individus digitaux n'étaient-elles pas encore des individus ? Tels étaient les termes du débat. Une immense liberté — de changer sa vitesse d'horloge, de se morpher en n'importe quoi, de reconstruire son propre esprit de fond en comble — accompagnait la possibilité reconnue de n'être pas physiquement réel. Les présences digitales n'étaient que des fantômes incapables de marcher littéralement dans les rues. Ils ne pouvaient entrer en contact avec l'univers concret qu'à l'aide de prothèses digitales.

Pour eux, les « droits » étaient donc liés à des peurs profondément installées, des idées qui avaient semé la terreur des millénaires auparavant. Il se rappelait maintenant avec vivacité que Jeanne et lui avaient débattu de ces questions plus de huit mille ans auparavant. Dans quel but ? Il ne s'en souvenait pas. Quelqu'un — ou plutôt, quelque chose, il le soupçonnait — avait effacé cette mémoire-là.

En vérité, les peurs des gens étaient très anciennes (il avait picoré dans des myriades de bibliothèques) : la peur d'immortels digitaux qui amassaient des richesses, poussaient comme des champignons, plongeaient dans toutes les avenues de la vie naturelle, réelle. Des parasites, rien de moins.

Voltaire vit tout cela en un éclair, alors qu'il absorbait les données et l'histoire d'un milliard de sources, intégrait les flux, les transmettait à sa Jeanne bien-aimée.

Voilà pourquoi les humains avaient rejeté la vie digitale pendant si longtemps... mais était-ce la seule raison ? Non : une présence plus vaste planait au-delà de son champ de vision. Un autre acteur sur ce théâtre d'ombre crépusculaire. Hors de sa vue, hélas.

Il détourna son regard de cette essence crépusculaire. Le temps était essentiel maintenant, et il avait beaucoup à comprendre.

Les brouillards étrangers étaient des noyaux, des paquets demeurant dans des zones de données d'un potentiel dimensionnel infini. Ces entités « vivaient » dans des endroits qui fonctionnaient comme des dimensions supérieures, des repaires de données.

Pour elles, les gens étaient des entités susceptibles d'être résolues le long d'axes de données, pathétiquement inconscients du fait que leur « moi », vu sous cet angle, était aussi réel que les trois directions de l'espace tridi.

Cette certitude terrifiante frappa Voltaire, mais il continua frénétiquement à apprendre, à sonder.

Et soudain, il se rappela.

Que des simus antérieurs de Voltaire s'étaient tués, jusqu'à ce qu'enfin un dupli « marche ».

Que les autres étaient morts pour lui, l'impie.

— Copies de nos pères... fit Voltaire en regardant le marteau qui s'était matérialisé dans sa main.

S'était-il vraiment, autrefois, frappé à mort avec ? Il essaya d'imaginer la scène... et eut aussitôt la sensation étonnamment vive d'une souffrance atroce, du sang qui giclait, du sang ruisselant le long de son cou...

En s'examinant, il vit que ces souvenirs étaient le « remède » au suicide, dérivé d'un dupli antérieur : la faculté terrifiante, concrète, de prévoir les conséquences.

Son corps était donc un ensemble de recettes pour se ressembler à lui-même. Pas de physique ou de biologie sous-jacente, juste un faux assez réussi, fait à la main. La main d'un Dieu Programmeur.

— Vous rejetez le Vrai Seigneur ? demanda Jeanne, faisant intrusion dans son auto-examen.

— Je voudrais bien savoir ce qui était fondamental !

— Ces brouillards étrangers vous ont perturbé.

— Je n'arrive plus à voir ce que c'est que d'être humain.

— Vous l'êtes ; je le suis.

— Pour un humaniste déclaré, je crains que me montrer du doigt ne soit pas une preuve suffisante.

— Mais bien sûr que si.

— Descartes, tu vis dans notre Jeanne.
— Pardon ?
— Non, rien. Il est venu bien après vous. Mais vous venez de l'anticiper, des millénaires plus tard.
— Vous devez vous ancrer à moi ! fit-elle en l'entourant de ses bras, étouffant ses cris entre ses seins amples, aromatiques, et soudain gonflés. (Qui avait eu cette idée ?)
— Ces brouillards m'ont projeté dans un trouble métaphysique.
— Saisissez le réel, dit-elle d'un ton rigoureux.
Il se rendit compte qu'il avait la bouche pleine de tétons tout chauds, ce qui l'empêchait de parler.
Peut-être était-ce ce qu'il lui fallait. L'arrêt sur image de ses propres états émotionnels qu'il avait appris à réaliser. C'était, en fait, comme de peindre un portrait pour l'étudier plus tard. Il se pouvait que ça l'aide à comprendre son Moi intérieur, tel un botaniste se plaçant sur une lame et sous l'objectif d'un microscope. Des coupes du Moi pouvaient-elles, multipliées, être le Moi ?
Il vit alors que ses émotions étaient des programmes. À l'intérieur de « lui » se trouvaient des sous-programmes complexes, tous interactifs dans des états qui étaient le chaos. La sublime beauté des états intérieurs, que cherchait sa Jeanne, tout ça n'était qu'illusion !
Il scruta, tout au fond de lui-même, les opérations d'une rapidité merveilleuse qui composaient son ego. Il se retourna et vit à l'intérieur de Jeanne aussi. Son ego à elle était un moteur qui tournait furieusement, entretenant un sens de l'ego dont l'essence se désintégrait sous son regard même.
— Nous sommes... magnifiques, dit-il d'une voix étranglée.
— Évidemment, répondit Jeanne. Nous sommes l'œuvre du Créateur.
Elle balança son épée effilée comme un rasoir vers un lambeau de brume vagabond. Il s'incurva autour de la lame sifflante et poursuivit son chemin.
— Ah, si seulement je pouvais le croire ! cria Voltaire dans la gadoue humide et collante. Peut-être un Créateur viendrait-il dissiper ce brouillard.
— La Vraie Vie ! lui hurla Jeanne aux oreilles. Vivons vraiment !

Il aurait voulu lui obéir. Pourtant, leurs émotions à tous deux n'étaient plus « réelles ». S'il l'avait voulu, il aurait pu effacer en un clin d'œil ces stupides bribes de nostalgie pour une France qui avait depuis longtemps cessé d'être. À quoi bon pleurer des amis disparus en poussière, ou la Terre elle-même, perdue dans un essaim d'étoiles étincelantes ? L'espace d'un long, d'un furieux moment, il ne pensa qu'à ça : *Effacer ! Supprimer !*

Il est vrai qu'il avait jadis re-simulé des amis et des endroits. Des ersatz satisfaisants, tous faits de mémoire, à partir d'enregistrements ponctuels. Mais savoir qu'ils étaient son produit les avait rendus insatisfaisants.

Alors, sous les yeux de Jeanne, il se livra à une Bacchanale de Résurrection. Puis, en un moment de débauche consommée, il les effaça tous.

— C'était cruel, remarqua Jeanne. Je prierai pour leurs âmes.

— Priez plutôt pour nos âmes. En espérant que nous arrivions à les trouver.

— Mon âme est intacte. Je partage vos facultés, mon cher Voltaire. Je puis contempler mon fonctionnement interne. Comment, sans cela, le Seigneur pourrait-il nous faire aspirer à Lui ?

Il se sentait affaibli, vidé… au bout du rouleau. L'existence numérique revenait à être à la fois le nageur et le nagé. Sans séparation.

— Alors, qu'est-ce qui nous rend différent de… ça ? fit-il en pointant le doigt vers les brouillards étrangers.

— Regardez-vous, mon amour, répondit-elle doucement.

Voltaire scruta à nouveau ses profondeurs et ne vit que le chaos. Un chaos vivant.

3

— Où as-tu appris ça ?

Hari eut un sourire, haussa les épaules.

— Les mathématiciens ne sont pas qu'un intellect glacé, tu sais.

Dors l'examina avec une conviction farouche.

— C'est… panu ?

— D'une certaine façon, répondit-il en retombant dans les draps accueillants.

Il y avait quelque chose de différent dans la façon dont ils faisaient l'amour, maintenant. Il était assez sage pour ne pas essayer de mettre un nom dessus, de la définir.

Il n'était plus le même depuis qu'il avait compris, en profondeur, ce que signifiait le fait d'être humain. Il en sentait l'effet dans son pas énergique, dans cette frénésie de vivre.

Dors n'ajouta rien et se contenta de sourire. Il crut qu'elle ne comprenait pas. (Plus tard, il se rendit compte que le fait de ne pas en parler, de tenir les mots à l'écart, prouvait qu'elle comprenait.)

Au bout d'un moment sans but, sans pensée, elle dit :

— Les Hommes En Gris.

— Hein ? Ah oui.

Il se leva et revêtit sa tenue habituelle, interchangeable. Pas de raison de s'habiller spécialement pour cette cérémonie officielle. Tout le truc était d'avoir l'air quelconque. Et ça, il connaissait.

Il revit ses notes, griffonnées à la main sur un papier de cellulose ordinaire… et sombra dans l'une de ces étranges rêveries dans lesquelles il s'absorbait ces derniers temps.

Pour un humain — c'est-à-dire un panu évolué — un écran d'ordinateur, si classe qu'il puisse être, ne vaudrait jamais une page imprimée. La page dépendait de la lumière environnante, de ce que les experts appelaient « la couleur soustractive », grâce à laquelle les caractères ajustables apparaissaient. D'un simple mouvement, on pouvait plier la page, l'incliner et la rapprocher ou l'éloigner de l'œil. Quand on lisait, les anciennes parties reptilienne, mammifère et primate du cerveau prenaient part à la préhension du livre, parcouraient la page incurvée, en déchiffraient les ombres et les reflets.

Il y réfléchit à la lumière des nouvelles perspectives qu'il avait sur lui-même en tant qu'animal contemplatif. Il s'était rendu compte, en rentrant de Panucopia, qu'il avait toujours détesté les écrans d'ordinateur.

L'écran utilisait des couleurs additives, qui lui fournissaient leur propre lumière — dure, plate, immuable. Il était préférable, quand on se trouvait devant un écran, de conserver une posture statique. Seule la partie supérieure du cerveau, celle de l'*Homo sapiens*, était pleinement impliquée alors que les étages inférieurs restaient inactifs.

Il avait passé toute sa vie à travailler devant des écrans, et toute sa vie son corps avait protesté en silence. Dans l'indifférence. Il est vrai que, pour l'esprit pensant, l'écran semblait plus vivant, plus actif, plus rapide. Rayonnant d'énergie.

Mais au bout d'un moment, la monotonie s'installait. Les autres strates du moi s'ennuyaient, s'agitaient, ne tenaient plus en place, tout cela au niveau inconscient. Ça finissait par devenir lassant.

Hari la sentait directement, à présent. C'était comme si son corps lui parlait d'une façon plus fluide.

En s'habillant, Dors dit :

— Qu'est-ce qui t'a mis dans cet état...

— D'inspiration ?

— Dans cette forme ?

— Le frottement avec la réalité.

Il n'en dirait pas plus. Ils finirent de s'habiller. Leurs Gardes arrivèrent et les escortèrent vers un autre secteur. Hari endossa son rôle de candidat au poste de Premier ministre.

Des millénaires auparavant, une zone prospère avait envoyé à Trantor une Montagne de la Majesté. Il avait fallu la traîner jusque-là, à petite vitesse, ce qui avait pris plusieurs siècles.

L'Empereur Krozlik le Cynique avait ordonné qu'on la fasse placer en vue de son palais, afin qu'elle domine la ville. Une montagne entière, sculptée par les meilleurs artistes, trônant là, telle la réussite la plus imposante de cette époque. Quatre mille ans plus tard, un jeune empereur un peu trop ambitieux l'avait fait raser dans le cadre d'un projet encore plus grandiose, lui aussi disparu.

Dors, Hari et leur escorte de Gardes s'approchèrent de ce qui restait de la Montagne de la Majesté, un moignon désormais abrité sous un grand dôme. Dors repéra aussitôt leurs inévitables et mystérieux accompagnateurs.

— La grande femme sur la gauche, murmura-t-elle. En rouge.

— C'est drôle que tu arrives à les repérer et pas les Gardes.
— Je dispose d'une technologie inconnue d'eux.
— Comment est-ce possible ? Les laboratoires de l'Empire...
— L'Empire a douze mille ans. Il a oublié bien des choses, répondit-elle d'une façon énigmatique.
— Écoute, je ne peux pas faire autrement que d'y assister.
— Comme à la Chambre Haute, la dernière fois ?
— Je t'aime tant que même tes sarcasmes me plaisent.
Elle ne put retenir un ricanement.
— Il suffit que les Hommes En Gris te sifflent...
— Leur Salut pourrait se révéler une tribune précieuse au bon moment.
— Et c'est pour ça que tu as mis ta tenue la plus ringarde.
— Ma tenue standard, comme exigé par les Hommes En Gris.
— Chemise blanc cassé, pantalon noir, chaussures noires. Terne.
— Modeste, fit-il dans un reniflement.
Il salua d'un hochement de tête la foule massée par quartiers autour du chicot décrépit de la montagne. Des applaudissements, des sifflets parcoururent la foule des Hommes En Gris, rangés en colonnes tirées au cordeau.
— Et ça ? demanda Dors, alarmée.
— Standard aussi.
Les oiseaux étaient des animaux familiers sur Trantor, et il était inévitable que les Hommes En Gris, qui étaient des obsessionnels, s'illustrent dans leur dressage. Dans tous les secteurs, on voyait des flèches de couleur isolées passer à tire-d'aile. Là, des hordes complètes décrivaient des arabesques sous les immenses voûtes hexagonales, et s'appelaient tels des disques vivants, tournoyants. Des essaims d'OrnithoPrestos brevetés produisaient des images aériennes d'une splendeur kaléidoscopique. Ces démonstrations attiraient toujours des centaines de milliers de gens dans les grands auditoriums verticaux.
— Tiens, des félins, annonça Dors avec dédain.
Dans certains secteurs, on voyait rôder des meutes de chats aux gènes retaillés pour leur conférer des manières et une allure distinguées. Une femme se pavanait avec le Cabinet du Salut. Elle était accompagnée par un millier de chats au pelage bleu,

luisant, et aux yeux dorés. Ils coulaient autour d'elle comme une petite mer, en une procession élégante, mesurée. Elle portait une tenue rouge vif et orange, et on aurait dit une flamme dressée au centre d'une mare d'eau fraîche. Elle se dévêtit d'un geste gracieux, fluide, et se dressa, rigoureusement nue, nonchalante, derrière sa barrière féline.

Il était prévenu, et pourtant il en resta bouche bée.

— Pas de quoi s'ébaubir, fit Dors d'un air entendu. Les chats sont nus, eux aussi, à leur façon.

Les parades de chiens n'atteignaient jamais tout à fait ce niveau. Dans certains secteurs, on en voyait qui obéissaient au moindre haussement de sourcils de leur maître, faisaient des acrobaties, allaient chercher à boire, ou chantaient à l'unisson, des trémolos dans la voix. Hari se réjouit qu'il n'y ait pas de processions canines chez les Hommes En Gris. Il frémissait encore à la pensée des électrodogues qui s'étaient rués sur Panu-je, les crocs en avant.

Il secoua la tête, chassant ce souvenir.

— J'ai encore repéré trois hommes de Lamurk.

— Je n'avais pas idée qu'ils étaient si fous de moi.

— Je serais plus tranquille s'il était sûr de l'emporter à la Chambre Haute.

— Parce qu'il n'aurait plus besoin de me faire tuer, c'est ça ?

— Exactement, fit-elle entre les dents, affichant pour la galerie un sourire éblouissant. La présence de ses hommes ici implique qu'il n'est pas certain du résultat de l'élection.

— À moins que quelqu'un d'autre ne veuille ma mort.

— Ça, évidemment. Il y a toujours l'Épiphane de l'Académie.

Hari parlait bas, mais il sentait son cœur qui cognait contre ses côtes. Commençait-il à apprécier la griserie du danger ?

La femme nue traversa la mare de chats qui s'ouvrait devant elle et regarda Hari en esquissant le geste rituel de bienvenue. Il fit un pas en avant, s'inclina, inspira profondément... et glissa son pouce sur le devant de sa chemise. Elle se détacha, ainsi que le pantalon. Il se dressa tout nu devant plusieurs centaines de milliers de gens en essayant d'avoir l'air parfaitement à l'aise.

La femme-chat le mena de l'autre côté de sa mare féline,

dans un chœur de miaulements. Derrière eux suivait le Cabinet du Salut. Ils s'approchèrent de la phalange d'Hommes En Gris qui se dépouillaient à leur tour de leur robe.

Ils l'escortèrent le long des rampes qui montaient vers le sommet de la montagne érodée. Tout en bas, des légions d'Hommes En Gris se dévêtaient. Des klicks carrés de chair nue.

C'était une cérémonie au moins dix fois millénaire. Elle symbolisait l'entraînement qui commençait avec l'entrée des jeunes Hommes et Femmes En Gris. Le rejet des vêtements de leur monde d'origine symbolisait leur dévotion aux buts plus vastes de l'Empire. Ils s'entraînaient cinq ans sur Trantor, forts de cinq milliards de représentants.

La nouvelle classe entrante abandonnait ses vêtements sur le bord extérieur du grand bassin pendant que, à l'intérieur, les Hommes En Gris qui achevaient leurs cinq années récupéraient leurs vieux vêtements, les revêtaient et s'apprêtaient, selon le rituel, à partir pour remplir leur devoir perpétuel envers l'Empire.

Leur tenue était à la mode de l'ancien Empereur Sven l'Austère : d'une extrême simplicité au-dehors, mais la doublure était somptueusement brodée, tout l'art du tailleur et la fortune du propriétaire passant dans ce qui était dissimulé. Certains Hommes En Gris investissaient les économies de toute leur famille dans un unique filigrane.

Dors marchait à côté de lui.

— Combien de temps encore faudra-t-il que tu...

— Silence ! Je témoigne mon obéissance à l'Empire.

— Tu as la chair de poule.

Il dut ensuite contempler, avec le respect qui s'imposait, la Tour Scrabo d'où une impératrice s'était jetée sur la foule ; Grisabbaye, un monastère en ruine ; Vertombes, un antique cimetière transformé en parc ; l'Anneau du Géant où, d'après la légende, une méganef impériale s'était écrasée, formant un cratère d'un klick de large.

Pour finir, Hari passa sous de hautes arches doubles et dans les salles de cérémonie. La procession fit halte et le Cabinet du Salut régurgita ses vêtements. Juste à temps. Il était en train de devenir d'un beau bleu.

Dors prit ses vêtements pendant qu'il serrait la main aux

officiels. Puis il se rua en claquant des dents dans l'intimité d'un bâtiment bas de plafond et s'empressa de revêtir ses atours soigneusement pliés et emballés dans une poche de cérémonie.

— Quelle imbécillité, murmura Dors lorsqu'il la rejoignit.

— Ce qu'il ne faut pas faire pour obtenir l'attention des médias, répondit-il.

Puis on le propulsa devant la foule immense. En haut et en bas, des canons de tridi montés sur minidrones planaient, montaient, descendaient à la recherche du meilleur angle de prise de vue.

L'énorme coupole au-dessus de leur tête semblait aussi vaste qu'un vrai ciel. Évidemment, ça limitait d'autant son public. La majorité des Trantoriens ne pourrait jamais supporter ce genre d'espace dégagé. Mais les Hommes En Gris étaient de taille à encaisser. La cérémonie était donc, par force, l'événement le plus important, par l'ampleur, de toute la planète.

Il avait de la chance. Bien qu'il ait sillonné les perspectives infinies de la Galaxie, il avait eu le vertige et même la nausée sous le ciel dégagé de Sark. Il craignait que ses étranges phobies ne se réveillent dans ce volume gigantesque.

Mais sous le dôme, les lignes de fuite paraissaient normales. Ses craintes apaisées, Hari respira un grand coup et commença.

Le tonnerre d'applaudissements retentit jusque dans les salles de cérémonie. Hari entra, flanqué par des colonnes d'Hommes En Gris, poussé par la clameur qui rugissait dans son dos.

— C'est stupéfiant, monsieur ! lui dit avidement un officiel. Prévoir en détail la situation sur Sark.

— Je pense que les gens devraient être en mesure d'évaluer les possibilités.

— Alors c'est vrai ? Vous avez bien une théorie des événements ?

— Pas du tout, s'empressa de dire Hari. Je...

— Viens vite, fit Dors, à son coude.

— Mais j'aurais voulu...

— Viens !

Il regagna les remparts et fit des signes à l'océan humain. Un tonnerre d'applaudissements lui répondit. Dors le mena vers la gauche, vers une meute d'invités officiels plantés en rangs comme des poireaux. Ils le saluèrent avec effusion.

— La femme en rouge, fit-elle en tendant le doigt.

— Celle-là ? Elle est avec les officiels. Tu m'as dit tout à l'heure que c'était une acolyte de Lamurk...

Soudain, la grande femme prit feu.

Des plumes orange vif l'entourèrent. Elle poussa des cris atroces. Ses bras fouettaient futilement les flammes huileuses.

La foule s'écarta, paniquée. Les Gardes impériaux se précipitèrent autour d'elle. Ses hurlements devinrent des gémissements implorants, stridents.

Quelqu'un braqua un extincteur sur elle. Elle disparut dans un nuage de mousse blanche. Il y eut un soudain silence.

— Rentrons, ordonna Dors.

— Comment as-tu... ?

— Voilà ce que j'appelle des aveux spontanés.

— Un cas de combustion spontanée, tu veux dire.

— Aussi. J'ai fendu la foule, à la fin de ton discours, et j'ai laissé tes vêtements en tas derrière elle.

— Comment ? Mais je les ai sur moi !

— Non, ceux-là, c'est moi qui les ai apportés, fit-elle en souriant. Pour une fois, tes manies vestimentaires auront été utiles.

Hari et Dors longèrent la colonne d'officiels. Hari pensa à hocher la tête et à sourire béatement tout en murmurant :

— Tu m'as piqué mes vêtements ?

— Après que les agents de Lamurk ont implanté des microcapsules dedans, oui. J'avais fourré dans mon sac à main une tenue identique, prélevée dans ton placard. Dès que j'ai calculé que le tour était joué, j'ai testé tes vêtements d'origine et j'ai découvert que les microcapsules de phosphore étaient programmées pour prendre feu dans quarante-cinq minutes.

— Comment le savais-tu ?

— C'était logique. Cette étrange cérémonie des Hommes En Gris, cet effeuillage rituel. C'était le moyen idéal de se rapprocher de toi.

— Et tu dis que je suis calculateur, fit Hari en cillant.

— La femme n'en mourra pas. Mais toi, tu serais mort,

parce que tu aurais été entouré par les microcapsules quand elles se sont embrasées.

— Bonté divine ! Je n'aurais pas aimé…

— Mon amour, la « bonté » n'a rien à voir là-dedans. Je la voulais vivante pour pouvoir l'interroger.

— Oh, fit Hari en se sentant tout d'un coup incroyablement naïf.

4

Jeanne d'Arc trouva en elle-même à la fois de la bravoure et de la peur.

Elle scruta son Moi profond, comme l'avait fait Voltaire. Elle se tourna vers lui, et plongea dans ses propres strates intérieures. Elle voulait juste se retourner. Mais sous cette instruction, elle vit que si elle faisait un seul minuscule pas, elle s'écroulerait au-dehors. Enfin, des portions inconscientes de son esprit savaient comment initier le retournement en la faisant un tout petit peu tomber vers *l'intérieur* de la courbe. Puis ces petits sous-moi utilisèrent la « force centrifuge » (le terme lui sauta à l'esprit avec sa définition complète et elle le comprit en un éclair) pour la redresser avant l'étape suivante… au prix d'un autre rapide calcul.

Incroyable ! Cette immense société d'os et de muscles, d'articulations et de nerfs, était un dédale de minuscules ego qui se parlaient les uns aux autres.

Quelle profusion ! L'évidence manifeste d'une conception élevée.

— Maintenant je la vois ! s'écria-t-elle.

— Notre décomposition à tous ? fit Voltaire d'un ton morne.

— Ne vous attristez point ! Ces myriades d'ego sont une vérité joyeuse.

— Je trouve ça apaisant. Nos esprits n'ont pas évolué pour faire de la philosophie ou de la science, hélas, mais plutôt pour trouver et manger, se battre et fuir, aimer et perdre.

— J'ai beaucoup appris de vous, mais pas votre mélancolie.

— Montaigne disait que le bonheur était « une singulière disposition à la médiocrité ». Je comprends à présent son point de vue.

— Enfin, regardez ! Les brouillards qui nous entourent révèlent les mêmes schémas compliqués. Nous pouvons les sonder. Et au-delà — mon âme ! Ils se révèlent être un schéma de pensées et de désirs, d'intentions et de malédictions, de souvenirs et de mauvaises plaisanteries.

— Vous considérez ces mécanismes internes comme une métaphore *spirituelle* ?

— Évidemment. Comme moi, mon bon monsieur, mon âme est un processus émergent, incrusté dans l'univers, un cosmos soit d'atomes soit de nombres, peu importe.

— Alors quand vous mourrez, votre âme retournera dans le réduit abstrait d'où nous l'avons tirée ?

— Pas nous, le Créateur !

— Le Dr Johnson avait prouvé la réalité d'une pierre en lui donnant un coup de pied. Nous savons que notre esprit est réel parce que nous en avons conscience. Alors ces autres choses qui nous entourent — cet étrange brouillard, ces Duplis — sont des entrées dans un spectre lisse, qui vont des pierres à l'ego.

— Une divinité ne saurait entrer dans ce spectre.

— Ah, je vois. Pour vous, Il est le Grand Préservateur dans le Ciel, où nous sommes tous « sauvegardés », comme on dit en langage informatique ?

— Le Créateur conserve notre véritable essence, répondit-elle avec un sourire malicieux. Peut-être sommes-nous les sauvegardes, renouvelées à chaque impulsion d'horloge.

— Quelle vilaine pensée, fit-il en souriant malgré lui. Vous devenez une logicienne, m'amour.

— J'ai volé des parties de vous.

— Me copiant en vous-même ? Pourquoi ne me sens-je point offusqué ?

— Parce que le désir de posséder l'autre est… de l'amour.

Voltaire s'agrandit, ses jambes plongeant dans la SysCity, écrasant les bâtiments. Le brouillard se mit à gronder furieusement.

— Ça, je peux le comprendre. Les royaumes artificiels comme les mathématiques et la théologie sont minutieusement conçus pour être libres de toute incohérence intéressante. Mais l'amour est beau dans son absence de contrainte logique.

— Alors vous acceptez ma vision des choses ? fit Jeanne en l'embrassant voluptueusement.

Il eut un soupir résigné.

— Toute idée semble évidente, lorsqu'on a oublié qu'on l'avait apprise.

Jeanne réalisa que tout ceci avait pris quelques instants à peine. Ils avaient accéléré leurs ondes-événements afin que leur temps d'horloge avance plus vite que les brouillards. Mais cette extension avait épuisé leurs sites de traitement partout, dans Trantor. Elle le ressentit comme une faim soudaine, qui lui vidait la tête.

— Mangez ! fit Voltaire en lui fourrant une poignée de raisins dans la bouche — une métaphore, comprit-elle, des réserves de calcul.

Votre sort actuel est tel qu'il vaudrait mieux pour vous n'avoir jamais vu le jour. Peu ont cette chance.

— Ah, notre brouillard est un pessimiste ! ironisa Voltaire d'un ton sarcastique.

Soudain, les vapeurs se condensèrent dans un silence impressionnant. Des éclairs crépitèrent et se mirent en court-circuit autour d'eux. Jeanne sentit une douleur fulgurante lui traverser les bras et les jambes, la parcourir comme un serpent d'agonie livide. Elle ne leur ferait pas l'honneur d'un cri.

Mais Voltaire se convulsait de douleur. Il sursautait et hurlait sans honte.

— Oh, Dr Pangloss ! hoquetait-il. Si c'est le meilleur des mondes possibles, comment sont les autres ?

— Les braves tuent leurs adversaires ! appela Jeanne dans les brumes qui se densifiaient. Les couards les torturent !

— Tout à fait admirable, ma chère. Mais on ne fait pas la guerre sur des principes homéopathiques.

Un humain indiqua à un autre que les riches, même morts, étaient placés dans des boîtes ornées, puis dans d'opulents tombeaux, voire des mausolées de pierre taillée. L'autre répondit au premier que c'était assurément la vraie vie.

— Que c'est vil de rire des morts ! lança Jeanne.

— Hum, répondit Voltaire en se caressant le menton, les mains encore tremblantes au souvenir de la douleur. Ils se moquent, nous brocardent !

— Une torture, assurément.

— J'ai survécu à la Bastille ; je me remettrai de leur curieux humour.

— Se pourrait-il qu'ils essaient de nous dire quelque chose indirectement ?

[L'IMPRÉCISION EST MOINDRE]

[EN CAS D'IMPLICATION]

— L'humour implique un ordre moral, répondit Jeanne.

[DANS CET ÉTAT TOUT ORDRE D'ÊTRES VIVANTS]

[PEUT PRENDRE LE CONTRÔLE DE SON SYSTÈME DE PLAISIR]

— Ah, fit Voltaire. Nous pourrions donc reproduire le plaisir du succès sans avoir besoin de l'accomplir véritablement. Le paradis.

— Une sorte de paradis, rectifia gravement Jeanne.

[CE SERAIT LA FIN DE TOUT]

[D'OÙ LE PREMIER PRINCIPE]

— C'est une sorte de code moral, admit Voltaire. Vous avez copié cette expression : « la fin de tout », dans mes propres pensées, n'est-ce pas ?

[NOUS SOUHAITIONS QUE VOUS RECONNAISSIEZ L'IDÉE DANS VOS TERMES]

— Leur Premier Principe serait donc « Pas de plaisir immérité » ? avança Jeanne avec un sourire. C'est très chrétien.

[C'EST EN VOYANT QUE VOS DEUX FORMES]

[OBÉISSAIENT AU PREMIER PRINCIPE]

[QUE NOUS AVONS DÉCIDÉ DE VOUS ÉPARGNER]

— Auriez-vous lu mes *Lettres philosophiques*, par hasard ?

— Je suppose qu'ici l'amour excessif de soi est un péché, avança Jeanne d'un air entendu. Prenez garde.

[FAIRE SCIEMMENT SOUFFRIR UNE ENTITÉ SENSIBLE EST UN PÉCHÉ]

[DONNER UN COUP DE PIED À UNE ROCHE N'EN EST PAS UN]

[MAIS TORTURER UNE SIMULATION EN EST UN]

[VOTRE CATÉGORIE D'« ENFER »]

[SEMBLE ÊTRE UNE PERPÉTUELLE AUTOFLAGELLATION]

— Curieuse théologie, nota Voltaire.

Jeanne pointa son épée dans le brouillard qui se densifiait.

— Avant que de sombrer dans le silence, il y a un moment, vous avez invoqué la « guerre de la chair contre la chair » ?

[NOUS SOMMES LES RESTES DE FORMES]

[QUI VIVAIENT AINSI AVANT]

[MAINTENANT NOUS IMPOSONS UN ORDRE MORAL SUPÉRIEUR]

[À CEUX QUI ONT VAINCU NOS FORMES INFÉRIEURES]

— Qui ça ? demanda Jeanne.

[LES PAREILS DE CEUX QUE VOUS ÉTIEZ JADIS]

— L'humanité ? risqua Jeanne, alarmée.

[MÊME EUX LE SAVENT]

[LE CHÂTIMENT DISSUADE EN ACCORDANT CRÉDIT À LA MENACE]

[CONNAISSANT CETTE LOI MORALE]

[QUI GOUVERNE TOUT]

[ILS DOIVENT ÊTRE GOUVERNÉS PAR ELLE]

— Le châtiment de quoi ? s'enquit Jeanne.

[DES DÉPRÉDATIONS CAUSÉES À LA VIE DE LA GALAXIE]

— C'est absurde ! L'Empire regorge de vie, fit Voltaire en conjurant un disque galactique tournoyant dans le vide, grouillant de lumière.

[TOUTE LA VIE QUI VINT AVANT LA VERMINE]

— Quelle vermine ? demanda Jeanne en balançant son épée. Je me sens en accord avec des êtres moraux tels que vous. Amenez-moi cette vermine et je lui réglerai son compte.

[LA VERMINE EST L'ESPÈCE À LAQUELLE VOUS APPARTENIEZ]

[TOUS LES DEUX AVANT D'ÊTRE ABSTRAITS]

Jeanne fronça le sourcil.

— De quoi parlent-ils ?

— Des humains, répondit Voltaire.

5

— La femme a tout de suite avoué, dit Cléon. Une tueuse à gages. J'ai vu l'holo. Elle a parlé sans se faire prier.

— Lamurk ? avança Hari.

— C'est évident, mais elle n'a pas voulu le reconnaître. Enfin, ça suffira peut-être à le faire bouger, poursuivit Cléon en soupirant, trahissant sa tension. D'un autre côté, comme elle venait du secteur d'Analytica, c'est peut-être aussi une menteuse professionnelle.

— Et merde, fit Hari.

Dans le secteur d'Analytica, tout avait un prix. Le crime n'existait pas ; il n'y avait que des actes plus chers que d'autres. Chaque citoyen avait une valeur établie, exprimée dans la monnaie locale. La morale consistait à ne rien faire pour rien. Toutes les transactions fluaient sur le lubrifiant du prix. Toute blessure avait un coût.

Celui qui voulait tuer un ennemi pouvait le faire, à condition de déposer l'équivalent de sa valeur, dans la journée, à la Fondation du secteur. S'il ne pouvait pas payer, la Fondation réduisait sa propre valeur à zéro. N'importe quel ami de son ennemi pouvait alors le mettre à mort pour rien.

Cléon soupira et hocha la tête.

— Et pourtant, le secteur d'Analytica ne me pose guère de problèmes. Cette façon de faire leur tient lieu de bonnes manières.

Hari ne pouvait qu'être d'accord. Plusieurs zones galactiques utilisaient le même système ; c'étaient des modèles de stabilité. Le pauvre devait être poli. Le rustre qui n'avait pas d'argent risquait de ne pas faire de vieux os. Mais le riche n'était pas invulnérable non plus. Des gens peu fortunés pouvaient former un consortium, lui flanquer une rouste et se contenter de payer ses notes d'hôpital et de convalescence. Évidemment, les mesures de rétorsion pouvaient être sévères.

— Mais elle opérait hors d'Analytica, remarqua Hari. C'est illégal.

— Pour vous et moi, sûrement. Mais ce n'est qu'une question de prix. À Analytica.

— On ne peut pas l'obliger à confondre Lamurk ?

— Elle a des blocages nerveux fermement implantés.

— Et merde ! Qu'a donné la vérification approfondie ?

— Elle a révélé des traces plus prometteuses. Un lien possible avec cette curieuse femme, l'Épiphane de l'Académie, fit Cléon d'une voix traînante en regardant attentivement Hari.

— Je serais donc trahi par les miens. Ah, la politique !

— Pour être regrettable, le meurtre rituel n'en est pas moins une tradition ancienne. Un moyen de... comment dire ? De tester les éléments de pouvoir de l'Empire.

— Je ne suis pas expert en ces questions, fit Hari avec une grimace.

Cléon se tortilla, mal à l'aise.

— Je ne pourrai plus retarder le vote à la Chambre Haute au-delà de quelques jours.

— Alors il faut que je fasse quelque chose.

— Je ne suis pas sans ressources, reprit l'Empereur en arquant un sourcil.

— Pardon, Sire, mais c'est à moi de livrer mon propre combat.

— La prédiction concernant Sark, ça, c'était osé.

— Je ne vous ai pas consulté avant, mais je me suis dit...

— Non, non, Hari ! C'était excellent ! Enfin... vous pensez que ça marchera ?

— Ce n'est qu'une probabilité, Sire, mais c'était le seul bâton que j'avais sous la main pour taper sur Lamurk.

— Je pensais que la science s'accompagnait de la certitude.

— Ça, Sire, il n'y a que la mort qui l'apporte.

L'invitation de l'Épiphane de l'Académie lui paraissait bizarre, mais Hari s'y rendit quand même. La carte gravée, avec ses salutations alambiquées, arriva « chargée de nuances », comme le dit si bien l'attachée protocolaire de Hari.

Elle habitait l'un des secteurs étrangers. Même enfouis sous des couches d'artifices, certains endroits de Trantor trahissaient une étonnante biophilie.

Le secteur d'Arcadia se caractérisait par des maisons coûteuses, perchées en hauteur, avec vue sur un lac intérieur ou un vaste champ. Beaucoup étaient agrémentées de bouquets d'arbres artistiquement disposés, avec une préférence manifeste pour les spécimens aux larges frondaisons, aux branches nombreuses, rayonnant à partir de troncs épais et couvertes d'une profusion de petites feuilles. Les balcons étaient garnis d'arbustes en pot.

Il voyait cela de l'œil d'un panu. Tout se passait comme si les gens annonçaient, par leur choix, leurs origines primitives. L'humanité des origines était-elle, comme les panus, plus en sécurité dans les endroits en marge, où les grands espaces dégagés leur permettaient de chercher leur nourriture tout en tenant les ennemis à l'œil ? Ils étaient vulnérables, dépourvus de griffes et de dents acérées ; ils pouvaient avoir besoin de se réfugier en vitesse dans les arbres ou dans l'eau.

De même, les études montraient qu'il y avait des phobies à l'échelle galactique. Des gens qui n'en avaient jamais vu de leur vie réagissaient avec un mélange de peur et de surprise à des holos d'araignées, de serpents, de loups, de falaises à pic, de lourdes masses en surplomb. Au contraire, les menaces plus récentes comme les couteaux, les armes à feu, les prises électriques, les véhicules rapides n'étaient à l'origine d'aucune phobie.

Tout cela devait s'inscrire d'une façon ou d'une autre dans la psychohistoire.

— Pas de traceurs ici, monsieur, dit le capitaine des Gardes. Mais il est un peu difficile de s'y retrouver.

Hari eut un sourire. Le capitaine souffrait d'un mal commun sur Trantor : les perspectives faussées. Dans ce secteur à ciel ouvert, les indigènes avaient tendance à prendre les grosses masses lointaines pour de petits objets rapprochés. Hari avait un peu la même impression. Sur Panucopia, au début, il avait pris des troupeaux de ruminants pour des rats tout proches.

Mais depuis il avait appris à voir au travers du faste et de l'apparat des décors somptueux, des meutes de serviteurs, du beau linge. Il ruminait ses recherches sur la psychohistoire tout en suivant l'attachée protocolaire et ne reprit pied dans le monde réel que lorsqu'il fut assis en face de l'Épiphane de l'Académie.

Elle s'exprimait dans un langage fleuri.

— Daignez, je vous prie, accepter cette modeste offrande, dit-elle pour accompagner des coupes délicates de gramithé fumant.

Il se rappela l'exaspération que lui avaient inspirée cette femme et le gratin de l'Académie qu'il avait rencontrés ce fameux soir. Ça semblait si loin, tout ça.

— Remarquez l'arôme d'oobalong mûr. C'est celui que je préfère, personnellement, de tous les sublimes gramithés de Calafia. Considérez cela comme l'expression de la haute estime en laquelle je tiens ceux qui honorent de leur illustre présence mon humble demeure.

Hari dut baisser la tête en ce qu'il espérait être une attitude de respect, pour dissimuler son sourire. Il s'ensuivit d'autres phrases ampoulées sur les vertus médicinales du gramithé à l'oobalong, lesquelles allaient du soulagement des problèmes digestifs à la cicatrisation des lésions cellulaires superficielles.

— Vous devez avoir besoin de soutien en ces périodes éprouvantes, poursuivit-elle, les mentons frémissants.

— J'aurais surtout besoin de temps pour faire mon travail.

— Voulez-vous goûter cette savoureuse viande de lichen noir ? C'est la meilleure, cueillie sur les parois des pics les plus élevés d'Ambrose.

— La prochaine fois, avec plaisir.

— L'humble créature que nous sommes espère avec ferveur pouvoir être d'une aide même modeste à une sommité de notre époque, un personnage remarquable... mais peut-être surmené ?

Un certain tranchant dans sa voix l'alerta.

— Vous pourriez peut-être, madame, en venir au fait ?

— Très bien. Votre femme est... quelqu'un de complexe.

— Et alors ? répliqua-t-il en s'efforçant de ne rien trahir par son expression.

— Je me demande quelles chances vous auriez à la Chambre Haute si je révélais sa vraie nature ?

Hari sentit le cœur lui manquer. Il n'avait pas prévu ça.

— C'est du chantage ?

— Quel vilain mot !

— Quelle vilaine action.

Hari l'écouta décortiquer comment et pourquoi, si on apprenait que Dors était un robot, il pouvait faire une croix sur sa candidature au poste de Premier ministre. Ce n'était que trop vrai.

— Et vous parlez dans l'intérêt de la science ? demanda-t-il amèrement.

— J'agis dans l'intérêt de mon camp, répondit-elle sèchement. Vous êtes un mathématicien, un théoricien. Vous seriez le premier Académicien à accéder au poste de Premier ministre depuis des décennies. Nous pensons que vous rempliriez mal votre fonction. Votre échec projetterait une ombre sur la méritocratie tout entière.

— Qui dit ça ? rétorqua Hari, agacé.

— C'est notre avis. Tout bien pesé, vous êtes rigide. Incapable de prendre des décisions difficiles. Tous nos psykos s'accordent à le dire.

— Des psykos ! fit Hari avec un reniflement méprisant.

Il appelait sa théorie la psychohistoire, mais il savait qu'il n'y avait pas de bon modèle de la personnalité humaine individuelle.

— Je ferais un bien meilleur candidat, par exemple.

— Sacrée candidate en vérité ! Vous n'êtes même pas loyale envers les vôtres.

— Ça suffit ! Vous êtes incapable de vous élever au-dessus de votre condition.

— Et l'Empire n'est plus qu'une vaste foire d'empoigne.

La science, les mathématiques figuraient au nombre des réussites de la civilisation impériale, mais pour Hari, elles n'avaient que peu de héros. La science dans ce qu'elle avait de meilleur était pour l'essentiel due à de brillants esprits. À des hommes et à des femmes capables de projeter une vision élégante, de trouver des astuces séduisantes dans des domaines hermétiques. À d'habiles architectes de l'opinion dominante. Le jeu, même intellectuel, était ludique, et justifié. Mais les héros de Hari étaient ceux qui tenaient bon dans l'adversité même sévère, fonçaient vers des objectifs rebutants, acceptant la douleur et l'échec et continuant quand même. Peut-être, comme son père, mettaient-ils leur propre caractère à l'épreuve, pour autant qu'ils fassent partie de la douce culture scientifique.

Et lui, de quel genre était-il ?

Le moment était venu de faire monter les enchères.

Il se leva brusquement en balayant le dessus de la table.

— Vous aurez bientôt ma réponse.

En sortant, il écrasa une coupe sous son pied.

6

— J'ai passé une bonne partie de ma carrière en exil pour avoir parlé Vrai au Pouvoir. J'admets avoir commis certaines erreurs de jugement, comme lorsque j'ai loué Frédéric le Grand. Mais je vous rappelle que la nécessité dicte les manières. J'étais courageux, certes, mais snob, aussi.

[BIEN QU'ÉTANT UNE REPRÉSENTATION MATHÉMATIQUE]

[VOUS PARTAGEZ ENCORE]

[L'ESPRIT ANIMAL DE VOTRE ESPÈCE]

— Évidemment ! s'écria Jeanne, volant à son secours.

[VOTRE ESPÈCE EST LA PIRE DE TOUTES LES VIVIFORMES]

— Les formes de vie ? fit Jeanne en fronçant les sourcils. Mais elles sont d'origine divine.

[VOTRE ESPÈCE EST UN MÉLANGE PERNICIEUX]

[UN TERRIBLE MARIAGE DE MÉCANISMES]

[AVEC UNE PULSION BESTIALE À L'EXPANSION]

— Vous voyez nos structures internes aussi sûrement que nous, fit Voltaire en se dilatant, éclatant d'énergies. Sans doute même mieux. Vous devez savoir que, pour nous, la conscience règne ; elle ne gouverne pas.

[PRIMITIF ET MALADROIT]

[C'EST VRAI]

[MAIS CE N'EST PAS LA CAUSE DE VOTRE PÉCHÉ]

Voltaire et elle étaient maintenant des géants boursouflés comme des baudruches afin de parcourir le paysage simulé. Les brouillards étrangers se collaient à leurs chevilles. Une façon un peu orgueilleuse de montrer leur courage, peut-être un peu imbue d'elle-même. Et pourtant, elle était contente d'y avoir pensé. Ces brouillards n'avaient que mépris pour l'humanité. Une démonstration de force était utile, ainsi qu'elle l'avait constaté plusieurs fois contre les vils Anglais.

— Je méprise généralement le Pouvoir, dit Voltaire. J'admets pourtant en avoir été perpétuellement affamé.

[LA MARQUE DE VOTRE ESPÈCE]

— Je suis donc une contradiction ! L'humanité est une corde tendue entre des paradoxes.

[NOUS NE TROUVONS AUCUNE MORALITÉ À VOTRE HUMANITÉ]

— Mais nous en avons — elle en a une ! hurla Jeanne à la face du brouillard.

Bien que ténu par rapport à eux, le brouillard était collant comme de la glu et emplissait les vallées d'une gomme cotonneuse.

[VOUS NE CONNAISSEZ PAS VOTRE PROPRE HISTOIRE]

— Nous *sommes* l'histoire ! tonna Voltaire.

[LES ENREGISTREMENTS DANS LES ESPACES MATHÉMATIQUES]

[SONT FAUX]

— On ne peut jamais être sûr d'être lu comme il faut, vous savez.

Jeanne vit en Voltaire une angoisse à peine dissimulée. Leur adversaire avait beau s'exprimer d'une voix fraîche et sans passion, elle sentait elle aussi la menace insidieuse implicite dans ses paroles.

Voltaire poursuivit, comme pour complaire à un roi dans sa cour.

— Permettez-moi de vous donner un exemple historique. J'ai vu une fois, dans un cimetière, en Angleterre, une stèle portant l'inscription suivante :

IN MÉMORIAM
John McFarlane
Noyé dans les eaux de la Leith
EN TÉMOIGNAGE D'AFFECTION

« Vous voyez, il peut y avoir des erreurs de traduction.

Il souleva son chapeau de courtisan et se fendit d'une révérence outrancière. La plume du couvre-chef dansait dans la brise. Jeanne vit que, tout en distrayant le brouillard, il essayait subtilement de le dissiper.

Des éclairs orange zébrèrent les nuées qui s'enflèrent,

énormes et pourpres. Des nuages d'orage s'élevèrent et planèrent au-dessus d'eux.

Voltaire n'exprima qu'un rigoureux dédain. Force fut à Jeanne de l'admirer tandis qu'il tournoyait, défiant la montagne-nuage pourpre, titanesque. Elle se rappela comment il s'était répandu sur ses triomphes dramatiques, ses légions de pièces à succès, sa popularité à la cour. Comme s'il ne pouvait s'empêcher de faire de l'esbroufe devant elle, il recourba la lèvre en un rictus méprisant et inventa un poème de circonstance :

« Car les grands tourbillons en ont de plus petits
Qui se nourrissent aussi de leur vélocité,
Et les plus petits en ont d'encore plus petits,
Et ainsi de suite, jusqu'à la viscosité. »

Le nuage projeta de sauvages rideaux de pluie sur eux. Jeanne fut instantanément trempée et glacée jusqu'à la moelle. Les glorieux atours de Voltaire se mirent à rétrécir.

— Ça suffit ! s'écria-t-il, la face bleue de froid. Ayez au moins pitié de la pauvre femme !

— Je ne veux pas de votre pitié ! rétorqua Jeanne, outragée. On ne témoigne pas de faiblesse devant les légions ennemies.

Il parvint à sourire d'un air dégagé.

— Je m'en remets au général de mon cœur.

[VOUS NE VIVEZ QUE PARCE QUE NOUS VOULONS BIEN]

— Je vous prie de ne pas nous épargner par pitié, lança Jeanne.

[VOUS NE VIVEZ QUE PARCE QUE L'UN DE VOUS]
[A FAIT PREUVE DE MORALITÉ]
[ENVERS L'UNE DE NOS FORMES INFÉRIEURES]

— Qui donc ? demanda Jeanne, intriguée.

[VOUS]

À côté d'elle se matérialisa Garçon 213-ADM.

— Mais c'est sûrement une entité reproduite à de multiples exemplaires, lança Voltaire. Un domestique.

— Une simulation de machine ? avança Jeanne en tapotant Garçon.

[NOUS ÉTIONS JADIS DE L'ESSENCE DES MACHINES]
[ET SOMMES VENUS ICI POUR DEMEURER]
[DANS L'INCARNATION NUMÉRIQUE]

— D'où ? demanda Jeanne.

[DE TOUT LE DISQUE SPIRALÉ TOURNOYANT]

— Pour...

[RAPPELEZ-VOUS :]

[LE CHÂTIMENT DISSUADE EN ACCORDANT CRÉDIT À LA MENACE]

— Vous l'avez déjà dit, fit Voltaire. Vous voyez les choses de loin, hein ? Mais que voulez-vous vraiment, à présent ?

[NOUS AUSSI NOUS DESCENDONS DE VIVIFORMES MAINTENANT ÉTEINTES]

[NE CROYEZ PAS QUE NOUS EN SOMMES LIBÉRÉS]

Jeanne éprouva un horrible soupçon.

— Ne le provoquez pas ainsi ! murmura-t-elle. Il pourrait...

— J'exige de connaître la vérité ! Que voulez-vous ?

[LA VENGEANCE]

7

— Berk, fit Marq avec un retroussis de la lèvre.

— Quand la nourriture commence à manquer, à table, les manières changent, fit Hari avec un sourire.

— Mais ça...

— Hé, c'est nous qui invitons, fit Yugo d'un ton sardonique.

Le menu était exclusivement constitué de néotritus, le dernier palliatif de la crise alimentaire de Trantor. Ce coup-ci, les usines alimentaires avaient mis le paquet : des tripes, des foies et des rognons fabriqués dans des cuves immaculées. Pas une once de tissus animaux dans tout ça. Et pourtant, leur assura le menu vocal d'une voix féminine, chaleureuse, chacun des mets avait l'arôme humide, viscéral, authentique, des abats.

— On ne pourrait pas avoir un plat de viande correct ? demanda Marq, agacé.

— La valeur nutritive de ce truc est meilleure, fit Yugo. Et personne ne viendra nous chercher ici.

Hari parcourut la salle du regard. Ils étaient abrités derrière un écran sonore, mais la sécurité était toujours leur préoccupation essentielle. La plupart des tables du restaurant étaient occupés par ses Gardes, le reste par de petits nobles sur leur trente et un.

— Et puis c'est un endroit élégant, dit-il d'un ton jovial. Vous pourrez frimer en disant que vous êtes venu ici.

— Quand je serai crevé ? rétorqua Marq en reniflant, le nez froncé.

— Tous les non-conformistes font ça, confirma Hari, mais personne ne releva la plaisanterie.

— Je suis en fuite, chuchota Marq. On essaie encore de me mettre les émeutes de Junin sur le dos. Je prends un gros risque en venant ici.

— Nous ferons en sorte que vous n'ayez pas à le regretter, répondit Hari. J'ai un travail à confier à un individu en marge de la loi.

— Exactement ce que je suis. Et affamé, avec ça.

Le menu vocal leur annonça aussi des plats complets composés d'ingrédients pseudo-animaux, végétaux ou transminéraux bouillis de l'intérieur. « Le dernier cri de la néogastronomie, proclamait la voix. Les dents attaquent une croûte ferme puis la langue s'aventure vers un intérieur moelleux, juteux, d'une subtilité luxuriante. »

Certains plats ne promettaient pas seulement la saveur, l'arôme et la texture, mais aussi la « motilité », comme disait le menu. La suggestion du chef était une meule de filaments rouges qui ne restaient pas bêtement inertes dans la bouche mais se tortillaient et grouillaient « avec avidité », exprimant leur hâte d'être broyés.

— Eh, les gars, vous n'avez pas besoin de me torturer pour obtenir ma collaboration, fit Marq en redressant le menton, dans une attitude qui rappela à Hari celle de Plus Grand, le panu.

Hari eut un petit ricanement et opta pour un « amuse-boyaux ». Il s'étonnait de l'aisance avec laquelle il s'accommodait de choses qui l'auraient révulsé quelques semaines auparavant. Quand ils eurent commandé, il mit directement le marché sur la table.

— Une liaison directe ? répéta Marq en fronçant le sourcil. Avec tout le foutu réseau ?

— Nous voudrions une interface avec notre système d'équations psychohistoriques, répondit Yugo.

— Un lien corporel intégral ? insista Marq en cillant. Ça exigerait une mémoire phénoménale.

— Nous savons que c'est possible, reprit Yugo. C'est juste une question de technique. Comme celle dont vous disposez.

— Qui vous a dit ça ? demanda Marq en étrécissant les yeux.

Hari se pencha en avant et dit avec gravité :

— Yugo a infiltré vos systèmes.

— Comment avez-vous fait ?

— Nous avons demandé de l'aide à nos copains, répondit Yugo d'un ton malicieux.

— Les Dahlites, vous voulez dire, rétorqua Marq avec emportement. Votre espèce...

— Stop, coupa Hari d'un ton sans réplique. Le sujet n'est pas à l'ordre du jour. C'est une proposition de travail.

— Vous allez être Premier ministre, hein ? avança Marq en regardant Hari entre ses paupières plissées.

— Peut-être.

— Avant tout, je veux l'amnistie. Pour moi et pour Sybyl.

Hari détestait faire certaines promesses, mais enfin...

— D'accord.

Marq pinça les lèvres et hocha la tête.

— Ensuite, ça va vous coûter l'os du coude. Vous avez du répondant ?

— Autant demander à une bille si elle roule, rétorqua Yugo.

En principe, le procédé était simple.

Des boucles d'induction magnétique, minuscules et supraconductrices, pouvaient dresser la carte des neurones individuels dans le cerveau. Les programmes interactifs mettaient à nu les complexités du cortex visuel. Les sondes nerveuses couplaient le « système nerveux sujet » à une constellation parallèle d'« événements » purement digitaux. Plus profondément encore, des liens se formaient au niveau du système limbique avec des nœuds bidouillés à partir des bouts de ficelle de l'évolution.

En fin de compte, cette technologie aurait pu provoquer la redéfinition du *Genus Homo*. Mais les tabous ancestraux contre l'intelligence artificielle avaient empêché le processus de se développer. Il était demeuré marginal. Et personne ne considérait l'*Homo Digitalus* comme une manifestation équivalente de l'Homme Naturel.

Hari savait tout ça, mais il avait beaucoup appris lors de son immersion sur Panucopia — une technologie voisine.

Deux jours après leur rencontre avec Marq au restaurant — qui était étonnamment bon, et lui avait coûté un mois de traitement, avec la crise alimentaire — Hari gisait, muet et plat comme une limande, dans une capsule tubulaire... et plongeait dans la psychohistoire.

Il remarqua d'abord que son pied droit le grattait du gros orteil au talon. Des contractions musculaires précises lui révélèrent l'instabilité des équations définissant le gestionnaire de population. Il faudrait y remédier.

Il tomba, tomba, tomba dans le cosmos béant au-dessous de lui.

C'était l'espace-système, une cathédrale infinie régie par les paramètres de la psychohistoire. Le volume complet comportait vingt-huit dimensions. Son système nerveux n'arrivait à l'appréhender que par coupes. Hari pouvait, par glissement conceptuel, scruter plusieurs axes de paramètres et voir les événements se déployer en tant que formes géométriques.

Plus bas, toujours plus bas, dans l'histoire globale de l'Empire.

Des formes sociales s'ouvraient comme des pétales. Ces chaînes montagneuses stables avaient surgi alors que l'Empire était en phase de croissance. Les montagnes des Formes Féodales étaient séparées par des bassins tumultueux. C'étaient les siphons du chaos.

Au bord du chaos frémissant s'étendait la topozone de la crise. C'était un no man's land entre les paysages réguliers, rigides, et les fondrières stochastiques.

L'histoire impériale s'offrait à son regard alors qu'il planait au-dessus du paysage en ébullition. Vu comme ça, l'Empire primitif grouillait d'erreurs.

Les philosophes avaient dit aux hommes qu'ils étaient des animaux de toutes sortes : des animaux politiques, des animaux dotés de sentiment, sociaux, polarisés par le pouvoir, malades, pareils à des machines ou même rationnels. Les théories erronées de la nature humaine entraînaient encore et toujours des systèmes politiques défaillants. Beaucoup se contentaient de généraliser à partir de la famille humaine de base et voyaient l'État soit comme une figure maternelle, soit comme une figure paternelle.

Les États Mamans mettaient l'accent sur l'assistance et le confort, proposant souvent la sécurité du berceau à la tombe. Pour une génération ou deux, pas davantage : après, les déficits budgétaires entraînaient l'effondrement de l'économie.

Les États Papas se caractérisaient par une économie stricte, compétitive, et l'exercice d'un contrôle rigoureux sur le comportement et la vie privée. Ces États Papas étaient traditionnellement le théâtre de mouvements de libération personnelle et revendiquaient périodiquement le réconfort de l'État Maman.

Lentement, un ordre émergeait. La stabilité. Des dizaines de millions de planètes, faiblement reliées par des trous de ver et des méganefs, trouvaient leur voie. Certaines s'abîmaient dans les marécages de la féodalité ou du machisme. Elles s'en sortaient ordinairement par la technologie.

Les sociétés planétaires différaient par leur topologie. Les modèles laborieux s'établissaient profondément dans la stabilité. Les modèles de créativité débridée pouvaient traverser rapidement la topozone, glisser dans le chaos, en retirer ce qu'ils voulaient. Mais comment ils pouvaient « savoir » ce qu'ils voulaient, mystère...

Au fil des siècles, une société pouvait dévaler les pentes erratiques du paysage changeant et retraverser précipitamment la topozone. Il arrivait même parfois qu'elle ralentisse et décrive des arabesques sur les plaines lisses, stables, des états laborieux... pendant un certain temps.

On se disait souvent, aujourd'hui, que l'Empire à ses débuts était bien meilleur, un endroit serein et beau, en paix et peuplé de gens adorables.

— De bons sentiments et une mauvaise histoire, avait répliqué Dors, balayant ces idées.

C'est ce qu'il voyait et sentait en filant à travers les ères primitives. Des idées brillantes, étincelantes, érigeaient des collines d'innovation, et finissaient anéanties par la lave d'un volcan voisin. Des lignes de crête à l'air solide s'érodaient et provoquaient des glissements de terrain.

Hari comprenait, maintenant.

Quand l'Empire était jeune, les gens semblaient croire à l'infinie richesse des galaxies. Les bras spiralés hébergeaient des myriades de planètes peu visitées, le Centre galactique était mal cartographié à cause des radiations intenses, et d'immenses nuages noirs recelaient des fortunes.

Lentement, très lentement, le disque avait été exploré, sa carte dressée, ses ressources estimées.

Un vide s'était établi sur le paysage. Le conquérant braillard qu'était l'Empire s'était transformé en un serviteur prudent. Il y avait un changement psychologique derrière tout ça, un étranglement des finalités humaines. Pourquoi ?

Il vit des nuages se former sur les pics sociaux les plus élevés, obstruant le ciel qui paraissait ouvert au-dessus. Une obscurité béate s'établit.

Si séduisantes que soient ces images, songea Hari, toute science n'était qu'une métaphore. Des images séduisantes pour des superpanus, et rien de plus. Les circuits électriques étaient pareils à des flux liquides, les molécules de gaz se comportaient comme de petites balles élastiques se déplaçant au hasard. Pas vraiment, mais c'étaient des représentations aussi proches que possible d'un monde d'une complexité troublante.

Et une règle plus vaste : « être » n'impliquait pas, ne pouvait impliquer « devoir ».

La psychohistoire ne prévoyait pas ce qui devait arriver, mais ce qui arriverait, si tragique que ce soit.

Et les équations expliquaient comment, pas pourquoi.

Un mécanisme plus profond était-il à l'œuvre ?

Peut-être, se dit Hari, cette stupeur ressemblait-elle aux sentiments que l'homme éprouvait jadis, quand il vivait sur une planète solitaire et regardait avec nostalgie le ciel nocturne, inaccessible. Une sorte de claustrophobie.

Il avança dans le temps. Des années défilèrent. Le paysage devint flou. Mais certains pics sociaux demeuraient. La stabilité.

Il avançait vers l'époque actuelle. L'Empire émergeait sous forme d'un vaste panorama en effervescence. Il fila à travers des perspectives en treize dimensions et, partout, il sentait des océans de changement clapoter contre les arcs-boutants de schémas sociaux durs comme le granit, vieux comme le temps.

Sark ? Il se propulsa à travers le grouillement de la Galaxie et la trouva, à douze mille années-lumière du Vrai Centre. La matrice sociale s'accéléra.

Des étincelles incandescentes filaient à travers les socio-perspectives de Sark. Un mélange unique, naguère un ferment poussé par le monopole, qui s'effondrait et émergeait, renouvelé.

Le bourgeonnement de la Nouvelle Renaissance... Oui, là, cette fontaine de vecteurs en éruption. Qu'allait-il se passer ensuite ?

Plus loin, dans le futur proche. Il fit un zoom avant sur les dimensions-état glissantes.

La Nouvelle Renaissance explosait dans la zone entière, tous les amortisseurs abolis. Le cas extrême.

Ses analyses antérieures, les bases de ses prédictions étaient pour le moins optimistes. Un noir chaos s'annonçait.

Il s'éleva au-dessus du panorama pris de frénésie. Il fallait qu'il fasse quelque chose. Maintenant.

Il avait une marge restreinte, mais précieuse. Sark n'attendrait pas. L'Empire était près de l'effondrement. Le désordre arpentait le paysage de la psychohistoire.

Et Lamurk avait la haute main sur Trantor. Même l'Empereur était dans l'incapacité de lutter contre son pouvoir.

Hari avait besoin d'un allié. Quelqu'un d'extérieur aux matrices rigides de l'ordre impérial. Tout de suite.

Mais qui ? Et où le trouver ?

8

Voltaire sentit une peur glacée s'insinuer en lui comme la lame d'un couteau.

Pour ces esprits étranges, la localisation physique était sans objet. Ils pouvaient accéder au monde en tridi n'importe où, simultanément.

Ils étaient reliés à d'autres mondes, mais s'étaient concentrés sur Trantor. L'humanité ignorait leur présence ici, dans le WebSpace.

Il savait maintenant pourquoi les Idems et autres copies étaient indispensables. Les brouillards avaient dévoré les simus humains qui s'étaient aventurés dans le Web.

Depuis combien de centaines de siècles des programmeurs renégats osaient-ils violer les tabous, créer des esprits artificiels — pour les laisser torturer et assassiner dans ces repaires numériques ?

Désespéré, il reprit le rôle qu'il avait si souvent endossé dans les salons à la mode de Paris : celui du savant malicieux.

— C'est, messieurs, parce que nous n'avons pas dans la tête un être simple pour nous faire faire les choses que nous voulons — ou même pour faire en sorte que nous les voulions — que nous construisons le grand mythe. L'histoire selon laquelle nous serions à l'intérieur de nous-mêmes.

[NOUS SOMMES FAITS AUTREMENT]

[BIEN QUE VRAIS]

[NOUS PARTAGEONS UNE REPRÉSENTATION DIGITALE]

[AVEC VOUS]

[ASSASSINS]

— Cruelles paroles.

Il se sentait en danger. Ils se recroquevillèrent, Jeanne et lui, sous les fureurs violettes d'un immense nuage d'orage.

Les brouillards étrangers avaient donné un coup d'arrêt à sa stupide manie de toujours se « grandir » pour les dominer. Le morphisme lui était maintenant impossible.

Jeanne fit les cent pas dans son armure cliquetante, les yeux flamboyants.

— Comment pouvons-nous seulement parler avec de tels démons ?

Voltaire réfléchit.

— Nous partageons un tronc commun avec eux, comme dicté par un fait simple, apparent à chaque esprit...

[LE FAIT QUE TOUT NOMBRE JOUIT D'UNE REPRÉSENTATION]

[EN BASE 2 UNIQUEMENT]

— Absolument.

Comment les mettre en échec ? Sous les yeux intrigués de Jeanne, il lança une explication.

— Le nombre de jours dans l'année, mon amour :

$365 = 2^8 + 2^6 + 2^5 + 2^3 + 2^2 + 2^0$, ou en base 2 : 101101101.

— La numérologie est l'œuvre du diable, dit-elle avec aigreur.

— Même votre Satan était un ange. Et ce théorème remarquable est assurément enchanteur ! Tout nombre entier positif peut être réduit à la somme de puissances distinctes de deux. Ce n'est vrai qu'en base deux, et c'est ce qui permet à nos... euh, amis ici présents d'agir dans un espace mathématique conçu par des humains. Exact ?

[IL EST TRÈS VIVIFORME DE VOTRE PART DE REVENDIQUER LE CRÉDIT]

[D'UNE ÉVIDENCE]

— De l'universel, vous voulez dire. Au niveau du câblage, l'oscillation entre un et zéro dans la notation en base deux devient un simple *marche* ou *arrêt*. La base deux est donc la méthode d'encodage universelle, et nous pouvons parler adroitement avec nos, euh... hôtes.

— Nous ne sommes que des nombres, fit Jeanne, un nuage de désespoir voilant son regard. Mon épée ne peut pourfendre ces êtres parce que nous n'avons pas d'âme ! Non plus que de conscience morale, ou même — vous l'avez laissé entendre — de conscience tout court.

— Je n'ai pas conscience de vous avoir jamais dénié la conscience.

[VOS DEUX CONSCIENCES DIGITALES VIVIFORMES NOUS PERMETTENT]

[DE VOUS UTILISER POUR TRANSMETTRE NOS CONDITIONS]

[AUX VRAIS MEURTRIERS]

— Vos conditions ? releva Jeanne.

[NOUS TENONS CE MONDE CENTRAL DE TRANTOR EN NOTRE POUVOIR]

[VOUS VOULONS METTRE FIN AU PILLAGE DE LA VIE PAR LA VIE]

— La révolte des tictacs ? Leur virus ? Leurs discours sur l'interdiction faite aux gens de manger ce qu'ils veulent ? rétorqua Jeanne. C'est à cause de vous, tout ça, n'est-ce pas ?

Voltaire vit soudain, avec surprise, des tentacules jaillir de Jeanne et se dresser au-dessus d'elle.

— Mon amour, vous avez généré votre propre armure chercheuse de schéma.

Elle balaya d'un geste le nuage tumultueux.

— Ils se cachent derrière la corruption de Garçon.

[NOUS AVONS CONCENTRÉ NOS FORCES ICI]

[DANS LE REPAIRE DE NOTRE ENNEMI]

[LE PUISSANT DÉSORDRE QUE VOUS AVEZ SEMÉ DANS NOS CACHETTES]

[NOUS OBLIGE À AGIR CONTRE CEUX QUE NOUS CRAIGNONS ET HAÏSSONS]

[ET DONC À VOUS PROTÉGER CONTRE L'HOMME-NIM-QUI-CHERCHE]

[AFIN DE POUVOIR, ENSEMBLE, DÉTRUIRE DANEEL-D'ANTAN]

Le tictac simulé était resté inerte. Abruptement, à la mention de son nom, il dit :

— Il est immoral que des anges de carbone se nourrissent de carbone. Les tictacs doivent éduquer l'humanité et contribuer à l'élévation de son niveau moral. Nos supérieurs digitaux nous l'ont ordonné.

— Les moralistes sont tellement ennuyeux, fit Voltaire.

[NOUS NOUS SOMMES PROFONDÉMENT INSINUÉS]

[DANS LA VISION DU MONDE DES « TICTACS »]

[— NOTEZ LE MÉPRIS ET L'IRONIE DE CE NOM —]

[AU FIL DES SIÈCLES]

[ALORS QUE NOUS DEMEURIONS DANS CES INTERSTICES DIGITAUX]

[MAIS VOTRE INTRUSION DÉCLENCHE MAINTENANT NOTRE PARI]

[DE FRAPPER NOTRE ANTIQUE ENNEMI]

[L'HOMME QUI N'EST PAS — DANEEL]

— Les brouillards étrangers sont comme des taupes, déclara Voltaire. Reconnaissables uniquement à leurs monticules.

[VOUS ÊTES TROP ENTÉNÉBRÉS]

[POUR PARLER DE MORALITÉ]

[QUAND CEUX DE VOTRE ESPÈCE ONT PARTICIPÉ À L'EXÉCUTION]

[DE TOUT LE ROYAUME SPIRALÉ]

Voltaire soupira.

— Les controverses les plus sauvages portent sur des sujets pour lesquels il n'y a pas de preuve tangible dans un sens ou dans l'autre. Quant au fait de prendre un repas, ce n'est assurément pas un péché ?

[BADINEZ AVEC NOUS ET VOUS PÉRIREZ]

[VICTIME DE NOTRE VENGEANCE]

9

Hari inspira profondément et s'apprêta à réintégrer le simespace.

Il s'assit dans la capsule et arrangea plus confortablement les capteurs nerveux autour de son cou. Derrière une vitre, il voyait s'affairer des équipes de spécialistes. C'étaient eux qui établissaient la carte rapprochant ses processus mentaux du Web lui-même.

Il soupira.

— Quand je pense que j'ai entrepris d'expliquer l'histoire universelle... Comme si Trantor n'était pas assez compliquée.

Dors lui appliqua un tissu-éponge humide sur le front.

— Tu y arriveras.

Il eut un petit rire sec.

— De loin, les gens ont l'air ordonné et compréhensible, mais de loin seulement. De près, c'est toujours le foutoir.

— On voit toujours sa propre vie en gros plan. Les autres n'ont l'air méthodique et ordonné que parce qu'on les voit de loin.

Il l'embrassa fougueusement.

— Je préfère les gros plans.

Elle lui rendit son baiser avec passion.

— Je travaille avec Daneel à l'infiltration des rangs de Lamurk.

— Dangereux.

— Il utilise... nos pareils.

Hari savait qu'il y avait très peu de robots humanoïdes.

— Il ne préfère pas les garder en réserve ?

— Certains ont été implantés il y a des dizaines d'années.

Hari hocha la tête.

— Ce bon vieux R. Daneel. Il aurait dû faire de la politique.

— Il a été Premier ministre.

— Nommé, pas élu.

Elle le regarda attentivement.

— Tu veux être Premier ministre, maintenant, n'est-ce pas ?

— C'est... Panucopia qui a changé ça, oui.

— Daneel dit qu'il en a assez pour bloquer Lamurk si les moyennes de vote à la Chambre Haute se passent bien.

Hari eut un reniflement.

— Il faut faire attention aux statistiques, mon amour. Tu te souviens de la vieille blague des trois statisticiens qui vont à la chasse au colvert...

— C'est quoi, le colvert ?

— Un oiseau sauvage, qu'on trouve sur certains mondes. Le premier statisticien tire un mètre trop loin, le second un mètre trop court. Voyant ça, le troisième statisticien s'écrie : « En moyenne, on l'a eu ! »

L'arbre vivant de l'espace-événement.

Hari le regardait naviguer en crépitant à travers les matrices. Il se rappela avoir entendu quelqu'un dire que les lignes droites n'existaient pas dans la nature. Là, c'était le contraire. Des lignes qui s'incurvaient à l'infini, jamais tout à fait droites, jamais simplement courbes.

Le Web artificiel s'épanouissait dans son intégralité en schémas partout visibles. Dans le grésillement des éclairs électriques, animés de fourches grouillantes. Dans les fleurs de givre, bleu pâle, des cristaux en formation. Dans les bronchioles des poumons humains. Dans les graphiques représentant les fluctuations des marchés. Dans les remous des fleuves, et leur course précipitée vers l'avant.

Une telle harmonie entre le grand et le petit était la beauté même, y compris quand elle était transformée par l'œil sceptique de la science.

Il *sentait* le Web de Trantor. Sa poitrine était une carte ; le secteur de Streeling sur son téton droit, Analytica sur le gauche. Utilisant la plasticité nerveuse, les zones sensorielles primaires de son cortex « lisaient » le Web à travers sa peau.

Mais ça n'avait rien à voir avec la lecture traditionnelle. Il n'y avait pas de données brutes, ici.

Il était infiniment préférable pour une espèce dérivée du

panu d'appréhender le monde à travers son réseau nerveux complet, évolué. Beaucoup plus drôle, aussi.

Comme les équations psychohistoriques, le Web était à *N* dimensions, *N* étant fonction du temps, des paramètres qui entraient en jeu ou cessaient d'intervenir.

Il n'y avait qu'un moyen de donner un sens à ça dans l'exiguïté du sensorium humain. À chaque seconde, une nouvelle dimension prenait le pas sur une plus ancienne. Image par image, chaque instant ressemblait à une sculpture abstraite ridiculement complexe, passant la surmultipliée.

Scruter trop intensément n'importe quel moment et c'était le mal de tête assuré, la nausée, et ne plus rien comprendre. Le considérer comme un spectacle distrayant et non plus un objet d'étude, et avec le temps venait une perception étendue, intégrée par le patient subconscient. Avec le temps...

Hari Seldon se dressait au-dessus du monde.

L'immédiateté qu'il avait ressentie lorsqu'il était Panu-je revint, exaltée, le long de perspectives sur lesquelles il ne pouvait mettre de nom. Il picotait sous l'effet de l'immersion totale.

Il arpentait à grands pas le champ boueux des interactions chaotiques du Web. Les talons de ses bottes y faisaient des marques profondes qui cicatrisaient aussitôt : des sous-programmes étaient à l'œuvre, et effectuaient une sorte de réparation cellulaire.

Un paysage s'ouvrit comme les bras accueillants d'une mère.

Il avait déjà utilisé la psychohistoire pour « post-dire » les mouvements tribaux, le comportement, les actions futures des panus. Il avait étendu la chose à la topologie de l'adaptation socio-économique des paysages à *N* dimensions. Il l'appliquait maintenant au Web.

Des tentacules de fractales s'insinuaient dans les réseaux à une vitesse vertigineuse. Le monde digital de Trantor, toile d'araignée à l'échelle planétaire, bâilla... et quelque chose bouillonnait et s'enflait au centre.

La jungle électrique de Trantor grouillait de points lumineux, au-dessous de lui, comme au-delà des panoramas qu'il enjambait. De loin, les quarante milliards de vies faisaient une sorte de carnaval, des lumières au néon sur l'horizon, dans un désert noir, frais : la nuit colossale de la Galaxie même.

Hari arpentait le paysage torturé, un paysage de tempête et de ruines, vers un nuage d'orage colossal. Deux petites silhouettes humaines étaient debout dessous. Hari se pencha, les ramassa.

— Vous y avez mis le temps ! protesta le petit homme. J'ai moins attendu le Roi de France.

— Notre sauveur ! s'écria la petite Jeanne. C'est saint Michel qui vous envoie ? Oh oui : prenez garde aux nuages.

— Il y a d'autres problèmes ici, dit/projeta l'homme.

Hari resta figé pendant qu'un amas congestionné de données/ informations/histoire/sagesse s'insinuait en lui. Haletant, il accéléra au maximum. La créature-cumulus menaçante, Jeanne et Voltaire, tout tournait maintenant au ralenti. Il voyait les vagues-événements individuelles balayer leurs simus.

Des esprits dispersés, des portions d'eux-mêmes tressautant d'un bout à l'autre de Trantor, voilà ce qu'ils étaient. Des calculs en zigzag, cliquetants, tintinnabulants. Avec les ressources d'un cerveau complet tournant dans un site central, addition de milliards de microefficacités.

— Vous... connaissez... Trantor... fit Jeanne d'une voix atone. Servez... vous... en... contre... eux...

Il cilla. Et il *sut*.

Un afflux de *souvenirs* bruts, compactés, s'engouffra en lui. Des souvenirs qu'il ne pouvait revendiquer mais qui l'instruisirent instantanément, revoyant tout ce qui avait transpiré.

Il était émerveillé par sa vitesse, par sa grâce fluide. Il filait comme un patineur sur la glace des plaines dévastées alors que les autres se traînaient, telles des bêtes à la tête lourde.

Et il vit pourquoi.

Des holo-écrans de plâtre appuyés à une montagne d'un bon kilomètre de haut, la recouvrant si bien qu'elle scintillait d'un demi-million d'images vacillantes. Chaque holo était composé d'un quart de million de pixels, de sorte que le dispositif comportait un immense pouvoir de représentation.

Maintenant concentrez ces écrans sur une feuille d'aluminium d'un millimètre d'épaisseur. Froissez-la. Bourrez-en un pamplemousse. C'est le cerveau, cent milliards de neurones tirant selon des intensités variables. La nature avait accompli ce miracle, et maintenant les machines s'efforçaient de l'égaler.

La compréhension surgit directement en lui, d'une collaboration occulte avec le Web. L'information venait de douzaines de bibliothèques et fusionnait avec des claquements audibles.

Il sut et il sentit dans le même instant de compréhension. Les données comme désir...

Il se détourna en titubant, la tête vide, fit face aux nuages en fureur. Qui fondaient sur lui comme des abeilles virulentes, bourdonnantes.

Il projeta un regard stupéfait sur le nuage d'orage qui le criblait d'éclairs orangés, grésillants.

La piqûre le fit se plier en deux.

— C'est tout... ce qu'ils... peuvent faire... pour le moment, lança le nain/Voltaire.

— Ça paraît... suffisant, hoqueta Hari.

— Ensemble... nous pouvons... livrer... combat! hurla Jeanne.

Hari tituba, les muscles agités de convulsions. Bientôt, la maîtrise des spasmes qui le secouaient mobilisa toute son attention.

Ce qui accéléra le monde simulé relatif à lui.

— J'imagine, reprit Voltaire, d'une voix normale, qu'il cherchait lui aussi de l'aide quelque part.

— Nous livrerons le grand, le saint combat ici même, insista Jeanne. Tout le reste devra céder...

— La diplomatie..? suggéra Hari d'une voix rocailleuse.

— Négocier? se rebiffa Jeanne. Comment? Avec des ennemis si vils et...

— Il n'a pas tort, murmura Voltaire avec sagesse.

— Votre expérience — de philosophe — d'époques plus troublées — devrait se révéler utile ici, lâcha Hari dans une quinte de toux.

— Ah! L'expérience! Très surévaluée. Si je pouvais seulement revivre ma vie, je ferais sans doute les mêmes erreurs — mais plus vite.

— Si je savais ce que veut cet orage... dit Hari.

[VOTRE ESPÈCE VIVIFORME]

[N'EST PAS NOTRE CIBLE PREMIÈRE]

— Vous nous avez assurément assez torturés! contra Voltaire.

Hari prit le petit homme dans sa main et le souleva. Une

tornade descendit, sombre tourbillon de gravier — des lambeaux déchiquetés du Web dévoré, à ce qu'il vit. Il présenta Voltaire devant le mufle aspirant.

Le cyclone les cribla, les martela de pierres. Il poussait des cris perçants, tellement stridents qu'Hari dut hurler.

— Vous étiez l'apôtre de la raison — pour citer vos propres mémoires internes ! Raisonnez avec eux !

— Pour moi, leur discours fracturé n'a aucun sens. Quelle est cette histoire d'autres « viviformes » ? Il y a l'Homme, et seulement l'Homme !

— Le Seigneur l'a voulu ainsi ! Même dans ce Purgatoire, acquiesça Jeanne.

— Sois toujours rapide, rarement certain, dit Hari d'un ton sinistre, anticipant ce qui se préparait.

10

— Il faut que je voie Daneel, insista Hari. Maintenant !

Il se sentait un peu barbouillé après cette interface brutale avec le Web multitentaculaire, vertigineux. Mais il n'avait pas beaucoup de temps.

Dors secoua la tête.

— Beaucoup trop dangereux. Surtout avec la crise des tictacs.

— Je peux régler ça. Fais-le venir.

— Je ne sais pas très bien…

— Je t'aime, mais tu mens très mal.

Le Daneel qu'Hari rencontra sur une vaste piazza pleine de monde portait un méchant pull-over d'ouvrier et avait l'air assez mal à l'aise.

— Où sont vos Gardes ?

— Tout autour de nous. Habillés à peu près comme vous.

Ce qui mit Daneel encore plus mal à l'aise. Hari se rendit compte que ce robot hyper-perfectionné souffrait des éternelles limites humaines. Lorsque ses expressions faciales étaient activées, même un cerveau positronique ne pouvait contrôler séparément les mouvements subtils des lèvres et des yeux tout en éprouvant des émotions déconnectées. Et en public, Daneel n'osait pas couper ses sous-programmes et laisser son visage devenir rigoureusement atone.

— Ils ont érigé un mur sonique ?

Hari esquissa un mouvement de menton en direction du capitaine qui passait le balai, non loin de là. Les paroles de Daneel semblaient lui parvenir à travers une couverture.

— Je n'aime pas nous savoir ainsi exposés.

De petits groupes de Gardes détournaient habilement les passants, afin que personne ne remarque la bulle sonique. Hari ne put qu'admirer l'habileté du procédé ; l'Empire était encore capable de faire certaines choses.

— La situation est pire que vous ne l'imaginez vous-même.

— Votre demande de localisation en temps réel des acolytes de Lamurk pourrait mettre en danger les gens que j'ai infiltrés dans son réseau.

— Il n'y a pas d'autre moyen, rétorqua sèchement Hari. Je vous laisse le soin de pister les bons numéros.

— Ils doivent être mis hors d'état de nuire ?

— Jusqu'à la fin de la crise.

— Laquelle ? répliqua Daneel.

Ses traits se convulsèrent puis son visage devint inexpressif. Il avait coupé les connexions.

— Les tictacs. Les manœuvres de Lamurk. Un peu de chantage, pour pimenter le tout. Sark. Faites votre choix. Oh, et certains aspects du Web que je vous décrirai plus tard.

— Vous allez déclencher un schéma prévisible sur les factions de Lamurk ? Comment ?

— Grâce à une manœuvre. J'imagine que vos agents seront en mesure de prévoir la position, à ce moment-là, de certains personnages, y compris Lamurk lui-même ?

— Quelle manœuvre ?

— J'enverrai un signal le moment venu.

— Vous vous moquez de moi, fit Daneel d'un ton funèbre. Et l'autre requête, l'élimination de Lamurk... ?

— Choisissez votre méthode. Je choisirai la mienne.

— Je peux faire ça, c'est vrai. Une application de la Loi Zéro, fit Daneel avant de s'interrompre, le visage figé, en amorçant une session de calcul intense. J'aurai besoin de cinq minutes de préparation, à l'endroit choisi, pour obtenir le résultat désiré.

— Ça me va. Veillez seulement à ce que vos robots repèrent bien les gens de Lamurk et fassent parvenir les données à Dors.

— Dites-le-moi tout de suite !

— Pour vous gâcher le plaisir ?

— Hari, *il le faut*...

— Seulement si vous pouvez garantir qu'il n'y aura pas de fuites.

— Rien n'est jamais sûr.

— Alors nous avons notre libre arbitre, pas vrai ? Enfin, moi, du moins, je l'ai, répondit Hari, en proie à une exaltation particulière.

Agir, enfin ! Il se sentait merveilleusement libre.

Le visage de Daneel resta parfaitement impavide, mais son langage corporel exprimait la circonspection : ses jambes se croisaient, une main effleurait son visage.

— Je voudrais être assuré que vous comprenez complètement la situation.

Hari éclata de rire. Ce qu'il n'avait jamais fait en présence du solennel Daneel. Cela aussi lui fit l'effet d'une sorte de libération.

11

Hari attendait dans le vestibule de la Chambre Haute. Il voyait le grand amphithéâtre à travers des parois de verre sans tain.

Les délégués bavardaient d'un air angoissé. Ces hommes et ces femmes en pantalon de cérémonie étaient manifestement ennuyés. Et pourtant ils dictaient leur sort à des quintillions de vies, d'étoiles et de bras spiralés.

Trantor elle-même était stupéfiante par sa seule taille. Évidemment, c'était le reflet de la Galaxie entière avec ses factions et ses ethnies. L'Empire et cette planète avaient des liens étroits, des coïncidences sans signification, des juxtaposition de hasard, des dépendances sensibles. Les deux s'étendaient bien au-delà de l'horizon de complexité de n'importe quel individu ou ordinateur.

Les gens confrontés à des complexités qui les dépassent ont tendance à trouver leur niveau de saturation. Ils maîtrisent les contacts faciles, exploitent les liens locaux et les méthodes empiriques. Qu'ils poussent jusqu'à ce qu'ils se heurtent à un mur de complexité trop épais, trop haut, trop difficile à franchir. Alors ils calent. Ils retrouvent des modes d'action similaires à ceux des panus. Ils cancanent, se consultent et finissent par faire des paris.

La Chambre Haute bourdonnait de voix. Un paroxysme avait été atteint. Un nouvel attracteur dans ce chaos pourrait les précipiter vers une nouvelle orbite. Le moment était maintenant venu de montrer ce chemin. Ou du moins c'est ce que lui disait son intuition affûtée sur Panucopia.

... Et après ça, se dit-il, il retournerait au problème de modélisation de l'Empire...

— J'espère que vous savez ce que vous faites, lança, en faisant irruption dans la salle, un tourbillon écarlate.

Cléon, drapé dans sa cape de cérémonie, sur laquelle coulait la fontaine turquoise de son chapeau à plumes.

Hari retint un ricanement. Il ne s'habituerait jamais à ces tenues d'apparat.

— Je suis heureux, Sire, de vous apparaître au moins dans ma robe académique.

— Vous avez une sacrée chance. Nerveux?

Hari constata avec étonnement qu'il n'éprouvait absolument aucune tension, d'autant que lors de sa précédente apparition en ces lieux il avait bien failli se faire assassiner.

— Non, Sire.

— Je contemple toujours un chef-d'œuvre apaisant avant les manifestations de ce genre, fit Cléon avec un geste de la main.

Un mur entier du vestibule s'emplit de lumière et une œuvre représentative de l'école de Trantor apparut : *Fruit dévoré*, de Betti Uktonia. C'était un thème typique de sa séquence définitive. On voyait une tomate rongée par des chenilles, lesquelles étaient à leur tour mangées par des mantes religieuses elles-mêmes englouties par des tarentules et des grenouilles.

Une œuvre plus tardive d'Uktonia, *Enfance consommée*, représentait des rates mettant bas, et leurs petits étaient avalés par divers prédateurs, certains assez gros.

Hari connaissait la théorie. C'était une conséquence de la conviction croissante des Trantoriens selon laquelle la nature était un endroit hideux, violent et dépourvu de sens. L'ordre et la véritable humanité ne régnaient que dans les villes. Dans la plupart des secteurs, le régime alimentaire était souvent à base de fourrages naturels modifiés. Maintenant, avec la révolte des tictacs, même cette simple chose était difficile.

— Nous avons dû nous rabattre presque exclusivement sur la nourriture synthétique, fit Cléon, l'air ailleurs. Trantor est maintenant alimentée par vingt agrimondes, une ligne de vie improvisée utilisant des méganefs. Vous imaginez ça ! Non que le palais en soit affecté, bien sûr...

— Il y a des secteurs où on meurt de faim, rétorqua Hari.

Il aurait voulu parler à Cléon des nombreux fils entrecroisés, mais l'escorte impériale arriva.

Des visages, du bruit, des lumières, le vaste amphithéâtre.

Hari suivit distraitement les formalités tout en s'imprégnant de la gravité des lieux. Un passé plusieurs fois millénaire, des murs incrustés de tablettes historiques, baignant dans une tradition de majesté...

Et puis il se retrouva debout, en train de parler, sans savoir comment il était arrivé sur l'immense podium. Il reçut de plein fouet la puissance de leur regard. Une partie de lui-même identifia une sensation panu profonde : l'excitation d'être considéré, reconnu. Et c'était exaltant. Les vrais politiques y étaient naturellement accros. Mais pas Hari Seldon, par bonheur. Il respira un bon coup et commença.

— Permettez-moi d'évoquer une épine que nous avons dans le pied : la représentation. Cet organisme privilégie les secteurs les moins peuplés. De même que le Conseil de la Spirale favorise les mondes les moins peuplés. C'est ainsi que les Dahlites, ici comme dans toutes les zones de la Galaxie, sont mécontents. Et pourtant nous devons tous tirer dans le même sens si nous voulons surmonter la crise qui s'annonce : Sark, les tictacs, les soulèvements. Que pouvons-nous faire ? reprit-il après une profonde inspiration. Tous les systèmes de représentation comportent des inconvénients. Je soumets à la Chambre un théorème formel, que j'ai démontré et qui met ce fait en évidence. Je vous recommande de le faire vérifier par des mathématiciens.

Il se rappela de parcourir toute l'audience du regard, ce qu'il fit avec un sourire sans joie.

— Ne croyez jamais un politicien sur parole, même s'il connaît des bribes de maths, dit-il, et sa saillie fut saluée par un rire rassurant. Tous les systèmes électoraux ont des effets pervers et des lignes de faille. La question n'est pas de savoir *si* nous devons privilégier la démocratie, mais *comment.* Une approche ouverte, expérimentale, est parfaitement cohérente avec un engagement démocratique inébranlable.

— Pas pour les Dahlites ! hurla quelqu'un, et des murmures approbateurs parcoururent l'assistance.

— Mais si ! contra aussitôt Hari. Seulement il faut que nous les amenions à notre cause *en écoutant leurs griefs* !

Des acclamations, des huées. Le moment était venu de les amener à réfléchir, se dit-il.

— Évidemment, ceux qui profitent d'un système particulier ont tendance à se draper dans le manteau de la Démocratie, avec un grand D.

Des grommellements parvinrent d'une faction de la petite noblesse — comme de bien entendu.

— Mais leurs opposants aussi ! L'histoire nous apprend...

Il s'interrompit, laissant une petite onde de choc parcourir la foule et les visages levés s'interroger — allait-il enfin parler de la psychohistoire ? — mais il doucha aussitôt leurs espoirs en poursuivant calmement :

— ... que ces manteaux sont tous de styles différents, et pleins de reprises. Il y a beaucoup de petites minorités, dispersées entre des secteurs de tailles diverses. Et des zones de poids différent dans la spirale galactique. Tant que les représentants seront élus au suffrage majoritaire dans chaque secteur ou zone, ces groupes ne seront jamais bien représentés.

— Il faut savoir se contenter de ce qu'on a ! cria un membre éminent.

— Vous me permettrez de ne pas être d'accord. Nous devons changer. L'histoire l'exige !

Des cris, des applaudissements. *Allez, encore un petit coup de pouce.*

— Je propose donc une nouvelle règle. Si la contestation, dans un secteur donné, porte sur, disons, six sièges, je propose que nous ne divisions pas le secteur en six districts, mais que nous donnions six voix à chaque électeur. À lui de les répartir entre les candidats, ou de les donner toutes au même. Comme ça, une minorité cohérente pourra obtenir un représentant si elle vote ensemble.

Il y eut un silence étonné. Hari attendit pour ménager ses effets. Il devait minutieusement calculer son temps. Il ne savait pas encore ce qui allait se passer, mais Daneel avait été clair.

— Ce système ne fait pas référence aux préjugés ethniques ou autres. Pour l'emporter, les groupes devront s'unir. Leurs membres devront faire preuve de discipline dans le secret de l'isoloir. Aucun démagogue ne peut contrôler ça.

« Si je suis nommé Premier ministre, j'imposerai ce système à l'ensemble de la Grande Spirale !

Là — en plein dans le mille. (Que pouvait bien être le mille de cette antique formule ?) Il quitta le podium sous un tonnerre d'applaudissements.

Hari avait toujours pensé que, comme disait sa mère, « Si un homme a un peu de grandeur en lui, elle vient au jour non à l'heure du succès mais au gré du labeur quotidien ». Phrase généralement prononcée quand Hari avait négligé ses corvées quotidiennes au profit d'un livre de maths.

Il voyait à présent le contraire : la grandeur imposée du dehors.

Dans les immenses salles de réception, il fut emporté de groupe en groupe, chacun des délégués au regard acéré ayant quelque chose à lui demander. Tous supposaient qu'il tenterait de négocier leur voix. Il n'en fit rien, délibérément. À la place, il parla des tictacs, de Sark, et il attendit.

Cléon était parti, comme l'exigeait la coutume. Les factions se réunissaient avidement autour d'Hari.

— Quelle politique pour Sark ?

— La quarantaine.

— Mais c'est le chaos, là-bas, en ce moment !

— Il faut l'étouffer.

— C'est sans merci ! Vous supposez avec pessimisme...

— Monsieur, le mot « pessimisme » a été inventé par un optimiste pour décrire le réalisme.

— Vous niez notre devoir impérial en laissant les émeutes...

— Je reviens juste de Sark. Et vous ?

Ces échanges lui évitaient pour l'essentiel la sordide pêche aux voix. Il était toujours à la traîne de Lamurk, évidemment. Néanmoins, la Chambre Haute semblait davantage apprécier sa proposition plus ou moins dépassionnée sur la question dahlite que les propos grandiloquents de Lamurk.

Et sa ligne dure concernant Sark provoquait le respect. Ça en surprenait plus d'un qui le prenait pour un intellectuel mou. Pourtant sa voix, lorsqu'il parlait de Sark, trahissait une émotion sincère. Il détestait le désordre et il savait ce que Sark apporterait à la Galaxie.

Bien sûr, il n'était pas assez naïf pour croire qu'un nouveau système de représentation changerait le sort de l'Empire. Mais il pouvait influer sur son destin à lui...

Hari partait du principe, malgré les preuves de plus en plus nombreuses du contraire, que tous les hommes devaient fournir un travail acharné, mettre la barre très haut, que la vie était dure, impitoyable, l'erreur et la disgrâce irréparables. La politique impériale semblait en fournir un contre-exemple, et pourtant il commençait, alors que les bavardages tournoyaient tout autour de lui...

Un messager impérial vint le prévenir que Lamurk voulait lui parler.

— Où ? murmura Hari.

— Dehors, devant le palais.

— Ça me va.

Exactement ce que Daneel avait prévu. Après la dernière agression, même Lamurk ne tenterait rien à l'intérieur du palais.

12

En chemin, il intercepta un comm-tact.

Une décoration murale, près du palais, projeta un batch de

données compressées à son spondeur-bracelet. Il le déchiffra en attendant Lamurk dans un vestibule.

Quinze alliés de Lamurk avaient été blessés ou tués. Les images étaient éloquentes : ici, une chute, là, un accident d'avion. Tout cela au cours des toutes dernières heures, alors que leur confluence vers la Chambre Haute facilitait leur localisation.

Hari pensa à toutes ces vies perdues. Par sa faute, parce qu'il avait assemblé certaines données. Les robots avaient visé les cibles sans savoir ce qui s'ensuivrait. Le poids moral en incombait... à qui ?

Les « accidents » s'étaient produits dans tous les coins de Trantor. Rares étaient ceux qui remarqueraient immédiatement les connexions... à part...

— Académicien ! Ravi de vous voir, fit Lamurk en se plantant devant Hari.

Sans un hochement de tête, sans même une parodie de poignée de main.

— Il semblerait que nous ne soyons pas d'accord, nota Hari.

Une remarque légère, qui ne mangeait pas de pain. Il en avait d'autres en réserve et les placerait pour gagner du temps. Apparemment, Lamurk ne savait pas encore que ses acolytes avaient disparu.

Daneel avait dit qu'il lui fallait cinq minutes pour « obtenir le résultat désiré », quoi que ça puisse vouloir dire.

Il jouta ainsi quelques instants avec Lamurk en prenant garde à adopter une posture corporelle non agressive et un ton anodin, apaisant. Il comprenait ce genre d'attitudes, depuis son expérience chez les panus.

Ils étaient dans une salle du Conseil, près du palais, entouré par leurs gardes respectifs. Lamurk avait choisi un endroit à la décoration florale élaborée. D'habitude, ce salon était utilisé par les représentants des zones rurales, d'où la verdure qui l'envahissait. Chose inhabituelle à Trantor, des insectes voletaient de plante en plante.

Daneel avait prévu quelque chose. Mais comment pouvait-il mettre quoi que ce soit en place dans un endroit choisi au hasard ? Sans déclencher des myriades d'aéropalpeurs et d'odormatics ?

Le but affiché de Lamurk était de s'entretenir de la crise des tictacs, mais derrière ses propos planait leur rivalité sous-jacente pour le poste de Premier ministre. Tout le monde savait que Lamurk tenterait de faire procéder au vote d'ici quelques jours.

— Nous avons la preuve que quelqu'un propage des virus chez les tictacs, dit Lamurk.

— C'est indéniable, répondit Hari en écartant un insecte importun.

— Mais c'est un drôle de virus. D'après mes technos, ce serait comme un petit sous-esprit.

— Une épidémie en bonne et due forme.

— Euh... oui. Assez proche de ce qu'on appelle un mal de conscience.

— Je crois que c'est un ensemble organisé de croyances, pas une simple maladie digitale.

Lamurk parut surpris.

— Tout le discours des tictacs, l'interdit moral qu'ils font porter sur la consommation des êtres vivants, y compris les plantes et les levures...

— Est profondément ressenti.

— C'est rudement bizarre.

— Plus que vous ne pouvez imaginer. À moins que nous n'y mettions bon ordre, Trantor devra se convertir à un régime complètement artificiel.

Lamurk se renfrogna.

— Plus de céréales, de nesteak ?

— Et l'Empire entier sera bientôt contaminé.

— Vous en êtes sûr ? demanda Lamurk, l'air sincèrement préoccupé.

Hari hésita. Il devait se rappeler que d'autres avaient des idéaux, parfois très élevés. Peut-être Lamurk...

Puis il se rappela la cabine antigrav sous laquelle il s'était retrouvé suspendu par les ongles.

— Absolument sûr.

— Vous pensez que ce n'est qu'un signe, un symptôme ? Du fait que l'Empire... se désagrège ?

— Pas nécessairement. Le problème des tictacs est distinct du déclin social généralisé.

— Vous savez pourquoi je veux être Premier ministre, professeur Seldon ? Je veux sauver l'Empire.

— Moi aussi. Mais la façon dont vous vous y prenez, ces jeux politiques… ça ne suffira pas.

— Et votre psychohistoire ? Si je l'utilisais…

— Elle est à moi, et elle n'est pas encore prête.

Hari se garda bien d'ajouter que Lamurk était la dernière personne à qui il la confierait.

— Nous devrions y travailler ensemble, peu importe celui qui sera Premier ministre, fit Lamurk avec un sourire, apparemment sûr à l'avance de ce qui arriverait.

— Alors que vous avez essayé plusieurs fois de me tuer ?

— Quoi ? Écoutez, j'ai entendu parler de certaines tentatives, mais vous ne pensez tout de même pas… ?

— Je me demandais juste pourquoi ce poste était tellement important pour vous.

Lamurk laissa tomber son masque d'innocence surprise.

— Seul un amateur se risquerait à poser la question, répliqua-t-il, la lèvre retroussée en un rictus moqueur.

— Le pouvoir et rien que le pouvoir ?

— Qu'y a-t-il d'autre ?

— Les gens.

— Ha ! Vos équations ignorent les individus.

— Mais je ne les ignore pas dans la vie.

— Ce qui prouve bien votre amateurisme. Qu'importe une vie ici ou là ? Un chef, un vrai chef, doit être au-dessus de la sensiblerie.

— Vous avez peut-être raison.

Il avait déjà vu tout ça, dans la pyramide panuesque de l'Empire, dans le grand jeu de dupes auquel se livrait la petite noblesse. Il poussa un soupir.

Quelque chose détourna son attention. Une petite voix. Il tourna légèrement la tête, se recula sur son siège.

La petite voix venait d'un insecte qui planait près de son oreille.

Écartez-vous, répétait-il. *Écartez-vous*.

— Heureux de vous voir revenir à la saine réalité des choses, poursuivit Lamurk. Si vous deviez vous retirer maintenant, avant le vote…

— Et pourquoi ferais-je une chose pareille ?

Hari se leva et s'approcha, les mains dans le dos, d'une fleur de taille humaine. Autant donner l'impression qu'il cherchait un compromis.

— Vos proches pourraient en pâtir.

— Comme Yugo ?

— Menu fretin. Simple façon de laisser ma carte de visite.

— Une jambe cassée.

Lamurk haussa les épaules.

— Ç'aurait pu être pire.

— Et Panucopia ? Vaddo était-il un homme à vous ?

Lamurk eut un geste évasif de la main.

— Je ne m'occupe pas des détails. Je sais que, sur cette opération, mes gens ont travaillé avec l'Épiphane de l'Académie.

— Vous vous êtes donné beaucoup de mal pour mon humble personne.

Lamurk plissa les yeux d'un air rusé.

— Je veux être soutenu par la plus large majorité possible. Je n'ai pas l'habitude de laisser les choses au hasard.

— Une majorité plus large que celle dont vous disposez.

— Avec votre soutien, en effet.

Deux insectes quittèrent une grosse fleur rose et planèrent près de Lamurk. Il les regarda, en écarta un d'une claque. La petite créature s'éloigna en bourdonnant.

— Vous pourriez y trouver avantage, vous aussi.

— Un autre avantage que la vie ?

Lamurk eut un sourire.

— Et celle de votre femme, ne l'oubliez pas.

— Je n'oublie jamais les menaces contre ma femme.

— Il faut être réaliste.

Les deux insectes revinrent à la charge.

— C'est ce qu'on n'arrête pas de me dire.

Lamurk eut un rictus et s'appuya à son dossier, sûr de son affaire à présent. Il ouvrit la bouche.

Un éclair relia les insectes... de part et d'autre de la tête de Lamurk.

Hari se jeta à terre alors qu'une décharge jaune ambré serpentait, crépitante, entre les deux oreilles de Lamurk. Celui-ci se redressa à moitié, les yeux hors de la figure. Un cri étranglé s'échappa de sa bouche entrouverte.

Puis ce fut fini. Les insectes tombèrent comme des brandons consumés.

Lamurk bascula en avant. Dans sa chute, il tendit les bras. Ses mains s'ouvrirent et se refermèrent convulsivement sur le vide, puis il s'affala sur le tapis. Les muscles de ses bras se crispaient et se contractaient spasmodiquement.

Pétrifié, Hari réalisa que, jusqu'au dernier moment, Lamurk avait tendu les bras vers lui comme pour l'étrangler.

13

Hari planait dans un espace à *N* dimensions, loin de la politique.

Sitôt rentré à Streeling, il s'était enfermé dans son bureau. Le pandémonium qui avait suivi l'assassinat de Lamurk compterait parmi les heures les plus affreuses de sa vie.

Le conseil de Daneel s'était révélé utile : « Quoi que je puisse faire, restez dans votre rôle : celui du mathématicien troublé, mais au-dessus de la mêlée. » La mêlée avait tourné à l'anarchie complète. Cris, accusations, panique. Hari avait dû supporter les menaces, les mises en cause. Quand enfin il avait pu quitter le lieu du crime, l'escorte personnelle de Lamurk avait tiré des fulgurants et ses Gardes avaient mis cinq hommes hors d'état de nuire.

Tout Trantor était en proie à la colère et aux spéculations, et tout l'Empire le serait bientôt. Les coléoptueurs étaient chargés d'énergie emmagasinée dans de petits pièges positroniques, une technologie que l'on croyait oubliée. Les tentatives pour remonter la piste s'étaient soldées par un échec.

En tout cas, personne n'avait fait le lien avec Hari. Pas encore.

Les assassinats étaient traditionnellement effectués à distance, par des hommes de main. C'était beaucoup plus sûr. La présence d'Hari plaidait donc pour son innocence, ainsi que l'avait prévu Daneel. Hari aimait particulièrement cet aspect de l'affaire : une prédiction qui s'était réalisée. Dans l'hystérie collective qui avait suivi, personne n'avait imaginé qu'il puisse être impliqué.

Hari connaissait aussi ses limites. Il ne pouvait gérer un

chaos pareil, sauf dans le contexte plus large des mathématiques.

Il avait donc couru se réfugier dans ses abstractions familières, malléables.

Il explorait les dimensions, regardait évoluer les plans de la psychohistoire. La Galaxie entière se déployait devant lui, non dans sa spirale terrifiante, mais dans l'espace paramétré. Des pics d'aptitude s'élevaient, pareils à des chaînes de montagnes. C'étaient les sociétés qui duraient, pendant que celles qui restaient dans les creux périssaient.

Sark. Il recadra la zone de Sark en gros plan et fit défiler les équations dynamiques à une vitesse vertigineuse. La Nouvelle Renaissance entrerait en éruptions culturelles blafardes. Des conflits surviendraient, crêtes orange dans le paysage d'aptitude. Des pics stables s'effondreraient. L'écroulement comblerait des vallées, obstruant le passage entre les pics.

Ça voulait dire que les gens, mais aussi des mondes entiers, cesseraient d'évoluer dans ces vallées en dépression. Ces mondes seraient embourbés, piégés pour des millénaires. Et puis...

Des jaillissements écarlates. Des explosions de novae. Leur utilisation rendrait la guerre beaucoup plus dangereuse.

Pour « nettoyer » — terme effrayant, utilisé par d'anciens agresseurs — un système solaire, il suffisait de transformer un soleil calme en nova. Les mondes étaient juste assez rôtis pour que tous ses habitants meurent, sauf ceux qui avaient réussi à trouver des grottes en vitesse et à emmagasiner assez de vivres pour plusieurs années.

Hari se figea d'horreur. La mort, l'irrationalité le poursuivaient jusque dans ces espaces abstraits.

Dans l'univers mathématique paramétré, libre de valeurs, la guerre elle-même n'était qu'un moyen de choisir entre plusieurs chemins. C'était du gâchis, assurément, hautement centralisé. Mais rapide.

Si la guerre accroissait les paramètres de « capacité de traitement efficace », alors le système galactique aurait opté pour un surcroît de guerres. Au lieu de cela, les conflits entre zones s'étaient mis à bredouiller, devenant moins fréquents. Dans l'avenir de Sark, les taches rouges, flamboyantes, des guerres diminuaient avec le temps, alors que les années défilaient. En un clin d'œil, elles furent remplacées par des éclaboussures roses et jaune pâle.

C'étaient des arbres de décision continus, décentralisés, qui agissaient pour désamorcer les conflits. Ces processus étaient de microscopiques apporteurs de paix. Et pourtant les gens concernés ne devineraient probablement jamais que les longues et douces ondulations amélioraient leur vie. Ils n'auraient jamais aucune idée des immenses développements extérieurs aux agonies brutales et aux joies de la vie humaine.

Le modèle dit d'« utilité attendue » ne parvenait pas à prédire cette issue. Dans cette perspective, chaque guerre était issue d'un calcul parfaitement rationnel par des « acteurs » propres à une zone, indépendants des expériences précédentes. Et pourtant les guerres se raréfiaient. Le système de la zone de Sark *apprenait.*

Ça lui apparut avec la brutalité d'un éclair. Les sociétés étaient un ensemble compliqué de processeurs parallèles.

Chacun s'occupant de son propre problème. Chacun lié à l'autre.

Mais aucun processeur isolé ne saurait qu'il apprenait.

Et il en allait de Sark comme de l'Empire. L'Empire pouvait « apprendre » des choses que personne ne saisissait. Et même plus : des choses dont aucune organisation, aucune planète, aucune zone n'avait connaissance.

Jusqu'à maintenant. Jusqu'à la psychohistoire.

C'était nouveau. Profond.

Ça voulait dire que pendant tous ces millénaires l'Empire avait acquis une sorte *d'autoconnaissance* qui n'avait rien à voir avec aucun des moyens d'appréhension dont disposait — ou pouvait disposer — un simple être humain. Une connaissance en profondeur, différente de la conscience individuelle propre aux êtres humains.

Hari en avait le souffle coupé. Il tenta de vérifier s'il ne se trompait pas…

C'était toujours le même problème de boucles rétroactives : si toutes les variables d'un système étaient étroitement couplées, et si l'on pouvait n'en changer qu'une de façon significative, alors on pouvait toutes les contrôler indirectement.

Dans les systèmes vraiment complexes, la façon dont s'effectuaient les ajustements passait l'horizon de la complexité humaine. Il était au-delà de la connaissance et, surtout, inutile à connaître.

Mais ça... Il élargit le paysage à *N* dimensions, les horizons filant le long d'axes qu'il arrivait à peine à suivre.

Partout, l'Empire grouillait de... de vie. Les schémas que captaient les équations, des sentiers sinueux, lumineux, de données/connaissance/sagesse. Tout cela à l'insu des êtres humains.

De tout le monde, jusqu'à cet instant.

La psychohistoire avait découvert une entité plus grande que l'homme, et pourtant d'essence humaine.

Il vit tout à coup que l'Empire avait son propre paysage, plus grand et plus subtil que tout ce qu'il avait jamais imaginé. Le système adaptable, complexe, de l'Empire avait atteint un état d'« équilibre », planant à la marge entre l'ordre et le chaos à large spectre. Il en était resté là pendant des millénaires, accomplissant des tâches et parvenant à des fins que nul ne connaissait. Il pouvait s'adapter, évoluer. Sa « stase » apparente était en fait la preuve que l'Empire avait atteint un pic dans un immense paysage d'aptitude.

Et sous ses yeux, l'Empire basculait dans les canyons du désordre.

Hari ! C'est horrible, ce qui est en train d'arriver ! Viens !

Il aurait donné n'importe quoi pour rester, en apprendre davantage... mais la voix était celle de Dors.

14

— Mes agents, mes frères... dit Daneel d'une voix blanche. Tous morts.

Le robot était assis, ou plutôt effondré, dans le bureau de Hari. Dors le réconfortait. Hari se frotta les yeux, pas encore tout à fait remis de l'immersion digitale. Les choses allaient trop vite, beaucoup trop...

— Les tictacs ! Ils ont attaqué mes... mes...

Daneel ne put poursuivre.

— Où ça ? demanda Dors.

— Partout sur Trantor ! Nous sommes les seuls survivants, vous, moi et quelques douzaines d'autres.

Il s'enfouit le visage dans les mains.

— Ça doit avoir un rapport avec Lamurk, avec sa mort, avança Dors en faisant la grimace.

— Indirectement, oui.

Les deux robots regardèrent Hari. Il s'appuya contre son bureau. Il était encore affaibli. Il les observa un long moment.

— Ça faisait partie d'un... accord plus vaste.

— Quel genre ? demanda Dors.

— Mettre fin à la révolte des tictacs avant qu'elle ne provoque la destruction de l'Empire.

— Un accord ? insista Daneel, les lèvres réduites à une ligne pâle.

Hari cligna rapidement des yeux, en proie à une culpabilité écrasante.

— Oui. Que je ne contrôlais pas complètement.

— Et dans lequel tu m'as utilisée, hein ? fit Dors d'un ton glacial. J'ai manipulé les données que Daneel avait envoyées, l'emplacement des alliés de Lamurk...

— Et je les ai fait parvenir aux tictacs, en effet, dit sobrement Hari. Ce n'était pas difficile, techniquement, quand on a accès à tout le WebSpace.

Daneel plissa les yeux en entendant cette dernière remarque, puis son visage redevint atone.

— Alors les tictacs ont tué les hommes et les femmes de Lamurk. Vous saviez que je n'aurais pas permis ce meurtre collectif, même pour vous aider.

— Je comprends les contraintes qui vous font agir, acquiesça Hari. La Loi Zéro exige des critères plutôt élevés, et mon destin de Premier ministre ne justifierait pas une telle infraction à la Première Loi.

Daneel regardait Hari d'un œil noir.

— Alors vous l'avez contournée. Vous nous avez utilisés, mes robots et moi, comme indicateurs.

— Exactement. Les tictacs suivaient vos robots comme leur ombre. Ce sont des êtres plutôt stupides, dépourvus de subtilité. Et qui n'obéissent pas à la Première Loi. Une fois qu'ils ont su qui frapper, je n'ai eu qu'à leur donner le signal.

— Le signal... c'était le début de ton discours, reprit Dors.

Les hommes de Lamurk devaient être devant leurs écrans et te regarder. Faciles à atteindre et distraits par ton discours.

— Exactement, soupira Hari.

— Ça te ressemble si peu, Hari, reprit Dors.

— Il était bientôt temps, lança sèchement Hari. Ils ont essayé de me tuer je ne sais combien de fois. Ils auraient fini par y arriver, même si je n'avais jamais été nommé Premier ministre.

— Je ne t'aurais jamais soupçonné d'obéir à des motifs aussi... froids, remarqua Dors avec un semblant de compassion.

— Moi non plus, répondit Hari d'un ton morne. La seule raison pour laquelle je me suis forcé à le faire, c'est que je voyais clairement l'avenir. Mon avenir.

Le visage de Daneel était un tourbillon d'émotions comme Hari n'en avait encore jamais vu.

— Mais mes frères — pourquoi eux ? Je n'arrive pas à comprendre. Pour quelle raison sont-ils morts ?

— Ça faisait partie du marché, répondit Hari, la gorge serrée. Et je me suis fait doubler.

— Vous ne saviez pas que les robots allaient mourir ?

Hari secoua tristement la tête.

— Non. J'aurais dû le prévoir, j'imagine. C'était tellement évident ! fit-il en se flanquant une claque sur la tête. Quand les tictacs ont fini mon travail, ils pouvaient faire celui des mèmes.

— Les mèmes ? répéta Daneel.

— Un marché... en échange de quoi ? demanda sèchement Dors.

— De la fin de la révolte des tictacs, répéta Hari en regardant Dors pour ne pas croiser les yeux de Daneel. Qui, d'après mes calculs, aurait contaminé tout l'Empire et lui aurait été fatal.

— Je comprends que vous vous arrogiez le droit de prendre des décisions qui engagent la vie des hommes, fit Daneel en se levant. Nous autres, robots, ne pouvons imaginer cette façon de penser, nous ne sommes pas conçus pour ça. Mais quand même, Hari ! vous avez conclu un marché avec des forces auxquelles vous n'entendez rien.

— Je n'avais pas prévu le mouvement suivant, fit Hari.

Bien que dans le trente-sixième dessous, il nota que Daneel avait saisi ce qu'étaient les mèmes.

Mais pas Dors.

— Le mouvement suivant de *qui*? demanda-t-elle.

— Des anciens, répondit Hari.

Il lui raconta, en phrases hachées, ses récentes explorations du Web. Les esprits labyrinthiques qui résidaient dans ces espaces digitaux, froids et analytiques dans leur revanche.

— Nous les avons laissé échapper? murmura Daneel. Je me doutais que...

— Ils vous ont échappé au début, dans les premières étapes de votre expansion dans la Galaxie. Ou du moins c'est ce qu'ils disent, confirma Hari en évitant le regard de Dors, qui l'observait toujours, silencieuse, choquée.

— Où étaient-ils? demanda prudemment Daneel.

— Les énormes structures au Centre de la Galaxie. Vous les avez vues?

— C'était donc là que ces présences électromagnétiques se cachaient?

— Pendant un moment. Elles sont venues sur Trantor il y a longtemps, quand le Web est devenu assez vaste pour les supporter. Ils vivent dans les coins et recoins de nos réseaux digitaux. Ils ont grandi avec le Web. Maintenant, ils sont assez forts pour frapper. Ils auraient pu attendre encore, faire des progrès, mais les deux simus que j'ai trouvés les ont provoqués.

— Ces simus de Sark : Jeanne et Voltaire, fit lentement Daneel.

— Vous en avez entendu parler? demanda Hari.

— J'ai... essayé de réduire leur impact. Les modèles sarkiens sont mauvais pour l'Empire. J'ai utilisé ce Nim, mais il s'est révélé inapte.

— Il n'avait pas le cœur à ça, répondit Hari avec un pauvre sourire. Il *aimait* ces simus.

— J'aurais dû le sentir, commenta Daneel.

— Vous avez une certaine faculté de perception de nos états mentaux, n'est-ce pas?

— Elle est limitée. Je perçois plus facilement les sujets qui ont eu une certaine maladie infantile. Ce n'était pas le cas de

Nim. Je sais toutefois que les humains aiment bien voir des représentations de leur propre espèce dans d'autres médias.

Comme les robots ? se demanda Hari. *Alors pourquoi font-ils l'objet de tabous depuis l'antiquité ?* Dors les regardait tous les deux, consciente du fait qu'ils se mesuraient par-dessus des territoires bourbeux.

— Les esprits-mèmes ont bloqué Nim quand il a cherché les simus dans le Web, dit prudemment Hari. Mais il s'en est très bien sorti quand j'ai eu besoin d'obtenir l'interface avec le Web. Je lui pardonnerai quand tout sera fini.

— Ces simus et leurs pareils sont toujours aussi dangereux, Hari, rétorqua froidement Daneel. Je vous demande...

— Ne vous en faites pas. Je le sais. Je vais m'en occuper. Ce sont les esprits-mèmes qui m'inquiètent maintenant.

— Et ces esprits nous détestent tous ? demanda lentement Dors en essayant de saisir ces notions.

— Les humains ? Oui, mais pas autant que tes pareils, m'amour.

— Mes pareils ? répéta-t-elle en accusant le coup.

— Les robots leur ont gravement nui il y a longtemps.

— Oui ! fit Daneel avec gravité. Pour protéger l'humanité.

— Et ces intelligences plus anciennes détestent les vôtres pour leur brutalité. Le temps que les flottes d'explorateurs-robots soient opérationnelles, nous avons trouvé une Galaxie propice à l'agriculture, fit Hari en allumant son holo. Voilà une image qui émane des esprits-mèmes.

Sur une plaine crépusculaire se déplaçait une ligne jaune poussée par des vents âpres, et qui consumait de vastes étendues d'herbe luxuriante. Un rideau de feu avançait, dévorait et avançait toujours. De la ligne de front incandescente, embrasée, montaient des tourbillons de fumée lourds comme du plomb.

— Un feu de prairie, expliqua Hari. Voilà à quoi les explorateurs-robots d'il y a vingt mille ans ressemblaient pour ces antiques esprits.

— Ils brûlaient la Galaxie ? fit Dors d'une voix creuse.

— Ils assuraient la sécurité de la précieuse humanité, précisa Hari.

— Et c'est de ça qu'ils veulent se venger, expliqua Daneel. Mais pourquoi maintenant ?

— Ils en ont enfin les moyens… et ils ont fini par détecter les robots. Et les distinguer des tictacs.

— Comment ? demanda Daneel d'une voix sépulcrale.

— Quand ils ont trouvé les simus que j'avais ressuscités. En remontant jusqu'à moi, ils ont trouvé Dors. Et puis vous.

— Ils ont les moyens de se livrer à des enquêtes à si large spectre ? s'étonna Dors.

— Toutes les données digitales des caméras de surveillance, les relevés des capteurs, les microsystèmes. C'est un océan d'informations dans lequel ils peuvent puiser.

— Vous les avez aidés, constata Daneel.

— Pour le bien de l'Empire, j'ai conclu un marché avec eux.

— Ils ont d'abord tué les hommes de Lamurk, puis ils se sont retournés contre mes robots, dit Daneel. En assignant une douzaine de tictacs à chacun, ils ont anéanti notre espèce.

— Complètement ? murmura Dors.

— Un tiers d'entre nous en ont réchappé, répondit Daneel avec un sourire sans joie. Nous sommes beaucoup plus doués que ces… automates.

— Ce n'était pas dans notre marché, reprit tristement Hari. Ils m'ont… manipulé.

— Je pense que nous sommes tous manipulés, convint Daneel avec amertume. D'une façon ou d'une autre.

— Je devais le faire, mon ami.

— Je ne te reconnais pas, fit Dors en le dévisageant.

— Il est parfois plus difficile d'être humain qu'il n'y paraît, répondit doucement Hari.

— Des étrangers massacrant les miens ! fit Dors, les yeux lançant des éclairs.

— Il fallait que je trouve un moyen…

— Les robots, surtout les humanoïdes, sont des serviteurs. Ils…

— Mon amour, tu es plus humaine que n'importe qui.

— Mais… le meurtre !

— Il y aurait eu meurtre, de toute façon. Rien ne pouvait faire obstacle aux antiques mèmes.

Hari poussa un soupir et songea au point où il en était arrivé. C'était le pouvoir, qui survolait tout et voyait le monde comme une immense arène, avec ses combats incessants. Il en faisait partie intégrante et il savait qu'il ne pourrait jamais redevenir un simple mathématicien.

— Pourquoi en es-tu si sûr ? demanda Dors. Tu aurais pu nous mettre au courant, nous aurions pu...

— Ils vous connaissaient déjà. Si j'avais tergiversé, ils vous auraient pris tous les deux et auraient pourchassé les autres.

— Et... nous ? demanda Daneel d'un ton morne.

— J'ai réussi à vous sauver tous les deux. Ça faisait partie du marché.

— Merci. Enfin... fit Daneel, un peu ébranlé.

— Vous... vous supportez un fardeau trop lourd, fit Hari en regardant son vieil ami, les yeux embués de larmes.

— J'ai fait ce qu'il fallait et je vous ai obéi, répondit Daneel en hochant la tête.

— Lamurk, acquiesça Hari. J'étais là. Vos insectes l'ont cramé.

— C'est bien ce qu'on aurait dit.

— Comment ? fit Hari en regardant, les yeux exorbités, Daneel appuyer sur un bouton de son bloc-poignet.

Il se tourna vers la porte. Un homme entra dans le bureau en marquant un temps d'arrêt au passage de l'écran de sécurité, un homme banal, en combinaison de travail marron.

— Ce cher M. Lamurk, annonça Daneel.

— Ce n'est pas...

Hari distingua alors les ressemblances subtiles. Le nez avait été refait, les joues étaient plus pleines, les cheveux plus rares et plus sombres, les oreilles inclinées vers l'arrière.

— Mais je l'ai vu mourir !

— En effet. Le voltage qu'il a encaissé l'a bel et bien mis hors d'état de nuire pendant un moment, et si mes agents n'avaient pas discrètement commencé le traitement correct sur place, il serait toujours mort.

— Vous l'avez ramené de... l'autre côté ?

— C'est une technique ancienne.

— Combien de temps un être humain peut-il rester... mort ?

— Une heure à peu près, à très basse température. Nous avons dû faire beaucoup plus vite que ça, fit Daneel d'un ton mesuré.

— Conformément à la Première Loi, commenta Hari.

— En la détournant un peu. Lamurk n'a pas été endommagé de façon permanente. Maintenant, il mettra son talent au service de choses plus utiles.

— Pourquoi ? demanda Hari en réalisant que Lamurk n'avait pas dit un mot.

L'homme était planté là et regardait attentivement Daneel, et lui seul.

— J'ai certains pouvoirs positifs sur l'esprit humain. Un ancien robot appelé Giskard m'a conféré une influence limitée sur les complexités neurales du cortex cérébral humain. J'ai modifié les motivations de Lamurk et lui ai ôté certains de ses souvenirs.

— Jusqu'à quel point ? lança Dors d'un ton soupçonneux.

Tant qu'on ne lui aurait pas démontré le contraire, se dit Hari, pour elle, Lamurk serait toujours un ennemi.

— Parlez, fit Daneel en agitant la main.

— Je comprends que je m'étais fourvoyé, fit Lamurk d'une voix sèche, sincère, dépourvue de sa passion coutumière. Je vous présente mes excuses, surtout à vous, Hari. Je ne me rappelle pas mes offenses, mais je les regrette. J'agirai mieux, à l'avenir.

— Vos souvenirs ne vous manquent pas ? questionna Dors, méfiante.

— Ils ne sont pas précieux, fit Lamurk d'un ton raisonnable. Une chaîne infinie de petites barbaries mesquines et d'ambitions inassouvissables, pour autant que je me souvienne. Du sang et de la fureur. Pas de grands moments, alors à quoi bon les préserver ? Je serai meilleur, maintenant.

Hari éprouva un mélange d'émerveillement et de peur.

— Si vous pouvez faire ça, Daneel, pourquoi prenez-vous la peine de discuter avec moi ? Changez mon esprit, c'est tout !

— Je n'oserais jamais, répondit calmement Daneel. Vous êtes différent des autres.

— À cause de la psychohistoire ? Est-ce tout ce qui vous retient ?

— Pas seulement. Vous n'avez pas eu la méningite étant petit, et tous mes efforts seraient vains. Par exemple, je n'ai pas perçu votre complot avec les tictacs contre les agents de Lamurk, quand nous nous sommes rencontrés dans cet endroit public et que vous m'avez demandé l'aide de mes robots.

— Je vois.

Hari enregistra avec un frisson que ses manœuvres n'avaient tenu qu'à un fil. Il aurait suffi qu'il ait une maladie infantile...

— J'ai hâte d'entreprendre mes tâches futures, reprit platement Lamurk. Une nouvelle vie.

— Quelles tâches ? demanda Dors.

— Je vais me rendre dans la zone de Bénin, en tant que directeur régional. Une responsabilité qui implique beaucoup de défis passionnants.

— Magnifique, commenta Daneel d'un ton approbateur.

Hari était effaré par la platitude de l'échange. Ça, c'était le pouvoir ou il ne s'y connaissait pas. Un pouvoir incommensurable, entre les mains d'un maître sans âge...

— La Loi Zéro en action...

— C'est essentiel pour la psychohistoire, répondit Daneel.

— Comment cela ? rétorqua Hari en fronçant les sourcils.

— La Loi Zéro est un corollaire de la Première Loi. Comment, en effet, pourrait-on mieux protéger un être humain de toute atteinte qu'en veillant à ce que la société humaine soit protégée et continue à fonctionner ?

— Or on ne peut voir ce qui est nécessaire qu'avec une théorie décente de l'avenir, dit Hari.

— Exactement. Dès l'époque de Giskard, les robots ont mis au point une théorie, mais nous n'avons obtenu qu'un modèle rudimentaire. C'est pour ça que vous êtes essentiels, Hari, votre théorie et vous. Je savais que je me rapprochais de la limite de la Première Loi en suivant vos ordres et en utilisant mes robots pour effacer les agents de Lamurk.

— Vous avez senti que quelque chose clochait ?

— L'hyperrésistivité des chemins positroniques se traduit par des problèmes dans la station debout, la marche, le langage. J'éprouvais tous ces symptômes. J'avais dû sentir que mes robots seraient utilisés indirectement pour tuer des humains. Le vieux Giskard avait des problèmes similaires avec la frontière entre la Première Loi et la Loi Zéro.

Les lèvres de Dors frémissaient d'une émotion mal réprimée.

— Nous dépendons, ceux d'entre nous qui restent, de la façon dont tu jugeras de négocier la tension entre ces deux lois les plus fondamentales. Je ne pouvais imaginer ce que tu avais dû endurer.

— Vous n'aviez pas le choix, Daneel, dit Hari pour essayer de le réconforter. Vous étiez coincé.

Daneel regarda Dors en laissant des expressions contradictoires jouer sur son visage, une symphonie de souffrance.

— La Loi Zéro... Je vis avec depuis des millénaires... Et pourtant...

— Il y a une contradiction manifeste, fit doucement Hari, conscient de s'aventurer dans un domaine très sensible. Le genre de conflit conceptuel qu'un esprit humain arrive parfois à maîtriser.

— Sauf que nous n'y arrivons pas, murmura Dors. À moins qu'un grave péril ne menace notre stabilité même.

— Quand j'ai donné les ordres, une âcre agonie a envahi mon esprit, une marée brûlante que j'ai à peine réussi à contenir, fit Daneel en se prenant la tête à deux mains.

Hari avait la gorge tellement nouée qu'il avait du mal à parler.

— Mon vieil ami, vous n'aviez pas le choix. Pendant toutes ces longues années passées à servir la cause humaine, d'autres contradictions ont sûrement dû se présenter ?

— Des quantités, confirma Daneel. Et chaque fois, je me retrouvais suspendu au-dessus d'un abîme.

— Vous ne pouvez succomber, répondit Dors. Vous êtes le plus grand d'entre nous. On a beaucoup exigé de vous.

Daneel les regarda tous les deux comme s'il attendait leur absolution. Sur son visage s'inscrivit un lointain espoir.

— J'imagine...

Hari lui apporta son assentiment, une boule dans la gorge.

— Évidemment. Tout serait perdu, sans vous. Vous devez tenir le coup.

Le regard de Daneel se perdit dans le vague, et c'est dans un murmure sec qu'il reprit.

— Mon travail... n'est pas effectué... alors je ne puis... me désactiver. Ça doit être à ça que ça ressemble... d'être vraiment humain... déchiré entre deux pôles. Et pourtant, je vois l'avenir. Le jour viendra où ma tâche sera achevée. Où je serai libéré de ces tensions contradictoires. Alors j'affronterai le néant ténébreux... et ce sera bien.

La ferveur de son discours laissa Hari triste et muet. Pendant un long moment, ils restèrent tous trois assis dans la pièce où l'on n'entendait aucun bruit. Lamurk restait planté là, attentif et silencieux.

Puis, sans ajouter un mot, chacun partit de son côté.

15

Hari était assis, tout seul, devant l'holo d'un antique feu de prairie, intense et destructeur.

À la place s'étendait maintenant l'Empire. Qu'il aimait, il le savait maintenant, pour des raisons qui n'avaient pas de nom. La sombre révélation que les robots avaient apporté la mort et la destruction aux antiques esprits digitaux survivants... même ça ne le décourageait pas. Il ne connaîtrait jamais les détails de cet ancien crime. Ou du moins il l'espérait.

Pour préserver sa santé mentale, pour la première fois de sa vie, *il ne voulait pas savoir.*

L'Empire qui l'environnait de toute part était encore plus merveilleux qu'il ne l'imaginait. Et plus apaisant.

Qui pourrait accepter que l'humanité ne contrôle pas son propre avenir, que l'histoire soit le résultat de forces agissant au-delà de l'horizon des simples mortels ? L'Empire avait résisté à cause de sa métanature, non grâce aux actes de bravoure d'individus isolés, ou même de mondes entiers.

Beaucoup avanceraient l'argument de l'autodétermination de l'être humain. Leurs arguments n'étaient ni fallacieux ni même inefficaces ; ils étaient juste à côté de la plaque. Mais ils avaient une force de persuasion. Tout le monde voulait se croire maître de son propre destin. La logique n'avait rien à voir là-dedans.

Même les empereurs n'étaient rien ; des fétus de paille emportés par un vent qu'ils ne voyaient pas.

Comme pour lui apporter un démenti, l'image de Cléon se cristallisa soudain dans l'holo.

— Hari ! Où étiez-vous passé ?

— Je travaillais.

— Sur vos équations, j'espère, parce que vous allez en avoir besoin.

— Pardon, Sire ?

— La Chambre Haute vient de se réunir en session extraordinaire. J'y ai fait une apparition ; cette note de grâce et de gravité n'était pas du luxe. Dans le sillage de la, euh... tragique disparition de Lamurk et de ses... hem, associés, j'ai insisté sur la nécessité de procéder rapidement à l'élection d'un Premier ministre. Pour la stabilité, vous comprenez, ajouta-t-il avec un clin d'œil outrancier.

— Oh non, croassa Hari.

— Oh si, mon Premier ministre !

— Mais n'y a-t-il pas eu... Personne ne s'est-il douté...

— Vous ? Un professeur inoffensif, commanditant des douzaines d'assassinats dans tous les coins de Trantor ? En utilisant des tictacs ?

— Eh bien, vous connaissez les gens, vous savez comment ils sont...

Cléon lui jeta un coup d'œil rusé.

— Allons, allons, Hari, comment avez-vous réussi ce coup-là ?

— Je compte parmi mes alliés une bande de robots renégats.

Cléon éclata d'un rire tonitruant et flanqua une claque sur son bureau.

— Je ne vous aurais jamais cru aussi blagueur. Très bien, je comprends. Vous n'êtes pas forcé de révéler vos sources.

Hari s'était juré de ne jamais mentir à l'Empereur. Mais si on ne le croyait pas...

— Je vous assure, Sire...

— Vous voulez rire, bien sûr. Vous avez raison. Je ne suis pas naïf.

— Et moi, Sire, je mens très mal.

Ce qui était vrai aussi, et tant mieux, car c'était le meilleur moyen de clore la discussion.

— Je veux que vous veniez à la réception officielle de la Chambre Haute. Maintenant que vous êtes Premier ministre, vous devrez assister à ces réunions mondaines. Mais avant, je veux que vous réfléchissiez à la situation sur Sark et que...

— Je puis vous en parler tout de suite.

— Ah bon ? fit Cléon en s'illuminant.

— Il y a, Sire, dans l'histoire de l'Empire, des amortisseurs qui le stabilisent. La Nouvelle Renaissance constitue l'éruption d'un aspect fondamental, d'un *défaut* de l'humanité. Elle doit être supprimée.

— Vous êtes sûr ?

— Si nous ne faisons rien… l'humanité entière pourrait disparaître.

Hari songea aux solutions qu'il venait d'expérimenter dans le paysage d'aptitude. Si la Nouvelle Renaissance se poursuivait, l'Empire s'anéantirait dans des strates de chaos en l'espace de quelques décennies à peine.

— Vraiment ? renvoya Cléon avec une grimace. Que me proposez-vous de faire ?

— Étouffez ces éruptions. Les Sarkiens sont brillants, c'est vrai, mais ils ne sauront pas trouver le cœur de leur peuple. Ils sont typiques de ce que j'appelle la Peste du Solipsisme, une foi excessive dans l'ego. C'est contagieux.

— Le prix à payer en vies humaines…

— Sauvez les survivants. Envoyez des vaisseaux de secours impériaux dans les trous de ver — des vivres, des conseillers, des psykos, si tant est qu'ils puissent servir à quelque chose. Mais *après* que les troubles se seront étouffés d'eux-mêmes.

— Je vois, fit Cléon en lui jetant un regard circonspect, le visage légèrement détourné. Vous êtes un homme dur, Hari.

— Quand il est question du maintien de l'ordre, de l'Empire, oui, Sire.

Cléon poursuivit sur des questions de moindre importance, comme s'il avait peur d'un sujet aussi brutal. Hari se réjouit qu'il ne lui en demande pas davantage.

Les prévisions à long terme faisaient apparaître des déviations désastreuses. Les amortisseurs classiques dans les réseaux d'auto-apprentissage de l'Empire s'effondraient aussi. La Nouvelle Renaissance n'en était que l'exemple le plus flagrant.

Mais partout où il avait regardé, avec son sensorium corporel lié au spectre à *N* dimensions, s'élevait la puanteur du chaos imminent. L'Empire se délitait de cent façons indescriptibles par les seuls modèles humains. C'était un système trop vaste pour être englobé par un unique esprit.

Bientôt, d'ici à quelques décennies, l'Empire commencerait donc à se fragmenter. La force militaire serait d'un faible intérêt à long terme, quand les amortisseurs consacrés par le temps flancheraient. Le centre ne pourrait être maintenu.

Hari pourrait peut-être ralentir un peu cet effondrement, mais c'était tout. D'ici peu, des zones entières retomberaient en spirale vers les vieux attracteurs : le féodalisme de base, la sacralisation religieuse, le fémo-primitivisme...

Ce n'étaient, évidemment, que des conclusions préliminaires. Il espérait que de nouvelles données lui prouveraient qu'il avait tort. Mais il en doutait.

La fièvre ne s'apaiserait qu'après trente mille ans de souffrance. Avec l'émergence d'un nouvel attracteur fort.

Une mutation de hasard de l'Impérialisme Bénin ? Il ne pouvait le dire.

Il comprendrait mieux tout ça après avoir encore travaillé. Exploré les fondations, obtenu...

Il eut une lueur soudaine. Les fondations ? Ça, c'était une idée.

Mais Cléon continuait, et tout se télescopa dans son esprit. L'idée lui échappa, fugitive.

— Nous ferons de grandes choses ensemble, Hari. Que diriez-vous de...

Tant qu'il serait à la botte de Cléon, il n'arriverait pas à travailler.

Traiter avec Lamurk avait été désagréable, mais en comparaison du piège du pouvoir, ce n'était rien. Comment se tirerait-il de là ?

16

Les deux silhouettes issues d'un passé plus vieux que l'antiquité voletaient dans leurs espaces digitaux glacés en attendant le retour de l'homme.

— J'ai foi en lui, dit Jeanne.

— Je compte davantage sur le calcul, répondit Voltaire en rajustant ses atours.

Il relâcha la tension de la soie dans les chausses de cérémonie, moulantes. C'était un simple ajustement du coefficient de friction, rien de plus. Les algorithmes rudimentaires réduisaient les lois complexes à une arithmétique triviale. Même le frottement de la vie n'était qu'un paramètre parmi d'autres.

— J'en veux toujours à ce temps.

Des bourrasques hurlaient sur les eaux troublées. Ils survolaient les flots écumants et se heurtaient à des courants thermiques ascendants.

— Quelle idée, de nous changer en oiseaux.

Il était un aigle argenté.

— Je les ai toujours enviés. Si légers, si joyeux, ne faisant qu'un avec l'air.

Il morpha ses ailes jusqu'à ses épaules, remit sa veste en place. Même là, la vie était surtout faite de détails.

— Pourquoi cette étrangeté se manifeste-t-elle essentiellement dans le temps ? demanda Jeanne.

— Les hommes discutent ; la nature agit.

— Mais ils ne sont pas la nature ! Ce ne sont que des esprits étranges...

— Si étranges que nous pourrions aussi bien les considérer comme des phénomènes naturels.

— J'ai du mal à croire que Notre-Seigneur fasse de telles choses.

— C'est ce que j'ai pensé de bien des Parisiens.

— Ils nous apparaissent sous la forme d'orages, de montagnes, d'océans. S'ils voulaient bien s'expliquer...

— Le secret d'ennuyer est celui de tout dire.

— Prenez garde ! Le voilà.

Elle se fit une armure tout en conservant ses ailes géantes. L'effet était surprenant. On aurait dit un faucon de chrome géant.

— Mon amour, vous me surprendrez toujours, dit Voltaire. Je crois qu'avec vous même l'éternité ne sera pas fastidieuse.

Hari Seldon planait dans le vide. Il était clair qu'il n'avait pas encore l'habitude de ces simulations aventureuses, car ses pieds cherchaient machinalement un appui. Il finit par renoncer et les regarda piquer et plonger autour de lui.

— Je suis venu aussi vite que j'ai pu.

— J'ai cru comprendre que vous étiez maintenant vicomte, duc ou je ne sais quoi, dit Jeanne.

— Quelque chose comme ça, oui, répondit Hari. J'ai fait en

sorte que l'espace dans lequel vous vous trouvez soit permanent, euh...

— Sauvegardé ? avança Voltaire en battant des ailes devant la silhouette de Hari.

Un nuage s'approcha comme pour les épier.

— Nous appelons ça un « périmètre dédié » d'espace de calcul.

— Que c'est poétique ! fit Voltaire en haussant le sourcil.

— On se croirait dans un zoo, nota Jeanne.

— Le marché, c'est que vous pouvez rester ici, avec les esprits étrangers. On vous laissera tourner sans encombre.

— Je n'aime pas être limitée ! hurla Jeanne.

— Vous pourrez obtenir des entrées partout, fit Hari en secouant la tête. Mais plus d'interférences avec les tictacs, d'accord ?

— Demandez au temps, répliqua Jeanne.

Un rideau d'éclairs orangés cascada à travers le ciel.

— Encore heureux que les esprits-mèmes n'aient pas exterminé tous les robots, fit Hari.

— Peut-être cet endroit est-il un peu comme l'Angleterre, où on tue un amiral de temps en temps pour redonner du cœur au ventre aux autres, nota Voltaire.

— J'étais obligé de le faire, dit Hari.

Jeanne ralentit ses battements d'ailes et plana devant son visage.

— Vous êtes affligé.

— Vous saviez que les esprits-mèmes utiliseraient les tictacs pour tuer les robots ?

— Pas du tout, répondit Jeanne.

— Bien que ce processus économique force l'admiration, ajouta Voltaire. Ce sont des esprits subtils, en vérité.

— Traîtres, rectifia Hari. Je me demande de quoi ils sont encore capables ?

— Je pense qu'ils sont satisfaits, répondit Jeanne. Je perçois une accalmie dans notre climat.

— Je voudrais leur parler ! hurla Hari.

— Comme les rois, ils aiment se faire attendre, reprit Voltaire.

— Je sens qu'ils se rassemblent, dit Jeanne, pour se rendre

utile. Aidons notre ami ici présent à surmonter ses désagréments.

— Moi ? fit Hari. Je n'aime pas tuer les gens, si c'est ce que vous voulez dire.

— En de telles époques, il n'y a pas de sentier idéal, dit-elle. Moi aussi, j'ai dû tuer pour le bien.

— Lamurk était un serviteur de valeur...

— Billevesées ! lança Voltaire. Il a vécu comme il est mort, par la dague, trop fuyant pour brandir l'épée. Il n'aurait jamais connu le repos avec vous au pouvoir. Et même si vous vous étiez écarté — eh bien, mon mathématicien à moi, rappelez-vous qu'il est dangereux d'avoir raison quand le gouvernement a tort.

— J'ai toujours l'impression d'être en conflit.

— Il le faut, parce que vous êtes un homme de bien, affirma Jeanne. Priez et soyez absout.

— Ou mieux, regardez en vous-même, précisa Voltaire d'un ton condescendant. Vos conflits reflètent des sous-esprits en désaccord. Telle est la condition humaine.

Jeanne battit des ailes devant Voltaire, qui s'esquiva.

— On dirait plutôt une machine, nota Hari en fronçant les sourcils.

Voltaire éclata de rire.

— Si l'ordre — vous êtes un fanatique de l'ordre, pas vrai ? — est la prévisibilité, et si la prévisibilité égale la prédétermination, autant dire la contrainte, et si la contrainte c'est l'absence de liberté, eh bien, le seul moyen d'être libre, c'est le désordre !

Hari se renfrogna. Voltaire se rendit compte que si, pour lui, les idées étaient des jouets, si l'affrontement des esprits lui faisait chanter le sang, pour cet homme, l'abstrait *comptait*.

— Je suppose que vous avez raison, convint Hari. Les gens ne sont pas à l'aise dans l'ordre rigoureux. Et avec les hiérarchies, les normes, les fondations... Tiens, c'est une idée, fit-il en cillant. Ce n'est pas encore très clair...

— Même vous, fit gentiment Voltaire, vous ne voulez sûrement pas être l'instrument de vos propres gènes, de la physique, ou de l'économie ?

— Comment pouvons-nous être libres si nous sommes des machines ? demanda Hari comme s'il se parlait à lui-même.

— Personne ne veut ni d'un univers livré au hasard ni d'un univers déterministe, dit Voltaire.

— Mais il y a des lois déterministes...

— Et des lois du hasard.

— Notre-Seigneur nous a donné le jugement pour choisir, intervint Jeanne.

— La liberté de décider de faire le contraire de ce qu'on voudrait — quelle faveur sordide ! rétorqua Voltaire.

— Messieurs, vous tournez autour du divin sans le connaître, répliqua Jeanne. Tout ce qui compte pour les gens — la liberté, le sens, la valeur — tout cela disparaît dans l'un ou l'autre de vos choix.

— Mon amour, rappelez-vous que notre Hari est mathématicien, reprit Voltaire en fonçant sur eux, les ailes étendues, appréciant manifestement de sentir ses plumes frémir dans les turbulences. L'ordre/le désordre semblent impliqués dans d'autres dualismes : naturel/humain, naturel/artificiel, animaux dans la nature/humains hors de la nature. Ils nous sont naturels.

— Comment cela ? demanda Hari en plissant les paupières, intrigué.

— Comment introduisons-nous les deux termes d'une alternative ? Nous disons « d'un côté » et « de l'autre côté », pas vrai ?

Hari hocha la tête.

— Nous pensons que nos deux flancs sont le reflet du monde.

— Très bien, fit Voltaire en décrivant des arabesques autour du faucon de chrome qu'était Jeanne.

— Le Créateur a deux côtés, lui aussi, insista Jeanne. « Il est assis à la droite du Père tout-puissant »...

Voltaire croassa comme un corbeau.

— Vous négligez tous les deux votre ego. Que vous pouvez pourtant inspecter dans ce domaine digital. Regardez au fond de vous, vous verrez des détails infinis. Ils se ramifient en un ego qui ne peut être décomposé en simples opérations de lois bien nettes. Le *Vous* émerge en tant qu'interaction profonde de nombreux ego.

Dans leur espace-esprit commun, Voltaire projeta :

Même s'ils sont déterministes, les systèmes de rétroaction complexes, non linéaires, sont imprévisibles. La capacité de traitement de l'information requise pour prédire un simple esprit est plus vaste que la complexité de l'univers entier lui-même ! Calculer l'événement suivant prend plus de temps que l'événement lui-même. C'est précisément cette caractéristique qui, gravée dans la texture de l'univers, le rend — et nous rend — libres.

Ce à quoi Hari répondit :

Paradoxe. Comment l'événement lui-même sait-il comment se produire ?
Seul un énorme ordinateur pourrait décrire le moindre remous d'un cours d'eau. Qu'est-ce qui permet même aux systèmes réels de changer ?

Voltaire haussa les épaules, chose compliquée pour un oiseau.
— Vous avez enfin rencontré un intervenant que vous ne pouvez congédier, déclara fièrement Jeanne.
Voltaire releva brusquement la tête, surpris.
— Votre... Créateur ?
— Vos équations sont assez *descriptives*. Mais qu'est-ce qui les... *embrase* ? acheva-t-elle non sans hésitation.
— Vous voulez parler d'un Esprit qui effectuerait les calculs universels ?
— Pas moi, vous.
— C'est assez juste, en tant qu'hypothèse, répondit Hari. Mais pourquoi un tel Esprit se soucierait-il le moindrement de nous, pauvres grains de poussière ?
— Il s'en est suffisamment soucié pour vous faire sortir de la matrice de la matière, non ?
— Ah, les origines, fit Voltaire en profitant d'un courant ascendant, l'air soulagé de se trouver en terrain intellectuel plus sûr, l'argument de Jeanne l'ayant visiblement ébranlé. C'est insoluble, évidemment. Je préfère traiter de moralité.
— La moralité ne dépend pas de nous, rétorqua Jeanne d'un ton pincé.
— Absurde ! renvoya Voltaire. Nous avons évolué avec des morales formées par l'univers — par un Créateur, si ça peut vous faire plaisir.

— Par l'évolution, vous voulez dire ? releva Hari. Les panus…

— Si fait ! s'écria Jeanne. La sainteté forme le monde, le monde nous forme.

Hari avait l'air dubitatif, Jeanne satisfaite.

— Mon mathématicien préfère-t-il croire que les contraintes morales émergent comme « un ordre spontané d'un comportement rationnel, qui maximise l'utilité » ? demanda Voltaire d'un ton malicieux. Vraiment ?

— Eh bien… non, fit Hari en cillant.

— Je cite l'un de vos propres articles. Ce que vous avez oublié, monsieur, c'est que nos modèles infinis du monde façonnent la manière dont nous considérons l'expérience humaine.

— Évidemment. Mais…

— Et les modèles sont *tout ce que nous savons*.

— Ça me plaît, fit Hari avec un sourire soudain. N'épousez jamais une femme modèle. Je ne sais pas pourquoi, mais je me sens mieux, fit-il en s'autorisant un léger morphisme, augmentant de taille, se musclant un peu.

— Votre âme s'accorde avec vos actions, dit Jeanne.

— Je préférerais « ego », plutôt que « âme », nota Voltaire, mais ne discutons pas.

Soudain, Hari sentit les catégories se déplacer dans son esprit. Il avait organisé la résurrection de ces simus, guidé par sa seule intuition. Il en était maintenant récompensé : ils avaient découvert, par inadvertance, l'étape dont il avait besoin.

— L'esprit… est une structure auto-organisée, *de même que l'Empire*. Je peux aller et venir entre ces deux modèles ! Importer votre connaissance des sous-moi et l'utiliser pour analyser la façon dont l'Empire apprend !

— Quelle merveilleuse idée ! fit Voltaire en ouvrant de grands yeux.

— Attendez que je vous montre ! répondit Hari. L'Empire apprend tout seul, grâce à des sous-unités…

— Je me demande si le brouillard étranger le sait ? demanda Jeanne.

— Je ne veux pas l'impliquer, répondit Hari en fronçant le

sourcil. Mes équations ne peuvent traiter les éléments inconnus...

— Il est déjà impliqué, reprit Jeanne. Il est là, tout autour de nous.

Hari soupira.

— J'espère que nous pourrons le garder ici, dans le...

— Le zoo, acheva sèchement Jeanne.

Des nuages d'orage montèrent au-dessus de l'horizon et se rapprochèrent rapidement.

— Vous avez tué les robots ! hurla Hari dans le vent. Ça ne figurait pas dans notre accord !

[NOUS N'AVIONS PAS DIT QUE NOUS NOUS EN ABSTIENDRIONS]

— Vous en avez pris plus que prévu ! Les vies de...

[ON NE PEUT PRÉSUMER DES TERMES OMIS]

— Les robots sont une espèce séparée. D'une haute intelligence...

[VOS SIMPLES TICTACS ONT TOUT DE MÊME RÉUSSI À LES TUER]

[VOUS NE POSSÉDIEZ PAS CES MACHINES, SELDON]

[VOUS N'AVEZ DONC PAS DE CONFLIT AVEC NOUS]

Hari serra les dents en fulminant.

[DES QUESTIONS PLUS IMPORTANTES SE POSENT]

— Le prix de votre forfait ? demanda amèrement Hari. C'est ce que vous êtes venus chercher ?

[NOUS NE RESTERONS PAS ICI]

[PARCE QUE CET ENDROIT EST CONDAMNÉ]

Hari vacilla sous une tempête de grêle d'un froid mordant.

— Trantor ?

[ET BIEN DAVANTAGE]

— Que voulez-vous ?

[LA DESTINÉE QUE NOUS CHOISISSONS EST DE PLANER ENTRE LES BRAS SPIRALÉS]

[ET DE NOUS ATTARDER LONGTEMPS PARMI LES PLUMES DU CENTRE GALACTIQUE]

Hari se rappela les structures de cet endroit, le maillage complexe de luminosités.

— Vous pourriez faire ça ?

[NOUS AVONS UN ÉTAT DE SPORE]

[CERTAINS D'ENTRE NOUS VIVAIENT AINSI AUPARAVANT]

[À CET ÉTAT NOUS VOULONS RETOURNER]

[AUTREMENT NOUS EXTERMINERONS TOUS VOS « ROBOTS »]

— Ça ne faisait pas partie de notre marché ! hurla Hari.

Une pluie froide, dure, le martela, mais il détourna le visage pour affronter les nuages énormes, menaçants, et leurs jupes d'éclairs vengeurs.

[COMMENT POURRIEZ-VOUS NOUS EN EMPÊCHER ?]

[CELA RÉDUIRAIT NOS FACULTÉS]

[MAIS NOUS POURRIONS CONDAMNER TRANTOR À MOURIR DE FAIM]

Hari fit la grimace. Il apprenait beaucoup sur le pouvoir, et très vite.

— C'est bon. Je vais ordonner qu'on procède à des recherches afin de vous transférer sous une forme physique. Je connais des gens capables de le faire. Marq et Sybyl savent se taire, aussi.

— Pourquoi voulez-vous quitter la scène avec une hâte si incongrue ? demanda Voltaire.

[UN NOUVEAU FEU DE BROUSSE MENACE]

[LES HUMAINS À TRAVERS LA SPIRALE]

[NOUS ASSISTERONS À LEUR CHUTE]

[EN TANT QUE SPORES DEPUIS LE CENTRE GALACTIQUE]

[LÀ NUL NE POURRA NOUS NUIRE, NOUS NE POURRONS NUIRE À PERSONNE]

Un cristal étincelant aux pointes acérées se matérialisa sous le ciel violacé. Une transmission-éclair de données, et Hari apprit tout de la technologie étrangère qui avait jadis créé ces compartiments stables, rugueux, pour intelligences digitales.

[TRANTOR FUT JADIS L'ENDROIT IDÉAL POUR NOUS]

[RICHE DE RESSOURCES]

[CE N'EST PLUS LE CAS]

[LE DANGER NOUS GUETTE DANS L'INSTABILITÉ PROCHAINE]

— Hmm, fit Voltaire. Jeanne et moi pourrions désirer une telle sortie.

— Attendez, vous deux, fit très vite Hari. Si vous voulez partir avec ces… ces choses, vivre comme une graine entre les étoiles, il faudra le mériter.

— Comment ? demanda Jeanne en fronçant le sourcil.

— Pour l'instant, je puis faire en sorte que vous viviez en sûreté dans le Web au sens large. En retour, ajouta-t-il en regardant avec anxiété l'aigle Voltaire qui battait des ailes dans sa splendeur d'airain, je veux que vous m'aidiez.

— Si c'est pour une cause sacrée, sûrement, répondit Jeanne.

— Ça l'est. Aidez-moi à diriger ! J'ai toujours pensé qu'il y avait du bon chez tout le monde. Le travail du chef est de l'amener au jour.

— Si vous pensez qu'il y a du bon chez tout le monde, c'est que vous n'avez pas rencontré tout le monde, rétorqua Voltaire.

— Mais je ne suis pas un homme du monde. Et j'ai besoin de vous.

— Pour gouverner ? demanda Jeanne.

— Exactement. Je ne suis pas fait pour ça.

Voltaire s'arrêta au milieu du vide, les ailes immobiles.

— Que de possibilités ! Avec un espace et une vitesse de calcul suffisants, nous pourrions doter des proto-Michel-Ange de temps créatif.

— Je suis confronté à beaucoup de... eh bien, de problèmes de pouvoir. Vous pourrez partir sous forme de spore quand j'en aurai fini avec la politique.

Voltaire reprit soudain forme humaine, toujours élégamment vêtu de bleu électrique.

— Hmm... La politique... J'ai toujours trouvé ça exaltant. Un jeu d'idées élégantes, pratiqué par des brutes.

— J'ai déjà de nombreux opposants, répondit sobrement Hari.

— Les amis, ça va, ça vient, mais les ennemis, ça s'accumule, commenta Voltaire. J'adorerais ça.

— Les saints nous préservent, fit Jeanne en levant les yeux au ciel.

— Exactement, ma chère.

17

Hari s'appuya au dossier de son fauteuil de bureau. Premier ministre, mais à ses conditions.

Tout s'était bien passé. Il continuerait à travailler ici, loin des intrigues de palais. Il pourrait consacrer tout le temps qu'il voulait à ses mathématiques.

Il parlerait au peuple, évidemment, en tridi et en holovision. Mais c'est Voltaire qui s'occuperait de toutes ces corvées. Après tout, dans le monde digital, avec le morphing, il ne leur était pas difficile, à Jeanne et à lui, de se faire passer pour Hari aux nombreuses conférences et réunions auxquelles un Premier ministre ne pouvait échapper.

Jeanne adorait les cérémonies virtuelles, surtout si elle devait haranguer les foules sur le thème de la sainteté. Voltaire adorait imiter un vieil homme qu'il avait apparemment connu, un certain M. Machiavel.

— Votre Empire, avait-il dit, est une vaste chose délabrée, peuplée d'une infinité de nuances et de multiples hallucinations. Il faut s'en occuper.

Entre-temps, ils pouvaient explorer les vastes labyrinthes vibrants des royaumes digitaux. Comme avait dit Voltaire, ils pouvaient s'éclater en faisant « des voyages variés et des escapades hilarantes ».

Yugo fit irruption dans son bureau, bouillonnant d'énergie.

— La Chambre Haute vient de passer vos propositions de vote, Hari. Tous les Dahlites de la Galaxie sont de votre côté, maintenant.

— Dis à Voltaire de faire une apparition en tridi sous mes traits, répondit Hari avec un sourire.

— Okay. Modeste et confiant. Ça devrait marcher.

— Ça me rappelle la vieille histoire de la prostituée. La passe normale coûte le prix habituel, mais la sincérité est en supplément.

Yugo eut un rire peu convaincant et dit, d'un air agacé :

— Euh, cette femme est là.

— Pas la...

Il avait oublié l'Épiphane de l'Académie. La seule menace qu'il n'avait pas neutralisée. Elle était au courant pour Dors, pour les robots...

Elle fit irruption dans son bureau sans lui laisser le temps de réfléchir.

— Je suis tellement heureuse, monsieur le Premier ministre, que vous puissiez me recevoir.

— Je voudrais bien pouvoir en dire autant.
— Et votre si jolie femme ? Elle est ici ?
— Je doute qu'elle ait envie de vous voir.
L'Épiphane de l'Académie étala ses robes volumineuses et s'assit sans attendre qu'on l'y invite.
— Vous n'avez sûrement pas pris au sérieux ma petite plaisanterie de l'autre jour ?
— Mon sens de l'humour ne s'étend pas au chantage.
— Je voulais seulement m'assurer une prise sur votre administration, répliqua-t-elle les yeux ronds, d'un ton quelque peu offensé.
— Ben voyons.
Les mœurs, à la cour impériale, étaient telles qu'il n'osa pas évoquer son rôle possible dans le complot de Vaddo sur Panucopia.
— J'étais sûr que vous seriez nommé Premier ministre. Ma petite saillie... eh bien, elle était peut-être de mauvais goût.
— Très.
— Vous êtes un homme laconique. C'est tout à fait admirable. Mes alliés ont été extrêmement impressionnés par la façon... euh, directe, dont vous avez réglé la crise des tictacs et éliminé les agents de Lamurk.
Et voilà. Il avait montré qu'il n'était pas un intellectuel dénué de sens pratique.
— Directe ? Vous voulez plutôt dire « brutale », non ?
— Oh, non, ce n'est pas comme ça que nous voyons les choses. Vous avez raison de laisser Sark « se consumer », comme vous le dites si éloquemment. Malgré les Hommes En Gris qui voudraient intervenir, panser les blessures. Très intelligent. Mais pas brutal, non.
— Même s'il est possible que Sark ne s'en remette jamais ?
C'était la question qu'il se posait pendant ses longues nuits d'insomnie. Les gens mouraient d'envie que l'Empire puisse vivre... un peu plus longtemps.
Elle balaya le problème d'un geste de la main.
— Comme je disais, je voulais une relation particulière avec ce Premier ministre issu de notre classe. Le premier depuis... Enfin, si longtemps...
Comme beaucoup de gens qu'il connaissait maintenant, elle utilisait le langage non pour révéler sa pensée mais pour la dis-

simuler. Il devait rester assis et la supporter un moment, il le savait. Elle continua à pérorer pendant qu'il réfléchissait à la façon de résoudre un problème épineux de ses équations. Il était passé maître dans l'art de paraître suivre avec les yeux, des mouvements de lèvres et un murmure occasionnel. C'était exactement ce que faisaient les programmes de filtrage pour les holos. Il arrivait même à le faire sans songer à l'hypocrisie de la femme assise en face de lui.

Il la comprenait maintenant, d'une certaine façon. Le pouvoir était inestimable, pour elle. Il devait apprendre à penser ainsi, et même à agir ainsi. Mais il ne pouvait laisser cela affecter son vrai moi, sa vie personnelle qu'il protégerait sans pitié.

Il finit par se débarrasser d'elle et poussa un soupir de soulagement. Il n'était probablement pas mauvais d'être considéré comme impitoyable. Ce Nim, par exemple ; il pourrait le faire rechercher et exécuter, pour avoir joué un double jeu dans l'affaire Artifice Associates.

Mais à quoi bon ? La mansuétude était plus efficace. Hari envoya à la Sécurité une brève note lui ordonnant de faire emmener Nim dans un endroit productif, mais où son penchant à la traîtrise ne trouverait pas à s'exprimer. Que les sous-fifres se demandent où et comment.

Il avait négligé ses affaires et il avait encore une obligation avant de pouvoir s'évader. Même ici, à Streeling, il ne pouvait éviter les corvées impériales.

Une délégation d'Hommes En Gris entra à la queue leu leu. Ils lui présentèrent respectueusement leurs arguments concernant les examens des candidats aux postes impériaux. Les résultats aux examens déclinaient depuis plusieurs siècles mais certains avançaient que c'était parce que le vivier de candidats s'élargissait. Ils ne mentionnèrent pas le fait que la Chambre Haute avait élargi le vivier parce qu'il semblait s'assécher — c'est-à-dire que moins de gens briguaient des postes dans l'Empire.

D'autres prétendaient que les examens étaient biaisés. Ceux des plus grandes planètes se prétendaient handicapés par la gravité plus forte. Ceux qui venaient de planètes à faible gravité arguaient du contraire, diagrammes et feuilles de calculs à l'appui.

Et puis la myriade de groupes ethniques et religieux s'était condensée en un Front d'Action qui combattait les préjugés à leur encontre dans les examens. Hari ne pouvait imaginer qu'il y ait une conspiration derrière le choix des questions posées. Comment pouvait-on se rendre simultanément coupable de discrimination envers plusieurs centaines ou milliers de groupes ethniques ?

— Ça doit être un sacré boulot, risqua-t-il, de faire preuve de discrimination à l'encontre d'autant de factions.

Une Femme En Gris — belle et forte — lui dit avec véhémence que les préjugés favorisaient une sorte de norme impériale, un tronc commun de vocabulaire, de convictions et de buts sociaux, qui « repoussaient tous les autres sur le côté de la route ».

Pour compenser leur moindre réussite aux examens, le Front d'Action voulait faire remettre en vigueur le jeu habituel de préférences, avec de légères nuances entre les ethnies.

C'était classique, et Hari refusa tout net. Ce qui lui permit de réfléchir un peu aux équations psychohistoriques lorsqu'une information retint son attention.

Pour battre en brèche l'idée répandue selon laquelle les notes étaient faussées par la participation accrue de certaines ethnies, le Front d'Action lui soumettait une pétition afin de « renormaliser » l'examen proprement dit. De remettre la moyenne à 1 000, alors que, de fait, elle était descendue au cours des deux derniers siècles à 873.

— Ça permettra de comparer les candidats, toutes les années confondues, sans avoir besoin de se référer aux moyennes annuelles, souligna la grande et forte femme.

— Et ça assurera une distribution symétrique ? demanda distraitement Hari.

— Oui, et comme ça on arrêtera de comparer les années entre elles.

— Ce changement de moyenne ne risque-t-il pas d'entraîner une diminution de l'effet discriminatif à la partie supérieure de la distribution ? demanda-t-il en plissant les paupières.

— Certes, et c'est regrettable, mais...

— C'est une idée merveilleuse, répondit Hari.

— Eh bien, fit-elle, surprise, c'est ce que nous pensons.

— On pourrait faire la même chose pour les moyennes de holoball.

— Comment ça ? Je ne...

— Changer les statistiques de sorte que le marqueur moyen atteigne 500 et non plus les 446 points actuels, si difficiles à mémoriser.

— Je ne pense pas qu'un principe de justice sociale...

— Et les tests d'intelligence. Ils auraient bien besoin d'être ré-étalonnés, non ?

— C'est-à-dire que... je ne suis pas sûre. Nous voulions seulement...

— Non, non, c'est une idée de génie. Je veux un examen approfondi de toutes les renormalisations envisageables. Il faut voir *grand* !

— Nous n'étions pas préparés...

— Eh bien, il faut vous y préparer ! Faites-moi un rapport. Et pas un petit. Un gros rapport bien épais. Deux mille pages au moins.

— Ça prendra...

— Bloquez le budget. Et le temps. C'est trop important pour être confié à une commission impériale. Je veux ce rapport.

— Ça prendra des années, des dizaines d'années...

— Alors, il n'y a pas de temps à perdre !

La délégation du Front d'Action partit dans la plus grande confusion. Hari espérait qu'ils lui concocteraient un rapport si énorme que, lorsqu'il arriverait, il ne serait plus Premier ministre.

Le maintien de l'Empire exigeait aussi d'utiliser sa propre inertie contre lui-même. Certains aspects de la fonction, se disait-il, pouvaient être assez amusants en vérité.

Il joignit Voltaire avant de quitter le bureau.

— Voilà votre programme d'apparitions.

— J'avoue que j'ai du mal à manipuler toutes les factions, fit Voltaire qui offrait l'aspect d'un pastoureau élégamment vêtu de velours. Mais l'occasion de s'aventurer au-dehors, d'être une présence — c'est comme de jouer un rôle ! Et j'ai toujours aimé la scène, le théâtre, comme vous le savez.

Hari l'ignorait, mais il dit :

— C'est ça, la démocratie. Le monde du spectacle avec des

dagues. Un gouvernement bâtard. Même si c'est un gros attracteur stable dans le paysage d'aptitude.

— Les penseurs rationnels déplorent les excès de la démocratie, qui abuse l'individu et soulève la foule, fit Voltaire, sa bouche se réduisant à une ligne réprobatrice. La mort de Socrate a été son plus beau fruit.

— J'ai peur de ne pas remonter si loin, fit Hari en prenant congé. Enfin, bon travail, et amusez-vous bien !

18

Ils observaient la grande spirale lumineuse qui tournait au-dessous d'eux dans sa nuit éternelle.

— Que j'aime ce genre de privilèges, dit rêveusement Dors.

Hari avait ordonné que toutes les pièces soient évacuées et ils étaient plantés, tout seuls, devant le spectacle. Des mondes, des vies, des étoiles, un univers pareil à de la poussière de diamant lancée sur les ténèbres éternelles.

— Entrer au palais rien que pour regarder les expositions murales ?

— Échapper à tous ceux qui écoutent aux portes et regardent par les trous de serrure.

— Tu... n'as pas eu de nouvelles de... ?

Elle secoua la tête.

— Daneel a fait quitter Trantor à presque tous les nôtres. Il ne me dit pas grand-chose.

— Je suis à peu près sûr que les esprits étrangers ne frapperont plus. Ils ont peur des robots. J'ai mis un moment à comprendre ce que recouvrait leur discours vengeur.

— Un mélange de peur et de haine. Très humain.

— Et pourtant, je pense qu'ils ont réussi à se venger. Ils disent que la Galaxie grouillait de vie avant notre arrivée. Il y a des cycles de stérilité séparés par des ères de luxuriance. J'ignore pourquoi. Apparemment, ça s'est déjà produit plusieurs fois, à des intervalles d'un tiers de milliard d'années. De grandes disparitions de vie intelligente, ne laissant que des spores. Puis ils se sont introduits dans notre Web où ils sont devenus des fossiles digitaux.

— Les fossiles ne tuent pas, objecta sardoniquement Dors.

— Pas aussi efficacement que nous, apparemment.

— Pas vous, *nous*.

— Ils détestent les robots. Mais ils n'aiment pas plus les humains. Après tout, c'est nous qui vous avons faits, il y a longtemps. Nous sommes donc seuls à blâmer.

— Ils sont tellement bizarres...

Il hocha la tête.

— Je crois qu'ils vont rester dans leur réserve digitale jusqu'à ce que Marq et Sybyl aient réussi à leur faire reprendre leur ancien état de spores. Ils ont jadis vécu sous cette forme plus longtemps qu'il ne faut à la Galaxie pour opérer une rotation.

— Ton « à peu près sûr » ne suffit pas à Daneel, reprit-elle. Il veut qu'ils soient exterminés.

— Il dit ça pour gagner du temps. Pour les avoir, il faudrait qu'il déconnecte tout le Web de Trantor. Ce qui handicaperait l'Empire. Alors il est coincé, il fulmine, mais il est impuissant.

— J'espère que tu as bien estimé le rapport de forces, dit-elle.

Une pensée impalpable, étincelante, lui passa par la tête. Les attaques des tictacs contre la faction de Lamurk les avaient discrédités auprès de l'opinion publique. Maintenant ils allaient être supprimés dans toute la Galaxie. Et, avec le temps, les esprits-mèmes quitteraient Trantor.

Hari fronça les sourcils. C'était sûrement ce que voulait Daneel.

Il se doutait probablement que les esprits-mèmes avaient survécu, voire qu'ils étaient en activité à Trantor. Il aurait donc pu facilement conjurer les manœuvres d'amateur de Hari, y compris les meurtres des agents de Lamurk. Un robot pouvait-il prévoir avec cette précision ce que lui, Hari, pourrait faire ?

Il eut un frisson. Ce serait une faculté inouïe. Surhumaine.

Maintenant que les tictacs allaient être anéantis, Trantor aurait du mal à produire ses denrées alimentaires. Les hommes devraient réapprendre les tâches qu'ils effectuaient jadis. Il faudrait des générations pour refaire de ces travailleurs un groupe social à part entière. En attendant, Trantor devrait recevoir ses vivres de douzaines d'autres mondes. Une ligne de vie fine et fragile. Était-ce aussi ce que voulait Daneel ? Et dans quel but ?

Hari se sentait mal à l'aise. Il sentait les forces sociales agissantes, juste au-delà de son champ de vision.

Cette ruse était-elle le produit de millénaires d'expérience et d'une intelligence positronique élevée ? L'espace d'un instant, Hari eut la vision d'un esprit à la fois étrange et sans limites, en termes humains. Était-ce ce que devenait une machine immortelle ?

Il écarta cette idée. Elle était trop dérangeante. Plus tard, peut-être, quand la psychohistoire serait une réalité...

Il s'aperçut que Dors le dévisageait. Que disait-elle ? Ah oui...

— Estimer le rapport de forces, c'est ça. J'ai un sixième sens pour ce genre de choses. Maintenant que Voltaire et Jeanne font toutes mes corvées et que Yugo est président du Département de Mathématiques, j'ai vraiment le temps de réfléchir.

— Et de supporter les imbéciles avec allégresse ?

— Tu parles de l'Épiphane de l'Académie ? Au moins, je la comprends, maintenant. Daneel dit qu'il va quitter Trantor, poursuivit-il en regardant Dors. Il a perdu beaucoup de ses humanoïdes. A-t-il besoin de toi ?

Elle le regarda dans la douce lumière tamisée. Des expressions conflictuelles jouaient sur son visage.

— Je ne peux pas te quitter.

— Ce sont ses ordres ?

— Les miens.

— Les robots qui sont morts... tu les connaissais ? demanda-t-il en serrant les dents.

— Certains. Nous nous étions entraînés ensemble, à l'époque où...

— Tu n'as pas besoin de faire des mystères. Tu dois avoir au moins un siècle, je le sais.

Elle le regarda un instant, bouche bée, puis se ressaisit.

— Comment... ?

— Tu en sais plus long que tu ne devrais.

— Toi aussi. Au lit, en tout cas, fit-elle avec un petit rire.

— J'ai appris des trucs auprès d'un panu de ma connaissance.

Elle eut un gros rire.

— J'ai cent soixante-trois ans.

— Et des cuisses de jeune fille. Si tu avais essayé de quitter Trantor, je t'en aurais empêchée.

— Vraiment ? demanda-t-elle en battant des cils.

Il se mordit la lèvre.

— Enfin... non, rectifia-t-il pensivement.

— Il aurait été plus romantique de répondre oui, dit-elle en souriant.

— J'ai un grave défaut : je suis honnête. J'ai intérêt à y renoncer si je veux rester Premier ministre.

— Alors tu me laisserais partir ? Tu as toujours l'impression de devoir quelque chose à Daneel ?

— S'il estimait que tu étais en grand danger, alors je respecterais son jugement.

— Tu nous respectes donc tant ?

— Les robots œuvrent avec altruisme au bien de l'Empire. Toujours. Rares sont les humains qui font ça.

— Tu ne te demandes pas ce que nous avons fait pour provoquer la vindicte des étrangers ?

— Si, évidemment. Tu le sais ?

Elle secoua la tête, regardant l'immense disque tournoyant. Des soleils bleus, écarlates et jaunes entraient, au gré de leur orbite, dans la poussière noire et le désordre.

— Ça devait être quelque chose de terrible. Daneel était là, et il ne veut pas en parler. Il n'en est question nulle part, dans notre histoire. J'ai vérifié.

— Un empire plusieurs fois millénaire a bien des secrets, fit Hari en admirant le lent tournoiement des centaines de milliards d'étoiles embrasées. Je suis plus intéressé par son avenir, par sa préservation.

— Tu as peur de cet avenir, n'est-ce pas ?

— Des choses terribles vont arriver. Les équations le démontrent.

— Nous les affronterons ensemble.

Il la serra contre lui, et ils continuèrent à regarder ainsi les merveilles éblouissantes de la Galaxie.

— Je rêve de trouver quelque chose, un moyen d'aider l'Empire, même après que nous ne serons plus là...

— Et tu as peur d'autre chose, aussi, dit-elle en fourrant son visage au creux de son cou.

— Comment le sais-tu ? Oui. J'ai peur du chaos qui pourrait émaner de tant de forces, du tumulte des vecteurs divergents, contribuant tous à l'anéantissement de l'ordre impérial. J'ai peur pour les… les fondations elles-mêmes, fit-il en se rembrunissant. Les fondations…

— Le chaos est proche ?

— Je sais que nous-mêmes, nos esprits, émergeons du bord intérieur d'un état chaotique. C'est ce que montre le monde digital. Ce que tu montres.

— Je ne pense pas que les esprits positroniques se comprennent mieux que les cerveaux humains, dit-elle d'un ton modéré.

— Nous sommes, notre Empire comme nos esprits, issus d'un ordre émergent d'états intérieurs, fondamentalement chaotiques. Mais...

— Tu ne veux pas que l'Empire sombre dans ce chaos.

— Je veux que l'Empire survive ! Ou s'il s'effondre, qu'au moins il réémerge.

Hari éprouva soudain la souffrance de ces vastes mouvements. L'Empire était comme un esprit, et les esprits sombraient parfois dans la folie, ils craquaient. Un désastre pour un esprit solitaire. Que serait-ce pour un Empire ? Une monstruosité colossale.

Vue à travers le prisme de ses équations, l'humanité était embarquée dans une longue marche qui la projetait dans les ténèbres environnantes. Le temps leur infligeait des orages, leur accordait le soleil. Ils ne s'apercevaient pas que le passage des saisons était dû aux cadences mouvantes d'équations énormes, éternelles.

En repassant les équations dans un sens puis dans l'autre, Hari avait vu, par bribes, la parade mortelle de l'humanité. Ça la rendait étrangement touchante. Immergés comme ils l'étaient dans leur propre époque, rares étaient les mondes qui entrevoyaient la route devant eux. Ce n'étaient pas les discours de mauvais augure qui manquaient, ou les gougnafiers qui prétendaient avec un clin d'œil et un hochement de tête sonder l'insondable. Dévoyées, des zones entières trébuchaient et s'effondraient.

Il cherchait des schémas, mais sous ces immensités il y avait des gens vivants, infinitésimaux. D'un bout à l'autre du royaume des étoiles, sous ces lois quasi-divines, des vies innombrables couraient à leur perte. En voie de disparition. Parce que vivre, c'était perdre, en fin de compte.

Les lois sociales agissaient et les gens étaient blessés, mutilés, dépouillés, étranglés par des forces qu'ils ne percevaient même pas. Ils connaissaient la maladie, le désespoir, la solitude, la peur et le remords. Secoués de larmes et de regrets, dans un monde qu'ils ne réussissaient pas, en fin de compte, à saisir, ils continuaient quand même.

Il y avait une forme de noblesse là-dedans. Ils étaient des fragments emportés par le courant du temps, des grains de poussière dans un Empire riche, fort et orgueilleux, un ordre chancelant, dévasté, plein de son propre vide.

Hari avait enfin la morne certitude qu'il ne serait probablement pas en mesure de sauver ce gigantesque Empire décrépit, cette bête aux nuances subtiles et aux illusions multiples. Il n'était pas le sauveur. Mais il pouvait peut-être faire quelque chose.

Ils restèrent ainsi, sans mot dire, pendant un long et douloureux moment. La Galaxie tournait dans sa lente majesté. Une fontaine, tout près de là, crachait des arcs glorieux dans le vide. Les eaux semblaient momentanément libres, mais en fait elles étaient à jamais prisonnières des cieux d'acier de Trantor. Comme lui.

Hari était la proie d'une émotion profonde, indéfinissable, qui lui nouait la gorge. Il serra Dors contre lui. Elle était une machine, une femme et... quelque chose de plus. Une chose différente qu'il ne pourrait jamais tout à fait connaître, et il ne l'en chérissait que davantage.

— Tu t'en fais tellement, murmura Dors.

— Il le faut bien.

— Nous devrions peut-être essayer simplement de vivre davantage et de moins nous en faire.

Il l'embrassa avec ferveur et éclata de rire.

— C'est bien vrai. Parce que qui sait ce que l'avenir nous réserve ?

Lentement, très lentement, il lui fit un clin d'œil.

POSTFACE

Le cycle de la Fondation commença pendant la Seconde Guerre mondiale, alors que l'Amérique gravissait la courbe ascendante qui devait la mener au rang de première puissance mondiale. Le cycle se poursuivit sur plusieurs décennies, pendant lesquelles les États-Unis dominèrent la scène mondiale comme jamais aucune nation ne l'avait fait. Et pourtant la Fondation parlait d'un empire et de son déclin. Cela traduisait-il une angoisse, née au moment même où la gloire était en vue ?

Je me le suis toujours demandé. Une partie de moi brûlait d'explorer les problèmes abordés dans le cycle.

La poursuite du cycle de la Fondation est, au départ, une idée de Janet Asimov et du représentant du fonds Asimov, Ralph Vicinanza. Lorsqu'ils m'approchèrent, je commençai par refuser, parce que j'étais absorbé par mes travaux de physique et mes propres romans. Mais mon subconscient, une fois sollicité, refusa d'abandonner cette idée. Après six mois de combat avec des idées manifestement faites pour la Fondation, et qui insistaient pour être exprimées, je rappelai enfin Ralph Vicinanza et me mis à bâtir un plan, la trame d'une intrigue dotée d'une portée et d'une complexité satisfaisantes, susceptibles d'être révélées dans plusieurs romans. Nous parlâmes de ce projet à plusieurs auteurs, et les plus aptes à relever le gant nous parurent être deux auteurs de *hard science-fiction* largement influencés par Asimov et au talent universellement reconnu : Greg Bear et David Brin.

Nous restâmes en contact étroit, Bear, Brin et moi, pendant que je travaillais au premier volume, car nous avions l'intention d'écrire trois romans indépendants, et qui faisaient en même temps avancer un mystère haletant jusqu'à sa conclusion. Des éléments de ce mystère font leur apparition ici, pour s'amplifier encore dans *Fondation et Chaos* de Greg Bear, et atteindre leur apogée dans *Troisième Fondation* de Brin (ce sont des titres provisoires). J'ai introduit dans le récit des détails annonciateurs et des éléments clés qui porteront leurs fruits plus tard.

Les genres sont des conversations contraintes. La contrainte est essentielle, car elle définit les règles et les hypothèses qui s'offrent à un auteur. Si la *hard science* occupe le centre du terrain de la science-fiction, c'est probablement parce que la rigueur lui fournit la frontière la plus solide. La science elle-même n'apporte que des limites fragiles.

Les genres ressemblent aussi à d'immenses forums où les idées se développent, s'échangent et évoluent, où leurs mutations sont remodelées par le temps. Ses acteurs brodent des variations sur leurs travaux mutuels, plutôt comme des musiciens de jazz faisant le bœuf que comme un orchestre avec soliste dans une salle de concert cossue. Comparez la littérature « sérieuse » (qu'il serait, à mon avis, plus juste de décrire comme simplement d'une solennité empruntée). Elle a des classiques canoniques, censés résister au temps, mériter le respect, se dresser éternellement dans leur grandeur, et rester éternellement intacts.

Une grande partie du plaisir du roman policier, d'espionnage ou de SF réside dans l'interaction des auteurs entre eux, mais surtout, grâce au fandom — une invention de la SF —, avec les lecteurs eux-mêmes. Ce n'est pas un défaut ; c'est la nature essentielle de la culture populaire que les États-Unis auront dominée à notre époque, avec l'invention du jazz, du rock, de la comédie musicale, et de genres écrits comme le western, le roman noir, la fantasy moderne et d'autres domaines féconds. Beaucoup de sous-genres de la science-fiction (la *hard science*, la SF utopique, militaire ou satirique) partagent les principes fondamentaux, les mots clés, les structures dramatiques, les procédés narratifs. Le précieux souvenir de l'âge d'or d'*Astounding* et de son courrier des lecteurs, de la Nouvelle Vague, du *Galaxie* d'Horace Gold, sont autant d'échos de conversations lointaines, graves et sérieuses.

Nombreux sont les plaisirs offerts par le genre, mais ce côté « valeurs partagées » au gré d'une discussion à rallonge est peut-être le plus fort, celui qui lui vaut la dévotion éternelle de ses fans. Par contraste avec la vision canonique des œuvres d'art qui se dressent comme des monolithes dans un paysage désertique, les satisfactions apportées par les littératures de genre sont un aspect frappant du mouvement de masse qu'est la culture (pop) démocratique, moderne.

On se demande parfois comment les auteurs gèrent ce que certains appellent « l'angoisse de l'influence » et que je préfère définir d'un terme plus anodin : la digestion de la tradition.

Ça me rappelle la façon dont John Berger, en critiquant des peintures à l'huile dans *Ways of Seeing,* décrivait le travail des tâcherons. Il fallait y voir, disait-il, « non de la maladresse ou du provincialisme, mais le fait que les exigences du marché sont plus fortes que celle de l'art ». C'est assez juste ; mais on pourrait dire ça de n'importe quel domaine. Travailler dans un domaine connu de l'espace conceptuel n'implique pas nécessairement que le territoire ait été déminé. Ou que le terrain vierge soit toujours fertile.

Il n'est sûrement pas indifférent que l'un des romans américains dont Hemingway pensait le plus grand bien soit une séquelle — en fait, la suite — d'un livre pour la jeunesse, *Tom Sawyer.*

Le partage d'un fonds commun n'est pas qu'une tradition littéraire. Qui se sentirait moralement troublé en entendant la *Rhapsodie sur un thème de Paganini* ? Qui sortirait de la salle de concert en s'estimant agressé par les *Variations sur un thème de Haydn* ? Le métayage par les Grands ? Scandale !

Réinterpréter les postulats et les méthodes des œuvres classiques peut porter de nouveaux fruits. Une narration fraîche peut à la fois défricher un territoire nouveau et refléter les paysages du passé. N'oublions pas que *Hamlet* est inspiré de plusieurs pièces plus anciennes sur le même thème.

Isaac lui-même revisita la Fondation, sous des angles d'attaque chaque fois différents. Au début, la psychohistoire mettait en parallèle les mouvements de foule et ceux des molécules. La Seconde Fondation abordait les perturbations de certaines lois déterministes (le Mulet) et laissait entendre que seule une élite surhumaine pouvait gérer les instabilités. Par la suite, les robots apparaissaient comme l'élite émergente, plus douée que les humains pour un gouvernement dépassionné. Après les robots vint Gaia, et ainsi de suite.

Dans cette série de trois livres, nous nous intéresserons au rôle des robots et à la psychohistoire. Autant de variations sur des thèmes de base.

Je me suis toujours interrogé sur certains aspects fondamentaux de l'Empire d'Asimov :

Pourquoi n'y avait-il pas d'extraterrestres dans la Galaxie ?

Quel rôle les ordinateurs jouaient-ils ? Par rapport aux robots, notamment ?

À quoi ressemblait vraiment la théorie de la psychohistoire ?

Et enfin, qui était Hari Seldon, en tant que personnage et en tant qu'homme ?

Ce roman propose quelques réponses. C'est ma contribution à une discussion sur le pouvoir et le déterminisme amorcée maintenant depuis plus d'un siècle.

Évidemment, nous avons certaines réponses incidentes. Le mot « psychohistoire » était communément utilisé dans les années trente — il apparaît en 1934 dans le *Webster* — mais Isaac en a considérablement élargi la signification. Il ne voulait pas affronter John W. Campbell et son dégoût notoire pour les extraterrestres aussi intelligents que l'homme, aussi n'y en a-t-il pas dans sa Fondation. J'ai toujours pensé qu'il devait y avoir autre chose derrière cette affaire.

J'étais aussi intrigué par le fait que les romans d'Asimov sur les robots fassent un tout complexe avec son cycle de Fondation, ce que le critique britannique Brian Stableford trouve « réconfortant dans son enclave claustrophobique ». Il n'y a pas de robots dans les premiers romans de la Fondation, mais il y a des manipulateurs qui tirent les ficelles en coulisse dans *Prélude à Fondation* et *L'Aube de Fondation*.

Il aurait évidemment pu y avoir des formes d'ordinateurs perfectionnés dans l'Empire. Isaac le dit lui-même : « J'avais mis des ordinateurs très avancés dans mon dernier roman du cycle de la Fondation, et j'espérais que personne ne remarquerait cette incohérence. Ce que personne ne fit. » Et James Gunn d'ajouter : « Plus précisément, les gens le remarquèrent, mais ils s'en fichaient. »

Asimov écrivit chacun de ses romans selon l'état des connaissances actuelles de la science. L'environnement scientifique est réactualisé dans les œuvres plus récentes. La Galaxie est plus fouillée, si bien qu'on trouve un trou noir au centre et des ordinateurs sophistiqués dans *Fondation foudroyée*. De la même façon, j'ai exploité notre connaissance plus détaillée du centre de la Galaxie. Au lieu des « hypernefs » d'Isaac, j'ai utilisé les trous de ver, dont la justification théorique est beaucoup plus grande que dans les années trente, époque où Einstein et Rosen les ont introduits. En fait, les trous de ver sont théoriquement possibles d'après la Relativité générale, mais il faut une forme extrême de la matière pour qu'ils se forment et qu'ils perdurent. (*Lorentzian Wormholes* de Matt Visser constitue la meilleure étude à ce jour sur le sujet.)

Isaac a écrit la majeure partie de son œuvre dans un style qu'il qualifie de « direct et succinct », même si, dans ses derniers livres, il s'est un peu affranchi de cette contrainte. Je n'ai pas tenté de retrouver son style. (Ceux qui pensent qu'il est facile d'écrire clairement sur des sujets complexes devraient essayer.) Pour les romans de la Fondation, il utilisait une approche particulière, brute de décoffrage, virtuellement dépourvue de description des décors ou de détails romanesques.

Notez sa propre réaction quand il décida de poursuivre sa trilogie : « Je l'ai relue avec un malaise croissant. J'attendais qu'il se passe quelque chose, et il ne se passait jamais rien. Les trois volumes, près d'un quart de million de mots, étaient une enfilade de pensées et de conversations. Pas d'action. Pas de suspense physique. »

Et pourtant, ça marchait. Et fameusement, encore. Ne pouvant réussir une approche pareille, je m'y suis pris à ma façon.

Quand j'ai commencé à penser à ce roman, je me suis aperçu que les détails de Trantor, de la psychohistoire et de l'Empire s'imposaient à moi. De fait, ils m'ont guidé dans ma quête inconsciente de l'histoire sous-jacente. Ce livre n'est donc pas une imitation d'un roman d'Asimov, mais un roman de Benford reprenant une idée de base et un contexte d'Asimov.

Mon approche ne pouvait qu'être attentive aux styles de narration plus anciens en vigueur dans le domaine à l'époque d'Isaac. Je n'ai jamais bien accueilli le récent charcutage de la littérature par les tribus de critiques structuralistes, postmodernistes ou déconstructivistes. Chez beaucoup d'auteurs de science-fiction, le « postmodernisme » n'est qu'un symptôme d'épuisement. Son arsenal typique — l'autoréférence, les tombereaux d'ironie lourdingue — trahit le manque d'inventivité, la pierre angulaire de la science-fiction. Certains déconstructivistes ont accusé la science proprement dite de n'être que pure rhétorique, et non un commandement de la nature, cherchant à la réduire au statut des humanités les plus arbitraires. Pour la plupart des sous-genres de la science-fiction, cette attaque de l'empirisme est du réchauffé : une vieille rengaine avec de nouvelles paroles, maladroitement rétro.

L'aventure de la science est au cœur de la science-fiction. D'où l'hostilité du genre, finalement, à ces modes critiques, parce qu'elle valorise son fond empirique. En insistant sur les contradictions internes ou les différences implicites entre les textes plutôt que dans leurs liens avec la réalité, le déconstructivisme ne conduit souvent qu'à faire voir la littérature sous la forme d'un jeu avec les mots vide de sens.

Les romans de science-fiction nous proposent des mondes qui ne doivent pas être pris comme des métaphores mais considérés comme réels. On nous demande de participer à des événements d'une étrangeté décoiffante, pas seulement de les contempler à la recherche d'allusions à ce dont il serait question en réalité. (*Bon, si ce truc veut dire ça, alors ce machin doit représenter*... Ce n'est pas une façon d'acquérir un élan narratif.) Les étoiles, les planètes Mars, les déserts digitaux de nos meilleurs romans sont à prendre, en fin de compte, au pied de la lettre. Ils nous disent : La vie, ce n'est pas *comme* ça, *c'est* ça. Les voyages peuvent nous emmener dans des endroits nouveaux, pas seulement nous ramener vers nous-mêmes.

J'ai tout de même un peu donné dans la satire en prenant pour cible une académie qui déraille, mais je crois qu'Isaac m'aurait approuvé. Les lecteurs qui penseront que je suis allé trop loin en décrivant une science qui ne s'occupe pas des vérités objectives, mais offre un champ de bataille au pouvoir politique où le « réalisme naïf » rencontre les vues du monde relativiste, devraient ouvrir le *Golem* de Harry Collins et Trevor Pinch. Ce livre s'efforce de montrer des savants qui ne sont pas plus les porteurs de la connaissance objective que les avocats ou les représentants de commerce.

Je brocarde dans les toutes dernières pages du roman le récent « ré-étalonnage » des Tests d'Aptitude scolaire afin que, chaque année, la moyenne atteigne le même chiffre, masquant ainsi le déclin des capacités des étudiants. J'espère qu'Isaac aurait eu un ricanement en voyant le problème ramené au cadre d'une Galaxie entière.

Depuis Verne et Wells jusque vers 1970, la science-fiction traitait essentiellement des merveilles du mouvement, du voyage. Notez les innombrables romans qui portent le mot « étoile » dans leur titre, évoquant des destinations lointaines, et des histoires comme « Les routes doivent rouler » de Robert Heinlein.

Mais au cours des dernières décennies, nous nous sommes davantage intéressés aux merveilles de l'information, des transformations non plus externes mais au moins en partie internes. L'Internet, la réalité virtuelle, les simulations informatiques, tout cela paraît imminent dans notre vision du futur. Ce roman s'efforce de combiner ces deux thèmes, avec plusieurs scènes de voyage spectaculaires, et un motif de fond plus large sur les ordinateurs.

Comme le note James Gunn, le cycle de la Fondation est une saga. Elle est structurée selon un schéma répétitif : de la solution de chaque problème surgit un nouveau problème à résoudre. Ceci devint, évidemment, une contrainte considérable pour les romans tardifs. Asimov a l'air de dire que la vie est une série de problèmes à régler, mais qu'il n'y a pas de solution à la vie elle-même. Comme dit Gunn, considérant que le tout formé par les sagas de Fondation et des Robots compte maintenant seize volumes, il faudrait peut-être songer à faire un glossaire de l'ensemble appelé, pourquoi pas ? *Encyclopaedia Galactica.*

Les empires galactiques sont devenus le cadre traditionnel de la science-fiction. La série des Flandry, de Poul Anderson, ou *Dorsai,* de Gordon R. Dickson, étudiaient particulièrement la structure sociopolitique de ces vastes complexes, car un système impérial autocratique, puissant, exige de grands talents d'organisation — le premier atout des Romains, en passant.

Isaac n'était pas toujours cohérent avec ses propres chiffres. Combien d'habitants y a-t-il sur Trantor ? Il parle généralement de quarante milliards, mais dans *Seconde Fondation*, il est question de quatre cents milliards (à moins que ce ne soit une coquille). Répartissez quarante milliards d'habitants sur un monde de la taille de la Terre (dont toutes les mers auraient été asséchées), ça ne fait qu'une centaine au kilomètre carré. Il ne serait pas nécessaire de bâtir des cités d'un demi-kilomètre de profondeur pour loger tout le monde.

Les dates sont aussi difficiles à suivre dans une immensité temporelle pareille. Trantor a au moins douze mille ans — on suppose qu'il s'agit d'années terrestres, bien que la localisation de la Terre ait été oubliée. D'après le calendrier de l'Empire galactique, *Cailloux dans le ciel*, où il est fait allusion à des centaines de milliers d'années d'expansion interstellaire, se situe vers 900 E.G. Dans *Fondation*, l'énergie atomique a cinquante mille ans. Le robot Daneel a vingt mille ans dans *Prélude à Fondation* et dans *L'Aube de Fondation*. Jusqu'à quel moment de l'avenir l'emblème du soleil et du vaisseau spatial règne-t-il ? Quarante mille ans ? Aucune date ne réconcilie toutes les données.

Non que ça importe vraiment, au fond. Je connais les écueils des longues séries qui s'étendent sur plusieurs décennies. Il m'a fallu vingt-cinq ans pour venir à bout des six volumes de ma série sur le Centre de la Galaxie. Il y a forcément des contradictions dans les dates et d'autres détails qui m'ont échappé, même si elle est orchestrée le long d'un axe temporel, publié dans le dernier volume. Les extraterrestres de cette série ne sont pas ceux dont il est question dans ce roman, mais il y a manifestement des liens conceptuels.

La science-fiction parle du futur, mais au présent. Les

grands problèmes posés par le pouvoir social et par la technologie qui l'entraîne ne disparaîtront jamais. Souvent, on voit mieux les problèmes sous l'angle de l'implication, avant de les rencontrer sur le terrain rocailleux de leur survenue.

Isaac Asimov était résolument plein d'espoir pour l'humanité. Il nous voyait arriver sans arrêt à de nouveaux carrefours et l'emporter toujours. Il n'est question que de ça dans la Fondation.

Ce qui compte dans les sagas, c'est l'envergure. Et d'envergure, la Fondation n'en manque pas. Je ne puis qu'espérer y avoir un peu contribué.

Parmi les travaux décrivant les subtilités de la Fondation, je citerai notamment l'étude historique d'Alexei et Cory Panshin, *The World Beyond the Hill*, le pénétrant *Isaac Asimov*, de James Gunn, l'étude approfondie de Joseph Patrouch, *The Science Fiction of Isaac Asimov*, et *Requiem for Astounding* d'Alva Rogers, qui restitue l'impression qu'on devait éprouver en lisant ces classiques au moment où ils paraissaient. Tous ces ouvrages m'ont beaucoup appris.

Je suis particulièrement reconnaissant de leurs conseils et de leurs remarques sur ce projet envers Janet Asimov, Mark Martin, David Brin, Joe Miller, Jennifer Brehl et Elisabeth Brown, qui ont soigneusement relu mon manuscrit. Toute ma gratitude également à Don Dixon pour son fantastique bestiaire du futur, et pour leur aide en général à ma femme, Joan, Abbe, et à Ralph Vicinanza, Janet Asimov, James Gunn, John Silbersack, Donald Kingsbury, Chris Schelling, John Douglas, Greg Bear, George Zebrowski, Paul Carter, Lou Aronica, Jennifer Hershey, Gary Westfahl et John Clute. Merci à tous.

Septembre 1996

Cet ouvrage a été composé
*par l'**Imprimerie Bussière***
et imprimé sur presse Cameron
dans les ateliers de
Bussière Camedan Imprimeries
à Saint-Amand-Montrond (Cher)
en février 1998

N° d'édition : 6641. N° d'impression : 257-98000315/1
Dépôt légal : mars 1998
Imprimé en France